MISS MARPLE
todos os romances
Primeiro volume

Assassinato na casa do pastor

•

Um corpo na biblioteca

•

A mão misteriosa

•

Convite para um homicídio

Assassinato na casa do pastor
Título original: *The Murder at the Vicarage*
Tradução: Henrique Guerra

Um corpo na biblioteca
Título original: *The Body in the Library*
Tradução: Petrucia Finkler

A mão misteriosa
Título original: *The Moving Finger*
Tradução: Edmundo Barreiros

Convite para um homicídio
Título original: *A Murder is Announced*
Tradução: Alessandro Zir

Agatha Christie®

MISS MARPLE
todos os romances
Primeiro volume

Assassinato na casa do pastor

•

Um corpo na biblioteca

•

A mão misteriosa

•

Convite para um homicídio

L&PM EDITORES

Texto de acordo com a nova ortografia

Capa: L&PM Editores sobre ilustração de Birgit Amadori
Foto da autora: © Christie Archives Trust
Revisão: L&PM Editores

CIP-Brasil. Catalogação na publicação
Sindicato Nacional dos Editores de Livros, RJ.

C479q

Christie, Agatha, 1890-1976
Miss Marple – todos os romances: primeiro volume (Assassinato na casa do pastor; Um corpo na biblioteca; A mão misteriosa; Convite para um homicídio) / Agatha Christie; trad. Henrique Guerra, Petrucia Finkler, Edmundo Barreiros, Alessandro Zir. – 1. ed. – Porto Alegre, RS: L&PM, 2015.
688 p. ; 23 cm.

Tradução de: *Miss Marple Omnibus v.1 (The Murder at the Vicarage; The Body in the Library; The Moving Finger; A Murder is Announced)*
ISBN 978-85-254-3204-9

1. Ficção policial inglesa. I. Guerra, Henrique. II. Finkler, Petrucia. III. Barreiros, Edmundo. IV. Zir, Alessandro. V. Título.

14-16414 CDD: 823
CDU: 821.111-3

Rua Comendador Coruja, 314, loja 9 – Floresta – 90220-180
Porto Alegre – RS – Brasil / Fone: 51.3225.5777 – Fax: 51.3221.5380

PEDIDOS & DEPTO. COMERCIAL: vendas@lpm.com.br
FALE CONOSCO: info@lpm.com.br
www.lpm.com.br

Impresso pela Meta Brasil
2021

SUMÁRIO

Assassinato na casa do pastor

Tradução de Henrique Guerra

Para Rosalind

CAPÍTULO 1

Nem sei por onde começar esta narrativa, mas decidi escolher um almoço numa certa quarta-feira em minha casa. A conversa, embora no geral irrelevante ao nosso assunto, conteve alguns incidentes sugestivos que influenciaram o desenrolar dos fatos.

Eu acabara de trinchar um acém cozido (por sinal, de uma dureza extraordinária) e ao sentar-me de novo comentei, num espírito bastante indecoroso para meu hábito, que a pessoa que matasse o coronel Protheroe estaria fazendo um benefício ao mundo.

Meu sobrinho Dennis respondeu no mesmo instante:

– Vamos lembrar disso quando encontrarem o velhote ensopado de sangue. Mary vai testemunhar, não é mesmo, Mary? E descrever como o senhor brandiu a faca de trinchar com jeito vingativo.

Mary, que enxerga o trabalho aqui em casa como um trampolim para empregos melhores e salários mais altos, limitou-se a articular em voz nítida e profissional:

– Verduras!

E empurrou com truculência a travessa rachada na frente de Dennis.

Minha mulher entrou na conversa com voz compassiva:

– Ele é mesmo *tão* impertinente?

Não respondi de imediato, pois Mary, dispondo as verduras na mesa com um estrondo, a seguir quase esfregou no meu nariz um prato com nhoques particularmente asquerosos e grudentos. Falei "Não, obrigado"; Mary largou o prato na mesa com um tinido e saiu do recinto.

– Sou um escândalo como dona de casa – disse minha esposa com um quê de genuína tristeza na voz.

Fiquei com vontade de concordar com ela. O nome de minha mulher é Griselda – nome assaz conveniente para a mulher de um pastor. Mas a conveniência termina aí. Ela não é nem um pouco recatada.

Sempre acreditei que clérigos não deveriam se casar. O motivo pelo qual insisti que Griselda se casasse comigo um dia depois de conhecê-la permanece um mistério para mim. O casamento, sempre defendi, é um assunto sério; embarcar nele exige prudência e detida reflexão. Sem dúvida, a adequação de gostos e preferências é o fator mais importante a ser considerado.

Griselda é quase vinte anos mais nova do que eu. Por onde passa, sua beleza chama a atenção. É incapaz de levar algo a sério e incompetente em tudo o que faz. Viver com ela é um desafio extremo. Ela considera a paróquia uma espécie de comédia encenada para o seu exclusivo divertimento. Fiz de tudo para moldá-la, mas fracassei. Cada vez me convenço mais da importância do celibato para o clero. Às vezes insinuo isso a Griselda, mas ela apenas ri.

– Meu amor – observei –, bem que você podia tentar ser mais cuidadosa...

– De vez em quando eu tento – argumentou Griselda. – Mas, no fim das contas, quando me esforço parece que as coisas pioram ainda mais. Está na cara que ser dona de casa *não* faz parte de minha natureza. É mais prático deixar tudo para Mary e me conformar com a casa bagunçada e a comida repugnante.

– Mas não tem pena de seu maridinho, meu bem? – questionei em tom de reprimenda. E, seguindo o exemplo do diabo, citei a escritura para meus próprios interesses: – "A mulher virtuosa atende ao bom andamento da casa e não come o pão da preguiça..."

– Analise pelo lado positivo: você tem sorte de não ser estraçalhado na cova dos leões – apressou-se a interromper Griselda. – Ou de não ser queimado na fogueira. Comida intragável, camadas de pó e vespas mortas não justificam tanto estardalhaço. Conte mais sobre o coronel Protheroe. Pelo menos os primeiros cristãos tiveram a sorte de não ter curadores.

– Velhote empedernido – falou Dennis. – Não é de admirar que a primeira esposa tenha fugido dele.

– No lugar dela eu teria feito o mesmo – afirmou minha esposa.

– Griselda! – repreendi com severidade. – Melhor não falar assim.

– Querido – volveu minha esposa carinhosamente –, conte o que houve. Qual foi o problema? Por acaso foi o sr. Hawes que não parava de acenar, balançar a cabeça e fazer o sinal da cruz?

Hawes é o nosso novo cura. Está conosco há apenas três semanas. Ele segue os princípios da parte conservadora da Igreja Anglicana (o setor mais fiel à Igreja Católica Romana) e jejua às sextas-feiras. O coronel Protheroe é um ferrenho oponente de qualquer espécie de rito.

– Dessa vez não. Na verdade, tocou meio por cima nesse assunto. Mas a origem do problema foi aquela famigerada nota de uma libra da sra. Price Ridley.

A sra. Price Ridley é uma das devotas da congregação. Comparecendo à missa matinal em homenagem ao aniversário da morte do filho, ela depositou uma nota de uma libra na sacola de ofertas. Mais tarde, ao ler a divulgação da quantia arrecadada, ela ficou ofendida ao constatar que o maior item mencionado era uma nota de dez xelins.

Ela veio falar comigo para reclamar. Ponderei, com certa lógica, que ela deveria ter cometido um engano.

– Não somos mais tão jovens – declarei, tentando contornar a situação com delicadeza. – O passar dos anos é inexorável e pagamos um preço por ele.

Por incrível que pareça, meu comentário a enfureceu ainda mais. Ela disse que aquilo não cheirava bem e que estava surpresa porque eu não pensava o mesmo. Deu meia-volta e, ao que tudo indica, foi ao coronel Protheroe para se queixar. Protheroe é o tipo de homem que gosta de fazer estardalhaço em toda e qualquer ocasião imaginável. Ele fez um estardalhaço. É uma pena que tenha sido justo numa quarta-feira. Nas quartas de manhã dou aula de educação religiosa na escola, atividade que me deixa inquieto e com os nervos à flor da pele o dia todo.

– Ora, todo mundo precisa de um pouco de distração – falou minha esposa como quem avalia de modo imparcial. – Ele não tem ninguém ao redor dele o paparicando, nem o chamando de "querido pastor", nem bordando pantufas horríveis e muito menos dando como presente natalino um par de meias de crochê para usar à noite. A mulher e a filha estão com ele por aqui. Ele precisa se sentir importante em outro lugar.

– Ele não precisava ter me ofendido – falei meio exaltado. – Acho que ele não percebeu bem as implicações do que estava dizendo. Quer investigar toda a contabilidade da igreja... verificar se há desfalque... Foi essa a palavra que usou. Desfalque! Será que ele suspeita que eu embolsei o dinheiro da igreja?

– Ninguém ia suspeitar nada de você, querido – comentou Griselda. – Para falar a verdade, você é tão transparente, tão acima de qualquer suspeita, que isso acaba criando uma oportunidade maravilhosa. Bem que eu gostaria que você desviasse os fundos da Sociedade para a Propagação do Evangelho. Odeio missionários... Sempre odiei!

Eu a teria repreendido por esse sentimento, mas neste instante Mary entrou trazendo um pudim de arroz parcialmente cozido. Ensaiei um protesto, mas Griselda afirmou que os japoneses sempre comem arroz malcozido e por isso têm cérebros magníficos.

– E digo mais – continuou ela –, se você comer um pudim igual a este todos os dias até domingo, na missa dominical vai fazer o melhor sermão de sua vida.

– Deus me livre – retorqui estremecendo.

– Protheroe vem aqui amanhã à noite para juntos checarmos a contabilidade – prossegui. – Tenho que terminar os preparativos para minha palestra na Sociedade dos Homens da Igreja Anglicana. Estive procurando uma citação e fiquei tão absorto na leitura de *Realidade*, do cônego Shirley, que acabei me atrasando. Que planos tem para hoje à tarde, Griselda?

– Cumprir meu dever – garantiu Griselda. – Meu dever como a mulher do pastor. Chá e escândalo às quatro e meia.

– Quem vai vir?

Griselda enumerou nos dedos com o rosto rutilando de virtude.

– A sra. Price Ridley, a srta. Wetherby, a srta. Hartnell e a terrível daquela Miss Marple.

– Gosto de Miss Marple – defendi. – Pelo menos ela tem senso de humor.

– A pior víbora da aldeia – falou Griselda. – Sempre sabe de tudo o que acontece... e tira as piores conclusões possíveis.

Griselda, como disse antes, é bem mais nova do que eu. Na minha idade, sabemos que o pior quase sempre é a verdade.

– *Não* conte comigo para o chá, tia Griselda – frisou Dennis.

– Peste! – xingou Griselda.

– É que me convidaram para jogar tênis hoje lá nos Protheroe. Verdade.

– Peste! – repetiu Griselda.

Dennis bateu em prudente retirada; Griselda e eu passamos ao meu gabinete.

– Fico pensando no "cardápio" do chá – comentou Griselda, sentando-se à minha escrivaninha. – O dr. Stone e a srta. Cram, imagino, e quem sabe a sra. Lestrange. A propósito, ontem fiz uma visitinha à casa dela, mas ela não estava. Sim, tenho certeza que a sra. Lestrange vai dar pano para manga. Chegar aqui desse jeito, alugar uma casa e quase não botar o pé fora dela... Coisa mais misteriosa, não é? Sabe, isso me faz lembrar romances policiais... "Quem é a dona daquele rosto bonito e pálido? Que mistérios seu passado esconde? Ninguém tem ideia. Há algo sinistro em seu jeito." Tenho a impressão que o dr. Haydock a conhece.

– Anda lendo muitos romances policiais, Griselda – salientei com brandura.

– E você, então? – retrucou ela. – Esses dias eu estava procurando *A escada manchada* enquanto você escrevia o sermão no gabinete. Entro para perguntar se você tinha visto o livro e com que me deparo?

Tive a polidez de enrubescer.

– Peguei ao acaso. Uma frase solta captou minha atenção e...

– Conheço bem essas frases soltas – disse Griselda. E citou de modo impressionante: – "E então uma coisa curiosíssima aconteceu: Griselda ergueu-se, atravessou a sala e pespegou um beijo carinhoso no velho marido." – Realizou a ação correspondente às palavras.

– Isso é tão curioso assim? – indaguei.

– Claro que é – respondeu Griselda. – Por acaso já se deu conta, Len, que eu poderia ter me casado com um ministro de Estado, um baronete, um ricaço executivo, três tenentes do Exército e um playboy irresistível, mas em vez deles escolhi você? Isso não o deixa profundamente desconcertado?

– Na época me deixou – respondi. – Às vezes me perguntava por que cargas d'água você tinha me escolhido.

Griselda caiu na risada.

– Senti-me tão poderosa – murmurou ela. – Os outros me achavam simplesmente magnífica. Claro: para *eles* teria sido ótimo ficar *comigo*. Sou tudo o que você mais detesta e desaprova, mas mesmo assim não foi capaz de resistir aos meus encantos! Isso foi demais para a minha vaidade. É bem mais interessante ser um pecado secreto e delicioso do que ser a menina dos olhos de alguém. Deixo você assustadoramente constrangido e vivo lhe tirando do sério, mas você é louco por mim. É louco por mim, não é?

– Claro que gosto muito de você, querida.

– Ah, Len, você é louco por mim! Lembra daquele dia em que fiquei na capital e mandei um telegrama? Você não recebeu. A agente postal se esqueceu de mandar porque a irmã dela estava no hospital tendo gêmeos. Você ficou transtornado, fez um fiasco incrível! Telefonou até para a Scotland Yard!

Tem coisa que a gente odeia lembrar. De fato, naquela ocasião eu agira com rara imbecilidade. Então disse:

– Se não se importar, meu bem, quero terminar a palestra.

Griselda soltou um suspiro de intensa irritação, desgrenhou todo o meu cabelo, por fim alisou-o de novo e falou:

– Você não me merece. Não merece mesmo. Vou ter um caso com o artista. Vou sim... estou falando sério. Vai ser o maior escândalo na paróquia.

– Já está sendo – falei com suavidade.

Griselda riu, atirou-me um beijo e saiu para o jardim pela porta de vidro.

CAPÍTULO 2

Griselda sabe ser irritante. Ao deixar a mesa do almoço, sentia-me bem disposto para preparar uma enérgica palestra para a Sociedade dos Homens da Igreja Anglicana. Agora eu me sentia inquieto e perturbado.

Bem na hora em que me acalmei e recomecei o trabalho, Lettice Protheroe flutuou gabinete adentro.

Não usei a palavra flutuou por acaso. Já li romances em que jovens são descritos como pessoas animadas, repletas de vida – *joie de vivre*, a fenomenal vitalidade da juventude... De minha parte, todos os jovens que conheço parecem almas penadas.

Lettice parecia ainda mais espectral nessa tarde: bonita, alta, loira e toda vaga. Flutuou porta de vidro adentro, com ar distraído tirou a boina amarela e murmurou vagamente numa espécie de surpresa longínqua:

– Ah, é o senhor.

Existe uma trilha que vem de Old Hall, atravessa o bosque e passa na frente do portão de nosso jardim. Por isso, quase sempre quem vem de lá atalha o jardim e entra pela porta de vidro do gabinete, em vez de contornar a estrada e entrar pela porta da frente. Não me surpreendi por Lettice entrar por ali, mas confesso que a reação dela me deixou um pouco magoado.

Afinal, se você vai à casa do pastor, deve estar preparado para encontrá-lo.

Ela entrou e desmoronou em uma de minhas imensas poltronas. Ficou enrolando o cabelo à toa, mirando o teto.

– O Dennis está em casa?

– Depois do almoço não o vi mais. Pelo que entendi, ele ia a sua casa jogar tênis.

– Ah! – disse Lettice. – Tomara que ele não tenha ido. Não vai encontrar ninguém lá.

– Ele disse que você o convidou.

– Acho que sim. Mas isso foi na sexta. E hoje é terça.

– Quarta – corrigi.

– Ah, que desagradável! – exclamou Lettice. – É a terceira vez que esqueço de almoçar com a turma.

Felizmente aquilo não pareceu preocupá-la muito.

– E cadê a Griselda?

– Deve estar no estúdio, lá no jardim... posando para Lawrence Redding.

– Lá em casa houve um estardalhaço por causa dele – contou Lettice. – Meu pai, sabe. É uma pessoa difícil.

– Qual foi o motivo desse estardalhaço? – perguntei.

– Ele queria me pintar. O meu pai descobriu. Por que cargas d'água não posso ser pintada de maiô? Se eu posso ir à praia com ele, por que não posso ser pintada com ele?

Lettice fez uma pausa e então prosseguiu.

– É mesmo um absurdo... O meu pai proibir um jovem de frequentar a casa. Lawrence e eu demos boas gargalhadas disso. Vou vir aqui e posar para ele em seu estúdio.

– Não, querida – alertei. – Não se o seu pai proíbe.

– Puxa vida! – suspirou Lettice. – Como as pessoas são tediosas. Sinto-me acabada. Definitivamente. Se eu tivesse dinheiro, fugiria, mas sem grana não dá. Se o meu pai fizesse a bondade de morrer, eu ficaria bem.

– Não deveria dizer essas coisas, Lettice.

– Ora, se ele fosse menos pão-duro, talvez eu não desejasse a morte dele. Não me admira minha mãe tê-lo abandonado. Sabe, por muito tempo achei que ela estava morta. Como era o moço que fugiu com ela? Bonito?

– Isso foi antes de seu pai vir morar aqui.

– Me pergunto que fim ela levou. Logo, logo Anne vai ter um caso com alguém. Anne me odeia... me trata bem, mas me odeia. Está ficando velha e não gosta disso. É nessa idade que as pessoas endoidecem, sabe.

Imaginei se Lettice ia passar a tarde toda em meu gabinete.

– Por acaso meus discos não ficaram aqui? – indagou ela.

– Não.

– Tédio. Sei que deixei em algum lugar. E também perdi o cachorro. E meu relógio de pulso está extraviado, mas não importa. Não funciona mesmo. Puxa vida, que sono... Nem sei o porquê, afinal só levantei às onze da manhã. Mas a vida acaba com a gente, não acha? Bem, tenho que ir. Vou ver o sítio arqueológico do dr. Stone às três horas.

Olhei o relógio e disse que faltavam vinte e cinco para as quatro.

– É mesmo? Que coisa mais chata. Será que estão me esperando ou foram sem mim? É melhor ir até lá conferir.

Levantou-se e saiu flutuando de novo, murmurando por cima do ombro:

– Avise ao Dennis para mim, sim?

Eu disse "Sim" mecanicamente, percebendo tarde demais que não tinha a mínima ideia de qual era o aviso. Mas cheguei à conclusão de que, para todos os efeitos, não importava. Meu pensamento recaiu no dr. Stone, o renomado arqueólogo que recentemente se instalara no Blue Boar, com o objetivo de supervisionar a escavação de um túmulo situado na propriedade do coronel Protheroe. Já haviam acontecido várias discussões entre ele e o coronel. Curioso ele convidar Lettice para ver os trabalhos.

Ocorreu-me que Lettice Protheroe era uma moça um tanto atrevida. Fiquei imaginando como será que ela se dava com a srta. Cram, a secretária do arqueólogo. A srta. Cram é uma jovem saudável e meio espalhafatosa, com 25 anos, rosto corado, incontrolável disposição e uma boca que sempre parece ter mais que 32 dentes.

Na aldeia, a opinião se divide entre os que pensam que ela é uma libertina e os que pensam que ela é uma jovem de virtude férrea com a meta de se tornar a sra. Stone na primeira oportunidade. Ela representa em todos os aspectos um contraste enorme com Lettice.

Eu bem que imaginava que a situação em Old Hall não era lá das melhores. O coronel Protheroe casara de novo há uns cinco anos. A segunda sra. Protheroe tinha uma beleza notável e singular. Sempre achei que as relações entre ela e a enteada não eram muito harmoniosas.

Fui interrompido de novo. Dessa vez pelo cura Hawes. Ele queria saber os detalhes da reunião com o Protheroe. Contei-lhe que o coronel lastimara as suas "tendências católicas", mas que o motivo real da visita de Protheroe fora um assunto bem diferente. Ao mesmo tempo, também fiz meu protesto e disse-lhe com todas as letras que ele precisava aceitar minhas diretrizes. No geral, ele acatou meus comentários.

Depois que Hawes saiu, senti um pouco de remorso por antipatizar um pouco com ele. Essas paixões e aversões irracionais que sentimos pelas pessoas com certeza nada têm de cristãs.

Com um suspiro, notei que os ponteiros do relógio da escrivaninha marcavam quinze minutos para as cinco, sinal de que na verdade eram quatro e meia. Fui até a sala de visitas.

Quatro de minhas paroquianas estavam ali reunidas tomando chá. Griselda, sentada atrás da mesinha de chá, tentava demonstrar naturalidade, mas parecia um peixe fora d'água.

Apertei as mãos de todas as visitantes e me sentei entre Miss Marple e a srta. Wetherby.

Miss Marple é uma velhinha de cabelos brancos com modos meigos e simpáticos. Já a srta. Wetherby mescla efusão com azedume. Miss Marple é de longe a mais perigosa das duas.

– A gente estava comentando – disse Griselda com a voz doce – sobre o dr. Stone e a srta. Cram.

Lembrei de um versinho vulgar criado por Dennis.

"Com o tititi, a srta. Cram não tá nem aí."

Fiquei ansioso por declamar em voz alta só para ver o efeito, mas por sorte me contive. A srta. Wetherby disse sucintamente:

– Nenhuma moça direita faria isso – e fechou os lábios finos numa expressão de censura.

– Faria o quê? – perguntei.

– Ser a secretária de um homem solteiro – explicou a srta. Wetherby com entonação horrorizada.

– Ora, ora – falou Miss Marple. – Para *mim*, os casados são piores. Não lembram da coitadinha da Mollie Carter?

– Claro. Homens casados morando longe das esposas têm lá sua fama – asseverou a srta. Wetherby.

– E até mesmo morando perto – murmurou Miss Marple. – Lembro...

Interrompi essas reminiscências indecentes.

– Mas com certeza – argumentei – hoje em dia uma moça pode assumir qualquer cargo com a mesma eficácia que um rapaz.

– Viajando para o interior? E ficando no mesmo hotel? – indagou a sra. Price Ridley numa voz austera.

A srta. Wetherby sussurrou para Miss Marple:

– E os dois quartos no mesmo andar...

A srta. Hartnell, com seu rosto vincado pelas intempéries, mas sempre dinâmica e temida pelos pobres, observou com entusiasmo:

– O coitado vai cair como um patinho. É tão inocente quanto um bebê na barriga da mãe, qualquer um enxerga isso.

Como são curiosos os volteios de palavreado que empregamos. Nenhuma das senhoras presentes teria sequer sonhado em fazer alusão a um bebê até ele estar seguro no berço, visível a todos.

– Coisa mais nojenta – emendou a srta. Hartnell, com a habitual indelicadeza. – O homem deve ter o dobro da idade dela.

Três vozes femininas se ergueram ao mesmo tempo, fazendo observações desencontradas sobre a excursão do coral de meninos, o lamentável incidente na última reuniao das maes e as correntes de ar encanado na igreja. Miss Marple mirou Griselda com uma expressão alegre no olhar.

– Não acham – sugeriu minha esposa – que a srta. Cram só quer ter um emprego interessante? E que ela só enxerga no dr. Stone um empregador?

Houve um silêncio. Obviamente nenhuma das quatro senhoras concordava. Miss Marple quebrou o silêncio dando pancadinhas no braço de Griselda.

– Minha querida – falou ela –, você é muito jovem. Os jovens têm cérebros inocentes.

Griselda retrucou indignada que o cérebro dela não era nada inocente.

– É claro – disse Miss Marple, sem dar importância ao protesto – que você espera o melhor de todo mundo.

– Acha mesmo que ela quer se casar com aquele careca insosso?

– Ao que consta ele é bem abastado – disse Miss Marple. – Apesar do gênio meio violento. Teve uma discussão feia com o coronel Protheroe dias atrás.

Todas se inclinaram à frente com interesse.

– O coronel Protheroe chamou o dr. Stone de ignorante.

– Que absurdo! Isso é típico do coronel Protheroe – comentou a sra. Price Ridley.

– Típico do coronel Protheroe, mas não sei se é mesmo um absurdo – falou Miss Marple. – Vocês não lembram daquela mulher que apareceu aqui dizendo que era assistente social e depois de coletar donativos ninguém mais ouviu falar nela? Ficou provado que o negócio dela não era assistência social. É nossa tendência natural confiar nas pessoas e julgá-las pelo valor que elas próprias se atribuem.

Eu nunca sonharia em descrever Miss Marple como alguém que confia nas pessoas.

– Não houve também uma confusão envolvendo o jovem artista, o sr. Redding? – indagou a srta. Wetherby.

Miss Marple assentiu com a cabeça.

– O coronel Protheroe o expulsou de casa. Parece que ele estava pintando Lettice de maiô.

– *Sempre* desconfiei de que existia algo entre eles – falou a sra. Price Ridley. – Aquele marmanjo não sai de lá. Pena que a menina não tem mãe. Madrasta nunca é a mesma coisa.

– A sra. Protheroe até que faz o que pode – afirmou a srta. Hartnell.

– Essas mocinhas... sempre tão dissimuladas – lastimou a sra. Price Ridley.

– Que romântico, não é? – amenizou a coração mole srta. Wetherby. – Ele é bonitão.

– Mas devasso – disse a srta. Hartnell. – Fadado a sê-lo. Artista! Paris! Modelos! Nuas em pelo!

– Pintar a moça de maiô! – condenou a sra. Price Ridley. – Não é lá muito decoroso.

– Ele está me pintando também – comunicou Griselda.

– Mas não de maiô, querida – falou Miss Marple.

– Poderia ser pior – disse Griselda misteriosa.

– Marota – falou a srta. Hartnell, aceitando a piada com liberalidade. As demais ficaram levemente chocadas. E eu também.

– Nossa querida Lettice lhe contou o problema? – indagou Miss Marple para mim.

– Me contou?

– Sim. Eu a vi atravessando o jardim e entrando no gabinete.

Miss Marple sempre enxerga tudo. Cuidar do jardim é uma boa camuflagem, e o hábito de observar pássaros com binóculos potentes sempre pode vir a calhar.

– Contou, sim – admiti.

– O sr. Hawes parecia preocupado – falou Miss Marple. – Espero que ele não esteja trabalhando demais.

– Ah! – exclamou a srta. Wetherby exaltada. – Estava quase me esquecendo. Sabia que tinha uma novidade. Vi o dr. Haydock saindo do chalé da sra. Lestrange.

Todas se entreolharam.

– Talvez ela esteja doente – sugeriu a sra. Price Ridley.

– Algo repentino então – falou a srta. Hartnell. – Porque a vi caminhando no jardim da casa dela hoje às três da tarde, e ela parecia muito bem de saúde, obrigada.

– Ela e o dr. Haydock devem se conhecer há muito tempo – falou a sra. Price Ridley. – Ele tem sido muito discreto quanto a isso.

– É curioso – ponderou a srta. Wetherby – que ele nunca tenha sequer *mencionado* isso.

– Para falar a verdade – atalhou Griselda numa voz baixa e misteriosa e parou. Todas se inclinaram à frente empolgadas.

– Fiquei *sabendo* sem querer – anunciou Griselda de modo impressionante. – O marido dela era missionário. História de arrepiar. Foi *devorado*, sabe. Literalmente. Então ela teve que se tornar a mulher principal do cacique. O dr. Haydock participava de uma expedição e a resgatou.

Por um instante o frisson foi enorme, então Miss Marple falou em tom de censura, mas com um sorriso nos lábios:

– Menina levada!

E deu pancadinhas reprovadoras no braço de Griselda.

– Que insensato, querida. Ficar inventando essas coisas. E se as pessoas acabam acreditando? Às vezes isso causa complicações.

O comentário teve o efeito de um balde de água fria na reunião. Duas convidadas se levantaram para ir embora.

– Fico imaginando se *existe* mesmo algo entre o jovem Lawrence Redding e Lettice Protheroe – falou a srta. Wetherby. – A impressão que a gente tem é de que existe. O que acha, Miss Marple?

Miss Marple respondeu pensativa:

– Eu não diria isso. Não *Lettice.* Diria outra pessoa *bem diferente.*

– Mas o coronel Protheroe deve ter pensado...

– Ele sempre me deu a impressão de ser um completo imbecil – vaticinou Miss Marple. – Do tipo que mete uma ideia errada na cabeça e não há quem o faça mudar. Ele me lembra Joe Bucknell, o ex-dono do Blue Boar. Fez uma confusão dos diabos porque achava que a filha dele estava namorando o jovem Bailey. E todo o tempo era a bisca da esposa dele.

Ao falar isso, encarou Griselda de modo acintoso. De repente senti um violento surto de raiva.

– Não acha, Miss Marple – atalhei –, que está com a língua maior do que o corpo? O amor não julga mal, sabe como é. Línguas soltas envolvidas em fofocas maldosas podem causar danos irreparáveis.

– Meu bom pastor – começou Miss Marple –, o senhor nem parece deste mundo. Quem, como eu, observa a natureza humana há muito tempo acaba não esperando muito da humanidade. Atrevo-me a dizer que mexericos inúteis são inoportunos e indelicados, mas em geral verdadeiros, não é mesmo?

E como uma guerreira parta que atira a última flecha antes de fugir a galope, Miss Marple despediu-se.

CAPÍTULO 3

– Velhinha impossível – falou Griselda assim que a porta se fechou.

Ela fez uma careta na direção dos visitantes recém-partidos, então olhou para mim e riu.

– Len, suspeita mesmo que estou tendo um caso com Lawrence Redding?

– Claro que não, querida.

– Mas você pensou que Miss Marple estava insinuando isso. Foi lindo o jeito como você me defendeu. Como... um tigre enfurecido.

Uma inquietude momentânea tomou conta de mim. Um clérigo da Igreja Anglicana nunca deveria colocar-se na posição de ser descrito como um tigre enfurecido.

– Senti que não podia deixar passar sem protesto – expliquei. – Mas, Griselda, você devia ser mais cuidadosa com as palavras.

– Refere-se à história da tribo canibal? – perguntou ela. – Ou à sugestão de que Lawrence está me pintando nua? Se elas soubessem que ele está me pintando com uma capa grossa de gola de pele bem alta (o tipo de coisa apropriada para vestir numa visita ao Papa), sem um pedacinho sequer de carne pecadora aparecendo! Na verdade, é tudo de uma pureza fabulosa. Lawrence nem tenta fazer amor comigo... Aliás, nem sei por quê.

– Ele sabe muito bem que você é uma mulher casada...

– Não se faça de antiquado, Len. Sabe melhor do que ninguém que uma moça atraente com marido bem mais velho é um manjar dos deuses para garanhões. Deve ter outra razão... Afinal, eu tenho lá meus encantos.

– Tem certeza de que não deseja fazer amor com ele?

– Te... nho – respondeu Griselda, titubeando mais do que eu consideraria adequado.

– Se ele está apaixonado por Lettice Protheroe...

– Pelo jeito, Miss Marple acha que não.

– Miss Marple pode estar enganada.

– Ela nunca está. Esse tipo de velhinha malévola sempre acerta. – Fez uma pausa e então disse com um rápido olhar de esguelha em minha direção: – Acredita em mim, não é? Que não há nada entre mim e Lawrence.

– Minha querida Griselda – falei surpreso. – Claro que acredito.

Minha esposa aproximou-se e me beijou.

– Queria que você não fosse assim tão fácil de enganar, Len. Acredita em tudo o que eu digo.

– Não podia ser diferente. Mas, querida, eu lhe imploro, segure a língua e tome cuidado com o que fala. Lembre que essas senhoras não têm senso de humor e levam tudo ao pé da letra.

– O que elas precisam – falou Griselda – é de um pouco de imoralidade nas próprias vidas. Então não se ocupariam tanto procurando imoralidades na vida dos outros.

E com isso ela se retirou da sala. Mirei o relógio e me apressei para fazer umas visitas que já deveriam ter sido feitas.

A missa de quarta-feira à tardinha teve pouca afluência, como de costume. Quando saí pelo corredor da igreja, depois de trocar de roupa na sacristia, o templo estava vazio, à exceção de uma mulher que permanecia em pé, sem tirar os olhos de uma de nossas janelas. Temos alguns vitrais antigos e requintados. Para falar a verdade, vale a pena admirar a própria arquitetura da igreja. Ela se virou ao escutar meus passos, e reconheci a sra. Lestrange.

Hesitamos por um instante. Então eu disse:

– Espero que a senhora esteja gostando de nossa humilde igreja.

– Estava admirando os vitrais.

A voz dela era agradável e suave, mas clara e com pronúncia bem delineada. Acrescentou:

– Sinto muito não estar em casa ontem quando sua esposa passou lá.

Conversamos alguns minutos sobre a igreja. Ficou evidente que ela era uma senhora culta e conhecedora de aspectos da história e da arquitetura episcopais. Deixamos o templo e caminhamos pela estrada, já que um dos caminhos para minha casa passava pela casa dela. Chegando ao portão, ela convidou em tom agradável:

– Não quer entrar? E me dizer o que o senhor pensa da nova decoração?

Aceitei o convite. Little Gates antigamente pertencia a um coronel anglo-indiano, e não pude deixar de sentir alívio ao notar o sumiço das mesas de bronze e dos ídolos birmaneses. A mobília agora era bem simples, mas de gosto apurado. Transmitia uma sensação de calma e harmonia.

No entanto, cada vez mais eu ficava curioso para saber o que trouxera uma mulher como a sra. Lestrange a St. Mary Mead. Estranho que uma dama obviamente tão viajada viesse se esconder numa aldeiazinha do interior.

À luz clara da sala, tive oportunidade de observar a anfitriã com atenção pela primeira vez.

Porte altivo, cabelo dourado com matizes ruivos, sobrancelhas e cílios escuros – difícil de descobrir se por arte ou por natureza. Se, como pensei, ela estava maquiada, fora um trabalho primoroso. Havia algo de esfinge naquele rosto quando estava em paz, e nele brilhavam os olhos mais raros que já vi – de tons quase dourados.

Ela se vestia de modo impecável e demonstrava toda a desenvoltura de uma dama de boa estirpe. Contudo, algo nela soava incongruente e desconcertante. Percebia-se que sobre ela pairava um mistério. O que me fez lembrar a palavra usada por Griselda: *sinistro*. Tolice, é claro, mas... seria mesmo tolice? O pensamento me veio espontâneo: "Essa mulher é capaz de qualquer coisa".

Nossa conversa correu nas linhas mais esperadas – filmes, livros, igrejas antigas. Mas, não sei por que, fiquei com a forte impressão de que a sra. Lestrange queria me dizer algo mais – algo de natureza bem distinta.

Flagrei-a uma ou duas vezes me encarando com hesitação curiosa, como se estivesse indecisa. Manteve a conversa, percebi, exclusivamente sobre assuntos impessoais. Não fez menção a marido nem a parentes.

Porém, durante o tempo todo permanecia aquela singular e premente súplica no olhar. Como se dissesse: "Devo contar? Quero contar. Pode me ajudar?"

No final, a sensação se esvaiu – ou talvez tenha sido tudo imaginação. Tive a impressão de que estava sendo mandado embora. Levantei-me e tomei meu rumo. No instante em que deixava a sala, relanceei o olhar para trás e vi que ela estava me fitando com uma expressão perplexa e ambígua. Seguindo o impulso retrocedi:

– Se houver algo em que eu possa ajudar...

Ela respondeu vacilante:

– É muita bondade sua...

Entreolhamo-nos em silêncio. Por fim ela disse:

– Queria ter coragem. É difícil... Mas acho que ninguém pode me ajudar. Obrigada por se oferecer.

Aquilo soou decisivo, então fui saindo. A caminho da rua, dei asas à imaginação. Não estamos acostumados com mistérios em St. Mary Mead.

Tanto isso é verdade que, tão logo eu coloquei o pé na calçada, alguém pegou meu braço. A srta. Hartnell é campeã em agarrar a gente de um modo incômodo e opressivo.

– *Vi* o senhor! – exclamou com humor enfadonho. – E fiquei *tão* empolgada. Agora pode nos contar tudo.

– Tudo o quê?

– A dama misteriosa! É viúva ou tem marido em algum lugar?

– Não sei dizer. Ela não me contou.

– Estranho. Era quase certo que ela mencionaria algo casualmente. Dá a impressão que ela tem um motivo para não falar, não é mesmo?

– Não vejo as coisas assim.

– Ah! Mas como nossa querida Miss Marple diz, o senhor nem parece pertencer a este mundo, querido pastor. Diga-me, ela conhece o dr. Haydock há muito tempo?

– Não sei. Ela não falou nele.

– Verdade? Mas então sobre o que conversaram?

– Cinema, música, literatura – relatei de modo verídico.

A srta. Hartnell, cujos tópicos de conversa são puramente pessoais, desconfiou um tanto cética. Aproveitando um instante de hesitação momentânea da parte dela sobre a continuidade da conversa, despedi-me e afastei-me com rapidez.

Visitei uma residência distante do centro do povoado e voltei para minha casa pelo portão do jardim, passando, ao fazê-lo, pelo perigoso trecho defronte ao jardim de Miss Marple. Era humanamente impossível que as novidades sobre minha visita à sra. Lestrange tivessem alcançado os ouvidos dela, por isso eu tinha motivos para me sentir seguro.

Ao trancar o portão, tive a ideia de passar no bangalô do jardim que o jovem Lawrence Redding estava usando como estúdio e conferir com os próprios olhos o progresso do retrato de Griselda.

Anexo aqui um desenho útil levando em conta os eventos seguintes, incluindo apenas os detalhes necessários.

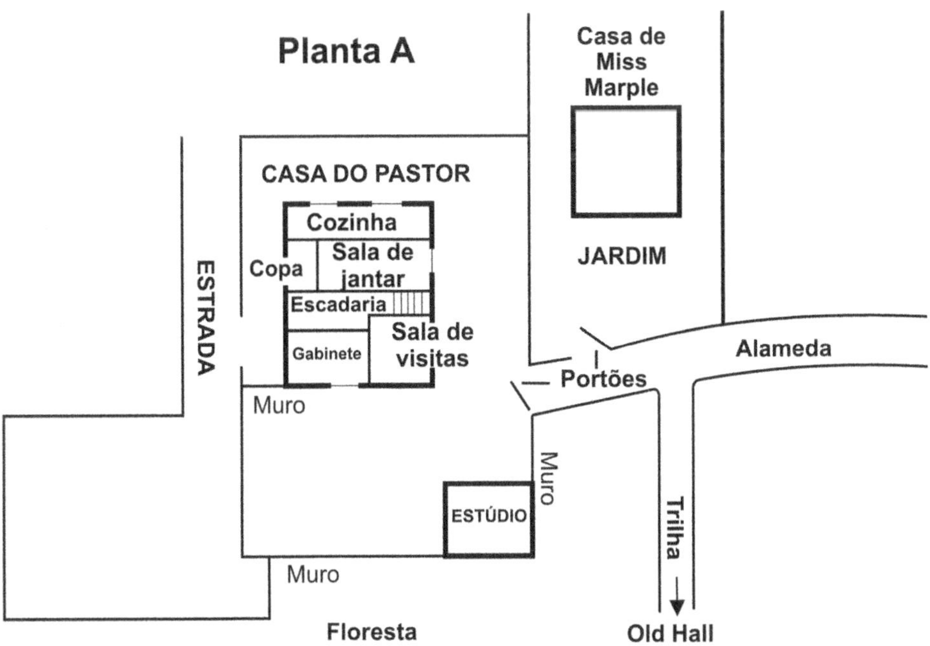

Não sabia se havia alguém no estúdio. Não escutei vozes lá dentro para me alertar e acredito que meus passos não fizeram ruído na grama.

Abri a porta e estaquei constrangido no limiar. Havia duas pessoas no estúdio; os braços do homem envolviam a mulher, e ele a beijava com ardor.

As duas pessoas eram o artista, Lawrence Redding, e a sra. Protheroe.

Recuei às pressas e bati em retirada ao gabinete. Lá sentei numa poltrona, peguei o cachimbo e mergulhei em pensamentos. A descoberta me deixara bastante chocado. Em especial desde o diálogo com Lettice àquela tarde, eu desenvolvera a certeza de que havia algum tipo de entendimento crescente entre ela e o jovem. Além disso, fiquei convencido de que ela própria pensava assim. A meu ver, ela não tinha a mínima ideia do interesse do artista por sua madrasta.

Emaranhado obsceno. Meio a contragosto, dei o braço a torcer a Miss Marple. Não se enganara, ao contrário: claramente suspeitara da situação real com relativa exatidão. Eu não soube ler nas entrelinhas o significativo olhar que ela lançara a Griselda.

Nem passou pela minha cabeça considerar a sra. Protheroe naquele assunto. A sra. Protheroe sempre deu a impressão de ser como a mulher de César – calada, autossuficiente, de quem não se suspeitaria quaisquer profundezas sentimentais.

Quando alcancei esse ponto em minhas meditações, uma batidinha na porta de vidro me alarmou. Levantei-me e fui ver quem era. A sra. Protheroe estava parada do lado de fora. Abri a porta e ela entrou, sem esperar convite. Ofegante, atravessou o gabinete e afundou-se no sofá.

Tive a sensação de que nunca a tinha visto antes. Saiu de cena a mulher calada e autossuficiente. No lugar dela, surgiu uma criatura arquejante e desatinada. Pela primeira vez, me dei conta de que Anne Protheroe era linda.

Cabelos castanhos, faces alvas e olhos cinzentos profundos. Agora estava corada, e o peito arfava. Era como se uma estátua de repente tivesse recebido um sopro de vida. Meus olhos piscavam e mal conseguiam acreditar naquela transformação.

– Achei melhor vir aqui – disse ela. – O senhor viu... viu agora há pouco, não?

Assenti com a cabeça. Ela falou baixinho:

– A gente se ama...

E, mesmo em meio a sua visível angústia, não pôde deixar de abrir um suave sorriso. O sorriso da mulher que enxerga o belo e o maravilhoso.

Permaneci mudo, e ela acrescentou em seguida:

– Imagino que isso lhe pareça muito errado.

– Espera que eu diga algo diferente, sra. Protheroe?

– Não... não, acho que não.

Continuei, tentando amenizar tanto quanto possível a minha voz:

– A senhora é casada...

Ela me cortou.

– Ah! Eu sei... eu sei. Pensa que eu já não fiquei moendo e remoendo isso? No fundo não sou uma pessoa má... não sou. E... nem sempre tudo é como a gente imagina.

Declarei solene:

– Fico feliz com isso.

Indagou temerosa:

– Vai contar para o meu marido?

Retorqui secamente:

– Parece consenso que um clérigo é incapaz de se comportar como um cavalheiro. Isso não é verdade.

Mirou-me com gratidão.

– Sou tão infeliz. Ah! Sou tão infeliz e miserável. Não consigo mais. Não consigo mesmo. E não sei o que fazer. – A voz dela se ergueu num leve tom de histeria. – Não tem ideia da vida que eu levo. Minha vida com Lucius é uma desgraça desde o começo. Mulher nenhuma pode ser feliz com ele. Eu queria que ele estivesse morto... É horrível, mas eu queria... Estou desesperada. Estou lhe dizendo, estou desesperada.

Assustou-se e olhou na direção da porta de vidro.

– O que foi isso? Pensei ter ouvido alguém. Talvez seja Lawrence.

Caminhei até a porta de vidro, que, ao contrário do que eu pensara, eu não tinha fechado. Saí e perscrutei o jardim, mas não havia ninguém à vista. Mas eu também estava convencido de que ouvira alguém. Ou talvez tivesse sido a certeza dela que me convencera.

Quando voltei ao gabinete, ela estava inclinada à frente, cabisbaixa. O próprio retrato do desespero. Repetiu:

– Não sei o que fazer. Não sei o que fazer.

Aproximei-me e sentei ao lado dela. Disse-lhe as coisas que considerava meu dever e tentei dizê-las com a convicção necessária, sempre com a inquietante consciência de que naquela mesma manhã eu expressara a opinião de que o mundo seria melhor sem o coronel Protheroe.

Acima de tudo, implorei para que não fizesse nada impensado. Abandonar o lar e o marido era um passo muito sério.

Não creio que a tenha convencido. Já estou há muito tempo neste mundo para saber que discutir com alguém apaixonado é quase inútil, mas acredito que ao menos minhas palavras a reconfortaram.

Quando se levantou para ir embora, ela me agradeceu e prometeu pensar no que eu disse.

Porém, depois que ela saiu, senti-me inquieto. Até então me equivocara ao avaliar a personalidade de Anne Protheroe. Agora ela se comportava como uma mulher aflita, o tipo de mulher capaz de qualquer coisa à mercê de suas emoções. E estava louca, perdida, irremediavelmente apaixonada por Lawrence Redding, bem mais moço que ela. Eu não gostava nada daquilo.

CAPÍTULO 4

Eu me esquecera por completo que tínhamos convidado Lawrence Redding para jantar àquela noite. Quando Griselda entrou de supetão e me repreendeu, frisando que faltavam dois minutos para o horário da janta, fiquei estarrecido.

– Espero que tudo corra bem – falou Griselda, seguindo meus passos na escadaria. – Pensei no que você disse no almoço e então tive boas ideias para o cardápio de hoje à noite.

Diga-se de passagem, nosso jantar provou, sem sombra de dúvidas, a veracidade da afirmação de Griselda de que tudo ia muito pior quando ela se esforçava. O cardápio, conceitualmente ambicioso, permitiu a Mary o prazer desconcertante de descobrir como melhor alternar pratos malcozidos e cozidos demais. As ostras que Griselda encomendara, à primeira vista fora do alcance da incompetência, infelizmente não puderam ser saboreadas, já que não havia nada em casa com que abri-las – detalhe só descoberto na hora em que foram servidas.

Cheguei a duvidar que Lawrence Redding desse o ar de sua graça. Ele bem que poderia ter arrumado uma desculpa.

Entretanto, ele chegou com pontualidade, e nós quatro sentamo-nos à mesa.

É incontestável: Lawrence Redding tem uma personalidade atraente. Deve andar por volta dos trinta anos. O cabelo é escuro, mas os olhos são de um azul brilhante, quase espantoso. Tipo do jovem com múltiplos talentos. Excelente nos esportes, na caça, no palco (ator amador) e na narração de histórias de primeira grandeza. Monopoliza qualquer encontro. Calculo que tenha sangue irlandês nas veias. Não representa, de maneira nenhuma, a ideia que fazemos de um artista típico. Mas pelo visto domina o estilo moderno. Confesso que entendo pouco de arte.

Nada mais natural que nessa noite específica ele estivesse um pouquinho *distrait*. No conjunto, saiu-se muito bem. Não creio que Griselda nem

Dennis tenham percebido algo de errado. Talvez nem eu mesmo tivesse percebido se não soubesse de antemão.

Griselda e Dennis, mais alegres que de costume, contavam piadas sobre o dr. Stone e a srta. Cram – o escândalo local! De repente me dei conta com agonia de que a diferença de idade entre Dennis e Griselda é menor do que a entre mim e Griselda. Ele me chama de tio Len, mas a chama de Griselda. Não sei bem por que motivo isso me deu uma sensação de solitude.

O incidente com a sra. Protheroe deve ter me afetado. Em geral, não sou dado a essas reflexões infrutíferas.

Griselda e Dennis exageraram em alguns comentários, mas não tive coragem de chamar a atenção deles. Sempre lastimei que a simples presença de um clérigo reprimisse as pessoas.

Lawrence participou da conversa com animação. Não obstante, notei os seus contínuos olhares em minha direção e não me surpreendi quando após o jantar ele manobrou para conseguir ficar a sós comigo no gabinete.

Tão logo nos vimos a sós, a atitude dele mudou.

– Descobriu nosso segredo, sir – disse ele. – O que vai fazer?

Eu podia ser mais direto com Redding do que com a sra. Protheroe, e foi isso que fiz. Ele absorveu bem.

– Claro – disse ele quando terminei –, de um pastor não se esperaria ouvir outra coisa. Não tenho intenção de ofendê-lo dizendo isso. Para ser sincero, acho que o senhor está certo. Mas o que acontece entre mim e Anne é bem diferente.

Respondi que aquela desculpa era usada desde Adão e Eva, e um sorrisinho estranho enrugou seus lábios.

– Quer dizer que todos pensam que seu caso é especial? Pode ser. Mas precisa acreditar numa coisa.

Garantiu-me que até então "nada de errado havia acontecido". Anne, afirmou ele, era uma das mulheres mais honestas e leais da face da Terra. Disse também que não tinha ideia do que ia acontecer.

– Se fosse num livro – falou melancólico –, o velho morreria... para a felicidade geral da nação.

Eu o censurei.

– Ah! Não quis dizer que pretendo cravar uma faca nas costas dele, mas agradeceria com entusiasmo a quem o fizesse. Não existe alma no mundo capaz de falar bem dele. É mesmo de admirar que a primeira sra. Protheroe não o tenha eliminado. Fui apresentado a ela, anos atrás, e ela me pareceu bem capaz de matar alguém. Uma daquelas mulheres serenas e traiçoeiras. Ele só sabe esbravejar, criar encrenca, ser pão-duro como o diabo e destilar um humor especialmente sangrento. Não tem ideia do que Anne tem que suportar. Se eu tivesse dinheiro, fugiria com ela sem pensar duas vezes.

Então tive uma conversa franca com ele. Implorei que deixasse St. Mary Mead. Permanecer só traria ainda mais infelicidade a Anne Protheroe. O povo começaria a fofocar, o assunto chegaria aos ouvidos do coronel Protheroe e as coisas ficariam infinitamente piores para ela.

Lawrence protestou.

– Ninguém sabe de nada a não ser o senhor, padre.

– Meu caro, você subestima o instinto detetivesco da vida aldeã. Em St. Mary Mead, todo mundo sabe de nossos assuntos mais íntimos. Nenhum detetive na Inglaterra se iguala a uma solteirona de idade incerta com tempo livre.

Ele afirmou sossegado que estava tudo bem. Todos pensavam que o problema era com Lettice.

– Por acaso já lhe ocorreu – perguntei – que talvez Lettice também pense?

Ele se mostrou surpreso com a ideia. Lettice, afirmou, não se interessava por ele. Estava certo disso.

– Tipo estranho de moça – descreveu. – Parece sempre imersa numa espécie de sonho, mas atrás dessa máscara é bem prática. Todo aquele jeito vago não passa de pose. Lettice sabe muito bem o que está fazendo. E tem um curioso traço vingativo. O mais estranho é que ela detesta Anne. Simplesmente a abomina. Mas Anne sempre é um anjo perfeito com ela.

É evidente que sobre esse último detalhe não acreditei na palavra dele. Para jovens apaixonados, os objetos de suas paixões sempre se comportam como anjos. Mesmo assim, até onde eu pudera observar, Anne sempre tratara a enteada com bondade e justiça. O tom amargo de Lettice naquela tarde me pegara de surpresa.

Nossa conversa ficou por aí, porque Griselda e Dennis entraram de repente dizendo que não deixariam Lawrence se comportar como um ermitão.

– Puxa vida! – exclamou Griselda, jogando-se numa poltrona. – Como eu gostaria de algum tipo de emoção. Um assassinato... ou até mesmo um roubo.

– Não creio que exista alguém por aqui que valha a pena roubar – falou Lawrence, tentando entrar na brincadeira. – A não ser que roubássemos a dentadura postiça da srta. Hartnell.

– Ela estala de modo horrível – disse Griselda. – Mas está enganado, existe sim algo que vale a pena roubar. Lá em Old Hall eles têm uma fantástica prataria antiga. Saleiros e uma *tazza* Carlos II... várias coisas desse tipo. Creio que valem milhares de libras.

– O velho com certeza ia atirar em você com uma pistola do exército – falou Dennis. – É o tipo de coisa que ele ia gostar de fazer.

– Ah, mas primeiro a gente entrava e o rendia! – explicou Griselda. – Quem tem um revólver?

– Tenho uma pistola Mauser – informou Lawrence.

– Verdade? Que interessante. Por que motivo?

– Suvenir de guerra – respondeu Lawrence lacônico.

– Hoje o velho Protheroe mostrou a prataria ao dr. Stone – acrescentou Dennis. – O velho Stone fingiu estar muito interessado.

– Ué, eles não tinham brigado por causa da escavação? – indagou Griselda.

– Mas esse assunto já foi superado! – disse Dennis. – Também, sei lá o que as pessoas ganham escavando túmulos.

– O tal Stone me deixa com a pulga atrás da orelha – revelou Lawrence. – Ele deve ser muito desligado. Às vezes, a gente é capaz de jurar que não sabe nada sobre a própria especialidade.

– É o amor – concluiu Dennis. – A encantadora Gladys Cram não tem nada de impostora. Na brancura de seus dentes, mil prazeres permanentes. Foge comigo, meu bem; vem ser minha noiva, vem. No chao do quarto do hotel, um pedacinho do céu...

– Chega, Dennis – supliquei.

– Bem – falou Lawrence Redding. – Está na hora. Muito obrigado, sra. Clement, pela noite tão agradável.

Griselda e Dennis o acompanharam até a porta. Dennis voltou sozinho ao gabinete. Algo perturbara o rapaz. Ficou zanzando para lá e para cá, franzindo a testa e chutando a mobília.

Nossa mobília já é tão precária que dificilmente poderia ser mais danificada, mas arrisquei um delicado protesto.

– Desculpa – falou Dennis.

Permaneceu em silêncio por um instante e então explodiu:

– Que coisa mais nojenta é a fofoca!

Fiquei um pouco surpreso.

– Qual é o problema? – perguntei.

– Não sei se devo lhe contar.

Cada vez eu ficava mais surpreso.

– Coisa nojenta – repetiu Dennis. – Andar por aí falando coisas. Nem ao menos dizendo com todas as letras. Insinuando. O diabo que me carregue (desculpa) se eu lhe contar. É nojento demais.

Fitei-o com curiosidade, mas não insisti. Fiz algumas inferências, porém. Não é do feitio de Dennis levar as coisas ao pé da letra.

Griselda entrou naquele instante.

– A srta. Wetherby acabou de ligar – contou ela. – A sra. Lestrange saiu às oito e quinze e ainda não voltou. Ninguém sabe para onde ela foi.

– Por que deveriam saber?

– Mas ela não está na casa do dr. Haydock. A srta. Wetherby sabe disso porque ligou para a srta. Hartnell, vizinha do doutor, e ela garantiu não ter visto a sra. Lestrange.

– Para mim, é um mistério – disse eu – como o povo desta aldeia consegue se alimentar. Devem fazer as refeições espiando pela janela para ter a certeza de não perder nada.

– E isso não é tudo – falou Griselda, borbulhando de prazer. – Ficaram sabendo detalhes do hotel Blue Boar. O dr. Stone e a srta. Cram estão hospedados em quartos contíguos, MAS – ela balançou o impressionante dedo indicador – *sem porta entre os quartos*!

– Isso – ponderei – deve ter sido muito decepcionante para todos.

Griselda riu do comentário.

A quinta-feira não começou bem. Duas senhoras da paróquia resolveram brigar por causa da decoração da igreja. Fui chamado para intermediar a discussão entre as duas senhoras de meia-idade, que literalmente tremiam de raiva. Não fosse tão penoso, teria sido um interessante fenômeno físico.

Então tive que chamar a atenção de dois de nossos meninos do coral por chupar bala durante a missa toda. Como se isso não bastasse, fiquei com a inquietante sensação de que eu não estava conduzindo a cerimônia com todo o entusiasmo devido.

Em seguida, nosso organista, pessoa que se "melindra" com facilidade, ofendeu-se e teve que ser acalmado.

E quatro de minhas paroquianas mais pobres declararam guerra contra a srta. Hartnell, que veio falar comigo furiosa.

Mal saí da igreja, me encontrei com o coronel Protheroe. Ele estava muito bem-humorado, tendo condenado três pessoas que invadiam propriedades para caçar e pescar na sua atribuição de magistrado.

– Firmeza – bradou com seu vozeirão. É meio surdo e por isso levanta a voz, como em geral fazem os surdos. – É disso que precisamos hoje em dia... Firmeza! Serve de exemplo. Aquele patife do Archer saiu ontem e está jurando vingança contra mim, ouvi falar. Salafrário sem-vergonha! Homens ameaçados têm vida longa, diz o ditado. Na próxima vez em que eu pegá-lo roubando meus faisões, ele vai ver o que é bom. Frouxos! Hoje em dia, somos muito frouxos! Acredito em revelar a pessoa como ela é de verdade. Sempre pedem para levar em conta a esposa e os filhos. Pura tolice. Bobagem. Então um homem deve escapar às consequências de seus atos só porque choraminga que tem esposa e filhos? Para mim, tanto faz... Não importa quem for: médico, advogado, padre, caçador ou bêbado perdulário... Se for pego descumprindo a lei, deixe a lei puni-lo. Concorda comigo, tenho certeza.

– Esquece uma coisa – falei. – Meus votos me obrigam a respeitar uma qualidade acima de todas: a misericórdia.

– Bem, sou um homem justo. Ninguém pode negar isso.

Permaneci calado, e ele disse em tom mordaz:

– Por que não responde? Um centavo por seus pensamentos, meu caro.

Hesitei, então me decidi e falei:

– Quando meu dia chegar, vou ficar triste se a minha única alegação for a de ter sido justo. Porque isso pode significar que só vou receber justiça...

– Tsc, tsc! Precisamos é de um pouco de cristianismo militante. Sempre cumpri meu dever, espero. Bem, chega desse assunto. Vou visitá-lo hoje à tardinha, como combinado. Vou chegar às seis e quinze e não às seis, se não se importar. Preciso falar com um homem na vila.

– Seis e quinze está bom para mim.

Brandiu a bengala e afastou-se a passos largos. Ao me virar, deparei-me com Hawes. Tive a nítida impressão de que ele estava doente nesta manhã. Eu planejara censurá-lo por vários problemas de sua esfera de ação que haviam sido engavetados ou conduzidos de modo atabalhoado. Porém, ao ver a palidez e a fadiga do seu rosto, eu percebi que o homem estava doente.

Comentei isso; ele negou sem veemência. Enfim, confessou que não estava se sentindo muito bem e aceitou meu conselho de ir para casa descansar.

Almocei às pressas e saí para fazer algumas visitas. Griselda foi a Londres no trem econômico das quintas-feiras.

Retornei por volta das quinze para as quatro com a intenção de rascunhar o sermão dominical, mas Mary avisou que o sr. Redding me aguardava no gabinete.

Encontrei-o caminhando para cima e para baixo com o rosto tenso. Estava pálido e desfigurado.

Virou-se abruptamente quando entrei.

– Olhe aqui, sir. Pensei no que me disse ontem. Passei a noite em claro pensando no assunto. O senhor está certo. Preciso ir embora.

– Meu caro jovem – apaziguei.

– O senhor tem razão no que disse sobre Anne. Só vou trazer problemas a ela ficando aqui. Ela é... ela é boa demais para se envolver nisso. Percebo que tenho de ir. Já compliquei as coisas para ela o suficiente, que Deus me perdoe.

– Tomou a única decisão possível – elogiei. – Sei que é difícil, mas, acredite em mim, no final vai ser melhor para todo mundo.

Pude notar que ele pensou que aquilo era o tipo de coisa fácil de dizer para quem não sabia direito do que estava falando.

– Vai cuidar de Anne? Ela precisa de um amigo.

– Fique descansado. Farei tudo o que estiver ao meu alcance.

– Obrigado, padre. – Ele apertou minha mão. – É um homem bom. Vou encontrá-la esta noite para me despedir e amanhã faço as malas e vou embora. Não adianta prolongar o sofrimento. Obrigado por me deixar usar o bangalô como estúdio. Sinto muito não acabar o retrato da sra. Clement.

– Não se preocupe com isso, meu rapaz. Adeus, e que Deus lhe abençoe.

Quando ele se retirou, tentei organizar meu sermão, mas sem sucesso. Não parava de pensar em Lawrence e Anne Protheroe.

Tomei um chá preto insosso e frio, e às cinco e meia o telefone tocou. Fui informado de que o sr. Abbot de Lower Farm estava morrendo, e me pediram se eu poderia comparecer de imediato.

Liguei a Old Hall na mesma hora, pois Lower Farm ficava a quase três quilômetros de distância e não seria possível estar de volta até as seis e quinze. Nunca aprendi a andar de bicicleta.

Fui avisado, porém, de que o coronel Protheroe acabara de sair de carro. Então parti, alertando Mary de que eu recebera um chamado, mas tentaria estar de volta às seis e meia ou pouco depois.

CAPÍTULO 5

Passavam de quinze para as sete quando me aproximei do portão de casa ao retornar. Antes de alcançá-lo, o portão se abriu de repente e Lawrence Redding irrompeu por ele. Quando me viu, ele estacou, e a sua aparência me deixou impressionado. Parecia à beira da loucura. Trazia os olhos estranhamente esbugalhados, a palidez de um cadáver e as feições crispadas por tremores convulsivos.

Fiquei me perguntando se ele não andara bebendo, mas logo repeli a ideia.

– Olá – cumprimentei –, veio falar comigo de novo? Sinto muito, tive que sair. Não quer voltar? Tenho que tratar com Protheroe uns assuntos contábeis, mas acho que não vamos demorar.

– Protheroe – disse ele, começando a rir. – Protheroe? Quer ver Protheroe? Ah, vai ver Protheroe, e como! Ah, meu Deus... e como vai!

Fitei-o. De modo instintivo estendi a mão na direção dele. Desviou-se com aspereza.

– Não – quase gritou ele. – Preciso ir embora... pensar. Preciso pensar. Tenho que pensar.

Desatou a correr e desapareceu estrada afora rumo à aldeia. Fiquei ali parado, seguindo-o com o olhar, voltando a considerar a ideia inicial sobre embriaguez.

Por fim, balancei a cabeça e me encaminhei para casa. A porta da frente sempre fica aberta, mas apesar disso bati a campainha. Mary apareceu, enxugando as mãos no avental.

– Até que enfim o senhor voltou – observou ela.

– O coronel Protheroe já chegou? – indaguei.

– No gabinete. Está aqui desde as seis e quinze.

– E o sr. Redding esteve aqui?

– Chegou agora há pouco. Perguntou pelo senhor. Falei que o senhor ia voltar a qualquer minuto e que o coronel Protheroe estava esperando no gabinete. Ele falou que ia esperar também e foi até lá. Está lá agora.

– Não, não está – retorqui. – Acabo de encontrá-lo a caminho da aldeia.

– Bem, vai ver que eu não escutei quando ele saiu. Ficou só dois minutinhos. A patroa ainda não voltou da capital.

Assenti distraído. Mary retirou-se para as bandas da cozinha, e eu enveredei pelo corredor e abri a porta do gabinete.

Meus olhos piscaram ao saírem do lusco-fusco do corredor e se depararem com o sol do crepúsculo que penetrava no ambiente. Dei dois passos e então estaquei paralisado.

Por um instante não pude entender o significado da cena à minha frente.

O coronel Protheroe jazia prostrado sobre a escrivaninha numa posição horrivelmente artificial. Perto da cabeça, uma poça de fluido escuro escorria devagar no tampo da mesa e pingava horrenda no chão, gota após gota.

Eu me recompus e me aproximei. A pele estava gélida ao toque. A mão que eu levantei caiu sem vida. Estava morto – com um tiro na cabeça.

Fui até a porta e chamei Mary. Quando ela veio, pedi que corresse o mais rápido que pudesse e trouxesse o dr. Haydock, que mora logo na curva da estrada. Disse a ela que acontecera um acidente.

Então voltei ao gabinete, fechei a porta e aguardei a chegada do médico.

Felizmente, Mary o encontrou em casa. Haydock é um bonachão corpulento e robusto de rosto sincero e vincado.

As sobrancelhas dele se ergueram quando apontei em silêncio a escrivaninha. Porém, como bom médico, ele não demonstrou quaisquer emoções. Inclinou-se sobre o morto, examinando-o com rapidez. Logo se endireitou e olhou em minha direção.

– E então? – indaguei.

– Sem dúvida está morto... deve ter morrido há meia hora, eu diria.

– Suicídio?

– Fora de cogitação, meu caro. Observe a posição do ferimento. Além disso, se ele próprio deu o tiro, onde está a arma?

Verdade se diga, não havia sinal de coisa parecida.

– É melhor não mexer em nada – aconselhou Haydock. – Acho melhor ligar para a polícia.

Apanhou o telefone e pediu uma ligação. Informou os fatos com a maior concisão possível, colocou o fone no gancho e atravessou o gabinete até onde eu estava sentado.

– Negócio nada agradável. Como o achou?

Expliquei.

– É... é assassinato? – indaguei sem convicção.

– É o que parece. Afinal de contas, o que mais poderia ser? Coisa mais estranha. Fico pensando quem poderia ter algo contra o pobre sujeito. Sei muito bem que ele não era lá muito popular, mas ninguém costuma ser assassinado por esse motivo... infelizmente!

– Tem um detalhe bem esquisito – contei. – Me chamaram esta tarde para visitar um paroquiano moribundo. Quando cheguei, todos ficaram surpresos com a minha presença. O doente estava bem melhor do que nos últimos dias, e a mulher dele negou peremptoriamente ter me ligado.

Haydock franziu o sobrolho.

– Isso é sugestivo... muito sugestivo. Você estava sendo tirado do caminho. Onde está sua mulher?

– Foi passar o dia em Londres.

– E a empregada?

– Na cozinha... no outro lado da casa.

– Onde seria improvável escutar algo que se passou aqui. Coisa mais sórdida. Quem sabia que Protheroe viria aqui esta noite?

– Ele comentou o fato esta manhã na rua central da aldeia para todo mundo ouvir, como de costume.

– Quer dizer que toda a aldeia sabia? Se bem que sempre sabem, de qualquer forma. Conhece alguém que tenha rixa contra ele?

O rosto lívido e o olhar fixo de Lawrence Redding vieram à minha mente. Fui poupado de responder por um barulho de pés se arrastando no corredor.

– A polícia – falou meu amigo, pondo-se em pé.

Nossa força policial estava representada na pessoa do guarda Hurst, com ares de suprema importância, mas um tanto preocupado.

– Boa noite, cavalheiros – saudou. – O inspetor vai chegar a qualquer minuto. Neste meio-tempo, vou seguir as instruções dele. Fomos informados que o coronel Protheroe foi encontrado morto... aqui na casa do pastor.

Fez uma pausa e dirigiu em minha direção um olhar desconfiado, que procurei enfrentar com a conduta adequada de quem sabe sua inocência.

Caminhou até a escrivaninha e proclamou:

– Ninguém toca em nada até o inspetor chegar.

Para a conveniência de meus leitores, incluo aqui o esboço da planta do gabinete.

Sacou o bloquinho, umedeceu o lápis na língua e mirou-nos com expectativa.

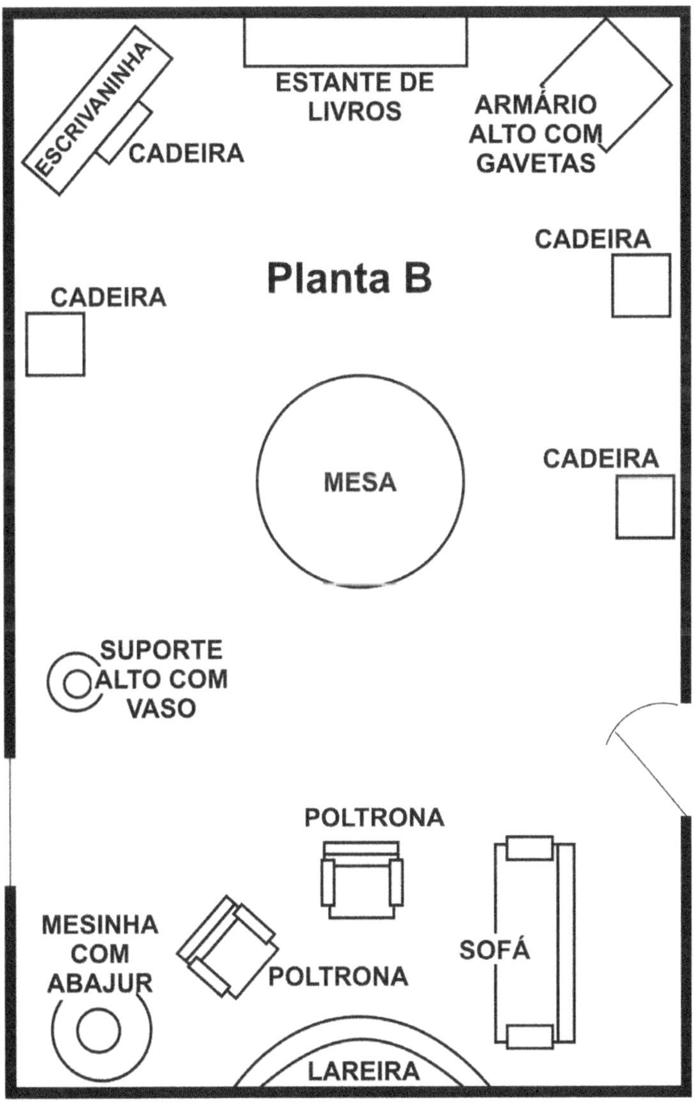

Repeti meu relato sobre a descoberta do corpo. Depois de anotar tudo, o que levou algum tempo, ele volveu ao doutor.

– A seu ver, dr. Haydock, qual foi a causa da morte?

– Tiro na cabeça à queima-roupa.

– E a arma?

– Não posso afirmar com certeza até extrairmos a bala. Mas diria que é bem provável que a bala tenha sido disparada de uma pistola de pequeno calibre... Digamos uma Mauser calibre 6,35 mm.

Tive um sobressalto ao lembrar a conversa da noite anterior e a declaração de Lawrence Redding. O guarda cravou em mim seu olhar de peixe morto.

– Falou alguma coisa, sir?

Meneei a cabeça. Sejam quais fossem minhas suspeitas, eram meras suspeitas, e, por isso, era melhor não falar nada.

– Quando, em sua opinião, ocorreu a tragédia?

O doutor vacilou por um minuto antes de responder. Então disse:

– Está morto há pouco mais de meia hora, eu diria. Com certeza não mais do que isso.

Hurst dirigiu-se a mim.

– A moça escutou alguma coisa?

– Até onde eu sei, ela não escutou nada – respondi. – Mas é melhor perguntar a ela.

Mas neste instante chegou o inspetor Slack, tendo vindo de carro de Much Benham, a três quilômetros de distância.

Tudo o que posso dizer do inspetor Slack é que nunca um homem se esforçou com tanto afinco para contradizer o próprio nome. Moreno, inquieto e dinâmico, tinha olhos negros que dardejavam sem parar e modos rudes e arrogantes ao extremo.

Respondeu a nossas saudações com um breve meneio de cabeça, pegou na mão o bloquinho do subordinado, examinou-o, confabulou sucintamente com ele a meia-voz e caminhou na direção do corpo.

– Imagino que mexeram em tudo e trocaram tudo de posição – declarou.

– Não toquei em nada – garantiu Haydock.

– Muito menos eu – afirmei.

O inspetor ocupou-se por um tempo perscrutando os objetos na mesa e examinando a poça de sangue.

– Arrá! – exclamou em tom de triunfo. – É disso que precisávamos. Quando a vítima caiu para frente, emborcou o relógio. Isso nos vai dar a hora do crime. Seis e vinte dois. Quando disse que ocorreu a morte, doutor?

– Disse em torno de meia hora atrás, mas...

O inspetor consultou seu relógio.

– Sete e cinco. Fui avisado há uns dez minutos, perto de cinco para as sete. O corpo foi descoberto perto de quinze para as sete. Pelo que sei, o doutor foi chamado logo. Digamos que tenha examinado o corpo às dez para as sete... Caramba, isso nos leva quase ao segundo exato!

– Em hipótese alguma garanto o tempo – afirmou Haydock. – É apenas uma estimativa.

– Perfeito, doutor, perfeito.

Eu estivera tentando tomar a palavra.

– Sobre o relógio...

– Com licença, sir, eu faço as perguntas necessárias. O tempo é curto. Quero silêncio absoluto.

– Sim, mas gostaria de lhe dizer que...

– Silêncio absoluto – falou o inspetor, lançando-me um olhar feroz. Dei a ele o que pediu.

Ele continuou a perscrutar a escrivaninha.

– Por que ele estava sentado aqui? – rosnou ele. – Queria escrever um bilhete... hum... O que será isto?

Triunfante, ergueu um pedaço de papel de carta. Estava tão contente com a descoberta que permitiu a nossa aproximação para examinarmos juntos.

Era uma folha de papel de carta com o timbre da igreja, e estava escrito 18h20 no cabeçalho. Lia-se:

"*Caro Clement,*
Sinto muito não poder esperar mais, mas tenho que..."

E nesse ponto a escrita escorregava num rabisco.

– Claro como água – enunciou triunfante o inspetor Slack. – Ele senta aqui para escrever este bilhete, o inimigo se aproxima sorrateiro pela porta de vidro e atira nele enquanto o coronel escreve. O que mais vocês querem?

– Quero apenas dizer... – comecei.

– Saia da frente, por favor, sir. Quero ver se existem pegadas.

Ajoelhou-se e foi engatinhando na direção da porta de vidro aberta.

– O senhor precisa saber... – falei obstinado.

O inspetor ergueu-se. Falou sem cólera, mas com firmeza.

– Mais tarde vamos checar todos os detalhes. Ficaria agradecido se os senhores se retirassem daqui. Por favor, saiam.

Permitimos sermos enxotados como crianças.

Parecia que uma eternidade havia se passado, mas o relógio marcava apenas sete e quinze.

– Bem – falou Haydock. – É isso. Quando aquele estúpido convencido precisar de mim, pode me procurar no meu consultório. Até logo.

– A patroa chegou – falou Mary, numa breve aparição da cozinha. Tinha os olhos arregalados e cheios de alvoroço. – Entrou cinco minutos atrás.

Encontrei Griselda na sala de visitas. Parecia apreensiva, mas empolgada. Contei-lhe tudo, e ela escutou com atenção.

– A carta marca seis horas e vinte no cabeçalho – finalizei. – O relógio emborcou e parou às seis e vinte e dois.

– Sim – falou Griselda. – Mas não contou ao inspetor que aquele relógio sempre fica quinze minutos adiantado?

– Não – disse eu. – Não contei. Ele não me deixou. Fiz o que pude.

Griselda estava com a testa franzida e uma expressão perplexa.

– Mas, Len – ponderou ela –, isso torna a coisa toda extremamente fantástica. Pois, quando aquele relógio marcava seis e vinte, na verdade eram apenas seis e cinco, e às seis e cinco o coronel Protheroe nem tinha chegado ainda.

CAPÍTULO 6

Por algum tempo ficamos quebrando a cabeça com o assunto do relógio, mas não chegamos à conclusão alguma. Griselda disse que eu deveria fazer um novo esforço para contar o detalhe ao inspetor Slack, mas naquela altura do campeonato eu estava me sentindo de um modo que posso descrever apenas como "teimoso".

O inspetor Slack havia sido de uma rudeza abominável e desnecessária. Eu não via a hora de ter a oportunidade de dar minha contribuição valiosa e provocar seu desapontamento. Então eu acrescentaria em tom de leve censura:

– Se tivesse me escutado, inspetor Slack...

Eu esperava ao menos que ele falasse comigo antes de ir embora, mas para nossa surpresa ficamos sabendo por Mary que ele havia partido, tendo chaveado a porta do gabinete e dado ordens para ninguém tentar entrar no recinto.

Griselda sugeriu dar uma chegada em Old Hall.

– Vai ser tudo tão horrível para Anne Protheroe... lidar com a polícia e tudo o mais – falou ela. – Talvez eu possa fazer algo para ajudá-la.

Aprovei esse plano de bom grado, e Griselda me avisou que telefonaria caso pensasse que a minha presença seria útil ou reconfortante para a filha ou a viúva.

De minha parte, liguei aos professores da catequese, que chegariam às sete e quarenta e cinco da noite para os preparativos semanais das aulas. Considerei que diante das circunstâncias o melhor seria cancelar o compromisso.

Dennis foi o próximo a chegar ao local, direto de uma partida de tênis. Parece que o fato de ter acontecido um assassinato na casa do pastor lhe proporcionou intensa satisfação.

– Imagine só estar bem na cena do crime! – exclamou ele. – Sempre quis estar bem no meio de um caso desses. Por que a polícia trancou o gabinete? Será que nenhuma das outras chaves serve?

Proibi que se tentasse alguma coisa nessa linha. Dennis desistiu contrafeito. Depois de extrair de mim todo e qualquer detalhe possível, ele saiu para procurar pegadas no jardim, observando com animação que por sorte tinha sido apenas o velho Protheroe, de quem ninguém gostava.

A sua alegre insensibilidade irritou-me bastante, mas refleti que talvez eu estivesse sendo rigoroso com ele. Na idade de Dennis, uma história policial é uma das melhores coisas da vida, e topar com uma história policial de verdade completa, com cadáver e tudo na porta da casa, por assim dizer, com certeza conduz um menino de cabeça sadia ao sétimo céu. A morte não significa quase nada para um rapazola de dezesseis anos.

Mais ou menos uma hora depois, Griselda estava de volta. Ela conversara com Anne Protheroe e chegara pouco depois que o inspetor lhe dera a notícia.

Ao ficar sabendo que a sra. Protheroe vira o marido pela última vez na aldeia por volta de quinze para as seis e que ela não sabia de nada que lançasse alguma luz sobre o assunto, ele se retirara, explicando que voltaria no dia seguinte para uma entrevista mais completa.

– Ele foi bem decente à sua maneira – reconheceu Griselda a contragosto.

– Como a sra. Protheroe recebeu a notícia? – eu quis saber.

– Bem... ela estava muito calada... se bem que ela sempre é.

– Sim – concordei. – Não consigo imaginar Anne Protheroe histérica.

– Claro que foi um tremendo choque. Era fácil notar isso. Ela me agradeceu por ter ido e disse que estava muito agradecida, mas eu não podia fazer nada.

– E Lettice?

– Em algum lugar jogando tênis. Não tinha chegado em casa ainda.

Houve uma pausa. Em seguida Griselda falou:

– Sabe, Len, ela estava mesmo muito calada... muito estranha mesmo.

– O choque – sugeri.

– Sim... imagino que sim. No entanto... – Griselda enrugou a testa com perplexidade. – Não sei explicar, mas não era só isso. Ela não parecia desnorteada, mas sim... apavorada.

– Apavorada?

– Sim... sem demonstrar, sabe. Pelo menos não querendo demonstrar. Mas com um olhar esquisito e vigilante. Fico pensando se ela não tem alguma ideia de quem é o assassino. Perguntou várias vezes se a polícia tinha algum suspeito.

– Mesmo? – indaguei pensativo.

– Sim. Claro que Anne tem um autocontrole magnífico, mas era possível perceber que estava bastante perturbada. Mais do que eu teria imaginado, afinal ela não era assim tão dedicada a ele. Aliás, eu diria inclusive que ela não gostava dele.

– A morte às vezes muda nossos sentimentos – falei.

– Imagino que sim.

Dennis entrou, todo empolgado com uma pegada que encontrara num dos canteiros de flores. Estava certo de que a polícia havia deixado passar e que aquilo causaria uma reviravolta no mistério.

Minha noite foi conturbada. Bem antes do café da manhã, Dennis já estava em pé circulando no terreno da casa, a fim de "investigar os desenlaces mais recentes", como ele disse.

Mas não foi ele, e sim Mary, quem nos trouxe a mais incrível notícia matinal.

Recém nos sentáramos à mesa para o café quando ela entrou de repente na sala, as bochechas rosadas e os olhos faiscando. Dirigiu-se a nós com a habitual falta de cerimônia.

– Quem diria! O padeiro acabou de me contar. A polícia prendeu o sr. Redding.

– Prendeu Lawrence? – perguntou Griselda incrédula. – Impossível. Deve ser algum engano estúpido.

– Engano nada, dona Griselda – confirmou Mary numa espécie de exultação maligna. – O sr. Redding se apresentou e confessou. Ontem à noite, no apagar das luzes. Entrou na delegacia, jogou a pistola na mesa e disse: "Fui eu". Sem tirar nem pôr.

Olhou para nós dois, balançou a cabeça com vigor e retirou-se satisfeita com o efeito que provocara. Griselda e eu nos entreolhamos.

– Ah! Não é verdade – falou Griselda. – Não *pode* ser verdade.

Percebeu meu silêncio e disse:

– Len, pensa que é verdade?

Difícil responder. Sentei em silêncio, um torvelinho de pensamentos na cabeça.

– Ele só pode estar louco – disse Griselda. – Completamente louco. Ou será que eles estavam olhando a pistola e de repente ela disparou?

– Isso não me parece nada provável.

– Mas deve ter sido um acidente. Não há nem sombra de motivo. Que razão teria Lawrence para matar o coronel Protheroe?

Eu poderia responder àquela pergunta com bastante convicção, mas queria poupar Anne Protheroe tanto quanto possível. Talvez ainda houvesse chance de manter o nome dela fora disso.

– Lembre-se que os dois tiveram uma discussão – falei.

– Sobre Lettice e o maiô dela. Sim, mas isso é um absurdo; e mesmo se ele e Lettice tivessem noivado em segredo... isso não é motivo para matar o pai da noiva.

– Não conhecemos os fatos verdadeiros do caso, Griselda.

– Acredita *mesmo*, Len?! Ah! Como tem coragem? Estou dizendo, tenho *certeza* de que Lawrence nunca encostou em um fio de cabelo dele.

– Não esqueça que eu me encontrei com ele no portão. Ele parecia tresloucado.

– Sim, mas... ah! É impossível.

– E tem o relógio também – falei. – Isso explica o relógio. Lawrence deve ter atrasado o relógio para as seis horas e vinte minutos com a intenção de ter um álibi para si. E olhe como o inspetor Slack caiu na cilada.

– Está enganado, Len. Lawrence sabia que aquele relógio estava sempre adiantado. "Para manter o pastor sempre no horário!", ele costumava dizer. Lawrence jamais teria cometido o erro de atrasar o relógio para as seis horas e vinte e dois minutos. Teria colocado os ponteiros digamos... em quinze para as sete.

– Talvez ele não soubesse a hora que Protheroe chegou aqui. Ou talvez tivesse apenas esquecido que o relógio estava adiantado.

Griselda discordou.

– Não, quem comete assassinato toma extremo cuidado com esse tipo de coisa.

– Como é que você sabe, meu bem – falei com suavidade. – Nunca cometeu um.

Antes que Griselda pudesse responder, uma sombra projetou-se na mesa do café, e uma voz meiga disse:

– Espero não estar sendo inoportuna. Por favor, me perdoem. Mas nessas circunstâncias lamentáveis... nessas circunstâncias mais que lamentáveis...

Era nossa vizinha, Miss Marple. Aceitando nossas educadas manifestações, ela entrou pela porta de vidro, e eu puxei uma cadeira para ela. Estava um pouco enrubescida e bastante agitada.

– Coisa terrível, não é mesmo? Pobre coronel Protheroe. Ele não era lá muito agradável nem chegava a ser exatamente popular, mas isso não torna o fato menos triste. E baleado em pleno gabinete da casa do pastor, não é verdade?

Respondi que esse era realmente o caso.

– Mas o querido pastor não estava em casa na hora? – questionou Miss Marple, dirigindo-se a Griselda. Expliquei a ela onde eu estivera.

– O sr. Dennis não está com vocês hoje de manhã? – indagou Miss Marple, correndo os olhos ao redor.

– Dennis – contou Griselda – se considera um detetive amador. Está animadíssimo com a pegada que encontrou num dos canteiros de flores. Imagino que ele tenha ido contar à polícia.

– Ora, ora – falou Miss Marple. – Quanta confusão, não é? E o sr. Dennis pensa que sabe quem cometeu o crime. Bem, suponho que cada um de nós pensa que sabe.

– Quer dizer que é óbvio? – indagou Griselda.

– Não, querida, não quis dizer isso, de modo algum. Acho inclusive que todos pensam que foi alguém diferente. Por isso é tão importante ter *provas*. Eu, por exemplo, estou *plenamente* convencida que sei quem foi. Mas, admito, não tenho prova alguma. Sei que é preciso tomar muito cuidado com o que se diz numa situação como essa... Acusação caluniosa, não é assim que se chama? Já tinha me decidido a ter o *maior* cuidado com o inspetor Slack. Ele mandou me avisar que viria falar comigo esta manhã, mas agora acabou de me ligar dizendo que não vai ser mais necessário.

– Imagino que depois da prisão não seja mais necessário – comentei.

– Prisão? – Miss Marple inclinou-se à frente, as bochechas róseas de excitação. – Eu não sabia que alguém tinha sido preso.

É tão incomum Miss Marple estar menos informada do que nós que eu tomara como certo que ela sabia das últimas novidades.

– Pelo jeito, não estávamos falando a mesma língua – comentei. – Sim, houve uma prisão: Lawrence Redding.

– Lawrence Redding? – Miss Marple demonstrou bastante surpresa. – Eu jamais teria imaginado que...

Griselda atalhou com veemência.

– Continuo não acreditando. Não, nem mesmo depois de ele ter confessado.

– Confessado? – perguntou Miss Marple. – Quer dizer que ele confessou? Ah! Pelo jeito, estou meio por fora...

– Só pode ter sido alguma espécie de acidente – falou Griselda. – Não acha, Len? Quero dizer, ele ter se entregado dá essa impressão.

Miss Marple inclinou-se à frente com ansiedade.

– Ele se entregou, então?

– Sim.

– Ah! – exclamou Miss Marple, suspirando fundo. – Estou tão contente... tão contente.

Fitei-a com certa surpresa.

– Mostra um remorso genuíno – falei.

– Remorso? – indagou Miss Marple surpresa. – Ah, mas com certeza, meu caro pastor, não pensa que ele é culpado?

Foi a minha vez de encará-la fixamente.

– Mas já que ele confessou...

– Sim, mas é isso mesmo que prova, não é? Quero dizer, prova que ele não teve nada a ver com isso.

– Não – discordei. – Posso ser obtuso, mas não consigo entender de que modo uma confissão prova inocência. Se você não cometeu um crime, não vejo qual a vantagem em fingir que cometeu.

– Ah, é claro, existe um motivo! – ponderou Miss Marple. – Sem dúvida. Sempre existe um motivo para tudo, não é mesmo? E moços são tão impulsivos e em geral propensos a acreditar no pior.

Ela se voltou para Griselda.

– Não concorda comigo, querida?

– Eu... não sei – disse Griselda. – Não sei o que pensar. Não consigo perceber por que motivo Lawrence se comportaria como um perfeito imbecil.

– Se tivesse visto o rosto dele ontem à noite... – comecei.

– Conte-me – pediu Miss Marple.

Descrevi meu regresso ao lar enquanto ela escutava com atenção.

Quando acabei, ela disse:

– Sei que muitas vezes sou meio tola e não capto as coisas como deveria, mas realmente não entendo aonde o senhor quer chegar. A meu ver, se um jovem tomasse a decisão perversa de subtrair a vida de seu semelhante, ele não pareceria atormentado depois. Seria uma ação premeditada, a sangue-frio, e, embora o assassino pudesse estar um pouco agitado e talvez propenso a cometer algum pequeno deslize, não acho provável que fosse dominado por um estado de nervosismo como o que o senhor descreveu. É difícil se colocar numa posição dessas, mas não consigo me imaginar transtornada assim.

– Não sabemos as circunstâncias – argumentei. – Uma briga, um tiro disparado no calor do momento... E depois Lawrence pode ter se horrorizado com o que fez. Na verdade, quero crer que foi isso mesmo que aconteceu.

– Caro sr. Clement, sei que a gente prefere ver as coisas sob certos prismas. Mas não é melhor aceitar os fatos como realmente são? E não me parece que os fatos corroborem a interpretação que o senhor dá a eles. A sua empregada declarou categoricamente que o sr. Redding esteve na casa apenas por alguns minutos, tempo insuficiente, com certeza, para se travar uma briga como a que o senhor descreveu. E, além do mais, pelo que sei, o coronel recebeu um tiro na parte de trás da cabeça quando escrevia uma carta... pelo menos foi o que a minha empregada disse.

– É verdade – confirmou Griselda. – Parece que ele estava escrevendo um bilhete para avisar que não podia esperar mais. O bilhete tinha o horário de seis e vinte, e o relógio na mesa foi derrubado e parou marcando seis horas e vinte e dois minutos. Foi justamente isso que nos deixou intrigados.

Ela explicou nosso costume de manter o relógio um quarto de hora adiantado.

– Muito interessante – disse Miss Marple. – Interessante mesmo. Mas o bilhete me parece ainda mais interessante. Quero dizer...

Calou-se e olhou ao redor. Lettice Protheroe estava parada do lado de fora da porta. Entrou cumprimentando-nos com a cabeça e murmurando:

– Bom dia.

Deixou-se cair numa cadeira e falou com rara animação:

– Fiquei sabendo que prenderam Lawrence.

– Sim – falou Griselda. – Foi um grande choque para nós.

– Nunca pensei mesmo que alguém ia matar meu pai – comentou Lettice. Obviamente estava orgulhosa por não deixar transparecer sinal de sofrimento nem emoção. – Muita gente queria matá-lo, estou certa disso. Em algumas ocasiões, até eu mesma tive vontade.

– Quer comer ou beber algo, Lettice? – indagou Griselda.

– Não, obrigada. Apenas dei uma passadinha para ver se não acharam minha boina... Uma boininha amarela, meio bizarra. Acho que deixei no gabinete no outro dia.

– Se deixou, ainda está lá – ponderou Griselda. – Mary nunca arruma nada.

– Vou dar uma olhada – falou Lettice, erguendo-se. – Desculpe incomodar, mas é que perdi todos os chapéus que eu tinha.

– Não vai poder pegá-la agora – alertei. – O inspetor Slack interditou o local.

– Ah, que chatice! Não dá para entrar pela porta de vidro?

– Sinto muito, mas está trancada por dentro. Com certeza, Lettice, uma boina amarela não seria adequada no momento, não é mesmo?

– Quer dizer luto e tudo o mais? Não vou me dar o trabalho de usar luto. Ideia tremendamente arcaica. É uma pena o que aconteceu com Lawrence... sim, é uma pena.

Levantou-se e franziu a testa, distraída.

– E tudo por minha causa, por causa do meu maiô. A coisa toda é de uma tolice enorme...

Griselda abriu a boca para dizer algo, mas por alguma razão oculta calou-se.

Um sorriso curioso brotou nos lábios de Lettice.

– Acho – disse ela docemente – que vou para casa contar a Anne que Lawrence foi preso.

Saiu pela porta de vidro. Griselda virou-se para Miss Marple.

– Por que pisou no meu pé?

A velhinha sorria.

– Achei que você ia dizer algo, querida. E em geral é bem melhor deixar as coisas evoluírem ao natural. Sabe, essa menina nem de longe é tão vaga quanto finge. Ela tem uma ideia bem exata na cabeça e está agindo de acordo com ela.

Mary deu uma batida forte na porta da sala de jantar e entrou logo depois.

– O que é? – indagou Griselda. – E Mary, lembre-se que você não deve ficar batendo nas portas. Já disse isso outras vezes.

– Sei que estão ocupados – falou Mary. – O coronel Melchett está aqui. Quer falar com o patrão.

O coronel Melchett é o comissário do condado. Ergui-me de imediato.

– Achei que não iam gostar que eu o deixasse plantado no hall, então eu o fiz passar até a sala de visitas – continuou Mary. – Posso tirar a mesa?

– Ainda não – disse Griselda. – Toco a sineta.

Ela se virou para Miss Marple, e eu saí da sala.

CAPÍTULO 7

O coronel Melchett é um homenzinho garboso, com o hábito de bufar de modo repentino e inesperado. Tem o cabelo ruivo e olhos azuis brilhantes e sagazes.

– Bom dia, pastor – cumprimentou ele. – Que negócio desagradável, hein? Coitado do Protheroe. Não que eu gostasse dele. Não gostava. Ninguém gostava, aliás. E que incômodo para vocês também. Espero que o episódio não tenha aborrecido sua esposa.

Respondi que Griselda estava levando bem a situação.

– Tanto melhor. Coisa terrível de acontecer justo em nossa casa. Confesso que estou surpreso com o jovem Redding... o jeito como ele agiu. Sem um pingo de consideração pelo sentimento alheio.

Um desejo louco de rir tomou conta de mim, mas o coronel Melchett obviamente não via nada de estranho na ideia de um assassino ter consideração, então me controlei.

– Pois é, fiquei surpreso quando soube que o rapaz apareceu e se entregou – continuou o coronel Melchett, deixando-se cair numa cadeira.

– Como foi mesmo que aconteceu?

– Ontem à noite. Perto das dez. O sujeito entra, joga a pistola na mesa e fala: "Aqui estou. Fui eu". Simples assim.

– Qual o relato dele sobre o crime?

– Não contou quase nada. Foi alertado, é claro, sobre a gravidade de fazer um depoimento. Mas ele apenas riu. Disse que veio aqui para falar com o senhor... e encontrou Protheroe no gabinete. Os dois discutiram e Redding atirou nele. Não quer contar o assunto da discussão. Olhe, Clement, cá entre nós... sabe de algo? Escutei boatos... sobre ele ter sido proibido de visitar a casa e tudo o mais. O que aconteceu... ele seduziu a filha ou o quê? Para o bem de todo mundo, não queremos envolver a moça mais do que o necessário. Era esse o problema?

– Não – respondi. – Acredite em mim, existia algo bem diferente, mas não posso falar mais do que isso por enquanto.

Ele aquiesceu com a cabeça e levantou-se.

– É bom saber. Fofoca é o que não falta. Excesso de mulheres na aldeia. Bem, preciso ir andando. Tenho que falar com Haydock. Ele foi chamado para fazer um atendimento, mas deve estar de volta agora. Falando a verdade, fiquei triste com a confissão de Redding. Ele sempre me deu a impressão de ser um jovem decente. Talvez a defesa consiga descobrir uma forma de abrandar a pena. Efeitos colaterais da guerra, sequelas dos bombardeios ou coisa semelhante. Em especial se nenhum motivo adequado aparecer. Tenho que ir. Quer me acompanhar?

Disse que gostaria muito, e saímos juntos.

A casa de Haydock fica ao lado da minha. A empregada dele informou que o doutor recém chegara e nos conduziu à sala de jantar, onde encontramos Haydock sentado à frente de um prato fumegante de ovos com bacon. Ele me cumprimentou com um meneio de cabeça amigável.

– Sinto muito por ter saído. Fui fazer um parto. Fiquei acordado a noite toda, lidando com o cadáver. Extraí a bala para o senhor.

Empurrou uma caixinha ao longo da mesa. Melchett a examinou.

– Calibre 6,35 mm?

Haydock assentiu.

– Vou deixar os detalhes técnicos para o inquérito – disse ele. – Tudo o que senhor precisa saber é que a morte foi quase imediata. Que rapaz tolo, por que será que ele fez isso? A propósito, é espantoso ninguém ter ouvido o tiro.

– Sim – concordou Melchett –, isso me intriga.

– A janela da cozinha abre-se para o lado oposto – ponderei. – Com a porta do gabinete, a porta da copa e a porta da cozinha todas fechadas, duvido que se escute alguma coisa, e só a empregada estava em casa.

– Hum... – murmurou Melchett. – Em todo caso, não deixa de ser estranho. Fico pensando se a velhinha... como é mesmo o nome dela... Marple, não escutou. A porta de vidro do gabinete estava aberta.

– Talvez tenha escutado – disse Haydock.

– Não creio – redargui. – Ela esteve em minha casa há pouco e não fez nenhum comentário a respeito disso, e estou certo de que teria feito caso ela tivesse escutado algo.

– Talvez tenha escutado e não tivesse prestado atenção... Confundiu com a explosão do escapamento de um veículo.

Fiquei surpreso ao perceber que, naquela manhã, Haydock parecia mais alegre e bem-humorado do que de costume. Passava a impressão de alguém que tentava com pudor não demonstrar animação especial.

– Quem sabe um silenciador? – acrescentou ele. – Isso é bem plausível. Então ninguém escutaria nada.

Melchett balançou a cabeça.

– Slack não achou nada desse tipo e perguntou a Redding. No começo, Redding não entendeu, depois negou incisivamente ter usado algo parecido. E imagino que nesse caso devemos acreditar nele.

– Sim, é verdade, pobre diabo.

– Imbecil maldito – praguejou o coronel Melchett. – Perdão, Clement. Mas é o que ele é! A gente não consegue se acostumar com a ideia de que ele é um assassino.

– Algum motivo? – perguntou Haydock, tomando o último gole de café e empurrando a cadeira para trás.

– Alega que os dois discutiram. Perdeu o controle e atirou no velho.

– Quer nos persuadir que foi homicídio não premeditado, então? – O doutor meneou a cabeça. – Essa história não convence. Aproximou-se furtivo por trás enquanto o outro escrevia e deu um tiro na cabeça dele. Não é bem o que eu chamaria de "discussão".

– De qualquer forma, nem deu tempo para bate-boca – falei, lembrando as palavras de Miss Marple. – Chegar pé ante pé, atirar em Protheroe, atrasar o relógio para seis e vinte e dois e sair tomaria todo o seu tempo. Nunca vou esquecer do rosto dele quando nos encontramos no portão, nem do jeito como ele disse: "Quer ver Protheroe?... Ah, vai vê-lo, e como vai!" Só isso já bastaria para desconfiar de que algo errado havia acabado de acontecer.

Haydock me fitou.

– Como assim, acabado de acontecer? Quando acha que Redding atirou?

– Poucos minutos antes de eu chegar em casa.

O doutor balançou a cabeça.

– Impossível. Totalmente impossível. A essa altura, ele já estava morto há um bom tempo.

– Mas, meu caro – exclamou o coronel Melchett –, você mesmo disse que meia hora era apenas uma estimativa.

– Meia hora, trinta e cinco minutos, vinte e cinco minutos, vinte minutos, talvez... mas não menos. Caso contrário, o corpo ainda estaria quente quando eu o examinei a primeira vez.

Entreolhamo-nos. O rosto de Haydock mudara. De repente se tornara opaco e envelhecido. Fiquei admirado com aquela transformação.

– Mas olhe aqui, Haydock. – O coronel recuperou a voz. – Se Redding admite ter atirado nele às quinze para as sete...

Haydock ficou de pé num pulo.

– Impossível! – esbravejou. – Se Redding diz que matou Protheroe às quinze para as sete, está mentindo. Que um raio me fulmine, sou médico e sei do que estou falando. O sangue tinha começado a coagular.

– Se Redding estiver mentindo... – começou Melchett. Parou e meneou a cabeça. Por fim, disse:

– É melhor irmos à delegacia falar com ele.

CAPÍTULO 8

Percorremos em silêncio o caminho até a delegacia. Haydock diminuiu o passo e cochichou em meu ouvido:

– Isso não está me cheirando bem. Não mesmo. Tem algo nessa história que eu não entendo.

Parecia todo inquieto e consternado.

O inspetor Slack estava na delegacia, e logo nos vimos cara a cara com Lawrence Redding.

Lívido e extenuado, mas tranquilo – "diante das circunstâncias", pensei com os meus botões, "tranquilo até demais". Melchett soltou um murmúrio de hesitação, nitidamente nervoso.

– Olhe aqui, Redding – começou –, consta que você prestou depoimento ao nosso inspetor Slack aqui. Afirmou que foi à casa do pastor por volta de quinze para as sete, lá se encontrou com Protheroe, discutiu com ele, atirou nele e foi embora. Não estou lendo o depoimento, mas em essência é isso.

– Sim.

– Vou fazer algumas perguntas. Já lhe avisaram de que não é obrigado a respondê-las, a menos que assim o deseje. O seu advogado...

Lawrence atalhou.

– Não tenho nada a esconder. Eu matei Protheroe.

– Ah! – bufou Melchett. – Por que levava uma pistola consigo?

Lawrence titubeou.

– Estava no meu bolso.

– Levou a pistola à casa do pastor?

– Sim.

– Por quê?

– Sempre a carrego.

Vacilara de novo antes de responder, e tive certeza de que mentia.

– Por que atrasou o relógio?

– O relógio? – repetiu perplexo.

– Sim, os ponteiros marcavam seis e vinte e dois.

Um medo repentino surgiu no rosto dele.

– Ah! Aquilo... sim. Eu... eu... ajustei o relógio.

Haydock de súbito tomou a palavra.

– Onde você atirou no coronel Protheroe?

– No gabinete da casa do pastor.

– Eu quis dizer: em qual parte do corpo?

– Ah!... Eu... na cabeça, acho. Sim, na cabeça.

– Não tem certeza?

– Se o senhor sabe, não vejo por que motivo precisa me perguntar.

Foi uma débil tentativa de bazófia. Então se escutou lá fora um princípio de alvoroço. Um guarda sem capacete trouxe uma carta.

– Para o pastor. No envelope diz que é urgente.

Rasguei o envelope e li:

"Por favor... venha falar comigo. Não sei o que fazer. É tudo tão horrível. Preciso contar a alguém. Por favor, venha logo e traga junto quem quiser.
Anne Protheroe."

Mirei Melchett com um olhar significativo. Ele percebeu a dica. Saímos todos juntos. Por cima do ombro, vi de relance o olhar de Lawrence Redding cravado no papel em minha mão. Não creio ter visto em outra ocasião olhos tão repletos de angústia e desespero.

Lembrei de Anne Protheroe no sofá dizendo: "Sou uma mulher desesperada", e senti um coração de chumbo dentro de mim. Agora eu percebia a possível razão para a heroica autoacusação de Lawrence Redding. Melchett confabulava com Slack.

– Tem ideia do paradeiro de Redding ao longo do dia? Há motivos para crer que ele matou Protheroe mais cedo do que ele afirma ter matado. Investigue isso, certo?

Virou-se para mim e, sem dizer nada, eu lhe entreguei a carta de Anne Protheroe. Leu e fez uma cara de espanto. Então me fitou com olhos indagadores.

– Foi isso que você insinuou hoje de manhã?

– Sim. Naquela hora eu não sabia se devia falar. Agora sei que devo.

E contei ao comissário o que eu testemunhara aquela noite no estúdio.

O coronel trocou umas palavras com o inspetor, e em seguida partimos em direção a Old Hall. O dr. Haydock veio conosco.

Um mordomo distinto abriu a porta, com a dose exata de pesar na conduta.

– Bom dia – saudou Melchett. – Pode fazer a gentileza de avisar a criada da sra. Protheroe que estamos aqui e queremos falar com a dona da casa? Então volte porque temos umas perguntas a lhe fazer.

O mordomo retirou-se com pressa e pouco depois trouxe a informação de que o recado fora transmitido.

– Agora, sobre ontem – falou o coronel Melchett. – O seu patrão almoçou em casa?

– Sim, sir.

– Estava com o humor de sempre?

– Até onde pude notar, sim, sir.

– O que aconteceu depois disso?

– Depois do almoço, a sra. Protheroe foi se deitar, e o coronel entrou no gabinete. A srta. Lettice saiu no conversível para jogar tênis. O coronel e a sra. Protheroe tomaram chá às quatro e meia na sala. O carro foi encomendado para as cinco e meia para levá-los à aldeia. Logo depois que saíram, o sr. Clement telefonou – fez uma reverência em minha direção –, e eu disse que eles já tinham saído.

– Hum... – falou o coronel Melchett. – Quando Lawrence Redding esteve aqui pela última vez?

– Terça-feira à tarde, sir.

– Pelo que eu soube, houve um desentendimento entre eles.

– Creio que sim, sir. O coronel me deu ordens expressas para não deixar mais o sr. Redding entrar na casa.

– Tem certeza de que não escutou parte da discussão? – indagou o coronel Melchett à queima-roupa.

– O coronel Protheroe, sir, tinha voz bem alta, ainda mais quando estava brabo. Era impossível não escutar uma palavra aqui, outra ali.

– O suficiente para ficar sabendo o motivo da discussão?

– Fiquei com a impressão, sir, de que teve a ver com o retrato que o sr. Redding estava pintando... o retrato da srta. Lettice.

Melchett grunhiu.

– Viu o sr. Redding quando ele saiu?

– Sim, sir, eu o acompanhei até a porta.

– Estava zangado?

– Não, sir. Se me permite observar, parecia estar se divertindo.

– Ah! Ele não veio aqui ontem?

– Não, sir.

– Alguém mais veio?

– Ontem não, sir.

– Bem, e anteontem?

– O sr. Dennis Clement veio na parte da tarde. E o dr. Stone esteve aqui por um tempo. E uma dama à noite.

– Uma dama? – indagou Melchett surpreso. – Quem era ela?

O mordomo não conseguiu lembrar o nome. Nunca vira a mulher antes. Sim, ela deu o nome e, ao saber que a família estava jantando, informou que esperaria. Então ele a deixou esperando na salinha matinal.

Ela perguntou pelo coronel Protheroe, não pela sra. Protheroe. Ele avisou o coronel, e o coronel foi até a salinha assim que terminou de jantar.

Quanto tempo a visitante esperara? Mais ou menos meia hora. O coronel em pessoa a levou até a porta. Ah! Sim, lembrou o nome dela agora. Sra. Lestrange.

Isso foi uma surpresa.

– Curioso – disse Melchett. – Curioso mesmo.

Mas não continuamos a debater esse assunto, pois naquele instante chegou o recado de que a sra. Protheroe nos receberia.

Anne estava de cama. O olhar brilhava no rosto pálido. Sua expressão me deixou perplexo – um quê de resolução severa. Ela me fitou.

– Obrigado por vir logo – disse ela. – Vejo que entendeu o que eu quis dizer com trazer alguém junto.

Fez uma pausa.

– Melhor acabar logo com isso, não é? – indagou, abrindo um sorrisinho estranho, meio enternecedor. – Imagino que eu deva me dirigir ao senhor, coronel Melchett. Sabe, eu matei o meu marido.

O coronel Melchett intercedeu suavemente:

– Minha querida sra. Protheroe...

– Ah! É a pura verdade. Sei que disse sem fazer rodeios, mas nada me faz ficar histérica. Eu o odiava há muito tempo e ontem atirei nele.

Recostou a cabeça nos travesseiros e fechou os olhos.

– Isso é tudo. Imagino que vão me prender e me levar embora. Vou me levantar e me vestir assim que conseguir. Agora estou me sentindo mal.

– Tem consciência, sra. Protheroe, de que o sr. Lawrence Redding já confessou a autoria do crime?

Anne abriu os olhos e assentiu com um enfático aceno de cabeça.

– Que tolo. Perdidamente apaixonado por mim. Fiquei surpresa com esse ato de nobreza da parte dele... Mas não deixa de ser uma tolice.

– Ele sabia que a senhora tinha cometido o crime?

– Sim.

– Como ele sabia?

Ela pensou duas vezes antes de falar.

– Contou a ele?

Ela continuava em dúvida. Enfim se decidiu.

– Sim... contei a ele...

Encolheu os ombros num gesto de irritação.

– Podem sair agora? Já confessei. Não quero falar mais no assunto.

– Onde conseguiu a pistola, sra. Protheroe?

– A pistola! Ah, era de meu marido. Estava no toucador... numa das gavetas.

– Entendo. E a levou junto até a casa do pastor?

– Sim. Eu sabia que ele ia estar lá...

– A que horas foi isso?

– Depois das seis, acho... em torno de seis e quinze ou seis e vinte...

– Levou a pistola com o objetivo de atirar em seu marido?

– Não... eu... era para atirar em mim.

– Sei. Mas foi à casa do pastor?

– Sim. Cruzei o jardim até a porta de vidro. Não escutei vozes. Espiei o interior da peça. Vi meu marido. Não sei o que me deu... e eu disparei.

– E então?

– Então? Ah, então fugi.

– E contou ao sr. Redding o que tinha feito?

Outra vez percebi hesitação em sua voz, até que ela disse:

– Sim.

– Alguém viu a senhora entrando ou saindo da casa do pastor?

– Não... quer dizer, sim. A velha Miss Marple. Falei com ela uns minutinhos. Ela estava no jardim.

Ajeitou-se irrequieta nos travesseiros.

– Não chega? Já contei. Por que continuam me incomodando?

O dr. Haydock aproximou-se e sentiu o pulso dela.

Fez um sinal para Melchett com a cabeça.

– Ficarei com ela – sussurrou – enquanto tomam as medidas necessárias. Não é bom ela ficar sozinha. Pode tentar alguma bobagem.

Melchett assentiu.

Saímos do quarto e descemos as escadas. Vi uma figura magra e cadavérica sair do quarto contíguo e num impulso subi a escada outra vez.

– É o criado de quarto do coronel Protheroe?

O homem aparentou surpresa.

– Sim, sir.

– Sabe se o seu falecido patrão guardava uma pistola em algum lugar?

– Não que eu saiba, sir.

– Nem nas gavetas do toucador? Pense, rapaz.

O criado balançou a cabeça com ênfase.

– Tenho certeza que não, sir. Se fosse assim, eu a teria visto. Com certeza absoluta.

Desci correndo as escadas atrás dos outros.

A sra. Protheroe mentira sobre a pistola.

Por quê?

CAPÍTULO 9

Depois de deixar um recado na delegacia, o comissário anunciou a intenção de fazer uma visita a Miss Marple.

– Venha comigo, pastor – pediu ele. – Não quero provocar histeria numa ovelha de seu rebanho. Por favor, colabore com a influência de sua presença suavizante.

Sorri. Não obstante a aparência frágil, Miss Marple consegue manter o autocontrole na frente de qualquer policial ou comissário do planeta.

– Como ela é? – quis saber o coronel enquanto tocávamos a campainha. – Devemos ou não levar em conta o que disser?

Considerei o assunto.

– Ela é bem confiável – afirmei cauteloso. – Quer dizer, isso enquanto estivermos falando do que ela realmente presenciou. Mas, é claro, quando o assunto for o que ela pensa... bem, daí a história é outra. Ela tem imaginação fértil e o hábito de pensar o pior de todo mundo.

– O protótipo da solteirona – comentou Melchett, rindo-se. – Eu já devia conhecer a raça a esta altura. Meu Deus, esses chazinhos de aldeia!

Fomos recebidos por uma empregada miudinha que nos deixou esperando numa acanhada sala de visitas.

– Móveis demais – disse o coronel Melchett, correndo os olhos ao redor. – Mas de qualidade. Sala bem feminina, não, Clement?

Concordei. Naquele instante a porta se abriu, e Miss Marple deu o ar de sua graça. Fiz as devidas apresentações, e o coronel tomou a palavra.

– Sinto muito incomodá-la, Miss Marple – disse o coronel, exagerando na postura militar, que imaginava agradar senhoras de idade. – O dever em primeiro lugar.

– Claro, claro – falou Miss Marple. – Entendo perfeitamente. Não querem sentar? Aceitam um cálice de conhaque de cereja? Fabricação própria. Receita da minha vó.

– Obrigado, Miss Marple. É bondade sua. Mas não vou aceitar. Não beber antes do almoço é o meu lema. Bem, eu queria trocar umas palavras com a senhora sobre esse caso triste... triste mesmo. Um choque para todos, tenho certeza. Pela posição de sua casa e de seu jardim, talvez a senhora consiga nos contar alguns detalhes sobre ontem à noite.

– De fato, ontem eu *estava* em meu pequeno jardim a partir das cinco da tarde. E, é verdade, de lá... bem, a gente enxerga o que acontece na vizinhança mesmo não querendo.

– Soube, Miss Marple, que a sra. Protheroe passou por aqui ontem à tardinha.

– Sim, passou. Eu a chamei, e ela veio admirar minhas rosas.

– Consegue estimar o horário?

– Diria que um ou dois minutos depois das seis e quinze. Sim, isso mesmo. O relógio da igreja recém tinha soado o quarto de hora.

– Ótimo. O que aconteceu depois?

– Bem, a sra. Protheroe disse que estava indo buscar o marido na casa do pastor para os dois irem juntos para casa. Ela veio pela alameda, entrou na casa do pastor pelo portão traseiro e atravessou o jardim.

– Pela alameda?

– Sim, vou mostrar ao senhor.

Ansiosa, Miss Marple nos levou até o jardim e apontou a viela que tangenciava os fundos do jardim.

– A trilha que desce os degraus leva a Old Hall – esclareceu. – Por ali é que eles iam retornar juntos para casa. A sra. Protheroe veio da aldeia.

– Perfeito, perfeito – disse o coronel Melchett. – E ela atravessou o jardim em direção à casa do pastor, a senhora disse?

Planta C

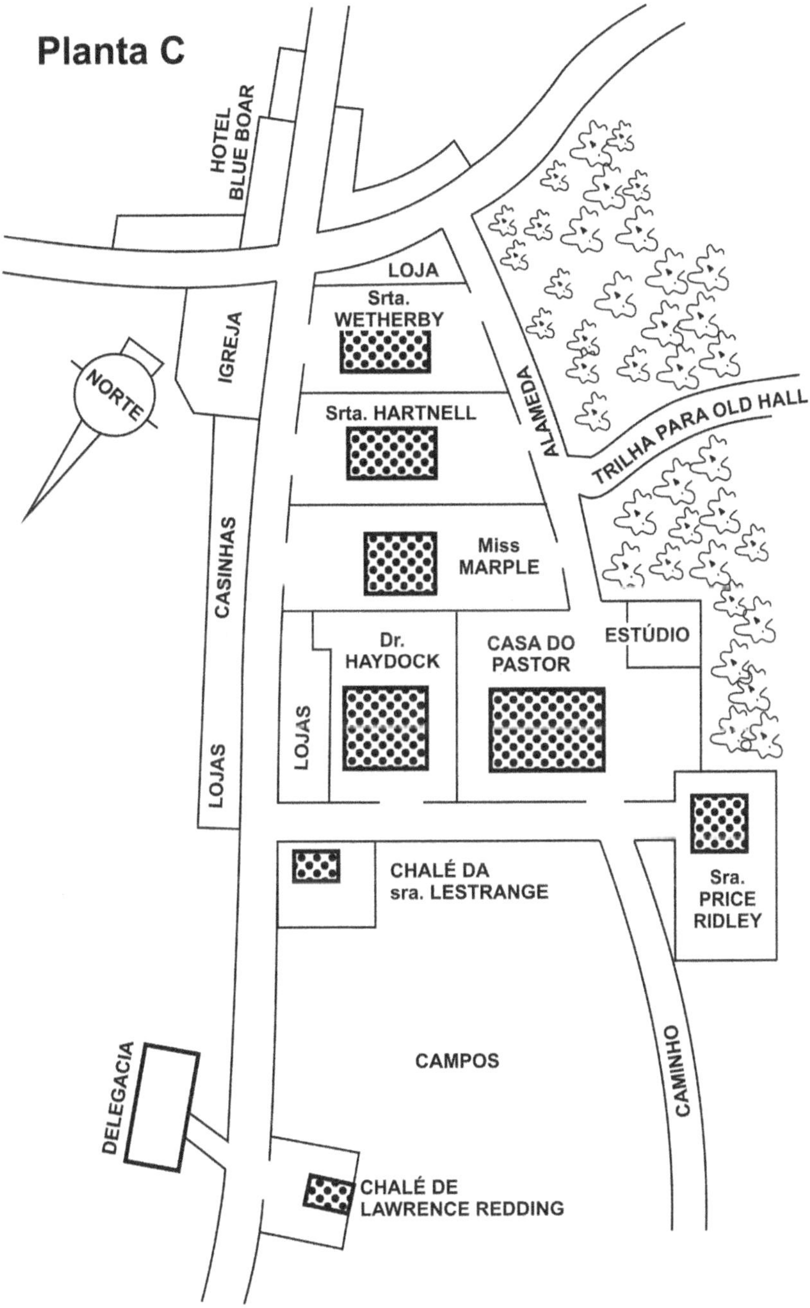
HOTEL
BLUE BOAR
LOJA
Srta.
WETHERBY
IGREJA
NORTE
Srta. HARTNELL
ALAMEDA
TRILHA PARA OLD HALL
CASINHAS
Miss
MARPLE
Dr.
HAYDOCK
CASA DO
PASTOR
ESTÚDIO
LOJAS
LOJAS
Sra.
PRICE
RIDLEY
CHALÉ DA
sra. LESTRANGE
CAMPOS
CAMINHO
DELEGACIA
CHALÉ DE
LAWRENCE REDDING

– Sim. Eu a vi dando a volta na casa. Imagino que o coronel não estivesse lá ainda, pois logo ela voltou e desceu o gramado rumo ao estúdio... aquela espécie de bangalô que o pastor deixa o sr. Redding utilizar como estúdio.

– Entendo. E... não escutou um tiro, Miss Marple?

– Não escutei um tiro naquela hora – falou Miss Marple.

– Mas escutou em outra ocasião?

– Sim, pensei ter escutado um tiro no bosque. Mas isso foi no mínimo cinco ou dez minutos depois... e, como eu disse, no meio do bosque. Pelo menos tive essa impressão. Não poderia ter sido... com certeza não poderia ter sido...

Parou, lívida de empolgação.

– Sim, sim, já vamos chegar nesse ponto – falou o coronel Melchett. – Por favor, continue o relato. A sra. Protheroe desceu até o estúdio?

– Sim, ela entrou e esperou. Então o sr. Redding veio da aldeia pela alameda. Chegou ao portão da casa do pastor, olhou ao redor...

– E viu a senhora, Miss Marple.

– Por incrível que pareça, ele não me viu – disse Miss Marple, corando de leve. – Bem naquela hora eu me abaixei, sabe... Tentava arrancar um dente-de-leão. Tarefa difícil. E então ele cruzou o portão e desceu ao estúdio.

– Não se aproximou da casa?

– Ah, não! Foi direto ao estúdio. A sra. Protheroe veio esperá-lo na porta, e em seguida os dois entraram.

Neste ponto, Miss Marple fez uma pausa bastante eloquente.

– Talvez ela estivesse posando para ele? – sugeri.

– Talvez – falou Miss Marple.

– E então eles saíram... quando?

– Uns dez minutos depois.

– Isso seria que horas mais ou menos?

– O relógio da igreja tinha batido a meia hora. Eles saíram pelo portão do jardim e entraram na alameda. Bem naquela hora, o dr. Stone apareceu na trilha que vem de Old Hall. Subiu os degraus sobre a cerca entre a trilha e a alameda e uniu-se a eles. Os três caminharam juntos em direção à aldeia. No fim da ruela, acho, mas não tenho certeza, eles se encontraram com a srta. Cram. Devia ser a srta. Cram, porque estava de minissaia.

– Deve enxergar bem, Miss Marple, se consegue ver tão longe assim.

– Eu estava observando um passarinho – explicou Miss Marple. – Um estrelinha-da-coroa-dourada, se não me engano. Um encanto. Estava de binóculo em punho, por isso é que vi a srta. Cram (se é que era a srta. Cram, mas acho que era) unir-se a eles.

– Ah! Deve ter sido – falou o coronel Melchett. – Muito bem, Miss Marple, já que é uma ótima observadora, por acaso não notou a expressão facial da sra. Protheroe e do sr. Redding quando caminhavam na alameda?

– Sorriam e conversavam – disse Miss Marple. – Pareciam felizes juntos, se é que o senhor me entende.

– Não aparentavam descontrole nem perturbação?

– Ah, não! Exatamente o contrário.

– Que coisa esquisita – disse o coronel. – Tem algo muito esquisito nessa história toda.

De repente, Miss Marple nos deixou estupefatos ao comentar em voz plácida:

– Agora é a sra. Protheroe quem afirma ter cometido o crime?

– Minha nossa! – exclamou o coronel. – Como conseguiu adivinhar, Miss Marple?

– Bem, eu já pensava que isso ia acontecer – revelou Miss Marple. – Creio que a querida Lettice pensou nisso também. Ela é mesmo uma menina bem inteligente. Mas, receio, não muito escrupulosa. Então Anne Protheroe afirma ter matado o marido dela. Ora, ora. Duvido que seja verdade. Tenho certeza de que não é. Não em se tratando de Anne Protheroe. Mas, pelo sim, pelo não, é melhor não colocar a mão no fogo por ninguém, não é mesmo? Ao menos foi isso que a vida me ensinou. Quando ela afirma ter atirado nele?

– Às seis e vinte. Pouco depois de falar com a senhora.

Miss Marple abanou a cabeça devagar com expressão complacente. Compaixão, creio, de dois marmanjos tão bobos a ponto de acreditar numa história daquelas. Pelo menos tivemos essa impressão.

– Com o que ela atirou nele?

– De pistola.

– Onde ela encontrou a pistola?

– Trouxe junto.

– Ah, isso ela não fez – disse Miss Marple, com convicção inesperada. – Posso jurar isso. Não trazia nada parecido junto com ela.

– Talvez a senhora não tenha visto.

– É claro que eu teria visto.

– Se estivesse dentro da bolsa.

– Ela não estava carregando bolsa.

– Bem, podia estar escondida... ahn... embaixo da roupa.

Miss Marple lançou um olhar de pena e desdém na direção dele.

– Meu caro coronel Melchett, sabe como são as jovens hoje em dia. Não têm vergonha nenhuma de mostrar tudo o que Deus lhes deu. Não trazia nem ao menos um lenço preso na meia.

Melchett não desistia fácil.

– Há de concordar que tudo se encaixa – disse ele. – O horário, o relógio marcando seis e vinte e dois...

Miss Marple virou-se para mim.

– Quer dizer que não contou ainda a ele sobre o relógio?

– O que tem o relógio, Clement?

Contei a Melchett. Ficou muito contrariado.

– Por que diabo não contou para Slack ontem à noite?

– Porque – expliquei – ele não me deu oportunidade.

– Bobagem, devia ter insistido.

– É bem provável – retorqui – que o inspetor Slack se comporte bem diferente com o senhor do que comigo. Deus é testemunha do quanto eu tentei, mas ele não me deixou falar.

– De qualquer forma, é mesmo um caso incrível – falou Melchett. – Se uma terceira pessoa confessar esse crime, vou acabar internado no hospício.

– Se eu pudesse fazer uma sugestão... – murmurou Miss Marple.

– Pois não?

– Por que o senhor não conta ao sr. Redding o que a sra. Protheroe fez e então explica a ele que não acredita mesmo que foi ela? E então fale com a sra. Protheroe e lhe diga que o sr. Redding é inocente... Talvez assim os dois contem a verdade. E a verdade *é* útil, mas imagino que eles próprios não saibam quase nada, coitados.

– É tudo muito bonito, mas eles são as únicas duas pessoas com motivo para eliminar Protheroe.

– Ah, eu não diria isso, coronel Melchett – falou Miss Marple.

– Por quê? Consegue pensar em mais alguém?

– Ah, sim! Sem dúvida. Senão, vejamos – enumerou, contando nos dedos. – Uma, duas, três, quatro, cinco, seis... sim, talvez uma sétima. Consigo pensar em pelo menos sete pessoas que talvez ficassem bem contentes com a morte do coronel Protheroe.

O coronel fitou-a assustado.

– Sete pessoas? Em St. Mary Mead?

Miss Marple assentiu balançando a cabeça de modo incisivo.

– Mas não vou dar nome aos bois – avisou. – Isso não seria certo. Existe muita perversidade neste mundo, sabe, coronel Melchett. Um oficial bondoso, justo e honrado como o senhor não conhece essas coisas.

Tive a impressão de que o comissário estava prestes a ter um derrame cerebral.

CAPÍTULO 10

As observações dele sobre Miss Marple ao deixarmos a casa não foram nada lisonjeiras.

– Essa solteirona enrugada e mirrada pensa que sabe tudo. E mal e mal pôs o pé fora desta aldeia a vida toda. Ridículo! O que ela pode saber da vida?

Ponderei com suavidade que sem dúvida Miss Marple não sabia quase nada sobre a vida com V maiúsculo, mas sabia quase tudo o que se passava em St. Mary Mead.

Melchett admitiu isso um tanto a contragosto. Ela era uma testemunha inestimável – em especial do ponto de vista da sra. Protheroe.

– Imagino que não haja dúvidas sobre o que ela afirma. O que acha?

– Se Miss Marple garante que a sra. Protheroe não carregava nenhuma pistola, pode ter certeza de que é verdade – confirmei. – Se houvesse a mínima possibilidade disso, Miss Marple seria a primeira a desconfiar.

– Imagino que sim. Bem, é melhor darmos uma olhada no estúdio.

O suposto estúdio não passava de um barracão com claraboia. Não tinha janelas, e a porta era o único meio de entrada e saída. Satisfeito nesse pormenor, Melchett comunicou a intençao de visitar a minha casa em companhia do inspetor.

– Agora vou à delegacia.

Quando entrei pela porta da frente, um burburinho de vozes chegou a meus ouvidos. Abri a porta da sala de visitas.

Sentada no sofá ao lado de Griselda, a srta. Gladys Cram conversava com animação. As pernas dela, revestidas em meias de um impressionante rosa choque, estavam cruzadas, e eu tive ocasião de observar que ela usava calcinhas cor-de-rosa com listras de renda.

– Olá, Len – cumprimentou-me Griselda.

– Bom dia, sr. Clement – saudou a srta. Cram. – Que horror o que aconteceu com o coronel, não acha? Coitado do velho.

– A srta. Cram – disse minha esposa – veio gentilmente se oferecer para ajudar na monitoria das bandeirantes. Pedimos voluntários no último domingo, não lembra?

É evidente que eu lembrava e estava convencido (e Griselda também, a julgar por sua entonação) de que a srta. Cram só tivera a ideia de ser monitora devido ao trepidante incidente que acontecera em minha casa.

– Eu estava agora mesmo comentando com a sra. Clement – continuou a srta. Cram –, fiquei de queixo caído ao escutar a notícia. Perguntei: assassinato? Justo nesta aldeia monótona? (Pois aqui não acontece nada, vocês têm que admitir). Não tem nem cinema, que dirá cinema falado!

E então fiquei sabendo que a vítima era o coronel Protheroe... Minha nossa, mal pude acreditar. Não sei por que, mas ele não parecia o tipo de pessoa que acabaria assassinada.

– E assim – concluiu Griselda – a srta. Cram veio aqui para saber dos detalhes.

Tive medo de que essa franqueza pudesse ofender a moça, mas ela apenas jogou a cabeça para trás e riu estrepitosamente, mostrando todos os dentes que possuía.

– Que vergonha. Esperta, hein, sra. Clement? Mas é bem normal querer se enfronhar das minúcias de um caso como esse, não acha? E garanto que estou disposta a ajudar com as bandeirantes no que estiver a meu alcance. Uma história como essa deixa a gente empolgada. Estava mofando por falta de divertimento. Literalmente. Não que meu trabalho não seja maravilhoso e bem remunerado, e o dr. Stone não seja sempre muito cavalheiro sob todos os aspectos. Mas moças gostam de um pouco de emoção fora do horário de expediente, e à exceção da sra. Clement, quem existe na aldeia para conversar além de um bando de velhas fofoqueiras?

– Lettice Protheroe – falei.

Gladys Cram sacudiu a cabeça.

– Ela se acha poderosa demais para gente como eu. Tem o rei na barriga e não se rebaixaria dando atenção para uma garota que precisa trabalhar para ganhar a vida. A propósito, acredita que *eu a ouvi mesmo* comentando sobre conseguir um emprego? E quem daria trabalho a ela? Eu gostaria de saber! Minha nossa, em menos de uma semana ela estaria no olho da rua. A menos que trabalhasse como modelo, desfilando toda emperiquitada na passarela. Isso ela é capaz de fazer, imagino.

– Ela daria uma ótima modelo – ponderou Griselda. – Tem silhueta esbelta. – Nunca sei quando Griselda está sendo irônica. – Quando ela falou em ganhar o próprio dinheiro?

Por um breve instante, srta. Cram ficou embaraçada, mas recuperou-se com a brejeirice costumeira.

– Isso seria dar com a língua nos dentes, não seria? – indagou. – Mas foi isso mesmo que ela falou. As coisas estão meio estremecidas em casa, imagino. Deus me livre eu morar junto com madrasta. Não toleraria uma situação dessas nem por um minuto.

– Ah! Mas você é tão espirituosa e independente – disse Griselda com seriedade, e eu a fitei com desconfiança.

A srta. Cram não escondeu o prazer.

– Tem razão. Sou assim sem tirar nem pôr. Posso ser persuadida, mas não forçada. Não faz muito tempo, uma cigana leu isso em minha mão. Não mesmo! Intimidação comigo não funciona. E deixei bem claro ao dr. Stone que eu não fico sem tirar minha folga. Esses cientistas pensam que secretárias são máquinas... E mal percebem a nossa presença. Claro, esse não é bem o meu caso – confessou a moça.

– É bom trabalhar com o dr. Stone? Deve ser um emprego interessante para quem se interessa por arqueologia.

– Ainda acho que desenterrar pessoas mortas há séculos é coisa de gente intrometida, não é mesmo? E o dr. Stone fica tão absorto em tudo que mal se lembra de fazer as refeições. Não fosse por mim...

– Ele está no túmulo hoje de manhã? – indagou Griselda.

A srta. Cram meneou a cabeça.

– Hoje de manhã ele acordou um pouquinho incomodado – explicou ela. – Ficou de molho na cama. Isso significa feriado para a pequena Gladys.

– Sinto muito – eu disse.

– Ah! Não é nada. Não vai acontecer uma segunda morte. Mas me diga, sr. Clement, fiquei sabendo que o senhor esteve com a polícia durante toda a manhã. O que eles pensam?

– Bem – falei devagar –, ainda há um pouco de... dúvida.

– Ah! – exclamou a srta. Cram. – Então não pensam que foi o sr. Lawrence Redding afinal. Lindo ele, não? Parece um galã. E com que sorriso bonito nos dá bom dia. Não pude mesmo acreditar quando me disseram que havia sido preso pela polícia. Se bem que a gente sempre escuta como ela é estúpida... a polícia do interior.

– Neste caso não se pode culpar a polícia – retorqui. – O sr. Redding foi à delegacia e confessou.

– O quê? – perguntou a moça aturdida. – Quem diria... que tolice! Se eu tivesse cometido um crime, não iria direto me entregar. Tinha a impressão de que Lawrence Redding era mais sensato. Entregar-se assim! Por que matou Protheroe? Ele contou? Foi só uma briga?

– Ainda não há certeza se foi ele quem matou – eu disse.

– Mas com certeza... se ele diz que matou... minha nossa, sr. Clement, ele deve saber o que está dizendo.

– Deve saber, certamente – concordei. – Mas a polícia não está satisfeita com o relato dele.

– Mas por que ele diria que foi ele se não foi?

Esse era um detalhe sobre o qual eu não tinha intenção de esclarecer a srta. Cram. Em vez disso, comentei vagamente:

– Em todos os casos famosos de assassinato, a polícia recebe várias cartas de pessoas que se acusam do crime.

Ao receber essa informação, a srta. Cram exclamou em tom de surpresa e desdém:

– Que gente mais idiota!

E prosseguiu com um suspiro:

– Bem, está na hora de ir andando. – Ela se ergueu. – O sr. Redding se acusando do assassinato... Uma notícia e tanto para o dr. Stone.

– Ele está interessado? – perguntou Griselda.

A srta. Cram enrugou as sobrancelhas com perplexidade.

– É um homem esquisito. A gente nunca sabe o que ele vai pensar. Todo absorto no passado. Ele ia preferir mil vezes examinar uma faca de bronze velha e nojenta retirada daqueles montes de terra a ver a faca que o dr. Crippen usou para esquartejar a esposa, se tivesse oportunidade.

– Bem – disse eu –, confesso que concordo com ele.

Os olhos da srta. Cram revelaram incompreensão e leve desprezo. Então se despediu várias vezes e partiu.

– Não é tão má quanto aparenta – falou Griselda logo que a porta fechou-se atrás dela. – Um tanto vulgar, é claro, mas uma dessas moças polpudas, cheias de saúde e bom humor, com as quais a gente não consegue deixar de simpatizar. Por que será que ela veio aqui?

– Curiosidade.

– Sim, acho que sim. Agora, Len, me conte tudo. Estou morrendo de vontade de escutar.

Sentei-me e desfiei com precisão todos os acontecimentos matinais, com Griselda intercalando o meu relato com gritinhos de surpresa e interesse.

– Então era atrás de Anne que Lawrence estava todo o tempo! E não de Lettice. Como somos idiotas! Só pode ter sido isso que Miss Marple estava insinuando ontem. Não acha?

– Sim – afirmei, desviando o olhar.

Mary entrou no recinto.

– Há dois homens na porta... De um jornal, pelo que dizem. Quer falar com eles?

– Não – respondi –, é claro que não. Diga-lhes para procurarem o inspetor Slack na delegacia.

Mary assentiu com a cabeça e deu meia-volta.

– E depois de ter se livrado deles – falei – volte aqui. Tenho uma coisa para lhe perguntar.

Mary assentiu de novo.

Alguns minutos se passaram até que ela voltou.

– Não foi fácil me livrar deles – ela disse. – Insistentes. Nunca vi coisa parecida. Não sabem ouvir um não.

– Imagino que seremos bastante incomodados por eles – previ. – Pois bem, Mary, o que eu quero perguntar é o seguinte: tem certeza absoluta de que não ouviu o tiro ontem à noite?

– O tiro que matou o coronel? Não, é claro que não escutei. Se eu tivesse escutado, teria entrado para ver o que tinha acontecido.

– Sim, mas... – lembrei-me da declaração de Miss Marple sobre ter escutado um tiro "no bosque". Reformulei a pergunta. – Escutou algum tiro... no meio do bosque, por exemplo?

– Ah! Aquilo. – A moça fez uma pausa. – Sim, pensando bem, agora acho que sim. Não vários tiros, só um. Um estampido bem estranho.

– Exato – incentivei. – E em que horário foi isso?

– Horário?

– Sim, horário.

– Não sei afirmar com certeza. Bem depois da hora do chá. Disso estou certa.

– Não consegue ser mais específica?

– Não, não consigo. Tenho meus afazeres, não tenho? Não posso ficar consultando o relógio a toda hora... Mesmo porque daria na mesma... O relógio da cozinha todo dia atrasa uns quarenta e cinco minutos, e é tanta coisa que tenho para fazer, que me esqueço se adiantei ou não o relógio.

Isso talvez explique por que nossas refeições nunca são pontuais. Às vezes elas são servidas muito tarde e às vezes desorientadoramente cedo.

– Foi muito antes de o sr. Redding aparecer?

– Não, não foi. Dez, quinze minutos... não mais do que isso.

Satisfeito, balancei a cabeça afirmativamente.

– Isso é tudo? – indagou Mary. – O pernil está no forno, e o pudim deve estar queimando.

Ela saiu da sala, e voltei-me para Griselda.

– É perda de tempo tentar ensinar bons modos a Mary?

– Eu já recomendei a ela. Ela se esquece. É só uma moça crua, não lembra?

– Sei bem disso – falei. – Mas moças cruas não precisam ficar cruas para sempre. Um pouco de cozimento não lhe faria mal.

– Não concordo – retrucou Griselda. – Sabe muito bem que nosso orçamento para pagar empregada é reduzido. Assim que ela adquirisse mais traquejo, nos deixaria. É natural. E conseguiria salário melhor. Mas enquanto Mary não sabe cozinhar e tem esses modos horríveis... estamos seguros: ninguém mais vai contratá-la.

Percebi que o método utilizado por minha esposa para administrar os assuntos domésticos não era tão inteiramente aleatório quanto eu imaginava.

Ele se apoiava num certo esforço de raciocínio. Valia a pena ter uma empregada àquele preço? Que não sabia cozinhar e tinha o hábito de jogar travessas na mesa e comentários em nossa cara com a mesma estupidez embaraçosa? Tema a ser discutido.

– E de qualquer forma – prosseguiu Griselda – você tem que dar um desconto se o comportamento dela piorou de ontem para cá. Não ia querer que ela sentisse pena do coronel Protheroe, justo ele, que mandou o namorado dela para a cadeia.

– Encarcerou o namorado dela?

– Sim, por caçar em propriedade alheia. Sabe, aquele sujeito, o Archer. Mary o namora há dois anos.

– Eu não sabia disso.

– Len, meu querido, você é sempre o último a saber.

– É estranho – ressaltei – que todos dizem que o tiro veio do bosque.

– Não vejo nada estranho nisso – rebateu Griselda. – Sabe, tiro no bosque é uma coisa tão comum. Então nada mais natural que, ao escutar um tiro, a pessoa parta do pressuposto de que *foi* no bosque. Talvez soasse um pouco mais alto do que de costume. Se a pessoa estivesse no cômodo ao lado, ia notar que era na casa, mas lá na cozinha, com a janela se abrindo para o outro lado... difícil alguém pensar que o tiro foi dentro de casa.

A porta abriu-se outra vez.

– O coronel Melchett voltou – anunciou Mary. – E aquele inspetor veio junto. Querem falar com vocês. Estão no gabinete.

CAPÍTULO 11

Logo percebi que o coronel Melchett e o inspetor Slack discordavam sobre o caso. Melchett estava com o rosto vermelho e uma expressão rabugenta; o inspetor, emburrado.

– Sinto muito dizer – começou Melchett –, mas o inspetor Slack não concorda comigo quanto à inocência do jovem Redding.

– Se não foi ele, então por que confessou? – indagou Slack com ceticismo.

– A sra. Protheroe agiu igualzinho, lembre-se, Slack.

– É diferente. Ela é mulher. O mulherio vive cometendo tolices. Não estou dizendo em hipótese alguma que foi ela. Ouviu falar que ele tinha sido acusado e forjou uma história. Estou careca de ver esse tipo de joguinho. Mulher faz cada besteira... A gente fica sabendo cada uma... Mas Redding é diferente. Tem a cabeça no lugar. Se admite que foi ele, bem, quem sou eu para dizer o contrário. Foi com a pistola dele... isso ninguém pode negar. E, graças a essa confusão com a sra. Protheroe, sabemos o motivo. A falta de motivo era nosso calcanhar de aquiles, mas agora sabemos... Tudo se encaixa... Brincadeira de criança.

– Acha que ele atirou nele antes? Às seis e meia, digamos?

– Impossível.

– Checou os movimentos dele?

O inspetor meneou a cabeça de modo afirmativo.

– Às seis e dez, Redding está na aldeia perto do Blue Boar. De lá, vem pela alameda onde vocês dizem que a velhinha do lado o enxergou (não é para menos, afinal ela sempre está de olho em tudo) e comparece ao encontro marcado com a sra. Protheroe no estúdio do jardim. Pouco depois das seis e meia, os dois saem juntos do estúdio, enveredam pela ruela em direção à aldeia, e o dr. Stone junta-se a eles. Ele confirma isso... já tomei seu depoimento. Conversam durante algum tempo nas imediações do correio, então a sra. Protheroe vai até à casa da srta. Hartnell pedir emprestado uma revista de jardinagem. Isso também confere. Falei com a srta. Hartnell. A sra. Protheroe conversa com ela até as sete horas, quando exclama sobre o adiantado da hora e diz que precisa ir para casa.

– Como ela estava?

– Calma e simpática, conforme o depoimento da srta. Hartnell. Parecia de bom humor... a srta. Hartnell tem certeza de que nada a preocupava.

– Continue.

– Redding e o dr. Stone vão ao Blue Boar tomar um drinque. Redding sai de lá às vinte para as sete, caminha rapidamente pela rua principal da aldeia e dobra na esquina da casa do pastor. Foi visto por muita gente.

– Desta vez não veio pela alameda? – perguntou o coronel.

– Não. Veio pela frente. Pede para falar com o pastor, fica sabendo que o coronel Protheroe está no gabinete, entra... e atira nele. Exatamente como afirma ter feito! Foi o que aconteceu mesmo, não precisamos investigar mais.

Melchett meneou a cabeça.

– E o laudo médico? É inequívoco: Protheroe foi baleado antes das seis e meia.

– Médicos! – exclamou o inspetor Slack com desprezo. – Acreditar em médicos é perda de tempo. Primeiro arrancam todos os dentes do cidadão (é isso que eles fazem hoje em dia), então pedem mil desculpas quando descobrem que o problema era apendicite. Médicos!

– Não é um problema de diagnóstico. O dr. Haydock foi enfático em relação a esse detalhe. Não pode ir contra as provas médicas, Slack.

– E, relevante ou não, posso dar meu testemunho – falei, lembrando de repente de algo que eu havia esquecido. – Toquei o corpo e ele estava gélido. Posso jurar de pés juntos.

– Está vendo, Slack? – questionou Melchett.

– Bem, é claro, sendo assim... Mas tínhamos um belo caso. O sr. Redding louco para ser enforcado, por assim dizer.

– Isso, por si só, me soa um tanto artificial – observou o coronel Melchett.

– Bem, gosto não se discute – falou o inspetor. – Muitos sujeitos ficaram com um parafuso a menos depois da guerra. Agora, pelo jeito, estamos de volta à estaca zero. – Voltou-se para mim. – Não precisava se esforçar tanto para me confundir com o relógio, sir. Não consigo entender por que fez isso. Para mim, isso tem nome: obstrução de justiça.

– Tentei lhe contar no mínimo três vezes – defendi-me. – Sempre me mandava calar a boca e se recusava a escutar.

– Poupe-me de floreios verbais, sir. Poderia perfeitamente ter me contado se estivesse decidido a fazê-lo. O relógio e o bilhete combinavam com perfeição. E agora, de acordo com o senhor, o relógio estava errado. Nunca ouvi falar de coisa parecida. Afinal, qual é o propósito de deixar um relógio quinze minutos adiantado?

– A ideia – expliquei – é estimular a pontualidade.

– Não há necessidade de insistir nisso agora, inspetor – ponderou o coronel Melchett com diplomacia. – Queremos agora é a história real tanto da sra. Protheroe quanto do jovem Redding. Telefonei a Haydock pedindo que viesse aqui e trouxesse a sra. Protheroe junto com ele. Devem chegar daqui a quinze minutos. Seria bom trazer Redding aqui antes.

– Vou ligar para a delegacia – falou o inspetor Slack, levantando o fone do gancho.

– Agora – disse ele, repousando o fone no gancho – temos alguns pontos para examinar aqui no gabinete. – Fitou-me de maneira significativa.

– Talvez – observei – seja melhor deixá-los a sós.

O inspetor não esperou duas vezes e abriu a porta para mim. Melchett pediu:

– Volte quando o jovem Redding chegar, certo, pastor? É amigo dele e pode persuadi-lo a contar a verdade.

Encontrei minha esposa cochichando com Miss Marple.

– Estamos analisando todas as possibilidades – contou Griselda. – Bem que Miss Marple podia solucionar o caso, não é, como naquele caso do sumiço do pote de camarões selecionados da srta. Wetherby. E tudo porque se lembrou de um caso bem diferente sobre um saco de carvão!

– Pode achar engraçado, meu bem – disse Miss Marple –, mas no fim das contas esse é um modo bastante confiável de chegar à verdade. É isso mesmo que as pessoas chamam de intuição e sobre o qual fazem tanto alarde. A intuição é como ler uma palavra sem precisar soletrá-la. Uma criança não consegue fazer isso, pois tem pouca experiência. Mas o adulto conhece a palavra porque já a viu antes. Entende aonde eu quero chegar, pastor?

– Sim – falei em tom pausado –, acho que sim. Uma coisa a faz lembrar de outra... Então é provável que tenham a mesma natureza.

– Isso mesmo.

– E do que mais exatamente o assassinato do coronel Protheroe a faz lembrar?

Miss Marple suspirou.

– Aí é que está o problema. São tantos os paralelos que vêm à minha mente. Por exemplo, o major Hargreaves. Benfeitor da igreja, altamente respeitado sob todos os aspectos. E todo o tempo sustentava uma filial completa... com a ex-empregada, imagine só! E cinco filhos (verdade, cinco filhos). Foi um choque tremendo para a esposa e a filha dele.

Esforcei-me sem sucesso para visualizar o coronel Protheroe no papel do pecador secreto.

– E também houve aquele episódio da lavanderia – continuou Miss Marple. – O broche de opala da imprudente srta. Hartnell... esqueceu-o numa blusa de babados e mandou para a lavanderia. E a mulher que o pegou nem de longe o queria para si e nunca roubou nada na vida. Só escondeu o broche na casa de outra mulher para incriminá-la. Despeito, puro despeito. É um motivo espantoso: despeito. Homem na jogada, é claro. Como sempre.

Dessa vez não consegui formular paralelo algum, por mais remoto que fosse.

– Tem também a filha da coitada da Elwell... menina de beleza celestial... tentou sufocar o irmãozinho. E o caso do dinheiro para a excursão do coral (antes de seu tempo, pastor)? Literalmente embolsado pelo organista. A esposa atolada em dívidas. Sim, esse caso nos faz pensar em tanta coisa... Difícil chegar à verdade.

– Queria que me contasse uma coisa – falei. – Quem são os tais sete suspeitos?

– Sete suspeitos?

– A senhora falou que conseguia pensar em sete pessoas que ficariam... digamos, felizes com a morte do coronel Protheroe.

– Falei? Sim, lembro.

– Era verdade?

– Ah! Claro que era. Mas não posso citar nomes. Pode pensar neles sozinho sem muito esforço. Tenho certeza.

– Na verdade, não. Talvez Lettice Protheroe... Provavelmente vai herdar dinheiro com a morte do pai. Mas é um absurdo pensar nela só por causa disso, e além dela não consigo pensar em mais ninguém.

– E você, querida? – perguntou Miss Marple, virando-se para Griselda.

Para minha surpresa, Griselda enrubesceu. Encheu os olhos de lágrimas. Cerrou os punhos delicados.

– Ah! – gritou indignada. – Como as pessoas são odiosas! Ficam falando cada coisa! Cada coisa horrível...

Mirei-a com curiosidade. Não é comum ver Griselda assim tão contrariada. Notou o meu olhar e tentou sorrir.

– Não fique me olhando como se eu fosse do outro mundo, Len. Não vamos nos empolgar e fugir do assunto. Para mim, não foi Lawrence nem Anne, e Lettice muito menos. Vai aparecer uma pista que nos ajude.

– Há o bilhete, é claro – falou Miss Marple. – Lembrem, eu disse hoje de manhã que o bilhete me deixou bastante intrigada.

– Fixa o horário da morte com exatidão notável – falei. – Mas será possível? A sra. Protheroe teria acabado de sair do gabinete. Dificilmente teria tempo de chegar ao estúdio. A única explicação é que ele consultou o próprio relógio de pulso, e o relógio dele estava atrasado. Essa me parece uma solução plausível.

– Tenho outra ideia – disse Griselda. – Vamos supor, Len, que o relógio já tivesse sido atrasado... Não, assim ia dar na mesma... Como sou burra!

– Não estava alterado antes de eu sair – falei. – Lembro porque comparei com o meu relógio de pulso. De qualquer modo, como você diz, isso não tem nada a ver com o assunto atual.

– Qual é sua opinião, Miss Marple? – indagou Griselda.

– Querida, confesso que não estava pensando sob esse ponto de vista. O que achei esquisito desde o começo foi o assunto daquele bilhete.

– Não achei estranho – falei. – O coronel Protheroe apenas escreveu que não podia esperar mais...

– *Às seis e vinte*? – perguntou Miss Marple. – A sua empregada, Mary, já havia dito que o senhor só chegaria às seis e meia, na melhor das hipóteses, e o coronel aparentemente mostrou disposição para esperar até esse horário. No entanto, às seis e vinte, ele se senta e diz que "não pode esperar mais".

Encarei a velhinha, sentindo uma crescente admiração por suas faculdades mentais. A sua perspicácia vislumbrara o que não havíamos percebido. Aquilo *era* uma coisa estranha – uma coisa estranhíssima.

– Se pelo menos – falei – o bilhete não tivesse horário no cabeçalho...

Miss Marple assentiu com a cabeça.

– Isso mesmo – disse ela. – Se *não tivesse* horário!

Fiz um esforço para lembrar a folha de papel, o rabisco borrado e o cabeçalho escrito em letra bem clara: 18h20. Com certeza aqueles números destoavam do resto da carta. Soltei um suspiro ofegante.

– Vamos supor – comecei – que o horário não estivesse marcado. E que por volta das seis e meia o coronel Protheroe ficou impaciente e se sentou para escrever que não podia esperar mais. Enquanto estava sentado aqui escrevendo, alguém entrou pela porta de vidro...

– Ou pela porta do corredor – sugeriu Griselda.

– Ele escutaria a porta e olharia para trás.

– O coronel Protheroe era meio surdo, lembre-se – falou Miss Marple.

– Sim, isso é verdade. Ele não escutaria. Seja lá de onde veio o assassino, aproximou-se sorrateiramente por trás do coronel e atirou nele. Então viu o bilhete e o relógio e teve a ideia. Colocou seis e vinte no cabeçalho da folha e mudou o relógio para seis e vinte e dois. Ideia inteligente. Deu a ele, ou pelo menos ele pensou assim, um álibi perfeito.

– Então queremos encontrar – falou Griselda – alguém com álibi irrefutável para as seis e vinte, mas álibi nenhum para digamos... bem, isso não é assim tão fácil. É impossível fixar o horário.

– Podemos fixar um limite bem estreito – ponderei. – Haydock estipula seis e meia da tarde como o limite de tempo mais elástico. Suponho que possamos talvez esticar esse limite para seis e trinta e cinco, partindo do raciocínio que acabamos de seguir. Parece claro que Protheroe não teria ficado impaciente antes das seis e meia. A meu ver, podemos dizer sim que sabemos muito bem.

– Então aquele tiro que eu ouvi... Sim, é bem possível. E não dei a mínima importância... Não achei nada de anormal. Que aflição. Mas, agora que fico lembrando, foi um estampido diferente dos tiros que a gente costuma ouvir. Sim, tinha uma diferença.

– Mais alto? – sugeri.

Não, Miss Marple não pensava que era mais alto. De fato, considerou difícil dizer por que o tiro fora diferente, mas continuava a insistir que havia sido.

Pensei comigo que havia grandes chances de ela estar tentando se convencer do fato em vez de realmente lembrar dele, mas sua contribuição com um ponto de vista tão valioso para o problema infundiu-me profundo respeito por Miss Marple.

Levantou-se, murmurando que precisava ir para casa – fora tão tentador fazer uma visita e discutir o caso com a querida Griselda. Eu a acompanhei até o muro divisório e o portão dos fundos. Ao retornar, encontrei Griselda absorta em pensamentos.

– Ainda intrigada com aquele bilhete? – indaguei.

– Não.

Tremeu de repente e balançou os ombros com impaciência.

– Len, estive pensando. Alguém deve odiar muito Anne Protheroe!

– Odiá-la?

– Sim. Não percebe? Não há prova real contra Lawrence... Todas as provas contra ele são o que podemos chamar de provas incidentais. Apenas teve a ideia de vir aqui. Se não tivesse vindo... Bem, ninguém pensaria em relacioná-lo com o crime. Mas Anne é diferente. Vamos supor que alguém soubesse que ela esteve aqui exatamente às seis e vinte... O relógio e o horário marcado na carta... Tudo aponta para ela. Não foi só para conseguir um álibi que o relógio foi modificado para marcar aquela hora exata... Nisso havia outro objetivo... uma tentativa direta de incriminá-la. Se não fosse Miss Marple afirmar que Anne não trazia pistola com ela e notar que um pouco antes ela tinha descido ao estúdio... Sim, não fosse por isso... – Estremeceu outra vez. – Len, alguém deve odiar muito Anne Protheroe. Eu... eu não gosto disso.

CAPÍTULO 12

Fui chamado ao gabinete quando Lawrence Redding chegou. Tinha olheiras fundas e, pensei, um jeito desconfiado. O coronel Melchett recebeu-o de modo quase cordial.

– Queremos fazer algumas perguntas... aqui no local do crime – afirmou.

Lawrence abriu um leve sorriso de escárnio.

– Isso não é coisa de francês? Reconstituição do crime?

– Rapaz – repreendeu o coronel Melchett –, não fale conosco nesse tom. Sabe que outra pessoa também confessou o crime que você finge ter cometido?

O efeito dessas palavras sobre Lawrence foi angustiante e instantâneo.

– O... outra pessoa? – gaguejou. – Quem... quem?

– A sra. Protheroe – informou o coronel Melchett, observando a reação dele.

– Patético. Ela jamais faria isso. Não poderia ter feito. É impossível.

Melchett o cortou.

– Por estranho que pareça, não acreditamos na história dela. Nem na sua, a propósito. O dr. Haydock é taxativo: o crime não pode ter sido cometido no horário que você alega ter cometido.

– O dr. Haydock afirma isso?

– Sim. Querendo ou não, sua barra está limpa. E agora precisamos de sua ajuda para nos contar o que de fato aconteceu.

Lawrence continuava a hesitar.

– Não está tentando me lograr... sobre a sra. Protheroe? É verdade que não suspeitam dela?

– Dou minha palavra de honra – garantiu o coronel Melchett.

Lawrence respirou fundo.

– Tenho agido como um idiota – admitiu. – Um idiota completo. Como pôde passar pela minha cabeça que foi ela...

– Não quer nos contar tudo? – sugeriu o comissário.

– Não há muito a contar. Eu... eu me encontrei com a sra. Protheroe à tardinha... – Calou-se.

– Sabemos disso tudo – falou Melchett. – Pode imaginar que o seu romance com a sra. Protheroe era segredo, mas na realidade era conhecido e comentado. De qualquer modo, agora tudo virá à tona.

– Muito bem, então. Espero que o senhor esteja certo. Eu tinha prometido aqui ao nosso pastor – Lawrence olhou para mim – que... eu iria embora logo. Encontrei-me com a sra. Protheroe àquela tarde no estúdio às seis e quinze. Contei a ela a minha decisão. Ela também concordou que era a única coisa a fazer. Então... nos despedimos um do outro.

"Deixamos o estúdio, e logo depois o dr. Stone uniu-se a nós. Anne deu um jeito de parecer maravilhosamente à vontade. Eu não. Fui até o Blue Boar tomar um drinque com o dr. Stone. Estava indo para casa, mas quando passei na esquina mudei de ideia e decidi chegar para falar com o pastor. Tinha a sensação de que precisava desabafar com alguém.

"À porta, a empregada me disse que o pastor havia saído e voltaria dali a pouco, mas que o coronel Protheroe estava no gabinete esperando por ele. Bem, eu não quis ir embora... ia parecer que eu estava evitando me encontrar com ele. Então disse que ia esperar também e fui até o gabinete."

Ele parou.

– E então? – incitou o coronel Melchett.

– Protheroe estava sentado à escrivaninha... bem do jeito como vocês o encontraram. Eu me aproximei... e encostei nele. Estava morto. Então olhei para baixo e vi a pistola caída no chão ao lado dele. Eu a peguei... *e na mesma hora vi que era a minha pistola.*

"Aquilo me deixou transtornado. Minha pistola! Então de imediato tirei a conclusão: *Anne deve ter colocado minha pistola na bolsa aproveitando alguma oportunidade... Com o objetivo de usar para si própria caso não conseguisse mais suportar a situação. Talvez estivesse com a pistola hoje. Depois que nos separamos na vila, ela voltou aqui e... e... ah!* Eu devia estar meio doido quando pensei isso. Mas foi isso que pensei. Enfiei a pistola no bolso e fui embora. Logo na saída, no portão da casa, encontrei o pastor. Ele disse algo simpático e corriqueiro sobre uma reunião com Protheroe... E de repente me deu uma vontade incontrolável de rir. O comportamento dele era tão normal e cotidiano, e lá estava eu, um feixe de nervos. Recordo que gritei uma frase absurda e notei uma mudança no rosto dele. Eu tinha a sensação de ter perdido a cabeça. Saí caminhando a esmo... caminhei e caminhei... até que não pude mais aguentar. Se Anne tivesse feito aquela coisa horrível, eu era, ao menos, responsável do ponto de vista moral. Fui à delegacia e me entreguei."

Após ele terminar, houve um silêncio. Logo o coronel falou em voz formal:

– Gostaria de fazer outras perguntas. Em primeiro lugar: tocou ou mexeu no corpo de algum modo?

– Não, eu não mexi nele em absoluto. Era possível perceber que ele estava morto sem precisar tocá-lo.

– Notou um bilhete em cima, junto ao mata-borrão, meio escondido pelo corpo?

– Não.

– Mexeu no relógio de alguma forma?

– Não encostei no relógio. Lembro que vi um relógio caído na mesa, mas não encostei nele.

– Agora, sobre a pistola. Quando foi a última vez que a viu?

Lawrence Redding refletiu.

– É difícil dizer bem ao certo.

– Onde costuma guardá-la?

– Ah, no meio da bagunça na sala de estar do meu chalé. Numa das prateleiras da estante de livros.

– Deixava ali sem precaução alguma?

– Sim. Não me preocupava com isso. Só guardava ali.

– Então qualquer pessoa que entrasse no chalé poderia encontrá-la?

– Sim.

– E não lembra da última vez em que a viu?

Lawrence uniu as sobrancelhas num esforço de rememoração.

– Tenho quase certeza de que foi anteontem. Lembro que a arredei para o lado para pegar um cachimbo velho. Se não me engano, foi anteontem... mas pode ter sido no dia anterior.

– Quem frequentou seu chalé nos últimos dias?

– Ah! Várias pessoas. Sempre tem alguém entrando e saindo. Dei um chá anteontem. Lettice Protheroe, Dennis e toda a turma deles. E também uma ou outra das velhas solteironas aparece de vez em quando.

– Tranca o chalé quando sai?

– Não. Por que diabo faria isso? Não tenho nada de valor. E ninguém tranca a casa aqui em St. Mary Mead.

– Quem faz o serviço da casa?

– A velha sra. Archer vem todas as manhãs para organizar a bagunça, como se diz.

– Pensa que ela se lembraria de quando viu a pistola pela última vez?

– Não sei. É possível. Mas tirar o pó com atenção não é bem a sua especialidade.

– Na prática... qualquer pessoa poderia ter pego a pistola?

– É... parece que sim.

A porta se abriu, e o dr. Haydock entrou com Anne Protheroe.

Ela teve um susto ao ver Lawrence. Ele, por sua vez, deu um passo ansioso em direção a ela.

– Perdoe-me, Anne – disse ele. – Foi horrível pensar o que eu pensei.

– Eu... – balbuciou ela, mirando suplicante o coronel Melchett. – É verdade o que o dr. Haydock me contou?

– Que o sr. Redding está livre de suspeitas? Sim. E agora o que me diz de sua história, sra. Protheroe? Sim, o que me diz?

Sorriu meio acabrunhada.

– Imagino que o senhor considere condenável o que eu fiz?

– Bem, digamos... uma estupidez? Mas agora tudo acabou. O que eu quero agora, sra. Protheroe, é a verdade... a verdade absoluta.

Ela aquiesceu com seriedade.

– Vou lhe contar. Imagino que o senhor saiba... de tudo.

– Sim.

– Combinei de me encontrar com Lawrence (o sr. Redding) à tardinha no estúdio. Às seis e quinze. Meu marido e eu fomos juntos de carro até o centro. Eu tinha algumas compras para fazer. Quando nos despedimos, ele mencionou casualmente que ia visitar o pastor. Não pude avisar Lawrence e fiquei muito inquieta. Eu... bem, seria esquisito encontrá-lo no estúdio com meu marido na casa do pastor.

Suas bochechas queimaram quando disse isso. Não era um momento agradável para ela.

– Refleti que talvez meu marido não ficasse muito tempo. Para descobrir, vim pela alameda e entrei no jardim. Torcia para que ninguém me visse, mas é claro que a velha Miss Marple tinha que estar no jardim dela! Ela me fez parar e trocamos algumas palavras, e eu expliquei que estava indo chamar meu marido. Tive a sensação de que eu precisava dizer algo. Não sei se ela acreditou em mim. Ela parecia bem... engraçada.

"Quando a deixei, fui direto até a casa do pastor, contornei a casa na direção da porta de vidro do gabinete. Cheguei devagarinho, esperando escutar vozes. Mas para minha surpresa não escutei nada. Dei uma espiada dentro, vi que não tinha ninguém e corri gramado abaixo em direção ao estúdio, onde Lawrence me encontrou quase na mesma hora."

– Afirma que o gabinete estava vazio, sra. Protheroe?

– Sim, meu marido não estava ali.

– Incrível.

– Quer dizer, madame, que a senhora não o viu? – abordou o inspetor.

– Não, não o vi.

O inspetor cochichou algo com o comissário, que assentiu com a cabeça.

– Importa-se, sra. Protheroe, de nos mostrar exatamente como fez?

– Em absoluto.

Ela se ergueu, o inspetor Slack abriu a porta de vidro, ela saiu sob o eirado e contornou a casa à esquerda.

O inspetor Slack fez um aceno urgente para eu me sentar à escrivaninha.

Não sei por que, mas não gostei de fazer isso. Tive uma sensação inquietante. Mas, é claro, acatei a ordem.

Em seguida, escutei passos lá fora. Eles pararam um instante, então recuaram. O inspetor Slack fez um sinal indicando que eu podia voltar ao outro lado do cômodo. A sra. Protheroe entrou pela porta de vidro.

– Foi assim que a senhora fez? – indagou o coronel Melchett.

– Acho que sim.

– Então pode nos dizer, sra. Protheroe, onde o pastor estava no recinto quando a senhora espiou? – perguntou o inspetor Slack.

– O pastor? Eu... não, acho que não. Eu não o enxerguei.

O inspetor Slack balançou a cabeça afirmativamente.

– Por isso é que a senhora não viu seu marido. Ele estava no canto sentado à escrivaninha.

– Ah! – silenciou-se ela. De repente seus olhos se arregalaram de horror. – Não foi ali que... que...

– Sim, sra. Protheroe. Foi morto sentado ali.

– Ah! – Ela estremeceu.

Ele continuou com as perguntas.

– Sabia, sra. Protheroe, que o sr. Redding tinha uma pistola?

– Sim. Ele me contou uma vez.

– Alguma vez teve a pistola em seu poder?

Ela meneou a cabeça.

– Não.

– Sabia onde ele a guardava?

– Não estou bem certa. Se não me engano... Sim, acho que a vi numa prateleira no chalé de Lawrence. Não era lá que você guardava, Lawrence?

– Quando foi a última vez que esteve no chalé, sra. Protheroe?

– Há umas três semanas. Meu marido e eu fomos tomar chá com ele.

– E não foi lá desde então?

– Não. Eu nunca ia sozinha lá. Isso provocaria boatos na aldeia.

– Sem dúvida – falou o coronel Melchett friamente. – Onde se encontravam, se me permite?

– Ele ia seguido a Old Hall. Estava pintando Lettice. A gente... se encontrava no bosque depois.

O coronel Melchett assentiu.

– Não chega? – De repente sua voz ficou entrecortada. – É tão horrível... Ter que contar todas essas coisas aos senhores. E... não tinha nada de errado. Não mesmo! Era só amizade. Não... não conseguíamos deixar de nos preocupar um com o outro.

Lançou um olhar de súplica ao dr. Haydock, e esse homem de bom coração deu um passo à frente.

– Penso mesmo, Melchett – declarou –, que a sra. Protheroe já disse o suficiente. Ela passou por um grande choque... em vários sentidos.

O comissário assentiu com a cabeça.

– Na verdade, não há nada mais que eu queira lhe perguntar, sra. Protheroe – garantiu. – Obrigado por responder com tanta sinceridade.

– Então... então eu posso ir?

– Sua mulher está em casa? – perguntou Haydock. – Talvez a sra. Protheroe goste de falar com ela.

– Sim – respondi. – Griselda está. Vai encontrá-la na sala de visitas.

Ela e Haydock saíram juntos do gabinete, e Lawrence Redding foi atrás.

O coronel Melchett, de lábios franzidos, brincava com um estilete de abrir cartas. Slack examinava o bilhete. Então mencionei a teoria de Miss Marple. Slack esquadrinhou o bilhete com minúcia.

– Não quero dizer nada – falou ele –, mas a velhinha tem razão. Observe aqui, sir, não percebe?... O horário escrito com tinta diferente. Macacos me mordam se não foi escrito com caneta-tinteiro!

Ficamos todos bastante agitados.

– Mandou examinar o bilhete para coletar impressões digitais, é claro – falou o comissário.

– O que o senhor acha, coronel? Nenhuma impressão digital no bilhete. Na pistola, só as impressões digitais do sr. Lawrence Redding. Talvez houvesse outras, antes de Redding ter mexido nela e zanzado com ela no bolso, mas agora não existe nada claro o suficiente.

– À primeira vista, o caso parecia complicado para o lado da sra. Protheroe – salientou o coronel pensativo. – Bem mais complicado do que para o jovem Redding. Miss Marple testemunhou que ela não carregava a pistola junto, mas essas velhinhas com frequência se confundem.

Fiquei calado, mas não concordava com ele. Eu tinha certeza absoluta de que Anne Protheroe não trazia a pistola com ela se Miss Marple assim o dissera. Miss Marple não é o tipo de velhinha que se confunde. Tem uma aptidão misteriosa para sempre estar certa.

– O que me intriga é que ninguém escutou o tiro. Foi disparado naquela hora... alguém *deve* ter escutado... seja lá de onde eles pensaram que vinha o barulho. Slack, é melhor ter uma palavrinha com a empregada.

O inspetor Slack rumou com diligência na direção da porta.

– Eu não perguntaria a ela se escutou um tiro na casa – sugeri. – Se perguntar assim, ela vai negar. Diga um tiro no bosque. Esse é o único tipo de tiro que ela vai admitir ter ouvido.

– Sei lidar com esse tipo de gente – falou o inspetor Slack e sumiu.

– Miss Marple diz que escutou um tiro mais tarde – falou o coronel Melchett meditativo. – Seria bom se ela determinasse o horário exato. É claro que pode ter sido um tiro qualquer, que não teve nada a ver com o caso.

– É claro – concordei.

O coronel ficou caminhando para lá e para cá no gabinete.

– Sabe, Clement – falou de repente –, algo me diz que esse caso vai se revelar bem mais intricado e difícil do que imaginamos. Diabos, tem algo oculto nisso. – Ele bufou. – Algo que não sabemos o que é. Estamos apenas começando, Clement. Escreva o que estou dizendo, estamos apenas começando. Todos esses detalhes, o relógio, o bilhete, a pistola... não fazem sentido quando os comparamos.

Meneei a cabeça concordando. Sem dúvida não faziam sentido.

– Mas vou tirar esse caso a limpo. Nada de ficar chamando a Scotland Yard. Slack é um sujeito esperto. Muito esperto. Tem o faro de um furão. Vai farejar a verdade. Já deslindou vários assuntos difíceis, e esse caso será seu *chef d'oeuvre.* Alguns comissários chamariam a Scotland Yard. Eu não. Vamos tirar esse caso a limpo aqui mesmo em Downshire.

– Estou certo que sim. Vamos torcer – falei.

Tentei imprimir um tom animado à minha voz, mas já pegara tanta antipatia pelo inspetor Slack que a perspectiva de seu sucesso não me entusiasmava nem um pouco. "Um Slack bem-sucedido seria", pensei com meus botões, "ainda mais detestável que um atarantado".

– De quem é a casa vizinha? – indagou o coronel de repente.

– Quer dizer no fim da estrada? Da sra. Price Ridley.

– Vamos fazer uma visitinha a ela depois que Slack terminar de interrogar sua empregada. Ela pode ter escutado alguma coisa. Não é surda nem coisa parecida, ou é?

– Diria que a audição dela é bem aguçada. Isso levando em conta a quantidade de escândalos que ela já deu apenas por "escutar casualmente".

– É desse tipo de mulher que precisamos. Ah! Aí vem Slack.

O inspetor tinha o semblante de quem saía de uma luta renhida.

– Arre! – exclamou ele. – Sir, me desculpe, mas não é fácil de lidar com sua empregada.

– Mary só tem personalidade forte – retorqui.

– Não gosta da polícia – disse ele. – Eu a avisei... Fiz o que pude para incutir nela o medo da lei, mas não adiantou. Ela me desafiou sem cerimônias.

– Corajosa – elogiei, aumentando minha consideração por Mary.

– Mas no fim ela deu o braço a torcer. Escutou um tiro... só um tiro. Um bom tempo depois da chegada do coronel Protheroe. Não consegui que ela fixasse um horário, mas o atraso do peixe foi providencial. Ela ralhou com o entregador quando ele apareceu, e o rapazola disse que, de qualquer forma, eram apenas seis e meia. Pouco depois disso, ela ouviu o tiro. Claro, isso não é exato, por assim dizer, mas nos dá uma ideia.

– Hum... – murmurou Melchett.

– Não acredito que a sra. Protheroe esteja envolvida nisso afinal – falou Slack, com um quê de decepção na voz. – Para começar, ela não teria tempo, sem falar que mulheres não gostam de brincar com armas de fogo. Arsênico é mais apropriado ao estilo feminino. Não, não creio que tenha sido ela. Que pena! – Soltou um suspiro.

Melchett explicou que ia passar na casa da sra. Price Ridley, e Slack considerou boa a ideia.

– Posso ir com vocês? – perguntei. – Estou ficando interessado.

Recebi permissão e partimos. Um "E aí!" bem alto nos saudou assim que saímos pelo portão de minha casa, e meu sobrinho, Dennis, veio correndo pela estrada a nosso encontro.

– Ei, inspetor – indagou –, investigou aquela pegada de que falei?

– Era do jardineiro – retrucou Slack lacônico.

– Não acha que pode ter sido outra pessoa calçando as botas do jardineiro?

– Não, não acho! – exclamou o inspetor Slack de modo desencorajador.

Porém, seria preciso mais do que isso para desencorajar Dennis. Mostrou um punhado de fósforos riscados.

– Encontrei isto perto do portão da casa do pastor.

– Obrigado – falou Slack e os enfiou no bolso.

Então a conversa chegou num beco sem saída.

– Estão prendendo o tio Len? – indagou em tom brincalhão.

– Por que deveríamos? – inquiriu Slack.

– Há vários indícios contra ele – declarou Dennis. – Pergunte a Mary. Um dia antes do crime, ele desejou que o coronel Protheroe passasse desta para melhor. Não é mesmo, tio Len?

– Err... – comecei.

O inspetor Slack espetou em mim um olhar vagaroso e desconfiado, e senti o sangue subir ao rosto. Dennis é extremamente inoportuno. Devia perceber que policiais raramente têm senso de humor.

– Não seja ridículo, Dennis – disse eu irritado.

O ingênuo adolescente arregalou os olhos e olhou-me surpreso.

– É só uma piada – explicou. – O tio Len só disse que a pessoa que matasse o coronel Protheroe estaria fazendo um favor ao mundo.

– Ah! – exclamou o inspetor Slack. – Isso esclarece uma coisa que a empregada disse.

Empregados também raramente têm um pingo de senso de humor. Em minha mente, amaldiçoei Dennis com vigor por ter levantado a lebre. Isso e mais o relógio deixariam o inspetor desconfiado de mim pelo resto da vida.

– Vamos, Clement – falou o coronel Melchett.

– Aonde vão? Posso ir junto? – indagou Dennis.

– Não, não pode – retruquei.

Ficou nos olhando com mágoa. Subimos até a asseada porta frontal da casa da sra. Price Ridley. O inspetor bateu na porta e tocou a campainha de um modo que só consigo descrever como oficial. Uma bonita arrumadeira abriu a porta.

– A sra. Price Ridley está? – inquiriu Melchett.

– Não, senhor. – Fez uma pausa e acrescentou: – Acabou de ir à delegacia.

Desfecho inesperado para a nossa visita. Enquanto voltávamos, Melchett pegou meu braço e sussurrou:

– Se ela também foi confessar o crime, vou ficar mais perdido do que já estou.

CAPÍTULO 13

Jamais passou pela minha cabeça que a sra. Price Ridley tivesse em mente um objetivo tão drástico, mas fiquei me perguntando o que a teria levado à delegacia. Teria algum testemunho relevante a oferecer, ou que ao menos ela considerasse relevante? De qualquer modo, logo ficaríamos sabendo.

Encontramos a sra. Price Ridley falando pelos cotovelos com um guarda um tanto desnorteado. Que ela estava extremamente revoltada percebi pelo modo como o laço do seu chapéu tremia. A sra. Price Ridley, acredito, usa chapéus "para matronas" – especialidade da cidade vizinha Much Benham. Eles se empoleiram com facilidade na superestrutura capilar e são sobrecarregados com enormes laços de fita. Griselda sempre ameaça comprar um chapéu de matrona.

Ao entrarmos, a sra. Price Ridley interrompeu o jorro de palavras.

– Sra. Price Ridley? – indagou o coronel Melchett, erguendo o chapéu.

– Sra. Price Ridley, deixe-me apresentar o coronel Melchett – tomei a iniciativa. – O coronel Melchett é nosso comissário.

A sra. Price Ridley olhou-me com frieza, mas ao coronel estampou no rosto a imagem de um sorriso cortês.

– Acabamos de ir até sua casa, sra. Price Ridley – explicou o coronel –, e fomos informados de que a senhora tinha vindo até aqui.

A sra. Price Ridley derreteu-se toda.

– Ah! – exclamou ela. – Ainda bem que *alguém* tomou conhecimento da ocorrência. Uma infâmia. Sem tirar nem pôr.

Não há dúvida de que assassinatos são infames, mas essa não seria a palavra que eu usaria para descrevê-los. A expressão também surpreendeu Melchett, como pude notar.

– Tem alguma informação nova sobre o assunto? – perguntou ele.

– Isso é problema seu. Para isso é que existe polícia. Para onde vai o dinheiro de nossos impostos, pode me dizer?

É de se imaginar quantas vezes essa pergunta é feita em um ano!

– Estamos fazendo o possível, sra. Price Ridley – asseverou o comissário.

– Mas este guarda não sabia de nada até eu contar a ele! – gritou a senhora.

Todo mundo fitou o guarda.

– A madame recebeu um telefonema – disse ele. – Sentiu-se ofendida. Um caso de linguagem obscena, pelo visto.

– Ah! Entendo. – O sobrecenho do coronel desanuviou-se. – Agora falamos a mesma língua. Veio aqui prestar queixa, não?

Melchett é um homem sábio. Sabe que só há uma maneira de lidar com uma senhora de meia-idade encolerizada: escutando-a. Depois de desabafar, talvez ela preste atenção ao interlocutor.

A sra. Price Ridley desatou a falar.

– Esses episódios infames tinham que ser prevenidos. Não deveriam acontecer. Receber um telefonema na própria casa e ser insultada... Sim, insultada! Não estou acostumada com essas coisas. Depois da guerra, as pessoas perderam o senso de moralidade. Ninguém mais mede as palavras. E é uma pouca vergonha os trajes que usam...

– Sem dúvida – apressou-se a concordar o coronel Melchett. – Pode fornecer detalhes do que aconteceu?

A sra. Price Ridley tomou fôlego e recomeçou.

– Recebi uma ligação...

– Quando?

– Ontem à tarde... à tardinha para ser exata. Por volta das seis e meia. Fui atender sem suspeitar de nada. Na mesma hora fui covardemente atacada, ameaçada...

– Em que termos foram essas ameaças?

Um leve rubor coloriu as bochechas da sra. Price Ridley.

– Isso eu me reservo o direito de não dizer.

– Obscenidades – sussurrou o guarda em tom baixo e pensativo.

– Baixo calão? – inquiriu o coronel Melchett.

– Depende do que o senhor chama de baixo calão.

– Conseguiu entender? – indaguei.

– Claro que consegui entender.

– Então não poderia ser linguagem de baixo calão – afirmei.

A sra. Price Ridley olhou-me desconfiada.

– É inerente a uma dama requintada – expliquei – desconhecer linguagem de baixo calão.

– Não era esse tipo de coisa – disse a sra. Price Ridley. – No começo, até prestei atenção na conversa. Parecia uma mensagem autêntica. Então a... ahn... pessoa se tornou malcriada.

– Malcriada?

– Muito malcriada. Fiquei com muito medo.

– Usou linguagem ameaçadora?

– Sim. Não estou acostumada a receber ameaças.

– O que ameaçaram? A sua integridade física?

– Não bem isso.

– Receio, sra. Price Ridley, que vai precisar ser mais explícita. Em que sentido foi ameaçada?

A sra. Price Ridley mostrava especial relutância em responder a essa pergunta.

– Não consigo me lembrar com exatidão. Foi tudo tão perturbador. Mas bem no final... quando eu estava mesmo *muito* perturbada, esse... esse... *monstro* deu uma gargalhada.

– Voz de homem ou de mulher?

– Uma voz depravada – contou a sra. Price Ridley com decoro. – Só consigo descrevê-la como uma espécie de voz pervertida. Às vezes rouca, às vezes fina. Uma voz *peculiar*.

– Um trote, ao que tudo indica – falou o coronel reconfortante.

– É muita baixeza se for trote. Eu poderia ter tido um ataque cardíaco.

– Vamos investigar – disse o coronel. – Não é, inspetor? Rastreie a ligação. Não pode dar mais detalhes do que foi dito, sra. Price Ridley?

Um embate travou-se no peito volumoso e cheio de rancor da sra. Price Ridley. O desejo por discrição lutava contra o desejo por vingança. A vingança triunfou.

– Isto, é claro, fica entre nós – iniciou ela.

– Pode ficar tranquila.

– Essa criatura começou dizendo... É tão difícil para mim repetir...

– Sim, sim – encorajou Melchett.

– "*Velha difamadora e perversa!*" Justo eu, coronel Melchett... uma velha difamadora! "*Desta vez foi longe demais. A Scotland Yard está lhe investigando por calúnia.*"

– Como seria natural, a senhora ficou assustada – falou Melchett, mordendo o bigode para ocultar um sorriso.

– "*Se não calar a boca daqui pra frente, vai sofrer as consequências... não perde por esperar!*" Não consigo descrever o modo ameaçador como *isso* foi dito. Balbuciei com timidez: "Quem está falando?", assim, bem baixinho, e a voz respondeu: "*O vingador*". Dei um grito. Parecia tão horrível, e então... a pessoa riu. Gargalhou! E isso foi tudo. Ouvi a pessoa colocando o fone no gancho. Claro que perguntei à telefônica a origem da ligação, mas disseram que não sabiam. Sabe como são essas telefonistas. Tão mal-educadas e insensíveis.

– E como – disse eu.

– Na hora me deu uma tontura – continuou a sra. Price Ridley. – Fiquei com os nervos tão à flor da pele que, ao escutar o tiro no bosque, confesso que quase tive um ataque. Deus me livre!

– Um tiro no bosque? – falou o inspetor Slack, atento.

– Na agitação em que eu estava, me pareceu um tiro de canhão. Exclamei "Ah!" e afundei prostrada no sofá. Clara teve de me trazer um cálice de gim de ameixa.

– Chocante – falou Melchett. – Chocante. Muito penoso para a senhora. E o tiro pareceu um estrondo, a senhora diz? Como se tivesse sido disparado ali perto?

– Isso foi apenas meu estado de nervos.

– É claro. E a que horas foi isso? Para nos ajudar a rastrear a chamada telefônica, entende.

– Umas seis e meia.

– Não consegue ser mais específica?

– Bem, o reloginho da lareira recém tinha batido a meia hora, e eu disse: "Com certeza, aquele relógio está adiantado". (Costuma acontecer isso com aquele relógio.) Comparei com o meu relógio de pulso e ele marcava apenas seis e dez, mas então o levei ao ouvido e descobri que tinha parado. Então pensei: "Bem, se aquele relógio *estiver* adiantado, daqui a pouco vou escutar o relógio da igreja batendo". E então, é claro, o telefone tocou e não prestei mais atenção nisso. – Fez uma pausa, ofegante.

– Bem, já é uma aproximação – falou o coronel Melchett. – Pode deixar conosco que vamos investigar o assunto, sra. Price Ridley.

– Procure pensar que tudo não passou de um trote inconsequente. Não se preocupe, sra. Price Ridley – tranquilizei.

Ela me encarou com frieza. Era óbvio que o caso da nota de uma libra ainda causava ressentimento.

– Coisas muito estranhas vêm acontecendo neste povoado nos últimos dias – disse ela, dirigindo-se a Melchett. – Coisas muito estranhas mesmo. O coronel Protheroe estava prestes a investigá-las, e o que aconteceu com ele, coitado? Quem será a próxima vítima? Eu?

E com isso ela se despediu e partiu, meneando a cabeça numa espécie de melancolia agourenta. Melchett murmurou com seus botões: "Bom se fosse". Então ficou sério e mirou o inspetor Slack com olhos indagadores.

Essa sumidade balançou a cabeça devagar.

– Tudo se encaixa, sir. Três pessoas escutaram o tiro. Resta descobrir quem fez o disparo. A confusão do sr. Redding só serviu para nos atrasar. Mas temos inúmeros pontos de partida. Pensando que o sr. Redding era culpado, não me dei o trabalho de me deter neles. Mas agora tudo mudou. Uma das primeiras coisas a fazer é investigar aquele telefonema.

– Recebido pela sra. Price Ridley?

O inspetor deu um sorrisinho irônico.

– Não... se bem que é melhor não esquecermos desse também, pois, caso contrário, teremos a matrona de novo incomodando por aqui. Na verdade, eu me refiro à ligação falsa que afastou o pastor do caminho.

– Sim – concordou Melchett –, isso é importante.

– E em seguida temos que descobrir o que todos estavam fazendo naquela noite entre seis e sete horas. Todas as pessoas em Old Hall e também todas as pessoas do vilarejo.

Suspirei.

– Tem uma energia invejável, inspetor Slack.

– Acredito no trabalho árduo. Vamos começar anotando seus movimentos, sr. Clement.

– Com prazer. O telefonema aconteceu às cinco e meia.

– Voz de homem ou de mulher?

– Mulher. Pelo menos parecia de mulher. Mas é claro que eu tomei como certo que era a sra. Abbott quem estava falando.

– Não reconheceu a voz da sra. Abbott?

– Não, não posso afirmar que reconheci. Não prestei atenção na voz, nem pensei no assunto.

– Partiu de imediato? Caminhando? Não tem bicicleta?

– Não.

– Sei... Quanto tempo demorou?

– São uns três quilômetros, por qualquer caminho que se escolher.

– Pela trilha do bosque de Old Hall é mais perto, não é?

– Sim, mas é meio acidentado. Escolhi o caminho que cruza os campos.

– Que sai na frente do portão de sua casa?

– Sim.

– E a sra. Clement?

– Minha esposa estava em Londres. Chegou no trem das dez para as sete.

– Certo. Com a empregada eu já conversei. Isso encerra a casa do pastor. A próxima casa será Old Hall. E então vou dar uma palavrinha com a sra. Lestrange. Esquisito ela ter ido falar com Protheroe na noite anterior ao crime. Neste caso coisa esquisita é o que não falta.

Concordei.

Relanceando o relógio, me dei conta de que era quase hora do almoço. Convidei Melchett para compartilhar de uma refeição improvisada em minha casa, mas ele agradeceu dizendo que precisava ir ao Blue Boar. O Blue Boar serve um almoço de primeira categoria: rosbife com dois tipos de salada. Sábia escolha. Depois de ser interrogada pela polícia, eram grandes as chances de que Mary estivesse mais geniosa do que de costume.

CAPÍTULO 14

A caminho de casa, topei com a srta. Hartnell. Ela me deteve por pelo menos dez minutos, arengando em voz sonora e grave contra a leviandade e a ingratidão da classe baixa. O problema era que os pobres não queriam mais receber visitas da srta. Hartnell em suas casas. Toda a minha afinidade recaiu ao lado dos pobres. Minha posição social me proíbe de expressar minhas prevenções com o ímpeto que eles expressam.

Eu a reconfortei o melhor que pude e saí pela tangente.

Haydock passou por mim ao volante de seu carro na esquina de nossa rua.

– Acabo de deixar a sra. Protheroe em casa – falou ele ao cruzar.

Esperou-me no portão da casa dele.

– Entre um minuto – convidou. Aceitei.

– Caso fantástico – ressaltou ele enquanto jogava o chapéu numa cadeira e abria a porta do consultório.

Afundou-se numa poltrona de couro descascado, o olhar perdido. Parecia aflito e confuso.

Disse-lhe que havíamos conseguido determinar o horário do tiro. Escutou com ar quase distraído.

– Com isso, Anne Protheroe sai do rol dos suspeitos – afirmou ele. – Sabe, fico contente que não tenha sido nenhum dos dois. Gosto deles.

Acreditei nele. No entanto, fiquei me perguntando por que, então, o fato de que ambos haviam sido liberados parecia tê-lo imerso na melancolia. De manhã, demonstrara alívio; agora, parecia aturdido e desnorteado.

Mas eu estava convencido de que ele estava sendo sincero. Ele gostava de Anne Protheroe e Lawrence Redding. Então, por que toda aquela tristeza? Saiu do torpor com sofreguidão.

– Queria falar com você sobre Hawes. Com essa história toda, esqueci dele por completo.

– Ele está mesmo doente?

– Não há nada radicalmente errado com ele. Suponho que saiba, é claro, que ele teve encefalite letárgica, ou doença europeia do sono, como se costuma chamar?

– Não – respondi muito surpreso –, não sabia de nada disso. Ele nunca me contou nada. Quando foi que ele teve isso?

– Há mais ou menos um ano. Recuperou-se bem... até onde alguém consegue se recuperar. É uma doença estranha... tem um bizarro efeito moral. É capaz de afetar e modificar toda a personalidade.

Ficou em silêncio um instante e então disse:

– Hoje pensamos com horror dos tempos em que queimávamos as bruxas. Um dia, ainda vamos estremecer ao pensar que enforcávamos os criminosos.

– Não acredita na pena de morte?

– Não é bem isso. – Fez uma pausa. – Sabe – recomeçou devagar –, prefiro minha profissão à sua.

– Por quê?

– Porque o seu trabalho envolve basicamente o que chamamos de certo e errado... E tenho lá minhas dúvidas se essas coisas existem. Suponha que tudo seja um caso de secreção glandular. Uma glândula funciona bem e a outra mal... E você se torna assassino, ladrão e criminoso. Clement, um dia nós ainda vamos reconhecer, horrorizados, que durante longos séculos castigamos pessoas simplesmente por estarem doentes... Uma condição alheia à vontade delas, coitadas. Não enforcamos ninguém por ser tuberculoso.

– O tuberculoso não oferece perigo à sociedade.

– De certo modo oferece. Infecta as outras pessoas. Pegue um homem que fantasia ser o imperador da China, por exemplo. Não ficamos dizendo o quanto ele é perverso. Entendo o seu ponto de vista quanto à comunidade. A comunidade deve ser protegida. Silenciar essas pessoas em locais em que não causem problemas... até mesmo tirá-las pacificamente de circulação... Sim, até aí eu chegaria. Mas não chame isso de punição. Não cause vergonha a elas nem a suas famílias inocentes.

Fitei-o com curiosidade.

– É a primeira vez que escuto você falando desse jeito.

– Não costumo alardear minhas teorias por aí. Hoje estou me deixando levar pelo entusiasmo por um assunto que gosto. Você é um homem inteligente, Clement, e não é qualquer pastor que tem essa qualidade. Não vai admitir, ouso dizer, que não existe mesmo o que se chama tecnicamente de "pecado", mas é liberal o suficiente para considerar essa possibilidade.

– Subverte as fundações de todas ideias aceitas.

– Sim, somos um bando de tacanhos e farisaicos, sempre dispostos a meter o bedelho em coisas de que nada sabemos. Honestamente, creio que o crime é um caso médico, não policial nem religioso. No futuro, talvez, não haverá nada parecido.

– A medicina vai erradicá-lo?

– Sim, vamos erradicá-lo. Ideia bastante prodigiosa, não? Já estudou a estatística dos crimes? Não... pouca gente estudou. Mas eu estudei. É espantoso o índice criminal na adolescência... Glândulas outra vez! Sabe o jovem Neil, o assassino serial de Oxfordshire... Matou cinco meninas antes de suspeitarem dele. Moço simpático... nunca tinha se envolvido em confusão nenhuma. Lily Rose, a garotinha da Cornualha, matou o tio porque ele a proibiu de comer doce. Esperou que ele dormisse e o acertou na cabeça com o malho de carvão. Foi para casa e quinze dias depois matou a irmã mais velha por uma futilidade. Nenhum dos dois foi condenado à forca, é claro. Acabaram numa instituição. Podem ter se regenerado... ou não. Duvido muito quanto à menina. A única coisa que ela gosta é de assistir à matança dos porcos. Sabe em que idade o suicídio é mais comum? Quinze a dezesseis anos. Da autoaniquilação para a aniquilação de outras pessoas é um pequeno passo. Mas o defeito não é moral... é físico.

– Não diga uma coisa hedionda dessas!

– Não é hediondo... é apenas novo para você. Novas realidades precisam ser encaradas. E as nossas ideias, ajustadas. Mas às vezes... isso complica a nossa vida.

Permaneceu ali sentado, de cenho franzido, com uma estranha aparência de fastio.

– Haydock – indaguei –, se você suspeitasse (ou soubesse) que alguém fosse o assassino, entregaria essa pessoa à lei ou ficaria tentado a acobertá-la?

Eu não estava nem um pouco preparado para o efeito de minha pergunta. Volveu o olhar em minha direção com raiva e desconfiança.

– Por que está dizendo isso, Clement? Em que está pensando? Desembuche, homem.

– Nada em particular, não – expliquei surpreso. – Só que... bem, o crime é o assunto do momento. Se por acaso você descobrisse a verdade... fico me perguntando como se sentiria, é só isso.

A cólera dele amainou. Voltou a fitar o vazio, como alguém que tenta desvendar uma intrigante charada existente apenas no próprio cérebro.

– Se eu suspeitasse (se eu soubesse), eu cumpriria o meu dever, Clement. Pelo menos é o que espero.

– A questão é... em que consiste cumprir o dever?

Fitou-me com olhos inescrutáveis.

– Todos nos defrontamos com essa pergunta em algum ponto da vida, Clement. Assim imagino. Cada um tem que decidir à sua maneira.

– Não sabe?

– Não, não sei...

Notei que o melhor a fazer era mudar de assunto.

– Meu sobrinho está adorando o caso – comentei. – Não faz outra coisa senão procurar pegadas e cinzas de cigarros.

Haydock sorriu.

– Que idade ele tem?

– Só dezesseis. Não levamos as tragédias a sério nessa idade. Tudo não passa de uma aventura de Sherlock Holmes ou Arsène Lupin.

Haydock disse pensativo:

– É um rapaz de boa aparência. Para onde pretende encaminhá-lo?

– Infelizmente não posso bancar uma educação universitária. Agora ele quer entrar na marinha mercante. Não passou nos exames da Marinha.

– Bem... não é uma vida fácil... mas ele poderia escolher coisa pior. Coisa bem pior.

– Tenho que ir – exclamei, olhando o relógio de relance. – Estou quase meia hora atrasado para o almoço.

Cheguei bem na hora em que minha família estava sentando à mesa. Pediram um relato minucioso das atividades matinais, que forneci, sentindo na maior parte do relato um tom de anticlímax.

Dennis, porém, divertiu-se muito com a história da ligação para a casa da sra. Price Ridley e riu a valer quando narrei o ataque de nervos que ela sofreu e a necessidade de ser reanimada com gim de ameixa.

– Bem feito para ela! – exclamou. – É a pior fofoqueira da paróquia. Pena que não foi ideia minha ligar e pregar um susto nela. O que me diz, tio Len, de uma segunda dose?

Com energia, roguei a ele que não fizesse nada parecido. Nada é mais perigoso do que os esforços solícitos e bem-intencionados da geração mais jovem.

O humor de Dennis mudou de repente. Franziu a testa e assumiu a expressão de alguém que teve muitas experiências e nada mais o surpreende.

– Estive com Lettice quase toda a manhã – contou. – Sabe, Griselda, ela está *muito* preocupada. Não quer demonstrar, mas está. Muito preocupada mesmo.

– Nada mais natural – comentou Griselda, sacudindo a cabeça.

Griselda não é lá muito fã de Lettice Protheroe.

– Você é sempre injusta com Lettice.

– Acha mesmo? – indagou Griselda.

– Muitas pessoas não ficam de luto.

Griselda ficou quieta e eu também. Dennis prosseguiu:

– Ela não se abre com a maioria das pessoas, mas *comigo* sim. Está preocupadíssima com tudo e acha que algo precisa ser feito.

– Ela vai descobrir – disse eu – que o inspetor Slack compartilha da opinião dela. Ele vai até Old Hall hoje à tarde, e é bem provável que torne insuportável a vida de todos os moradores da casa no esforço de chegar à verdade.

– E qual é a verdade, Len? – indagou minha esposa de súbito.

– É difícil dizer, meu bem. Se eu dissesse que tenho ideia agora, eu estaria mentindo.

– Você disse que o inspetor Slack rastrearia aquela ligação... aquela que o levou à casa dos Abbott?

– Sim.

– Mas será que ele vai conseguir? Não é algo muito difícil de fazer?

– Não diria isso. O centro telefônico deve registrar as ligações.

– Ah! – Minha esposa assumiu um ar pensativo.

– Tio Len – falou meu sobrinho –, por que ficou tão irritado hoje de manhã com a minha brincadeira sobre o senhor ter desejado o assassinato do coronel Protheroe?

– Porque – respondi – brincadeira tem hora. O inspetor Slack não tem um pingo de senso de humor. Levou suas palavras ao pé da letra e provavelmente vai interrogar Mary outra vez e depois conseguir um mandado para me prender.

– Ele não percebe quando alguém está brincando?

– Não – disse eu –, não percebe. Ele alcançou seu cargo atual à custa de muito suor e empenho no trabalho. Passatempo é uma palavra que não existe no dicionário de Slack.

– Gosta dele, tio Len?

– Não – admiti –, não gosto. Desde que botei os olhos nele, senti uma intensa antipatia. Mas não duvido da sua capacidade profissional.

– Acha que ele vai descobrir quem atirou no velho Protheroe?

– Se não conseguir – comentei –, não vai ser por falta de tentativa.

Mary apareceu e comunicou:

– O sr. Hawes quer falar com o senhor. Está esperando na sala. E trouxeram esta mensagem. Esperam resposta. Pode ser verbal.

Abri o envelope e li:

"*Caro sr. Clement,*

Ficaria muito grata se o senhor pudesse vir me visitar esta tarde o mais cedo possível. Estou em apuros e gostaria de ouvir um conselho.

Sinceramente,

Estelle Lestrange."

– Diga que em meia hora eu passo lá – disse eu a Mary. Então fui à sala de visitas para falar com Hawes.

CAPÍTULO 15

A aparência de Hawes me perturbou bastante. As mãos e os músculos da face tremiam. Para mim, ele deveria estar na cama, e fui sincero com ele. Assegurou-me estar em perfeita saúde.

– Garanto, sir: nunca me senti melhor em toda a minha vida.

Isso era uma inverdade tão óbvia que eu quase não soube o que responder. Admiro pessoas que não se deixam entregar à doença, mas Hawes estava levando aquilo longe demais.

– Passei para dizer que sinto muito que... uma coisa dessas tenha acontecido em sua casa.

– Sim – disse eu –, não é nada agradável.

– É medonho... medonho demais. E no fim parece que soltaram o sr. Redding?

– Sim. Não passou de um engano. Ele fez... digamos... um depoimento impensado.

– E agora a polícia está mesmo convencida de que ele é inocente?

– Exatamente.

– Por que será, que mal lhe pergunte? Existe... quero dizer, eles suspeitam de mais alguém?

Nunca passou pela minha cabeça que Hawes fosse ficar assim tão interessado pelo assassinato. Talvez estivesse daquele jeito por ter acontecido na casa do pastor. Parecia tão ansioso quanto um repórter.

– Não sei dizer. O inspetor Slack é uma pessoa sigilosa. Mas, até onde sei, ele não suspeita de ninguém em especial. No momento, ainda está investigando.

– Sim... É claro. Mas quem a gente ia imaginar fazendo uma coisa horrível dessas?

Balancei a cabeça.

– O coronel Protheroe não era um homem popular, sei disso. Mas assassinato! Para matar alguém é preciso ter um motivo forte.

– Assim imagino – concordei.

– Quem poderia ter um motivo desses? A polícia tem ideia?

– Não sei dizer.

– Ele pode ter feito inimigos. Quanto mais penso no assunto, mais me convenço de que ele era o tipo de homem que tinha inimigos. Criou reputação de ser muito severo no tribunal.

– Suponho que sim.

– Puxa vida, então o senhor não se lembra? Ontem de manhã ele contou que foi ameaçado por aquele tal de Archer.

– Pensando bem, é verdade – disse eu. – Claro, eu me lembro. Você estava perto de nós naquela hora.

– Sim, escutei sem querer o que ele estava dizendo. Quase impossível não escutar em se tratando do coronel Protheroe. Tinha um vozeirão e tanto, não é mesmo? Lembro que fiquei impressionado com as palavras que o senhor disse. Que, quando a hora dele chegasse, poderia receber justiça em vez de misericórdia.

– Eu disse isso? – perguntei de cenho franzido. Pelo que eu me lembrava, minhas palavras haviam sido um pouco diferentes.

– Foi muito impressionante. Fiquei paralisado por suas palavras. Justiça é uma coisa terrível. E pensar que o coitado foi morto pouco depois disso. É quase como se o senhor tivesse tido uma premonição.

– Não tive nada parecido – falei sucintamente. Não me agrada nem um pouco a tendência de Hawes ao misticismo. Ele tem qualquer coisa de visionário.

– Contou à polícia sobre o tal Archer, sir?

– Não sei nada sobre ele.

– Quero dizer, não contou o que o coronel disse... que Archer o tinha ameaçado?

– Não – falei devagar. – Não contei.

– Mas vai contar?

Fiquei calado. Não me agradava perseguir um homem que já tinha contra si as forças da lei e da ordem. Não ponho a mão no fogo por Archer. Caçador incorrigível – tipo do bonachão inútil encontrado em todas as paróquias. Seja lá o que disse no afã da raiva ao receber a sentença, quem pode garantir que ele sentia o mesmo ao sair da prisão?

– Você escutou a conversa – falei enfim. – Se acha que deve ir até a polícia e contar, pode ir.

– Seria melhor se partisse do senhor.

– Talvez... Mas para dizer a verdade... Bem, não pretendo fazer isso. Não quero ajudar a pôr a corda no pescoço de um homem inocente.

– Mas se ele atirou no coronel Protheroe...

– Ora, *se*! Não há prova nenhuma de que ele tenha feito isso.

– As ameaças.

– A rigor, as ameaças não partiram dele, mas sim do coronel Protheroe. O coronel Protheroe disse que, na próxima vez, Archer ia ver o que era bom para tosse.

– Não compreendo sua postura, sir.

– Não precisa – disse eu enfastiado. – Você é jovem. É um entusiasta da justiça. Quando chegar à minha idade, vai descobrir que prefere conceder às pessoas o benefício da dúvida.

– Não é... quero dizer...

Fez uma pausa, e eu o olhei surpreso.

– Não tem alguma ideia própria... sobre a identidade do assassino, quero dizer?

– Minha nossa, não!

Hawes insistiu.

– Nem quanto ao... motivo?

– Não. E você tem?

– Eu? Na verdade, não. Só fiquei pensando... que talvez o coronel Protheroe tivesse confidenciado algo... ou mencionado algo...

– As confidências dele, como você as chama, foram ouvidas na rua por toda a aldeia ontem de manhã – disse eu secamente.

– Sim, claro. Então não pensa que... Archer?

– Em breve, a polícia vai saber tudo sobre Archer – repliquei. – Se eu mesmo tivesse escutado esse rapaz ameaçar o coronel Protheroe, a história seria outra. Mas fique certo de que, se ele realmente o ameaçou, metade da aldeia deve ter escutado, e isso logo vai chegar aos ouvidos da polícia. Contudo, faça o que achar melhor.

Hawes, porém, parecia curiosamente relutante em tomar alguma iniciativa. Todos os seus trejeitos eram nervosos e esquisitos. Lembrei-me do que Haydock dissera sobre a sua doença. Aí, suponho, jazia a explicação.

Retirou-se meio a contragosto, como se quisesse dizer algo mais, mas não soubesse como.

Antes disso, combinei que ele ministrasse a missa da União das Mães e conduzisse o encontro dos visitantes do distrito. Assim, fiquei liberado para tratar de vários projetos particulares que eu planejara para aquela tarde.

Tirando Hawes e seus problemas de minha cabeça, fui saindo rumo à casa da sra. Lestrange.

Na mesa do hall, descansavam o *Guardian* e o *Church Times* ainda intocados.

No caminho, recordei que a sra. Lestrange tivera uma entrevista com o coronel Protheroe na noite anterior à morte dele. Era possível que algo tivesse vindo à baila naquele encontro, algo que pudesse ajudar a esclarecer o enigma que envolvia o assassinato.

Fui conduzido direto à salinha de estar, e a sra. Lestrange levantou-se para me receber. Voltei a me impressionar com a atmosfera fabulosa que essa mulher conseguia criar. O vestido de um tecido preto sem brilho contrastava com a notável alvura da tez. Havia algo singularmente opaco no rosto dela. Apenas uma expressão alerta nos olhos candentes. Afora isso, nenhum outro sinal de vivacidade.

– Que ótimo que o senhor veio, sr. Clement – disse ela ao trocarmos um aperto de mãos. – Eu queria falar com o senhor naquele dia. Então decidi não fazê-lo. Antes tivesse falado.

– Repito o que disse naquela oportunidade. Será um prazer ajudá-la de alguma maneira.

– Sim, o senhor disse isso. E do fundo do coração. Raras pessoas neste mundo, sr. Clement, quiseram me ajudar com sinceridade.

– É difícil acreditar nisso, sra. Lestrange.

– É verdade... Para a maioria das pessoas... para a maioria dos homens, pelo menos, é cada um por si e Deus por todos. – Havia amargura em sua voz.

Não respondi, e ela prosseguiu:

– Queira sentar-se, por favor.

Obedeci, e ela se sentou à minha frente. Vacilou um instante e, em seguida, começou a falar de modo pausado e refletido, como quem mede cada palavra antes de enunciá-la.

– Estou numa situação delicada, sr. Clement, e gostaria de pedir seu conselho. Quer dizer, gostaria de um conselho sobre como proceder. O que passou, passou, e não pode ser desfeito. Compreende?

Antes que eu pudesse responder, a empregada que me fizera entrar abriu a porta e disse numa expressão assustada:

– Ah! Por favor, madame. Tem um inspetor de polícia na porta e ele quer falar com a senhora.

Houve um silêncio. O rosto da sra. Lestrange não mudou. Só os olhos se fecharam bem devagar e depois se abriram. Ela engoliu em seco uma ou duas vezes, então disse na mesma voz clara e calma:

– Faça-o entrar, Hilda.

Fiz menção de me levantar, mas ela solicitou com um gesto firme que eu permanecesse sentado.

– Se não se importar... Ficaria muito agradecida se o senhor ficasse.

Acomodei-me outra vez.

– Com certeza, se assim o deseja – murmurei enquanto Slack entrava com os passos enérgicos de praxe.

– Boa tarde, madame – começou ele.

– Boa tarde, inspetor.

Quando me viu, fez uma carranca. Não há dúvida nenhuma: Slack não gosta de mim.

– Não se importa com a presença do pastor, espero?

Imagino que Slack não pôde dizer o que realmente pensava.

– N... não – falou ele de má vontade. – Embora, talvez, fosse melhor...

A sra. Lestrange ignorou a insinuação.

– Pois não, inspetor, em que posso ajudá-lo? – indagou ela.

– Desta maneira, madame: assassinato do coronel Protheroe. Sou o encarregado do caso e estou fazendo sindicâncias.

A sra. Lestrange assentiu com a cabeça.

– Por mera questão de formalidade, estou perguntando a todos onde estiveram ontem à noite no período entre seis e sete da noite. Só por questão de formalidade, se é que a senhora entende.

– Quer saber onde eu estava ontem entre seis e sete da noite?

– Se possível, madame.

– Deixe-me ver. – Meditou um instante. – Estava aqui. Nesta casa.

– Ah! – Notei um brilho repentino no olhar do inspetor. – E a sua empregada (a senhora tem apenas uma empregada, creio eu) pode confirmar essa declaração?

– Não. Hilda tira folga nas tardes de quinta-feira.

– Sei.

– Infelizmente, o senhor vai ter que acreditar na minha palavra – disse a sra. Lestrange com simpatia.

– Tem certeza que passou a tarde toda em casa?

– Perguntou entre seis e sete, inspetor. Saí para dar uma caminhada no começo da tarde. Voltei pouco antes das cinco.

– Então, se alguém (a srta. Hartnell, por exemplo) declarasse que veio aqui por volta das seis da tarde, tocou a campainha várias vezes e foi embora sem ninguém atender... A senhora diria que ela estava enganada?

– Ah, não – a sra. Lestrange meneou a cabeça.

– Mas...

– Se a empregada está em casa, ela pode dizer que você não está. Mas se você está sozinha e não quer receber ninguém... A única coisa a fazer é deixar a campainha tocando até a pessoa cansar.

A afirmação deixou o inspetor Slack levemente aturdido.

– Mulheres idosas me entediam demais – explicou a sra. Lestrange. – E a srta. Hartnell é particularmente enfadonha. Ela deve ter tocado a campainha pelo menos meia dúzia de vezes antes de ir embora.

Abriu um sorriso melífluo ao inspetor Slack.

O inspetor tentou outra abordagem.

– Então, se alguém dissesse que a viu em locais públicos naquela hora...

– Ah! Mas ninguém disse, não é mesmo? – Ela foi rápida em perceber o ponto fraco da tese. – Ninguém me viu fora de casa, porque eu estava em casa.

– De fato, madame.

O inspetor trouxe a cadeira para mais perto.

– Chegou a meu conhecimento, sra. Lestrange, que a senhora fez uma visita ao coronel Protheroe em Old Hall na noite anterior à morte dele.

A sra. Lestrange respondeu tranquilamente:

– Exato.

– Pode me revelar a natureza desse encontro?

– Um assunto particular, inspetor.

– Sinto muito, mas é meu dever pedir que a senhora me conte a natureza desse assunto particular.

– Não vou lhe contar nada disso. Apenas lhe garanto que nada do que foi dito naquele encontro tem relação com o crime.

– A senhora não é a pessoa indicada para julgar isso.

– De qualquer modo, vai ter que acreditar em minha palavra, inspetor.

– Pelo que vejo, tenho que acreditar em sua palavra em relação a tudo.

– Parece que sim – aquiesceu ela, com o mesmo sorriso tranquilo.

O sangue subiu às faces do inspetor Slack.

– Este assunto é sério, sra. Lestrange. Quero a verdade! – Deu um murro na mesa. – E vou consegui-la.

A sra. Lestrange não disse nada.

– Não percebe, madame, que está ficando numa situação bastante suspeita?

De novo, a sra. Lestrange ficou calada.

– Vai ser intimada a prestar depoimento no inquérito.

– Sim.

Monossilábica. Sem ênfase nem interesse. O inspetor mudou de tática.

– Conhecia o coronel Protheroe?

– Sim, eu o conhecia.

– Conhecia bem?

Houve uma pausa antes que ela dissesse:

– Não o via há vários anos.

– Conhecia a sra. Protheroe?

– Não.

– Vai me perdoar, mas é uma hora pouco comum para fazer visita.

– Não penso assim.

– O que quer dizer com isso?

– Eu queria falar com ele em particular. Não queria me encontrar com a sra. Protheroe nem com a filha dele. Escolhi o horário que melhor se adaptava aos meus objetivos.

– Por que não queria ver a sra. nem a srta. Protheroe?

– Isso, inspetor, é problema meu.

– Então se nega a falar mais?

– Sim.

O inspetor Slack levantou-se.

– Vai acabar em maus lençóis, madame, se não tomar cuidado. Tudo isso cheira mal... muito mal.

Ela caiu na risada. Eu poderia ter avisado ao inspetor Slack que esse tipo de mulher não se amedronta com facilidade.

– Bem – desvencilhou-se o inspetor com dignidade –, depois não diga que eu não lhe avisei. Boa tarde, madame, e fique sabendo que vamos descobrir a verdade.

Foi-se embora. A sra. Lestrange ergueu-se e estendeu a mão.

– Vou pedir que o senhor também vá... É melhor assim. É muito tarde para me aconselhar agora. Não tem mais volta.

Repetiu numa voz desolada:

– Não tem mais volta.

CAPÍTULO 16

Ao sair, eu me deparei com Haydock no degrau da porta. Relanceou um olhar mordaz a Slack, que acabara de cruzar o portão.

– Ele a interrogou?

– Sim – respondi.

– Foi polido, espero?

A polidez, a meu ver, é uma arte que o inspetor Slack nunca aprendeu, mas presumi que, de acordo com os seus próprios parâmetros, ele fora polido. De qualquer forma, eu não queria deixar Haydock ainda mais aborrecido. Ele já parecia aflito e preocupado o suficiente. Então eu disse que o inspetor fora bastante polido.

Haydock assentiu e, enquanto a criada o fazia entrar, caminhei rumo ao centro da aldeia. Logo alcancei o inspetor. Imagino que tenha caminhado devagar de propósito. Por mais que não gostasse de mim, não deixaria uma antipatia atrapalhar o acesso a informações úteis.

– Sabe de algo sobre a dama? – indagou à queima-roupa.

Respondi que não sabia de nada.

– Ela nunca disse nada sobre por que veio morar aqui?

– Não.

– E mesmo assim vai visitá-la?

– Uma das minhas atribuições é visitar os paroquianos – retorqui, omitindo o fato de ter sido chamado.

– Hum... imagino que sim. – Calou-se um instante. Então, incapaz de esquecer o recente insucesso, continuou: – Negócio suspeito, me parece.

– Pensa isso?

– Se me perguntassem, diria "chantagem". É estranho se pensarmos na conduta supostamente ilibada do coronel Protheroe. Mas não ponho a mão no fogo por ninguém. Não seria o primeiro curador de igreja a ter vida dupla.

Memórias vagas de comentários de Miss Marple sobre o mesmo tópico perambularam em minha mente.

– Acha mesmo provável?

– Bem, isso se adapta aos fatos. Por que uma dama moderna e bem-vestida veio morar neste vilarejo pacato? Por que visitou Protheroe naquele horário estranho? Por que evitou a sra. e a srta. Protheroe? Sim, tudo se encaixa. Constrangedor para ela admitir... chantagem é crime. Mas vamos arrancar a verdade dela. Tudo indica uma ligação importante com o caso. Se o coronel Protheroe teve alguma culpa secreta na vida... algo desonroso... bem, pode vislumbrar o campo que se descortina.

Concordei com ele.

– Estou tentando induzir o mordomo a falar. Pode ter escutado atrás da porta algum trecho da conversa entre Protheroe e Lestrange. Mordomos fazem isso às vezes. Mas ele jura que não sabe de nada. A propósito, acabou no olho da rua por isso. O coronel tirou satisfações e ficou furioso porque ele a deixou entrar. O mordomo retrucou dando o aviso prévio. Disse que não gostava mesmo de trabalhar ali e que já pensava em sair há um bom tempo.

– Mesmo?

– Então isso nos dá outra pessoa magoada com o coronel.

– Não suspeita seriamente do homem... Qual o nome dele, a propósito?

– Reeves. E não disse que suspeito dele. Digo que nunca se sabe. Ele tem uma delicadeza fingida que não me agrada.

Fiquei me perguntando o que Reeves achava da delicadeza do inspetor Slack.

– Agora vou interrogar o motorista.

– Talvez, então – disse eu –, possa me dar uma carona em seu carro. Quero ter uma palavrinha com a sra. Protheroe.

– A troco de quê?

– Os preparativos para o funeral.

– Ah! – exclamou o inspetor Slack um tanto surpreso. – O inquérito está marcado para amanhã, sábado.

– Sem problemas. O funeral será terça-feira.

Um tanto envergonhado de sua rispidez, Slack estendeu-me um ramo de oliveira como convite para eu acompanhar a conversa com Manning, o motorista.

Manning, moço simpático, com não mais de 25 ou 26 anos, demonstrou medo na presença do inspetor.

– Muito bem, rapaz – falou Slack. – Preciso de umas informações.

– Sim, sir – gaguejou o motorista. – Com certeza, sir.

Se ele próprio tivesse cometido o crime, não estaria mais assustado.

– Ontem levou seu patrão à aldeia?

– Sim, sir.

– A que horas foi isso?

– Cinco e meia.

– A sra. Protheroe foi junto?

– Sim, sir.

– Foram direto à aldeia?

– Sim, sir.

– Pararam no caminho?

– Não, sir.

– Lá chegando, o que fizeram?

– O coronel desceu e me disse que não precisaria mais do carro. Ia voltar para casa a pé. A sra. Protheroe tinha umas compras para fazer. Colocou os pacotes no carro. Então me dispensou, e eu fui para casa.

– Ela ficou na aldeia?

– Sim, sir.

– A que horas foi isso?

– Seis e quinze, sir. Seis e quinze em ponto.

– Onde a deixou?

– Perto da igreja, sir.

– O coronel disse para onde ia?

– Comentou que ia ao veterinário... Algo a ver com um dos cavalos.

– Sei. E você voltou direto para casa?

– Sim, sir.

– Existem duas entradas para Old Hall, a do chalé sul e a do chalé norte. Foi à vila pelo chalé sul, calculo?

– Sim, sir, como sempre.

– E retornou pelo mesmo trajeto?

– Sim, sir.

– Hum... Acho que é tudo. Ah! Aí vem a srta. Protheroe.

Lettice flutuou em nossa direção.

– Quero o Fiat, Manning – avisou. – Faça-o funcionar, está certo?

– Pode deixar, srta.

Ele se encaminhou até um conversível de dois lugares e ergueu o capô.

– Só um minuto, srta. Protheroe – disse Slack. – Tenho que registrar os movimentos de todos ontem à tarde. Não leve a mal.

Lettice fitou-o.

– Nunca sei o horário de nada – disse ela.

– Pelo que me disseram, você saiu ontem logo depois do almoço?

Ela balançou a cabeça em afirmação.

– Para onde, por gentileza?

– Jogar tênis.

– Com quem?

– Com os Hartley Napier.

– Em Much Benham?

– Sim.

– E retornou a que horas?

– Não sei. Já disse que não presto atenção nessas coisas.

– Retornou – disse eu – perto das sete e meia.

– É isso mesmo – falou Lettice. – No meio da confusão. Anne tendo ataques e Griselda acalmando-a.

– Obrigado, senhorita – falou o inspetor. – É tudo o que desejo saber.

– Que esquisito – disse Lettice. – Coisa mais sem graça.

Ela caminhou em direção ao Fiat.

O inspetor bateu o dedo na testa discretamente.

– Meio avoada? – sugeriu.

– Nem um pouco – disse eu. – Mas gosta de passar essa impressão.

– Bem, agora vou interrogar as empregadas.

Mesmo quem não gosta de Slack consegue admirar sua energia.

Separamo-nos. Perguntei a Reeves se eu podia falar com a sra. Protheroe.

– No momento ela está deitada, sir.

– Então é melhor não perturbá-la.

– Não quer esperar, sir? Sei que a sra. Protheroe está ansiosa para falar com o senhor. Ela disse isso na hora do almoço.

Ele me fez passar ao estar íntimo, acendendo as luzes, pois as venezianas estavam fechadas.

– Caso triste esse – comentei.

– Sim, sir – respondeu o mordomo com voz fria e respeitosa.

Fitei-o. Que sentimentos agiam sob aquela conduta impassível? Sabia de coisas que não queria nos contar? Não há nada tão inumano quanto a máscara do bom empregado.

– Algo mais, sir?

Não havia um toque de ansiedade por trás daquela fachada impecável?

– Nada mais – respondi.

Não precisei esperar muito. Pouco tempo depois, Anne Protheroe apareceu. Trocamos ideias e definimos providências. Então ela exclamou:

– Como o dr. Haydock é bondoso!

– Haydock é a melhor pessoa que conheço.

– Tem sido incrivelmente amável comigo. Mas anda triste, não?

Nunca tinha me ocorrido em ligar tristeza à pessoa de Haydock. Aquela ideia me fez pensar.

– Não que eu tenha notado – disse eu enfim.

– Eu nunca tinha notado até hoje.

– Às vezes, nossos próprios problemas aguçam nossos olhos – comentei.

– Pura verdade. – Fez uma pausa e então disse: – Sr. Clement, tem uma coisa que eu realmente *não consigo* entender. Se meu marido foi morto logo depois que eu o deixei, por que não escutei o tiro?

– A polícia tem motivos para crer que o tiro foi disparado mais tarde.

– Mas e o horário de 18h20 marcado no bilhete?

– Tudo indica ter sido acrescentado por outra pessoa... o assassino.

Ela empalideceu.

– Que horror!

– Não notou que o horário não estava escrito na letra dele?

– Nada no bilhete parecia a letra dele.

Havia certa verdade nessa afirmação. Eram rabiscos meio ilegíveis, diferentes da costumeira letra firme de Protheroe.

– Tem certeza de que não suspeitam mais de Lawrence?

– Ele está definitivamente inocentado.

– Mas, sr. Clement, quem foi então? Sei que Lucius não era popular, mas não creio que tivesse inimigos de verdade. Não esse tipo de inimigo.

Meneei a cabeça.

– É um mistério.

Pensei com meus botões nos sete suspeitos de Miss Marple. Quem seriam eles?

Após me despedir de Anne, comecei a executar um plano meu.

Retornei de Old Hall pela trilha particular. Quando atingi os degraus para a alameda, retrocedi, escolhendo um ponto onde havia sinal de que alguém passara pelos arbustos, desviei da trilha e enveredei no meio da vegetação, abrindo caminho entre os galhos. O bosque era fechado, com arbustos trançados em meio às árvores maiores. A incursão era lenta. De repente, notei que outra pessoa se esgueirava entre os arbustos não muito longe de mim. Quando parei vacilante, vislumbrei Lawrence Redding com uma grande pedra nas mãos.

Acho que demonstrei espanto, porque ele caiu na gargalhada.

– Não é uma pista, não – disse ele. – É uma oferenda de paz.

– Oferenda de paz?

– Uma base para negociações, quem sabe? Uma desculpa para visitar sua vizinha, Miss Marple. Fiquei sabendo que ela adora pedras bonitas para aqueles jardins japoneses que ela faz.

– É verdade – disse eu. – Mas o que quer com a velhinha?

– Só isso. Se houve algo a ser visto ontem à noite, Miss Marple viu. Não algo estritamente ligado ao crime... Refiro-me a um incidente estranho ou bizarro, um detalhe insignificante que possa dar uma pista para a verdade. Algo que ela pensou que não valia a pena contar para a polícia.

– É possível, suponho.

– Vale a pena tentar. Sr. Clement, eu vou tirar isso a limpo. Não por mim, mas por causa de Anne. E não tenho lá muita confiança em Slack... É um sujeito entusiástico, mas o entusiasmo não substitui o cérebro.

– Pelo que vejo – comentei –, você se enquadra no perfil daqueles personagens prediletos da ficção, os detetives amadores. Não sei se na vida real eles conseguem competir com os profissionais.

Fitou-me com astúcia e de repente caiu na risada.

– O que está fazendo no bosque, padre?

Permiti-me a virtude de corar.

– Aposto que o mesmo que eu. Tivemos a mesma ideia, não? *Como o assassino chegou ao estúdio*? Primeiro caminho: alameda e portão; segundo caminho: porta da frente; e terceiro... existe um terceiro caminho? Minha ideia era ver se havia sinal de arbustos mexidos ou quebrados perto do muro do jardim de sua casa.

– Tive a mesma ideia – admiti.

– Mas nem cheguei a colocar meu plano em prática – continuou Lawrence. – Neste meio-tempo, tive a ideia de primeiro visitar Miss Marple, para me assegurar de que ninguém passou na alameda ontem à noite enquanto estávamos no estúdio.

Abanei a cabeça.

– Ela foi taxativa quanto a isso. Ninguém passou.

– Ninguém que ela chamasse de alguém... Parece maluquice, mas explico. Pode ter passado o carteiro, o leiteiro ou o entregador de carne... alguém cuja presença seria tão natural que ninguém pensaria em mencionar.

– É isso que dá ficar lendo G.K. Chesterton – disse eu, e Lawrence não negou.

– Mas não pensa que é possível algo nessa linha?

– Imagino que sim – admiti.

Sem mais delongas, dirigimo-nos à casa de Miss Marple. Ela estava trabalhando no jardim e nos chamou enquanto subíamos os degraus que ligavam a trilha à alameda.

– Não disse? – murmurou Lawrence. – Ela enxerga todo mundo.

Ela nos recebeu com muita cortesia e ficou contentíssima com a enorme pedra de Lawrence, apresentada com a devida cerimônia.

– É muita delicadeza sua, sr. Redding.

Encorajado por isso, Lawrence iniciou suas perguntas. Miss Marple escutou-as com atenção.

– Sim, sei a que você se refere e concordo plenamente, é o tipo de coisa que ninguém se dá o trabalho de mencionar. Mas posso lhe garantir que não aconteceu nada parecido. Nada mesmo.

– Tem certeza, Miss Marple?

– Absoluta.

– Viu alguém descendo a trilha em direção ao bosque naquela tarde? – indaguei. – Ou vindo por ela?

– Ah, sim, várias pessoas. O dr. Stone e a srta. Cram se embrenharam por ali... para eles é o caminho mais curto até o túmulo. Isso foi pouco depois das duas. E o dr. Stone voltou por ali... Como o senhor bem sabe, sr. Redding, afinal ele se encontrou com o senhor e a sra. Protheroe.

– A propósito – falei –, aquele tiro... o tiro que a senhora escutou, Miss Marple. O sr. Redding e a sra. Protheroe também devem tê-lo ouvido.

Mirei Lawrence com olhos indagadores.

– Sim – disse ele, franzindo a testa. – Acho que escutei alguns tiros. Um ou dois tiros, não lembro bem...

– Eu escutei apenas um – afirmou Miss Marple.

– Tenho só uma vaga impressão – falou Lawrence. – Diabos, gostaria de me lembrar, mas não consigo. Na hora, eu estava totalmente envolvido com... com...

Calou-se, constrangido.

Dei uma tossidela diplomática. Miss Marple, com um toque de pudor, mudou de assunto.

– O inspetor Slack insiste que eu diga se ouvi o tiro antes ou depois de o sr. Redding e a sra. Protheroe terem saído do estúdio. Confesso que não consigo afirmar com certeza, mas tenho a impressão (que aumenta cada vez que penso no assunto) de que foi depois.

– Então isso descarta nosso famoso dr. Stone – suspirou Lawrence. – Não que exista o menor dos motivos para suspeitar que ele tenha atirado no coitado do velho Protheroe.

– Ah! – exclamou Miss Marple. – Mas eu sempre considero prudente suspeitar um pouco de todo mundo. O que eu quero dizer é: a gente *nunca* sabe, não é mesmo?

Isso era típico de Miss Marple. Perguntei a Lawrence se ele concordava com ela sobre o tiro.

– Não sei dizer mesmo. Foi um barulho tão comum. Tenho a impressão de que foi disparado enquanto estávamos no estúdio. O som teria amortecido e... quem estivesse no estúdio o notaria menos.

"Por outras razões além do amortecimento sonoro", pensei comigo.

– Tenho que perguntar a Anne – disse Lawrence. – Ela pode se lembrar. A propósito, um fato curioso precisa ser explicado. A sra. Lestrange, a dama misteriosa de St. Mary Mead, visitou o velho Protheroe depois do jantar, quarta-feira à noite. Parece que ninguém tem a mínima ideia do teor da conversa. Protheroe não contou nada à mulher nem à filha.

– Talvez o pastor saiba – comentou Miss Marple.

Como diabos a mulher sabia que eu visitara a sra. Lestrange naquela tarde? Chega a ser sinistro o modo como ela sempre fica sabendo de tudo.

Balancei a cabeça e garanti que não podia esclarecer o assunto.

– O que o inspetor Slack pensa? – indagou Miss Marple.

– Fez o que podia para intimidar o mordomo... Mas pelo visto o mordomo não estava curioso o suficiente para ouvir às escondidas. Então é isto: ninguém sabe.

– Mas imagino que alguém tenha escutado algo, não acham? – indagou Miss Marple. – Quero dizer, alguém sempre *escuta*. Acho que é por aí que o sr. Redding pode descobrir algo.

– Mas a sra. Protheroe não sabe de nada.

– Não me refiro a Anne Protheroe – disse Miss Marple. – Refiro-me às empregadas. Elas odeiam contar qualquer coisa à polícia. Mas a um homem charmoso (com seu perdão, sr. Redding) que acaba de ser alvo de suspeitas injustas... ah! Tenho certeza de que elas vão contar na hora.

– Vou lá hoje à noite ver o que eu consigo descobrir – declarou Lawrence com energia. – Obrigado pela dica, Miss Marple. Vou assim que... bem, assim que o pastor e eu fizermos um pequeno serviço.

Ocorreu-me que era melhor nos apressarmos. Disse até logo a Miss Marple, e entramos no bosque de novo.

Primeiro, seguimos a trilha até chegarmos a um novo local onde certamente alguém se desviara à direita. Lawrence explicou que já havia seguido aquela pista e descobrira que não conduzia a lugar nenhum, mas acrescentou que seria bom tentar outra vez. Ele poderia ter se enganado.

Entretanto, ele estava certo. Uns dez metros depois, os sinais de ramos quebrados e folhas amassadas cessavam por completo. Foi dali que Lawrence irrompera antes, naquela mesma tarde, para me encontrar.

Enveredamos pela trilha outra vez e caminhamos por ela durante mais algum tempo. Chegamos a outro lugar com os arbustos movimentados. Os sinais eram sutis, mas, pensei eu, inequívocos. Dessa vez, o rastro promissor serpenteou tortuosamente em direção à minha casa, até chegarmos ao ponto em que os arbustos formavam uma espessa faixa contra o muro. Um daqueles muros altos com o topo ornado com cacos de garrafas quebradas. Se alguém tivesse apoiado uma escada nele, certamente teria deixado vestígios.

Estávamos nos esgueirando por entre os arbustos junto ao muro quando chegou a nossos ouvidos um ruído de ramo quebrado. Projetei o corpo à frente, forçando passagem no meio de uma densa moita de arbustos, e vi-me cara a cara com o inspetor Slack.

– Então é o senhor! – exclamou ele. – E o sr. Redding. Os cavalheiros podem me explicar o que pensam que estão fazendo?

Sem esconder a decepção, explicamos.

– Exato – afirmou o inspetor. – Não sendo os idiotas que em geral pensam que somos, eu tive a mesma ideia. Faz uma hora que estou por aqui. E querem saber de uma coisa?

– Sim – disse eu humildemente.

– Seja lá quem for o assassino do coronel Protheroe, ele não veio por aqui! Não há nenhum sinal deste lado do muro nem do outro. Quem matou o coronel Protheroe entrou pela frente. Não há outra maneira.

– Impossível! – gritei.

– Impossível por quê? A sua porta fica aberta. Tudo o que alguém tem a fazer é entrar. Da cozinha ninguém enxerga quem entra. E a pessoa que entrou sabia com toda segurança que o senhor tinha sido tirado do caminho, sabia que a sra. Clement estava em Londres, sabia que o sr. Dennis estava jogando tênis. Simples como dois e dois são quatro. E a pessoa não precisou ir nem vir atravessando a aldeia. Logo à frente do portão frontal do vicariato existe um caminho, e a partir dele é possível embrenhar-se nesse mesmo bosque e sair por onde quiser. A menos que a sra. Price Ridley saísse pelo portão da casa dela naquele mesmo instante, o terreno estaria livre. Bem mais fácil do que ficar escalando muros. E as janelas laterais do segundo piso da casa da sra. Price Ridley dão para a maior parte do muro. Sim, podem ter certeza: ele veio pela frente.

Tudo indicava que Slack tinha razão.

CAPÍTULO 17

O inspetor Slack veio me visitar na manhã seguinte. Está, penso eu, mais à vontade comigo. Com o tempo, talvez esqueça o incidente do relógio.

– Bom dia – saudou. – Rastreei a ligação que o senhor recebeu.

– Mesmo? – indaguei ansioso.

– É muito curioso. Veio do chalé norte de Old Hall. Mas aquele chalé está vazio. O casal que cuidava do chalé se aposentou, e os novos zeladores ainda não se mudaram. O lugar estava inabitado e à mão. Porta de correr destrancada nos fundos. Telefone sem impressões digitais... Alguém limpou. Isso é sugestivo.

– Como assim?

– Mostra que a ligação teve o objetivo deliberado de tirá-lo do caminho. Ou seja, o assassinato foi meticulosamente planejado. Se fosse só um trote inocente, as digitais não teriam sido apagadas com tanto cuidado.

– Tem razão.

– Também revela que o assassino conhecia bem Old Hall e arredores. Não foi a sra. Protheroe quem fez a ligação. Rastreei todos os passos dela naquela tarde. Meia dúzia de empregados juram que ela estava em casa até cinco e meia. Então o carro encostou e levou o coronel Protheroe e ela até o povoado. O coronel foi consultar Quinton, o veterinário. Um cavalo estava doente. A sra. Protheroe fez encomendas na mercearia e na peixaria e de lá desceu pela alameda onde Miss Marple a viu. O pessoal das lojas concorda que ela não carregava bolsa. A velhinha estava certa.

– Em geral, ela sempre está – disse eu suavemente.

– E a srta. Protheroe estava em Much Benham às cinco e meia.

– Exato – disse eu. – Meu sobrinho também estava lá.

– Isso a descarta. A empregada parece normal... um pouco histérica e perturbada, mas o que seria de se esperar? Claro, estou de olho no mordomo... Com essa história de ele pedir demissão e tudo o mais. Mas não creio que ele saiba de algo a respeito.

– Suas sindicâncias parecem ter alcançado resultados negativos, inspetor.

– Sim e não, sir. Uma coisa estranha veio à tona... de modo bastante inesperado, eu diria.

– É mesmo?

– Lembra-se do escândalo que a sra. Price Ridley, sua vizinha, deu ontem de manhã na delegacia? Sobre o telefonema que ela recebeu?

– Sim?

– Bem, rastreamos a ligação apenas para tranquilizá-la... e de qual lugar do mundo o senhor acha que veio a tal ligação?

– De um posto telefônico? – arrisquei.

– Não, sr. Clement. Do chalé do sr. Lawrence Redding.

– O quê? – exclamei surpreso.

– Sim. Estranho, não é mesmo? O sr. Redding não teve nada a ver com isso. Naquela hora, às seis e meia, ele estava a caminho do Blue Boar em companhia do dr. Stone, à vista de toda a aldeia. Mas então é isso. Sugestivo, não? Alguém entrou naquele chalé vazio e usou o telefone. Quem terá sido? Dois telefonemas estranhos num dia. O que nos leva a pensar numa ligação entre eles. Macacos me mordam se não foram feitos pela mesma pessoa.

– Mas com que intenção?

– É isso que precisamos descobrir. Não parece existir um objetivo especial para o segundo, mas deve existir algum. Não percebe o significado? Ligar da casa do sr. Redding. A pistola do sr. Redding. Tudo para lançar suspeitas contra o sr. Redding.

– Estaria mais de acordo com essa tese se a *primeira* ligação tivesse sido feita da casa dele – contestei.

– Ah, mas andei estudando esse assunto. Aonde o sr. Redding ia na maioria das tardes? Até Old Hall pintar a srta. Protheroe. Saía de moto do chalé dele e passava pelo portão norte. Percebe agora o objetivo de a ligação ter sido feita de lá? *O assassino é alguém que não sabia da briga nem do fato de que o sr. Redding estava proibido de pôr os pés em Old Hall.*

Por um instante deixei as ponderações do inspetor decantando em meu cérebro. Elas soavam coerentes e inevitáveis.

– Alguma impressão digital no telefone do chalé do sr. Redding? – indaguei.

– Não – disse o inspetor em tom amargo. – Aquela velha maldita que limpa a casa passou um pano no telefone ontem de manhã. – Com expressão colérica, meditou por um instante. – É uma velha idiota mesmo. Não se lembra quando viu a pistola pela última vez. Pode ser que estivesse lá na manhã do crime, pode ser que não. "Não posso dizer com certeza." São todas iguais!

Continuou:

– Por questão de formalidade, fiz uma visitinha ao dr. Stone. Devo reconhecer que ele foi tão agradável quanto possível. Ele e a srta. Cram foram até a escavação (ou túmulo, ou sei lá como se chama) por volta das duas e meia e ficaram por lá a tarde toda. O dr. Stone foi para casa sozinho, e ela foi mais tarde. Ele afirma não ter escutado tiro nenhum, mas admite ser uma pessoa distraída. Mas tudo corrobora o que pensamos.

– Com o detalhe – disse eu – de que o senhor ainda não pegou o assassino.

– Hum... – disse o inspetor. – Foi uma voz feminina que o senhor escutou no telefone. Tudo indica que foi voz de mulher que a sra. Price Ridley escutou. Se ao menos aquele tiro não tivesse sido disparado logo depois que ela desligou o telefone... Bem, eu saberia onde procurar.

– Onde?

– Ah! Pois é justamente isso que é melhor não dizer, sir.

Sem pudor nenhum, ofereci-lhe uma taça de vinho do Porto. Tenho excelentes safras antigas desse vinho. Onze da manhã não é bem o horário habitual para se consumir vinho do Porto, mas achei que Slack não daria importância a esse detalhe. Seria, é claro, um cruel desperdício de vinho do Porto, mas era por uma boa causa.

Quando o inspetor Slack terminou a segunda taça, começou a ficar maleável e alegre. Esse é o efeito desse Porto especial.

– Acho que não há problema em contar para o senhor – afirmou ele. – Guardaria um segredo? Ninguém na paróquia pode ficar sabendo.

Garanti que ele podia ficar tranquilo.

– Visto que a coisa toda aconteceu em sua casa, quase parece um direito seu saber.

– É isso que penso – disse.

– Bem, sir, o que me diz da senhora que visitou o coronel Protheroe na véspera do crime?

– A sra. Lestrange! – exclamei surpreso, elevando o tom de voz.

O inspetor lançou-me um olhar reprovador.

– Não tão alto, sir. A sra. Lestrange está na minha mira. Lembre-se do que eu lhe disse... chantagem.

– Improvável motivo para assassinato. Por que matar a galinha dos ovos de ouro? Isso considerando verídica a sua tese, da qual duvido muito.

O inspetor piscou para mim de modo familiar.

– Ah! Ela é o tipo de mulher que os homens sempre defendem. Preste atenção, sir. Digamos que ela chantageou com sucesso o velhote no passado. Tempos depois, fica sabendo o paradeiro dele, vem morar aqui e tenta repetir a dose. *Mas*, nesse meio-tempo, as coisas mudaram. A lei agora está em outro patamar. Hoje ficou fácil a vida de quem processa um chantagista... A imprensa não tem permissão de publicar os nomes. Vamos supor o seguinte. O coronel Protheroe vira a mesa e acena com um processo judicial contra ela. Ela fica de saia justa. A condenação por chantagem é bastante rigorosa. O feitiço vira contra o feiticeiro. A única coisa a fazer para salvar a pele é apagá-lo de uma vez por todas.

Fiquei calado. Tive que admitir: a hipótese construída pelo inspetor era razoável. A meu ver, só uma coisa a tornava inadmissível – o caráter da sra. Lestrange.

– Não concordo com isso, inspetor – declarei. – A sra. Lestrange não me parece uma chantagista em potencial. Ela é... bem, a palavra é antiquada, mas ela é uma... dama.

Ele me fitou com olhos cheios de pena.

– Ah! Bem – ponderou com indulgência –, sei que o senhor é membro do clero, mas não sabe da missa a metade. Dama, pois sim! Ficaria surpreso se soubesse das coisas que eu sei.

– Não estou me referindo à simples condição social. De qualquer modo, não imagino que a sra. Lestrange pertença à elite. Refiro-me à questão de... requinte pessoal.

– Não a vê com os mesmos olhos que eu, sir... Posso ser homem, mas também sou policial. Requinte pessoal não me atinge. Aquela mulher é do tipo que dá uma facada nas costas de alguém sem pestanejar.

Por estranho que pareça, era mais fácil visualizar a sra. Lestrange culpada de homicídio do que de chantagem.

– Mas, é claro, ela não pode ter telefonado para a sua vizinha e atirado no coronel Protheroe ao mesmo tempo – prosseguiu o inspetor.

Assim que pronunciou as palavras, deu uma violenta palmada na perna.

– Já sei! – exclamou. – Esse é objetivo do telefonema. Uma espécie de *álibi*. Sabia que o vincularíamos ao primeiro. Vou examinar isso com atenção. Pode ter subornado algum garoto da aldeia para dar o telefonema por ela. O garoto *jamais* pensaria em relacionar isso com o assassinato.

O inspetor partiu célere.

– Miss Marple quer falar com você – disse Griselda, enfiando a cabeça no recinto. – Enviou um bilhete meio sem nexo... Todo cheio de partes sublinhadas e letras com pernas de aranha. Não consegui decifrar quase nada. Pelo que pude notar, ela não pode sair de casa. Apresse-se e vá até lá para descobrir o que está acontecendo. Vou receber umas velhas paroquianas daqui a dois minutos, senão eu mesma ia lá investigar. Odeio essa velharada... Reclamam das pernas cheias de varizes e às vezes insistem em mostrá-las. Que sorte a sua que o inquérito é hoje à tarde! Não vai ter que assistir à partida de críquete no clube dos meninos.

Eu me apressei, a cabeça fervilhando para inferir a razão daquele chamado.

Encontrei Miss Marple em um estado que, creio eu, poderia ser descrito como confusão de espírito: muito rosada e um pouco balbuciante.

– Meu sobrinho – explicou ela. – Meu sobrinho, Raymond West. O escritor. Está vindo para cá hoje. Estou assoberbada. Tenho que resolver tudo sozinha. Não é possível confiar nas empregadas. Não sabem nem arejar uma cama direito. E precisamos, é claro, ter carne na janta. Cavalheiros consomem muita carne, não é mesmo? E bebida. Com certeza, é preciso ter bebida em casa... E um sifão de soda!

– Se eu puder fazer algo para ajudar... – comecei.

– Ah! Bondade sua. Mas não o chamei por causa disso. Tenho bastante tempo mesmo. O bom é que ele traz o próprio cachimbo e fumo. Daí me poupa ter que saber a marca certa de cigarros para comprar. Mas também é ruim, porque demora muito tempo para sair o cheiro das cortinas. É claro, abro a janela e as sacudo com força toda manhã bem cedo. Raymond levanta da cama muito tarde... Acho que é mania de escritor. Escreve livros até bem engenhosos, mas as pessoas nem de longe são tão desagradáveis como ele as pinta. Jovens talentosos sabem tão pouco da vida, não acha?

– Gostaria de trazê-lo para jantar em minha casa? – perguntei, ainda incapaz de compreender o motivo do chamado.

– Ah, não! Que esperança – disse Miss Marple. – É muita gentileza sua – acrescentou ela.

– Tem... ahn... um motivo pelo qual a senhora quer me ver, acho – sugeri já em desespero.

– Ah, é claro! No meio de toda essa empolgação esqueci completamente. – Ela interrompeu a conversa e chamou a empregada. – Emily... Emily. Estes lençóis não. Os franjadinhos com monograma. E não os coloque perto do fogo!

Fechou a porta e voltou na ponta dos pés.

– Ontem à noite sucedeu um fato muito curioso – explicou. – Achei que o senhor gostaria de saber, se bem que não faz muito sentido. Eu não conseguia dormir ontem à noite... Ruminando toda essa triste história. Então me levantei e olhei pela janela. E o que pensa que enxerguei?

Fitei-a com expressão interrogadora.

– Gladys Cram – disse Miss Marple com grande ênfase. – Quero cair morta se não era ela entrando no bosque com uma valise na mão.

– Uma valise?

– Não é fantástico? O que ela ia fazer com uma valise no bosque à meia-noite? Sabe – emendou Miss Marple –, tenho a impressão de que isso não tem nada a ver com o crime. Mas é uma coisa esquisita. E, na atual conjuntura, é nosso dever registrar toda e qualquer coisa esquisita.

– Muito espantoso – concordei. – Será que ela não estava indo... hum... dormir na escavação?

– Não, em absoluto – disse Miss Marple. – Porque logo depois ela voltou. Sem a valise.

CAPÍTULO 18

O inquérito foi realizado naquela tarde (sábado), às duas horas, no Blue Boar. Foi estupenda a agitação local, é desnecessário dizer. Pelo menos quinze anos sem assassinato em St. Mary Mead. E alguém como o coronel Protheroe assassinado em pleno gabinete da casa do pastor! Um raro banquete de emoções para o povo da aldeia.

Escutei sem querer vários comentários provavelmente não direcionados aos meus ouvidos.

– Olhe ali o pastor chegando. Pálido, não? Será que tem culpa no cartório? Afinal de contas, o crime foi na casa dele.

– Onde já se viu, Mary Adams? Ele estava na casa de Henry Abbott naquela hora.

– Ah! Mas ouvi falar que ele e o coronel bateram boca. Lá está Mary Hill. Toda de nariz empinado, só porque trabalha lá. Shh... chegou o juiz.

O juiz investigador, o dr. Roberts, da cidade vizinha de Much Benham, pigarreou, ajeitou os óculos e adotou uma postura distinta.

Recapitular todas as provas seria cansativo. Lawrence Redding testemunhou ter encontrado o corpo e confirmou que a pistola era sua. Até onde se lembrava, ele a vira pela última vez na terça-feira, dois dias antes do crime. Ficava guardada numa prateleira da estante de livros em seu chalé. Não, ele não tinha o costume de chavear a porta do chalé.

A sra. Protheroe depôs que vira o marido pela última vez por volta das quinze para as seis, quando se despediram na rua central da aldeia. Combinaram de se encontrar na casa do pastor mais tarde. Dirigira-se à casa do pastor às seis e quinze, usando a alameda e atravessando o jardim. Não escutara vozes no gabinete e imaginara que não havia ninguém ali, mas o marido talvez estivesse à escrivaninha, fora do ângulo de visão. Até onde sabia, ele estivera com saúde e humor costumeiros. Desconhecia quaisquer inimigos que pudessem ter rixas contra ele.

O próximo a depor fui eu, contando sobre a reunião marcada com Protheroe e o chamado à casa dos Abbott. Relatei como eu encontrara o corpo e mandara buscar o dr. Haydock.

– Sr. Clement, quantas pessoas sabiam que o coronel Protheore ia visitá-lo naquele fim de tarde?

– Uma porção de gente, creio eu. Minha esposa e meu sobrinho sabiam, e o próprio coronel Protheroe aludiu ao fato naquela manhã quando nos encontramos no centro. Várias pessoas podem tê-lo escutado, pois, sendo um pouco surdo, ele falava em voz bem alta.

– Era, então, um assunto de conhecimento geral? Qualquer pessoa poderia saber?

Concordei.

A seguir foi a vez de Haydock. Seu testemunho foi importante. Descreveu com minúcia e perícia o aspecto do cadáver e os exatos ferimentos. Na opinião dele, o coronel havia sido baleado entre 18h20 e 18h30 – com certeza não depois das 18h35. Esse era o limite máximo. Foi categórico e enfático nesse detalhe. Suicídio estava fora de cogitação: era impossível alguém se infligir um ferimento daqueles.

O depoimento do inspetor Slack foi judicioso e sucinto. Relatou o momento em que fora chamado a comparecer no local e as circunstâncias nas quais encontrara o corpo. A carta inacabada foi exibida e o horário dela (18h20), anotado. Também mostrou o relógio. Ficou implícito e tomado como certo que o horário da morte havia sido 18h22. A polícia escondia o jogo. Anne Protheroe me contou depois que a polícia lhe pedira para sugerir um horário um pouco antes das 18h20 para a visita dela.

Nossa empregada, Mary, foi a próxima testemunha. Um tanto truculenta, diga-se de passagem. Não escutara nada nem queria escutar nada. Afinal, nem todo cavalheiro que vinha visitar o pastor acabava baleado. Em geral, isso não acontecia. Além disso, seus afazeres não eram poucos. O coronel Protheroe chegara às seis e quinze em ponto. Não, ela não olhou no relógio. Escutara o relógio da igreja batendo logo depois de acompanhar o coronel até o gabinete. Não escutou tiro nenhum. Se houvesse um tiro, teria ouvido. Claro, ela sabia do tiro, afinal o cavalheiro morreu baleado – mas era a pura verdade. Ela não escutara o tiro.

O juiz não insistiu nesse ponto. Percebi que ele e o coronel Melchett estavam trabalhando em uníssono.

A sra. Lestrange havia sido convocada para prestar depoimento, mas um atestado médico, assinado pelo dr. Haydock, foi apresentado. Conforme o atestado, ela estava impossibilitada de comparecer por motivo de doença.

Sobrava só uma testemunha: uma velha meio cambaleante. A pessoa que, nas palavras de Slack, "organizava a bagunça" na casa de Lawrence Redding.

A pistola foi mostrada à sra. Archer, que a reconheceu como a pistola vista na sala de estar do sr. Redding, "rolando por cima da estante de livros". Ela a vira no dia do crime. "Sim"... afirmou ela em resposta à pergunta seguinte... tinha certeza absoluta de que na quinta-feira a pistola estava lá na hora do almoço... às quinze para uma, quando ela foi embora.

Lembrei-me do que o inspetor me dissera e fiquei um pouco surpreso. Por mais vaga que ela tivesse sido quando o inspetor a interrogara, perante o juiz demonstrou confiança.

O juiz investigador fez o resumo das provas e dos argumentos apresentados de modo negativo, mas firme. O veredito foi quase imediato. Assassinato por pessoa(s) desconhecida(s).

Enquanto eu me retirava do tribunal, percebi a presença de um batalhão de jovens com rostos espertos e vivazes e uma espécie de semelhança superficial na aparência. Vários deles, reconheci, estiveram rondando a minha casa nos últimos dias. Tentando fugir, saí pela tangente e enveredei Blue Boar adentro. Tive a sorte de topar com o arqueólogo, o dr. Stone. Colei nele sem qualquer cerimônia.

– Jornalistas – comentei sucinta e significativamente. – Pode me livrar das garras deles?

– Ora! É claro que sim, sr. Clement. Suba as escadas comigo.

Mostrou o caminho da estreita escadaria acima e me fez passar à salinha de estar do quarto, onde a srta. Cram datilografava à mesa, sem olhar as teclas da máquina de escrever. Ela me cumprimentou com um largo sorriso de boas-vindas e aproveitou a oportunidade para fazer um intervalo.

– Coisa horrível, não é? – indagou ela. – Não saber quem foi, quero dizer. Nem sonhava ficar tão decepcionada com um inquérito. Muito certinho para o meu gosto. Nada que pudesse ser chamado de picante do começo ao fim.

– Então esteve lá, srta. Cram?

– Sim, estive lá. E o senhor não me viu, imagine só. Não me viu mesmo? Fico um pouco magoada com isso. Sim, fico. Um cavalheiro, mesmo do clero, deve ter olhos na cabeça.

– Também foi? – perguntei ao dr. Stone, num esforço para me desvencilhar daqueles gracejos divertidos. Sempre fico sem jeito ao lidar com moças como a srta. Cram.

– Não fui. Tenho pouquíssimo interesse por essas coisas. Sou muito envolvido com meu próprio hobby.

– Deve ser um hobby interessante – comentei.

– Conhece algo de arqueologia, talvez?

Tive que confessar que não sabia praticamente nada.

O dr. Stone não era o tipo de homem que se intimida com uma confissão de ignorância. Foi como se eu tivesse dito que a escavação de túmulos era o meu passatempo preferido. Lançou-se num redemoinho retórico. Túmulos alongados, túmulos redondos, idade da pedra, idade do bronze, paleolítico, neolítico, *kistvaens* (câmaras sepulcrais célticas!), cromeleques e dólmens (vide Stonehenge!), tudo em fluxo torrencial. Tive pouco a fazer além de balançar a cabeça de modo afirmativo e simular uma expressão inteligente – bem, talvez inteligente seja excesso de otimismo. O dr. Stone não parava de matraquear. O homenzinho tinha a cabeça redonda e careca, o rosto redondo e rosado e olhos que brilhavam através de lentes grossas. Nunca vi tanto entusiasmo em resposta a um incentivo tão minguado. Explicou cada argumento a favor e contra sua própria teoria predileta – teoria sobre a qual, a propósito, não entendi absolutamente nada!

Explanou em detalhe suas diferenças com o coronel Protheroe.

– Grosseirão opiniático – disse com ardor. – Sim, sim, sei que ele está morto e é feio falar mal dos mortos. Mas a morte não modifica a realidade. Grosseirão opiniático é uma descrição exata. Só porque leu uma penca de livros sobre arqueologia, considera-se uma sumidade... capaz de desafiar um homem que passou a vida estudando o assunto. A minha vida toda, sr. Clement, dedico a esse trabalho. A minha vida toda...

De tanta empolgação, sua fala era precipitada e incoerente. Gladys Cram o trouxe de volta à Terra com uma frase curta.

– Se não tomar cuidado, vai perder o trem – observou ela.

– Ah! – O homenzinho parou no meio da conversa e pinçou um relógio de bolso. – Nossa! Quinze minutos? Impossível.

– Sempre que o senhor começa a falar, perde a noção do tempo. Se não fosse eu, não sei o que seria do senhor.

– Tem razão, minha cara, tem razão. – Ele bateu de leve no ombro dela com afeição. – Esta moça é um tesouro, sr. Clement. Nunca se esquece de nada. Considero-me um homem de sorte por tê-la encontrado.

– Ah! Pare com isso, dr. Stone – disse a moça. – O senhor me mima demais.

Senti-me na posição circunstancial de emprestar meu apoio à segunda linha de pensamento – aquela que previa futuros laços de matrimônio entre o dr. Stone e a srta. Cram. Imaginei que, à sua maneira, a srta. Cram era uma jovem bem esperta.

– É melhor o senhor se apressar – avisou a srta. Cram.

– Sim, sim, farei isso.

Desapareceu no quarto contíguo e voltou carregando uma mala.

– Vai embora? – indaguei um tanto surpreso.

– Só uma escapada de dois dias na capital – esclareceu ele. – Amanhã vou visitar minha idosa mãe e, na segunda-feira, tenho assuntos pendentes com os advogados. Na terça, estou de volta. A propósito, creio que a morte do coronel Protheroe não vai influenciar nossas atividades. No que tange ao túmulo, quero dizer. A sra. Protheroe não vai fazer objeção à continuidade do trabalho?

– Creio que não.

Enquanto ele falava, fiquei me perguntando quem teria assumido as rédeas em Old Hall. Era bem possível que Protheroe tivesse deixado o poder a cargo de Lettice. Fiquei com vontade de saber o conteúdo do testamento de Protheroe.

– Morte na família causa muito transtorno – comentou a srta. Cram, numa espécie de deleite melancólico. – Às vezes, o clima fica bem pesado.

– Bem, preciso ir mesmo. – O dr. Stone fez tentativas ineficazes de manusear a mala, um tapete imenso e um canhestro guarda-chuva. Acudi em seu socorro. Ele protestou.

– Não se incomode... não se incomode. Eu me viro sem problemas. Sem dúvida, lá embaixo vai ter alguém.

Mas no térreo não havia uma vivalma. Suspeito que estavam bebendo e comendo por conta da imprensa. O tempo urgia, então fomos juntos até a estação, o dr. Stone levando a mala, eu carregando o tapete e o guarda-chuva.

Dr. Stone enunciava comentários entre cada respiração arquejante enquanto acelerávamos o passo.

– Quanta bondade sua... não precisava... se incomodar... Tomara que... eu não perca... o trem... Gladys é uma boa menina... maravilhosa... gênio excelente... não muito feliz em casa, receio... em absoluto... coração generoso... coração de criança. Eu lhe garanto, apesar da... diferença de idade... temos muito em comum...

Vislumbramos o chalé de Lawrence Redding assim que desviamos rumo à estação. Ele fica num local ermo sem casas ao redor. Notei dois rapazes moderninhos na entrada e outros dois espiando pelas janelas. Dia agitado para a imprensa.

– Sujeito simpático, o jovem Redding – observei para ver o que meu acompanhante ia dizer.

Ele estava tão ofegante a esta altura que considerou difícil dizer algo, mas resfolegou uma palavra que a princípio não compreendi.

– Perigoso – arfou ele, quando pedi que repetisse.

– Perigoso?

– Perigosíssimo. Moças inocentes... sem experiência... caem fácil nas garras de um rapaz desses... sempre rodeando as mulheres... não é flor que se cheire!

Do que deduzi que o único moço na aldeia não passara despercebido aos olhos da formosa Gladys.

– Minha nossa! – gritou o dr. Stone. – O trem!

Perto da estação disparamos num *sprint* final. Um trem rumo ao interior desembarcava passageiros, e o trem rumo à capital acabava de chegar.

Na porta de acesso ao guichê das passagens, trombamos com um rapaz com pinta de almofadinha, e me dei conta de que era o recém-chegado sobrinho de Miss Marple. Ele é, imagino, um moço que não gosta de dar trombadas. Orgulha-se de seu aprumo e de sua aparência geral de desinteresse, e não há dúvida de que o contato físico é pernicioso a qualquer tipo de aprumo. Cambaleou para trás. Pedi desculpas apressadas e entramos. O dr. Stone subiu no trem, e eu lhe alcancei a bagagem bem na hora em que o trem deu um solavanco e começou a andar.

Acenei para ele e dei meia-volta. Raymond West partira, mas o boticário local, que atende pelo curioso nome de Cherubim, estava saindo em direção à aldeia. Caminhei ao seu lado.

– Por um triz – observou. – Mas que tal foi o inquérito, sr. Clement?

Informei a ele o veredito.

– Ah! Então foi esse o veredito. Bem que eu imaginava. Para onde foi o dr. Stone?

Repeti o que ele me dissera.

– Sorte dele não ter perdido o trem. Não que a gente possa afirmar alguma coisa nesse transporte ferroviário. Vou lhe contar, sr. Clement, é uma vergonha ultrajante. Ignomínia! Meu trem saiu de Londres dez minutos atrasado. E isso num sábado sem tráfego para atrapalhar. E na quarta... não, na quinta... sim, na quinta... lembro que foi no dia do crime, porque me deu vontade de escrever soltando os cachorros na companhia ferroviária... E o crime tirou isso da minha cabeça... sim, na última quinta. Reunião da Sociedade Farmacêutica. E quanto tempo o senhor acha que o trem das seis e cinquenta atrasou? *Meia hora.* Exatamente meia hora! O que acha disso? Dez minutos eu não me importo. Mas se o trem só chega às sete e vinte, bem, o cidadão só chega em casa depois das sete e meia. Só queria saber uma coisa: por que então o trem é chamado de seis e cinquenta?

– Sem dúvida – concordei e, desejando escapar do monólogo, despedi-me com a desculpa de que precisava falar com Lawrence Redding, que se aproximava do outro lado da estrada.

CAPÍTULO 19

– É um prazer encontrá-lo – disse Lawrence. – Vamos até o meu chalé.

Enveredamos pelo portãozinho rústico e subimos o caminho. Tirou uma chave do bolso e girou na fechadura.

– Agora você deixa a porta chaveada – notei.

– Sim – disse ele, rindo-se com amargura. – Porta arrombada, tranca de ferro. Mais ou menos isso. Sabe, padre – ele segurou a porta aberta para eu entrar –, algo nessa história toda não me agrada. Parece serviço de gente... como vou dizer... infiltrada. Alguém sabia da minha pistola. Isso significa que o assassino, seja lá quem for, deve ter vindo aqui em casa... Talvez até mesmo tomado um drinque comigo.

– Não necessariamente – retorqui. – É bem provável que toda a aldeia de St. Mary Mead saiba o lugar certo em que você guarda a escova de dente e qual a pasta dental que você usa.

– Mas por que isso seria do interesse dessas pessoas?

– Não sei – disse eu –, mas é. Se você mudar a marca do creme de barbear, o assunto vai ser comentado.

– Todos devem ser ansiosos por novidades.

– São. Aqui nunca acontece nada de empolgante.

– Bem, agora aconteceu... Com juros e correção monetária.

Concordei.

– E quem conta a eles todas essas coisas, afinal? Creme de barbear e coisas do tipo?

– Com grande probabilidade, a sra. Archer.

– Aquela velha coroca? Tenho a impressão de que ela é uma estaferma.

– Essa é a apenas a camuflagem dos pobres – expliquei. – Eles se escondem atrás de uma máscara de imbecilidade. É provável que você descubra que a velha de burra não tem nada. A propósito, agora ela parece muito convicta de que a pistola estava no lugar ao meio-dia da quinta-feira. O que a deixou com tanta certeza de repente?

– Não tenho a mínima ideia.

– Pensa que ela está certa?

– De novo, não tenho a mínima ideia. Não fico conferindo as minhas coisas todos os dias.

Corri os olhos na salinha de estar. Todas as prateleiras e mesas apinhadas com uma miscelânea de itens. Lawrence vivia no meio de uma bagunça artística capaz de me levar à loucura.

– Às vezes dá trabalho encontrar as coisas – disse ele, seguindo meu olhar. – Por outro lado, fica tudo bem à mão... Nada guardado em gavetas.

– Nada está guardado, com certeza – concordei. – Me pergunto se não teria sido melhor se a pistola ficasse guardada.

– Eu esperava que o juiz dissesse algo nessa linha. Juízes são tão pedantes. Esperava ser censurado ou sei lá como eles chamam.

– A propósito – perguntei –, estava carregada?

Lawrence meneou a cabeça.

– Sou negligente, mas nem tanto. Estava descarregada, mas tinha uma caixa de balas ao lado dela.

– Consta que o carregador tinha seis cartuchos, e um deles foi deflagrado.

Lawrence assentiu com a cabeça.

– E de quem é o dedo que apertou o gatilho? Está tudo muito bom, sir, mas, a menos que o assassino verdadeiro seja descoberto, vão suspeitar de mim até o dia em que eu morrer.

– Não diga isso, rapaz.

– Mas é verdade.

Calou-se, pensando consigo mesmo. Enfim saiu do torpor e disse:

– Mas me deixe contar como fui bem-sucedido ontem à noite. Aquela Miss Marple sabe das coisas.

– Por esse motivo ela é bastante impopular.

Lawrence narrou com detalhes sua história.

Seguindo o conselho de Miss Marple, fora até Old Hall. Lá, com o auxílio de Anne, tivera uma conversa com a copeira. Anne dissera apenas:

– O sr. Redding quer fazer algumas perguntas, Rose.

Então saíra da sala.

Lawrence sentira-se um tanto nervoso. O olhar cristalino de Rose, moça linda de seus 25 anos, o desconcertara.

– É... é sobre a morte do coronel Protheroe.

– Sim, sir.

– Mal posso esperar para descobrir a verdade.

– Sim, sir.

– Tenho a sensação de que algo... que alguém... que... que pode ter algum incidente...

Nesse ponto, Lawrence perguntou-se o que diabos estava fazendo ali e do fundo do coração amaldiçoou Miss Marple e suas sugestões.

– Será que você não pode me ajudar?

– Sim, sir?

A atitude de Rose continuava a de uma empregada perfeita: cortês, discreta e solícita.

– Com mil diabos – exclamou Lawrence –, por acaso não comentou o assunto no refeitório dos empregados?

Esse método de ataque perturbou-a um pouco. Seu equilíbrio perfeito ficou abalado.

– No refeitório dos empregados, sir?

– Ou na sala da governanta, no cantinho do limpador de sapatos, ou sei lá onde vocês conversam? Deve haver um lugar.

Rose reprimiu uma risadinha, e Lawrence encorajou-se.

– Preste atenção, Rose, você é uma boa moça. Tenho certeza de que entende o que eu estou passando. Não quero ser enforcado. Não matei seu patrão, mas muita gente pensa que eu matei. Não lembra de algo que possa me ajudar?

É de se imaginar: nesse momento, Lawrence deve ter parecido tremendamente encantador. A cabeça bonita jogada para trás, os suplicantes olhos azuis irlandeses. Rose amoleceu e capitulou.

– Ah, sir! Tenho certeza... Se alguém de nós pudesse ajudá-lo de alguma maneira. Ninguém acredita que foi o senhor. Verdade.

– Sei, querida, mas isso não vai me ajudar com a polícia.

– A polícia! – Rose sacudiu a cabeça. – Posso lhe garantir, sir, não temos a polícia em alta conta. Não é à toa que ele se chama Slack. A polícia, pois sim.

– Mas a polícia tem lá seu poder. Pelo que entendi, Rose, está me dizendo que faria tudo a seu alcance para me ajudar. Pois algo me diz que ainda falta descobrir muita coisa. Por exemplo, sobre aquela senhora que veio visitar o coronel Protheroe na noite anterior ao crime.

– A sra. Lestrange?

– Sim, a sra. Lestrange. Não sai da minha cabeça que existe algo muito estranho naquela visita.

– Sim, sir, é verdade, nós comentamos isso.

– Comentaram?

– O jeito como ela chegou, pedindo para falar com o coronel. É claro que o pessoal comenta bastante... Ninguém sabe nada sobre ela por aqui. A sra. Simmons, a governanta, acha que ela não é boa coisa. Mas depois de ouvir o que a Gladdie falou... bem, fico sem saber o que pensar.

– O que Gladdie falou?

– Ah, nada, sir! A gente só... estava conversando.

Lawrence mirou-a. Teve a sensação de que ela escondia algo.

– Pergunto-me que assunto ela veio tratar com o coronel Protheroe.

– Sim, sir.

– Você sabe, não é, Rose?

– Eu? Ah, não, sir! Que esperança. Como é que eu ia saber?

– Olhe aqui, Rose. Falou que ia me ajudar. Se você escutou um fragmento de conversa sem querer, uma frase apenas... Algo que pareça sem importância, mas algo... Eu ficaria eternamente grato. Afinal de contas, qualquer pessoa pode... por mero *acaso*... ouvir algo atrás da porta.

– Mas eu não ouvi, sir, não ouvi mesmo.

– Então outra pessoa ouviu – disse Lawrence com argúcia.

– Bem, sir...

– Conte-me, Rose.

– Não sei o que Gladdie vai achar...

– Ela ia gostar que você me contasse. *Quem* é Gladdie, a propósito?

– A ajudante da cozinha, sir. Ela tinha acabado de sair para conversar com um amigo e passou na frente da porta de vidro... a porta de vidro do gabinete... e viu o patrão lá com a tal senhora. E, é claro, ele fala muito alto, o patrão; sempre falou. É natural que, com a curiosidade atiçada...

– Muito natural – incentivou Lawrence. – A atitude natural seria mesmo ficar escutando.

– Mas é claro que ela não contou a ninguém... só para mim. E nós duas achamos tudo muito esquisito. Mas Gladdie não podia contar nada, porque se a sra. Pratt, a cozinheira, soubesse que ela saiu para se encontrar com... um... um amigo... bem, a coisa ia ficar ruça para o lado dela. Mas tenho certeza que ela lhe contaria tudo, sir, de boa vontade.

– Bem, posso ir até a cozinha e falar com ela?

A sugestão deixou Rose apavorada.

– Ah, não, sir, nem pensar! Gladdie é muito nervosa.

Enfim, após muita argumentação sobre pormenores difíceis, um encontro secreto foi marcado nos arbustos do jardim.

No local e no horário combinados, Lawrence ficou cara a cara com a nervosa Gladdie. Na descrição dele, mais uma lebre assustada do que um ser humano. Gastou dez minutos para deixá-la à vontade, com a trêmula Gladys explicando que jamais poderia... que não deveria... que não imaginava que Rose ia dedurá-la. De qualquer modo, ela não tinha feito por mal, realmente não, mas estaria em maus lençóis se por acaso a sra. Pratt viesse a descobrir.

Lawrence tranquilizou-a, fez falsas promessas, persuadiu-a – e enfim Gladys concordou em falar.

– Garante que não vai contar para mais ninguém?

– É claro que não vou contar.

– E não vão usar contra mim num tribunal?

– Jamais.

– E não vai contar para a patroa?

– Em hipótese alguma.

– Se a sra. Pratt ficar sabendo...

– Não vai ficar sabendo. Agora me conte, Gladys.

– Jura que não tem problema?

– É claro que não tem problema. Um dia, você vai ficar orgulhosa por ter me livrado da forca.

Gladys soltou um pequeno guincho.

– Ah! É mesmo, sir, eu não gostaria disso. Bem, escutei muito pouco... e não foi por querer, como se diz...

– Entendo perfeitamente.

– Mas deu para notar que o patrão estava zangado. "Depois de tantos anos" (ele falou bem assim) "você tem a petulância de vir até aqui..." "É ultrajante!" Não consegui escutar o que ela disse... Mas pouco depois ele disse: "Eu me recuso terminantemente... terminantemente". Não consigo me lembrar de tudo... Dava a impressão de que estavam brigando como cão e gato, ela querendo que ele fizesse uma coisa, e ele negando. "É uma vergonha você ter vindo até aqui", lembro que ele disse. E continuou dizendo: "Você não vai vê-la... eu a proíbo..." Isso me fez aguçar os ouvidos. Parecia que ela queria conversar com a sra. Protheroe, mas ele estava com medo. Pensei com meus botões: "Ora, ora, quem diria, o patrão. Justo ele, tão escrupuloso. E no frigir dos ovos não é flor que se cheire. Quem diria!" Mais tarde, disse para o meu amigo: "Os homens são todos iguais". Não que ele tenha concordado. Discutiu comigo, ele. Mas também ficou surpreso com o coronel Protheroe... Um benfeitor da igreja que passa a coleta de mão em mão e lê o evangelho aos domingos. "Mas esses", disse eu, "é que são os piores". Pelo menos é isso que minha mãe sempre diz.

Gladdie calou-se esbaforida, e Lawrence tentou diplomaticamente retornar ao motivo da conversa.

– Escutou mais alguma coisa?

– Difícil lembrar bem ao certo, sir. Não variava muito. Ele disse umas duas vezes: "Não acredito". Bem assim. "Seja lá o que for que Haydock disse, não acredito".

– Disse isso mesmo? "Seja lá o que for que Haydock disse"?

– Sim. E falou que era tudo uma armação.

– Não escutou nenhuma frase dela?

– Só perto do fim. Acho que ela se levantou e se aproximou da porta de vidro. Daí eu escutei o que ela falou. Meu sangue congelou nas veias! Nunca vou me esquecer. Ela falou: "*A esta hora amanhã à noite você pode estar morto*". E falou de um jeito malvado. Assim que fiquei sabendo das notícias, eu disse pra Rose: "Viu? Eu não disse?"

Lawrence perguntava-se muitas coisas. Principalmente, quanto da história de Gladys merecia crédito. Por mais que fosse verdadeira em linhas gerais, ele desconfiava ter sido enfeitada e embelezada desde o crime. Em especial, duvidava da exatidão do último comentário. Considerou altamente possível ser influência do assassinato.

Agradeceu a Gladys, recompensou-a de modo adequado, tranquilizou-a quanto a seus deslizes caírem nos ouvidos da sra. Pratt e deixou Old Hall com bastante assunto para meditar.

Uma coisa ficou clara: o encontro da sra. Lestrange com o coronel Protheroe com certeza não havia sido harmonioso, e ele fazia questão de que sua mulher não tomasse conhecimento.

Pensei na história de Miss Marple, sobre o curador de igreja com duas famílias. Seria um caso semelhante?

O que mais me intrigava era onde Haydock entrava na jogada. Ele poupara a sra. Lestrange de prestar depoimento no inquérito. Fizera o melhor a seu alcance para protegê-la da polícia.

Até onde levaria aquela proteção?

Supondo que suspeitasse dela como a autora do crime... continuaria tentando protegê-la?

Ela era especial... emanava um charme hipnótico. Eu mesmo odiava a ideia de vinculá-la ao assassinato de alguma forma.

Algo em mim dizia: "Não pode ser ela!" Por quê?

E um diabinho em meu cérebro respondia: "Porque ela é linda e atraente. É por isso".

Existe, como diz Miss Marple, muito da natureza humana em todos nós.

CAPÍTULO 20

Cheguei em casa no meio de uma crise doméstica.

Griselda veio me encontrar no hall com os olhos rasos d'água e arrastou-me até a sala de visitas.

– Ela vai embora.

– Quem vai embora?

– Mary. Ela deu o aviso prévio.

Não consegui receber o comunicado num espírito trágico.

– Bem – redargui –, vamos ter que contratar outra empregada.

Pareceu-me uma coisa bastante pertinente a dizer. Quando um empregado se demite, contrata-se outro. Perplexo, não entendi o olhar de reprimenda de Griselda.

– Len... você não tem um pingo de sentimento. Não se *importa*.

Não me importava. Na realidade, fiquei quase contente com a perspectiva de não mais conviver com pudins queimados e verduras malcozidas.

– Vou ter que encontrar outra moça e treiná-la – prosseguiu Griselda com acentuada autocomiseração.

– Mary é treinada? – perguntei.

– Claro que é.

– Imagino – ponderei – que alguém a escutou nos chamando de "sir" ou "madame" e na mesma hora a aliciou como a quintessência da perfeição. Só tenho a dizer uma coisa: vão ficar decepcionados.

– Não é isso – explicou Griselda. – Não tem ninguém querendo contratá-la. Nem teria como. São os sentimentos dela. Está magoada porque Lettice Protheroe disse que ela não sabe limpar direito.

Não raro, Griselda me vem com afirmações surpreendentes, mas essa foi tão surpreendente que eu até duvidei. A coisa mais improvável do mundo seria Lettice Protheroe não poupar esforços para se intrometer em nossos assuntos e censurar nossa empregada por desmazelo no serviço doméstico. Aquilo não parecia coisa de Lettice, e eu disse isso.

– Não vejo – falei – o que a poeira de nossa casa tem a ver com Lettice Protheroe.

– Absolutamente nada – disse minha mulher. – Por isso que é tão irracional. Queria que você conversasse com Mary. Ela está na cozinha.

Eu não tinha a mínima vontade de conversar com Mary, mas Griselda, sempre enérgica e ligeira, empurrou-me gentilmente porta adentro e, antes que eu tivesse tempo de protestar, vi-me na cozinha.

Mary descascava batatas na pia.

– Err... boa tarde – disse eu nervoso.

Mary levantou os olhos e bufou, mas não emitiu outra resposta.

– A sra. Clement me contou que você quer se demitir – falei.

Mary achou por bem responder dessa vez.

– Tem coisa – asseverou soturna – que uma moça não pode aturar.

– Quer me contar melhor o que a deixou chateada?

– Posso contar para o senhor em duas palavras. (Nessa estimativa, posso afirmar, ela errou longe.) As pessoas vêm aqui xeretar, bisbilhotar. E o que ela tem a ver com isso, com quantas vezes eu limpo ou deixo de limpar o gabinete? Se o senhor e a patroa não reclamam, isso não é da conta de mais ninguém. Se os dois estão satisfeitos comigo, nada mais importa, é o que penso.

Mary nunca me deixava satisfeito. Confesso que tenho quase um fetiche por uma sala minuciosamente limpa e organizada todas as manhãs. O método de Mary de espanar a sujeira mais óbvia da superfície das mesinhas é flagrantemente inadequado para o meu gosto. Porém, me dei conta de que a ocasião não era oportuna para tocar em assuntos paralelos.

– Tive que ir ao inquérito, não tive? Ficar na frente de doze homens, uma moça honrada como eu! E sabe-se lá que tipo de pergunta eles podem fazer. Sabe de uma coisa? É a primeira e última vez que trabalho numa casa em que aconteceu um assassinato.

– Espero que sim – disse eu. – Pelas leis da estatística, eu diria que não é nada provável que isso se repita.

– Não estou nem aí com as leis. *Ele* era magistrado. Quanta gente inocente vai para a cadeia só por capturar um coelho... E ele lá todo preocupado com os faisões e toda aquela passarinhada dele. E então, antes do infeliz receber sete palmos de terra em cima do caixão, aquela filha dele vem aqui dizer na minha cara que eu não sei fazer meu serviço direito.

– Quer dizer que a srta. Protheroe esteve aqui?

– Encontrei-a aqui quando voltei do Blue Boar. Lá no gabinete. Ela falou: "Ah! Estou procurando meu chapéu... minha boina amarela. Esqueci aqui esses dias". Respondi: "Não vi nenhuma boina. Não estava aqui quando limpei o gabinete quinta-feira de manhã". Sabe então o que ela disse? "Ah! Mas aposto que você nem notou. Não gasta muito tempo limpando uma peça, não é mesmo?" E ao dizer isso passou o dedo no consolo da lareira e olhou para o dedo. Como se eu tivesse tido tempo para tirar todos os enfeites e colocá-los de volta, com a polícia destrancando o gabinete só na véspera. "Se o pastor e a patroa estão satisfeitos, nada mais importa, senhorita." Ela riu e saiu pela porta de vidro, não sem antes dizer: "Ah! Mas tem certeza de que eles estão?"

– Entendo.

– E é isso! Uma garota tem seus sentimentos! Trabalho como uma condenada e dou duro pelo senhor e pela patroa. E sempre que ela inventa fazer um prato da última moda estou pronta para tentar.

– Tenho certeza que sim – reconfortei-a.

– Mas ela deve ter escutado algo para ter dito o que disse. E se eu não estou agradando é melhor sair. Não que eu dê importância para o que a srta. Protheroe diz. Ninguém gosta dela em Old Hall, eu lhe garanto. Nunca diz "por favor" nem "obrigada" e deixa tudo atirado. Não sei o que o sr. Dennis enxerga nela. É o tipo de moça que faz gato e sapato dos homens.

Durante todo esse tempo, Mary estivera extraindo olhos das batatas com tanta força que eles voavam pela cozinha como pedras de granizo. Nesse instante, fui atingido no olho, e a conversa sofreu uma breve pausa.

– Não acha – disse eu, dando palmadinhas no olho com meu lenço – que está se ofendendo à toa? Sabe, Mary, sua patroa vai ficar muito magoada se você sair.

– Não tenho nada contra a patroa... e nem contra o senhor, aliás.

– Reconhece, então, que está se precipitando?

Mary fungou.

– Fiquei um pouco confusa... Depois do inquérito e tudo mais. Uma garota tem seus sentimentos. Mas não quero causar transtorno à patroa.

– Então está tudo certo – eu disse.

Saí da cozinha e topei com Griselda e Dennis me esperando no hall.

– E então? – indagou Griselda.

– Ela vai ficar – suspirei.

– Len – disse minha esposa –, você *foi* esperto.

Estava bastante inclinado a discordar dela. Eu não pensava que havia sido esperto. Sou da firme opinião de que não pode existir empregada pior do que Mary. Qualquer mudança, a meu ver, teria sido para melhor.

Mas eu gosto de agradar Griselda. Detalhei a fonte da mágoa de Mary.

– Isso é típico da Lettice – comentou Dennis. – E ela nem pode ter deixado a boina amarela aqui na quarta-feira. Ela a estava usando no jogo de tênis na quinta.

– Isso é bem provável – disse eu.

– Ela nunca sabe onde larga as coisas – falou Dennis, num misto carinhoso de orgulho e encanto que eu considerei plenamente inadequado. – Perde uma dúzia de coisas por dia.

– Jeitinho cativante – observei.

Dennis era imune a qualquer sarcasmo.

– Ela *é* cativante – suspirou ele. – Vive recebendo cantadas... ela me disse.

– Cantadas proibidas se forem locais – ressaltei. – Não temos nenhum solteiro na aldeia.

– Temos o dr. Stone – falou Griselda com olhos saltitantes.

– Ele a convidou para visitar o túmulo esses dias – admiti.

– Claro que sim – disse Griselda. – Ela *é* cativante, Len. Até mesmo arqueólogos carecas notam.

– Ela transpira *sex appeal* – explicou Dennis tecnicamente.

Porém, o encanto de Lettice não afeta Lawrence Redding nem um pouco. Griselda, entretanto, explicou isso com ar de quem sabia que estava com a razão.

– Lawrence também exala *sex appeal*. Esse tipo sempre prefere a... como direi... a mulher tipo *quaker*. Sóbria e comedida. O tipo de mulher que todo mundo rotula de insensível. Anne é a única mulher capaz de segurar Lawrence. É o tipo de casal que um nunca se cansa do outro. Por outro lado, às vezes ele é meio inocente. Usou Lettice, sabe. Sequer sonhou que ela pudesse se interessar... Ele é incrivelmente modesto às vezes... Mas tenho a sensação de que ela se interessou por ele.

– Ela não o suporta – afirmou Dennis categórico. – Ela me garantiu.

Griselda recebeu esse comentário com um silêncio de comiseração inigualável.

Enfurnei-me no gabinete. Na minha imaginação, ainda havia uma atmosfera lúgubre no local. Eu sabia que precisava superar aquela sensação. Se me rendesse àquele sentimento, talvez nunca mais conseguisse utilizar o gabinete. Caminhei pensativo até a escrivaninha. Ali Protheroe sentou-se, corado, robusto, virtuoso a seus próprios olhos, e ali, num átimo, fora abatido. Aqui, onde eu estava, um inimigo estivera...

E, assim, num piscar de olhos... o fim de Protheroe...

Ali, a caneta que ele havia segurado.

No piso, uma tênue mancha escura – o tapete fora enviado à lavanderia, mas o sangue ensopara e atravessara o tapete.

Estremeci.

– Não consigo usar o gabinete – gritei. – Não consigo!

Então algo chamou a minha atenção – uma simples partícula azul brilhante. Eu a apanhei.

Estava com os olhos fixos na palma da mão quando Griselda entrou.

– Esqueci de lhe contar, Len. Miss Marple nos convidou para visitá-la hoje à noite após o jantar. Para entreter o sobrinho. Ela está com medo de que ele se sinta entediado. Eu confirmei.

– Fez muito bem, querida.

– O que está olhando?

– Nada.

Fechei a mão. Encarando minha esposa, comentei:

– Se você não entreter o mestre Raymond West, querida, ninguém mais o entretém.

Minha mulher respondeu:

– Não seja patético, Len – e enrubesceu.

Ela saiu, e eu abri a mão.

Na palma da mão, um brinco de lápis-lazúli rodeado de pérolas miúdas. Uma joia rara. E eu sabia muito bem onde a avistara pela última vez.

CAPÍTULO 21

Se eu dissesse que tive ou tenho uma grande admiração pelo sr. Raymond West, eu estaria mentindo. Sei que ele é, supostamente, um romancista magnífico e um poeta de renome. Seus poemas não têm letras maiúsculas e, por conta disso, representam o suprassumo da modernidade. Seus livros tratam de pessoas desagradáveis e suas vidas de insuperável enfado.

Ele sente um carinho tolerante pela "Tia Jane", a quem alude na presença dela como "sobrevivente".

Ela presta atenção na conversa dele com interesse lisonjeiro; porém, quando às vezes tremeluz uma alegria no olhar dela, tenho certeza que ele nem percebe.

De imediato, ele grudou em Griselda com brusquidão aduladora. Discutiram modernas peças teatrais e migraram para modernos projetos de decoração. Griselda costuma rir meio forçado para Raymond West, mas, penso, é vulnerável à conversa dele.

Durante minha (tediosa) conversa com Miss Marple, escutei Raymond repetindo várias vezes a expressão "enfurnada aqui nesse fim de mundo".

Por fim, aquilo começou a me irritar. Falei de chofre:

– Então pensa que quem mora aqui está alienado de tudo?

Raymond West balançou o cigarro.

– Considero St. Mary Mead – afirmou peremptório – uma poça estagnada.

Ele nos fitou, preparado para enfrentar mágoa por sua afirmação, mas, penso eu, ficou um pouco decepcionado, pois ninguém se mostrou ofendido.

– Infeliz comparação, querido Raymond – redarguiu Miss Marple vivamente. – Nada, acredito, é tão cheio de vida ao microscópio como uma gota de poça estagnada.

– Vida... de um certo tipo – retrucou o romancista sem dar o braço a torcer.

– Mas no fim das contas é tudo o mesmo tipo, não é mesmo? – indagou Miss Marple.

– Compara-se aos habitantes de poças estagnadas, tia Jane?

– Meu caro, você disse algo parecido em seu último romance, eu me lembro.

Nenhum jovem inteligente gosta de ter sua obra citada contra si. Raymond West não era exceção à regra.

– Num contexto totalmente distinto – rebateu ele.

– A vida, afinal, é muito parecida em todos os lugares – filosofou Miss Marple em voz plácida. – Nascer, crescer, entrar em contato com outras pessoas, ser acotovelada na multidão... E então se casar e gerar mais bebês...

– E por fim morrer – concluiu Raymond West. – E nem sempre a morte com atestado de óbito. A morte na vida.

– Falando em morte – aproveitou a deixa Griselda –, soube do assassinato que ocorreu aqui?

Raymond West abanou o crime para longe com seu cigarro.

– Assassinatos são brutos demais – resumiu. – Não me interessam.

Aquela frase não me convenceu nem um pouco. Dizem que o mundo todo ama o amor – transporte esse ditado aos assassinatos e terá uma verdade ainda mais infalível. Ninguém deixa de se interessar por um assassinato. Gente simples como Griselda e eu reconhece isso, mas gente como Raymond West simula tédio – ao menos nos primeiros cinco minutos.

Miss Marple, entretanto, dedurou o sobrinho ao comentar:

– Foi só disso que conversamos durante a janta.

– Eu me interesso bastante pelas notícias locais – apressou-se em explicar Raymond, abrindo um sorriso afável e indulgente em direção a Miss Marple.

– Alguma teoria, sr. West? – quis saber Griselda.

– É lógico – respondeu Raymond West, outra vez floreando o cigarro. – Só uma pessoa pode ter matado Protheroe.

– Mesmo? – incitou Griselda.

Esperamos suas palavras com atenção bajuladora.

– O sr. Clement – afirmou Raymond, apontando-me um dedo acusador.

Engoli em seco.

– É claro – tranquilizou-me ele –, sei que não foi o senhor. A vida nunca é como deve ser. Mas pense no drama... na conveniência... o curador da igreja assassinado pelo pastor no gabinete do pastor. Irresistível!

– E o motivo? – questionei.

– Ah! Isso é interessante. – Ele se ajeitou na cadeira; deixou o cigarro se apagar. – Complexo de inferioridade, eu diria. Talvez inibições excessivas. Gostaria de contar essa história num romance. Espantosamente intricada. Semana após semana, anos após ano, ele viu o homem... Nos encontros do conselho paroquial, nos passeios do coro, na igreja coletando ofertas e trazendo-as para o altar. Sempre o detestou... Sempre sufocou o ódio. Não é um sentimento cristão, ele não o encoraja. Mas o mal supura por dentro, envenenando o seu espírito, até que lá pelas tantas...

Fez um gesto vívido.

Griselda voltou-se em minha direção.

– Já se sentiu assim, Len?

– Nunca – respondi com sinceridade.

– Mas ouvi falar que o senhor desejou a morte dele há não muito tempo – observou Miss Marple.

(Dennis, aquele infeliz! Culpa minha, é claro, ter feito o comentário.)

– Receio que sim – admiti. – Foi uma asneira aquele comentário, mas realmente naquela manhã o coronel estava insuportável.

– Que decepcionante – falou Raymond West. – Porque, é claro, se o seu subconsciente estivesse mesmo planejando eliminá-lo, jamais o teria permitido exteriorizar essa observação.

Suspirou.

– Isso põe por terra a minha tese. Parece que estamos diante de um assassinato muito reles... perpetrado por um caçador vingativo ou algo do tipo.

– A srta. Cram veio me ver hoje à tarde – disse Miss Marple. – Eu a encontrei na aldeia e a convidei para conhecer o meu jardim.

– Ela gosta de jardins? – indagou Griselda.

– Acho que não – falou Miss Marple, piscando os olhos travessos. – Mas não deixa de ser uma boa desculpa para puxar conversa, não acha?

– O que a senhora achou dela? – quis saber Griselda. – Eu não acredito que ela seja assim tão má.

– Ela deu muitas informações... muitas informações mesmo – disse Miss Marple. – Sobre ela e a família dela. Parte está morta e outra parte na Índia. Muito triste. A propósito, ela foi passar o fim de semana em Old Hall.

– Como?

– Sim, a convite da sra. Protheroe, parece... ou ela que sugeriu à sra. Protheroe... não sei bem ao certo. Para fazer algum trabalho de escritório para ela... muitas cartas para enviar. Acabou sendo uma sorte. Com o dr. Stone em Londres, ela não tem nada para fazer. Quanta agitação tem causado esse túmulo.

– Stone? – perguntou Raymond. – O célebre arqueólogo?

– Sim, está escavando um túmulo. Na propriedade dos Protheroe.

– É um bom sujeito – disse Raymond. – Prodigiosamente dedicado a seu trabalho. Encontrei-o num jantar há pouco tempo e entabulamos uma conversa interessantíssima. Preciso falar com ele.

– Pena – disse eu – que ele acaba de ir passar o fim de semana em Londres. Aliás, você literalmente esbarrou nele na estação hoje à tarde.

– Eu esbarrei no senhor. E o senhor estava na companhia de um gorduchinho... de óculos.

– Sim... o dr. Stone.

– Mas, pastor... aquele não era Stone.

– Não era Stone?

– Não o arqueólogo. Conheço-o muito bem. Aquele homem não era Stone... Não há a mais remota semelhança.

Entreolhamo-nos. Em especial, fitei Miss Marple.

– Incrível – disse eu.

– A valise – falou Miss Marple.

– Mas por quê? – indagou Griselda.

– Isso me faz lembrar daquela vez em que um homem apareceu na aldeia fingindo ser o fiscal do gás – murmurou Miss Marple. – Arrecadou uma bolada e tanto.

– Um impostor – concluiu Raymond West. – Isso é mesmo interessante.

– A questão é: isso tem algo a ver com o crime? – perguntou Griselda.

– Não necessariamente – disse eu. – Mas...

Olhei para Miss Marple.

– É outra coisa esquisita – disse ela.

– Sim – concordei, levantando-me. – Acho que o inspetor deve ser informado disso logo.

CAPÍTULO 22

As instruções do inspetor Slack, assim que eu consegui falar com ele pelo telefone, foram concisas e enérgicas. Não era para "ventilar" nada. Em especial, não era para alertar a srta. Cram. Nesse meio-tempo, diligências seriam feitas para localizar a valise nos arredores da escavação.

Griselda e eu voltamos para casa muito empolgados com esse novo desdobramento. Não podíamos tocar no assunto na presença de Dennis, já que havíamos jurado de pés juntos ao inspetor Slack ficar de bico calado.

Em todo caso, Dennis já tinha problema suficiente. Entrou em meu gabinete e começou a apalpar objetos e arrastar os pés, todo sem jeito.

– O que se passa, Dennis? – perguntei enfim.

– Tio Len, não quero mais ser marinheiro.

Fiquei atônito. Até aquele instante, o menino sempre demonstrara muita determinação sobre a futura carreira.

– Mas você era tão apaixonado pela ideia.

– É verdade, mas desisti.

– O que pretende fazer?

– Trabalhar no mercado financeiro.

Fiquei ainda mais perplexo.

– Como assim... mercado financeiro?

– Isso mesmo. No centro financeiro de Londres.

– Mas, meu querido rapaz, eu tenho a certeza de que você não vai gostar dessa vida. Mesmo que eu lhe consiga um cargo em algum banco...

Dennis declarou que não era isso que ele queria dizer. Não queria ser bancário. Perguntei o que mais exatamente ele queria dizer. Como eu suspeitava: ele de fato não sabia.

Por "mercado financeiro" entendia apenas a intenção de enriquecer de uma hora para outra, o que, em seu otimismo próprio da juventude, imaginava certo a quem trabalhasse "no centro financeiro de Londres". Eu tentei desiludi-lo do modo mais amável que pude.

– Quem enfiou isso em sua cabeça? – perguntei. – Você estava tão satisfeito com a perspectiva de desbravar os mares.

– Sei, tio Len, mas andei pensando. Vai chegar o dia em que eu vou querer me casar... E para se casar com uma garota é preciso estar rico.

– Os fatos não corroboram essa tese – afirmei.

– Quero dizer... uma garota de verdade. Acostumada a ter tudo.

Não era lá muito específico, mas acho que sabia a quem ele se referia.

– Sabe – disse eu em tom suave –, nem todas as garotas são como Lettice Protheroe.

Foi o que bastou para deixá-lo todo inflamado.

– Está sendo tremendamente injusto com ela. O senhor não gosta dela. Nem Griselda. Ela diz que Lettice é cansativa.

Do ponto de vista feminino, Griselda está certíssima. Lettice *é* cansativa. Eu entendia, porém, que o rapaz pudesse levar a mal o adjetivo.

– Se ao menos as pessoas dessem um desconto. Por que até mesmo os Hartley Napier ficam se queixando dela justo numa hora dessas? Só porque ela saiu um pouco mais cedo daquele joguinho de tênis sem graça. Por que ficar lá entediada? Acho que já foi delicadeza ela ter ido.

– Muita fineza da parte dela – falei, mas Dennis não suspeitou de maldade. Já tinha motivo suficiente para tomar as dores de Lettice.

– Na verdade, ela é bastante generosa. Só para dar um exemplo: ela me fez ficar. É claro que eu queria ir embora junto com ela. Mas ela não quis nem ouvir falar disso. Disse que seria uma desfeita para os Napier. Então, para agradá-la, fiquei mais quinze minutos.

Jovens têm pontos de vista muito curiosos sobre generosidade.

– E agora cai em meus ouvidos que Susan Hartley Napier está dizendo por aí que Lettice tem maus modos.

– Se eu fosse você – disse eu –, não me preocuparia com isso.

– Está tudo muito bem, mas...

Ele se calou.

– Eu... eu faria qualquer coisa por Lettice.

– Pouca gente consegue fazer algo por alguém – ponderei. – Por mais que se queira, somos impotentes.

– Eu queria estar morto – falou Dennis.

Pobre menino. O primeiro amor é um cancro virulento. Abstive-me de externar as obviedades que tão facilmente brotam dos lábios nessas horas com consequências irritantes. Em vez disso, dei boa-noite e fui dormir.

Na manhã seguinte, ministrei a missa das oito e ao retornar me deparei com Griselda sentada à mesa do café da manhã segurando um bilhete aberto na mão. De Anne Protheroe.

"Querida Griselda,
Se você e o pastor discretamente pudessem vir almoçar aqui hoje, eu ficaria muito agradecida. Algo muito estranho aconteceu, e eu gostaria de me aconselhar com o sr. Clement.
Por favor, não toquem nesse assunto quando vierem, pois não o comentei com mais ninguém.
Com carinho,
Afetuosamente sua,
Anne Protheroe."

– Temos que ir, é claro – disse Griselda.

Concordei.

– Fico me perguntando... o que será que aconteceu?

Também fiquei imaginando o que teria acontecido.

– Sabe – comentei com Griselda –, tenho a sensação de que esse caso está longe de ser resolvido.

– Quer dizer que só vai ser resolvido quando alguém for preso?

– Não – retorqui. – Quero dizer que existem ramificações e subcorrentes das quais nada sabemos. Existe uma porção de coisas a serem esclarecidas antes de chegarmos à verdade.

– Coisas que não importam de verdade, mas que atravancam o caminho?

– Sim, acho que isso expressa bem o que eu quis dizer.

– Estamos fazendo muito estardalhaço – falou Dennis, passando geleia de amora no pão. – A morte do velho Protheroe foi excelente. Ninguém gostava dele. Ah! Deu trabalho para a polícia, mas é para isso que ela existe! De minha parte, torço para que nunca descubram. Odiaria ver Slack promovido, circulando por aí com ego inflado e ares de inteligente.

Sou humano o suficiente para admitir: concordo quanto à promoção de Slack. Um homem que sistematicamente irrita as pessoas não pode ambicionar a popularidade.

– O dr. Haydock pensa como eu – continuou Dennis. – Ele nunca entregaria um assassino à justiça. Ele me disse isso.

Esse era o perigo das ideias de Haydock. Podem parecer razoáveis quando analisadas de modo isolado (não me cabe julgar), mas impressionam a imaginação incauta dos jovens de um modo que nem mesmo o próprio Haydock pretenderia.

Griselda espiou pela janela e comentou que havia repórteres no jardim.

– De novo tirando fotos da porta de vidro do gabinete, só pode – suspirou ela.

Sofrêramos bastante com aquilo. Primeiro, a curiosidade ociosa da aldeia – todos vieram olhar com expressão embasbacada. Depois, os repórteres munidos de câmeras – e o vilarejo todo para conferir o movimento dos repórteres. Acabou necessário um guarda de Much Benham sempre de sentinela à frente da porta de vidro.

– Bem – disse eu –, o funeral é amanhã de manhã. Depois disso, com certeza, a agitação vai arrefecer.

Ao chegarmos a Old Hall, notei um grupo de repórteres nas imediações. Eles me abordaram e fizeram várias perguntas, às quais retruquei de modo invariável (a melhor solução a nosso ver): "Nada a declarar".

O mordomo nos fez passar à sala de visitas, cuja única ocupante era a srta. Cram – ao que tudo indicava em estado de puro deleite.

– Que surpresa, hein? – disse enquanto trocava conosco um aperto de mão. – Eu nunca ia pensar numa coisa dessas, mas a sra. Protheroe é bondosa, não é mesmo? E, claro, não é nada recomendável uma garota ficar sozinha num lugar como o Blue Boar, infestado de repórteres. Além disso, não estou aqui só para bonito... Numa circunstância dessas, as pessoas precisam mesmo de uma secretária, e a srta. Protheroe não mexe uma palha para ajudar, não é?

Diverti-me ao perceber que a antiga hostilidade contra Lettice persistia, mas a moça pelo jeito se tornara uma fervorosa seguidora de Anne. Ao mesmo tempo, fiquei me perguntando se a história da presença dela ali era rigorosamente exata. Segundo ela, a iniciativa partira de Anne, mas eu tinha lá minhas dúvidas. Ela mesma poderia ter mencionado antes o fato de não gostar de ficar sozinha no Blue Boar. Continuei atento quanto a essa questão; não considerava a srta. Cram uma pessoa estritamente sincera.

Naquele instante, Anne Protheroe entrou na sala.

Estava discretamente vestida de preto. Trazia na mão um jornal dominical, que me alcançou com olhar pesaroso.

– Não tenho experiência com esse tipo de coisa. Que horror, não? Falei com um repórter no inquérito. Apenas comentei que eu estava terrivelmente perturbada e não tinha nada a declarar. Então ele me perguntou se eu estava ansiosa para descobrir o assassino de meu marido. Respondi: "Sim". E se eu suspeitava de alguém. Respondi: "Não". E se eu não pensava que o crime revelava conhecimento sobre a rotina local. Respondi que com certeza era o que parecia. E não disse mais nada. Agora leia isto!

No meio da página, uma foto claramente tirada há pelo menos uma década – só Deus sabe de onde a desencavaram. A manchete em letras garrafais dizia:

"VIÚVA DECLARA QUE NÃO VAI DESCANSAR ENQUANTO NÃO DESCOBRIR O ASSASSINO DO MARIDO"

"A sra. Protheroe, a viúva da vítima, tem certeza de que o assassino deve ser procurado localmente. Ela tem suspeitas, mas não certezas. Declarou-se consternada, mas reiterou a resolução de perseguir o assassino até o fim."

– Não é bem meu estilo, ou é? – indagou Anne.

– Poderia ser pior – falei, devolvendo o jornal.

– Descarados, não? – comentou a srta. Cram. – Queria ver um desses sujeitos tentando arrancar algo de mim.

Pelo cintilar dos olhos de Griselda, eu me convenci de que ela considerou o enunciado mais literalmente verdadeiro do que a srta. Cram almejara.

Fomos avisados de que o almoço seria servido e passamos à sala de jantar. Lettice só apareceu com a refeição em andamento, flutuando ao lugar dela com um sorriso para Griselda e um aceno de cabeça para mim. Observei-a com certa atenção, pelas minhas razões, mas ela parecia a vaga criatura de sempre. Extremamente bonita – isso eu tinha que admitir. Continuava sem luto; o vestido verde-claro realçava o delicado brancor de sua cútis.

Depois do café, Anne disse em voz baixa:

– Quero falar um momento com o pastor. A sós. Vou convidá-lo a me acompanhar até a minha sala de estar.

Enfim, eu ficaria sabendo o motivo do convite. Ergui-me e a segui escadaria acima. Parou na porta da sala. Quando eu ia abrir a boca para falar, ela estendeu a mão para me impedir. Permaneceu à escuta, cuidando o movimento no hall.

– Bom. Foram ver o jardim. Não... não entre aí. Vamos subir direto.

Para a minha imensa surpresa, ela me mostrou o caminho pelo corredor até a extremidade da ala. Uma escada estreita conduzia ao andar superior. Galgou os degraus, seguida por mim. Vimo-nos num poeirento corredor com assoalho de tábuas. Anne abriu uma porta e me introduziu num sótão amplo e sombrio, obviamente usado como depósito. Baús, móveis antigos quebrados, quadros empilhados e as inúmeras bugigangas que acabam indo parar nos sótãos.

Não pude esconder meu espanto. Ela abriu um tênue sorriso.

– Primeiro me deixe explicar. Meu sono anda bem leve de uns dias para cá. Ontem à noite... ou, melhor dizendo, às três horas desta madrugada, tive a impressão de que alguém andava pela casa. Fiquei um tempo escutando e por fim me levantei para verificar. Quando estava na plataforma, entre os lances da escadaria, eu me dei conta de que o barulho não vinha de baixo, mas aqui de cima. Na ponta dos pés, cheguei à base dessa escada. De novo pensei ter escutado um ruído. Perguntei: "Tem alguém aí?" Mas ninguém respondeu, e não escutei mais nada, então tomei como certo que meus nervos estavam me pregando uma peça e voltei para a cama.

Fez uma pausa e continuou:

– No entanto, hoje cedo, subi aqui... por simples curiosidade. E encontrei *isto*!

Ela se inclinou na direção de um quadro escorado de costas na parede e, segurando a moldura com as duas mãos, mostrou-me a tela.

Prendi a respiração, surpreso. Sem dúvida, era um retrato em óleo sobre tela. O rosto, porém, havia sido dilacerado e mutilado de modo brutal a fim de deixá-lo irreconhecível. Além disso, os cortes eram recentes.

– Que coisa extraordinária – disse eu.

– Não é mesmo? Diga-me, consegue pensar em alguma explicação?

Balancei a cabeça.

– Há um toque de selvageria nesse ato – falei – que não me agrada nem um pouco. Passa a impressão de um louco acesso de fúria.

– Sim, foi isso mesmo que eu pensei.

– Quem é a pessoa no retrato?

– Não tenho a mínima ideia. Nunca o vi antes. Todas essas coisas já estavam no sótão quando eu me casei com Lucius e vim morar aqui. Nunca me importei com elas nem me dei ao trabalho de examiná-las.

– Incrível – comentei.

Abaixei-me e perscrutei os outros quadros. Havia tudo aquilo que se poderia esperar: aquarelas de paisagens medíocres, cópias de quadros a óleo e retratos em molduras baratas.

Nada mais que tivesse utilidade. Um enorme baú antiquado, do tipo que costumava se chamar de "arca", com as iniciais "E.P." na tampa. Levantei-a. O baú estava vazio. Nada mais no sótão despertava o interesse.

– É mesmo um fato espantoso – disse eu. – Tão... sem sentido.

– Sim – falou Anne. – Isso me assusta um pouco.

Não havia mais nada para ver. Acompanhei-a até a sala de estar e ela fechou a porta atrás de mim.

– Acha que eu devo fazer algo a respeito? Avisar a polícia?

Titubeei.

– É difícil dizer se...

– Se tem algo a ver com o crime ou não – completou Anne. – Sei. Por isso é tão complicado. A julgar pelas aparências, não tem vínculo nenhum.

– Não – disse eu –, só é mais uma coisa esquisita.

Ficamos os dois lá sentados com as testas franzidas. Então eu disse:

– Quais são os seus planos, se me permite perguntar?

Ela ergueu a cabeça.

– Vou morar aqui pelo menos por mais seis meses! – Ela disse isso em tom desafiador. – Não que eu queira. Detesto a ideia de morar aqui. Mas é a única coisa a fazer. Caso contrário, as pessoas vão dizer que eu fugi... que eu estava com a consciência pesada.

– Claro que não.

– Ah! Vão sim. Em especial porque... – Fez uma pausa e em seguida falou: – Daqui a seis meses... eu vou me casar com Lawrence. – Fitou os olhos nos meus. – Não vamos conseguir esperar mais do que isso.

– Eu imaginava – comentei – que isso ia acontecer.

De súbito, ela se descontrolou e enterrou a cabeça nas mãos.

– Não tem ideia do quanto lhe sou grata... não tem ideia. Nós tínhamos nos despedido... ele ia embora. Eu me sinto... me sinto péssima com a morte de Lucius. Se tivéssemos planejado fugir juntos, e ele tivesse morrido depois... seria tão horrível agora. Mas o senhor abriu nossos olhos e nos mostrou como isso estava errado. Por isso a minha gratidão.

– Também estou agradecido – falei em tom solene.

– Mas, apesar de tudo – levantou-se ela –, a menos que o verdadeiro assassino seja descoberto, eles sempre vão pensar que foi Lawrence... Ah! Vão sim. Ainda mais depois que nos casarmos.

– Minha cara, o depoimento do dr. Haydock deixou claro como cristal que...

– E desde quando as pessoas dão importância para depoimentos? Elas nem mesmo entendem o que é isso. De qualquer modo, provas médicas nada significam para leigos. Esse é outro motivo por que vou permanecer aqui. Sr. Clement, *eu vou descobrir a verdade.*

Seus olhos faiscaram ao falar isso. Acrescentou:

– Por isso é que chamei aquela moça para vir aqui.

– A srta. Cram?

– Sim.

– Então foi a senhora que a convidou. Quero dizer, a ideia foi sua?

– Sem dúvida. Ah! De fato, ela se lamuriou um pouco. No inquérito... ela estava lá quando eu cheguei. Mas eu a convidei deliberadamente.

– Não pensa mesmo – exclamei – que aquela moça tola tem algo a ver com o crime?

– É muito fácil parecer tola, sr. Clement. É uma das coisas mais fáceis do mundo.

– Então pensa mesmo...?

– Não, não penso. Com honestidade. O que penso é que aquela moça sabe alguma coisa... ou pode saber. Queria estudá-la mais de perto.

– E, na mesma noite em que ela chega, aquele quadro é cortado – ponderei meditativo.

– Acha que foi ela? Mas por quê? Parece tão absurdo e impossível.

– Absurdo e impossível é o seu marido ser assassinado em meu gabinete – disse eu em tom cáustico. – Mas ele foi.

– Sei disso. – Ela pousou a mão em meu braço. – É terrível para o senhor. Eu tenho consciência disso, embora eu não tenha externado muito.

Peguei o brinco de lápis-lazúli do meu bolso e estendi na direção dela.

– É seu, não é?

– Ah, sim! – Estendeu a mão para apanhá-lo com um sorriso de satisfação. – Onde o encontrou?

Mas não coloquei o brinco na palma da mão estendida.

– Não se importa – disse eu – se eu ficar com ele por um tempo?

– Ora, é claro que não.

Ela pareceu perplexa e um pouco intrigada. Não satisfiz sua curiosidade. Em vez disso, perguntei qual era sua situação financeira.

– Sei que é uma pergunta indiscreta – me desculpei. – Mas não é essa a minha intenção.

– Não a considero nem um pouco indiscreta. O senhor e Griselda são meus melhores amigos por aqui. E também gosto daquela velhinha engraçada, a Miss Marple. Lucius era abastado. Deixou as coisas bem divididas entre mim e Lettice. Old Hall fica comigo, mas Lettice pode escolher móveis para mobiliar uma casa menor e recebe uma quantia à parte para comprar uma casa, de modo a equilibrar as coisas.

– Sabe quais são os planos dela?

Anne fez uma careta meio cômica.

– Ela não conta os planos para mim. Imagino que vá embora daqui o quanto antes. Ela não gosta de mim... nunca gostou. Acho que é culpa minha, por mais que eu sempre tente agir com decência. Mas é normal ficar ressentida com uma madrasta jovem.

– Gosta dela? – perguntei à queima-roupa.

Ela não respondeu logo, o que me convenceu da suprema honestidade de Anne Protheroe.

– Primeiro eu gostava – respondeu. – Era uma garotinha tão bonita. Agora acho que não. Não sei bem por quê. Talvez porque ela não goste de mim. Gosto de me sentir amada.

– Todo mundo gosta – sentenciei, e Anne Protheroe sorriu.

Eu tinha outra missão a cumprir. Ou seja, ter uma palavrinha a sós com Lettice Protheroe. Consegui meu intento sem dificuldade ao vê-la na sala de visitas deserta. Griselda e Gladys Cram ainda estavam no jardim.

Entrei e fechei a porta.

– Lettice – comecei –, eu gostaria de falar com você.

Ela ergueu os olhos com indiferença.

– Pois não?

Eu pensara com antecedência no que dizer. Estendi o brinco de lápis-lazúli e falei com placidez:

– Por que largou isto em meu gabinete?

Notei suas feições se enrijecerem por um átimo – de modo quase instantâneo. A recuperação foi tão rápida que dificilmente eu poderia jurar ter notado qualquer nervosismo. Então ela disse em tom despreocupado:

– Nunca larguei nada em seu gabinete. Este brinco não é meu. É de Anne.

– Sei disso – falei.

– Bem, então por que me pergunta? Anne deve ter deixado cair.

– A sra. Protheroe só esteve em meu gabinete uma vez depois do crime e na ocasião estava de luto. Não seria nada provável que estivesse usando um brinco azul.

– Nesse caso – retorquiu Lettice –, ela deve ter deixado cair antes. – Ela acrescentou: – Isso é apenas lógico.

– Lógico até demais – afirmei. – Suponho que você não vá se lembrar quando foi a última vez em que sua madrasta usou estes brincos?

– Ah! – Mirou-me com um olhar perplexo e crédulo. – É mesmo importante?

– Pode ser – falei.

– Deixe-me ver... – Ficou lá sentada de sobrancelhas franzidas. Nunca achei Lettice Protheroe tão encantadora quanto naquele instante. – Ah, sim! – exclamou de repente. – Ela estava com eles na... na quinta. Agora me lembro.

– Quinta – eu disse devagar – foi o dia do crime. A sra. Protheroe foi até o gabinete pelo jardim naquele dia, mas, se você bem recorda, pelo depoimento dela, ela foi apenas até a porta de vidro e não chegou a entrar no gabinete.

– Onde achou isto?

– Caído embaixo da escrivaninha.

– Então pelo jeito – disse Lettice impassível – ela não falou a verdade, não acha?

– Quer dizer que ela entrou e se aproximou da escrivaninha?

– É o que parece, não?

O olhar dela encontrou o meu com serenidade.

– Quer saber? – falou tranquila. – Sempre achei que ela estava mentindo.

– E eu *tenho certeza de que você está*, Lettice.

– Como assim?

Olhou-me estupefata.

– Quero dizer – informei – que a última vez em que vi este brinco foi na sexta-feira de manhã quando vim aqui com o coronel Melchett. Estava junto com o outro em cima da penteadeira de sua madrasta. Para falar a verdade, eu cheguei a tocá-los.

– Ah...! – Balançou o corpo e apoiou-se lateralmente no braço da cadeira, irrompendo em lágrimas. O cabelo loiro, não muito comprido, pendeu quase raspando o chão. Uma pose singular – bela e desenfreada.

Deixei-a soluçar alguns instantes em silêncio e então falei com voz muito branda:

– Por que fez isso, Lettice?

– O quê?

Endireitou o corpo e jogou o cabelo para trás com um jeito indômito. Tinha um aspecto selvagem, quase aterrorizado.

– Como assim?

– O que a levou a fazer isso? Ciúme? Raiva de Anne?

– Ah!... Ah, sim! – Pôs o cabelo para trás das orelhas e de súbito restabeleceu a presença de espírito. – Sim, pode chamar de ciúme. Nunca gostei de Anne... Nunca, desde que ela chegou aqui como se fosse uma rainha. Coloquei o maldito brinco embaixo da escrivaninha. Queria que ela ficasse em apuros. Teria funcionado se o senhor não ficasse metendo o nariz onde não é chamado e mexericando objetos em penteadeiras. De qualquer modo, não é função de padre dar uma de detetive.

Foi uma pueril explosão de rancor. Não dei atenção a isso. Na verdade, naquele instante, ela parecia uma criança patética.

A infantil tentativa de vingança contra Anne dificilmente mereceria ser levada a sério. Disse-lhe isso e acrescentei que ia devolver o brinco à dona sem revelar nada sobre as circunstâncias em que eu o encontrara.

– É muita bondade sua – reconheceu.

Depois de um instante de silêncio, ela falou, sem me encarar nos olhos e claramente escolhendo as palavras com cuidado:

– Sabe, sr. Clement, se eu fosse o senhor... eu dava um jeito de afastar Dennis daqui logo... Acho que seria melhor.

– Dennis? – levantei as sobrancelhas um tanto surpreso, sem esconder certo divertimento.

– Acho que seria melhor. – E acrescentou do mesmo jeito embaraçado: – Sinto muito quanto a Dennis. Eu não pensei que ele fosse... De qualquer modo, sinto muito.

A conversa terminou ali.

CAPÍTULO 23

No caminho de volta, propus a Griselda um desvio de rota para visitarmos as escavações. Eu queria saber se a polícia estava investigando e, nesse caso, o que havia descoberto. Griselda, porém, tinha afazeres em casa, então empreendi a expedição sozinho.

Encontrei o guarda Hurst no comando das operações.

– Nem sinal por enquanto, sir – relatou. – Mas é evidente que este é o único local para um *cache*.

Sua escolha lexical me desnorteou por um instante, pois ele pronunciou *cachê*, mas o significado real (esconderijo) me veio quase de imediato.

– O que eu quero dizer, sir, é aonde mais a moça poderia estar indo entrando na trilha do bosque? A trilha leva a Old Hall e até aqui, e a nenhum outro lugar.

– Imagino – disse eu – que o inspetor Slack ache pouco sofisticado o método de perguntar direto à moça.

– Não quer assustar a pombinha – explicou Hurst. – Qualquer coisa que ela escrever a Stone ou ele escrever para ela pode esclarecer o caso... Mas se ela desconfiar que estamos de olho nela, cala o bico *assim*.

Assim *como* foi deixado no ar, mas pessoalmente eu duvidava de que a srta. Gladys Cram algum dia se calasse do modo descrito. Era impossível imaginá-la de outra maneira que não falando pelos cotovelos.

– Se o homem é impostor, a gente quer saber *por que diabos* ele é impostor – explicou didaticamente o guarda Hurst.

– Lógico – disse eu.

– E vamos encontrar a resposta aqui neste túmulo... Senão, por que diabos ele resolveu remexer nessa terra?

– Uma *raison d'être* para ficar nas redondezas – sugeri.

Essa pitada de francês foi demais para o guarda. Vingou-se por não entender comentando com indiferença:

– Só um amador pensaria assim.

– De qualquer forma, não acharam a valise – lembrei.

– Não perde por esperar, sir. Pode ficar certo.

– Não tenho lá tanta certeza – falei. – Estive pensando... Miss Marple disse que a moça reapareceu sem a valise pouco depois de entrar na mata. Nesse caso, ela não teria tido tempo de vir até aqui e voltar.

– Não pode dar atenção para o que as velhotas dizem. Quando enxergam algo curioso, ficam alvoroçadas, e o tempo simplesmente voa para elas. Em todo caso, mulher nenhuma tem noção de tempo.

Seguidas vezes me pergunto por que todo mundo tem tanta tendência a generalizar. Raras (se tanto) vezes as generalizações são verdadeiras; em geral, são completamente imprecisas. Eu mesmo tenho escassa noção de tempo (daí o motivo de manter o relógio adiantado), mas Miss Marple, eu diria, tem uma noção bastante aguçada. Seus relógios sempre marcam a hora exata, e ela é rigorosamente pontual em todos os compromissos.

Entretanto, eu não tinha intenção nenhuma de discutir o assunto com o guarda Hurst. Desejei-lhe sorte e boa tarde e tomei meu rumo.

Quando me aproximava de casa, tive uma ideia. Ela veio sem motivo aparente. Apenas lampejou em meu cérebro como uma solução plausível.

Como a leitora (ou o leitor) há de recordar, na minha primeira diligência à trilha, no dia seguinte ao crime, eu descobrira uma moita remexida em certo ponto. No fim das contas ficou provado, ao menos pensei na ocasião, que a moita havia sido revolvida por Lawrence, dedicado à mesma tarefa que eu.

Mas lembrei que, depois disso, ele e eu nos embrenhamos juntos em outro rastro tênue, que acabou sendo o mesmo do inspetor. Pensando melhor agora, lembrei-me com clareza que o primeiro rastro (o de Lawrence) era bem mais nítido que o segundo, como se mais de uma pessoa tivesse passado por aquele caminho. E meditei que fora aquilo que chamara a atenção de Lawrence em primeiro lugar. E se tivesse sido feito originalmente pelo dr. Stone ou pela srta. Cram?

Lembrei, ou pelo menos imaginei lembrar, de várias folhas secas em ramos quebrados. Assim, o rastro não poderia ter sido feito na tarde de nossa busca.

Eu estava quase chegando ao local em questão. Reconheci-o com facilidade e de novo abri caminho através dos arbustos. Desta vez, notei ramos recém-quebrados. Alguém *havia passado* ali depois de mim e Lawrence.

Logo cheguei ao ponto onde eu me encontrara com Lawrence. O rastro sutil, porém, seguia em frente, e perseverei. De repente se alargou numa pequena clareira, com recentes sinais de movimentação. Digo clareira porque ali os arbustos ficavam mais ralos, embora os galhos das árvores se trançassem metros acima. A clareira toda não media mais que poucos metros de diâmetro.

Em toda a volta, os arbustos se adensavam outra vez. Parecia claro que recentemente ninguém forçara caminho no meio deles, à exceção de um trecho em especial.

Cheguei perto e me ajoelhei, afastando a folhagem com as duas mãos. A cintilação de uma superfície marrom me recompensou. Com o coração disparado, enfiei o braço no meio dos ramos e com certa dificuldade puxei uma valise marrom.

Soltei uma exclamação de triunfo. Eu havia sido bem-sucedido! Mesmo tratado com frieza pelo guarda Hurst, provei que meu raciocínio estava certo. Sem dúvida, aquela era a valise carregada pela srta. Cram. Tentei abri-la, mas estava chaveada.

Ao me levantar, notei um cristalzinho marrom caído no chão. Foi quase automático: abaixei-me e o enfiei no bolso.

Então, agarrando pela alça a minha descoberta, retrocedi meus passos até a trilha.

Enquanto eu escalava os degraus sobre a cerca que dividia o mato e a alameda, uma voz nervosa e próxima exclamou:

– Ah! Sr. Clement. O senhor a achou! Que perspicaz!

Registrando mentalmente o fato de que na arte de ver sem ser vista Miss Marple era imbatível, apoiei meu troféu sobre a cerquinha que nos separava.

– É a própria – confirmou Miss Marple. – Eu a reconheceria em qualquer lugar.

Isso, pensei, era um pouco de exagero. Há milhares de valises baratas e brilhantes iguais àquela. Ninguém conseguiria reconhecer uma delas, em especial vista de longe ao luar, mas me dei conta de que todo o caso da valise era o triunfo particular de Miss Marple. Sendo assim, um pouco de exagero era perdoável.

– Chaveada, sr. Clement?

– Sim. Estou indo à delegacia.

– Não é melhor telefonar?

Claro que seria. Atravessar a aldeia com a valise na mão atrairia publicidade indesejada.

Então abri o portão do jardim de Miss Marple e entrei na casa dela pela porta de vidro. Na inviolabilidade da sua sala de visitas, a portas fechadas, liguei para a polícia contando a novidade.

Como resultado, o inspetor Slack comunicou sua vinda imediata.

Chegou com seu humor mais sangrento.

– Então a achamos, não é mesmo? – indagou. – Sabe, sir, não deveria guardar segredo. Se o senhor tinha alguma razão para acreditar que sabia onde o item em questão estava escondido, era obrigação sua informar às autoridades competentes.

– Foi pura coincidência – expliquei. – De repente, a ideia me ocorreu.

– E eu sou o rei da Inglaterra. O mato tem mais de um quilômetro de largura, o senhor vem, cruza bem no lugar certo e sai com a valise na mão.

Eu ia explicar ao inspetor Slack as etapas de raciocínio que me levaram àquele local específico, mas ele conseguiu o resultado costumeiro: fiquei sem vontade de cooperar. Emudeci.

– Muito bem – falou o inspetor Slack, olhando a valise de soslaio, com suposta indiferença –, é melhor darmos uma olhada no conteúdo.

Trouxera um sortimento de chaves e arames com ele. A fechadura era comum. Num piscar de olhos, a valise estava aberta.

Não sei o que esperávamos encontrar – algo simplesmente incrível, imagino. Mas a primeira coisa que avistamos foi um cachecol escocês meio sujo. O inspetor o ergueu. Embaixo, um casaco azul-marinho desbotado e áspero. Depois, um chapéu xadrez.

– Quanto traste – comentou o inspetor.

Um par de botas gasto e maltrapilho veio a seguir. No fundo da valise, um embrulho feito com papel de jornal.

– Camisa chique – disse o inspetor acidamente enquanto rasgava o papel.

Um instante depois trancou a respiração, boquiaberto.

Dentro do embrulho havia pequenos objetos de prata de estilo discreto e uma travessa redonda também de prata.

Miss Marple soltou uma estridente exclamação de reconhecimento.

– Os saleiros de prata! – exclamou ela. – Os saleiros de prata do coronel Protheroe e a *tazza* Carlos II. Quem ia imaginar uma coisa dessas?

O inspetor ficou vermelho até a raiz dos cabelos.

– Então era esse o joguinho – murmurou ele. – Furto. Mas não consigo entender. Ninguém notou a falta desses objetos.

– Talvez não tenham notado ainda – sugeri. – Esses itens valiosos deviam estar fora do uso rotineiro. É provável que o coronel Protheroe guardasse a prata trancada no cofre.

– Preciso investigar isso – disse o inspetor. – Vou agora mesmo até Old Hall. Então está explicado por que o nosso dr. Stone saiu de fininho. Com o assassinato e tudo o mais, ficou com medo de ser descoberto. Mais cedo ou mais tarde, seus pertences poderiam ser revistados. Mandou a moça esconder a prata no bosque junto com uma muda de roupa adequada. Pretendia numa noite voltar por uma rota alternativa e debandar com o fruto do roubo, enquanto ela ficava aqui para não levantar suspeita. Bem, há males que vêm para bem. Isso o elimina como suspeito do assassinato. Não teve nada a ver com isso. É um jogo bem diferente.

Ele reacondicionou as coisas na valise, fechou-a e retirou-se, agradecendo o cálice de xerez oferecido por Miss Marple.

– Um mistério a menos – suspirei. – O que Slack disse é bem verdade: não há base para suspeitar dele como o autor do assassinato. Tudo se esclareceu a contento.

– Assim parece – disse Miss Marple. – Mas não dá para ter certeza absoluta, não é?

– Não há nem resquício de motivo – salientei. – Conseguiu o que queria e estava pronto para fugir.

– S... sim.

Era óbvio que ela não estava plenamente convencida, e fitei-a com certa curiosidade. Apressou-se em responder meu olhar perscrutador com uma espécie de ânsia por se desculpar.

– Não tenho dúvida de que estou *totalmente* errada. Sou tão burra para essas coisas. Mas apenas fiquei me perguntando... Quero dizer, essa prata é bem valiosa, não é?

– Esses dias num leilão uma *tazza* alcançou preço superior a mil libras, se não me engano.

– Quero dizer... Não é o valor do metal.

– Sim. É o que a gente poderia chamar de valor de *connoisseur*.

– Isso é o que eu quero dizer. A venda dessas coisas demoraria um tempo para ser agenciada e, mesmo depois disso, não poderia ser conduzida sem sigilo. Quero dizer... Se o roubo fosse comunicado e houvesse clamor por justiça, bem, os objetos não poderiam mais ser comercializados.

– Não entendi o raciocínio – reconheci.

– Sei que me expressei mal. – Ficou mais agitada e com sentimento de culpa. – Mas me parece que... que as coisas não poderiam ter sido apenas furtadas, por assim dizer. O ideal seria substituir os utensílios de prata por imitações. Então, talvez, o furto permanecesse despercebido por algum tempo.

– É uma ideia bastante engenhosa – elogiei.

– Seria a única maneira a fazer, não é verdade? E, é claro, como o senhor diz, assim que a troca tivesse sido concretizada, não haveria motivo nenhum para matar o coronel Protheroe... muito pelo contrário.

– Exato – falei. – Foi isso que eu disse.

– Sim, mas fiquei me perguntando... Não sei, é claro... E o coronel Protheroe sempre falava bastante em fazer as coisas antes de fazê-las de verdade, e às vezes, no fim, acabava nem fazendo, mas ele disse...

– Sim?

– Que ele ia mandar avaliar todos os bens... por um especialista de Londres. Para fins de legitimação... ou melhor, para fins de seguro. Legitimação é quando você está morto. Alguém o havia aconselhado que era o melhor a fazer. Falou bastante nisso e na importância de fazê-lo. Não sei se ele chegou a tomar as providências, mas, se tomou...

– Entendo – falei devagar.

– No momento em que o perito examinasse a prataria, ele descobriria, e então o coronel Protheroe se lembraria de ter mostrado a coleção ao dr. Stone... Fico pensando se não aproveitou a ocasião para fazer o furto... Prestidigitação, não é assim que chamam? Pura esperteza... E então... Bem, aí é que a porca torce o rabo, para usar uma expressão antiquada.

– Compreendo seu ponto de vista – falei. – Acho que devemos tirar isso a limpo.

Fui outra vez ao telefone. Em poucos minutos, estava conectado com Old Hall e falando com Anne Protheroe.

– Não, não é nada muito importante. O inspetor já chegou? Ah! Ele deve estar chegando. Sra. Protheroe, pode me dizer se os objetos de Old Hall já foram avaliados? Sabe algo sobre isso?

A resposta foi clara e imediata. Agradeci-lhe, repousei o fone no gancho e dirigi-me a Miss Marple.

– Ela não deixou dúvida. O coronel Protheroe tinha combinado com o perito de Londres uma visita na segunda-feira (amanhã) para realizar uma avaliação minuciosa. Com a morte do coronel, a visita foi cancelada.

– Então *existia* um motivo – concluiu Miss Marple meigamente.

– Um motivo, sim. Mas isso é tudo. Não lembra? Quando houve o disparo, o dr. Stone acabara de se encontrar com os demais, ou estava subindo os degraus por cima da cerca para se unir a eles.

– Sim – disse Miss Marple pensativa. – Isso descarta o dr. Stone.

CAPÍTULO 24

Ao retornar à minha casa, encontrei Hawes esperando por mim no gabinete. Ele caminhava nervoso de um lado para o outro e, quando eu entrei no recinto, pulou de susto, como se tivesse sido alvejado por um tiro.

– O senhor vai me desculpar – disse ele, enxugando a testa. – Estou com os nervos em frangalhos ultimamente.

– Meu caro amigo – disse eu –, você precisa tirar uns dias de folga para variar. Mudar de ares. Senão vai acabar tendo um colapso nervoso, e isso não será bom para ninguém.

– Não posso abandonar meu cargo. Não, isso é uma coisa que jamais vou fazer.

– Não se trata de abandono. A saúde em primeiro lugar. Tenho certeza de que Haydock vai concordar comigo.

– Haydock... Haydock. Que raio de médico ele é? Um ignorante clínico geral de um vilarejo do interior.

– Está sendo injusto com ele. Todo mundo o considera um profissional de extrema competência.

– Ah! Talvez. Sim, eu diria que sim. Só não gosto dele. Mas não foi para falar dele que eu vim aqui. Vim aqui para pedir se o senhor não pode fazer a gentileza de pregar o sermão hoje à noite por mim. Eu... eu realmente não me sinto à altura.

– Ora, sem problemas. Ministro a missa em seu lugar.

– Não, o senhor não entendeu. Eu quero rezar a missa. Estou em condições perfeitas de fazê-lo. É só a ideia de subir ao púlpito, com todos aqueles olhos me encarando...

Fechou os olhos e engoliu em seco de modo convulsivo.

Na minha concepção, era evidente que havia algo de muito errado com Hawes. Pareceu ler meus pensamentos, pois abriu os olhos e disse com rapidez:

– Não tem nada de errado comigo. São apenas essas enxaquecas... essas horríveis e torturantes enxaquecas. Pode me dar um copo d'água?

– Pois não – falei.

Fui à cozinha e servi eu mesmo um copo com água da torneira. Tocar sinetas em nossa casa é perda de tempo.

Trouxe a água, e ele me agradeceu. Pinçou do bolso uma caixinha de papelão, abriu-a e pegou uma cápsula envolvida em papel de arroz, a qual engoliu com o auxílio de um gole d'água.

– Para a enxaqueca – explicou ele.

De súbito me perguntei se Hawes não se tornara viciado em drogas. Explicaria boa parte de suas esquisitices.

– Não toma muitas vezes, espero – comentei.

– Não... ah, não. O dr. Haydock me alertou para não exagerar. Mas é mesmo fabuloso. Traz alívio imediato.

De fato, logo ficou mais calmo e recomposto.

Ele se levantou.

– Então o senhor faz o sermão hoje à noite? É muita bondade sua, sir.

– Não precisa agradecer. E insisto em ministrar a missa também. Vá para casa e descanse. Não vou discutir. Nem mais uma palavra.

Agradeceu-me outra vez. Então disse, dirigindo o olhar para a janela:

– O senhor... esteve em Old Hall hoje, não, sir?

– Sim.

– Vai me desculpar... mas o senhor foi chamado?

Encarei-o surpreso, e ele corou.

– Sinto muito, sir. Eu... eu só pensei que podia ter surgido alguma novidade e que por isso a sra. Protheroe o havia chamado.

Eu não tinha a mínima intenção de satisfazer a curiosidade de Hawes.

– Ela queria trocar ideias sobre os preparativos para o funeral e tratar de outros assuntos comigo – falei.

– Ah! Era só isso. Entendo.

Não respondi. Hawes não parava quieto. Por fim, ele disse:

– O sr. Redding veio me ver ontem à noite. Eu... eu não consigo imaginar por quê.

– Ele não lhe contou?

– Não... só disse que queria me fazer uma visita. Suas noites andavam meio solitárias. Ele nunca tinha feito isso antes.

– Bem, as pessoas consideram Lawrence uma companhia agradável – eu disse sorrindo.

– Por que motivo ele quis me visitar? Não gosto disso. – A voz dele se ergueu estridente. – Ele falou que ia aparecer por lá de novo. O que tudo isso significa? Que ideia o senhor acha que ele enfiou na cabeça?

– Por que acha que a visita teve algum motivo oculto? – indaguei.

– Não gosto disso – repetiu Hawes obstinado. – Nunca fiz nada contra *ele*, em absoluto. Nunca sugeri que *ele* era culpado... Mesmo quando ele se acusou eu disse que aquilo não fazia sentido. Se fosse para eu suspeitar de alguém, seria de Archer... nunca dele. Archer é um caso à parte... Um valentão sem Deus. Um bêbado salafrário.

– Não está sendo um pouco severo? – indaguei. – Afinal de contas, pouco ou nada sabemos sobre ele.

– Um caçador sempre entrando e saindo da cadeia, capaz de tudo.

– Pensa mesmo que ele atirou no coronel Protheroe? – perguntei curioso.

Hawes tem aversão inveterada em responder sim ou não. Notei isso várias vezes nos últimos dias.

– Não acha mesmo, sir, que é a única solução possível?

– Até onde sabemos – disse eu –, não existe nenhum indício contra ele.

– E as ameaças? – lembrou Hawes ansioso. – Esqueceu das ameaças.

Estou farto de escutar sobre as ameaças de Archer. Até onde eu entendo, não havia prova nenhuma de que ele tivesse feito quaisquer ameaças.

– Ele estava determinado a se vingar do coronel Protheroe. Embebedou-se e atirou nele.

– Isso é pura suposição.

– Mas admite ser provável?

– Não, não admito.

– Possível, então?

– Possível, sim.

Hawes olhou-me de esguelha.

– Por que não considera provável?

– Porque – disse eu – alguém como Archer não pensaria em atirar num homem de pistola. É a arma errada.

Hawes espantou-se com minha argumentação. Claramente não era a objeção que ele esperava.

– Pensa mesmo que essa objeção é possível? – perguntou ele de modo cético.

– No meu ponto de vista, é um tremendo obstáculo para considerar Archer suspeito do crime – falei.

Diante da minha segura asserção, Hawes não disse mais nada. Ele me agradeceu e saiu.

Eu o acompanhei até a porta da frente e vi quatro cartas na mesa do hall. Elas apresentavam certas características em comum. A caligrafia era inequivocamente feminina e todas traziam as palavras: "Em mãos, urgente". A única diferença que eu pude notar era que uma estava bem mais suja que as outras.

A semelhança entre elas me deu uma impressão esquisita – a de estar não com visão dupla, mas quádrupla.

Mary saiu da cozinha e me viu examinando as mensagens.

– Entregues em mãos na hora do almoço – explicou ela sem que eu perguntasse. – Todas menos uma. Encontrei aquela na caixa postal.

Assenti com a cabeça, juntei-as e levei-as comigo ao gabinete.

A primeira dizia o seguinte:

"Prezado sr. Clement,
Fiquei sabendo de uma coisa e algo me diz que preciso contar ao senhor. Tem a ver com a morte do coronel Protheroe. Eu apreciaria muito o seu conselho sobre o assunto... se devo ou não contar à polícia. Desde que meu marido morreu, tenho aversão a qualquer tipo de publicidade. Talvez o senhor pudesse me visitar hoje à tarde para conversarmos.
Atenciosamente,
Martha Price Ridley."

Abri a segunda:

"Dileto sr. Clement,
Estou tão preocupada... com o espírito tão agitado... não sei o que devo fazer. Escutei um boato e tenho a sensação de que pode ser importante. Tenho pavor de qualquer envolvimento com a polícia. Estou tão perturbada e angustiada. Seria demais lhe pedir, querido pastor, que passasse em minha casa para dirimir minhas incertezas e dificuldades do modo prodigioso com o qual o senhor sempre consegue?
Desculpe incomodá-lo,
Sinceramente,
Caroline Wetherby."

A terceira, pressenti, eu quase podia adivinhar o conteúdo.

"Caro sr. Clement,
Algo muito importante chegou ao meu conhecimento. Sinto que o senhor deveria ser o primeiro a ficar sabendo. Pode vir à minha casa hoje à tarde? Ficarei esperando."

Essa combativa epístola estava assinada: "*Amanda Hartnell*".

Abri a quarta missiva. Por sorte, recebi poucas cartas anônimas. Uma carta anônima é, a meu ver, a arma mais vil e cruel que existe. Essa não era exceção. Parecia escrita por uma pessoa sem estudo, mas vários detalhes levaram-me a não acreditar nessa suposição.

"Caro pastor,
Achava melhor o senhor saber o que está acontecendo. A sua mulher foi vista saindo do chalé do sr. Redding em atitude suspeita. O senhor sabe o que eu quero dizer. Os dois estão tendo um caso. Achei que o senhor tinha que saber.
Uma amiga."

Abafei uma exclamação de nojo e, amassando o papel, joguei-o na grelha da lareira bem na hora em que Griselda entrou.

– O que você está jogando fora com tanto desprezo? – quis saber ela.

– Lama – falei.

Pegando um fósforo do bolso, risquei-o e me agachei. Griselda, porém, foi mais rápida que eu. Ela se abaixou, apanhou a bola de papel amassado e a abriu antes que eu pudesse impedi-la.

Leu, soltou um grito de asco e jogou o papel de volta, dando-me as costas ao fazê-lo. Eu o acendi e fiquei vendo-o queimar.

Griselda se afastara. Estava parada em frente à porta de vidro, admirando o jardim.

– Len – falou ela sem se virar.

– Sim, querida.

– Eu preciso lhe contar uma coisa. Não, nem tente me parar. Por favor, eu tenho que falar. Quando... quando Lawrence Redding veio aqui, eu deixei você acreditar que eu o conhecia apenas superficialmente. Isso não era verdade. Eu... o conhecia muito bem. Na verdade, antes de conhecer você, estive apaixonada por ele. Como acontece com a maioria das mulheres em se tratando de Lawrence. Para ser sincera, fui perdidamente apaixonada por ele uma época. Não cheguei a escrever cartas comprometedoras ou essas idiotices dos livros. Mas não vou negar: já estive bem interessada nele.

– Por que não me contou? – perguntei.

– Ah! Por quê! Não sei bem ao certo, só sei que... Bem, você é tão bobo em certas coisas. Só porque é bem mais velho do que eu, imagina que eu... Bem, que corre o risco de eu gostar de outro homem. Achei que você não ia gostar de saber da minha amizade com Lawrence.

– Você é muito esperta ao dissimular as coisas – disse eu, lembrando do que ela me contara naquele mesmo gabinete há menos de uma semana e da forma sincera como me contara.

– Pois é, eu sempre fui boa nisso. De certo modo, eu gosto de fazê-lo.

Declarou isso com prazer infantil na voz.

– Mas o que eu contei é a pura verdade. Não sabia de nada sobre Anne e ficava imaginando por que Lawrence andava tão diferente, sem... bem, sem prestar atenção em mim. Não estou acostumada com isso.

Ela se calou por um instante.

– Entende, Len? – perguntou Griselda ansiosa.

– Sim – respondi –, eu entendo.

Será mesmo?

CAPÍTULO 25

Não foi nada fácil afastar a impressão deixada pela carta anônima. A lama suja.

Porém, peguei as outras três cartas, olhei o relógio e saí de casa.

Fiquei muito intrigado com o que teria "chegado ao conhecimento" das três senhoras ao mesmo tempo. Deduzi que só podia ser a mesma notícia. Nisso, eu estava prestes a descobrir que minha psicologia falhara.

Confesso que não foram minhas visitas que me levaram a passar na delegacia. Meus pés gravitaram até lá por livre e espontânea vontade. Eu estava ansioso para saber se o inspetor Slack retornara de Old Hall.

Descobri que ele voltara e, além disso, que a srta. Cram viera junto com ele. Sentada na delegacia, a bela Gladys tirava de letra a situação, não sem certa arrogância. Negou de pés juntos ter levado a valise até o bosque.

– Só porque uma dessas velhinhas fofoqueiras não tem nada melhor a fazer do que ficar espiando pela janela a noite toda, a polícia me escolhe como bode expiatório. Miss Marple já se enganou uma vez, não se esqueçam, quando disse que me viu no fim da alameda na tarde do assassinato. E se ela se enganou daquela vez, em plena luz do dia, como conseguiria me reconhecer ao luar? É uma maldade o que essas velhotas fazem aqui nesta aldeia. São capazes de inventar qualquer coisa. E eu na cama, dormindo como um anjo. Vocês deviam se envergonhar, todos vocês.

– E se a estalajadeira do Blue Boar identificar a valise como sua, srta. Cram?

– Se ela disser algo desse tipo, está enganada. Não há nome nenhum na valise. Quase todo mundo tem uma valise igual. Coitado do dr. Stone, acusado de ladrão vulgar! E não lhe faltam títulos acadêmicos.

– Então se recusa a dar quaisquer explicações, srta. Cram?

– Não tem nada de recusa nisso. A polícia cometeu um engano e nada mais. A polícia e aquela intrometida da Miss Marple. Não digo mais nem uma palavra... só na presença de meu advogado. Vou-me embora agora mesmo... a menos que o senhor queira me prender.

Como resposta, o inspetor levantou-se e abriu a porta a ela. Com um aceno de cabeça, a srta. Cram se retirou.

– Essa é a estratégia que ela adota – falou Slack, retornando à escrivaninha. – Negar até o fim. E, é claro, a velhinha *pode* ter se confundido. Júri nenhum acharia verossímil reconhecer alguém naquela distância ao luar. E a velhinha pode ter se enganado mesmo.

– Pode – falei –, mas não acredito. Em geral, Miss Marple sempre acerta. É isso que a torna tão impopular.

O inspetor deu um sorrisinho irônico.

– É isso que Hurst diz. Deus, essas aldeias!

– E quanto à prataria, inspetor?

– Em perfeita ordem. É lógico, isso significa que uma das duas coleções deve ser falsa. Em Much Benham, há um ótimo especialista em prataria antiga. Liguei para ele e mandei um carro buscá-lo. Daqui a pouco vamos saber qual conjunto é falso. Ou o roubo foi consumado ou apenas planejado. Isso não faz lá muita diferença... Quero dizer, para o nosso ponto de vista. Furto é café pequeno perto de assassinato. Cram e Stone não têm relação com o assassinato. Talvez consigamos pegar o doutor com um deslize da moça... Por isso a deixei ir embora sem mais estardalhaço.

– Foi o que imaginei – eu disse.

– Uma pena, o sr. Redding. Não é sempre que um homem se esforça tanto em prol de alguém.

– Pois é – sorri tenuamente.

– Mulheres causam problemas demais – exortou o inspetor num suspiro.

E, para minha relativa surpresa, continuou:

– Claro, não podemos nos esquecer de Archer.

– Ah! – exclamei. – Pensou nele?

– Lógico. A primeira coisa em que pensei. Não precisei de carta anônima para desconfiar dele.

– Carta anônima – murmurei com severidade. – Recebeu uma?

– Isso não é novidade. Recebemos ao menos uma dúzia por dia. Ah, sim, houve várias denúncias contra Archer. Como se a polícia já não soubesse! Archer está sob suspeita desde o princípio. O problema de tudo: ele tem álibi. Não que isso faça muita diferença, mas é complicado superar.

– Como assim não faz diferença? – indaguei.

– Bem, consta que ele passou a tarde toda junto com dois amigos. Mas, como eu disse, isso não conta. Homens como Archer e companhia mentem pelos cotovelos. Não acreditamos numa só palavra do que eles dizem. *Sabemos* disso. Mas o público geral não sabe e, o que é pior, o júri é sorteado do público. E o povo não sabe de nada. A grande maioria acredita em tudo o que é dito no reservado da testemunha, seja ela quem for. E, é claro, o próprio Archer vai jurar até embaixo d'água que não foi ele.

– Não seria tão solícito quanto o sr. Redding – disse eu com um sorriso.

– Ele não – falou o inspetor, tornando o comentário a simples declaração da verdade.

– É natural agarrar-se à vida – ponderei.

– O senhor ficaria surpreso se conhecesse o tipo de assassino que já escapou devido ao coração mole do júri – falou o inspetor melancólico.

– Mas pensa mesmo que foi Archer? – indaguei.

Desde o início me intrigou que o inspetor Slack nunca tivesse explicitado qualquer opinião sobre o assassinato. A facilidade ou a dificuldade de obter uma condenação é a única coisa que parecia lhe interessar.

– Queria ter mais certeza – admitiu. – Impressão digital, pegada ou avistamento nas redondezas perto da hora do crime. Não posso me arriscar a prendê-lo sem provas desse tipo. Foi visto nas imediações da casa do sr. Redding algumas vezes, mas alegou ter ido falar com a mãe dele. Uma senhora de bem, ela. Não, no fim das contas, prefiro a dama. Se ao menos eu conseguisse uma prova definitiva da chantagem... Mas neste caso não se consegue prova definitiva de nada! Só hipóteses e mais hipóteses. É mesmo uma pena que na estrada em frente à sua casa não more nenhuma solteirona, sr. Clement. Aposto que daí alguém teria visto algo.

Essas palavras me lembraram de minhas visitas, e me despedi dele. Acho que foi a única vez em que o vi de bom humor.

A primeira pessoa que visitei foi a srta. Hartnell. Ela deve ter me visto chegando pela janela, porque antes que eu tivesse tempo de apertar a campainha ela já abrira a porta da frente. Agarrando minha mão com firmeza, puxou-me para dentro.

– Que bom que o senhor veio. Por aqui. É mais discreto.

Entramos numa sala microscópica, mais ou menos do tamanho de um galinheiro. A srta. Hartnell fechou a porta e com ar de extremo sigilo acenou para que eu me sentasse (havia apenas três cadeiras). Notei que estava se divertindo.

– Não sou de fazer rodeios – afirmou com sua voz jovial, em tom ligeiramente baixo para satisfazer as exigências da ocasião. – Sabe como as notícias se espalham numa cidadezinha como esta.

– Infelizmente sei.

– Concordo com o senhor. Ninguém odeia tanto fofoca quanto eu. Mas fazer o quê. Achei que era meu dever contar ao inspetor de polícia que eu tinha ido à casa da sra. Lestrange na tarde do assassinato e ela não estava em casa. Não espero que me agradeçam por cumprir meu dever, apenas cumpro. Nessa vida, temos que nos acostumar com a ingratidão. E dizer que ontem mesmo a sem-vergonha da sra. Baker...

– Sim, sim – atalhei, querendo driblar a costumeira ladainha. – Que tristeza. Mas a senhora dizia...

– A classe baixa não tem noção de quem está ao seu lado – asseverou a srta. Hartnell. – Eu sempre tenho uma palavra de conforto em minhas visitas. Não que alguém lembre de me agradecer.

– A senhora dizia que contou ao inspetor sobre a visita à casa da sra. Lestrange – incitei.

– Exato... A propósito, ele não me agradeceu. Disse que solicitaria informações quando quisesse... Não foram as palavras exatas, mas foi esse o espírito. Não se fazem mais policiais como antigamente.

– É bem provável – disse eu. – Mas ia me contar alguma coisa?

– Decidi que dessa vez não ia nem chegar perto de nenhum inspetor miserável. Afinal de contas, clérigos são cavalheiros... Pelo menos alguns são – acrescentou ela.

Inferi que a qualificação pretendia me incluir.

– Se eu puder ajudá-la de alguma forma – incentivei.

– É uma questão de dever – falou a srta. Hartnell, calando-se de súbito. – Não quero dizer essas coisas. Ninguém abomina tanto isso quanto eu. Mas dever é dever.

Aguardei.

– Deram-me a entender – continuou a srta. Hartnell, vermelha como maçã –, que a sra. Lestrange informou que estava em casa todo o tempo... que não atendeu a porta porque... bem, porque ela não quis. Quanto rei na barriga! Só fiz a visita por cortesia, e ser tratada desse jeito!

– Ela está doente – disse eu tibiamente.

– Doente? Bobagem. O senhor é muito crédulo, sr. Clement. Não há nada de errado com a saúde dela. Muito doente para comparecer ao inquérito, pois sim! Atestado médico do dr. Haydock! Ela faz gato e sapato dele, todo mundo sabe. Onde eu estava mesmo?

Não tinha a mínima ideia. Em se tratando da srta. Hartnell, é complicado saber onde a narrativa termina e a injúria começa.

– Ah, sim, a visita naquela tarde. Bem, é bobagem ela dizer que estava em casa. Não estava. Eu sei.

– Como é que a senhorita sabe?

O rosto da srta. Hartnell ficou mais vermelho ainda. Em uma pessoa menos cruel, sua reação poderia ser confundida com embaraço.

– Bati na porta e toquei a campainha – explicou ela. – Duas vezes. Se não foram três vezes. E então me ocorreu de repente que a campainha pudesse estar estragada.

Ela não foi, percebi com alegria, capaz de me encarar ao dizer isso. O mesmo empreiteiro constrói todas as casas da aldeia, e as campainhas que ele instala são nitidamente audíveis às pessoas que as tocam na porta da frente. A srta. Hartnell e eu sabíamos disso muito bem, mas achei melhor preservar a dignidade.

– Sim? – murmurei.

– Eu não queria deixar meu cartão na caixa postal. Isso seria muita falta de educação. Posso ter lá meus defeitos, mas nunca sou mal-educada.

Enunciou essa espantosa declaração sem um tremor sequer.

– Então pensei em dar a volta na casa e... e bater na vidraça – continuou ela com desenvoltura. – Dei a volta na casa e espiei em todas as janelas, mas não havia ninguém em casa.

Para um bom entendedor, meia palavra basta. Aproveitando que ninguém atendera à porta, a srta. Hartnell soltara as rédeas de sua curiosidade e dera a volta pela casa, examinando o jardim e espiando o interior da casa por todas as janelas para ver o máximo possível. Ela escolhera me contar a história, acreditando que eu seria mais compreensivo e menos rigoroso do que a polícia. Espera-se que os clérigos concedam o benefício da dúvida aos paroquianos.

Não comentei a situação. Limitei-me a fazer uma pergunta.

– Que horas eram isso, srta. Hartnell?

– Até onde me recordo – disse a srta. Hartnell – perto das seis horas. Fui para casa logo depois e entrei por volta das seis e dez, e a sra. Protheroe apareceu por volta das seis e meia, deixando o dr. Stone e o sr. Redding esperando lá fora, e conversamos sobre tulipas. E todo o tempo o pobre coronel lá morto. Mundo triste este.

– Às vezes é um mundo bem desagradável – falei.

Levantei-me.

– E isso é tudo o que a senhorita tem a me dizer?

– Só pensei que poderia ser importante.

– Pode ser – concordei.

E abdicando de ouvir mais, para a decepção da srta. Hartnell, eu me despedi.

A srta. Wetherby, a quem fiz a visita seguinte, recebeu-me toda agitada.

– Querido pastor, quanta bondade a sua. Já tomou chá? Não quer mesmo? E uma almofada para as costas? É muita bondade sua aparecer com tanta rapidez. Sempre disposto a ajudar.

Houve uma boa dose disso antes de entrar no assunto, e mesmo então ele foi abordado com boa dose de circunlóquios.

– Tem que entender que ouvi isso de alguém com o melhor conhecimento de causa.

Em St. Mary Mead, as pessoas com melhor conhecimento de causa eram as empregadas alheias.

– Não pode revelar quem lhe contou?

– Prometi não contar, querido pastor. Acredito que promessas são coisas sagradas.

Assumiu um ar cerimonioso.

– Digamos que um passarinho me contou. Assim é seguro, não é mesmo?

Tive vontade de dizer: “Pura estupidez”. Antes tivesse dito. Seria interessante observar a reação da srta. Wetherby.

– Bem, esse passarinho me contou que viu uma senhora, que vai ficar anônima.

– Outra espécie de pássaro? – indaguei.

Para minha extrema surpresa, a srta. Wetherby caiu na risada e bateu divertidamente em meu braço, dizendo:

– Ah, pastor, não seja maroto!

Quando se recuperou, prosseguiu.

– Essa senhora, onde pensa que estava indo? Dobrou na esquina de sua casa, pastor, mas, antes de fazer isso, espiou para os dois lados de um jeito muito estranho... Para ver se ninguém estava olhando, imagino eu.

– E o passarinho... – indaguei.

– Visitando o peixeiro... na sobreloja.

Sei bem o destino das empregadas nas tardes de folga. E sei de um lugar aonde elas nunca vão se puderem evitar – qualquer lugar a céu aberto.

– E o horário – continuou a srta. Wetherby, inclinando-se à frente cheia de mistério – era pouco depois das seis da tarde.

– Em que dia?

A srta. Wetherby soltou um pequeno grito.

– No dia do assassinato, é claro, eu não disse isso antes?

– Imaginei – respondi eu. – E o nome da senhora?

– Começa com a letra "L" – falou Wetherby, meneando a cabeça sucessivas vezes em afirmação.

Sentindo ter chegado ao fim das informações que a srta. Wetherby tinha a transmitir, levantei-me.

– Não vai deixar a polícia vir aqui me interrogar de novo, não é? – indagou a srta. Wetherby pateticamente, apertando a minha mão no meio das suas. – Tenho pavor de publicidade. E de ficar em pé no tribunal!

– Em casos especiais – comentei –, eles permitem às testemunhas ficarem sentadas.

E fui embora.

Faltava ainda visitar a sra. Price Ridley. Essa senhora me colocou imediatamente em meu devido lugar.

– Não quero me envolver com nenhum caso de polícia nem de justiça – avisou severamente, depois de apertar minha mão com frieza. – Por outro lado, há de entender. Fiquei sabendo de uma circunstância que merece explicação e precisa ser levada ao conhecimento das autoridades.

– Tem a ver com a sra. Lestrange? – indaguei.

– Por que deveria? – interpelou a sra. Price Ridley indiferente.

Dessa vez, ela me deixou em desvantagem.

– É um caso muito simples – continuou ela. – Minha empregada, Clara, estava lá fora no portão. Ela desceu por alguns minutos... *diz* ela que para tomar um pouco de ar puro. Muito improvável, eu diria. Bem mais provável que estivesse tentando se encontrar com o menino da peixaria... Se é que se pode chamar aquilo de menino... Narcisista sem-vergonha, só porque tem dezessete anos pensa que pode namorar todas as moças. De qualquer modo, eu dizia, ela estava no portão e escutou um espirro.

– Sim – falei, esperando o resto.

– Isso é tudo. Estou lhe dizendo que ela escutou um espirro. E não comece a dizer que não sou tão jovem como outrora e posso ter me enganado, porque foi Clara quem escutou, e ela tem apenas dezenove anos.

– Mas – quis saber eu – que mal há em ouvir um espirro?

A sra. Price Ridley lançou-me um olhar de óbvia comiseração pela insuficiência de meu intelecto.

– Um espirro no dia do assassinato, bem na hora em que não havia ninguém em casa. Sem dúvida, o assassino estava escondido nos arbustos esperando sua oportunidade. O senhor deve procurar um homem com resfriado.

– Ou com rinite – sugeri. – Mas, na verdade, sra. Price Ridley, acho que o mistério tem solução bem fácil. De uns dias para cá, a nossa empregada, Mary, está com um forte resfriado. Para ser sincero, nos últimos dias está difícil de aturar os espirros dela. Sua empregada deve ter escutado um espirro de Mary.

– Era espirro de homem – afirmou a sra. Price Ridley. – E de nosso portão seria impossível ouvir sua empregada espirrando lá na sua cozinha.

– De seu portão seria impossível ouvir alguém espirrando no gabinete – ponderei. – Pelo menos eu duvido muito.

– Eu disse que o homem poderia estar escondido no meio dos arbustos – retrucou a sra. Price Ridley. – Sem dúvida, quando Clara entrou, o homem deu um jeito de entrar pela porta da frente.

– Bem, sem dúvida, isso é possível – concordei.

Tentei não imprimir à minha voz um tom intencionalmente reconfortante, mas devo ter fracassado, porque a sra. Price Ridley fitou-me de súbito.

– Estou acostumada a não prestarem atenção no que eu digo, mas também devo mencionar que deixar uma raquete de tênis atirada na grama com desleixo e sem proteção a estraga completamente. E hoje em dia raquetes de tênis não são nada baratas.

Esse ataque de flanco me pareceu sem pé nem cabeça. Desconcertou-me totalmente.

– Mas talvez o senhor discorde – disse a sra. Price Ridley.

– Ah! Eu concordo... com certeza.

– Fico contente. Bem, não tenho mais nada a dizer. Lavo minhas mãos em todo esse caso.

Inclinou-se para trás e fechou os olhos como quem está cansada deste mundo. Agradeci-lhe e me despedi.

No degrau da porta, arrisquei perguntar a Clara sobre a afirmação de sua patroa.

– É a pura verdade, sir, escutei um espirro. E não era um espirro comum... em absoluto.

Nada relativo a um assassinato é comum. O tiro não foi um tipo comum de tiro. O espirro não foi um tipo comum de espirro. Foi, imagino, um espirro especial de assassino. Perguntei à moça o horário do espirro, mas ela foi muito vaga, algo entre seis e quinze e seis e meia, ela pensava. De qualquer forma, "foi antes de a patroa receber a ligação e ficar chateada".

Perguntei se ela havia escutado algum tiro. Ela disse que os tiros haviam sido terríveis. Após isso, depositei pouco crédito em suas afirmações.

Estava entrando no meu portão quando decidi visitar um amigo.

Olhando o relógio de relance, vi que ainda havia um tempinho antes da missa vespertina. Desci a estrada até a casa de Haydock. Ele veio me receber na porta.

Outra vez achei suas feições preocupadas e alteradas, como se aquela história o tivesse envelhecido.

– Prazer em vê-lo – falou ele. – Quais são as novidades?

Contei-lhe o novo desdobramento no caso Stone.

– Ladrão de casaca – comentou. – Bem, isso explica uma série de coisas. Ele deve ter lido sobre seu objeto de estudo, mas de vez em quando dava alguns escorregões. Protheroe deve tê-lo apanhado alguma vez. Lembre-se da discussão que tiveram. E o que acha da moça? É cúmplice?

– As opiniões não são unânimes quanto a isso – falei. – De minha parte, acho que a moça é inocente.

E acrescentei:

– É uma idiota consumada.

– Ah! Não diria isso. É bem arguta, a srta. Gladys Cram. Espécime de saúde notável. Difícil que venha a incomodar meus colegas de profissão.

Contei-lhe minha preocupação com Hawes e minha ansiedade para que ele mudasse de ares e descansasse.

Ficou evasivo quando eu disse isso. A resposta dele não me pareceu muito convincente.

– Sim – disse ele devagar. – Imagino que essa é a melhor alternativa. Pobre sujeito. Pobre sujeito.

– Pensei que você não gostasse dele.

– Não gosto... não muito. Mas tenho pena de muitas pessoas das quais não gosto. – Depois de um tempo, emendou: – Tenho ainda mais pena de Protheroe. Coitado... ninguém gostava muito dele. Muito convencido da própria integridade e muito arrogante. Mistura repelente. Ele sempre foi assim... mesmo quando jovem.

– Não sabia que você o conhecia de outras épocas.

– Ah, sim! Quando morávamos em Westmorland, eu tinha consultório não muito longe. Isso já faz um bom tempo. Quase vinte anos.

Suspirei. Vinte anos atrás Griselda tinha cinco anos de idade. O tempo é uma coisa estranha...

– Tem mais algum assunto a tratar comigo, Clement?

Levantei o olhar com sobressalto. Haydock fitava-me com olhos argutos.

– Tem algo mais, não é mesmo? – disse ele.

Assenti com a cabeça.

Quando entrei, estava em dúvida se devia falar ou não. Mas agora resolvera falar. Nenhum outro homem me desperta tanta admiração quanto Haydock. É um sujeito excelente sob todos os aspectos. O que eu tinha a dizer lhe seria útil.

Contei minhas visitas à srta. Hartnell e à srta. Wetherby.

Ficou um bom tempo calado depois de eu terminar.

– É verdade, Clement – disse enfim. – Tenho feito tudo a meu alcance para proteger a sra. Lestrange de qualquer inconveniência. Para ser sincero, ela é uma amiga de longa data. Mas esse não é meu único motivo. Aquele atestado médico não era de mentira, como todo mundo pensou.

Fez um silêncio e logo completou com seriedade:

– Fica entre nós, Clement. A sra. Lestrange está com os dias contados.

– O quê?

– Ela é uma mulher condenada. Dou a ela no máximo um mês de vida. Por que acha que eu quero evitar que ela seja importunada e interrogada?

Ele continuou:

– Quando ela dobrou a esquina e entrou nessa rua naquela noite, foi aqui que ela veio... para esta casa.

– Você não tinha dito isso antes.

– Não quis dar margem a falatório. Não costumo dar consultas entre seis e sete horas, e todo mundo sabe disso. Mas pode acreditar na minha palavra que ela esteve aqui.

– Mas ela não estava aqui quando viemos buscá-lo. Quero dizer, quando descobrimos o corpo.

– Não – respondeu ele meio perturbado. – Ela disse que tinha um compromisso.

– Em que endereço era o compromisso? Na casa dela?

– Não sei, Clement. Dou minha palavra de honra que não sei.

Acreditei nele, mas...

– E se por acaso um homem inocente for enforcado? – perguntei.

– Não – disse ele. – Ninguém será enforcado pelo assassinato do coronel Protheroe. Pode apostar.

Eu certamente não apostaria. No entanto, a certeza em sua voz era muito grande.

– Ninguém será enforcado – repetiu ele.

– Esse sujeito, Archer...

Ele fez um gesto impaciente.

– Não tem cabeça suficiente para apagar as impressões digitais da pistola.

– Talvez não – falei cético.

Então me lembrei de algo e, enfiando a mão no bolso, entreguei a ele o cristalzinho marrom que eu encontrara no bosque e perguntei o que era.

– Hum... – hesitou ele. – Parece ácido pícrico. Onde encontrou?

– Isso – respondi – é segredo de Sherlock Holmes.

Ele sorriu.

– O que vem a ser ácido pícrico?

– Bem, é um explosivo.

– Sim, sei disso, mas tem outro uso, não é?

Balançou a cabeça afirmativamente.

– É usado em medicina... dissolvido para curar queimaduras. Funciona às mil maravilhas.

Estendi a mão e, com muita relutância, ele me devolveu o cristal.

– Provavelmente não tem importância nenhuma – falei. – Mas encontrei isso num local bem estranho.

– Não vai me dizer onde?

De modo um tanto infantil, eu não disse.

Ele guardou os segredos dele. Bem, agora era a minha vez.

Eu estava um pouco magoado porque ele não havia confiado em mim com mais firmeza.

CAPÍTULO 26

Quando subi ao púlpito àquela noite, eu me sentia estranho.

A igreja estava inesperadamente cheia. Não creio que a perspectiva de ouvir a pregação de Hawes tivesse atraído tanta gente. Os sermões de Hawes são monótonos e dogmáticos. E, mesmo se o povo tivesse ficado sabendo que eu rezaria a missa no lugar dele, essa notícia não teria atraído ninguém. Afinal, meus sermões são eruditos, mas não menos monótonos. Tampouco seria, receio, razoável atribuir à devoção aquele comparecimento maciço.

Todo mundo viera, concluí, para ver quem mais estava lá e, quem sabe, trocar um dedo de prosa no pátio da igreja após a missa.

Haydock estava na igreja, fato inusitado, e também Lawrence Redding. E, para minha surpresa, ao lado de Lawrence enxerguei o rosto branco e fatigado de Hawes. Anne Protheroe dera o ar de sua graça; embora em geral ela viesse à missa vespertina aos domingos, não imaginava vê-la hoje. Mais surpreso ainda fiquei ao ver Lettice. A ida à missa aos domingos de manhã era obrigatória – o coronel Protheroe era irredutível quanto a esse detalhe, porém era a primeira vez que eu via Lettice na missa vespertina.

Gladys Cram estava lá, espalhafatosamente jovem e saudável, em contraste com as solteironas encarquilhadas a seu redor, e eu tive a impressão de que o vulto misterioso que se esgueirara na última hora e ficara lá no fundo da igreja pertencia à sra. Lestrange.

É desnecessário dizer que a sra. Price Ridley, a srta. Hartnell, a srta. Wetherby e Miss Marple estavam presentes com toda a corda. Todos os habitantes da aldeia estavam lá, com raras exceções. Não lembro de outra presença tão esmagadora da comunidade.

Multidões são coisas curiosas. Uma atmosfera magnética impregnava aquela noite, e a primeira pessoa a sentir sua influência fui eu.

De praxe, costumo preparar meus sermões de antemão. Sou cuidadoso e consciencioso com eles, mas ninguém conhece melhor suas deficiências do que eu.

Nessa noite, por necessidade, eu estava pregando *extempore*, e, ao baixar os olhos àquele oceano de rostos virados para cima, uma loucura repentina tomou conta de mim. Deixei de ser um sacerdote de Deus. Tornei-me um ator. À minha frente, a plateia. Eu queria comovê-la – e, mais do que isso, eu me sentia capaz de fazê-lo.

Não me orgulho do que fiz àquela noite. É total a minha descrença no espírito evangelizador exaltado. Contudo, naquela noite incorporei o papel de um evangelista frenético e bombástico.

Enunciei o sermão devagar.

Não vim chamar os justos, mas sim os pecadores ao arrependimento.

Repeti duas vezes a frase e escutei a minha própria voz, ecoante, retumbante, distinta da voz do rotineiro Leonard Clement.

Vi Griselda no banco frontal levantar os olhos com surpresa, e Dennis seguir o exemplo dela.

Prendi a respiração por uns instantes e então falei com violenta emoção.

Naquele instante, a congregação ficou em estado de comoção contida, pronta a ser manipulada. Eu a manipulei. Exortei os pecadores à contrição. Precipitei-me numa espécie de frenesi emocional. Reiteradas vezes estendi a mão denunciadora e repeti a frase:

– Estou falando com *você*...

E a cada ocasião, de pontos diferentes da igreja, elevavam-se suspiros entrecortados e arquejos palpitantes.

Emoção em massa é uma coisa estranha e terrível.

Arrematei com aquelas palavras belas e pungentes – talvez as palavras mais pungentes de toda a Bíblia:

– *Esta noite te pedirão tua alma!*

Foi uma possessão breve e inusitada. Quando voltei para casa, reassumi minha personalidade murcha e indefinida. Encontrei Griselda muito pálida. Ela enroscou o braço no meu.

– Len – disse ela –, hoje à noite você esteve terrível. Eu... eu não gostei. Nunca vi você pregar daquele jeito antes.

– Não creio que verá outra vez – murmurei, afundando extenuado no sofá. O cansaço tomou conta de mim.

– Que bicho mordeu você?

– Uma loucura repentina me dominou.

– Ah! Não foi algo... especial?

– Como assim... especial?

– Fiquei me perguntando... só isso. Você é muito imprevisível, Len. Sempre tenho a sensação de que não o conheço de verdade.

Sentamo-nos para a ceia fria; Mary não estava.

– Tem uma mensagem para você no hall – falou Griselda. – Pode buscar para nós, Dennis?

Dennis, que estivera muito calado, obedeceu.

Apanhei a mensagem e soltei um grunhido. No canto superior esquerdo lia-se: *Em mãos – Urgente.*

– Só pode ser de Miss Marple – falei. – Não falta mais ninguém.

Acertei em cheio na suposição.

"Caro sr. Clement,

Queria tanto conversar com o senhor sobre algumas coisas que me aconteceram. Sinto que todos nós devemos tentar ajudar na elucidação desse triste mistério. Eu vou visitá-lo às nove e meia, se não for incômodo, e bato na porta de vidro do gabinete. Talvez a doce Griselda fizesse a gentileza de vir aqui para animar meu sobrinho. E o sr. Dennis também, se ele quiser vir. Se não enviar resposta, vou esperar a vinda de Dennis e Griselda e apareço aí na hora estipulada.

Atenciosamente,

Jane Marple."

Mostrei a carta a Griselda.

– Ah, é claro que vamos! – exclamou ela alegremente. – Licor caseiro é do que precisamos numa noite de domingo. Esse manjar-branco de Mary chega a dar medo de tão deprimente. Parece saído de uma capela mortuária.

Dennis demonstrou menos empolgação com a perspectiva.

– Para vocês está tudo perfeito – resmungou. – Desfiam papos intelectuais sobre arte e literatura. Sempre me sinto um completo imbecil escutando vocês.

– Isso é didático – falou Griselda com serenidade. – Assim você se coloca no seu devido lugar. De qualquer modo, o sr. Raymond West não é tão incrivelmente esperto como finge ser.

– Pouca gente é – falei.

Fiquei um bom tempo me perguntando o que exatamente Miss Marple queria conversar. De todas as senhoras da paróquia, eu a considerava de longe a mais astuta. Não só via e ouvia quase tudo o que se passava, como também fazia deduções espantosamente simples e adequadas com base nos fatos que chegavam a seu conhecimento.

Se algum dia eu enveredasse numa carreira de trapaças, seria de Miss Marple que eu teria medo.

O que Griselda chamou de "comissão para entreter sobrinhos" partiu pouco depois das nove. Esperei a chegada de Miss Marple, listando a sequência dos fatos relacionados com o assassinato. Eu os organizei o máximo possível em ordem cronológica. Não sou muito pontual, mas gosto de anotar as coisas de maneira metódica.

Às nove e meia em ponto, escutei uma leve batida na vidraça. Ergui-me e fiz Miss Marple entrar.

Trazia um fino xale de Shetland sobre a cabeça e os ombros e estava com a aparência bem velha e frágil. Entrou fazendo comentários alvoroçados.

– Muita gentileza sua aceitar a minha vinda... E quanta bondade da doce Griselda... Raymond a admira tanto... Uma obra-prima de Greuze, ele sempre a chama... Obrigada, não preciso de um banquinho para os pés...

Repousei o xale numa cadeira e ao voltar me sentei na poltrona à frente de minha visitante. Entreolhamo-nos, e ela deu um sorrisinho de súplica.

– Sei que o senhor deve estar intrigado por que afinal esse assunto me interessa tanto. Pode pensar que não é feminino. Não... por favor, deixe-me explicar, com sua licença.

Fez uma pausa breve, e suas bochechas se coloriram de rosa.

– Sabe – começou ela enfim –, para quem mora sozinha, como eu, num lugarejo distante das capitais, é bom ter um hobby. É claro, tem o crochê, o serviço voluntário com as bandeirantes, a assistência social, o desenho...

Mas o meu hobby é (e sempre foi) a natureza humana. Tão variada e fascinante! E numa aldeiazinha, sem nada para entreter a gente, são inúmeras as oportunidades para se tornar, digamos, proficiente nesse ramo de estudo. Começa-se classificando as pessoas, de modo bem definido, como se fossem pássaros ou flores: ordem tal, família tal, gênero x, espécie y. Às vezes, é lógico, cometemos enganos, mas com o tempo esses enganos são cada vez menores. E também vamos fazendo experimentos. Escolhemos um probleminha (por exemplo, o pote de camarões que tanto divertiu a querida Griselda), mistério insignificante, mas absolutamente indecifrável até que alguém o deslinde. E então houve aquele caso da troca das pastilhas para tosse e o caso do guarda-chuva da mulher do açougueiro... Este último, absolutamente sem sentido, a menos que se partisse do pressuposto de que o verdureiro não estava se comportando direito com a mulher do boticário (o que, é claro, veio a se comprovar). É tão fascinante aplicar nosso raciocínio e descobrir que estamos com a razão.

– A senhora em geral está – falei sorrindo.

– Pois é, isso me deixou um pouco convencida – confessou Miss Marple. – Mas sempre me perguntei: quando um mistério de verdade aparecer, será que vou ser capaz de fazer o mesmo? Digo... deslindar o caso? Lógico, deve ser quase a mesma coisa. Afinal de contas, um protótipo de torpedo funciona como um torpedo real.

– Quer dizer que é tudo uma questão de proporção – falei devagar. – Faz sentido, é lógico... mas não sei se na verdade é assim.

– Com certeza, deve ser a mesma coisa – disse Miss Marple. – Os (como chamávamos na escola) fatores envolvidos são os mesmos. Dinheiro, atração mútua entre pessoas de... mmm... sexos opostos... e esquisitice, é claro... Como há pessoas esquisitas, não é mesmo?... De fato, a maioria das pessoas é, quando as conhecemos melhor. Pessoas "normais" às vezes fazem coisas tão espantosas, e pessoas "anormais" às vezes são tão racionais e comuns. O jeito é comparar as pessoas com outras que já conhecemos. O senhor ia ficar surpreso se soubesse como são poucos os tipos de personalidade em geral.

– A senhora me dá medo – falei. – Tenho a impressão de estar sendo examinado ao microscópio.

– Claro, eu não sonharia em dizer nada disso para o coronel Melchett... Um homem tão arbitrário, não é? E o coitado do inspetor Slack... Ele é como a moça da loja de sapatos que nos quer empurrar botas de couro preto brilhante porque ela tem o seu número, sem se importar com o fato de que você quer botas marrons de couro de bezerro.

Excelente descrição de Slack.

– Mas, sr. Clement, estou certa de que o senhor sabe quase tanto sobre o assassinato quanto o inspetor Slack. Talvez se trabalhássemos juntos...

– Engraçado – disse eu –, acho que em nossas fantasias secretas torcemos pela chance de vivenciar as aventuras de Sherlock Holmes.

Então contei a ela os três chamados que recebera naquela tarde. Contei-lhe a descoberta de Anne acerca do quadro com o rosto lanhado. Também falei sobre o comportamento da srta. Cram na delegacia e descrevi a identificação feita por Haydock do cristal que eu pegara.

– Eu que o encontrei – concluí –, por isso torço para que seja importante. Mas talvez não tenha nada a ver com o caso.

– Tenho lido vários romances policiais norte-americanos disponíveis na biblioteca – informou Miss Marple –, torcendo para descobrir uma pista.

– Algum falava em ácido pícrico?

– Não. Mas num conto em que eu li a vítima esfrega na pele unguento de lanolina com ácido pícrico e morre envenenada.

– Mas neste caso ninguém foi envenenado... Então isso está fora de cogitação – falei.

Então peguei meu cronograma e mostrei a ela.

– Tentei recapitular os fatos do caso com a maior clareza possível.

MEU CRONOGRAMA

Quinta-feira, dia 21 do corrente.

12h30 – O coronel Protheroe muda o compromisso das seis para as seis e quinze. Boas chances de ter sido escutado por metade da aldeia.

12h45 – A pistola foi avistada no lugar de costume. (Mas isso é duvidoso, pois a sra. Archer dissera antes que não se lembrava.)

17h30 – (aproximadamente) – O coronel e a sra. Protheroe saem de carro de Old Hall rumo à aldeia.

17h30 – Falsa ligação telefônica para minha casa, feita do chalé norte de Old Hall.

18h15 (ou alguns minutos antes) – O coronel Protheroe chega à minha casa. Mary o faz passar ao gabinete.

18h20 – A sra. Protheroe vem pela alameda e atravessa o jardim até a porta de vidro do gabinete. Ela não enxerga o coronel Protheroe.

18h29 – Ligação do chalé de Lawrence Redding para a casa da sra. Price Ridley (de acordo com a companhia telefônica).

18h30-18h35 – Disparo ouvido (tomando como certo o horário da chamada telefônica). Depoimentos de Lawrence Redding, Anne Protheroe e dr. Stone parecem indicar que o tiro aconteceu antes, mas provavelmente a sra. P.R. esteja certa.

18h45 – Lawrence Redding chega à minha casa e encontra o corpo.
18h48 – Eu me encontro com Lawrence Redding.
18h49 – Eu encontro o cadáver.
18h55 – Haydock examina o cadáver.

Observações: As únicas duas pessoas sem álibi para o período entre 18h30-18h35 são a srta. Cram e a sra. Lestrange. A srta. Cram diz que estava na escavação, mas ninguém confirma. Parece razoável, porém, descartá-la do caso, já que nada parece ligá-la a ele. A sra. Lestrange deixou a casa do dr. Haydock pouco depois das 18h para comparecer a um compromisso. Onde era o compromisso e com quem? Difícil ter sido com o coronel Protheroe, já que ele tinha um encontro marcado comigo. É verdade que a sra. Lestrange estava perto da cena do crime quando o assassinato foi cometido, mas é duvidoso que pudesse ter um motivo para matá-lo. Ela não ganhou nada com a morte dele, e não consigo aceitar a teoria de chantagem idealizada pelo inspetor Slack. A sra. Lestrange não é esse tipo de mulher. Também não parece provável que ela tenha ficado de posse da pistola de Lawrence Redding.

– Muito claro – falou Miss Marple, meneando a cabeça com aprovação. – Muito claro mesmo. Cavalheiros têm facilidade para fazer resumos de alta qualidade.

– Concorda com o que eu escrevi? – indaguei.

– Ah, sim... Registrou tudo com concisão.

Então lhe fiz a pergunta que ansiava fazer desde o começo.

– Miss Marple – comecei –, de quem a senhora suspeita? Uma vez a senhora disse que existiam sete suspeitos.

– É isso mesmo – falou Miss Marple distraída. – Cada um suspeita de alguém diferente. É visível que isso acontece.

Não me perguntou de quem eu suspeitava.

– O xis da questão é – disse ela – que alguém precisa fornecer uma explicação para tudo. Cada detalhe tem que ser esclarecido a contento. Se você tem uma hipótese na qual tudo se encaixa... bem, então, deve ser a hipótese certa. Mas isso não é nada fácil. Não fosse por aquele bilhete...

– O bilhete? – indaguei surpreso.

– Sim, o senhor se lembra, eu lhe contei. Aquele bilhete me preocupou desde o princípio. Tem algo errado nele.

– Com certeza – redargui – isso agora está explicado. Foi escrito às seis e trinta e cinco, e outra mão (a mão do assassino) marcou 18h20 no cabeçalho só para confundir. Isso está claro.

– Mas mesmo assim – falou Miss Marple – está tudo errado.

– Por quê?

– Preste atenção – Miss Marple inclinou-se à frente ansiosa. – A sra. Protheroe passou pelo meu jardim, como lhe contei, caminhou até a porta de vidro, espiou para dentro e não viu o coronel Protheroe.

– Porque ele estava escrevendo na mesa – falei.

– E é isso que não fecha. Isso foi às seis e vinte. Concordamos que ele não ia se sentar para dizer que não esperaria mais até depois das seis e meia... Então, por que ele estava sentado à escrivaninha às seis e vinte?

– Não tinha pensado nisso – admiti devagar.

– Vamos, querido sr. Clement, recapitular. A sra. Protheroe chega à entrada do gabinete e pensa que não tem ninguém... Ela deve ter pensado isso, pois caso contrário não teria descido ao estúdio para se encontrar com o sr. Redding. Não teria sido seguro. O gabinete deveria estar num silêncio absoluto para ela pensar que não tinha ninguém ali. E isso nos deixa três alternativas, não é?

– A senhora quer dizer...

– Primeira alternativa: o coronel Protheroe já estava morto... Não acho essa a mais provável. Para começar, ele estaria ali há apenas cinco minutos, e ela ou eu teríamos escutado o tiro; além disso, permanece sem explicação o fato de ele estar sentado à escrivaninha. Segunda alternativa: ele estava sentado à escrivaninha, escrevendo um bilhete, é claro, mas nesse caso um bilhete de teor completamente distinto. Não poderia estar dizendo que não podia esperar. E a terceira...

– Sim? – indaguei.

– Bem, a terceira, é que a sra. Protheroe estava certa: não havia mesmo ninguém no gabinete.

– Quer dizer que ele entrou, saiu de novo e voltou mais tarde?

– Sim.

– Mas por que teria feito isso?

Miss Marple abriu as palmas das mãos num gesto delicado de perplexidade.

– Isso equivale a abordar o caso de um prisma bem diferente – falei.

– Com frequência é preciso fazer isso... em todas as situações da vida. Não pensa assim?

Não respondi. Meu cérebro repassava com cuidado as três opções sugeridas por Miss Marple.

Com um leve suspiro, a velhinha levantou-se.

– Preciso ir andando. Estou bem contente com a nossa conversa... mas não avançamos muito, não é mesmo?

– Para ser sincero – falei enquanto apanhava o xale para ela –, a coisa toda tem a feição de um desconcertante labirinto.

– Ah! Eu não diria isso. Acho que, em geral, uma teoria se encaixa com quase tudo. Quer dizer, se aceitarmos uma coincidência... E eu acho que uma coincidência é tolerável. Mais de uma seria implausível.

– Pensa isso mesmo? Sobre a hipótese, quero dizer? – indaguei com os olhos cravados nela.

– Reconheço que minha hipótese é falha... Tem uma coisa que eu não consigo entender. Ah! Se ao menos aquele bilhete tivesse um teor diferente...

Suspirou e meneou a cabeça. Caminhou em direção à porta de vidro e, distraída, estendeu a mão, tocando a folhagem de aparência meio murcha que ficava no vaso do suporte alto.

– Sabe, querido sr. Clement, essa planta deve ser regada com mais frequência. Coitadinha, está morrendo de sede. Sua empregada devia regá-la todos os dias. É ela quem se encarrega disso, imagino?

– Tanto – falei – quanto ela se encarrega de qualquer coisa.

– Ainda inexperiente – sugeriu Miss Marple.

– Sim – disse eu. – E Griselda recusa-se a substituí-la. Pensa que só uma empregada indesejável vai permanecer conosco. E até a própria Mary pediu demissão um dia desses.

– Verdade? Sempre achei que ela gostava muito de vocês.

– Eu nunca percebi – comentei. – Mas, na verdade, ela se incomodou com Lettice Protheroe. Mary retornou do inquérito com os nervos à flor da pele e encontrou Lettice aqui e... bem, elas tiveram uma rusga.

– Ah! – disse Miss Marple. Prestes a sair pela porta de vidro, estacou de repente, e uma inusitada sequência de mudanças permeou seu rosto.

– Ah, puxa vida! – murmurou ela consigo mesma. – *Como* tenho sido estúpida. Então foi isso. Durante o tempo todo, perfeitamente possível.

– O que foi que a senhora disse?

Voltou o rosto preocupado em minha direção.

– Não é nada. Uma ideia que acaba de me ocorrer. Tenho que ir para casa e estudar tudo com minúcia. Sabe, acho que tenho sido muito estúpida... de uma estupidez quase inacreditável.

– É difícil acreditar nisso – falei com galhardia.

Acompanhei-a gabinete afora pela relva do jardim.

– Pode me contar qual ideia a senhora teve tão de repente? – indaguei.

– Por enquanto não... Pode ser que eu esteja enganada. Mas acho que não. Bem, chegamos ao portão de meu jardim. Muito obrigada. Por favor, não precisa mais me acompanhar.

– O bilhete continua sendo um empecilho? – perguntei enquanto ela cruzava o portão e o trancava por dentro.

Ela me olhou distraída.

– O bilhete? Ah! É claro que aquele não era o bilhete verdadeiro. Eu nunca pensei que fosse. Boa noite, sr. Clement.

Ela subiu rapidamente o caminho até sua casa. Fiquei ali parado, seguindo-a com os olhos.

Eu não sabia o que pensar.

CAPÍTULO 27

Griselda e Dennis ainda não tinham voltado. Dei-me conta de que teria sido mais natural subir junto até a casa de Miss Marple e os trazido comigo para casa. Estivéramos tão absortos com o mistério que esquecêramos que existiam outras pessoas no mundo além de nós dois.

Permaneci plantado no hall, decidindo se mesmo agora não deveria retornar e me unir a eles. Então a campainha tocou.

Fui atender. Vi que havia uma carta na caixa e, presumindo que essa era a causa do toque, peguei-a.

Ao fazer isso, porém, a campainha tocou outra vez. Enfiei a carta depressa no bolso e abri a porta da frente.

Era o coronel Melchett.

– Olá, Clement. Estou indo para casa de carro. Pensei em entrar um pouco e ver se você me oferecia um drinque.

– Será um prazer – disse. – Vamos até o gabinete.

Ele tirou o casaco de couro e me seguiu até o gabinete. Peguei uísque, soda e duas taças. Melchett ficou em pé defronte à lareira, de pernas afastadas, cofiando o bigode bem-aparado.

– Tenho uma novidade, Clement. Por sinal, de cair o queixo. Mas por enquanto deixemos isso de lado. Como vão as coisas por aqui? Mais alguma velhinha farejando a pista certa?

– O desempenho delas até que não está de todo mau – respondi. – Uma delas, por sinal, acredita ter chegado à solução.

– Nossa amiga, Miss Marple?

– Nossa amiga, Miss Marple.

– Mulheres assim sempre pensam que sabem tudo – sentenciou o coronel Melchett.

Sorveu um gole de uísque com soda de modo apreciativo.

– Talvez seja bobagem minha perguntar – arrisquei. – Mas imagino que alguém deve ter interrogado o garoto da peixaria. Quero dizer, se o assassino saiu pela porta da frente, talvez o garoto o tenha visto.

– Slack o interrogou devidamente – falou Melchett. – Mas o rapazola afirma que não passou por ninguém. Dificilmente passaria. O assassino não fazia lá muita questão de ser avistado. Perto do portão frontal não faltam esconderijos. Ele daria uma espiada para ver se a estrada estava livre. O rapazinho precisava passar aqui, na casa de Haydock e da sra. Price Ridley. Seria fácil despistá-lo.

– Sim – concordei –, imagino que seria.

– Por outro lado – continuou Melchett –, se por acaso o velhaco do Archer fez o serviço, e o jovem Fred Jackson o visse circulando por perto, duvido muito que o entregaria. Archer é primo dele.

– Suspeita de Archer seriamente?

– Bem, sabe como é... O velho Protheroe foi rigoroso com Archer. Havia muito ressentimento entre eles. A indulgência nunca foi o forte de Protheroe.

– Não – disse eu. – Era um homem implacável.

– Por isso é que eu sempre digo – comentou Melchett: – Viva e deixe viver. Claro, lei é lei, mas não custa nada conceder o benefício da dúvida. Isso Protheroe nunca foi capaz de fazer.

– Ele se orgulhava disso – comentei.

Houve um silêncio. Perguntei então:

– Que novidade "de cair o queixo" vem a ser essa?

– Bem, *é* de cair o queixo. Sabe aquela carta inacabada que Protheroe estava escrevendo quando foi morto?

– Sim.

– Um especialista realizou análise grafológica... para confirmar se o horário 18h20 foi escrito com a letra de outra pessoa. É lógico que enviamos amostras da caligrafia de Protheroe. E sabe qual o veredito? *Aquela carta jamais foi escrita por Protheroe.*

– Quer dizer então que foi forjada?

– Sim, é uma falsificação. Acham que o horário foi escrito por ainda outra pessoa... Mas não têm certeza quanto a isso. O cabeçalho está em tinta diferente, mas a letra em si é falsa. Protheroe nunca a escreveu.

– Eles têm certeza disso?

– A certeza que todos os peritos têm. Sabe como são esses peritos! Ah! Mas têm certeza suficiente.

– Incrível – disse eu.

Então lembrei de uma coisa.

– Agora – continuei – me recordo. A sra. Protheroe comentou que a letra não parecia com a do marido dela, e eu não prestei atenção.

– Mesmo?

– Pensei que era um desses comentários inúteis que as mulheres fazem. Se havia uma coisa certa no mundo era que Protheroe tinha escrito aquele bilhete.

Entreolhamo-nos.

– Que estranho – ponderei devagar. – Miss Marple disse hoje à noite que havia algo errado com aquele bilhete.

– Mulher infernal. Nem se ela mesma tivesse cometido o assassinato saberia tanto sobre ele.

Naquele instante, tocou o telefone. Existe uma singular psicologia no toque de um telefone. Agora ele tocava com insistência e com significado um tanto sinistro. Aproximei-me e tirei o telefone do gancho.

– Casa do pastor – atendi. – Quem está falando?

Uma voz esquisita, aguda e histérica soou:

– *Quero confessar* – disse a voz. – *Meu Deus, quero confessar!*

– Alô, alô. Telefonista, a linha caiu. De onde foi feita a ligação?

Uma voz lânguida disse que não sabia. Acrescentou que sentia muito pelo incômodo.

Repousei o fone no gancho e me virei para Melchett.

– Uma vez o senhor disse – observei – que ficaria louco se alguém mais se acusasse da autoria do crime.

– O que tem isso?

– Alguém queria confessar... E a telefonista cortou a ligação.

Melchett tomou o fone com ímpeto.

– Vou falar com eles.

– Isso – incentivei. – Pode ser que os convença a ajudar. Vou deixar isso com o senhor. Estou saindo. Tenho a impressão de que reconheci aquela voz.

CAPÍTULO 28

Rumei apressado à rua principal da aldeia. Eram onze da noite; nesse horário, em pleno domingo, o vilarejo inteiro de St. Mary Mead parece morto. Vi, porém, luz numa janela no segundo piso de um sobrado. Imaginando que Hawes ainda estivesse acordado, parei e toquei a campainha.

Depois do que pareceu um longo tempo, a senhoria de Hawes, a sra. Sadler, removeu penosamente duas trancas, soltou uma corrente, virou a chave, entreabriu a porta e espiou desconfiada pela fresta.

– Minha nossa, é o pastor! – exclamou.

– Boa noite – saudei. – Quero falar com o sr. Hawes. Notei luz na janela, então ele deve estar acordado.

– Pode ser. Não o vi mais desde que levei a janta. A noite dele foi tranquila... Ninguém apareceu, e ele não saiu.

Assenti com a cabeça. Passando por ela, subi a escada de dois em dois degraus. Hawes aluga quarto e sala no segundo piso.

Entrei nesta última. Hawes dormia esticado numa espreguiçadeira. Minha entrada não o despertou. Na mesinha ao lado dele, uma caixa de cápsulas vazia e um copo com água pela metade.

No chão, perto do pé esquerdo de Hawes, jazia uma folha amassada com algo escrito. Apanhei e alisei a folha.

O texto começava assim: *Meu prezado Clement, (...)*

Li até o fim, abafei uma exclamação, dobrei a folha e a enfiei no bolso. Então me curvei sobre Hawes e o examinei com atenção.

Em seguida, apanhando o telefone perto do cotovelo dele, dei o número de minha casa. Melchett tentava rastrear a chamada, porque alegaram número ocupado. Pedi que ela ligasse de novo ao liberar a linha e descansei o fone no gancho.

Coloquei a mão no bolso para ver de novo a carta recém-apanhada. Nisso tirei junto o envelope ainda fechado, o que estava na caixa postal.

Aparência horrendamente conhecida. Caligrafia igual à da carta anônima recebida à tarde.

Rasguei o envelope.

Li uma... duas vezes... incapaz de compreender o conteúdo.

Comecei a ler pela terceira vez quando o telefone tocou. Como alguém que está no meio de um sonho, peguei o aparelho.

– Alô?

– Alô.

– É você, Melchett?

– Sim, onde está você? Rastreei a chamada. O número é...

– Sei o número.

– Ah, bem! É daí que você está falando?

– Sim.

– E a tal confissão?

– Recebi a confissão, sim.

– Quer dizer que descobriu o assassino?

Tive a tentação mais forte de minha vida. Mirei Hawes, a carta amassada e o bilhete anônimo. Mirei a caixa de cápsulas vazia com o nome Cherubim nela. Lembrei-me de uma conversa casual.

Fiz um esforço tremendo.

– Eu... não sei – disse. – É melhor o senhor vir até aqui.

Dei o endereço.

Sentei-me numa cadeira defronte a Hawes para pensar.

Tinha dois minutos para fazer isso.

Em dois minutos, Melchett estaria ali.

Peguei a carta anônima e a li pela terceira vez.

Então cerrei meus olhos e pensei...

CAPÍTULO 29

Não tenho ideia de quanto tempo fiquei lá sentado – na realidade, apenas poucos minutos, imagino. No entanto, pareceu transcorrer uma eternidade até que escutei a porta se abrir. Virei a cabeça e levantei o olhar. Melchett entrou na sala.

Ele fitou Hawes adormecido na poltrona longa, então se dirigiu a mim.

– O que é isso, Clement? O que significa tudo isso?

Das duas cartas que eu tinha em mãos, escolhi uma e entreguei a ele. Com voz grave, leu de modo audível:

> *"Meu prezado Clement,*
> *Tenho uma coisa nada agradável para lhe contar. No fim das contas, acho que prefiro escrever. Podemos discutir o assunto em outra ocasião. Tem a ver com os recentes desvios de dinheiro. Sinto muito dizer isso, mas estou convencido, sem qualquer possibilidade de dúvida, quanto à identidade do culpado. Por mais dor que eu sinta em acusar um padre ordenado da igreja, meu dever é não menos dolorosamente claro. Um exemplo deve ser dado e..."*

Ele me fitou com olhos interrogativos. Naquele ponto, a escrita transformava-se num rabisco ilegível. A morte pegara de surpresa a mão do autor.

Melchett respirou fundo e então olhou para Hawes.

– Então é esta a solução! O único homem nunca considerado. E o remorso levou-o a confessar!

– Ultimamente ele andava bastante esquisito – testemunhei.

De repente, Melchett deu passos largos em direção ao homem adormecido e soltou uma exclamação vigorosa. Segurou-o pelos ombros e o sacudiu, primeiro com calma e depois com violência crescente.

– Ele não está dormindo! Está sedado! O que significa isso?

Seu olhar descansou na caixa de cápsulas vazia. Ele a apanhou.

– Será que ele...

– Acho que sim – afirmei. – Ele me mostrou essas cápsulas há poucos dias e me disse que tinha sido alertado quanto à possibilidade de overdose. É a escapatória dele, coitado. Talvez seja melhor assim. Não cabe a nós julgá-lo.

Mas Melchett era, antes de tudo, o comissário do condado. Os argumentos que a mim pareciam pertinentes não tinham importância para ele. Pegara um assassino e queria vê-lo enforcado.

Num átimo estava ao telefone, balançando o aparelho com impaciência até completar a ligação. Pediu o número de Haydock. Nova pausa. Ficou em pé, o fone grudado no ouvido e o olhar cravado no vulto amolecido na poltrona.

– Alô... alô... alô... é da casa do dr. Haydock? O doutor pode vir agora até a High Street? No apartamento do sr. Hawes. É urgente... Como é?... Bem, qual o número então?... Sinto muito.

Desligou, soltando fogo pelas ventas.

– Número errado, número errado... Sempre número errado! E a vida de um homem em jogo. ALÔ! Você me deu o número errado... Sim... não perca tempo... consiga uma ligação com 39... *nove*, não cinco.

Outro momento de impaciência – dessa vez mais curto.

– Alô... é você, Haydock? Aqui é Melchett. Pode vir até o número 19 da High Street imediatamente, por favor? Hawes tomou uma overdose. Rápido, homem! É uma questão de vida ou morte.

Desligou e ficou caminhando de um lado para o outro na sala.

– Por que diabos não chamou o médico logo, Clement? Não consigo entender. Onde você estava com a cabeça?

Felizmente nunca ocorre a Melchett que alguém possa pensar de um modo diferente do seu sobre como agir. Fiquei calado, e ele prosseguiu:

– Onde encontrou essa carta?

– Amassada no chão... escorregou da mão dele.

– É mesmo fora de série... Aquela velhinha estava certa: tínhamos encontrado o bilhete errado! Fico me perguntando como será que ela pescou essa. Mas que burrice o sujeito não ter destruído este bilhete. Imagine só... Guardar a prova mais perigosa!

– A natureza humana é repleta de inconsistências.

– Se não fosse, jamais pegaríamos um assassino! Mais cedo ou mais tarde, eles cometem um deslize. Está muito abatido, Clement. Deve ter sido um choque horrível para você, suponho?

– Sim. Como eu disse, de uns tempos para cá Hawes tem agido de modo estranho, mas nunca sonhei...

– Quem teria sonhado? Escute, parece o barulho de um carro. – Atravessou a sala e ergueu o vidro da janela, inclinando-se para fora. – Sim, é Haydock mesmo.

Pouco depois o médico entrou na sala.

Em palavras sucintas, Melchett explicou a situação.

Haydock não costuma demonstrar sentimentos. Apenas ergueu as sobrancelhas, anuiu com a cabeça e caminhou decidido até o paciente. Sentiu o pulso, levantou uma das pálpebras e examinou o olho com atenção.

Então se virou para Melchett.

– Quer salvá-lo para o patíbulo? – indagou. – Está mais para lá do que para cá. De qualquer forma, será difícil. Duvido que eu consiga reanimá-lo.

– Faça tudo o que estiver ao seu alcance.

– Certo.

Abriu o estojo que trouxera. Preparou uma injeção e aplicou-a no braço de Hawes. Então se levantou.

– A melhor coisa a fazer é transferi-lo para Much Benham... lá ao menos há um hospital. Ajudem-me a levá-lo até o carro.

Nós dois prestamos auxílio. Quando Haydock tomou o volante, disparou um comentário de despedida sobre o ombro.

– Sabe, Melchett, duvido que consiga enforcá-lo.

– Quer dizer que ele não vai se recuperar?

– Talvez sim, talvez não. Nao foi isso o que eu quis dizer. Quis dizer que, mesmo se ele se recuperar... Bem, o infeliz não era responsável pelos seus atos. Vou depor afirmando isso.

– O que ele quis dizer com isso? – indagou Melchett enquanto subíamos as escadas outra vez.

Expliquei que Hawes havia sido vítima de encefalite letárgica.

– Doença do sono, não é? Hoje em dia, todo mundo sempre tem desculpa para tudo. Nao concorda?

– A ciência está nos ensinando um bocado.

– Pro inferno com a ciência... Perdão, Clement, mas toda essa pieguice me causa profundo desgosto. Sou um homem racional. Melhor revistarmos a sala.

Nesse instante, porém, houve uma interrupção – e uma das mais assombrosas. A porta se abriu, e Miss Marple entrou na sala.

Enrubescida e meio atrapalhada, percebeu a nossa perplexidade.

– Sinto muito pela intromissão... muito mesmo... Boa noite, coronel Melchett. Como eu disse, sinto muito, mas fiquei sabendo que o sr. Hawes estava doente, então achei melhor passar aqui e ver se eu podia ajudar em alguma coisa.

Fez uma pausa. O coronel Melchett a encarava com certa repugnância.

– Muita gentileza sua, Miss Marple – falou secamente. – Mas não precisa se incomodar. Como ficou sabendo, a propósito?

Era a pergunta que eu estava ansioso para fazer!

– O telefone – esclareceu Miss Marple. – Esse pessoal da telefônica é tão atrapalhado... Vive fazendo confusão e trocando os números, não é mesmo? O senhor falou comigo primeiro, pensando que eu era o dr. Haydock. Meu número é trinta e cinco.

– Então foi isso! – exclamei.

Sempre há uma explicação perfeitamente boa e razoável para a onisciência de Miss Marple.

– Então – prosseguiu ela –, resolvi passar para ver se eu podia ser útil em alguma coisa.

– Muita gentileza sua – repetiu Melchett, dessa vez ainda mais secamente. – Mas não é possível fazer nada. Haydock levou-o para o hospital.

– Para o hospital mesmo? Ah, que alívio! Fico muito contente em ouvir isso. Lá ele vai ficar seguro. Quando disse "não é possível fazer nada", não quis dizer que ele não vai se recuperar?

– É muito duvidoso – alertei.

O olhar de Miss Marple repousou na caixa de cápsulas.

– Tomou uma overdose, imagino? – indagou ela.

Melchett, penso, preferiria ser discreto. Talvez eu também preferisse sob outras circunstâncias. Mas meu debate sobre o caso com Miss Marple estava muito fresco na memória para que eu tivesse o mesmo ponto de vista, embora eu deva admitir que seu rápido aparecimento no local e sua curiosidade ansiosa também me causaram certa repulsa.

– É melhor dar uma olhada nisso – falei, entregando a ela a carta inacabada de Protheroe.

Ela apanhou a carta e a leu sem quaisquer demonstrações de surpresa.

– Já havia deduzido algo nessa linha, não? – perguntei.

– Sim... sim, é verdade. Posso lhe perguntar, sr. Clement, por que veio até aqui hoje à noite? Esse é um detalhe que me confunde. O senhor e o coronel Melchett... Não é bem o que eu esperava.

Expliquei a ligação telefônica e que eu pensei ter reconhecido a voz de Hawes. Miss Marple assentiu pensativa.

– Muito interessante. Muito providencial... Se me permitem usar o termo. Sim, trouxe-o aqui na hora H.

– Na hora H para quê? – disse eu acidamente.

Miss Marple pareceu surpresa.

– Para salvar a vida do sr. Hawes, é claro.

– Não acha – disse eu – que seria melhor se Hawes não se recuperasse? Melhor para ele... Melhor para todo mundo. Sabemos a verdade agora e...

Eu parei – Miss Marple sacudia a cabeça com tanta veemência que me fez perder o fio da meada.

– Claro – disse ela. – Claro! É isso que ele quer que os senhores pensem! Que sabem a verdade... e que assim é melhor para todo mundo. Sim, tudo se encaixa... a carta, a overdose, a perturbação mental do sr. Hawes e sua confissão. Tudo se encaixa... *mas está errado...*

Nós a encaramos.

– Por isso estou tão contente que o sr. Hawes esteja são e salvo... no hospital... onde ninguém pode ter acesso a ele. Se ele se recuperar, vai lhe contar a verdade.

– A verdade?

– Sim... que ele jamais encostou num fio de cabelo do coronel Protheroe.

– Mas o telefonema? – perguntei. – A carta... a overdose? É tudo tão claro.

– É isso que ele quer que os senhores pensem. Ah, ele é muito esperto! Guardar a carta e usá-la dessa maneira foi muita esperteza mesmo.

– A quem a senhora se refere – perguntei – por "ele"?

– Ao assassino – falou Miss Marple.

Acrescentou com serenidade:

– O sr. Lawrence Redding...

CAPÍTULO 30

Nós a fitamos. Penso inclusive que por alguns instantes acreditamos piamente que ela estava fora de si. A acusação era um completo absurdo.

O coronel Melchett foi o primeiro a tomar a palavra. Falou em tom suave e complacente.

– Isso é ridículo, Miss Marple – vaticinou. – Redding já foi amplamente inocentado.

– Claro – falou Miss Marple. – Fez tudo para isso.

– Muito pelo contrário – rebateu mordaz o coronel Melchett. – Esforçou-se ao máximo para ser acusado do assassinato.

– Sim – concordou Miss Marple. – Fez todo mundo pensar isso... inclusive eu, diga-se de passagem. Vai se lembrar, querido sr. Clement, de como fiquei surpresa ao saber que o sr. Redding havia confessado o crime. Confundiu todo o meu raciocínio e me levou a crer em sua inocência... Mas até então eu estava convencida de que ele era culpado.

– Então era de Lawrence Redding que a senhora suspeitava?

– Sei que nos livros o assassino sempre é a pessoa mais improvável. Mas nunca vi essa regra aplicar-se à vida real. O mais comum é o óbvio ser verdadeiro. Mesmo que eu sempre tenha gostado da sra. Protheroe, era evidente que ela estava totalmente enfeitiçada pelo sr. Redding e faria qualquer coisa que ele a mandasse fazer. E, claro, ele é o tipo do jovem que nem sequer sonharia em fugir com uma mulher que não fosse rica. Sob esse prisma, era necessário eliminar o coronel Protheroe... Então ele o eliminou. Um daqueles jovens encantadores *sem um pingo* de senso moral.

O coronel Melchett estivera bufando impaciente por algum tempo. Então explodiu.

– Disparate absoluto!... Essa ideia toda! As atividades de Redding estão registradas minuciosamente até dez para as sete, e Haydock garante sem sombra de dúvida que Protheroe não pode ter sido morto nesse horário. A senhora deve achar que sabe mais do que o médico. Ou insinua que Haydock esteja mentindo de forma deliberada, sabe-se lá por quê?

– Creio que o depoimento do dr. Haydock foi verídico do começo ao fim. É uma pessoa muito íntegra. Além disso, quem apertou o gatilho foi a sra. Protheroe, não o sr. Redding.

Novamente a encaramos. Miss Marple ajeitou o lenço de pescoço, empurrou para trás o xale felpudo que cobria os ombros e começou um colóquio ameno, típico de uma solteirona, emitindo as declarações mais inusitadas com a maior naturalidade do mundo.

– Até agora estava em dúvida se devia ou não falar. A nossa convicção (mesmo tão intensa que se assemelha ao saber) não tem o valor de uma prova. E, a menos que a explicação se encaixe com todas as circunstâncias (como eu dizia ao querido sr. Clement hoje à noite), não podemos apresentá-la com qualquer certeza real. E a minha própria explicação não estava completa... Faltava só um detalhe... mas, de repente, bem na hora em que eu estava saindo do gabinete do sr. Clement, notei a folhagem no vaso ao lado da porta de vidro... e... bem, lá estava a chave do mistério! Claro como água!

– Louca... louca varrida – sussurrou Melchett para mim.

Mas Miss Marple mirou-nos com serenidade e prosseguiu em sua fala meiga e educada.

– Fiquei triste ao pensar aquilo... muito triste. Porque eu gostava dos dois. Mas sabem como é a natureza humana. Para começar, quando primeiro ele e depois ela confessaram o crime do modo mais precipitado... Bem, não consigo expressar o alívio que me deu. Eu havia me enganado. E comecei a pensar em outras pessoas com motivo possível para desejar o coronel Protheroe fora do caminho.

– Os sete suspeitos! – murmurei.

Ela sorriu para mim.

– Sim, é verdade. Temos aquele sujeito, o Archer... Improvável, mas de um bêbado (inebriado) a gente pode esperar tudo. E, é claro, temos a sua Mary. Ela namora Archer há um bom tempo e tem um temperamento estranho. Motivo *e* oportunidade... Afinal, estava sozinha em casa! A velha sra. Archer podia com facilidade ter apanhado a pistola da casa do sr. Redding para qualquer um dos dois. E então, é claro, temos Lettice... sequiosa de liberdade e dinheiro para fazer o que bem entende. Sei de inúmeros casos de moças lindas e etéreas sem um pingo de escrúpulos... Embora, é claro, os homens não queiram acreditar nisso.

Estremeci.

– E então temos a raquete de tênis – retomou Miss Marple.

– A raquete de tênis?

– Sim, a que Clara, a empregada da sra. Price Ridley, viu caída na grama perto do portão da casa do pastor. Isso dá a impressão de que o sr. Dennis chegou mais cedo do jogo de tênis do que ele disse. Garotos de dezesseis anos... Sempre tão impressionáveis e exagerados! Seja lá qual fosse a razão... por Lettice ou pelo pastor, é uma possibilidade. E então, é claro, temos o coitado do sr. Hawes e o pastor (não os dois juntos, é claro, mas de modo mutuamente excludente, como dizem os advogados).

– Eu?! – exclamei com espanto vívido.

– Bem, sim. O senhor me desculpe... Na verdade, nunca pensei mesmo... Mas havia o problema do desvio do dinheiro das coletas. O culpado devia ser o senhor ou o sr. Hawes, e a sra. Price Ridley anda insinuando por toda a aldeia que foi o senhor quem cometeu o deslize, principalmente porque se recusou com veemência a fazer quaisquer investigações. Logicamente, eu mesma sempre tive certeza de que era o sr. Hawes... Ele me lembra tanto daquele infeliz organista de quem já falei; por outro lado, ninguém pode ter certeza *absoluta*...

– Sendo a natureza humana como ela é – completei sombrio.

– Exato. E então, é claro, temos a adorável Griselda.

– Mas a sra. Clement está acima de qualquer suspeita – atalhou Melchett. – Ela chegou no trem das dez para as sete.

– Isso é o que ela *diz* – retrucou Miss Marple. – Nunca se deve acreditar no que as pessoas dizem. O trem das dez para as sete chegou meia hora atrasado aquela noite. Porém, às sete e quinze, eu mesma a enxerguei indo rumo a Old Hall. Daí se conclui que ela retornou no trem anterior. Na verdade, ela foi vista; talvez o senhor saiba disso?

Mirou-me com olhos indagadores.

Certo magnetismo em seu olhar me impeliu a lhe entregar a última carta anônima, aquela que eu havia aberto há pouco tempo. Dizia em detalhes que Griselda fora avistada saindo pela porta dos fundos do chalé de Lawrence Redding, às seis e vinte do dia fatídico.

Não disse nada na ocasião nem depois sobre a suspeita horrível que por um instante acometera a minha mente. Eu a visualizara como um pesadelo... Um romance secreto entre Lawrence e Griselda, a história caindo nos ouvidos de Protheroe, sua decisão de me deixar a par dos fatos... E Griselda, desesperada, roubando a pistola e calando Protheroe. Como eu digo... Nada mais que um pesadelo... mas revestido durante lentos minutos com roupagem de realidade.

Eu não sabia se Miss Marple tinha alguma noção disso. Era quase certo que sim. Era difícil esconder as coisas dela.

Devolveu-me a mensagem com um leve aceno de cabeça.

– Essa informação circulou por toda a aldeia – comentou ela. – E parece mesmo suspeito, não é? Ainda mais com a sra. Archer jurando no inquérito que a pistola ainda estava no chalé quando ela saiu ao meio-dia.

Fez uma pausa e então prosseguiu.

– Mas estou me afastando terrivelmente do assunto. O que eu quero (e acho que é meu dever fazê-lo) é apresentar minha explicação do mistério aos senhores. Se não acreditarem... bem, pelo menos fiz o que pude. Mas reconheço que a minha ânsia de ter certeza absoluta pode ter custado a vida do infeliz do sr. Hawes.

Outra vez se calou. Recomeçou com timbre distinto na voz: menos embaraçado e mais seguro.

– Esta é a minha explicação dos acontecimentos. Quinta-feira à tarde, o assassinato já estava planejado tintim por tintim. Lawrence Redding primeiro visitou a casa do pastor, sabendo que ele não estava em casa. Trazia a pistola que escondeu no vaso de suporte alto, que fica ao lado da porta de vidro. Quando o pastor entrou, Lawrence explicou a visita declarando que havia tomado a decisão de ir embora. Às cinco e meia, Lawrence Redding telefonou do chalé norte de Old Hall para a casa do pastor, imitando uma voz feminina (não esqueçam que ele era ótimo ator amador).

"A sra. Protheroe e o marido dela recém haviam partido em direção à aldeia. Detalhe curioso (embora ninguém tenha se dado conta disso): a sra. Protheroe não leva a bolsa! É mesmo uma ação feminina *muito* inusitada. Pouco antes das seis e vinte, ela passa em frente ao meu jardim, para e conversa comigo, de modo a me permitir toda e qualquer oportunidade de observar que não carrega arma nenhuma e também que seu comportamento é normal. Os dois notaram que sou uma pessoa observadora. Ela some de vista e dá a volta na casa em direção à porta de vidro do gabinete. O infeliz coronel está sentado à escrivaninha, redigindo a carta ao senhor. Ele é surdo, como todos sabemos. Ela escorrega a mão no vaso, apanha a pistola esperando por ela, aproxima-se por trás dele, dá um tiro na sua cabeça à queima-roupa, deixa cair a pistola no chão e sai do gabinete como um raio, descendo o jardim rumo ao estúdio. Ninguém ia acreditar que teria dado tempo!"

– Mas e o tiro? – objetou o coronel. – A senhora escutou o tiro?

– Existe, se não estou enganada, uma invenção chamada silenciador Maxim. Pelo menos aprendi isso nos romances policiais. Fico me perguntando, talvez... O espirro que a criada Clara escutou não terá sido o tiro real? Mas não importa. O sr. Redding vai ao estúdio para se encontrar com a sra. Protheroe. Entram juntos... E, sabendo da minha natureza humana, os dois apostaram que eu não ia abandonar o jardim até que eles saíssem!

Nunca gostei tanto de Miss Marple quanto nesse instante, mostrando percepção bem-humorada das próprias fraquezas.

– Ao saírem, o comportamento deles é alegre e natural. E nisso, na verdade, cometeram um erro. Se tivessem mesmo se despedido para sempre, como fingiam ter feito, sua atitude seria bem outra. Mas esse era o ponto fraco deles. Nem *ousaram* demonstrar perturbação. Nos próximos dez minutos, têm o cuidado de fornecer a si próprios o que se chama de álibi, se não me engano. Por fim, o sr. Redding vai à casa do pastor e fica lá o máximo de tempo possível. É provável que ele tenha avistado o pastor se aproximando pelo caminho a certa distância e conseguido calcular o tempo com precisão. Pega a pistola e o silenciador, deixa a carta forjada com o horário marcado em tinta diferente e, à primeira vista, em caligrafia diferente. Quando a falsificação fosse descoberta, ia parecer uma tentativa grosseira de incriminar Anne Protheroe.

"Contudo, ao deixar a carta falsa, encontra a verdadeira, escrita mesmo pelo coronel Protheroe... algo bastante inesperado. Dono de inteligência aguçada e percebendo que essa carta poderia vir a calhar, ele a leva junto. Modifica os ponteiros do relógio para o mesmo horário da carta... Ele sabe que o relógio é mantido quinze minutos adiantado. A mesma ideia: tentativa de lançar suspeitas sobre a sra. Protheroe. Então ele sai e se encontra com o pastor no portão, incorporando o papel de alguém à beira da loucura. Como estou dizendo, inteligência não lhe falta. Como agiria um criminoso pouco depois de cometer um assassinato? Com naturalidade, é claro. Justamente o que o sr. Redding não faz. Ele se livra do silenciador, mas entra na delegacia com a pistola e faz uma autoacusação para lá de ridícula, na qual todos embarcam."

Havia algo fascinante no apanhado de Miss Marple sobre o caso. Ela falava com tanta segurança que nós dois sentimos que só desse modo, e de nenhum outro, o crime poderia ter sido cometido.

– Mas e o tiro escutado no bosque? – questionei. – Era essa a coincidência que a senhora mencionou hoje à noite?

– Ah, não mesmo! – Miss Marple meneou a cabeça com força. – *Aquilo* não foi coincidência... longe disso. Era mais do que necessário que um tiro fosse ouvido... Caso contrário, as suspeitas continuariam recaindo sobre a sra. Protheroe. De que modo o sr. Redding providenciou isso, não tenho bem certeza. Mas sei que o ácido pícrico explode se a gente deixa cair um peso em cima, e vai se lembrar, querido pastor, que o senhor encontrou o sr. Redding carregando uma enorme pedra bem no trecho do bosque onde o senhor depois achou aquele cristal. Os homens são hábeis para inventar engenhocas... Uma pedra suspensa acima dos cristais, um detonador... ou seria um estopim? Algo que demorasse uns vinte minutos para queimar... de modo que a explosão acontecesse por volta das seis e meia, quando ele e a sra. Protheroe já tivessem saído do estúdio e estivessem à vista de todos. Um dispositivo bem seguro. Afinal, o que sobraria para ser encontrado depois? Só uma enorme pedra! Mas até mesmo isso ele tentou remover... quando o senhor se encontrou com ele.

– Tem razão – exclamei, lembrando o sobressalto que Lawrence tivera ao topar comigo naquele dia no bosque. Na hora pareceu normal, mas agora...

Miss Marple pareceu ler meus pensamentos, pois balançou a cabeça com argúcia.

– Sim – continuou ela –, ele deve ter tomado um susto incrível ao se deparar com o senhor justamente naquela hora. Mas se saiu muito bem... fingiu que ia trazer a pedra para os meus jardins. Só que... – Miss Marple de repente tornou-se mais enfática –... não era o tipo de pedra adequada a um jardim de pedra! E aquilo me colocou de novo na pista certa!

Durante todo esse tempo, o coronel Melchett permanecera sentado como se estivesse em transe. Agora mostrou sinais de animação. Bufou uma ou duas vezes, assoou o nariz meio atrapalhado e disse:

– Minha nossa!

Não se comprometeu mais do que isso. Acho que ele, assim como eu, estava impressionado com as conclusões lógicas de Miss Marple. Mas por enquanto não estava disposto a admitir.

Em vez disso, estendeu a mão, apanhou a carta amassada e vociferou:

– Muito bem. Mas como explica a situação desse sujeito Hawes?! Afinal, ele ligou e confessou.

– Sim, isso foi tão providencial. O sermão do pastor, com certeza. Sabe, querido sr. Clement, foi mesmo um belo sermão. Deve ter afetado o sr. Hawes profundamente. Não pôde aguentar mais e teve que confessar... o desvio das verbas da igreja.

– O quê?

– Sim... E isso, valha-me Deus, foi o que salvou a vida dele. (Pois desejo e confio que ele *vai* se salvar. O dr. Haydock é tão competente.) Na minha modesta opinião, o sr. Redding guardou essa carta (coisa bem arriscada, mas deve ter escondido em local seguro) e esperou para ver a quem se referia. Sem demora, teve certeza de que era ao sr. Hawes. Pelo que sei, ele esteve aqui e passou um bom tempo com o sr. Hawes. Suspeito então que aproveitou para substituir a cápsula do sr. Hawes por outra que trouxe consigo e para escorregar a carta no bolso do roupão. O coitado engoliria a cápsula fatal na maior inocência... Após sua morte, os seus pertences seriam revistados; e a carta, encontrada. Todo mundo chegaria à conclusão de que ele havia matado o coronel Protheroe e se suicidado de remorso. Acho mesmo que o sr. Hawes deve ter encontrado a carta hoje à noite pouco depois de tomar a cápsula fatal. Na sua perturbação, aquilo deve ter parecido quase sobrenatural e, com o sermão do pastor martelando na cabeça, sentiu-se impelido a confessar tudo.

– Por favor! – exclamou o coronel Melchett. – Palavra de honra, que coisa mais incrível! Eu... eu... não acredito numa só vírgula!

Jamais fizera uma afirmação tão pouco convincente. Deve ter soado assim para os seus próprios ouvidos, pois continuou:

– E consegue explicar a outra ligação telefônica... a ligação que partiu do chalé do sr. Redding para a casa da sra. Price Ridley?

– Ah! – exclamou Miss Marple. – Essa é a coincidência de que falei. A adorável Griselda fez essa ligação... Ela com a ajuda do sr. Dennis, imagino. Os dois escutaram os boatos que a sra. Price Ridley estava espalhando sobre o pastor e pensaram nesse modo (talvez um tanto infantil) de silenciá-la. A coincidência reside no fato de que o telefonema deve ter sido feito exatamente na mesma hora em que se escutou o tiro falso no bosque. Levou as pessoas a pensarem numa ligação entre as duas coisas.

De repente me lembrei de como todo mundo descrevera o tiro como "diferente" dos tiros comuns. Eles estavam certos. No entanto, era difícil explicar em que consistia a "diferença" do tiro.

O coronel Melchett pigarreou.

– A sua solução é bastante plausível, Miss Marple – afirmou. – Mas me permita ressaltar que não existe uma prova sequer.

– Sei – reconheceu Miss Marple. – Mas acreditam que é verdade, não acreditam?

Houve uma pausa. Em seguida, o coronel afirmou em tom relutante:

– Sim, acredito. Diabos, só pode ter sido assim que tudo aconteceu. Mas não temos prova nenhuma... nem um átomo sequer.

Miss Marple tossiu.

– Por isso pensei que, nessas circunstâncias...

– Sim?

– Uma pequena cilada pode ser tolerável.

CAPÍTULO 31

O coronel Melchett e eu a fitamos.

– Uma cilada? Como assim?

Apesar de sua timidez, era evidente que Miss Marple havia planejado algo em detalhes.

– Vamos supor que o sr. Redding recebesse um telefonema de alerta.

O coronel Melchett sorriu.

– "A polícia descobriu tudo. Fuja!" Essa tática é batida, Miss Marple. Não que de vez em quando não dê resultado! Mas acho que o jovem Redding é um peixe muito liso para ser apanhado desse jeito.

– Teria que ser algo específico, sei disso muito bem – falou Miss Marple. – Sugiro (isto é apenas uma sugestão) que o alerta venha de alguém conhecido por defender pontos de vista característicos sobre esses assuntos. Por suas declarações, todo mundo pensa que o dr. Haydock encara assassinatos sob um prisma incomum. Se ele insinuasse que alguém... a sra. Sadler... ou um dos filhos dela... tivesse visto a troca das cápsulas... Claro, se o sr. Redding for inocente, essa afirmação não vai lhe afetar em nada, mas se não for...

– Ele bem que pode fazer alguma tolice.

– E acabar se entregando em nossas mãos. É possível. Muito engenhosa, Miss Marple. Mas será que Haydock vai se dispor a isso? Como a senhora diz, os pontos de vista dele...

Miss Marple cortou-o com animação.

– Ah, mas isso é teoria! Na prática, a situação é outra, não é? De qualquer modo, ele está chegando, então podemos perguntar a ele.

Haydock ficou, penso eu, muito surpreso ao encontrar Miss Marple conosco. Estava cansado e abatido.

– Foi por pouco – contou ele. – Por um triz. Mas vai escapar dessa. É dever médico salvar o paciente, e eu o salvei, mas não ia ficar triste se não tivesse sido bem-sucedido.

– Talvez pense diferente – falou Melchett – depois de escutar o que temos a lhe contar.

De modo breve e conciso, apresentou a teoria de Miss Marple ao doutor, concluindo com a sugestão final.

Então pudemos corroborar exatamente o que Miss Marple disse sobre a diferença entre teoria e prática.

Os pontos de vista de Haydock sofreram uma completa metamorfose. Ele teria, creio eu, apreciado ver a cabeça de Redding numa bandeja. Não havia sido, imagino, o assassinato do coronel Protheroe que incitara tanto o seu rancor. Havia sido o ataque contra o azarado Hawes.

– Patife ordinário – disse Haydock. – Canalha ordinário! Fazer isso com o coitado do Hawes. Ele tem mãe e irmã. O estigma de ser parente de um assassino as acompanharia por toda a vida. Pensem na angústia mental delas. É a coisa mais vil e pusilânime que já vi!

Se alguém quiser presenciar uma ira primitiva e absoluta, é só provocar um radical humanitário.

– Se isso for verdade – vociferou ele –, podem contar comigo. Esse sujeito não merece viver. Um rapaz indefeso como Hawes!

Qualquer cachorro manco pode sempre contar com a simpatia de Haydock.

Ansioso, ele combinava os detalhes com Melchett quando Miss Marple se levantou. Insisti em acompanhá-la até sua casa.

– Bondade sua, sr. Clement – falou Miss Marple enquanto caminhávamos na rua deserta. – Minha nossa, já passa da meia-noite. Tomara que Raymond tenha ido dormir e não esteja me esperando acordado.

– Ele devia ter acompanhado a senhora – ponderei.

– Não avisei a ele que estava saindo – explicou Miss Marple.

Sorri de repente ao lembrar a sutil análise psicológica do crime feita por Raymond West.

– Se a sua teoria estiver certa (do que eu não duvido nem por um minuto) – disse eu –, a senhora vai abrir um bom saldo de pontos sobre seu sobrinho.

Miss Marple sorriu também – um sorriso tolerante.

– Lembro de um ditado de minha tia-avó Fanny. Eu tinha dezesseis anos na época e o considerava uma bobagem.

– Sim? – incitei.

– Ela sempre dizia: "Os jovens pensam que os velhos são bobos; os velhos *sabem* que os jovens o são!".

CAPÍTULO 32

Resta pouco a contar. O plano de Miss Marple deu certo. Lawrence Redding não era inocente, e a insinuação de que uma testemunha vira a troca da cápsula realmente o induziu a "fazer uma tolice". Tal é a força de uma consciência pesada.

Ele se viu, é claro, numa situação delicada. Seu primeiro impulso, imagino eu, deve ter sido escapar o quanto antes. Mas precisava levar em conta a cúmplice. Não podia fugir sem falar com ela e nem sequer esperou até a manhã seguinte. Foi até Old Hall naquela mesma noite – e dois dos policiais mais eficientes do coronel Melchett o seguiram. Ele jogou pedrinhas na janela de Anne Protheroe, acordou-a e com um sussurro de urgência a trouxe até o piso inferior para falar com ele. Sem dúvida, o casalzinho se sentiu mais seguro fora do que dentro de casa – para evitar a possibilidade de acordar Lettice. Mas, por incrível que pareça, a dupla de policiais conseguiu ouvir a conversa na íntegra. Não restou dúvida nenhuma sobre o assunto. Miss Marple acertara em tudo.

O julgamento de Lawrence Redding e Anne Protheroe é assunto de conhecimento público. Não pretendo entrar nele. Só vou mencionar o imenso crédito dado ao inspetor Slack, que, com entusiasmo e inteligência, levou os criminosos às mãos da justiça. Como seria natural, nada foi mencionado sobre a participação de Miss Marple na elucidação do crime. Ela própria teria se horrorizado só de pensar numa coisa dessas.

Lettice veio falar comigo pouco antes do julgamento. Flutuou gabinete adentro, espectral como nunca. Contou que durante todo o tempo estivera convencida da cumplicidade da madrasta. A perda da boina amarela fora apenas uma desculpa para vasculhar o gabinete. Ela torcia contra a lógica para descobrir algo que a polícia tivesse deixado passar despercebido.

– Sabe – disse ela em sua voz sonhadora –, a polícia não a odiava como eu. E o ódio facilita as coisas.

Decepcionada com o resultado da busca, ela deixara cair de propósito o brinco de Anne perto da escrivaninha.

– Já que eu *sabia* que ela era culpada, que diferença fazia? Não importava! Foi *ela* quem matou meu pai.

Suspirei. Lettice nunca vai enxergar certas coisas. Sob certos aspectos, ela é moralmente daltônica.

– O que vai fazer agora, Lettice? – indaguei.

– Quando... quando tudo tiver acabado, vou para o exterior. – Hesitou antes de prosseguir. – Vou para o exterior com minha mãe.

Levantei o olhar, atônito.

Ela assentiu com a cabeça.

– Nunca adivinhou? A sra. Lestrange é minha mãe. Ela... está morrendo, sabe. Queria me ver e por isso veio até aqui com um nome falso. O dr. Haydock a ajudou. Não é de hoje que ele é amigo dela (esteve interessado por ela uma época, qualquer um percebe!). De certa forma, ele ainda está. Acho que os homens sempre ficam doidos por minha mãe. Mesmo agora, ela continua extremamente sedutora. De qualquer modo, o dr. Haydock fez tudo ao seu alcance para ajudá-la. Ela não veio até aqui com o nome verdadeiro por causa do modo nojento como o povo conversa e faz intrigas. Ela visitou meu pai naquela noite e lhe disse que estava morrendo e que ansiava muito por me ver. A reação de meu pai foi animalesca. Disse que ela não tinha mais direito nenhum de me ver e que eu pensava que ela estava morta... Como se eu tivesse engolido essa história um dia! Gente como o meu pai não enxerga um palmo na frente do nariz!

"Mas minha mãe não é o tipo de mulher que desiste fácil. Pensou que o certo seria falar primeiro com o pai; porém, quando ele se negou de modo tão violento, ela me enviou uma carta, e eu dei um jeito de sair do jogo de tênis mais cedo para encontrá-la no fim do caminho às seis e quinze. Tivemos um encontro apressado e combinamos de nos ver outra vez. Antes das seis e meia, nos separamos. Depois disso, fiquei com medo mortal de que desconfiassem dela como a assassina do pai. Afinal de contas, *motivo* não lhe faltava. Por isso peguei aquele antigo retrato dela no sótão e o desfigurei. Receava que a polícia pudesse xeretar por lá, colocasse as mãos no quadro e a reconhecesse. O dr. Haydock também ficou assustado. Às vezes, tenho a impressão de que ele acreditava mesmo que ela era culpada! Mamãe é um tipo de pessoa... arrebatada. Ela não mede as consequências."

Fez uma pausa.

– Estranho. Ela e eu temos muito em comum. Eu não tinha nada a ver com o pai. Mas com a minha mãe... Bem, de qualquer modo, vou para o exterior com ela. Vou ficar com ela até... até o fim...

Ergueu-se, e eu tomei a mão dela.

– Deus abençoe vocês duas – falei. – Um dia, espero, muita felicidade a aguarda, Lettice.

– Assim seja – falou com um riso fraco. – Até agora não tenho sido muito feliz, não é? Ah, mas isso não importa. Adeus, sr. Clement. Sempre foi muito correto comigo... o senhor e Griselda.

Griselda!

Tive que admitir para ela quão terrivelmente a carta anônima havia me perturbado. Primeiro ela riu, depois me deu um solene sermão.

– Mas – acrescentou ela – no futuro vou ser muito sensata e temente a Deus... mais ou menos como os puritanos.

Eu não enxergava Griselda na pele de uma puritana.

Ela continuou:

– Sabe, Len, sinto uma influência estabilizadora chegando em minha vida. Na sua vida também, mas no seu caso será uma influência meio rejuvenescedora... Pelo menos, assim espero! Não vai mais poder me chamar de minha filha no dia em que tivermos um filho nosso. E, Len, tomei uma resolução. Agora que vou me tornar "esposa e mãe" (como nos livros), preciso me tornar também uma dona de casa. Comprei dois livros sobre administração doméstica e um sobre amor maternal. Se isso não me transformar num modelo, então nada vai me transformar! Os três livros são bastante engraçados... não de modo intencional, sabe. Em especial, o livro sobre como criar os filhos.

– Por acaso não comprou o livro *Como cuidar bem de seu marido*, comprou? – indaguei com súbito receio, enlaçando a cintura dela em meu braço.

– Não preciso – disse Griselda. – Já sou uma excelente esposa. Eu o amo com ternura. O que mais deseja?

– Nada – garanti.

– Consegue dizer, nem que seja uma vez, que me ama loucamente?

Ao que respondi:

– Griselda, eu a adoro! Eu a idolatro! Meu amor por você não é apenas louco: é desenfreado, incorrigível e absolutamente anticlerical!

Minha esposa deu um suspiro profundo e feliz.

Então se afastou de repente.

– Tédio! Aí vem a Miss Marple. Vá lá, hein... Não a deixe suspeitar! Não quero ninguém me oferecendo almofadas e insistindo para que eu descanse com os pés para cima. Diga-lhe que eu fui ao campo de golfe. Isso vai tirá-la da pista certa... E é a pura verdade, porque esqueci meu blusão amarelo e quero buscá-lo.

Miss Marple entrou pela porta de vidro, estacou como quem se desculpa e perguntou por Griselda.

– Griselda – eu disse – foi ao campo de golfe.

Miss Marple ficou preocupada.

– Ah, mas sem dúvida – falou ela – isso é muito insensato... Justo agora.

E, então, de modo simpático, antiquado, elegante e próprio de uma solteirona, ela corou.

Para contrabalançar o embaraço momentâneo, conversamos um pouco sobre o caso Protheroe, e do "dr. Stone", que se revelou um golpista conhecido, dono de várias identidades diferentes. A srta. Cram, a propósito, fora plenamente inocentada. Acabou admitindo que levara a valise ao bosque, mas alegou que o fizera de boa-fé, tendo o dr. Stone lhe dito que receava a concorrência de outros arqueólogos, que não pensariam duas vezes em fazer um roubo com o objetivo de desacreditar suas teorias. A moça pelo visto engoliu essa história pouco verossímil. No momento ela está, de acordo com a aldeia, procurando um artigo mais autêntico na linha de solteirões maduros precisando de secretária.

Enquanto falávamos, fiquei muito curioso em saber como Miss Marple descobrira nosso mais recente segredo. Mas, então, de modo discreto, a própria Miss Marple me forneceu uma pista.

– Espero que a adorável Griselda não esteja cometendo excessos – murmurou ela. E, depois de um silêncio discreto, explicou: – Ontem eu estava na livraria em Much Benham...

Pobre Griselda... aquele livro sobre amor maternal a denunciara!

– Fico pensando, Miss Marple – falei de repente. – Se um dia a senhora cometesse um assassinato, será que alguém descobriria?

– Que ideia medonha – falou Miss Marple, chocada. – Tomara que eu nunca faça uma coisa tão perversa.

– Mas sendo a natureza humana como é... – murmurei.

Miss Marple reconheceu o golpe com um belo risinho maternal.

– Que maldade a sua, sr. Clement. – Ela se levantou. – Mas é natural que o senhor esteja bem-humorado.

Parou junto à porta de vidro.

– Transmita meu carinho à querida Griselda... e diga a ela que sei guardar bem um segredo.

Miss Marple é mesmo adorável...

Um corpo na biblioteca

Tradução de Petrucia Finkler

Para minha amiga Nan

PREFÁCIO

Há certos clichês vinculados a certos estilos de ficção. O "falso baronete atrevido" está para o melodrama como "o corpo na biblioteca" para os romances policiais. Por anos a fio considerei a possibilidade de uma "variação sobre um tema conhecido" que fosse aceitável. Estabeleci certas condições para mim mesma. A biblioteca em questão deveria ser uma biblioteca muitíssimo convencional e ortodoxa. O corpo, por outro lado, deveria ser de uma improbabilidade extrema e bastante sensacional. Estes eram os dados do problema, mas por alguns anos permaneceram como tal, representados apenas por umas poucas linhas em um caderno de exercícios. Então, quando me hospedei durante alguns dias no verão em um hotel elegante no litoral, observei uma família em uma das mesas da sala de jantar: um homem idoso, aleijado, em uma cadeira de rodas, e, com ele, um grupo familiar de uma geração mais jovem. Felizmente, foram embora no dia seguinte. Assim, sem qualquer informação, minha imaginação pôde começar a trabalhar desimpedida. Quando as pessoas me perguntam: "Você usa pessoas reais nos seus livros?", respondo que para mim é bastante impossível escrever sobre alguém que eu conheça, ou com quem já tenha falado, ou até mesmo de quem tenha ouvido falar! Por algum motivo, isso as destrói para mim. Mas posso pegar uma figura "leiga" e imbuí-la com qualidades e inventividades minhas.

Assim, um homem de mais idade se tornou o pivô da história. O coronel e a sra. Bantry, dois amigos íntimos da minha Miss Marple, possuíam o estilo perfeito de biblioteca. Como quem segue uma receita culinária, adicione os seguintes ingredientes: um tenista profissional, uma jovem dançarina, um artista, uma bandeirante, uma recepcionista de salão de baile etc. e sirva *à la* Miss Marple!

Agatha Christie

CAPÍTULO 1

I

A sra. Bantry estava sonhando. Suas ervilhas-de-cheiro acabavam de tirar o primeiro lugar no concurso de flores. O pároco, vestido com batina e sobrepeliz, estava distribuindo os prêmios na igreja. A esposa dele passou vestida com traje de banho, mas, na condição abençoada dos sonhos, esse fato não suscitou desaprovação na paróquia da forma como teria, com certeza, causado na vida real...

A sra. Bantry estava gostando bastante do sonho. Em geral, apreciava esses sonhos ao amanhecer, que se encerravam com a chegada do chá matinal. Em algum lugar em sua percepção interna, estava consciente dos ruídos habituais do despertar na casa. O chacoalhar das argolas das cortinas da escadaria sendo abertas pela criada, os ruídos da vassoura e da pá da segunda criada na entrada lá fora. Ao longe, o ruído pesado da tranca da porta da frente sendo puxada para trás.

Era o começo de mais um dia. Naquele ínterim, deveria extrair o máximo de alegria daquele concurso de flores – pois já começava a revelar seus ares de atmosfera de sonho...

No andar de baixo, havia o barulho das grandes persianas de madeira sendo abertas na sala de estar. Ela ouviu e ao mesmo tempo não ouviu. Os ruídos habituais da casa continuariam por ainda mais uma meia hora, discretos, abafados, sem nada perturbar, por serem tão familiares. Culminariam com o som ríspido e controlado de passadas no corredor, o farfalhar de um vestido estampado, o suave tilintar do aparelho de chá quando a bandeja fosse depositada na mesinha do lado de fora e, por fim, a leve batida na porta e a entrada de Mary para abrir as cortinas.

Ainda adormecida, a sra. Bantry franziu a testa. Algum elemento perturbador penetrava seu estado de sonho, algo fora de compasso. Passadas no corredor, passadas que eram apressadas demais e cedo demais. Seus ouvidos estavam esperando inconscientemente o tilintar da porcelana, mas não havia nenhuma porcelana tilintando.

A batida à porta veio. Mecanicamente, das profundezas de seus sonhos, a sra. Bantry disse:

– Entre.

A porta se abriu, então deveria ouvir o tinir das argolas das cortinas sendo puxadas.

Mas não houve ruído de argola alguma. A voz de Mary soou histérica e ofegante na obscura luminosidade verde do quarto:

– Ai, madame, ai, madame, *há um corpo na biblioteca.*

E então, com um ataque histérico de soluços, ela saiu correndo do quarto.

II

A sra. Bantry sentou-se na cama.

Ou seu sonho tinha tomado um rumo bastante inesperado, ou então... ou então Mary havia de fato entrado correndo no quarto, anunciando (era incrível, fantástico!) que havia um corpo na biblioteca.

"Impossível", pensou consigo a sra. Bantry. "Só posso ter sonhado."

Mas, assim que cogitou isso, sentiu mais e mais certeza de que não havia sonhado, de que Mary, a sempre altiva e contida Mary, havia de fato enunciado aquelas palavras fantásticas.

A sra. Bantry refletiu por um minuto e então deu uma cotovelada urgente e conjugal no esposo adormecido.

– Arthur, Arthur, acorde.

O coronel Bantry grunhiu, resmungou e rolou para o lado.

– Acorde, Arthur. Você ouviu o que ela disse?

– É bem possível – disse o coronel Bantry, de maneira indistinta. – Concordo em tudo com você, Dolly – e caiu no sono novamente.

A sra. Bantry chacoalhou o marido.

– Precisa me ouvir. Mary entrou aqui e disse que havia um corpo na biblioteca.

– Hã, quê?

– Um *corpo* na *biblioteca.*

– Quem disse isso?

– Mary.

O coronel Bantry reuniu suas faculdades mentais e procedeu de modo a lidar com a situação. Disse:

– Bobagem, bonitona; você sonhou.

– Não, não sonhei. Achei que fosse, também, no primeiro momento. Mas não estava sonhando. Ela realmente entrou aqui e disse isso.

– Mary entrou aqui e disse que havia um corpo na biblioteca?

– Foi.

– Mas não pode ser – retrucou o coronel Bantry.

– Não, não, suponho que não – disse a sra. Bantry, incrédula.

Ralhando, continuou:

– Mas então por que Mary diria uma coisa dessas?

– Não pode ter dito isso.

– Mas disse.

– Você deve ter imaginado.

– Não imaginei.

O coronel Bantry estava então bem desperto e se preparou para lidar com a situação com seu devido mérito. Falou, com jeito:

– Estava sonhando, Dolly, foi só isso. É por causa da história de detetive que você andou lendo, *A pista do fósforo quebrado*. Você sabe bem, Lord Edgbaston encontra uma loira linda morta no tapete da biblioteca. Os cadáveres são sempre encontrados nas bibliotecas nesses livros. Nunca soube de um caso desses na vida real.

– Talvez agora saiba – disse a sra. Bantry. – Enfim, Arthur, acho que deve se levantar para ver.

– Honestamente, Dolly, deve ter sido *sonho*. Os sonhos muitas vezes parecem de uma vividez formidável quando acabamos de acordar. Chegamos a ter certeza de que era tudo verdade.

– Eu estava tendo um sonho de natureza muito distinta, sobre um concurso de flores e a mulher do pároco vestida com traje de banho, qualquer coisa assim.

Com uma súbita explosão de energia, a sra. Bantry deu um salto da cama e abriu as cortinas. A luz de um lindo dia de outono invadiu o quarto.

– Eu *não* sonhei – a sra. Bantry declarou com firmeza. – Levante-se de uma vez, Arthur, e desça as escadas para ver o que há.

– Quer que eu desça e pergunte se há um cadáver na biblioteca? Vou passar por imbecil.

– Não precisa perguntar nada – disse a sra. Bantry. – *Caso* haja um cadáver, e é claro que é possível que Mary tenha enlouquecido e esteja vendo coisas que não existem, bem, alguém vai logo lhe falar alguma coisa. *Você* não precisa dizer uma palavra.

Resmungando, o coronel Bantry se enrolou no roupão e deixou o quarto. Seguiu pelo corredor e desceu as escadas. Ao pé da escadaria, estava um pequeno ajuntamento de criados; alguns estavam soluçando. O mordomo deu um passo à frente com ar solene.

– É um alívio que tenha descido. Dei ordens para que ninguém fizesse nada até que o senhor chegasse. Acha que já devo telefonar para a polícia?

– Telefonar para a polícia para quê?

O mordomo lançou um olhar de reprovação para a jovem moça alta que chorava histericamente no ombro da cozinheira.

– Entendi, senhor, que Mary já lhes havia informado. Ela afirma que o fez.

Mary disparou:

– Estava tão nervosa que não sei o que eu disse. A emoção me voltou toda, de uma maneira, e minhas pernas ficaram bambas, e meu estômago se revirou. Dar de cara com aquilo... oh, oh, oh!

Desmanchou-se mais uma vez no ombro da sra. Eccles, que a consolava.

– Já vai passar, já vai passar, minha querida – disse, com alguma satisfação.

– Naturalmente, Mary está um tanto aborrecida, senhor, já que foi ela que fez a terrível descoberta – explicou o mordomo. – Entrou na biblioteca, como de costume, para abrir as cortinas e... quase tropeçou no cadáver.

– Está querendo me dizer – exigiu o coronel Bantry – que há um cadáver na minha biblioteca, na *minha* biblioteca?

O mordomo pigarreou.

– Talvez, senhor, prefira ver por si mesmo.

III

– Alô, alou, alou. Aqui é da delegacia de polícia. Sim, quem fala?

O policial Palk estava abotoando a túnica com uma das mãos enquanto segurava o telefone com a outra.

– Sim, sim, Gossington Hall. Pois não? Oh, bom dia, senhor – o tom de voz do policial Palk sofreu uma leve alteração. Perdeu um pouco da impaciência oficial ao reconhecer o generoso patrono dos torneios policiais e principal magistrado do distrito. – Pois não, senhor? Em que posso ajudar? Sinto muito, senhor, não entendi direito, um *cadáver*, o senhor disse? ...é? Sim, se puder,... exato,... uma moça desconhecida do senhor, está dizendo? ...perfeitamente. Sim, pode deixar tudo comigo.

O policial Palk recolocou o fone no gancho, deu um assovio prolongado e passou a discar o número de seu oficial superior.

A sra. Palk espiou da porta da cozinha, de onde vinha um apetitoso aroma de bacon frito.

– O que foi?

– A coisa mais estapafúrdia que já ouvi na vida – respondeu o marido. – O corpo de uma moça foi encontrado lá em Gossington. Na biblioteca do coronel.

– Assassinada?

– Estrangulada, foi o que ele disse.

– Quem era?

– O coronel diz que nunca viu mais gorda.

– Então o que ela estava fazendo na biblioteca dele?

O policial Palk a silenciou com um olhar reprovador e falou em tom profissional ao telefone.

– Inspetor Slack? Aqui é o policial Palk. Acaba de chegar uma ocorrência, o corpo de uma jovem foi encontrado esta manhã, às sete e quinze...

IV

O telefone de Miss Marple tocou quando ela estava se vestindo. O som do aparelho a perturbou um pouco. Era um horário incomum para o telefone tocar. Sua vida de solteirona empertigada era tão organizada que chamadas telefônicas inesperadas eram uma fonte de vívida conjetura.

– Minha nossa – exclamou Miss Marple, examinando o aparelho estridente com perplexidade. – Quem poderia ser?

A partir das nove ou nove e meia era o horário aceito pelo vilarejo para se fazerem chamadas amigáveis para os vizinhos. Planos para o dia, convites e assim por diante eram organizados naquela hora. O açougueiro era conhecido por telefonar um pouco antes das nove se ocorresse alguma crise no mercado de carnes. Em certos intervalos durante o dia, podiam ocorrer chamadas ocasionais, embora não fosse considerado de bom tom ligar depois das nove e meia da noite. Era verdade que o sobrinho de Miss Marple, um escritor, portanto instável, tinha fama de ligar nos horários mais peculiares, uma vez chegando a telefonar dez para a meia-noite. Mas, quaisquer que fossem as excentricidades de Raymond West, acordar cedo não era uma delas. Nem ele nem ninguém do círculo de Miss Marple ligaria antes das oito da manhã. Na verdade, quinze para as oito.

Era cedo demais até para um telegrama, já que o correio só abria às oito horas.

– Deve ser engano – Miss Marple decidiu.

Resoluta, avançou até o aparelho impaciente e reprimiu seus clamores atendendo ao telefone.

– Pois não – disse.

– É você, Jane?

Miss Marple ficou bastante surpresa.

– Sim, é a Jane. Acordou bem cedo, Dolly.

A voz da sra. Bantry lhe chegou ofegante e agitada pelo fio.

– Aconteceu uma coisa horrível.

– Oh, minha nossa.

– Acabamos de encontrar um corpo na biblioteca.

Por um instante, Miss Marple achou que a amiga enlouquecera.

– Encontraram o *quê*?

– Eu sei. Não dá para acreditar, dá? Digo, pensei que isso só acontecia nos livros. Tive de argumentar por horas com Arthur hoje de manhã antes que ele decidisse descer para conferir.

Miss Marple se esforçou para se recompor. Perguntou quase sem ar:

– Mas de quem é o corpo?

– De uma loira.

– Uma o quê?

– Uma loira. Uma loira linda... de novo, igual aos livros. Ninguém nunca a viu antes. Ela está lá deitada na biblioteca, morta. É por isso que você tem de vir para cá agora.

– Quer que *eu* vá até aí?

– Sim, estou enviando o motorista para buscá-la.

Miss Marple falou, hesitante.

– É claro, querida, se acha que posso lhe oferecer algum conforto...

– Oh, não preciso de conforto. Mas você é tão boa com cadáveres.

– Ah, não, de fato. Meus pequenos sucessos foram na maior parte teóricos.

– Mas é muito boa com assassinatos. Ela foi assassinada, sabe, estrangulada. Penso da seguinte forma: se um assassinato ocorre de fato dentro da nossa própria casa, é melhor tirar proveito, se é que me entende. É por isso que quero que venha me ajudar a descobrir quem matou e resolver todo o mistério e tudo o mais. É de fato bastante *emocionante*, não é?

– Bem, claro, minha querida, no que eu puder *ajudar*.

– Esplêndido! Arthur está dificultando as coisas. Parece achar que eu não devo me divertir com a situação toda. Claro, sei que é muito triste e coisa e tal, mas, afinal de contas, eu não conheço a moça, e, quando você a vir, vai entender quando digo que ela não parece nem um pouco *de verdade*.

V

Um pouco ofegante, Miss Marple emergiu do carro dos Bantry, a porta aberta pelo chofer.

O coronel Bantry surgiu na soleira e pareceu um pouco surpreso.

– Miss Marple?... hã... que prazer em vê-la.

– Sua esposa me telefonou – explicou Miss Marple.

– Excelente, excelente. Ela precisa ter alguém com ela. Do contrário, vai desmoronar. Está tentando levar tudo pelo lado positivo no momento, mas sabe como é...

Nesse instante, a sra. Bantry apareceu e exclamou:

– Volte para a sala de jantar e tome seu café da manhã, Arthur. Seu bacon vai esfriar.

– Achei que fosse o inspetor chegando – explicou o coronel Bantry.

– Vai chegar logo, logo – disse a sra. Bantry. – É por isso que é importante tomar seu café primeiro. Vai precisar.

– Você também. É melhor vir comer alguma coisa, Dolly...

– Vou entrar daqui a pouquinho – disse a sra. Bantry. – Pode ir, Arthur.

O coronel Bantry foi enxotado de volta à sala de jantar como uma galinha recalcitrante.

– *Já!* – exclamou a sra. Bantry com uma entonação triunfal. – Venha.

Mostrou o caminho com agilidade, passando pelo longo corredor para a ala leste da casa. Do lado de fora da porta da biblioteca, o policial Palk estava de guarda. Interceptou a sra. Bantry com uma demonstração de autoridade.

– Receio que ninguém tenha permissao para entrar, madame. Ordens do inspetor.

– Bobagem, Palk – disse a sra. Bantry. – O senhor conhece Miss Marple perfeitamente bem.

O policial Palk admitiu conhecer Miss Marple.

– É muito importante que ela veja o corpo – declarou a sra. Bantry. – Não seja tolo, Palk. Afinal, é a *minha* biblioteca, não é mesmo?

O policial Palk deu passagem. Seu hábito de ceder à pequena nobreza era vitalício. O inspetor, ele refletiu, jamais precisaria ficar sabendo.

– Nada deve ser tocado ou manuseado de forma alguma – advertiu as damas.

– É claro que não – concordou a sra. Bantry, impaciente. – *Sabemos* disso. Pode entrar e assistir, se quiser.

O policial Palk tirou proveito da permissão. Já era sua intenção de qualquer maneira.

A sra. Bantry arrastou a amiga, triunfante, para o outro lado da biblioteca, até a grande lareira de estilo antigo. Falou com um senso de clímax dramático:

– Aí está!

Miss Marple entendeu então o que a amiga queria dizer quando afirmou que a moça morta não parecia real. A biblioteca era uma sala muito característica de seus proprietários. Era grande, envelhecida e bagunçada. Era dotada de poltronas grandes e envergadas, cachimbos, livros e documentos dispostos sobre a mesa grande. Havia um ou dois bons retratos antigos de família nas paredes, algumas aquarelas vitorianas de má qualidade, além de cenas de caçadas que se propunham engraçadas. Havia um enorme vaso de margaridas no canto. A sala inteira tinha um ar escuro, tranquilo e casual. Denotava uma longa ocupação, uso familiar e respeito às tradições.

E, atravessado no velho tapete de pele de urso da lareira, encontrava-se esparramado algo novo, brutal e melodramático.

A figura extravagante de uma garota. Uma garota com cabelos loiros artificiais, arranjados em torno da face em cachos e anéis elaborados. Seu corpo magro exibia um vestido de noite decotado nas costas, de cetim com lantejoulas brancas. O rosto levava maquiagem pesada, o pó destacando-se de maneira grotesca na superfície azulada e inchada, o rímel dos cílios em pesados borrões sobre as bochechas distorcidas, o vermelho dos lábios mais lembrava um talho. As unhas das mãos estavam pintadas em esmalte de vermelho profundo, assim como as dos pés, em suas sandálias prateadas de má qualidade. Era uma figura vulgar, de mau gosto, extravagante; uma incongruência total no conforto sólido e antigo da biblioteca do coronel.

A sra. Bantry disse baixinho:

– Entende o que eu quis dizer? Simplesmente não é *real*!

A velha a seu lado assentiu com a cabeça. Baixou o olhar pensativo por um longo tempo, contemplando a figura encolhida.

Enfim falou com a voz doce:

– Ela é bem nova.

– Sim... é, suponho que seja – a sra. Bantry parecia quase surpresa, como se estivesse fazendo uma descoberta.

Miss Marple se abaixou. Ela não tocou na garota. Examinou os dedos que agarravam com uma força frenética a frente do vestido, como se houvesse tentado rasgá-lo em sua última tentativa de esforço desesperado para respirar.

Ouviu-se o som das rodas de um carro triturando o cascalho do lado de fora. O policial Palk falou com tom urgente:

– Deve ser o inspetor...

Fiel a sua crença arraigada de que a nobreza não desapontava, a sra. Bantry imediatamente foi em direção à porta. Miss Marple a seguiu. A sra. Bantry disse:

– Vai ficar tudo bem, Palk.

O policial Palk sentiu um alívio imenso.

VI

Engolindo, apressado, os últimos fragmentos de torrada com geleia e um gole de café, o coronel Bantry saiu às pressas para o hall e ficou aliviado ao ver o coronel Melchett, o chefe de polícia do condado, descendo de um carro na companhia do inspetor Slack. Melchett era amigo do coronel. Nunca gostara muito de Slack, um homem enérgico e que, em contradição ao próprio nome*, acompanhava seus modos agitados com uma boa dose de desconsideração pelos sentimentos de qualquer um que não achasse importante.

– Bom dia, Bantry – disse o chefe de polícia. – Achei melhor vir junto pessoalmente. Este me pareceu um caso extraordinário.

– É... é... – o coronel Bantry sofreu para se expressar. – É *incrível... fantástico*!

– Não faz ideia de quem seja a mulher?

– Não faço a mínima ideia. Nunca a vi antes na vida.

– O mordomo sabe de alguma coisa? – perguntou o inspetor Slack.

– Lorrimer está tão atônito quanto eu.

– Ah – disse o inspetor Slack. – É o que me pergunto.

O coronel Bantry convidou:

– Temos um café servido na sala de jantar, Melchett, se quiser alguma coisa.

– Não, não, melhor começar logo o trabalho. Haydock deve chegar a qualquer momento... ah, aí vem ele.

Outro carro encostou, e o doutor Haydock, um grandalhão de ombros largos que também era o médico da polícia, desceu. Um segundo carro da polícia havia expelido dois homens à paisana, um com uma câmera.

– Tudo pronto, hein? – perguntou o chefe de polícia. – Certo. Vamos adiante. Na biblioteca, segundo Slack.

O coronel Bantry grunhiu.

– É incrível! Sabe, quando minha esposa insistiu esta manhã que a criada entrara no quarto para avisar que havia um corpo na biblioteca, simplesmente me recusei a acreditar nela.

– Claro, claro, posso entender bem. Espero que sua senhora não esteja abalada demais com tudo isso.

– Está se saindo maravilhosamente bem, maravilhosamente. Chamou a velha Miss Marple para vir ficar com ela, do vilarejo, sabe.

– Miss Marple? – o chefe de polícia endureceu. – Por que ela mandou chamá-la?

– Oh, uma mulher quer a companhia de outra, não acha?

* "Slack" em inglês quer dizer lento, indolente, preguiçoso. (N.E.)

O coronel Melchett comentou com uma risadinha:

– Se quer saber minha opinião, acho que sua esposa vai tentar a mão como detetive amadora. Miss Marple é o melhor cão farejador daqui. Ela nos deu uma lição uma vez, não foi, Slack?

O inspetor Slack falou:

– Aquilo foi diferente.

– Diferente do quê?

– Aquele era um caso local, senhor. A velha sabe de tudo que se passa no povoado, é bem verdade. Mas esse aqui não vai dar pé para ela.

Melchett disse, seco:

– Você também ainda não sabe muito a respeito, Slack.

– Ah, pode esperar, senhor. Não vai demorar muito para eu me inteirar.

VII

Na sala de jantar, a sra. Bantry e Miss Marple, por sua vez, estavam tomando café.

Depois de servir sua convidada, a sra. Bantry perguntou com urgência:

– E então, Jane?

Miss Marple levantou os olhos para a amiga, levemente aturdida.

A sra. Bantry instigou, esperançosa:

– Não lhe *lembra* nada?

Pois Miss Marple havia ficado famosa por sua habilidade em conectar acontecimentos triviais do povoado com problemas mais graves, de tal forma que sempre conseguia esclarecer estes últimos.

– Não – respondeu Miss Marple, pensativa –, não posso afirmar que lembre, não no momento. Lembrou um pouco a mais nova da sra. Chetty, Edie, sabe, mas acho que foi só porque essa pobre moça roía as unhas e os dentes eram um pouco para a frente. Nada além disso. E, claro – continuou Miss Marple, dando seguimento ao paralelo –, Edie era fã do que eu chamo de enfeites baratos.

– Está se referindo ao vestido? – disse a sra. Bantry.

– Sim, um cetim arrebicado, de má qualidade.

A sra. Bantry disse:

– Sei bem. De uma daquelas lojinhas onde qualquer coisa custa um guinéu.

Continuou, esperançosa:

– Vejamos, que fim levou a Edie da sra. Chetty?

– Acaba de se mudar para outra casa e está se saindo muito bem, creio.

A sra. Bantry sentiu-se um pouco desapontada. O paralelo com o vilarejo não parecia muito promissor.

– O que não consigo entender – disse a sra. Bantry – é o que ela estaria fazendo no escritório de Arthur. A janela foi forçada, Palk me disse. Ela pode ter vindo aqui com um ladrão, e então se desentenderam... mas isso parece tão absurdo, não é?

– Ela não estava nada vestida para um assalto – disse Miss Marple, refletindo.

– Não, estava vestida para ir dançar, ou para algum tipo de festa. Mas não há nada disso por aqui, nem ao menos por perto.

– N-a-ão – balbuciou Miss Marple, titubeante.

A sra. Bantry atacou.

– Tem algo em mente, Jane.

– Bem, estava só pensando...

– Sim?

– Basil Blake.

A sra. Bantry gritou impulsivamente.

– Oh, não! – e acrescentou, como em uma explicação: – Conheço a mãe dele.

As duas se entreolharam.

Miss Marple suspirou e meneou a cabeça.

– Entendo bem como se sente.

– Selina Blake é a mulher mais gentil que existe. Os canteiros de ervas que ela planta são simplesmente fabulosos, me deixam roxa de inveja. E ela é terrivelmente generosa com suas mudas.

Miss Marple, indo além dos argumentos sobre a sra. Blake, disse:

– Mesmo assim, sabe, as pessoas estão *falando*.

– Oh, eu sei, eu sei. E, claro, Arthur fica lívido quando escuta mencionarem o nome de Basil Blake. Ele foi *extremamente* grosseiro com Arthur, e desde então Arthur não quer ouvir nenhum elogio sobre ele. O rapaz fala com aquele ar de desprezo que esses meninos de hoje usam, torcem o nariz para as pessoas que defendem suas escolas, ou o império, ou coisas do tipo. E então, claro, há as *roupas* que ele usa! As pessoas dizem – continuou a sra. Bantry – que não importa o que se usa no campo. Nunca ouvi tamanha besteira. É justamente no campo que todo mundo repara – fez uma pausa e acrescentou, melancólica: – Era um bebê adorável tomando banho.

– Havia uma foto encantadora do assassino do caso Cheviot quando era bebê no jornal domingo passado – afirmou Miss Marple.

– Oh, mas Jane, não acha que *ele*...

– Não, não, querida. Não foi o que quis dizer de modo algum. Seria de fato uma conclusão precipitada. Estava apenas tentando dar conta da presença da moça por aqui. St. Mary Mead é um local tão improvável. E então me pareceu que a única explicação possível seria Basil Blake. Ele dá *festas*. As pessoas vêm de Londres e dos estúdios, lembra-se de julho passado? Gritarias e cantorias, um barulho dos mais *terríveis*, todos muito bêbados, receio, e a sujeira e os vidros quebrados na manhã seguinte, não dava para acreditar, foi o que a sra. Berry me contou... e uma mocinha dormindo na banheira praticamente sem roupa *nenhuma*!

A sra. Bantry falou com ar indulgente:

– Suponho que devesse ser gente do cinema.

– É bem provável. E depois, imagino que já esteja sabendo... há vários fins de semana, ultimamente, que ele vem trazendo para cá uma jovem moça com ele, uma loira platinada.

A sra. Bantry exclamou:

– Não está achando que seja *esta*?

– Bem, fiquei pensando. Claro, nunca a vi de perto, só entrando e saindo do carro, e uma vez no jardim do chalé, quando ela tomava sol, apenas de short e um sutiã. Nunca cheguei de fato a ver o *rosto*. E todas essas moças com a maquiagem e o cabelo e as unhas se parecem tanto.

– É. Mesmo assim, *é possível*. É uma ideia, Jane.

CAPÍTULO 2

I

Era uma ideia que estava sendo debatida no mesmo momento por coronel Melchett e coronel Bantry.

O chefe de polícia, depois de examinar o corpo e pôr seus subordinados para trabalhar, executando as tarefas de rotina, retirou-se com o dono da casa para o escritório deste na outra ala da residência.

O coronel Melchett era um homem de aspecto irascível que tinha o hábito de repuxar seu curto bigode ruivo. Ele então alisava os fios e lançava olhares perplexos de esguelha para seu interlocutor. Por fim, disparou.

– Olhe aqui, Bantry, preciso tirar esse peso das minhas costas. É verdade isso de que você nunca viu essa moça antes?

A resposta do outro foi explosiva, mas o chefe de polícia o interrompeu.

– Pois é, pois é, meu velho, mas veja por esse lado. Pode ser bem constrangedor para você. Um homem casado, que quer bem sua senhora e tal. Mas, cá entre nós, se *fosse* o caso de haver um envolvimento qualquer com essa moça, seria melhor falar *agora*. É bastante natural que queira abafar o fato, eu pensaria do mesmo modo. Mas não vai dar. Trata-se de assassinato.

Os fatos sempre vêm à tona. Ora bolas, não estou sugerindo que *você* tenha estrangulado a menina, não é o tipo de coisa que faria, *eu* sei disso. Mas, no fim das contas, ela veio aqui, para esta casa. Digamos que tenha invadido e estava esperando para encontrá-lo, e algum outro camarada a seguiu e deu um fim nela. É possível, sabe. Entende o que estou dizendo?

– Que diabos, Melchett, estou dizendo que nunca coloquei os olhos nessa moça na vida! Não sou desse tipo de homem.

– Muito bem, então. Quem sou eu para condená-lo, entende? É um homem experiente e culto. Ainda assim, se afirma que não... A questão é o que ela estava fazendo por aqui? Ela não é desses lados, isso é quase certo.

– A história toda é um pesadelo – o dono da casa irritou-se, exasperado.

– A questão é, meu velho, o que ela estava fazendo na sua biblioteca?

– Como é que vou saber? Não fui eu que *convidei*.

– Não, não. Mas ela *veio* de qualquer forma. Parece que queria encontrar-se com você. Não recebeu nenhuma carta estranha ou algo parecido?

– Não, não recebi.

O coronel Melchett perguntou com toda a delicadeza:

– O que você estava fazendo ontem à noite?

– Fui à reunião da Associaçao Conservadora. Às nove horas, em Much Benham.

– E voltou para casa que horas?

– Saí de Much Benham pouco depois das dez, tive alguns problemas no caminho, precisei trocar um pneu. Cheguei em casa às quinze para a meia-noite.

– Não foi até a biblioteca.

– Não.

– Pena.

– Estava cansado. Fui direto para a cama.

– Alguém estava acordado lhe esperando?

– Não, sempre levo a chave da frente. Lorrimer vai se deitar às onze, a menos que eu dê uma ordem diferente.

– Quem fecha a biblioteca?

– Lorrimer. Em geral por volta das sete e meia, nesta época do ano.

– Ele entra lá mais alguma vez durante a noite?

– Não se eu não estiver. Deixou a bandeja com o uísque e os copos no corredor.

– Entendo. E sua esposa?

– Não sei. Estava deitada quando cheguei e dormia profundamente. Pode ter se sentado na biblioteca ontem à noitinha ou na sala de estar. Esqueci de perguntar.

– Ah, bem, logo saberemos todos os detalhes. Claro, é possível que um dos criados esteja envolvido, hein?

O coronel Bantry sacudiu a cabeça.

– Não creio. São todos do tipo mais respeitável. Estão conosco há anos.

Melchett concordou.

– É, não parece provável que estejam envolvidos. Parece mais como se a moça tivesse vindo da cidade, quem sabe com algum rapazote. Embora, por que motivo escolheram entrar nesta casa...

Bantry interrompeu.

– Londres. É o que eu acho. Não temos esses acontecimentos por aqui... ao menos...

– Bem, o que foi?

– Minha nossa! – explodiu o coronel Bantry. – Basil Blake!

– Quem é ele?

– Um rapaz ligado à indústria cinematográfica. Um brutamontes venenoso. Minha esposa o defende porque estudou com a mãe dele, mas é desses idiotas decadentes e inúteis! Está pedindo para levar um bom chute no traseiro! Ele comprou aquela casa de Lansham Road, sabe, aquela construção moderna e medonha. Dá festas lá, com multidões estridentes e barulhentas, recebe mocinhas para passar o fim de semana.

– Mocinhas?

– Sim, havia uma na semana passada, uma dessas loiras platinadas...

O queixo do coronel caiu.

– Uma loira platinada, é? – disse Melchett, com ar reflexivo.

– É. Melchett, não está achando...

O chefe de polícia disse, animado:

– É uma possibilidade. Explica o que uma garota desse tipo estaria fazendo em St. Mary Mead. Acho que vou dar uma passada por lá e trocar uma palavrinha com esse rapaz, Braid, Blake, como foi que disse que era o nome dele?

– Blake. Basil Blake.

– Será que está em casa, sabe me dizer?

– Deixe-me ver. Que dia é hoje... sábado? Em geral chega em algum momento no sábado de manhã.

Melchett disse com austeridade:

– Vamos ver se o encontramos.

II

A casa de Basil Blake, constituída de todas as conveniências modernas encerradas em uma casca horrenda com madeira até a metade e no estilo falso Tudor, era conhecida pelas autoridades postais e pelo construtor,

William Booker, como "Chatsworth"; para Basil e seus amigos, como "o Antiquário" e, para a maior parte do vilarejo de St. Mary Mead, como "a casa nova do sr. Booker".

Ficava pouco mais de quatrocentos metros fora da aldeia em si, situada em uma área de construções mais recentes que fora comprada pelo empreendedor sr. Booker logo adiante da taverna Blue Boar, com a frente voltada para uma estrada rural que se mantivera especialmente impoluta. Gossington Hall ficava pouco mais de um quilômetro adiante seguindo pela mesma estrada.

Surgira um vívido interesse em St. Mary Mead quando se espalhou a notícia de que "a casa nova do sr. Booker" fora comprada por uma estrela de cinema. Mantiveram uma vigília ansiosa, à espreita da primeira aparição da lendária criatura no povoado, e pode-se dizer que, no tocante às aparências, Basil Blake cumpria com todos os requisitos. Pouco a pouco, no entanto, a realidade dos fatos foi vazando. Basil Blake não era nenhuma *estrela* de cinema, nem mesmo um ator. Era um profissional muito iniciante saboreando o título de ser o décimo quinto na lista dos responsáveis pelo cenário no Lemville Studios, quartel-general da British New Era Films. As solteiras do povoado perderam o interesse, e a classe governante das solteironas censoras abriu uma exceção para o estilo de vida de Basil Blake. Apenas o proprietário da Blue Boar mantinha seu entusiasmo com Basil e seus amigos. A receita da taverna havia aumentado desde a chegada do rapaz ao lugar.

O carro da polícia parou do lado de fora do portão retorcido e rústico projetado pelo sr. Booker, e o coronel Melchett, com um relance de desgosto pelo excesso de vigas de madeira de Chatsworth, seguiu para a porta da frente e a atacou energicamente com a aldrava.

Foi aberta muito mais depressa do que ele esperava. Um rapaz jovem com cabelo liso, um pouco longo e preto, vestindo calças de veludo laranja e uma camisa azul royal disparou:

– Então, o que quer?

– É o sr. Basil Blake?

– Claro que sou.

– Gostaria de trocar uma palavrinha com o senhor, se puder, sr. Blake.

– Quem é você?

– Sou o coronel Melchett, chefe de polícia do condado.

O sr. Blake disse, insolente:

– Não me diga; que divertido!

E o coronel Melchett, entrando na casa, compreendeu o porquê das reações do coronel Bantry. O bico de sua bota coçou.

Contendo-se, entretanto, disse, na tentativa de manter uma conversa agradável:

– Gosta de acordar cedo, sr. Blake.

– De modo algum. Ainda não fui deitar.

– É mesmo.

– Mas não imagino que tenha vindo aqui indagar sobre meu horário de dormir, ou, se foi, é um desperdício e tanto do tempo e dinheiro do condado. Sobre o que deseja falar comigo?

O coronel Melchett limpou a garganta.

– Entendo, sr. Blake, que na semana passada recebeu uma visitante... uma... hã... jovem de cabelos claros.

Basil Blake o fitou, jogou a cabeça para trás e deu uma gargalhada.

– As raposas velhas da aldeia foram lhe fofocar isso? Sobre meu comportamento moral? Vão se catar, a moral não é assunto da polícia. O senhor *sabe* disso.

– Como disse – continuou Melchett, seco –, sua moral não me diz respeito. Vim lhe falar porque o corpo de uma moça de cabelos claros e aparência... hã... levemente exótica foi encontrado... foi assassinada.

– Jura! – Blake o fitou. – Onde?

– Na biblioteca de Gossington Hall.

– Em Gossington? Na casa do velho Bantry? Que história. O velho Bantry! Que velho depravado!

O coronel Melchett ficou com o rosto vermelho. Falou com tom ríspido se sobrepondo à nova gargalhada do rapaz diante dele:

– Por gentileza, controle sua língua. Vim aqui lhe perguntar se pode elucidar qualquer coisa nessa história.

– Veio aqui me perguntar se dei falta de alguma loira? É isso? Por que eu deveria... oi, oi, oi, o que é isso?

Um carro acabava de encostar em frente à casa com uma cantada de pneus. Dele, saiu cambaleando uma jovem vestida em um largo pijama branco e preto. Tinha lábios vermelhos, cílios pintados e uma cabeleira loira platinada. Foi até a porta, escancarou-a e exclamou, enfurecida:

– Por que me deixou para trás, seu grosso?

Basil Blake se levantara.

– Então aí está você! Por que não a deixaria? Falei que era hora de ir embora e você não saiu.

– E por que sairia porque você me mandou? Eu estava me divertindo.

– Sim... com aquele brutamontes imundo do Rosenberg. Sabe bem como *ele* é.

– Você ficou com ciúme, só isso.

– Não se iluda. Detesto ver uma garota de quem eu goste e que não sabe beber deixando um tipo nojento da Europa central apalpá-la.

– Isso é mentira. Você estava bebendo bastante também, e se atirando para a vadia espanhola de cabelos pretos.

– Se eu a levo para uma festa, espero que ao menos saiba como se comportar.

– E me recuso a receber ordens, e era isso. Disse que iríamos à festa e voltaríamos para cá depois. Não vou sair de uma festa antes de querer sair dela.

– Não... e foi por isso que deixei você a pé. Eu estava pronto para vir embora e vim. Não vou ficar fazendo hora esperando por uma mulher tonta.

– Que pessoa doce e educada que você é!

– Você não fica nada atrás.

– Queria lhe dizer o que penso de você!

– Se acha que pode mandar em mim, minha cara, está enganada!

– E se acha que pode ficar me dando ordens, pode rever seu conceito!

Os dois se olhavam com ódio.

Foi nesse momento que o coronel Melchett aproveitou a oportunidade e pigarreou bem alto.

Basil Blake deu meia-volta para olhar para ele.

– Olá, esqueci que estava aqui. Já está na hora de partir, não é? Deixe-me apresentá-los, Dinah Lee, coronel Empolado da polícia do condado. E, agora, coronel, que já viu que a minha loira está viva e em boas condições, quem sabe possa dar continuidade ao seu trabalho no que diz respeito ao fricote do velho Bantry. Tenha um bom dia!

O coronel Melchett disse:

– Eu lhe sugiro que fale de maneira mais civilizada, meu jovem, ou vai se meter em encrenca – e partiu a passos firmes, com a expressão vermelha e irada.

CAPÍTULO 3

I

Em seu escritório de Much Benham, o coronel Melchett recebeu e examinou os relatórios de seus subordinados:

– ...portanto, tudo parece bastante claro, senhor – o inspetor Slack concluía. – A sra. Bantry sentou-se na biblioteca depois do jantar e foi dormir pouco antes das dez. Apagou as luzes ao sair da sala e, presume-se, ninguém entrou na peça depois. Os criados foram dormir às dez e meia, e Lorrimer, depois de depositar a bandeja de drinques no hall, foi para a cama às quinze para as onze. Ninguém ouviu nada fora do usual exceto pela terceira camareira, e ela ouviu até demais! Grunhidos e um grito de gelar o sangue e passos sinistros e não sei mais o quê. A segunda camareira que divide o quarto com ela disse que a outra moça dormiu pregada a noite inteira sem fazer barulho nenhum. São essas que inventam coisas que nos causam mais problemas.

– E a história da janela que foi forçada?

– Um trabalho amador, Simmons disse; feito com um cinzel qualquer, modelo convencional, não teria provocado muito barulho. Deve haver algum cinzel pela casa, mas ninguém consegue achar. Ainda assim, é uma ferramenta bastante comum.

– Acha que algum dos criados sabe de alguma coisa?

Bastante a contragosto, o inspetor Slack respondeu:

– Não, senhor, acho que não sabem. Todos pareciam muito chocados e abalados. Tive minhas suspeitas quanto a Lorrimer... estava reticente, se é que me entende... mas não acho que tenha nada aí.

Melchett assentiu. Não deu importância à reticência de Lorrimer. O enérgico inspetor Slack em geral causava esse efeito nas pessoas que interrogava.

A porta se abriu, e o dr. Haydock entrou.

– Pensei em dar uma olhada em vocês e passar algumas coisas por alto.

– Claro, claro, fico feliz em vê-lo. E então?

– Nada de mais. Exatamente o que vocês pensaram. A morte foi causada por estrangulamento. A tira de cetim do próprio vestido foi passada em torno do pescoço e cruzada atrás. Bastante fácil e simples de executar. Não exigiria muita força... quer dizer, se a moça foi pega de surpresa. Não há sinais de luta.

– E sobre a hora da morte?

– Digamos que entre dez e meia-noite.

– Não consegue precisar mais do que isso?

Haydock meneou a cabeça com um leve sorriso.

– Não vou arriscar minha reputação profissional. Não antes das dez e não depois da meia-noite.

– E seu palpite o inclina a qual horário?

– Depende. Havia fogo na lareira, a sala estava aquecida... tudo isso atrasaria o enrijecimento do cadáver.

– Alguma coisa a mais que possa dizer sobre ela?

– Não muito. Era jovem, em torno de dezessete ou dezoito anos, eu diria. Bastante imatura em algumas coisas, mas bem desenvolvida em termos musculares. Um exemplar bastante saudável. A propósito, era *virgo intacta.*

E com um aceno de cabeça, o doutor saiu da sala.

Melchett perguntou ao inspetor.

– Tem certeza de que ela nunca foi vista antes em Gossington?

– Os criados são categóricos. Estão bastante indignados. Teriam se lembrado se a tivessem visto nas redondezas, garantem.

– Imagino que sim – disse Melchett. – Qualquer pessoa daquele tipo se destaca no raio de um quilômetro por aqui. Veja aquela moça do Blake.

– Pena que não era ela – disse Slack –, então conseguiríamos progredir um pouco.

– Parece que essa garota veio de Londres – declarou ao chefe de polícia, pensativo. – Não creio que haja nenhuma pista local. Nesse caso, suponho, faríamos bem em chamar a Scotland Yard. É um caso para eles, não para nós.

– No entanto, algo deve tê-la atraído para cá – começou Slack. E acrescentou, titubeante: – Parece-me que o coronel e a sra. Bantry *deveriam*, sim, saber de alguma coisa, claro... sei que são seus amigos, senhor.

O coronel Melchett respondeu lançando-lhe um olhar gelado. Falou, rígido:

– Pode ficar descansado que estou levando em conta todas as possibilidades. *Todas* as possibilidades. – Prosseguiu: – Revisou a lista de pessoas dadas como desaparecidas, imagino?

Slack assentiu. Apresentou uma lista datilografada.

– Estão aqui. A sra. Saunders, dada como desaparecida uma semana atrás, cabelos escuros, olhos azuis, 36 anos. Não é ela... e, de qualquer jeito, todo mundo sabe, exceto pelo marido, que ela foi embora com um camarada de Leeds... um vendedor. A sra. Barnard, essa tem 65. Pamela Reeves, dezesseis, desaparecida de casa desde ontem à noite, comparecera à reunião do grupo das bandeirantes, cabelos castanhos-escuros, penteado maria-chiquinha, 1,63m...

Melchett falou, irritado:

– Pode parar de ler esses detalhes idiotas, Slack. Essa moça não era uma colegial. Na minha opinião...

Interrompeu a frase quando o telefone tocou.

– Alô... sim... sim, quartel-general da polícia de Much Benham... quê? Só um momento...

Ele escutou e escreveu com agilidade. Então voltou a falar, com um tom de voz diferente:

– Ruby Keene, dezoito, ocupação dançarina profissional, 1 metro e 60, magra, cabelos loiros platinados, olhos azuis, nariz arrebitado, acreditava-se que usava um vestido de festa branco com paetês, sandálias prateadas. Confere? Como? Sim, diria que sem dúvida alguma. Vou mandar Slack para lá imediatamente.

Desligou e olhou para o subordinado com crescente animação.

– Conseguimos, acho. Era a polícia de Glenshire (Glenshire era o condado ao lado). Uma moça foi informada como desaparecida do Majestic Hotel, em Danemouth.

– Danemouth – repetiu o inspetor Slack. – Agora sim.

Danemouth era um grande balneário da moda, não muito longe dali.

– É coisa de uns 25 quilômetros daqui – disse o chefe de polícia. – A garota era dançarina ou algo do tipo no Majestic. Não apareceu para fazer seu número ontem à noite, e o gerente estava bem irritado. Quando continuava desaparecida esta manhã, uma das outras meninas causou um alvoroço, ou outra pessoa causou. Soa um pouco obscuro. É melhor ir até Danemouth agora, Slack. Apresente-se lá para o superintendente Harper e coopere com ele.

II

Atividade era algo sempre ao gosto do inspetor Slack. Sair disparado em um carro, ser rude ao silenciar aqueles que estavam ansiosos para lhe contar coisas, interromper conversas com a desculpa de coisas urgentes a tratar. Tudo isso dava sentido à vida de Slack.

Em um espaço curtíssimo de tempo, portanto, chegou a Danemouth, apresentou-se ao quartel de polícia, teve uma breve conversa com o gerente distraído e apreensivo do hotel, e, deixando-o com um consolo dúbio de "primeiro precisamos nos certificar de que *seja* a moça antes de alardearmos qualquer coisa"... já estava dirigindo de volta a Much Benham na companhia da parente mais próxima de Ruby Keene.

Dera um rápido telefonema para Much Benham antes de deixar Danemouth, assim o chefe de polícia estava preparado para sua chegada, embora não, talvez, para uma apresentação tão sucinta:

– Esta é Josie, senhor.

O coronel Melchett fitou seu subordinado com frieza. Sentia que Slack dera folga para sua sensatez.

A moça que acabara de sair do carro veio socorrê-lo.

– É assim que sou conhecida profissionalmente – explicou, com o momentâneo lampejo de uma arcada de dentes brancos, grandes e muito bonitos. – Raymond e Josie é como eu e meu parceiro somos chamados, e, claro, o hotel todo me conhece como Josie. Josephine Turner é meu nome verdadeiro.

O coronel Melchett se ajustou à situação e convidou a srta. Turner a se sentar, enquanto lançava sobre ela um olhar arguto e profissional.

Era uma moça bonita, talvez mais para os trinta do que para os vinte anos; sua beleza dependia mais de cuidados habilidosos do que dos traços naturais. Parecia competente e de bom temperamento, com bastante bom senso. Não era do tipo que poderia ser descrito como glamoroso, mas tinha, assim mesmo, um bocado de atrativos. Usava maquiagem discreta e vestia um tailleur escuro bem cortado. Embora parecesse ansiosa e chateada, não estava, assim decidiu o coronel, sofrendo de tristeza.

Ao sentar-se disse:

– Parece horrível demais para ser verdade. Acha mesmo que é Ruby?

– Isso, receio, é o que precisamos que nos diga. Temo que vá ser bastante desagradável para a senhorita.

A srta. Turner disse, apreensiva:

– Ela... ela... está muito horrível?

– Bem... temo que vá ser um grande choque.

Ofereceu sua cigarreira, e ela aceitou um, agradecida.

– Quer... quer que eu vá vê-la já agora?

– Acho que seria melhor, srta. Turner. Entenda, não adianta muito interrogá-la antes de termos certeza. Melhor resolver logo, não acha?

– Está bem.

Foram de carro até o necrotério.

Quando Josie terminou sua rápida visita, parecia estar passando mal.

– É Ruby, sem dúvida – falou, tremendo. – Pobre dessa menina! Minha nossa, estou me sentindo estranha. Não tem – ela olhou ao redor ansiosa – nenhum gim por perto?

Não havia gim disponível, mas havia conhaque, e depois de tomar um belo gole a srta. Turner recobrou sua compostura. Falou com franqueza:

– Mexe com a gente, não é, ver uma coisa dessas? Pobrezinha da Rube! Esses homens sao uns porcos, não são?

– Acha que foi um homem?

Josie pareceu tomada de leve surpresa.

– Não foi? Bem, digo... naturalmente, eu pensei...

– A senhorita estava pensando em algum homem em especial?

Meneou a cabeça com força.

– Não, eu não. Não faço a menor ideia. É claro que Ruby não deixaria que eu soubesse se...

– Se o quê?

Josie hesitou.

– Bom... se estivesse... saindo com alguém.

Melchett lançou-lhe um olhar penetrante. Não disse mais nada até retornarem ao escritório. Então começou:

– Agora, srta. Turner, quero todas as informações que puder me passar.

– Sim, é claro. Por onde devo começar?

– Gostaria do nome completo e endereço da moça, seu parentesco com a senhorita e tudo o que sabe sobre ela.

Josephine Turner assentiu. Melchett confirmou sua sensação de que ela não sentia nenhuma tristeza específica. Estava chocada e aflita, mas nada além disso. Começou a falar em seguida.

– O nome dela era Ruby Keene, ou seja, esse era o nome profissional. O nome verdadeiro era Rosy Legge. A mãe dela era prima da minha mãe. Eu a conheço desde sempre, mas não tão bem assim, se é que me entende. Tenho uma porção de primos, alguns no comércio, outros no palco. Ruby estava meio que estudando para ser bailarina. Teve algumas oportunidades boas ano passado fazendo mímica e coisas do tipo. Nada muito sofisticado, mas em boas companhias do interior. Desde então foi contratada como uma das dançarinas no Palais de Danse em Brixwell, ao sul de Londres. É um lugar respeitável e cuidam bem das meninas lá, mas não se ganha muito dinheiro.

Ela fez uma pausa.

O coronel Melchett assentiu.

– Agora é aí que eu entro. Sou recepcionista de dança e de bridge no Majestic em Danemouth há três anos. É um bom emprego, bem pago e agradável. Atendemos as pessoas quando elas chegam... tiramos uma medida, claro, alguns preferem ser deixados em paz e outros estão solitários, querendo participar das atividades. A gente tenta reunir as pessoas certas para o jogo de bridge e assim por diante, e ajeitamos os mais jovens para dançarem uns com os outros. É necessário ter um pouco de tato e experiência.

Mais uma vez, Melchett balançou o queixo positivamente. Imaginava que a garota seria mesmo boa nesse emprego; tinha um jeito agradável e simpático e era, ele pensava, esperta sem a menor intelectualidade.

– Além disso – continuou Josie –, faço alguns números de dança todas as noites com Raymond. Raymond Starr é tenista e bailarino profissional. Bem, aconteceu que, neste verão, escorreguei em umas pedras quando estava me banhando um dia e torci feio o tornozelo.

Melchett havia percebido que ela caminhava mancando um pouco.

– Naturalmente, aquilo me obrigou a parar de dançar por um tempo e foi bem constrangedor. Não queria que o hotel contratasse outra pessoa no meu lugar. Isso é sempre perigoso – por um momento seus olhos sinceros e azuis ficaram duros e frios; uma fêmea lutando por sobrevivência –, porque podem sabotar sua carreira, entende. Então lembrei de Ruby e sugeri ao gerente que a chamasse. Eu continuaria fazendo o trabalho de recepcionista e o jogo de bridge e tudo o mais. Ruby tomaria meu lugar apenas na dança. Ficaria tudo em família, entende o que digo?

Melchett disse que entendia.

– Bom, concordaram, mandei um telegrama para Ruby, e ela veio. Foi uma chance e tanto para ela. Um trabalho de muito mais nível do que qualquer outro que havia feito. Isso foi há mais ou menos um mês.

O coronel Melchett perguntou:

– Compreendo. E ela foi um sucesso?

– Ah, sim – Josie confirmou, despreocupada –, foi muito bem recebida. Não dança tão bem quanto eu, mas Raymond é esperto e a levava direitinho, e ela era muito bonita, sabe... magra, loura e com carinha de bebê. Exagerava um pouco na maquiagem... eu sempre ficava de marcação em cima dela por isso. Mas sabe como são as meninas. Tinha só dezoito anos, e nessa idade sempre exageram. Não fica bem para um lugar de classe como o Majestic. Sempre reclamava para ela e pedia que desse uma moderada.

Melchett perguntou:

– As pessoas gostavam dela?

– Ah, sim. Veja bem, Ruby não era muito atinada. Era um pouco burra. Saía-se melhor com os homens mais velhos do que com os rapazes jovens.

– Tinha algum amigo especial?

Os olhos da garota encontraram os dele com total entendimento.

– Não da *maneira* que está dizendo. Ou, enfim, não que *eu* soubesse. Mas então, o senhor vê, ela não me contava nada.

Apenas por um instante Melchett se questionou por que não... Josie não dava a impressão de ser uma disciplinadora ferrenha. Mas disse apenas:

– Poderia me relatar agora quando foi a última vez que viu sua prima?

– Ontem à noite. Ela e Raymond fazem dois números de dança, um às dez e meia e outro à meia-noite. Terminaram o primeiro. Depois, notei que Ruby dançava com um dos rapazes que estava hospedado no hotel. Eu estava jogando bridge com algumas pessoas no lobby e no salão de baile. Essa foi a última vez que a vi. Logo depois da meia-noite, Raymond apareceu num humor terrível, perguntando por Ruby; ela não aparecera, e era hora de começar. Eu fiquei *incomodada*, posso lhe afirmar isso! É bem o tipo de coisa que uma garota boba faz, irritando a gerência e então levando um pé na bunda! Fui com ele até o quarto dela, mas não estava lá. Percebi que ela trocara de roupa. O vestido no qual estivera dançando, um meio cor-de-rosa, volumoso e com várias saias, estava sobre uma cadeira. Em geral ela ficava com o mesmo vestido, a menos que fosse a noite da dança especial, ou seja, nas quartas-feiras.

"Não fazia ideia do paradeiro dela. Chamamos a banda para tocar mais um foxtrote, e nada de Ruby, então disse a Raymond que *eu* faria o número de dança com ele. Escolhemos um menos complicado para meu tornozelo e fizemos uma versão mais curta... mas aquilo forçou bastante meu tornozelo mesmo assim. Estava todo inchado esta manhã. E Ruby ainda não aparecera.

Ficamos por lá esperando ela aparecer até umas duas da manhã. Eu estava furiosa com ela."

A voz dela vibrou de leve. Melchett discerniu uma pitada de raiva verdadeira ali. Apenas por um instante, ficou se questionando. A reação parecia um pouco mais intensa do que se justificaria pelos fatos. Teve a sensação de que algo fora deixado de fora de propósito. Perguntou:

– E hoje de manhã, quando Ruby Keene não retornou e a cama dela não fora usada, você foi até a polícia?

Sabia pela rápida mensagem do telefonema de Danemouth que não era o caso. Mas queria ouvir o que Josephine Turner diria.

Não hesitou. Disse:

– Não, *eu* não fui.

– Por que não, srta. Turner?

Seu olhar sincero encontrou o dele. Falou:

– O *senhor* não iria... se estivesse no meu lugar!

– Acha que não?

Josie continuou:

– Preciso pensar no meu emprego. Se há uma coisa que um hotel não quer é escândalo, especialmente qualquer assunto que vá chamar a polícia. Não pensei que houvesse acontecido nada sério com Ruby. Nem por um minuto! Achei que havia feito papel de tola por causa de algum rapaz. Jurei que reapareceria bem, e eu daria uma boa descascada nela quando aparecesse! Essas meninas de dezoito anos são tão bobas.

Melchett fingiu revisar suas anotações.

– Ah, sim, vejo que foi um tal de sr. Jefferson que foi até a polícia. Um dos hóspedes do hotel?

Josephine Turner respondeu apenas:

– É.

O coronel Melchett perguntou:

– O que levou esse sr. Jefferson a fazer isso?

Josie alisava o punho da jaqueta. Seus trejeitos demonstravam constrangimento. Mais uma vez, o coronel Melchett teve a sensação de que algo estava sendo omitido. Ela confessou a contragosto:

– Ele é inválido. Ele... fica bem enraivecido com facilidade. Por ser inválido, digo.

Melchett deixou o assunto de lado. Perguntou:

– Quem era o rapaz com quem viu sua prima dançando pela última vez?

– O nome dele é Bartlett. Está lá faz uns dez dias.

– Os dois tinham uma relação de amizade?

– Não especificamente, eu diria. Não que *eu* saiba, pelo menos.

De novo, um toque curioso de raiva na voz dela.

– O que ele tem a dizer?

– Disse que, depois da dança, Ruby subiu para empoar o nariz.

– Foi então que trocou de vestido?

– Suponho que sim.

– E essa é a última coisa que sabe? Depois disso, ela simplesmente...

– Evaporou – completou Josie. – Isso mesmo.

– A srta. Keene conhecia alguém de St. Mary Mead? Ou nesta região?

– Não sei. Pode ter conhecido. O senhor vê, muitos moços passam por Danemouth, pelo Majestic, vindos de todas as partes. Não tenho como saber de onde são a menos que acabem mencionando.

– Alguma vez ouviu sua prima mencionar o nome Gossington?

– Gossington? – Josie era de uma perplexidade notória.

– A mansão Gossington Hall.

Balançou a cabeça.

– Nunca ouvi falar – o tom dela era de total convicção. Havia curiosidade ali também.

– Gossington Hall – explicou o coronel Melchett – foi onde encontraram o corpo.

– Gossington Hall? – ela o fitou. – Que coisa extraordinária!

Melchett pensou consigo: "Extraordinária é a palavra certa!". Em voz alta, disse:

– Conhece o coronel ou a senhora Bantry?

De novo, Josie meneou a cabeça.

– Ou um sr. Basil Blake?

Ela franziu a testa um pouco.

– Acho que ouvi o nome. Sim, tenho certeza de que ouvi, mas não lembro de nada sobre ele.

O diligente detetive Slack deslizou para seu superior uma página rasgada de um caderno. Nela estava escrito a lápis:

"*O coronel Bantry jantou no Majestic semana passada.*"

Melchett levantou o rosto e encontrou o olhar do inspetor. O chefe de polícia corou. Slack era um oficial aplicado e dedicado, e Melchett não gostava nada dele. Mas não poderia desconsiderar o desafio. O inspetor acusava-o tacitamente de estar favorecendo sua própria classe; de estar protegendo uma "amizade de escola".

Voltou-se para Josie.

– Srta. Turner, gostaria, se não se importar, que a senhorita me acompanhasse até Gossington Hall.

Frio e com ar provocador, quase ignorando o murmúrio de assentimento de Josie, o olhar de Melchett encontrou o de Slack.

CAPÍTULO 4

I

St. Mary Mead estava vivendo sua manhã mais eletrizante em anos.

A srta. Wetherby, uma solteirona ácida de nariz comprido, foi a primeira a espalhar a notícia inebriante. Deu uma passada na casa da vizinha e amiga, a srta. Hartnell.

– Perdoe-me por aparecer assim tão cedo, querida, mas pensei, talvez, que ainda não soubesse da *novidade.*

– Que novidade? – exigiu a srta. Hartnell. Tinha uma voz grave e profunda e visitava os pobres infatigavelmente, não importando o quanto eles tentassem evitar sua assistência.

– Sobre o corpo na biblioteca do coronel Bantry, o corpo de uma *mulher...*

– Na *biblioteca* do coronel Bantry?

– Sim. Não é *terrível*?

– *Pobre* da mulher dele – a srta. Hartnell tentava disfarçar um deleite profundo e ardente.

– Pois é, de fato. Não imagino que ela fizesse ideia.

A srta. Hartnell observou, com tom de censura:

– Preocupava-se mais com o jardim e não o suficiente com o marido. É preciso ficar de olho nos homens... o tempo todo... o tempo todo – repetiu a srta. Hartnell, com violência.

– Eu sei, eu sei. É realmente terrível demais.

– Fico me perguntando o que Jane Marple vai dizer. Acha que sabia disso? Ela é tão afiada para esses assuntos.

– Jane Marple foi até Gossington.

– Como? Esta manhã?

– Bem cedo. Antes do café.

– Mas francamente! Ora essa! Bem, digo, acho que isso vai *além* do limite. Todo mundo sabe que Jane gosta de enfiar o nariz em tudo, mas diria que isso é indecente!

– Oh, mas foi a sra. Bantry quem mandou buscá-la.

– A sra. Bantry *mandou* buscá-la?

– Bem, o carro veio... com Musswell na direção.

– Minha nossa! Que coisa esquisita...

Ficaram em silêncio por um minuto ou dois, digerindo as informações.

– O corpo é de quem? – demandou a srta. Hartnell.

– Sabe aquela mulher horrenda que vem para cá com Basil Blake?

– Aquela loira horrorosa de farmácia? – a srta. Hartnell estava um pouco desinformada. Ainda não acompanhara a transição da moda da loira de farmácia para a platinada. – Aquela que fica deitada no jardim praticamente nua?

– Sim, minha cara. Lá estava ela, no tapete da lareira... *estrangulada*!

– Mas como assim... em *Gossington*?

A srta. Wetherby assentiu com uma expressividade infinita.

– Então... o coronel Bantry *também*...?

Mais uma vez, a srta. Wetherby anuiu.

– Oh!

Houve uma pausa enquanto as mulheres saboreavam essa nova adição para os escândalos do vilarejo.

– Que mulher do mal! – alardeou a srta. Hartnell com ira justificada.

– Bastante, bastante desavergonhada, temo em dizer!

– E o coronel Bantry... um homem tão simpático e discreto...

A srta. Wetherby falou com entusiasmo:

– Os quietinhos são em geral os piores. Jane Marple sempre diz.

II

A sra. Price Ridley estava entre as últimas a tomar conhecimento das novidades.

Uma viúva rica e autoritária, ela morava em uma casa grande ao lado da paróquia. Sua informante foi a jovem empregada, Clara.

– Uma *mulher*, está dizendo, Clara? *Encontrada morta no tapete do coronel Bantry*?

– Foi, dona. E dizem, dona, que não estava vestindo nada, dona, nem um trapinho!

– Isso é tudo, Clara. Não precisa entrar em maiores detalhes.

– Não, dona, e dizem, dona, que de primeiro acharam que era a mocinha do sr. Blake, que vem com ele passar o fim de semana na casa nova do sr. Booker. Mas agora dizem que é uma moça bem diferente. E o filho do peixeiro, ele disse que nunca teria acreditado numa coisa dessas do coronel Bantry... não com ele passando o prato do sacramento nos domingos e tudo mais.

– Há muita maldade neste mundo, Clara – disse a sra. Price Ridley. – Que isso lhe sirva de aviso.

– Sim, dona. Minha mãe, ela *nunca* vai me deixar trabalhar numa casa que tenha um cavalheiro.

– Isso é *tudo*, Clara – disse a sra. Price Ridley.

III

O presbitério ficava a um passo da casa da sra. Price Ridley.

A sra. Price Ridley deu sorte em encontrar o pároco no escritório.

O pároco, um homem de meia-idade muito bondoso, era sempre o último a ficar sabendo de qualquer coisa.

– A coisa mais *terrível* – disse a sra. Price Ridley, arfando um pouco por ter se deslocado para lá bastante depressa. – Achei que precisava do seu conselho, suas palavras sobre o assunto, caro vigário.

O sr. Clement pareceu um pouco alarmado. Disse:

– Aconteceu alguma coisa?

– Se aconteceu *alguma* coisa? – a sra. Price Ridley repetiu a pergunta com dramaticidade. – O escândalo mais terrível! Nenhum de nós fazia ideia. Uma mulher devassa, completamente despida, estrangulada no tapete do coronel Bantry.

O pároco a fitou. Arriscou:

– A senhora... está se sentindo bem?

– Não admira que o senhor não consiga acreditar! *Eu* mesma não conseguia no início. A hipocrisia daquele homem! Todos esses anos!

– Por favor, me conte exatamente do que se trata tudo isso.

A sra. Price Ridley mergulhou em uma narrativa rebuscada. Quando concluiu, o sr. Clement falou com jeito calmo:

– Mas não há nada, há, que aponte para o envolvimento do sr. Bantry nisso?

– Oh, caro pároco, o senhor é tão puro! Mas preciso lhe contar uma historinha. Na quinta-feira passada, ou foi na quinta anterior? Bem, não importa... eu estava a caminho de Londres no trem diurno, que é mais barato. O coronel Bantry estava no mesmo vagão. Parecia estar bastante distraído. E quase por todo o trajeto ele se escondeu por trás do *The Times*. Como se, entende, ele não quisesse *conversar*.

O pároco assentiu com total compreensão e possível comiseração.

– Em Paddington, despedi-me. Ele ofereceu-se para me conseguir um táxi, mas eu estava pegando o ônibus para Oxford Street... Ele entrou em um táxi, e o escutei claramente dizer ao motorista para ir até... *bem, onde o senhor acha*?

O sr. Clement pareceu intrigado.

– Um endereço em *St. John's Wood*!

A sra. Price fez uma pausa triunfal.

O vigário permanecia sem entender.

– Isso eu considero *uma prova* – declarou a sra. Price Ridley.

IV

Em Gossington, a sra. Bantry e Miss Marple estavam sentadas na sala de estar.

– Sabe – foi dizendo a sra. Bantry –, não consigo disfarçar meu alívio de terem levado o corpo embora. Não é *bom* ter um cadáver na casa da gente.

Miss Marple assentiu.

– Sei, querida. Sei bem como se sente.

– Não pode saber – disse a sra. Bantry –, não até que tenha um na sua. Sei que teve um no vizinho certa vez, mas não é a mesma coisa. Só espero – continuou – que Arthur não fique desgostoso com a biblioteca. Passamos tanto tempo lá. O que está fazendo, Jane?

Pois Miss Marple, com uma olhada de relance para o relógio de pulso, começava a se pôr de pé.

– Bem, estava pensando em ir para casa. Se não há mais nada que possa fazer por você...

– Não vá ainda – disse a sra. Bantry. – Os homens das digitais, os fotógrafos e a maior parte dos policiais já foram, sei, mas ainda sinto como se algo fosse acontecer. Você não vai querer perder nada.

O telefone tocou, ela foi atender. Retornou com a expressão radiante.

– Falei que mais coisas aconteceriam. Era o coronel Melchett. Está trazendo a prima da pobre moça com ele.

– Por que será – disse Miss Marple.

– Como assim, Jane?

– Bem, acho que, talvez, possa querer que ela veja o coronel Bantry.

A sra. Bantry disparou, ríspida:

– Para ver se ela o reconhece? Suponho que, ah, sim, suponho que vão acabar desconfiando de Arthur.

– Receio que sim.

– Como se Arthur pudesse ter algo a ver com isso!

Miss Marple ficou em silêncio. A sra. Bantry voltou-se para ela com tom acusatório.

– E não vá mencionar o velho general Henderson ou outro velho terrível que dava casa para as criadas. Arthur não é desse tipo.

– Não, não, claro que não.

– Não, mas ele *de fato* não é. Ele só, às vezes, fica um pouco bobo com as mocinhas bonitas que vêm jogar tênis. Sabe, bem orgulhoso e avuncular. Não vejo maldade nisso. E por que deveria? Afinal – completou a sra. Bantry com certa obscuridade –, eu tenho o jardim.

Miss Marple sorriu.

– Não deve se preocupar, Dolly – falou.

– Não, não tenho a intenção. Mas mesmo assim me preocupo um pouco. E também Arthur. Está incomodado. Todos esses policiais perambulando. Desceu para a fazenda. Olhar os porcos e coisas assim sempre o acalmam quando está irritado. Ora, aí estão eles.

O carro do chefe de polícia encostou do lado de fora.

O coronel Melchett entrou acompanhado de uma mulher jovem bem arrumada.

– Esta é a srta. Turner, sra. Bantry. Prima da... hã... vítima.

– Como vai – cumprimentou a sra. Bantry, avançando com a mão estendida. – Tudo isso deve ser bastante difícil para você.

Josephine Turner falou com franqueza:

– Oh, é, sim. De certa forma, nada parece *real*. É como um pesadelo.

A sra. Bantry apresentou Miss Marple.

Melchett perguntou com ar casual:

– Seu marido está?

– Teve de ir até uma das fazendas. Vai voltar logo.

– Oh – Melchett pareceu desapontado.

A sra. Bantry disse a Josie:

– Gostaria de ver onde... onde aconteceu? Ou quem sabe não?

Josephine falou depois de um momento de pausa:

– Acho que gostaria de ver.

A sra. Bantry a levou até a biblioteca com Miss Marple e Melchett seguindo logo atrás.

– Ela estava ali – disse a sra. Bantry, apontando com dramaticidade –, no tapete da lareira.

– Oh! – Josie teve um calafrio. Mas também parecia perplexa. Disse, com o cenho franzido: – Não *consigo* entender! *Não consigo*!

– Bom, *nós* certamente não estamos conseguindo – afirmou a sra. Bantry.

Josie falou devagar:

– Não é o tipo de lugar que... – e interrompeu a frase.

Miss Marple assentiu delicadamente, concordando com o sentimento não expresso.

– Isso – murmurou – é o que torna o fato muitíssimo interessante.

– Vamos, Miss Marple – disse o coronel Melchett, de bom humor –, a senhora não tem uma explicação?

– Ah, sim, tenho uma *explicação* – disse Miss Marple. – Uma bem plausível. Mas, claro, é apenas uma *ideia* minha. Tommy Bond – continuou – e a sra. Martin, nossa nova professora. Ela subiu para dar corda no relógio, e um sapo pulou lá de dentro.

Josephine Turner pareceu confusa. Enquanto todos saíam da sala, murmurou para a sra. Bantry:

– A velhinha é um pouco atrapalhada da cabeça?

– De jeito nenhum – falou a sra. Bantry, indignada.

Josie disse:

– Desculpe, achei que talvez ela achasse que *fosse* um sapo ou coisa parecida.

O coronel Bantry estava entrando em casa pela porta lateral. Melchett fez sinal para ele e observou Josephine Turner quando apresentou os dois. Mas não houve sinal de interesse ou reconhecimento no rosto dela. Melchett suspirou de alívio. Às favas com Slack e suas insinuações!

Em resposta às perguntas da sra. Bantry, Josie estava despejando a história do desaparecimento de Ruby Keene.

– Uma preocupação tenebrosa para você, minha querida – disse a sra. Bantry.

– Fiquei mais brava do que preocupada – afirmou Josie. – Entenda, não sabia então que acontecera alguma coisa com ela.

– E ainda assim – disse Miss Marple – foi até a polícia. Não teria sido... me desculpe... um tanto *prematuro*?

Josie explicou-se, aflita:

– Oh, mas não fui eu. Foi o sr. Jefferson...

A sra. Bantry indagou:

– Jefferson?

– Sim, ele é inválido.

– Não está falando de *Conway* Jefferson? Mas eu o conheço bem. É um antigo amigo nosso. Arthur, escute... Conway Jefferson. Está hospedado no Majestic e foi ele quem avisou a polícia! Não é uma coincidência?

Josephine Turner disse:

– O sr. Jefferson passou o último verão lá também.

– Imagine! E nunca soubemos. Não o vejo há muito tempo – voltou-se para Josie: – Como... como ele está hoje em dia?

Josie considerou.

– Acho que está muito bem, de fato... ótimo mesmo. Considerando, digo. Está sempre alegre, sempre contando piadas.

– A família está lá com ele?

– O sr. Gaskell, a senhora diz? E a jovem sra. Jefferson? E Peter? Ah, sim.

Havia algo inibindo a franqueza usual e atraente de Josephine Turner. Quando falava da família Jefferson, havia algo não muito natural no tom de voz.

A sra. Bantry disse:

– Os dois são muito simpáticos, não são? Os mais jovens, digo.

Josie falou com um ar de bastante incerteza:

– Ah, sim... sim, são. Eu... nós... sim, são, *de fato*.

V

– E o que – indagou a sra. Bantry enquanto olhava da janela o carro do chefe de polícia se distanciando – ela quis dizer com aquilo? "São, *de fato*". Não acha, Jane, que há algo...

Miss Marple agarrou-se às palavras, ansiosa.

– Oh, eu acho... acho mesmo. É bastante *evidente*! O jeito dela mudou *assim* que os Jefferson foram mencionados. Ela parecia bastante natural até então.

– Mas o que você pensa que *é*, Jane?

– Bem, minha querida, *você* os conhece. Tudo que sinto é que existe *alguma coisa*, como você disse, a respeito deles que preocupa aquela moça. Outra coisa. Reparou que, quando lhe perguntou se não estivera ansiosa pelo sumiço da menina, ela disse que estava *brava*! E *pareceu* brava, *muito* brava! Isso me soa *interessante*, entende. Tenho uma sensação, talvez esteja enganada, que essa seja a principal reação dela à morte da menina. Não se importava com ela, tenho certeza. Não está triste de modo algum. Mas acho, sem a menor dúvida, que pensar naquela moça, Ruby Keene, a deixa *irritada*. E o interessante da questão é: *por quê*?

– Vamos descobrir! – exclamou a sra. Bantry. – Vamos até Danemouth ficar no Majestic... sim, Jane, você também. Preciso de uma mudança de ares para os meus nervos depois do que aconteceu aqui. Alguns dias no Majestic... é disso que precisamos. E vai conhecer Conway Jefferson. Ele é muito querido, adorável, sem tirar nem pôr. É a história mais triste que pode imaginar. Tinha um filho e uma filha e amava demais a ambos. Os dois eram casados, mas ainda passavam bastante tempo em casa. Sua esposa, também, era a mulher mais doce do mundo, e ele era devotado à mulher. Estavam voltando de avião para casa certo ano, vindo da França, e sofreram um acidente. Morreram todos: o piloto, a sra. Jefferson, Rosamund e Frank. Conway ficou com as duas pernas tão avariadas que precisaram ser amputadas. E ele tem sido fenomenal... sua coragem, sua audácia! Era um homem muito ativo e agora é um aleijado dependente, mas jamais reclama. A nora mora com ele... ela era viúva quando Frank Jefferson se casou com ela e já tinha um filho do primeiro casamento, Peter Carmody. Os dois moram com Conway. E Mark Gaskell, o marido de Rosamund, também passa boa parte do tempo lá. A história toda foi uma tragédia das mais tenebrosas.

– E agora – disse Miss Marple – acontece mais uma tragédia...

A sra. Bantry disse:

– Ah, sim... sim... mas não tem nada a ver com os Jefferson.

– Não tem? – disse Miss Marple. – Foi o sr. Jefferson que avisou a polícia.

– E não é que foi mesmo... Sabe, Jane, isso é *curioso*...

CAPÍTULO 5

I

O coronel Melchett estava diante de um gerente de hotel muito aborrecido. Com ele, estavam o superintendente Harper, da polícia de Glenshire, e o inevitável inspetor Slack... este último bastante incomodado com a usurpação forçada do caso por parte do chefe de polícia.

O superintendente Harper sentia-se inclinado a consolar o sr. Prestcott, que estava quase em lágrimas; o coronel Melchett tendia para uma brutalidade mais direta.

– De nada adianta chorar sobre o leite derramado – falou, ríspido. – A garota está morta, foi estrangulada. Tem sorte de que não foi estrangulada no seu hotel. Isso coloca a investigação em um condado diferente e afeta pouquíssimo o seu estabelecimento. Porém, certos inquéritos precisam ser realizados, e o quanto antes começarmos, melhor. Pode confiar que seremos discretos e usaremos de tato. Então, sugiro que deixe de conversa fiada e vá logo ao que interessa. O que sabe exatamente sobre a garota?

– Não sabia nada sobre ela... nada mesmo. Josie a trouxe para cá.

– Josie trabalha aqui há quanto tempo?

– Dois anos... não, três.

– E gosta dela?

– Sim, Josie é uma boa menina... uma boa menina. Competente. Ela se dá bem com as pessoas e sabe apaziguar os ânimos... Bridge, o senhor sabe, é um jogo de sensibilidades...

O coronel Melchett assentiu, compreensivo. A mulher dele era uma entusiasta, mas péssima jogadora de bridge. O sr. Prestcott prosseguiu:

– Josie sempre foi muito boa em amansar qualquer desentendimento. Sabia lidar com as pessoas... um tanto simpática, mas firme, se entende o que quero dizer.

Mais uma vez, Melchett assentiu. Sabia agora quem a srta. Josephine Turner o lembrara. Apesar da maquiagem e da roupa elegante, havia um toque bem nítido de governanta no jeito dela.

– Dependo dela – continuou o sr. Prestcott. Seus modos tomaram ares pesarosos. – O que ela queria brincando nos rochedos escorregadios daquele jeito tão tolo? Temos uma boa praia aqui. Por que não podia se banhar nela? Resvalando, caindo e quebrando o tornozelo. Não foi justo *comigo*! Pago para que dance, jogue bridge e mantenha as pessoas contentes e entretidas... não para sair dando mergulhos de rochedos e quebrando o tornozelo. As dançarinas têm de proteger os tornozelos delas... não podem se arriscar. Fiquei muito incomodado com isso. Não foi justo com o hotel.

Melchett interrompeu o recital.

– E então ela sugeriu que essa moça, essa prima dela, viesse para cá?

Prestcott assentiu a contragosto.

– Isso mesmo. Pareceu ser uma boa ideia. Veja bem, eu não pagaria nada extra. A moça teria hospedagem e alimentação. Mas, quanto ao salário, isso seria arranjado entre ela e Josie. Foi assim que combinamos. *Eu* não sabia nada sobre a moça.

– Mas ela se saiu bem?

– Ah, sim, não havia nada de errado com ela... nada que chamasse a atenção, enfim. Era muito jovem, claro... talvez um pouco vulgar no estilo para um lugar da nossa categoria, mas com boas maneiras; calma e bem comportada. Dançava bem. As pessoas gostavam dela.

– Bonita?

Era uma pergunta difícil de responder diante da visão do rosto inchado e azul.

O sr. Prestcott ponderou.

– Bonitinha para médio. A cara um pouco de fuinha, se é que me entende. Não seria grande coisa sem maquiagem. Mas, como se arrumava, conseguia se tornar bastante atraente.

– Muitos rapazes fazendo o cerco?

– Sei onde está querendo chegar, senhor – o sr. Prestcott ficou nervoso. – *Eu* nunca presenciei nada. Nada em especial. Um ou dois dos meninos ficaram ao redor dela um pouco... mas fazia parte do trabalho, digamos. Nada do tipo que fosse levar a um estrangulamento. Ela se dava bem com os mais velhos também... tinha um jeito infantil de falar, lembrava muito uma criança, se é que me entende. Eles achavam aquilo divertido.

O superintendente Harper disse com um tom profundo e melancólico:

– O sr. Jefferson, por exemplo?

O gerente concordou.

– Sim, o sr. Jefferson era uma das pessoas de quem me lembrei. Ela costumava se sentar bastante com ele e a família. Ele costumava levá-la para passear de carro às vezes. O sr. Jefferson gosta muito dos jovens e é muito generoso com eles. Não quero que entendam mal, o sr. Jefferson é aleijado; não consegue se mexer muito... vai apenas aonde consegue chegar com sua cadeira de rodas. Mas está sempre interessado em ver os jovens se divertindo... assiste às partidas de tênis, aos banhos de mar e todo o resto... e dá festas para os jovens daqui. Gosta da juventude... e não há nenhuma amargura nele como talvez fosse de se esperar. Um cavalheiro bastante popular e, diria, de um ótimo caráter.

Melchett perguntou:

– E se interessou por Ruby Keene?

– As conversas dela o divertiam, acho.

– A família dele também compartilhava do mesmo carinho?

– Eram sempre agradáveis com ela.

Harper disse:

– E foi ele quem avisou a polícia sobre o desaparecimento?

Esforçara-se para carregar no significado da frase e incluir uma reprovação, à qual o gerente respondeu prontamente.

– Coloque-se no meu lugar, sr. Harper. Não *sonhava*, nem por um segundo, que algo estivesse errado. O sr. Jefferson entrou com ímpeto na minha sala, todo nervoso. A moça não dormira no quarto dela. Não aparecera para fazer a dança na noite anterior. Deveria ter saído para dar uma volta de carro e sofrera um acidente, quem sabe. A polícia deveria ser informada de imediato! Uma investigação deve ser feita! Ele estava alterado; e bastante colérico. Telefonou para a delegacia na mesma hora.

– Sem consultar a srta. Turner?

– Josie não gostou muito, pude perceber. Estava bastante aborrecida com a coisa toda... aborrecida com Ruby, digo. Mas o que ela poderia dizer?

– Acho – disse Melchett – que seria melhor falarmos com o sr. Jefferson. Hein, Harper?

O superintendente Harper concordou.

II

O sr. Prestcott foi com eles até a suíte de Conway Jefferson. Ficava no primeiro andar, com vista para o mar. Melchett falou, descuidado:

– Esse passa bem, hein? É rico?

– De muitas posses mesmo, creio. Não economiza em nada quando vem aqui. Reserva os melhores quartos... a comida em geral é *à la carte*, vinhos caros, tudo do melhor.

Melchett balançou o queixo.

O sr. Prestcott bateu na porta, e uma voz de mulher disse:

– Entre.

O gerente entrou, os outros estavam logo atrás.

O sr. Prestcott demonstrou constrangimento ao falar com a mulher, que, da poltrona à janela, voltou o pescoço quando eles entraram.

– Sinto muito em perturbá-los, sra. Jefferson, mas esses cavalheiros são... da polícia. Estão muito ansiosos para dar uma palavrinha com o sr. Jefferson. Hã... coronel Melchett... superintendente Harper, inspetor... hã... Slack... sra. Jefferson.

A sra. Jefferson assentiu com a cabeça em resposta às apresentações.

Uma mulher sem graça, essa foi a primeira impressão de Melchett. Então, quando um leve sorriso se formou nos lábios dela ao falar, mudou de opinião. Tinha uma voz de um charme e doçura singulares, e seus olhos, de um castanho-claro transparente, eram lindos. Estava vestida de forma discreta, mas que lhe caía bem, e tinha, ele julgou, uns 35 anos.

Ela disse:

– Meu sogro está dormindo. Não é uma pessoa forte, e essa notícia foi um choque terrível para ele. Tivemos de chamar o médico, que lhe deu um sedativo. Assim que acordar, sei que vai querer falar com vocês. Nesse meio-tempo, quem sabe eu possa ajudá-los? Não querem se sentar?

O sr. Prestcott, ansioso para escapar, disse ao coronel Melchett:

– Bem... hã... se isso for tudo que posso fazer por vocês? – e recebeu com alívio a permissão para partir.

Com o fechar da porta atrás dele, a atmosfera foi imbuída de uma qualidade mais tranquila e sociável. Adelaide Jefferson tinha o poder de criar um clima calmo. Era uma mulher que não parecia jamais dizer nada de notório, mas que se saía bem estimulando as outras pessoas a falarem e fazendo com que se sentissem à vontade. Acertou a nota em cheio quando falou:

– Essa história deixou a todos nós muito chocados. Convivíamos bastante com a pobrezinha, sabem. Parece tão inacreditável. Meu sogro está terrivelmente chateado. Gostava demais de Ruby.

O coronel Melchett disse:

– Foi o sr. Jefferson, pelo que entendo, quem avisou a polícia sobre o desaparecimento?

Queria testar como ela reagiria ao comentário. Percebeu uma pitada, apenas uma pitada... de... incômodo? Preocupação?... Ele não soube precisar, mas havia *algo*, e lhe pareceu que ela claramente se encheu de coragem, como quem precisa levar adiante uma tarefa desagradável, antes de continuar.

Declarou:

– Sim, foi isso mesmo. Sendo inválido, é fácil ele se aborrecer e se preocupar. Tentamos persuadi-lo de que estava tudo bem, de que haveria alguma explicação natural, e de que a própria moça não gostaria que a polícia fosse notificada. Ele insistiu. Bem – ela fez um gesto sutil –, ele estava certo, e nós, errados.

Melchett perguntou:

– Quão bem, exatamente, a senhora conhecia Ruby Keene, sra. Jefferson?

Ela considerou.

– É difícil dizer. Meu sogro é muito afetuoso com os jovens e gosta de tê-los por perto. Ruby era um tipo novo para ele... achava graça e estava interessado na conversa dela. Ela se sentava conosco bastante no hotel, e meu sogro a levava para passear de carro.

A voz dela era quase descompromissada. Melchett pensou consigo: "Ela poderia contar mais, se quisesse".

Propôs:

– Poderia me relatar tudo o que sabe sobre a sequência dos acontecimentos de ontem à noite?

– Certamente, mas há muito pouco que possa ser útil, receio. Depois do jantar, Ruby veio sentar-se conosco no salão. Ficou ali até depois de começarem as danças. Combinamos de jogar bridge mais tarde, mas estávamos esperando por Mark, falo de Mark Gaskell, meu concunhado, que era casado com a filha do sr. Jefferson, sabe, ele tinha umas cartas importantes para escrever, e também por Josie. Ela fecharia o time de quatro conosco.

– Isso acontecia com frequência?

– Era bastante frequente. Ela é uma jogadora de primeira linha, claro, e muito simpática. Meu sogro é um ávido jogador de bridge e sempre que possível gostava de chamar Josie para completar a mesa em vez de convidar um estranho. Naturalmente, como ela tem de organizar as mesas, não pode sempre jogar conosco, mas joga sempre que possível, e como – seus olhos sorriram um pouco – meu padrasto gasta rios de dinheiro no hotel, a gerência fica contente por Josie nos fazer esse agrado.

Melchett perguntou:

– Gosta de Josie?

– Sim, gosto. Está sempre bem-humorada e alegre, trabalha duro e parece gostar do serviço. É esperta, embora não muito culta, e... bem... nunca finge coisa alguma. É natural e não é afetada.

– Por favor, prossiga, sra. Jefferson.

– Como eu dizia, Josie tinha que organizar os quartetos, e Mark estava escrevendo, então Ruby sentou-se e conversou conosco um pouco além do normal. Depois, Josie veio, e Ruby saiu para fazer seu primeiro solo com Raymond, ele é bailarino profissional e jogador de tênis. Voltou para nós depois, bem quando Mark chegou. Então se levantou para dançar com um rapaz, e nós quatro começamos nossa partida de bridge.

Ela parou e fez um gesto delicado e discreto demonstrando incapacidade.

– E isso é tudo que sei! Apenas a vi de relance depois que foi dançar, mas bridge é um jogo de concentração, mal olhei pela divisória de vidro para enxergar o salão de baile. Então, à meia-noite, Raymond foi procurar por Josie, muito aborrecido, e perguntou onde Ruby estava. Josie, naturalmente, tentou fazer com que ele se calasse, mas...

O superintendente Harper interrompeu. Falou em voz baixa:

– Por que "*naturalmente*", sra. Jefferson?

– Bom – hesitou, parecendo, segundo pensou Melchett, um pouco irritada –, Josie não queria que a ausência da garota fosse muito percebida. Ela se considerava responsável de certo modo pela garota. Disse que Ruby provavelmente estava no quarto, que a garota havia comentado mais cedo que estava com uma dor de cabeça... A propósito, não acho que seja verdade; Josie apenas usou aquilo como desculpa. Raymond saiu e telefonou para o quarto de Ruby, mas tudo indica que não obteve resposta e retornou alterado... temperamental, sabe. Josie saiu com ele e tentou acalmá-lo e, no fim, dançou com ele no lugar de Ruby. Muita imprudência da parte dela, porque deu para ver depois que machucara o tornozelo. Ela voltou para nós quando a dança acabou e tentou acalmar o sr. Jefferson. Àquela altura ele já estava todo nervoso. Nós o convencemos no fim a ir se deitar, dissemos que Ruby provavelmente fora dar uma volta de carro e o pneu furou. Foi dormir preocupado e, esta manhã, começou logo a se agitar – ela deu uma pausa. – O resto vocês sabem.

– Obrigado, sra. Jefferson. Agora vou lhe perguntar se faz alguma ideia de quem pode ter feito uma coisa dessas.

Ela saiu dizendo:

– Não faço a menor ideia. Receio que não possa ajudá-los nem um pouco.

Ele pressionou.

– A moça nunca comentou nada? Nada sobre ciúme? Sobre algum homem de quem sentisse medo? Ou com quem tivesse intimidade?

Adelaide Jefferson balançou a cabeça negativamente para cada uma das proposições.

Parecia não haver mais nada que pudesse lhes contar.

O superintendente sugeriu que entrevistassem o jovem George Bartlett e retornassem para falar com o sr. Jefferson mais tarde. O coronel Melchett concordou, e os três homens saíram. A sra. Jefferson prometeu avisar assim que o sr. Jefferson estivesse acordado.

– Boa pessoa – disse o coronel, quando fecharam a porta.

– Uma senhora de fato muito fina – concordou o superintendente Harper.

III

George Bartlett era um jovenzinho magro, esguio, com um pomo de adão proeminente e uma imensa dificuldade em expressar o que pensava. Estava num tal estado de estremecimento que foi difícil conseguir uma declaração calma dele.

– Digo, é terrível, não é? O tipo de coisa que a gente lê nos jornais de domingo... mas a gente nunca pensa que aconteça de verdade, sabe?

– Infelizmente não restam dúvidas, sr. Bartlett – disse o superintendente.

– Não, não, claro que não. Mas parece tão inusitado. E a alguns quilômetros daqui e tudo, em uma casa de campo, não foi? Bem provinciana e tal. Criou uma comoção nas redondezas... então?

O coronel Melchett assumiu o comando.

– Conhecia bem a garota morta, sr. Bartlett?

George Bartlett ficou alarmado.

– Oh, n-n-n-ão tão bem, s-s-senhor. Não, quase nada... se entende o que quero dizer. Dancei com ela uma ou duas vezes... passava o tempo durante o dia, um pouco de tênis, o senhor *entende*.

– O senhor foi, ao que parece, a última pessoa que a viu viva ontem à noite.

– Suponho que tenha sido... não soa terrível? Digo, ela estava perfeitamente bem quando a vi... totalmente.

– Que horas eram isso, sr. Bartlett?

– Bem, sabe, nunca sei a hora direito... não era muito tarde, se me entende.

– Dançou com ela?

– Sim, de fato... bem, sim, dancei. Cedo da noite, porém. Já sei, foi logo depois da dança de apresentação que ela faz com o parceiro profissional. Deve ter sido umas dez, ou dez e meia, ou onze. Não sei.

– A hora não importa. Isso podemos acertar. Por favor, nos diga exatamente o que aconteceu.

– Bem, nós dançamos, sabe. Não que *eu* seja um exímio bailarino.

– A qualidade dos seus passos é irrelevante, sr. Bartlett.

George Bartlett lançou um olhar alarmado para o coronel e gaguejou:

– Não... hã... n-n-não, imagino que não, não é. Então, como dizia, dançamos, foram voltas e mais voltas, e eu falava, mas Ruby não dizia quase nada e bocejava um pouco. Como já disse, não danço muito bem, e as meninas... bem... preferem me dar um desdobre, se é que me entende. Ela falou que estava com dor de cabeça... sei quando tirar meu time de campo, então disse que tudo bem e foi isso.

– Essa foi a última vez que a viu?

– Ela subiu.

– Não mencionou nada sobre se encontrar com alguém? Ou sair para um passeio de carro? Ou que marcara... um encontro? – o coronel se esforçou para usar a expressão coloquial.

Bartlett fez que não.

– Não para mim – ele parecia bastante entristecido. – Só me deu o fora.

– De que jeito ela estava? Parecia ansiosa, distraída, com outra coisa na cabeça?

George Bartlett considerou. Então balançou a cabeça.

– Parecia um pouco entediada. Bocejou, como eu disse. Nada de mais.

O coronel Melchett disse:

– E o que fez, sr. Bartlett?

– Hein?

– O que fez quando Ruby Keene o dispensou?

George Bartlett olhou-o embasbacado.

– Vejamos... o que *foi* que eu fiz?

– Estamos esperando que o senhor nos diga.

– Sim... sim... claro. Bem difícil lembrar das coisas, hã? Deixe-me ver. Não me surpreenderia se tivesse ido ao bar tomar um drinque.

– E *foi* ao bar tomar um drinque?

– Foi isso mesmo. *Tomei* um drinque. Não acho que foi logo em seguida. Tenho a lembrança de ter saído caminhando, sabe? Tomar um ar. Está bem abafado para setembro. É muito melhor ao ar livre. Sim, foi isso. Dei uma caminhada por um tempo, então entrei e tomei um drinque e voltei ao salão de baile. Não havia muita coisa acontecendo. Notei que, como ela se chama mesmo, Josie estava dançando de novo. Com o camarada tenista. Ela estava de licença de saúde, torceu o tornozelo ou algo assim.

– Isso marca o horário do seu retorno para meia-noite. Está querendo nos dar a entender que passou mais de uma hora dando voltas na rua?

– Bem, tomei um drinque, sabe. Estava... bem, estava pensando na vida.

Aquela declaração foi recebida com mais credibilidade do que qualquer outra.

O coronel Melchett indagou, de um jeito brusco:

– Sobre o que estava pensando?

– Ah, não sei. Coisas – respondeu o sr. Bartlett com ar vago.

– Tem um carro, sr. Bartlett?

– Oh, sim, tenho um carro.

– Onde estava, na garagem do hotel?

– Não, estava no pátio, na verdade. Achei que fosse sair para dar uma volta, sabe.

– Talvez tenha saído para dar sua volta?

– Não, não, não saí. Juro que não saí.

– Por exemplo, não levou a srta. Keene para dar uma volta?

– Oh, eu que o diga. Veja bem, aonde o senhor quer chegar? Eu não... juro que não. De verdade, é.

– Obrigado, sr. Bartlett, não acho que haja mais nada no momento. No *momento* – repetiu o coronel Melchett com uma boa dose de ênfase nas palavras.

Deixaram o sr. Bartlett olhando para eles com uma expressão caricata de assombro em seu rosto nada inteligente.

– Um burrico sem cérebro – disse o coronel Melchett. – Ou não era?

O superintendente Harper meneou a cabeça.

– Temos muito chão pela frente – disse.

CAPÍTULO 6

I

Nem o porteiro da noite, nem o barman se mostraram úteis. O porteiro da noite lembrava-se de ter ligado para o quarto da srta. Keene logo depois da meia-noite e não obter resposta. Não percebera o sr. Bartlett saindo ou entrando no hotel. Muitas damas e cavalheiros estavam saindo e entrando, já que a noite estava bonita. E havia portas laterais saindo do corredor além daquela principal. Ele estava bastante seguro de que a srta. Keene não saíra pela porta principal, mas, se houvesse descido do quarto, que ficava no primeiro andar, havia uma escadaria ao lado e uma porta de saída ao final do corredor que levava ao terraço lateral. Ela poderia ter saído por lá, com facilidade, sem ser percebida. Não era trancada até que a dança terminasse, às duas da manhã.

O barman lembrou de o sr. Bartlett ter passado pelo bar na noite anterior, mas não sabia dizer quando. Algo em torno do meio da noite, ele achava.

O sr. Bartlett sentara-se contra a parede e tinha uma aparência um tanto melancólica. Não sabia dizer por quanto tempo ele permanecera ali. Havia muitos visitantes de fora entrando e saindo do bar. Percebera a presença do sr. Bartlett, mas não sabia precisar a hora de jeito nenhum.

II

Ao deixarem o bar, foram abordados por um menininho de uns nove anos de idade. De imediato, começou a falar muito agitado.

– Mas vocês são detetives? Meu nome é Peter Carmody. Foi o meu avô, sr. Jefferson, quem avisou a polícia sobre Ruby. São da Scotland Yard? Não se incomodam que eu esteja falando com vocês, se incomodam?

O coronel Melchett parecia pronto para devolver com uma resposta curta, mas o superintendente Harper interveio. Falou com bondade e sinceridade.

– Está tudo bem, meu filho. Naturalmente esse assunto lhe interessa, imagino?

– Pode apostar. Gosta de histórias de detetives? Eu gosto. Leio todas, tenho autógrafos de Dorothy Sayers, de Agatha Christie e Dickson Carr e H.C. Bailey. O assassinato vai sair no jornal?

– Vai sair no jornal com certeza – confirmou o superintendente Harper, abatido.

– Olha só, volto às aulas na semana que vem e vou contar a todos que eu a conhecia... eu a conhecia *bem*.

– O que achava dela, hein?

Peter considerou.

– Bem, não gostava muito. Acho que era uma garota do tipo meio burro. Minha mãe e o tio Mark também não gostavam muito dela. Só o vovô. Vovô quer falar com vocês, aliás. Edwards está procurando por vocês.

O superintendente Harper murmurou de modo a encorajá-lo:

– Então sua mãe e seu tio Mark não gostavam muito de Ruby Keene? Por que será?

– Ah, não sei. Ela estava sempre se metendo. E não gostavam que o vovô fizesse tanto rebuliço por causa dela. Acho – disse Peter, todo alegre – que estão felizes por ela ter morrido.

O superintendente Harper olhou para o menino, pensativo. Perguntou:

– Chegou a, hã, ouvi-los dizer isso?

– Bem, não exatamente. O tio Mark disse: "Bem, é uma saída de qualquer modo", e mamãe falou: "Sim, mas tão horrível", e o tio Mark disse que não adiantava nada ser hipócrita.

Os homens se entreolharam. Naquele momento, um homem respeitável, bem barbeado e bem-vestido em sarja azul, aproximou-se.

– Desculpem-me, cavalheiros. Sou criado do sr. Jefferson. Ele acordou e me pediu que os encontrasse, está muito ansioso para vê-los.

Mais uma vez, subiram até a suíte de Conway Jefferson. Na sala de estar, Adelaide Jefferson conversava com um homem alto e inquieto que caminhava, nervoso, de um lado a outro da sala. Ele deu uma meia-volta abrupta para ver os recém-chegados.

– Ah, sim. Que bom que vieram. Meu sogro estava perguntando por vocês. Ele já acordou. Vão ajudar a acalmá-lo, não vão? A saúde dele não anda bem. É um milagre, de fato, que esse choque não tenha acabado com ele.

Harper disse:

– Não fazia ideia de que sua saúde estava tão ruim.

– Ele próprio não sabe disso – afirmou Mark Gaskell. – É o coração, entendem. O doutor advertiu Addie de que ele não poderia ficar muito agitado ou se assustar. Mais ou menos deu a entender que o fim pode chegar a qualquer momento, não foi, Addie?

A sra. Jefferson assentiu. Ela disse:

– É incrível que ele tenha aguentado firme desse jeito.

Melchett falou, sem rodeios:

– Um assassinato não pode ser descrito como um incidente tranquilizador. Seremos cautelosos dentro do possível.

Ele avaliou Mark Gaskell enquanto falava. Não gostou muito do sujeito. Uma expressão ousada, inescrupulosa, com traços de gavião. Um daqueles homens que em geral fazem tudo do seu jeito e a quem as mulheres com frequência admiram.

"E não é o tipo de camarada em quem confio", pensou consigo o coronel.

Inescrupuloso; essa era a palavra certa.

Do tipo de sujeito que não hesita diante de nada...

III

No quarto grande, com vista para o mar, Conway Jefferson estava sentado em sua cadeira de rodas à janela.

Assim que se estava em sua presença, o poder e o magnetismo do homem eram perceptíveis. Era como se as lesões que o aleijaram tivessem concentrado a vitalidade de seu corpo despedaçado em um foco mais restrito e mais intenso.

Tinha uma bela cabeça, o ruivo dos cabelos era um pouco grisalho. O rosto era marcado e forte, bem queimado de sol, com olhos de um azul assombroso. Não havia sinal de doença ou fraqueza nele. As linhas profundas do rosto eram rugas de sofrimento, não de fraqueza. Ali estava um homem que jamais esbravejaria contra o destino, mas o aceitaria e seguiria rumo à vitória.

Disse:

– Que bom que vieram – seus olhos rápidos absorveram a imagem dos detetives. Disse a Melchett: – É o chefe de polícia de Radfordshire? Certo. E o senhor é o superintendente Harper? Sentem-se. Há cigarros na mesa ao lado.

Agradeceram e se sentaram. Melchett disse:

– Entendo, sr. Jefferson, que estava interessado na moça morta.

O lampejo rápido de um sorriso retorcido apareceu no rosto enrugado.

– Sim... todos já lhes disseram isso! Bem, não é segredo. O quanto minha família lhes contou?

Olhou rapidamente de um para outro ao fazer a pergunta.

Foi Melchett quem respondeu.

– A sra. Jefferson nos contou muito pouco além do fato de que a conversa da moça o divertia e que estava se tornando uma protegida sua. Trocamos apenas uma meia dúzia de palavras com o sr. Gaskell.

Conway Jefferson sorriu.

– Addie é uma criatura discreta, que Deus a abençoe. É provável que Mark fosse mais direto. Acho, Melchett, que seria melhor contar-lhes alguns fatos em detalhes. É importante, a fim de que possam entender minha atitude. E, para começar, é necessário que eu volte à grande tragédia da minha vida. Oito anos atrás, perdi minha esposa, meu filho e minha filha em um acidente aéreo. Desde então, sou um homem que perdeu metade de si mesmo, e não estou falando de minha condição física! Sempre fui um homem de família. Minha nora e meu genro têm sido muito bons para mim. Fazem tudo o que podem para substituir o sangue do meu sangue. Mas percebi, especialmente nos últimos tempos, que eles têm, afinal, suas próprias vidas para viver.

"Então, precisam entender que, em essência, sou um homem solitário. Gosto dos jovens, sei apreciá-los. Uma ou duas vezes cogitei adotar alguma menina ou menino. No decorrer do último mês, fiquei muito próximo da garota que foi morta. Ela era absolutamente espontânea, de uma ingenuidade absoluta. Tagarelava sobre a vida e as experiências que viveu fazendo mímica, viajando com companhias mambembes, sobre a mãe e o pai dela, quando criança vivendo em casas humildes. Uma vida tão diferente daquela que conheci! Nunca reclamava, nunca via aquilo como sórdido. Era só uma criança natural, resignada, que trabalhava duro, nada mimada e encantadora. Talvez não fosse uma dama, mas, graças a Deus, também não era vulgar nem... aquela palavra abominável: 'refinada'.

"Fui ficando mais e mais afeiçoado a Ruby. Decidi, cavalheiros, que a adotaria legalmente. Ela se tornaria, por lei, minha filha. Isso, espero, explica minha preocupação com ela e as medidas que tomei quando fiquei sabendo de seu desaparecimento sem explicação."

Houve uma pausa. Então o superintendente Harper, com seu tom impassível destituindo a pergunta de qualquer possível ofensa, indagou:

– Posso lhe perguntar o que seu genro e sua nora pensavam do assunto?

A resposta de Jefferson veio rápida:

– O que poderiam dizer? Talvez não gostassem muito. É o tipo de coisa que gera preconceitos. Mas comportaram-se muito bem... sim, muito bem. Não é como se, entendam, eles dependessem de mim. Quando meu filho Frank se casou, passei para ele metade das minhas posses na hora. Acredito nisso. Não faça seus filhos esperarem até que você morra. Eles querem o dinheiro quando ainda são jovens, não quando estão na meia-idade. Da mesma forma, quando minha filha Rosamund insistiu em se casar com um homem pobre, transferi uma grande soma em dinheiro para o nome dela. Essa soma passou para o marido com a morte dela. Então, veja, simplifiquei as coisas pelo aspecto financeiro.

– Entendo, sr. Jefferson – disse o superintendente Harper.

Mas havia certa reserva em seu tom de voz. Conway Jefferson não deixou escapar.

– Mas não concorda, hã?

– Não cabe a mim dizer nada, senhor, mas os parentes, na minha experiência, nem sempre agem de forma sensata.

– Ouso dizer que está certo, superintendente, mas deve lembrar que o sr. Gaskell e a sra. Jefferson não são, estritamente falando, minha *família*. Não temos parentesco de sangue.

– Isso, claro, faz diferença – admitiu o superintendente.

Por um momento, os olhos de Conway Jefferson brilharam. Disse:

– Isso não quer dizer que não me acharam um velho tonto! Essa *seria* a reação de qualquer pessoa. Mas eu não estava sendo tonto. Conheço o caráter das pessoas. Com educação e um bom polimento, Ruby Keene poderia encontrar seu espaço em qualquer lugar.

Melchett disse:

– Receio que esteja sendo bastante impertinente e inquisitivo, mas é importante que obtenhamos todos os fatos. O senhor propôs prover por completo a menina, ou seja, passar dinheiro para o nome dela, mas ainda não o fizera?

Jefferson respondeu:

– Entendo onde está querendo chegar: a possibilidade de que alguém fosse se beneficiar com a morte da moça. Mas ninguém poderia. As formalidades necessárias para uma adoção legal estavam correndo, mas não haviam ainda sido completadas.

Melchett disse devagar:

– Então, se algo acontecesse com o senhor...?

Não completou a frase, deixando a pergunta em suspenso. Conway Jefferson respondeu rápido.

– Nada vai me acontecer! Sou aleijado, mas não sou inválido. Embora os médicos *adorem* fazer caras feias e dar conselhos para eu não exagerar em nada. Não exagerar! Sou forte como um touro! Ainda assim, tenho consciência das fatalidades da vida... meu Deus, tenho motivos para tanto! Uma morte súbita pode acontecer com o mais forte dos homens, em especial nesses dias de mortes nas estradas. Mas já cuidei disso. Fiz um novo testamento uns dez dias atrás.

– Foi? – o superintendente Harper inclinou-se para a frente.

– Deixei a quantia de cinquenta mil libras em um *trust* para Ruby Keene até que completasse 25 anos, quando teria direito ao principal.

Os olhos do superintendente se arregalaram. E também os do coronel Melchett. Harper disse, em um tom quase admirado:

– Essa é uma quantia bem grande de dinheiro, sr. Jefferson.

– Nos dias de hoje, sim, é.

– E estava deixando isso para uma moça que conhecera há poucas semanas?

Um lampejo de raiva brilhou nos olhos de vívido azul.

– Preciso repetir a mesma coisa sem parar? Não tenho parentescos de sangue, não tenho sobrinhas ou sobrinhos, nem mesmo primos distantes! Poderia ter deixado para caridade. Prefiro deixar para um indivíduo – ele riu. – Cinderela se transformou em princesa da noite para o dia! Um fado-padrinho em vez de uma fada-madrinha. Por que não? O dinheiro é *meu*. *Eu* ganhei.

O coronel Melchett perguntou:

– Estava deixando alguma outra herança?

– Um pequeno legado para Edwards, meu criado, e o restante para Mark e Addie em partes iguais.

– Seria o caso, me perdoe, de a soma restante chegar a ser uma quantia considerável?

– É provável que não. É difícil dizer com exatidão, os investimentos oscilam o tempo todo. A soma envolvida, depois de terem sido pagos os impostos de transmissão e todos os gastos, chegaria provavelmente a algo entre cinco e dez mil líquidos.

– Sei.

– E não precisam achar que eu os estava tratando mal. Como eu disse, dividi meus bens quando meus filhos se casaram. Deixei para mim, na verdade, uma quantia bem pequena. Mas, depois da tragédia, queria algo para ocupar minha cabeça. Eu me joguei nos negócios. Na minha casa em Londres, tinha uma linha particular conectando meu quarto ao escritório. Trabalhei duro, aquilo me ajudava a não pensar muito e me fazia sentir que minha... minha mutilação não havia me derrotado. Eu me atirei ao trabalho

– a voz dele tomou um ar mais profundo, falou mais para si do que para seus interlocutores –, e, por uma sutil ironia, tudo prosperou! Minhas especulações mais loucas foram um sucesso. Se jogasse, ganhava. Tudo que eu tocava virava ouro. A forma irônica que o destino encontrou para equilibrar as contas, suponho.

As rugas de sofrimento se salientaram de novo no rosto.

Recompondo-se, sorriu sem graça para eles.

– Então, vejam, a soma em dinheiro que deixei para Ruby era indiscutivelmente minha para fazer com ela o que bem entendesse.

Melchett disse, rápido:

– Sem dúvida, meu caro senhor, não estamos questionando isso em momento algum.

Conway Jefferson disse:

– Que bom. Agora é minha vez de fazer algumas perguntas, se puder. Quero entender melhor essa história terrível. Tudo que sei é que ela, que a pequena Ruby, foi encontrada estrangulada em uma casa a trinta quilômetros daqui.

– Isso é correto. Em Gossington Hall.

Jefferson franziu o cenho.

– Gossington? Mas essa é...

– A casa do coronel Bantry.

– Bantry! *Arthur Bantry*? Mas eu o conheço. Conheço o coronel e a mulher! Fomos apresentados no exterior alguns anos atrás. Não me dei conta de que moravam nessa parte do mundo. Ora, é...

Ele não terminou. O superintendente Harper interpelou com diplomacia:

– O coronel Bantry esteve jantando aqui no hotel na terça-feira da semana passada. Não o viu?

– Terça? Terça? Não, nós voltamos tarde. Fomos até Harden Head e jantamos no caminho de volta.

Melchett disse:

– Ruby Keene nunca mencionou os Bantry para o senhor?

Jefferson balançou a cabeça.

– Nunca. Não creio que os conhecesse. Claro que não. Não conhecia ninguém, a não ser pelo pessoal de teatro e esse tipo de coisa.

Fez uma pausa e perguntou de repente:

– O que Bantry teve a dizer sobre isso?

– Não sabe como explicar nada. Saíra para uma reunião dos conservadores ontem à noite. O corpo foi descoberto pela manhã. Disse que nunca vira a moça antes na vida.

Jefferson assentiu e disse:

– Com certeza parece fantástico.

O superintendente Harper limpou a garganta. Disse:

– Faz alguma ideia, senhor, de quem pode ter feito isso?

– Meu Deus, queria fazer! – as veias se destacaram na testa. – É incrível, inimaginável! Diria que não poderia ter acontecido se não tivesse acontecido!

– Não há nenhum amigo dela, de sua vida pregressa, nenhum homem que a ficasse rodeando ou fazendo ameaças?

– Tenho certeza que não. Teria me contado se fosse assim. Ela nunca teve um namorado "sério". Ela mesma me disse.

O superintendente Harper pensou: "Sim, é claro que foi *isso* que ela disse! Mas pode bem ser!".

Conway Jefferson continuou:

– Josie saberia melhor que ninguém se houvesse algum homem rodeando Ruby ou perturbando. Ela não pode ajudar?

– Ela disse que não.

Jefferson disse, franzindo a testa:

– Não consigo deixar de sentir que é obra de um maníaco, a brutalidade do método, invadindo uma casa de campo, a coisa toda tão desconectada e sem sentido. Existem homens desse tipo, homens que aparentam sanidade, mas que ludibriam as moças, às vezes crianças, para levarem-nas para longe e as matarem. Crimes sexuais, de fato, suponho.

Harper disse:

– Ah, sim, existem casos do tipo, mas não temos conhecimento de ninguém assim operando nessas redondezas.

Jefferson continuou:

– Pensei e repensei nos vários homens que vi na companhia de Ruby. Hóspedes daqui e forasteiros; homens com quem ela dançou. Todos pareciam bastante inofensivos, o tipo usual. Não tinha nenhuma amizade especial com ninguém.

A expressão do superintendente Harper permaneceu impassível, mas, imperceptível a Conway Jefferson, havia ainda um brilho especulativo em seu olhar.

Era bastante possível, pensou, que Ruby Keene tivesse algum amigo especial mesmo que Conway Jefferson não soubesse disso.

No entanto, não falou nada. O chefe de polícia dirigiu-lhe um olhar inquisitivo, então se pôs de pé. Falou:

– Obrigado, sr. Jefferson. É tudo de que precisamos para o momento.

Jefferson disse:

– Vão me manter informado de seus progressos?

– Sim, sim, manteremos contato com o senhor.

Os dois saíram.

Conway Jefferson recostou-se na poltrona.

Suas pálpebras se fecharam, ocultando o azul intenso dos olhos. De repente, ele parecia um homem muito cansado.

Então, depois de um ou dois minutos, as pálpebras estremeceram. Chamou:

– Edwards!

Da sala ao lado, o criado atendeu em seguida. Edwards conhecia seu patrão como ninguém. Os outros, até mesmo os mais próximos, sabiam apenas de sua força. Edwards conhecia suas fraquezas. Já vira Conway Jefferson cansado, desencorajado, esgotado com a vida, derrotado momentaneamente pela enfermidade e a solidão.

– Pois não, senhor?

Jefferson disse:

– Entre em contato com o sr. Henry Clithering. Mora em Melborne Abbas. Peça, da minha parte, que venha para cá ainda hoje, se puder, em vez de amanhã. Diga que é urgente.

CAPÍTULO 7

I

Quando estavam do lado de fora da porta de Jefferson, o superintendente Harper comentou:

– Bem, em todo caso, temos um motivo, senhor.

– Hmm – resmungou Melchett. – Cinquenta mil libras, hein?

– É, senhor. Já mataram por muito menos do que isso.

– Sim, mas...

O coronel Melchett deixou a frase incompleta. Harper, no entanto, compreendeu.

– Não acha que seja provável neste caso? Bem, eu também não, tenho essa impressão. Mas precisamos levar em conta mesmo assim.

– Ah, lógico.

Harper continuou:

– Se, como disse o sr. Jefferson, o sr. Gaskell e a sra. Jefferson já estão bem amparados e de posse de uma boa renda, bem, não é provável que decidissem cometer um assassinato brutal.

– É por aí. A situação financeira deles deverá ser investigada, claro. Não posso dizer que gosto muito da aparência desse Gaskell, parece um sujeito ávido, inescrupuloso, mas isso está longe de fazer dele um assassino.

– Ah, sim, senhor, como digo, não acho *provável* que seja nenhum deles e, pelo que Josie falou, não vejo como seria humanamente possível. Estavam os dois jogando bridge das vinte para as onze até meia-noite. Não, na minha cabeça há outra possibilidade bem mais viável.

Melchett disse:

– Um namorado de Ruby Keene?

– Isso mesmo, senhor. Algum rapazote descontente, não muito bom da cabeça, talvez. Alguém, eu diria, que ela conheceu antes de vir para cá. Esse esquema da adoção, se ele ficou sabendo, pode ter esmorecido as coisas. Viu que a perderia, viu que seria levada para uma nova esfera de vida, então enlouqueceu e ficou cego de raiva. Conseguiu fazer com que ela saísse para encontrá-lo ontem à noite, discutiu com ela, perdeu a cabeça completamente e deu um fim na menina.

– E como ela foi parar na biblioteca dos Bantry?

– Acho que é exequível. Haviam saído, digamos, no carro dele. Ele caiu em si, percebeu o que fizera, e seu primeiro pensamento foi de como se livraria do corpo. Digamos que estivessem próximos dos portões de um casarão naquela hora. A ideia lhe ocorre: se fosse encontrada lá, toda atenção pública ficaria centrada na casa e em seus ocupantes, deixando-o tranquilamente de fora da história. Ela não pesa quase nada. Seria fácil carregá-la. Tem um cinzel no carro. Força a janela e a atira no tapete. Sendo um caso de estrangulamento, não há sangue ou resíduos que possam comprometê-lo no carro. Vê o que quero dizer, senhor?

– Ah, sim, Harper, é tudo perfeitamente possível. Mas ainda há uma coisa a ser feita. *Cherchez l'homme.*

– Como? Ah, muito bom, senhor.

O superintendente Harper, com tato, aplaudiu a piada de seu superior, embora, devido à excelência do sotaque francês de coronel Melchett, o sentido das palavras quase lhe escapara.

II

– Oh, hã, digo, hã... p-posso falar com vocês um instante?

Era George Bartlett que agora emboscava os dois; o coronel Melchett, que não se interessava pelo sr. Bartlett e estava ansioso para ver como Slack dera continuidade às investigações no quarto da vítima e o interrogatório das camareiras, latiu com força:

– Bem, o que é... o que é?

O jovem sr. Bartlett recuou uns dois passos, abrindo e fechando a boca e sem querer imitando um peixe no aquário.

– Bem, hã... talvez não seja importante... achei que deveria falar com vocês. Para falar a verdade, não consigo achar meu carro.

– Como assim, não consegue achar seu carro?

Gaguejando bastante, o sr. Bartlett explicou que o que queria dizer era que não conseguia encontrar o carro.

O superintendente Harper disse:

– Está dizendo que foi roubado?

George Bartlett retornou, aliviado, ao tom de voz mais plácido.

– Bem, é bem isso, sabe. Digo, não dá para saber, dá? Digo, alguém pode ter saído para dar uma volta, sem ter má intenção, se é que me entende.

– Quando foi a última vez que o viu, sr. Bartlett?

– Bem, estava tentando me lembrar. Engraçado como é difícil lembrar de qualquer coisa, não é?

O coronel Melchett falou com frieza:

– Não, eu diria, para uma inteligência normal. Compreendi que o senhor havia dito há pouco que estava no pátio do hotel ontem à noite...

O sr. Bartlett teve coragem suficiente para interromper. Disse:

– É isso mesmo... estava?

– Que quer dizer com "estava"? O senhor afirmou que *estava.*

– Bem... digo, *achei* que estivesse. Digo... bem, não saí para olhar, não vê?

O coronel Melchett suspirou. E reuniu toda a paciência que tinha. Disse:

– Vamos esclarecer uma coisa. Quando foi a última vez em que você viu... *viu* de fato o seu carro? Que modelo é, aliás?

– Um Minoan 14.

– E o viu pela última vez... quando?

O pomo de adão de George Bartlett sacudia em convulsões para cima e para baixo.

– Andei pensando. Estava com ele antes do almoço de ontem. Queria sair à tarde. Mas não sei como, sabe como é, acabei indo dormir em vez disso. Então, depois do chá, joguei uma partida de squash e tal e tomei um banho depois.

– E o carro estava então no pátio do hotel?

– Suponho que sim. Digo, foi ali que o deixei. Pensei, sabe, que levaria alguém para passear. Depois do jantar, digo. Mas não foi minha noite de sorte. Nada deu certo. Não fui buscar a carroça para sair.

Harper disse:

– Mas, até onde o senhor sabia, o carro continuava no pátio?

– Bem, naturalmente, digo, se estacionei lá... né?

– Teria notado se não *estivesse* mais lá?

O sr. Bartlett meneou a cabeça.

– Acho que não, sabe. Tantos carros entrando e saindo e tal. Um monte de Minoans.

O superintendente Harper assentiu. Ele acabara de lançar um olhar casual pela janela. Havia, naquele momento, nada menos que oito Minoan 14 no pátio, era o carro popular e barato do ano.

– Não tem o hábito de guardar o carro à noite? – perguntou o coronel Melchett.

– Em geral não me dou o trabalho – disse o sr. Bartlett. – Com o tempo bom assim, sabe. É tão chato ter de guardar o carro na garagem.

Olhando de relance para o coronel Melchett, o superintendente Harper disse:

– Encontro o senhor lá em cima. Vou só chamar o sargento Higgins para pegar os detalhes com o sr. Bartlett.

– Certo, Harper.

O sr. Bartlett murmurou, melancólico:

– Achei melhor avisar vocês, sabe. Podia ser importante, né?

III

O sr. Prestcott fornecera acomodações e refeições à sua dançarina adicional. Qualquer que fosse o plano das refeições, as acomodações eram as mais pobres que o hotel possuía.

Josephine Turner e Ruby Keene ocupavam quartos na ponta extrema de um corredorzinho vil e imundo. Os quartos eram pequenos, voltados para o norte, de frente para o penhasco que contornava os fundos do hotel, e estavam mobiliados com sobras daqui e dali, peças que um dia, alguns trinta anos antes, representavam luxo e magnificência nas melhores suítes. Então, quando o hotel fora modernizado e os quartos receberam armários embutidos, aqueles guarda-roupas grandes, vitorianos, de carvalho e mogno, foram relegados aos quartos ocupados pelos empregados residentes no hotel ou oferecidos a hóspedes no auge da temporada quando todo o restante do hotel fica lotado.

Como Melchett reparou de imediato, a posição do quarto de Ruby Keene era ideal para o propósito de deixar o hotel sem ser vista, e era particularmente infeliz do ponto de vista de jogar uma luz sobre as circunstâncias de sua partida.

Ao final do corredor, havia uma pequena escadaria que descia a outro corredor igualmente obscuro no térreo. Ali havia uma porta de vidro que dava para o terraço lateral do hotel, um terraço não frequentado, sem vista. Dali, chegava-se ao terraço principal, em frente, ou era possível descer por um caminho tortuoso e sair em uma alameda que, eventualmente, se unia à estrada do penhasco mais adiante. Como a pavimentação era ruim, era pouco usada.

O inspetor Slack estivera ocupado atormentando as camareiras e examinando o quarto de Ruby em busca de pistas. Ele dera sorte ao encontrar o quarto no exato mesmo estado em que fora deixado na noite anterior.

Ruby Keene não tinha o hábito de acordar cedo. Seu procedimento de costume, Slack descobriu, era dormir até as dez ou dez e meia e então levantar-se para tomar o café da manhã. Por consequência disso, como Conway Jefferson começara a alardear a gerência muito cedo, a polícia se encarregou da situação antes que as camareiras tocassem no quarto. Elas, na verdade, nem chegaram a passar pelo corredor. Os outros quartos ali, naquela época do ano, eram abertos e limpos apenas uma vez por semana.

– No mínimo isso já ajuda bastante – Slack explicou desanimado. – Significa que se *houvesse* algo para ser encontrado, encontraríamos, mas não há nada.

A polícia de Glenshire já examinara o quarto em busca de digitais, mas não encontrara nenhuma que fosse estranha. Havia as da própria Ruby, de Josie e duas das camareiras, uma do turno da manhã, outra da noite. Havia também algumas deixadas por Raymond Starr, mas essas eram explicadas pela história de que ele subira com Josie para procurar por Ruby quando ela não apareceu para a apresentação da meia-noite.

Havia uma pilha de cartas e tranqueiras em geral nos escaninhos da maciça escrivaninha em mogno do canto. Slack estivera examinando tudo com cuidado. Mas não encontrou nada de natureza sugestiva. Contas, recibos, programas de teatro, ingressos de cinema, recortes de jornal, dicas de beleza rasgadas de revistas. Entre as cartas, havia algumas de "Lil", aparentemente uma amiga do Palais de Danse, contando vários casos e fofocas, dizendo que sentiam "muita saudade de Rube. O sr. Findeison perguntava por ela com frequência! Tão chateado que ele anda! O jovem Reg se emparceirou com a May desde que você foi embora. Barny pergunta por você vez ou outra. As coisas estão como de costume. O velho Grouser ainda segue malvado como sempre com as meninas. Ralhou com a Ada por estar saindo com um sujeito".

Slack anotara com cuidado todos os nomes mencionados. Seriam investigados, e era possível que alguma informação útil viesse à tona. O coronel

Melchett concordou com tudo; e também o superintendente Harper, que se juntara a eles. Fora isso, o quarto tinha pouco a oferecer em termos de informação.

Atravessado sobre uma cadeira no meio do quarto, estava o vestido rosa de dança que Ruby usara mais cedo naquela noite com o par de sapatos de salto em cetim rosa chutados com descuido no chão. Duas meias de seda transparentes estavam enroladas em uma bola e atiradas no canto. Uma delas tinha um fio corrido. Melchett lembrou-se de que a moça estava com as pernas e os pés descobertos. Isso, Slack descobriu, era o costume dela. Ela usava maquiagem nas pernas em vez de meias e só às vezes vestia meias para dançar, como forma de conter os gastos. A porta do roupeiro estava aberta e exibia uma variedade de vestidos de noite bastante chamativos com uma fileira de sapatos logo abaixo. Havia algumas peças íntimas sujas no cesto de roupas, algumas unhas cortadas, lenços faciais usados e pedaços de algodão manchados de ruge e esmalte no cestinho de lixo; na verdade, nada fora do comum! Os fatos pareciam evidentes. Ruby Keene subira apressada, trocara de roupa e saíra apressada de novo... *para onde*?

Josephine Turner, que deveria saber mais da vida de Ruby e conhecer seus amigos, se provara incapaz de ajudar. Mas isso, conforme assinalou o inspetor Slack, poderia ser natural.

– Se o que me diz é verdade, senhor, sobre essa história da adoção, digo... bem, Josie seria a favor de Ruby romper com qualquer amizade antiga que ela tivesse e que pudesse atrapalhar as chances dela, digamos. Do modo como estou vendo, esse cavalheiro inválido fica todo entusiasmado porque Ruby Keene é uma figura tão doce, inocente e infantil. Agora, suponha que Ruby tenha um namorado durão, isso o velho não vai aceitar tão bem. Então é tarefa de Ruby manter a história no escuro. Josie não sabe mesmo muito sobre a menina, não sabe dos amigos e tal. Mas uma coisa que não vai engolir é Ruby estragando as coisas por levar adiante um romance com algum sujeito indesejável. Então faz sentido que Ruby (que, para mim, era uma pequena espertalhona!) mantivesse segredo se estivesse se encontrando com qualquer velho amigo. Não deixaria Josie perceber nada, do contrário, Josie diria: "Não, não vai mesmo, menina". Mas sabe como são as garotas... especialmente as novinhas, sempre prontas para fazerem papel de bobas por conta de um sujeito durão. Ruby quer vê-lo. Ele vem aqui, fica injuriado com a coisa toda e torce o pescoço da menina.

– Imagino que esteja certo, Slack – disse o coronel Melchett, disfarçando sua costumaz repugnância pelo jeito desagradável que Slack tinha de expor as coisas. – Se for assim, poderemos descobrir a identidade desse amigo durão com bastante facilidade.

– Deixe comigo, senhor – disse Slack, com sua autoconfiança usual. – Vou atrás dessa moça "Lil" no Palais de Danse, revirá-la do avesso. Logo chegaremos à verdade.

O coronel Melchett ficou se perguntando se chegariam. A energia e hiperatividade de Slack sempre o deixavam cansado.

– Há outra pessoa com quem pode conseguir uma pista, senhor – prosseguiu Slack –; é o camarada bailarino e tenista profissional. Deve ter convivido bastante com ela e saberia mais do que Josie. É bem provável que ela tenha soltado a língua com ele.

– Já discuti o assunto com o superintendente Harper.

– Que bom, senhor. Passei um pente *finíssimo* nas camareiras! Não sabem de nada. Desprezavam essas duas, pelo que pude observar. Matavam o serviço tanto quanto podiam. A última vez que a camareira entrou aqui foi às sete da noite ontem, quando ajeitou a cama, puxou as cortinas e arrumou um pouco. Há um banheiro ao lado, quer ver?

O banheiro ficava situado entre o quarto de Ruby e outro um pouco maior ocupado por Josie. Foi esclarecedor. O coronel Melchett calou-se maravilhado com a quantidade de auxílios de beleza que as mulheres podem utilizar. Fileiras de potes de creme facial, de limpeza, de tirar manchas, de nutrir a pele! Caixas de pó de arroz em diferentes tons. Uma pilha desajeitada de todo tipo de batom. Cremes para o cabelo e tratamentos para "clarear". Cílios pretos, rímel, pigmento azul para usar sob os olhos, pelo menos doze tons diferentes de esmalte, lenços de papel, bolas de algodão, esponjas sujas de aplicar pó. Tubos de loções, adstringente, tônico, calmante etc.

– Está me dizendo – murmurou com a voz débil – que as mulheres usam todas essas coisas?

O inspetor Slack, que sempre sabia de tudo, foi gentil ao esclarecer.

– Na vida privada, senhor, digamos, uma dama tem uma ou duas cores diferentes que usa para a noite ou para o dia. Sabem o que lhes cai bem e ficam com aquelas. Mas essas profissionais precisam causar impacto, como se diz. Fazem apresentações de dança e uma noite é tango, na outra uma dança vitoriana, na outra uma dança do tipo apache e então uma valsa tradicional, e, claro, a maquiagem delas varia bastante.

– Deus meu! – exclamou o coronel. – Não admira que as pessoas que fabricam esses cremes e pastas ganhem uma fortuna.

– Dinheiro fácil, é o que é – disse Slack. – Dinheiro fácil. Têm de gastar um pouco com anúncios, claro.

O coronel Melchett desviou os pensamentos do enigma fascinante e permanente dos adornos femininos. Disse a Harper, que acabava de se juntar a eles:

– Temos ainda esse camarada da dança. Seu alvo, superintendente?

– Suponho que sim, senhor.

Ao descerem, Harper perguntou:

– O que achou da história do sr. Bartlett?

– Sobre o carro? Acho, Harper, que precisamos ficar de olho naquele rapaz. Essa história não me cheira bem. Suponha que tenha levado Ruby Keene para passear naquele carro ontem à noite, no fim das contas?

IV

O jeito do superintendente Harper era lento, agradável e absolutamente descomprometido. Esses casos nos quais as polícias de dois condados precisavam colaborar sempre eram difíceis. Gostava do coronel Melchett e considerava-o um chefe de polícia muito capaz, mas mesmo assim estava aliviado em estar conduzindo aquela entrevista sozinho. Sua regra básica era nunca fazer muita coisa ao mesmo tempo. Fazer um simples interrogatório de rotina da primeira vez. Isso deixava as pessoas aliviadas e predispostas a se resguardarem menos na próxima conversa que se tivesse com elas.

Harper já conhecia Raymond Starr de vista. Um sujeito de ótima aparência, alto, ágil e bonito, com dentes muito brancos e o rosto bem bronzeado. Era moreno e elegante. Tinha um jeito agradável, simpático, e era muito popular no hotel.

– Receio que não possa ajudar muito, superintendente. Conhecia Ruby bastante bem, claro. Ela está aqui faz mais de mês e praticamos nossas danças juntos e tal. Mas não há de fato muito a dizer. Era uma moça muito agradável e bastante burra.

– É em relação às amizades dela que estamos ansiosos para saber mais. As amizades masculinas.

– Assim entendo. Bem, *eu* não sei de nada! Tinha alguns rapazotes atrás dela no hotel, mas nada especial. Veja bem, era quase sempre monopolizada pela família Jefferson.

– Sim, a família Jefferson – Harper fez uma pausa meditativa. Lançou um olhar arguto para o rapaz. – O que achava daquela história, sr. Starr?

Raymond Starr respondeu sem alarme:

– Que história?

Harper emendou:

– Sabia que o sr. Jefferson estava se propondo a adotar Ruby Keene legalmente?

Aquilo pareceu ser novidade para Starr. Repuxou os lábios e assoviou. Disse:

– Aquela diabinha esperta! Ah, bem, não há ninguém mais tolo do que um velho tolo.

– É o que lhe parece, é?

– Bem, o que mais se pode dizer? O velhote queria adotar alguém, por que não pegou uma garota de sua própria classe?

– Ruby Keene nunca mencionou o assunto?

– Não, não mencionou. Sabia que estava nas nuvens com alguma coisa, mas não sabia o quê.

– E Josie?

– Oh, acho que Josie devia saber o que estava se armando. É provável que tenha sido ela quem planejou tudo. Josie não é boba. Aquela sabe usar a cabeça.

Harper assentiu. Foi Josie quem mandara buscar Ruby Keene. Josie, sem dúvida, encorajara a intimidade. Não admira que estivesse chateada quando Ruby falhou em aparecer para sua dança naquela noite, e Conway Jefferson entrou em pânico. Podia visualizar seu plano dando errado.

Perguntou:

– Ruby sabia guardar um segredo, o senhor acha?

– Tanto quanto qualquer um. Não falava muito da vida dela.

– Alguma vez lhe disse alguma coisa, qualquer coisa, sobre algum amigo dela, alguém do passado que estaria vindo visitá-la aqui, ou com quem tivesse dificuldades? Sabe o tipo de coisa a que me refiro, sem dúvida.

– Sei muito bem. Bom, até onde sei, não havia ninguém do tipo. Nada que ela tenha contado sugeria isso.

– Obrigado, sr. Starr. Agora, pode me contar em suas próprias palavras o que exatamente aconteceu ontem à noite?

– Com certeza. Ruby e eu fizemos nossa dança das dez e meia...

– Nenhum sinal de nada fora do comum com ela naquele momento?

Raymond considerou.

– Acho que não. Não reparei no que aconteceu depois. Tinha minhas próprias parcerias com que me preocupar. Lembro-me de ter notado que ela não estava no salão. À meia-noite, não apareceu. Fiquei muito incomodado e fui falar com Josie. Ela estava jogando bridge com os Jefferson. Não fazia ideia de onde Ruby estava, e acho que levou um certo susto. Notei que lançou um olhar rápido e ansioso na direção do sr. Jefferson. Convenci a banda a tocar mais uma música e fui até o escritório pedir que ligassem para o quarto de Ruby. Não houve resposta. Voltei para falar com Josie. Ela sugeriu que Ruby talvez estivesse dormindo no quarto. Uma sugestão idiota, com certeza, mas era destinada aos Jefferson, claro! Saiu dali comigo e disse que subiríamos juntos.

– Sim, sr. Starr. E o que ela disse quando estavam a sós?

– Do que lembro, parecia muito irritada e disse: "Maldita idiotinha. Não pode fazer uma coisa dessas. Vai arruinar todas as suas chances. Com quem ela está, você sabe?". Disse que não fazia a menor ideia. A última vez que a vira, estava dançando com o jovem Bartlett. Josie disse: "Não deve ter saído com *ele*. Mas o *que* está aprontando? Não está com aquele homem do cinema, está?".

Harper repetiu de repente:

– *Homem do cinema*? Quem era ele?

Raymond disse:

– Não sei o nome. Nunca ficou hospedado aqui. Um tipo com um aspecto bem incomum, cabelos pretos e aparência teatral. Tem alguma relação com a indústria cinematográfica, creio eu, ou ao menos disse isso para Ruby. Veio jantar aqui uma ou duas vezes e dançou com ela depois, mas não acho que ela o conhecesse tão bem. Foi por isso que me surpreendeu quando Josie mencionou. Falei que não achava que ele estivesse lá naquela noite. Josie respondeu: "Bem, ela deve ter saído com *alguém*. Que diabos vou dizer aos Jefferson?". Perguntei que diferença fazia para os Jefferson. E Josie disse que *fazia* diferença. E disse também que nunca perdoaria Ruby se ela estragasse tudo.

"Chegamos ao quarto de Ruby, então. Não estava lá, claro, mas passara por lá, porque o vestido que usara estava jogado sobre uma cadeira. Josie examinou o roupeiro e disse que achava que ela vestira o velho vestido branco. Normalmente teria posto o vestido de veludo preto para a dança espanhola. Eu estava bem bravo àquela altura com o modo como Ruby me desapontara. Josie fez o melhor que pôde para me acalmar e disse que ela mesma dançaria comigo para que o velho Prestcott não nos incomodasse. Saiu para trocar de roupa, descemos e dançamos um tango, um estilo exagerado e bastante chamativo, mas não muito exaustivo para seus tornozelos. Josie foi muito valente, pois sentia dor, dava para ver. Depois daquilo, me pediu para ajudar a acalmar os Jefferson. Disse que era importante. Então, claro, fiz o que pude.

O superintendente Harper assentiu. Disse:

– Muito obrigado, sr. Starr.

Consigo pensou: "Era importante sim! Cinquenta mil libras!".

Ficou observando Raymond Starr quando este se afastou com elegância. Desceu os degraus do terraço apanhando uma sacola de bolas de tênis e uma raquete no caminho. A sra. Jefferson, também levando uma raquete, juntou-se a ele e foram em direção às quadras.

– Com licença, senhor.

O sargento Higgins, bastante ofegante, estava ao lado de Harper.

O superintendente, arrancado de sua linha de raciocínio, pareceu sobressaltado.

– Uma mensagem acaba de chegar para o senhor vindo da central. Um trabalhador avisou que viu um brilho como se fosse fogo esta manhã. Meia hora atrás, acharam um carro queimado em uma pedreira. A pedreira Venn, a uns três quilômetros daqui. Traços de um corpo carbonizado lá dentro.

O sangue subiu aos traços pesados de Harper. Falou:

– O que está acontecendo com Glenshire? Uma epidemia de violência? Não vá dizer que vamos ter um caso em Rouse também!

Perguntou:

– Conseguiram pegar o número do veículo?

– Não, senhor. Mas poderemos identificá-lo, claro, pelo número do chassi. Estão achando que é um Minoan 14.

CAPÍTULO 8

I

Sir Henry Clithering, ao passar pelo salão do Majestic, mal olhou para seus ocupantes. Sua mente estava preocupada. Apesar disso, como costuma acontecer, algo ficou registrado em seu subconsciente. E esperou a hora certa de emergir.

Sir Henry perguntava-se, ao subir as escadas, o que haveria induzido a súbita urgência da mensagem de seu amigo. Conway Jefferson não era do tipo de homem que enviava convocações urgentes a ninguém. Algo muito fora do usual devia ter acontecido, decidiu Sir Henry.

Jefferson não desperdiçou nem um segundo com rodeios. Foi logo dizendo:

– Que bom que você veio. Edwards, pegue um drinque para Sir Henry. Sente-se, homem. Não está sabendo de nada, imagino? Nada nos jornais ainda?

Sir Henry meneou a cabeça, sua curiosidade estimulada.

– Do que se trata?

– Trata-se se um assassinato. Estou envolvido e também amigos seus, os Bantry.

– Arthur e Dolly Bantry? – Clithering soou incrédulo.

– Sim, pois é, o corpo foi encontrado na casa deles.

De maneira clara e sucinta, Conway Jefferson repassou os fatos. Sir Henry escutou sem interromper. Ambos estavam acostumados a captar o cerne das situações. Sir Henry, durante seu período como comissário da polícia metropolitana, ficara conhecido por sua rápida compreensão dos pontos essenciais.

– É uma história extraordinária – comentou quando o outro concluiu. – Como os Bantry entraram nisso, você acha?

– É o que me preocupa. Entenda, Henry, me parece que o fato de eu conhecê-los possa ter relação com o caso. É a única conexão que posso encontrar. Nenhum dos dois, que eu saiba, jamais viu a moça antes. É o que dizem, e não há motivo para desacreditá-los. É muito improvável que *pudessem* conhecê-la. Então, não seria possível que ela tivesse sido atraída para uma armadilha, e o corpo deixado de propósito na casa de amigos meus?

Clithering disse:

– Acho que é bem improvável.

– Mas é possível – insistiu o outro.

– Sim, mas difícil. O que quer que *eu* faça?

Conway Jefferson falou, amargurado:

– Sou um inválido. Disfarço o fato, me recuso a encará-lo, mas agora preciso aceitar. Não posso sair por aí como gostaria, fazendo perguntas, investigando coisas. Preciso ficar aqui, manso e agradecido por qualquer partícula de informação que a polícia tenha a gentileza de me ceder. A propósito, conhece Melchett, o chefe de polícia de Radfordshire?

– Sim, fomos apresentados.

Algo acordou no cérebro de Sir Henry. Um rosto e uma silhueta, percebida sem tê-la visto de fato, ao passar pelo salão. Uma velha senhora bem aprumada cujo rosto lhe era familiar. Estava relacionada com a última vez em que encontrara Melchett.

Disse:

– Está me pedindo para ser uma espécie de detetive amador? Não é a minha linha.

Jefferson disse:

– Não é um *amador*, é por isso.

– Não sou mais profissional. Estou na lista dos aposentados.

Jefferson disse:

– Isso simplifica as coisas.

– Quer dizer que se eu estivesse ainda na Scotland Yard não poderia me meter? É bem verdade.

– Na atual situação – continuou Jefferson –, sua experiência justifica que tenha interesse no caso, e qualquer cooperação que ofereça será bem recebida.

Clithering disse devagar:

– A etiqueta permite, concordo. Mas o que quer de fato, Conway? Descobrir quem matou a garota?

– Só isso.

– Não faz ideia?

– Nenhuma.

Sir Henry falou sem pressa:

– É provável que não vá acreditar em mim, mas há uma perita em resolver mistérios sentada no lobby do hotel neste instante. Alguém melhor do eu e que tem *toda* a probabilidade de estar de posse de informações locais privilegiadas.

– Do que está falando?

– Lá embaixo, no lobby, na terceira coluna da esquerda, está sentada uma velhinha com uma expressão doce de solteirona plácida e uma mente que vasculhou as profundezas da iniquidade humana e trata do assunto como se não fosse nada especial. Seu nome é Miss Marple. Ela vem da aldeia de St. Mary Mead, que fica a dois quilômetros de Gossington, é amiga dos Bantry... e, no que concerne crimes, é o que há de melhor, Conway.

Jefferson fitou-o com as sobrancelhas grossas e unidas. Falou com ar pesado:

– Está de gozação.

– Não, não estou. Você acabou de mencionar Melchett. A última vez que o vi foi na ocasião de uma tragédia no vilarejo. Uma moça que supostamente havia se afogado. A polícia, com razão, suspeitava que não fosse suicídio, mas assassinato. Acharam que sabiam quem era o culpado. Então eis que surge a velha Miss Marple, alvoroçada e tremendo. Receia, disse, que vão enforcar a pessoa errada. Não tem provas, mas sabe quem é o culpado. Ela me entrega um pedaço de papel com um nome escrito nele. E, por Deus, Jefferson, ela tinha razão.

As sobrancelhas de Conway Jefferson desceram muito além do normal. Grunhiu, sem poder acreditar.

– Intuição feminina, suponho – falou, cético.

– Não, ela não chama assim. Conhecimento especializado é como ela descreve.

– E o que significa isso?

– Bem, sabe, Jefferson, *nós* usamos isso no trabalho policial. Pegamos um roubo e em geral sabemos muito bem quem cometeu o crime, dentre a turma de sempre, claro. Sabemos o tipo de ladrão que age daquele jeito particular. Miss Marple faz uma série de paralelos interessantes, embora por vezes triviais, com a vida no vilarejo.

Jefferson se manifestou com ceticismo:

– Que coisas ela poderia entender de uma moça que foi criada no meio teatral e provavelmente jamais pôs o pé numa aldeia na vida inteira dela?

– Eu acho – declarou Sir Henry Clithering com firmeza – que ela deve ter algumas ideias.

II

Miss Marple corou de alegria quando Sir Henry apareceu na frente dela.

– Oh, Sir Henry, é de fato uma sorte imensa encontrá-lo aqui.

Sir Henry foi galante. Comentou:

– Para mim, é um imenso prazer.

Miss Marple murmurou, corando:

– Muita gentileza sua.

– Está hospedada aqui?

– Bem, para dizer a verdade nós estamos.

– *Nós?*

– A sra. Bantry está aqui também – olhou para ele, inquisitiva. – Já está sabendo? Sim, posso ver que está. Terrível, não é mesmo?

– O que Dolly Bantry está fazendo aqui? O marido também veio?

– Não. Naturalmente, os dois reagiram de forma bem distinta. O coronel Bantry, pobre homem, acaba se fechando no escritório ou descendo para visitar uma das fazendas quando algo assim acontece. Como as tartarugas, sabe, retraem a cabeça e esperam que ninguém as perceba. Dolly, claro, é *bem* diferente.

– Dolly, de fato – disse Sir Henry, que conhecia bastante bem sua velha amiga –, está quase se divertindo, hein?

– Bem... hã... pois é. Pobrezinha.

– E a trouxe junto para tirar os coelhos da cartola?

Miss Marple respondeu com serenidade:

– Dolly achou que uma mudança de ares seria boa e não queria vir sozinha – encontrou o olhar dele, e o seu brilhou de relance. – Mas, é claro, sua forma de descrever a situação é bem verdadeira. É bastante embaraçoso para mim porque, claro, não tenho utilidade alguma.

– Está sem ideias? Nenhum paralelo com o vilarejo?

– Não sei muita coisa sobre o caso ainda.

– Posso remediar isso, acho. Vou chamá-la como consultora, Miss Marple.

Ele forneceu um breve recital da sequência dos eventos. Miss Marple escutou com atento interesse.

– Pobre do sr. Jefferson – disse. – Que história mais triste... Esses acidentes terríveis. E deixá-lo vivo, aleijado, parece mais cruel do que se também houvesse sido morto.

– Sim, é mesmo. É por isso que todos os seus amigos o admiram tanto pela forma resoluta com que toca a vida, superando a dor, a tristeza e as deficiências físicas.

– Sim, é esplêndido.

– A única coisa que não entendo é essa súbita efusão afetiva por essa moça. Ela pode, claro, ter apresentado algumas qualidades excepcionais.

– Provavelmente não – declarou Miss Marple, plácida.

– A senhora não acha?

– Acho que as qualidades dela não entraram em questão.

Sir Henry disse:

– Ele não é simplesmente um velho depravado, entenda.

– Oh, não, não! – Miss Marple ficou cor-de-rosa. – Não estava sugerindo isso nem por um minuto. O que estava tentando dizer, de forma muito atrapalhada, eu sei, era que ele estava apenas procurando por uma moça boazinha e inteligente para tomar o lugar da filha, e que esta moça percebeu a oportunidade e apostou todas as fichas que tinha! Isso soa bastante injusto, sei, mas vi tantos casos assim. A jovem criadinha na casa do sr. Harbottle, por exemplo. Uma moça das *mais* ordinárias, mas discreta e com bons modos. A irmã dele foi chamada para cuidar de um parente moribundo e, quando retornou, encontrou a moça não cabendo em si, sentada na sala de visitas, rindo e conversando, sem usar touca ou avental. A srta. Harbottle falou de um jeito ríspido com ela, e a moça foi impertinente, e então o velho sr. Harbottle deixou a irma estupefata ao afirmar que achava que ela cuidara da casa para ele por tempo demais e que agora estava reorganizando as coisas.

"Gerou um falatório e tanto no vilarejo, mas a pobre da srta. Harbottle teve de alugar quartos dos *mais* desconfortáveis em Eastbourne. A pessoas *falaram* coisas, claro, mas acredito que não havia nenhum tipo de intimidade, era simplesmente que o velho achou muito mais agradável ter uma moça jovem e alegre lhe dizendo como ele era inteligente e divertido do que sua irmã continuamente assinalando seus defeitos, *mesmo* que ela fosse uma boa e econômica administradora."

Fez-se um momento de pausa, e então Miss Marple prosseguiu:

– Depois tivemos o sr. Badger, dono da farmácia. Causou tanto rebuliço por uma mocinha que trabalhava na seção de toalete. Disse à esposa que precisavam enxergá-la como uma filha e chamá-la para morar com eles na casa. A sra. Badger não compartilhava daquela opinião nem um pouco.

Sir Henry disse:

– Ao menos se fosse uma menina da mesma posição social, filha de alguém amigo...

Miss Marple o interrompeu.

– Oh! Mas isso não seria nem de perto tão satisfatório do ponto de vista dele. É como na antiga balada do rei Cophetua e a jovem mendiga. Quando se é um homem velho, bastante cansado e solitário e se, quem sabe, sua própria família o está negligenciando – ela parou por um segundo –, bem, fazer amizade com alguém que será sobrepujado por sua magnificência (colocando de maneira melodramática, mas espero que entenda o que quero dizer), bem, isso é muito mais interessante. Faz com que se sinta uma pessoa muito mais importante, um monarca beneficente! A pessoa tem maior probabilidade de ficar deslumbrada, e isso, claro, causa uma sensação agradável. – Ela fez uma pausa e acrescentou: – O sr. Badger, sabe, comprou para a moça da loja dele alguns presentes realmente fantásticos, uma pulseira de diamantes e um rádio-gramofone dos mais caros. Tirou um bom dinheiro da poupança para fazer isso. Entretanto, a sra. Badger, que era uma mulher muito mais astuta do que a pobre srta. Harbottle (ser casada *ajuda*, claro), se deu ao trabalho de investigar algumas coisas. E quando o sr. Badger descobriu que a moça estava se relacionando com um rapaz muitíssimo indesejável, ligado às corridas, e que na verdade empenhara a pulseira para lhe dar o dinheiro... bem, ficou completamente desgostoso, e o caso terminou de maneira muito firme. E ele presenteou a sra. Badger com um anel de diamantes no Natal seguinte.

Seus olhos doces e inteligentes encontraram os de Sir Henry. Ele se perguntou se o que ela dizia poderia ser uma dica. Falou:

– Está sugerindo que se houvesse um rapaz na vida de Ruby Keene a atitude de meu amigo com respeito a ela poderia ter se alterado?

– É provável que sim, entende. Arrisco dizer que, dentro de um ou dois anos, ele poderia gostar de ele próprio ajeitar um casamento para ela, embora fosse mais provável que não, os cavalheiros são em geral bastante egoístas. Mas com certeza acho que, se Ruby Keene tivesse um namoradinho, tomaria o cuidado de manter isso em segredo.

– E o namorado poderia ressentir o fato?

– Suponho que essa *seja* a solução mais plausível. Chamou minha atenção, sabe, que a prima, a jovem que foi até Gossington esta manhã, parecia nitidamente furiosa com a menina morta. O que me contou explica o porquê. Sem dúvida, estava animada em levar vantagem com a história toda.

– Uma figura de sangue bastante frio, na verdade?

– Essa talvez seja uma crítica muito dura. A pobrezinha precisa ganhar a vida, e não se poderia esperar que ficasse tocada porque um homem e uma mulher ricos, como descreveu o sr. Gaskell e a sra. Jefferson, ficariam de fora de uma quantia ainda maior de dinheiro, à qual não têm de fato qualquer direito moral. Diria que a srta. Turner é uma jovem mulher turrona e ambiciosa, com um bom temperamento e considerável *joie de vivre.* Um pouco como – acrescentou Miss Marple –, como Jessie Golden, a filha do padeiro.

– O que aconteceu com ela? – perguntou Sir Henry.

– Estudou para ser governanta e casou-se com o filho do patrão, que estava em casa de licença da Índia. Tornou-se uma boa esposa para ele, creio.

Sir Henry se afastou dessas fascinantes questões secundárias. Perguntou:

– Acredita que há algum motivo para que meu amigo Conway Jefferson tenha desenvolvido de repente esse "complexo de rei Cofétua", se prefere chamar assim?

– Pode ser que sim.

– De que jeito?

Miss Marple falou, hesitando um pouco:

– Pensaria que, é uma mera sugestão, claro, que quem sabe o genro e a nora *poderiam* ter desejado se casar novamente.

– Não é evidente que ele não poderia se opor?

– Ah, não se *opor.* Mas, veja, deve analisar pelo ponto de vista *dele.* Sofreu um choque e uma perda terrível, eles também. Essas três pessoas enlutadas vivem juntas, e a *ligação* entre elas é a perda que todos sofreram. Mas o tempo, como minha querida mãe costumava dizer, é o melhor remédio. O sr. Gaskell e a sra. Jefferson são jovens. Sem eles mesmos perceberem, podem ter começado a sentir uma inquietação, a ressentirem os laços que os amarravam às mágoas do passado. E, assim, sentindo-se dessa forma, o velho sr. Jefferson teria ficado consciente de uma súbita falta de afeição sem entender a causa. Em geral, é isso. E os cavalheiros se sentem negligenciados com tanta *facilidade.* Com o sr. Harbottle, foi a viagem da srta. Harbottle. E, no caso dos Badger, foi porque a sra. Badger estava interessada demais em espiritismo e sempre saindo para participar das sessões.

– Devo dizer – admitiu Sir Henry com pesar – que não gosto do jeito como reduz a todos nós a um denominador comum.

Miss Marple balançou a cabeça com tristeza.

– A natureza humana é muito parecida em todos os lugares, Sir Henry.

Sir Henry exclamou com repugnância:

– Sr. Harbottle! Sr. Badger! E o pobre Conway! Detesto introduzir uma observação pessoal, mas tem algum paralelo para a *minha* humilde pessoa na sua aldeia?

– Bom, é claro, temos Briggs.

– Quem é Briggs?

– Era o jardineiro-chefe na prefeitura velha. Justamente o *melhor* funcionário que já tiveram. Sabia com *precisão* quando os subjardineiros estavam matando o serviço, era inexplicável a percepção dele! Comandava uma equipe de apenas três homens e um menino e o lugar era mais bem cuidado do que quando eram seis trabalhadores. E levou vários primeiros-prêmios com suas ervilhas-de-cheiro. Está aposentado agora.

– Como eu – disse Sir Henry.

– Mas ainda faz uns bicos, se gostar das pessoas.

– Ah – disse Sir Henry. – Mais uma vez, como eu. É o que estou fazendo agora, um bico para ajudar um velho amigo.

– Dois velhos amigos.

– Dois? – Sir Henry pareceu confuso.

Miss Marple explicou:

– Suponho que estava se referindo ao sr. Jefferson. Mas eu não estava pensando nele. Estava pensando no coronel e na sra. Bantry.

– Sim, sim, entendo – perguntou com jeito abrupto: – Foi por isso que aludiu à Dolly Bantry como "pobrezinha" no início de nossa conversa?

– Sim. Ela ainda não começou a perceber as coisas. *Eu* sei porque já sou mais experiente. Veja bem, Sir Henry, me parece que há uma grande possibilidade de este crime ser do tipo que *nunca* é resolvido. Como aqueles crimes dos baús de Brighton. Mas, se isso acontecer, será um desastre absoluto para os Bantry. O coronel Bantry, como quase todos os militares aposentados, está de fato com uma sensibilidade *anormal*. Reage com muita rapidez à opinião pública. Não vai perceber por algum tempo, e então vai começar a se dar conta. Um escorregão aqui, uma esnobada ali, os convites recusados e as desculpas inventadas... e então, pouco a pouco, vai se aperceber e vai se refugiar em sua concha e viver num estado de terrível morbidez e infelicidade.

– Deixe-me ver se entendo direito, Miss Marple. Está dizendo que, porque o corpo foi encontrado na casa dele, as pessoas vão achar que *ele* tem algo a ver com isso?

– Evidente que vão! Não tenho dúvidas de que já estão dizendo isso. Vão falar mais e mais. E as pessoas vão dar as costas aos Bantry e evitar o casal. É por isso que a verdade precisa ser descoberta, esse o motivo de eu ter vindo aqui com a sra. Bantry. Uma acusação às claras é uma coisa, e bem fácil para um soldado enfrentar. Fica indignado e tem a chance de se defender. Mas essa história de *cochichos* vai acabar com ele, vai acabar com os dois. Então o senhor vê, Sir Henry, que nós *precisamos* descobrir a verdade.

Sir Henry sugeriu:

– Alguma ideia de por que o corpo foi encontrado na casa dele? Deve haver uma explicação. Alguma conexão.

– Ah, é claro.

– A moça foi vista aqui pela última vez por volta de vinte para as onze. À meia-noite, de acordo com a evidência médica, estava morta. Gossington fica a 25 quilômetros daqui. É uma boa estrada por uns vinte, até que se saia da via principal. Um carro veloz poderia cobrir o percurso em menos de meia hora. Praticamente *qualquer* carro poderia chegar com uma média de 35 minutos. Mas por que alguém a mataria aqui e levaria o corpo para Gossington ou levaria a moça até Gossington para estrangulá-la lá, não sei.

– Claro que não sabe, porque não aconteceu.

– Está dizendo que foi estrangulada por algum camarada que a levou para sair de carro e então decidiu empurrá-la para dentro da primeira casa disponível nas redondezas?

– Não acho nada do tipo. Acho que foi arquitetado um plano muito cuidadoso. O que aconteceu foi que deu errado.

Sir Henry a fitou.

– Por que deu errado?

Miss Marple desculpou-se de certa forma:

– Coisas curiosas acontecem, não é mesmo? Se eu fosse afirmar que esse plano em particular deu errado porque os seres humanos são muito mais vulneráveis e sensíveis do que todo mundo pensa não soaria sensato, soaria? Mas é o que penso... e...

Ela interrompeu o pensamento.

– A sra. Bantry acaba de chegar.

CAPÍTULO 9

A sra. Bantry estava com Adelaide Jefferson. A primeira postou-se diante de Sir Henry e exclamou:

– *O senhor?*

– Eu mesmo – juntou as mãos dela e pressionou-as com carinho. – Não consigo expressar o quanto estou angustiado com tudo isso, sra. B.

A sra. Bantry respondeu de um jeito automático:

– *Não me chame de sra. B!* – E continuou: – Arthur não veio. Está levando tudo muito a sério. Miss Marple e eu viemos aqui perscrutar. Conhece a sra. Jefferson?

– Sim, claro.

Deu-lhe um aperto de mão. Adelaide Jefferson disse:

– Já falou com meu sogro?

– Sim, falei.

– Fico feliz. Estamos preocupados com ele. Foi um choque terrível.

A sra. Bantry disse:

– Vamos ao terraço tomar uns drinques e conversar sobre tudo isso.

Os quatro saíram e se juntaram a Mark Gaskell, que estava sentado na ponta do terraço sozinho.

Após alguns comentários desconexos e a chegada das bebidas, a sra. Bantry logo mergulhou no assunto com seu habitual entusiasmo pela ação direta.

– Podemos falar, não podemos? – propôs. – Digo, somos velhos amigos, exceto por Miss Marple, mas ela sabe tudo sobre o crime. E quer ajudar.

Mark Gaskell olhou para Miss Marple com a expressão um bocado confusa. Falou, receoso:

– A senhora... hã... escreve romances policiais?

As pessoas mais improváveis, ele sabia, escreviam romances policiais. E Miss Marple, com suas roupas antiquadas de solteirona, parecia uma pessoa especialmente improvável.

– Oh, não, não sou inteligente o suficiente para *isso*.

– Ela é maravilhosa – foi dizendo a sra. Bantry, impaciente. – Não posso explicar agora, mas ela é. Então, Addie, quero saber de tudo. Como era, de fato, essa moça?

– Bom... – Adelaide Jefferson fez uma pausa, olhou para Mark e meio que riu. Disparou: – A senhora é tão direta.

– Gostava dela?

– Não, claro que não gostava.

– Como ela era de fato? – a sra. Bantry dirigiu a pergunta a Mark Gaskell.

Mark respondeu sem rodeios:

– Uma espécie comum de golpista. E sabia fazer tudo direitinho. Enganchou bem o Jeff, isso é certo.

Ambos chamavam o sogro de Jeff.

Sir Henry pensou, olhando com desaprovação para Mark: "Sujeito indiscreto. Não deveria ser tão franco".

Sempre desaprovara um pouco Mark Gaskell. O homem tinha charme, mas era inconstante; falava demais, era por vezes fanfarrão, não era muito confiável, pensava Sir Henry. Algumas vezes se perguntara se Conway Jefferson pensava o mesmo.

– Mas não *podiam* fazer nada a respeito? – exigiu a sra. Bantry.

Mark respondeu, seco:

– Podíamos ter tentado, se houvéssemos percebido a tempo.

Lançou um olhar para Adelaide, e ela corou de leve. Havia reprovação naquele olhar.

Ela explicou:

– Mark acha que eu deveria ter enxergado o que estava se armando.

– Deixou o velho muito tempo sozinho, Addie. Suas lições de tênis e todo o resto.

– Bem, eu precisava de exercício – falou, constrangida. – De todo modo, jamais sonhei...

– Não – disse Mark –, nenhum de nós sonhava. Jeff sempre fora um tipo tão sensato, com a cabeça no lugar.

Miss Marple contribuiu com a conversa.

– Os cavalheiros – foi dizendo com seu jeito antiquado de se referir ao sexo oposto como se fosse uma espécie de animal selvagem – com frequência não têm a cabeça tão no lugar como aparentam.

– Diria que a senhora está certa – concordou Mark. – Infelizmente, Miss Marple, não percebemos isso. Ficamos nos perguntando o que o velho vira naquela vigaristazinha tão insípida e vulgar. Mas estávamos contentes por ele se sentir feliz e entretido. Achávamos que não havia mal nenhum nela. Mal nenhum! Queria ter torcido o pescoço daquela menina!

– Mark – disse Addie, precisa tomar *cuidado* com o que diz.

Ele abriu um sorriso cativante para ela.

– Suponho que sim. Do contrário as pessoas vão achar que eu *de fato* torci o pescoço dela. Ah, bom, acho que sou suspeito de qualquer forma. Se alguém tinha interesse em ver aquela menina morta éramos Addie e eu.

– Mark – gritou a sra. Jefferson, meio rindo, meio brava –, precisa *parar* com isso!

– Está bem, está bem – disse Mark fazendo as pazes. – Mas gosto de dizer o que penso. Cinquenta mil libras era o que nosso estimado sogro estava propondo colocar no nome daquela embusteirazinha novata e imbecil.

– Mark, pare, ela está morta.

– Sim, está morta, pobrezinha. E, afinal, porque não deveria usar as armas que a natureza lhe dera? Quem sou eu para julgar? Eu mesmo já cometi muita baixeza na vida. Não, digamos que Ruby tinha o direito de armar e maquinar e que nós fomos tolos de não sacar o jogo dela antes.

Sir Henry disse:

– O que disseram quando Conway contou que se decidira a adotar a menina?

Mark abriu as palmas para cima.

– O que é que podíamos dizer? Addie, sempre educadíssima, manteve o autocontrole de maneira admirável. Enfrentou com bravura a situação. Eu me esforcei para seguir o exemplo.

– *Eu* teria criado um caso – disse a sra. Bantry.

– Bom, para ser franco, não tínhamos o direito de criar nenhum caso. O dinheiro era de Jeff. Não somos do sangue dele. Sempre foi de uma generosidade tremenda com a gente. Não restava alternativa a não ser engolir o sapo. – E acrescentou, refletindo: – Mas não gostávamos da pequena Ruby.

Adelaide Jefferson disse:

– Se ao menos fosse outro tipo de menina. Jeff tinha duas afilhadas, sabe. Se fosse uma delas, bem, daria para *entender*. – Acrescentou, com uma pontada de ressentimento: – E Jeff sempre pareceu tão afetuoso com Peter.

– Claro – disse a sra. Bantry. – Sempre soube que Peter era filho do seu primeiro marido, mas cheguei até a esquecer. Sempre pensei nele como neto de Jefferson.

– Eu também – confessou Adelaide. A voz dela tinha algo que fez Miss Marple virar-se na cadeira para olhá-la.

– Foi culpa de Josie – disse Mark. – Foi Josie quem a trouxe aqui.

Adelaide disse:

– Ah, mas certamente não acha que foi de propósito, acha? Ora, você sempre gostou tanto de Josie.

– Sim, gostava. Achei que era boa companhia.

– Foi puro acaso convidar a menina.

– Josie tem uma cabeça boa, minha querida.

– Sim, mas não podia prever...

Mark disse:

– Não, não podia. Confesso. Não estou de fato acusando Josie de planejar a coisa toda. Mas não tenho dúvidas de que viu para que lado o vento estava soprando muito antes de nós e escolheu ficar quieta.

Adelaide suspirou:

– Suponho que não se possa culpá-la por isso.

Mark disse:

– Oh, não podemos culpar ninguém de nada!

A sra. Bantry perguntou:

– Ruby Keene era muito bonita?

Mark a encarou.

– Achei que tivesse visto...

A sra. Bantry apressou-se em dizer:

– Ah, sim, eu vi... o corpo. Mas fora estrangulada, sabe, e não dava para dizer...

Ela estremeceu.

Mark falou, pensativo:

– Não acho que fosse nem um pouco bonita. Com certeza não seria sem maquiagem. Um rosto pequeno de fuinha, quase nada de queixo, os dentes quase descendo na garganta, um nariz sem personalidade...

– Soa revoltante – disse a sra. Bantry.

– Oh, não, não era. Como eu dizia, com maquiagem conseguia causar um efeito e tanto, não acha, Addie?

– Sim, meio no estilo princesinha, sempre rosa com branco. Tinha belos olhos azuis.

– Sim, a expressão inocente de bebê e os cílios pintados com muito rímel enfatizavam o azul. O cabelo era descolorido, claro. É verdade, quando penso na coloração, na coloração artificial de todo modo, ela tinha uma espécie de semelhança espúria com Rosamund... minha esposa, sabe. Diria que foi isso que chamou a atenção do velho para ela.

Suspirou.

– Bem, é uma história ruim. O mais terrível é que eu e Addie não conseguimos deixar de agradecer, realmente, que ela esteja morta...

Abafou o protesto da cunhada.

– Não adianta, Addie; sei como se sente. Também me sinto assim. E não vou fingir! Mas, ao mesmo tempo, se é que me entendem, estou seriamente preocupado com Jeff com essa função toda. Isso o pegou de jeito. Eu...

Parou e ficou olhando para as portas que se abriam do lobby para o terraço.

– Ora, ora... vejam quem está aqui. Como é inescrupulosa, Addie.

A sra. Jefferson olhou por cima do ombro, emitiu uma interjeição e levantou-se, com um leve rubor subindo-lhe à face. Caminhou apressada pelo terraço até encontrar um homem alto de meia-idade, com o rosto fino e moreno, que olhava incerto ao seu redor.

A sra. Bantry perguntou:

– Aquele não é Hugo McLean?

Mark Gaskell disse:

– O próprio Hugo McLean. Codinome William Dobbin*, pois é igual ao personagem.

A sra. Bantry murmurou:

– É muito fiel, não é?

– De uma devoção canina – confirmou Mark. – Addie só precisa assoviar e Hugo vem correndo de onde estiver no planeta. Sempre na esperança de que algum dia ela se case com ele. Diria que um dia ela vai.

Miss Marple olhou sorridente para eles. Falou:

* Personagem do romance *Feira das vaidades* (1848), de Thackeray, que é devotado e cego aos defeitos de seu amigo George. (N.E.)

– Entendo. Um romance?

– Daqueles bons, à moda antiga – Mark lhe assegurou. – Já faz anos. Addie é desse tipo de mulher.

Acrescentou, reflexivo:

– Suponho que Addie telefonou para ele esta manhã. Não me contou que o chamara.

Edwards chegou com discrição ao terraço e parou ao lado de Mark.

– Com licença. O senhor Jefferson gostaria que subisse.

– Já estou indo – Mark deu um salto.

Balançou o queixo para eles, dizendo:

– Nos vemos mais tarde – e saiu.

Sir Henry inclinou-se na direção de Miss Marple. Perguntou:

– Bem, o que acha dos principais beneficiários do crime?

Miss Marple falou, pensativa, olhando para Adelaide Jefferson enquanto esta conversava com seu velho amigo:

– Acho, sabe, que ela é uma mãe muito dedicada.

– Ah, ela é – afirmou a sra. Bantry. – É totalmente devotada ao Peter.

– É do tipo de mulher – disse Miss Marple – de quem todo mundo gosta. Do tipo que poderia seguir se casando uma e outra vez. Não estou dizendo uma mulher dada a *homens*, isso é outra coisa.

– Sei o que está dizendo – disse Sir Henry.

– O que vocês dois estão dizendo – disse a sra. Bantry – é que ela é uma boa ouvinte.

Sir Henry riu. Perguntou:

– E Mark Gaskell?

– Ah! – exclamou Miss Marple. – É um sujeito ligeiro.

– Um paralelo do vilarejo, por favor?

– O sr. Cargill, o construtor. Convenceu um monte de gente a reformar uma porção de coisas nas casas deles que nunca tiveram a intenção de fazer. E como cobrava caro! Mas sempre conseguia explicar seus custos com tanta plausibilidade. Um sujeito capcioso. Casou-se com o dinheiro. E da mesma forma o sr. Gaskell, pelo que pude perceber.

– Não gosta dele.

– Gosto, sim. A maioria das mulheres gostaria. Mas não me engana. É uma pessoa muito atraente, eu acho. Mas um pouco imprudente, talvez, de *falar* tanto quanto fala.

– Imprudente é a palavra – disse Sir Henry. – Mark vai ficar encrencado se não se cuidar.

Um homem alto e jovem vestindo flanela branca surgiu nos degraus do terraço e parou por um instante, observando Adelaide Jefferson e Hugo McLean.

– E aquele – disse Sir Henry, obsequioso – é o X, que poderíamos descrever como um pretendente. É o bailarino e tenista profissional Raymond Starr, parceiro de Ruby Keene.

Miss Marple observou-o com interesse. Declarou:

– É muito bonito, não é?

– Suponho que seja.

– Não diga absurdos, Sir Henry – disse a sra. Bantry –, não há nada para se supor ali. Ele *é* bonito.

Miss Marple murmurou:

– Entendi que a sra. Jefferson anda tomando lições de tênis.

– Está insinuando alguma coisa com isso ou não está, Jane?

Miss Marple não teve a oportunidade de responder a essa pergunta direta. O jovem Peter Carmody cruzou o terraço e se juntou a eles. Dirigiu-se a Sir Henry:

– É detetive também? Vi o senhor falando com o superintendente; o gordo é o superintendente, não é?

– Isso mesmo, meu filho.

– E alguém me disse que o senhor era um detetive tremendamente importante de Londres. Chefe da Scotland Yard ou algo parecido.

– O cabeça da Scotland Yard, de modo geral, é um traste inútil nas histórias dos livros, não é?

– Oh, não, não hoje em dia. Fazer piada com a polícia está muito fora de moda. Já sabe quem é o assassino?

– Receio que ainda não.

– Está se divertindo bastante com o crime, Peter? – perguntou a sra. Bantry.

– Bem, estou, um tanto. É uma mudança, não é? Andei farejando por aí para ver se encontro alguma pista, mas não dei sorte. Porém, tenho uma lembrancinha. Querem ver? Imagine, minha mãe queria que eu jogasse fora. Acho que os pais da gente são tão cansativos às vezes.

Tirou do bolso uma pequena caixa de fósforos. Abrindo, revelou seu precioso conteúdo.

– Estão vendo, *é uma unha. A unha dela!* Vou pôr um rótulo: *unha da mulher assassinada* e levar comigo para a escola. É um bom souvenir, não acham?

– Onde conseguiu? – perguntou Miss Marple.

– Foi na verdade uma questão de sorte. Porque, claro, *naquela hora* não sabia que ela seria assassinada. Foi antes do jantar ontem à noite. Ruby prendeu a unha no xale de Josie, e acabou quebrando. Minha mãe cortou para ela e me entregou, pedindo para eu jogar no cesto de lixo, e tive a intenção de fazer isso, mas acabei pondo no bolso e, hoje de manhã, lembrei e olhei para ver se ainda estava lá, e estava, então agora tenho um souvenir.

– Nojento – disse a sra. Bantry.

Peter contestou com educação:

– Oh, acha mesmo?

– Tem algum outro souvenir? – indagou Sir Henry.

– Bem, não sei. Talvez tenha algo.

– Explique-se, rapaz.

Peter olhou para ele, considerando. Então puxou um envelope. De dentro, extraiu um pedaço de um material marrom e comprido.

– É um pedaço do cadarço daquele tal George Bartlett – explicou. – Vi os sapatos dele do lado de fora da porta esta manhã e ensaquei um pedaço por via das dúvidas.

– Para o caso de quê?

– De ele ser o assassino, é claro. Ele foi a última pessoa a vê-la e isso é sempre tremendamente suspeito, sabe. Acham que já está perto da hora de jantar? Estou com uma fome tremenda. Sempre me parece muito tempo entre a hora do chá e o jantar. Olha, lá está tio Hugo. Não sabia que minha mãe tinha pedido para *ele* vir aqui. Suponho que mandou chamar. Sempre faz isso quando tem problemas. Lá vem a Josie. Oi, Josie!

Josephine Turner, chegando ao terraço, parou e pareceu assustada ao ver a sra. Bantry e Miss Marple.

A sra. Bantry a cumprimentou com afabilidade:

– Como vai, srta. Turner? Viemos aqui investigar um pouco!

Josie lançou um olhar culpado ao redor. Disse, baixando o tom de voz:

– É terrível. Ninguém sabe ainda. Digo, não saiu nos jornais. Imagino que todo mundo vai começar a me fazer perguntas, e é tão embaraçoso. Não sei o que devo dizer.

Seu olhar melancólico foi direto para Miss Marple, que respondeu:

– Sim, temo que vá ser uma situação difícil para você.

Josie relaxou um pouco com a resposta compreensiva.

– Vejam só, o sr. Prestcott me disse: "Não fale do assunto". Tudo bem, mas é certo que todo mundo vai me perguntar, e não se pode ofender as pessoas, pode? O sr. Prestcott disse que esperava que eu fosse capaz de me comportar como de costume e não foi muito simpático, então é claro que quero dar o melhor de mim. E de fato não vejo por que eu deveria ser culpada por tudo que aconteceu.

Sir Henry disse:

– Importa se lhe fizer uma pergunta sincera, srta. Turner?

– Oh, pergunte o que quiser – disse Josie, sendo um pouco insincera.

– Ocorreu alguma situação desagradável entre a senhorita e a sra. Jefferson e o sr. Gaskell por causa dessa história toda?

– Por causa do assassinato, o senhor quer dizer?

– Não, não estou me referindo ao assassinato.

Josie ficou parada contorcendo os dedos. Falou um tanto taciturna:

– Bem, houve e não houve, se é que me entende. Nenhum deles chegou a *falar* nada. Mas acho que me culparam; o sr. Jefferson se afeiçoando daquele jeito a Ruby, digo. Não foi minha culpa, no entanto, foi? Essas coisas acontecem, e jamais sonhei que algo assim fosse acontecer, em momento algum. Eu... fiquei bem estarrecida.

As palavras dela soaram com o que parecia ser uma sinceridade inquestionável.

Sir Henry disse com jeito:

– Tenho certeza de que ficou. Mas uma vez que isso *aconteceu*?

O queixo de Josie subiu.

– Bom, foi um golpe de sorte, não é? Todo mundo tem direito a dar sorte às vezes.

Olhou de um para outro com um ar levemente desafiador, então cruzou o terraço e entrou no hotel.

Peter afirmou, judicioso:

– Acho que a culpada não é *ela*.

Miss Marple murmurou:

– É interessante, esse pedaço de unha. Andei me preocupando, sabe... em como explicar as unhas dela.

– Unhas? – perguntou Sir Henry.

– As da moça morta – explicou a sra. Bantry. – Estavam bastante *curtas*, e agora que Jane comentou, claro, *era* um pouco estranho. Uma garota como essa em geral tem perfeitas garras.

Miss Marple disse:

– Mas, claro, se quebrou uma, então pode ter cortado as outras curtinhas para combinar. Encontraram unhas cortadas no quarto dela, será?

Sir Henry olhou para ela com curiosidade. Disse:

– Vou perguntar ao superintendente Harper quando ele retornar.

– Retornar de onde? – perguntou a sra. Bantry. – Não foi para Gossington, foi?

Sir Henry disse, sombrio:

– Não. Houve outra tragédia. Um carro pegou fogo em uma pedreira...

Miss Marple prendeu o fôlego.

– Havia alguém no carro?

– Receio que sim, havia.

Miss Marple ponderou:

– Imagino que deva ser a bandeirante desaparecida... Patience..., não, Pamela Reeves.

Sir Henry fitou-a:

– Agora, por que raios acha isso, Miss Marple?

Miss Marple ficou cor-de-rosa.

– Bem, deu no rádio que ela estava desaparecida de casa desde ontem à noite. E a casa dela era Daneleigh Vale; que não é muito longe daqui. E foi vista pela última vez no encontro das bandeirantes em Danebury Downs. Que é bem perto mesmo. De fato, teria de passar por Danemouth para chegar em casa. Então tudo se encaixa, não é? Digo, dá a entender como se ela pudesse ter visto, ou quem sabe ouvido, algo que ninguém deveria ver ou ouvir. Se for isso, claro, seria um perigo para o assassino e teria de ser... eliminada. Duas coisas assim *devem* estar ligadas, não acham?

Sir Henry disse, com a voz baixando um pouco:

– Está achando... um segundo assassinato?

– E por que não? – seu olhar calmo e plácido encontrou o dele. – Quando alguém comete um assassinato, não se esquiva de cometer um segundo, ou se esquiva? Nem mesmo um terceiro.

– Um terceiro? Não está achando que vai haver um *terceiro* assassinato?

– Acho que é possível... Sim, acho que é bem possível.

– Miss Marple – disse Sir Henry –, a senhora me assusta. Sabe quem vai ser assassinado?

Miss Marple disse:

– Tenho um belo palpite.

CAPÍTULO 10

I

O superintendente Harper ficou parado olhando para o monte de metal carbonizado e retorcido. Um carro queimado é sempre um objeto revoltante, mesmo sem o fardo adicional e macabro de um cadáver chamuscado e enegrecido.

A pedreira Venn era um local remoto, longe de qualquer habitação humana. Embora na prática ficasse a apenas três quilômetros em linha reta de Danemouth, o caminho era por uma daquelas estradas estreitas, tortuosas, esburacadas, que mal passam de uma pista para carroça, que não levava a lugar algum a não ser à própria pedreira. Fazia um bom tempo desde que a pedreira fora escavada, e as únicas pessoas que passavam pela via eram os visitantes ocasionais à procura de amoras. Como local para se livrar de um carro, era ideal. O carro levaria semanas para ser encontrado, exceto pelo azar de o clarão no céu ter sido avistado por Albert Briggs, um operário, a caminho do trabalho.

Albert Briggs continuava no local e, embora tudo o que pudesse relatar já houvesse sido ouvido há algum tempo, ele continuava repetindo a emocionante história com os enfeites que lhe ocorressem.

– Ora, puxa vida, eu disse, o que será aquilo? Era um clarão e tanto, subindo ao céu. Pode ser uma fogueira, pensei, mas quem faria fogo na pedreira? Não, falei, isso é um fogaréu e tanto, pode ter certeza. Mas o que poderia ser, pensei? Não tem casa ou fazenda naquela direção. Tá lá no Venn, falei, é lá que é, pode ter certeza. Não sabia logo o que fazer, mas vi o inspetor Gregg chegando, bem na hora, de bicicleta, e falei pra ele. Já tinha apagado naquela altura, mas falei pr'ele onde que era. É naquela direção, eu disse. Um clarão grande no céu, disse. Por ventura é um palheiro, eu disse. Um daqueles vagabundos, vai ver, meteu fogo lá. Mas nunca pensei que podia de ser um carro, muito menos com alguém queimado vivo dentro. É uma tragédia terrível, isso é certo.

A polícia de Glenshire estava ocupada. As câmeras fotografaram, e a posição do corpo carbonizado fora anotada com cuidado antes de o médico da polícia começar sua própria investigação.

Este último foi falar com Harper, batendo a cinza preta das mãos, seus lábios apertados com austeridade.

– O serviço foi muito completo – declarou. – Uma parte de um dos pés e um dos sapatos foi tudo que escapou. Pessoalmente, não sei dizer se o corpo era de homem ou mulher no momento, embora venhamos a ter alguma indicação pelos ossos, imagino. Mas o sapato é preto daqueles com tiras, do tipo que as escolares usam.

– Há uma escolar desaparecida do condado vizinho – disse Harper –, bem perto daqui. Uma menina de uns dezesseis anos, mais ou menos.

– Então é provável que seja ela – disse o médico. – Pobre criança.

Harper perguntou, apreensivo:

– Não estava viva quando...?

– Não, não, acho que não. Não há sinais de ter tentado sair. O corpo estava afundado no assento, com o pé para fora. Diria que já estava morta quando foi colocada ali. Então puseram fogo no carro para tentar se livrar das provas.

Fez uma pausa e perguntou:

– Ainda precisa de mim?

– Acho que não, obrigado.

– Certo. Estou de saída.

Saiu em direção a seu carro. Harper foi até onde um dos sargentos, um homem especializado em casos com veículos, estava trabalhando.

Este último levantou o rosto.

– Um caso bastante claro, senhor. Gasolina jogada sobre o carro e a coisa toda foi acesa de propósito. Há três latas vazias na cerca daquele lado.

Um pouco adiante, outro homem estava organizando com cuidado pequenos objetos recuperados dos destroços. Havia um sapato queimado de couro preto e, com ele, algumas tiras de material chamuscado e enegrecido. Quando Harper se aproximou, seu subordinado olhou para cima e exclamou:

– Veja isto, senhor. Parece encerrar a questão.

Harper apanhou o pequeno objeto na mão. Perguntou:

– O botão de um uniforme de bandeirante?

– É, senhor.

– É – disse Harper –, isso encerra a questão.

Como era um homem decente e gentil, sentiu-se mal. Primeiro, Ruby Keene, e agora essa menina, Pamela Reeves.

Pensou consigo o mesmo que já questionara antes: "O que está acontecendo com Glenshire?".

O próximo passo era chamar seu próprio chefe de polícia e depois entrar em contato com o coronel Melchett. O desaparecimento de Pamela Reeves tivera lugar em Radfordshire embora o corpo houvesse sido encontrado em Glenshire.

A próxima tarefa da lista não era agradável. Precisava dar a notícia ao pai e à mãe de Pamela Reeves...

II

O superintendente Harper examinou, pensativo, a fachada da propriedade ao tocar a campainha.

Uma quinta pequena e ajeitadinha, um jardim bonito de cerca de um acre e meio. Era o tipo de propriedade que fora construída com bastante frequência por todo o interior nos últimos vinte anos. Soldados aposentados do exército, servidores públicos aposentados, esse era o estilo. Um pessoal bom e decente; o pior que se poderia dizer deles era que talvez fossem um pouco sem graça. Gastaram tudo o que puderam na educação dos filhos. Não eram do tipo que normalmente se associasse a tragédias. E agora uma tragédia vinha a seu encontro. Suspirou.

Foi logo levado para uma sala onde um homem austero com bigodes grisalhos e uma mulher cujos olhos estavam vermelhos de tanto chorar levantaram-se ao mesmo tempo. A sra. Reeves clamou, ansiosa:

– Alguma notícia de Pamela?

Então voltou a se afundar, como se o olhar comiserador do superintendente houvesse sido um golpe.

Harper disse:

– Receio que devam se preparar para más notícias.

– Pamela – gaguejou a mulher.

O major Reeves perguntou, direto:

– Aconteceu alguma coisa... com a menina?

– Pois é, senhor.

– Está dizendo que está morta?

A sra. Reeves explodiu:

– Oh, não, não – e mergulhou numa tempestade de lágrimas. O major Reeves pôs o braço ao redor da esposa e a puxou para si. Seus lábios tremiam, mas o olhar inquiridor estava fixo em Harper, que baixou a cabeça.

– Um acidente?

– Não exatamente, major Reeves. Foi encontrada em um carro queimado abandonado em uma pedreira.

– Em um carro? Em uma pedreira?

Seu assombro era evidente.

A sra. Reeves desmanchou-se por completo e afundou no sofá, soluçando com violência.

O superintendente Harper perguntou:

– Gostariam que eu lhes desse alguns minutos?

O major Reeves continuou, brusco:

– O que isso quer dizer? Uma atitude criminosa?

– É o que parece, senhor. Por isso gostaria de lhe fazer algumas perguntas, se não for difícil demais para vocês.

– Não, não, tem razão. Não devemos perder tempo se o que sugere for verdade. Mas não consigo acreditar. Quem ia querer prejudicar uma criança como Pamela?

Harper falou, imperturbável.

– Já relataram à polícia local as circunstâncias do desaparecimento de sua filha. Ela saiu de casa para participar de uma reunião do grupo de bandeirantes, e esperavam que voltasse para o jantar. Está correto?

– Está.

– Ela voltaria de ônibus?

– Sim.

– Entendo que, de acordo com a história das outras meninas do grupo, quando a reunião terminou, Pamela disse que iria até Danemouth, na Woolworth's, e tomaria um ônibus mais tarde para casa. Isso lhes soa como um comportamento normal?

– Ah, sim, Pamela adorava ir à Woolworth's. Com frequência ia até Danemouth para fazer compras. O ônibus passa na estrada principal a menos de quatrocentos metros daqui.

– E não tinha outros planos, até onde vocês sabem?

– Nenhum.

– Não estaria se encontrando com ninguém em Danemouth?

– Não, tenho certeza que não. Teria mencionado algo se fosse o caso. Nós a esperávamos para o jantar. Foi por isso que, quando ficou tão tarde e ela não apareceu, chamamos a polícia. Não era normal ela não voltar para casa.

– Sua filha não tinha amigos indesejáveis, digo, amigos os quais vocês não aprovavam?

– Não, nunca houve nenhum problema desse tipo.

A sra. Reeves falou, lacrimosa:

– Pam era apenas uma criança. Era muito ingênua para a idade. Gostava de brincadeiras e tudo o mais. Não era precoce de maneira alguma.

– Conhecem um sr. George Bartlett que está hospedado no Majestic em Danemouth?

O major Reeves o encarou.

– Nunca ouvi falar.

– Não acha que sua filha o conhecia?

– Tenho quase certeza que não.

Acrescentou, ríspido:

– Onde é que ele entra na história?

– É o proprietário do carro Minoan 14 no qual encontramos o corpo da sua filha.

A sra. Reeves gritou:

– Mas então ele deve...

Harper se apressou em dizer:

– Ele informou o sumiço do carro mais cedo hoje. Estava no pátio do Hotel Majestic na hora do almoço de ontem. Qualquer um pode ter levado o carro.

– Mas ninguém viu quem levou?

O superintendente meneou a cabeça.

– Dúzias de carros entram e saem o dia inteiro. E o Minoan 14 é um dos modelos mais comuns.

A sra. Reeves exclamou:

– Mas vocês não estão fazendo nada? Não estão tentando encontrar o... o demônio que fez isso? Minha menininha... oh, minha menininha! Não foi queimada viva, foi? Oh, Pam, Pam...!

– Ela não sofreu, sra. Reeves. Eu lhe garanto que já estava morta quando o carro prendeu fogo.

Reeves perguntou, duro:

– Como ela foi morta?

Harper lançou-lhe um olhar significativo.

– Não sabemos. O fogo destruiu todas as evidências.

Voltou-se para a mulher aflita no sofá.

– Acredite em mim, sra. Reeves, estamos fazendo todo o possível. É uma questão de investigação. Mais cedo ou mais tarde vamos encontrar alguém que viu sua filha em Danemouth ontem e viu com quem ela estava. Tudo leva tempo, sabe. Receberemos dúzias, centenas, de relatos contando que uma bandeirante foi vista aqui, ali e em todo lugar. É uma questão de seleção e paciência, mas vamos descobrir a verdade no final, não tema.

A sra. Reeves perguntou:

– Onde, onde ela está? Posso vê-la?

Mais uma vez, o superintendente Harper olhou para o marido. Disse:

– O oficial médico está cuidando de tudo. Sugiro que seu marido me acompanhe agora e cuide das formalidades. Nesse meio-tempo, tente se lembrar de qualquer coisa que Pamela possa ter dito, algo talvez a que a senhora não tenha dado atenção na hora, mas que pode esclarecer a situação. Entende o que estou dizendo, apenas alguma palavra ou frase solta. É a melhor maneira de nos ajudar.

Quando os dois se dirigiam para a porta, Reeves disse, apontando para uma fotografia:

– Ali está ela.

Harper olhou com atenção. Era um grupo de hockey. Reeves apontou para Pamela no centro da imagem do time.

"Uma boa menina", pensou Harper, ao olhar para o rosto sério da menina de maria-chiquinha.

Seus lábios desenharam uma linha reta quando pensou no corpo carbonizado dentro do carro.

Jurou para si mesmo que o assassinato de Pamela Reeves não deveria permanecer como um dos mistérios insolúveis de Glenshire.

Ruby Keene, ele admitiu secretamente, pode ter feito por merecer, mas Pamela Reeves era outra história. Uma boa menina como nunca viu igual. Não descansaria até prender o homem ou mulher que a matara.

CAPÍTULO 11

Um ou dois dias depois, o coronel Melchett e o superintendente Harper se olharam por sobre a grande escrivaninha do primeiro. Harper fora a Much Benham para uma consulta.

Melchett disse, sorumbático:

– Bem, sabemos a que ponto chegamos, ou melhor, não chegamos!

– Onde não chegamos expressa melhor a situação, senhor.

– Temos duas mortes para considerar – disse Melchett. – Dois assassinatos, Ruby Keene e a menina Pamela Reeves. Não havia muito com que identificá-la, pobrezinha, mas o suficiente. Aquele sapato que escapou do fogo foi identificado pelo pai como sendo dela, e há o botão do uniforme de bandeirante. Um negócio diabólico, superintendente.

O superintendente Harper disse bem baixinho.

– Digo que tem razão, senhor.

– Fico aliviado de que era quase certo que a menina estava morta antes de atearem fogo ao carro. A forma como estava deitada, atravessada nos bancos, indica isso. É provável que tenha levado uma bordoada na cabeça, pobre menina.

– Ou quem sabe foi estrangulada – Harper sugeriu.

Melchett olhou para ele, intrigado:

– Acha isso?

– Bem, senhor, há assassinatos desse tipo.

– Eu sei. Estive com os pais, a mãe da pobre menina está fora de si. A coisa toda é dolorosa demais. A questão que devemos decidir é: esses dois assassinatos estão interligados?

– Diria com certeza que sim.

– Eu também.

O superintendente foi contando cada ponto com os dedos.

– Pamela Reeves foi a um encontro de bandeirantes em Danebury Downs. As colegas disseram que estava normal e alegre. Não retornou de ônibus com as três companheiras até Medchester. Informou que iria a Danemouth, na Woolworth's, e tomaria o ônibus de lá para casa. A estrada principal que entra em Danemouth, lá da baixada, faz uma volta grande por dentro. Pamela Reeves tomou um atalho por dois campos e uma estradinha que a levaria até Danemouth, perto do Hotel Majestic. A estradinha, na verdade, passa pelo lado oeste do hotel. É possível, portanto, que tenha escutado ou visto algo, algo relacionado a Ruby Keene, que se mostrou perigoso para o assassino; digamos, por exemplo, que o escutou combinando de encontrar

Ruby Keene às onze da noite. Ele compreendeu que essa estudante ouvira a conversa e precisava silenciá-la.

O coronel Melchett disse:

– Isso pressupõe, Harper, que o crime de Ruby Keene foi premeditado, e não espontâneo.

O superintendente Harper concordou.

– Creio que foi, senhor. Aparenta ser o contrário, um ato súbito de violência, um ataque de paixão ou ciúme, mas estou começando a achar que não foi o caso. Do contrário, não consigo ver como podemos explicar a morte da filha do casal Reeves. Se ela foi testemunha do crime, seria tarde da noite, por volta das onze, e o que estaria fazendo no Majestic a uma hora dessas? Ora, às nove os pais já estavam ansiosos porque ela não voltara para casa.

– A alternativa é que tenha ido encontrar alguém em Danemouth, sem que os amigos e a família soubessem, e sua morte não está relacionada com a outra.

– Sim, senhor, e não acredito que foi assim. Veja como até a velhinha, a velha Miss Marple, percebeu de cara que havia uma conexão. Logo perguntou se o corpo no carro queimado era o da bandeirante desaparecida. Uma velha bem esperta aquela. Essas velhinhas às vezes são. Astutas, sabe. Sabem identificar o ponto vital da questão.

– Miss Marple fez isso mais de uma vez – disse o coronel Melchett, seco.

– E, além disso, senhor, temos o carro. Parece que liga a morte dela sem dúvida com o Hotel Majestic. Era o carro de George Bartlett.

Mais uma vez os olhos dos dois se encontraram.

– George Bartlett? Poderia ser! O que acha?

Mais uma vez Harper recitou, metódico, os vários pontos.

– Ruby Keene foi vista pela última vez com George Bartlett. Ele diz que ela foi para o quarto (comprovado pelo vestido que estava usando ter sido encontrado lá), mas foi para o quarto e se trocou *para sair com ele?* Será que marcaram um encontro para saírem juntos mais cedo, conversaram, digamos, antes do jantar, e Pamela Reeves escutou sem querer?

Melchett disse:

– Ele não informou o sumiço do carro até a manhã seguinte e foi extremamente vago sobre o assunto quando o fez, fingiu não se lembrar com precisão quando fora a última vez que reparara no veículo.

– Isso pode ser esperteza, senhor. Eu vejo assim, ou ele é um cavalheiro muito esperto se fingindo de burro, ou então... bom, ele é burro mesmo.

– O que nós precisamos – disse Melchett – é de um motivo. Do jeito que está, ele não tinha motivo algum para matar Ruby Keene.

– Sim... é aí que empacamos sempre. Motivo. Todos os relatórios do Palais de Danse em Brixwell são negativos, é isso?

– Cem por cento! Ruby Keene não tinha nenhum namorado em especial. Slack está investigando em detalhes o assunto... isso devemos conceder ao Slack, o homem sabe ser *meticuloso.*

– Está certo, senhor. Meticuloso é a palavra.

– Se houvesse algo para ser desencavado, ele teria desencavado. Mas não há nada ali. Conseguiu uma lista dos parceiros mais frequentes dela de dança, todos examinados e liberados. Uns camaradas inofensivos, e todos tinham álibi para aquela noite.

– Ah – exclamou o superintendente Harper. – Álibis. É isso que precisamos enfrentar.

Melchett olhou para ele com ar crítico.

– Acha mesmo? Deixei esse lado da investigação para você.

– Pois é, senhor. Examinei a questão... em detalhes. Mandamos pedir ajuda a Londres por conta disso.

– E?

– O sr. Conway Jefferson pode achar que o sr. Gaskell e a jovem sra. Jefferson estão bem de vida, mas não é o caso. Os dois estão numa dureza extrema.

– Isso é verdade?

– Bem verdade, senhor. É como o sr. Conway Jefferson falou, ele passou uma quantia considerável em dinheiro para nome do filho e da filha quando se casaram. Isso faz mais de dez anos. O sr. Jefferson se imaginava conhecedor de bons investimentos. Não arriscou em nada muito fora do normal, mas não deu sorte e demonstrou ter escolhido mal repetidas vezes. Seus bens foram diminuindo paulatinamente. Diria que a viúva encontrou dificuldades para pagar as contas e mandar o filho para uma boa escola.

– Mas não pediu ajuda ao sogro?

– Não, senhor. Até onde pude entender, ela mora com ele e, por causa disso, não tem despesas com moradia.

– E com o estado de saúde dele não se esperava que fosse durar muito?

– Isso mesmo, senhor. Agora, com respeito ao sr. Gaskell. É jogador, pura e simplesmente. Acabou com o dinheiro da mulher rapidinho. Está enrolado de maneira bastante crítica no momento. Precisa muito de muito dinheiro.

– Não posso dizer que fui com a cara dele – declarou o coronel Melchett. – Tem um aspecto meio ensandecido... não é? E tem então um motivo. Vinte e cinco mil libras eram o que significava tirar aquela moça do caminho. Sim, é um motivo com certeza.

– Os dois tinham motivo.

– Não estou considerando a sra. Jefferson.

– Não, senhor, sei que não está. E, de todo jeito, o álibi dos dois é sólido. Eles não *poderiam* ter cometido o crime. Só isso.

– Tem declarações detalhadas dos movimentos deles naquela noite?

– Sim, tenho. Tomemos primeiro o sr. Gaskell. Jantou com o sogro e a sra. Jefferson, tomou café com os dois mais tarde, quando Ruby Keene se juntou a eles. Então disse que precisava escrever cartas e saiu. Na verdade, pegou o carro e foi dar uma volta na orla. Ele me falou com total franqueza que não aguentaria jogar bridge uma noite inteira. O velhote é louco pelo jogo. Então inventou a desculpa das cartas. Ruby Keene permaneceu com os outros. Mark Gaskell retornou quando ela estava dançando com Raymond. Depois da dança, Ruby foi tomar um drinque com eles e então foi dançar com o jovem Bartlett, enquanto Gaskell e os outros formaram as parcerias e começaram o bridge. Aquilo foi às vinte para as onze, e ele não deixou a mesa até depois da meia-noite. Isso é quase certo, senhor. Todo mundo confirma. A família, os garçons, todos. Portanto, *ele* não poderia ter cometido o crime. E o álibi da sra. Jefferson é o mesmo. Ela também não saiu da mesa. Os dois estão fora, ambos fora.

O coronel Melchett reclinou-se para trás, tamborilando na mesa com um cortador de papel.

O superintendente Harper disse:

– Isto é, supondo que a moça tenha sido morta antes da meia-noite.

– Haydock disse que foi. Ele é um camarada muito preciso no trabalho policial. Se afirma algo, assim é.

– Pode haver motivos, saúde, uma idiossincrasia física, ou algo.

– Vou sugerir – Melchett consultou o relógio, apanhou o telefone e solicitou um número. Falou: – Haydock deve estar em casa uma hora dessas. Agora, supondo que ela tenha sido morta *depois* da meia-noite?

Harper disse:

– Então pode haver uma chance. Houve um certo entra e sai depois. Vamos dizer que Gaskell pedira à moça que o encontrasse lá fora, em algum lugar, digamos à meia-noite e vinte. Sai de fininho por alguns instantes, a estrangula, volta e se desfaz do corpo mais tarde, nas primeiras horas da manhã.

Melchett disse:

– Levando-a de carro por quase cinquenta quilômetros para depositar o corpo na biblioteca dos Bantry? Ora essa, não é uma história provável.

– Não, não é – o superintendente admitiu logo.

O telefone tocou. Melchett atendeu.

– Alô, Haydock, é você? Ruby Keene. Seria possível ela ter sido morta *depois* da meia-noite?

– Falei para vocês que foi morta entre dez e meia-noite.

– Sim, sei, mas daria para esticar um pouco, não?

– Não, não pode esticar. Quando digo que foi morta antes da meia-noite, estou dizendo antes da meia-noite, e não tente interferir em evidências médicas.

– Sim, mas não poderia ter acontecido algo fisiológico? Sabe o que quero dizer.

– Sei que não sabe do que está falando. A moça era perfeitamente saudável e não era anormal de modo algum, e não vou dizer que era só para ajudar vocês e enrolarem a corda no pescoço de um infeliz em quem vocês da polícia estão enfiando a faca. Nem pense em protestar. Conheço seus métodos e, aliás, a garota não foi estrangulada voluntariamente, melhor dizendo, ela foi dopada primeiro. Um narcótico poderoso. Morreu de estrangulamento, mas foi dopada antes.

Haydock desligou.

Melchett anunciou com pesar:

– Bem, é o que é.

Harper disse:

– Achei que poderia ter descoberto outra linha possível, mas esfriou.

– O que foi? Quem?

– Falando claramente, senhor, ele é de sua responsabilidade. O nome é Basil Blake. Mora perto de Gossington Hall.

– Aquele arrogantezinho impudente! – o cenho do coronel se obscureceu quando lembrou da grosseria ultrajante de Basil Blake. – De que maneira está envolvido nisso?

– Parece que conhecia Ruby Keene. Jantava no Majestic com frequência, dançava com a moça. Lembra do que Josie perguntou a Raymond quando descobriram que Ruby havia sumido? "Ela não está com aquele camarada dos filmes, está?" Descobri que era de Blake que ela estava falando. É funcionário do Lemville Studios, sabe. Josie não tinha embasamento algum, só a crença de que Ruby estaria bem interessada nele.

– Muito promissor, Harper, muito promissor.

– Não tão bom como parece, senhor. Basil Blake estava em uma festa nos estúdios naquela noite. Conhece o estilo de festa. Começa às oito com coquetéis e segue adiante até o ar ficar tão grosso que não se enxerga nada, e todo mundo desmaia de tanto beber. De acordo com o inspetor Slack, que o questionou, ele saiu da função por volta da meia-noite. À meia-noite, Ruby Keene estava morta.

– Alguém comprova essa alegação?

– A maioria deles, pelo que entendi, senhor, estava bastante, hã, passada. A... hã... jovem que está agora no bangalô, a srta. Dinah Lee, diz que a declaração dele está correta.

– Não quer dizer nada!

– Não, senhor, é provável que não. Declarações colhidas de outros membros da festa de modo geral comprovam a afirmação do sr. Blake, embora as noções de tempo sejam um pouco vagas.

– Onde ficam esses estúdios?

– Lemville, senhor, cinquenta quilômetros a sudoeste de Londres.

– Hmmm, e em torno da mesma distância daqui?

– Sim, senhor.

O coronel Melchett esfregou o nariz. Falou em um tom bastante insatisfeito:

– Bom, parece que podemos deixá-lo fora desta.

– Acho que sim, senhor. Não temos provas de que se sentia seriamente atraído por Ruby Keene. Na verdade... – o superintendente Harper pigarreou, cerimonioso –, parece que está bem ocupado com sua própria rapariga.

Melchett disse:

– Bem, nos resta um "X", um assassino desconhecido, tão desconhecido que Slack não acha pistas dele! Ou o genro do Jefferson, que pode ter desejado matar a menina, mas não teve a oportunidade. A nora idem. Ou George Bartlett, que não tem álibi, mas infelizmente também não tem motivo. E esse é o grupo todo! Não, espere, talvez devamos considerar o rapaz bailarino, Raymond Starr. Afinal, ele conviveu bastante com ela.

Harper disse devagar:

– Não posso acreditar que tivesse muito interesse nela, ou então é um ator de talento explosivo. E, para todos os propósitos práticos, tem um álibi também. Estava mais ou menos à vista entre dez e quarenta e meia-noite, dançando com várias pessoas. Não vejo como podemos compor um argumento para incriminá-lo.

– Na verdade – disse coronel Melchett –, não conseguimos incriminar ninguém.

– George Bartlett é nossa única esperança. Se ao menos pudéssemos encontrar um motivo.

– Já averiguaram a vida dele?

– Já, senhor. Filho único. Mimado pela mãe. Herdou um bocado de dinheiro com a morte dela um ano atrás. Está gastando rápido. Está mais para fraco do que para imoral.

– Pode ser doido – disse Melchett, esperançoso.

O superintendente Harper assentiu. Disse:

– Já pensou nisso, senhor, que essa pode ser a explicação para o caso todo?

– Um lunático criminoso, é isso?

– É, senhor. Um daqueles sujeitos que saem por aí estrangulando menininhas. Os médicos dão um nome bem comprido para isso.

– Isso resolveria todas as nossas dificuldades – concordou Melchett.

– Só há um detalhe de que não gosto na ideia – comentou o superintendente Harper.

– Qual?

– É fácil demais.

– Hmm, é... talvez. Então, como eu dizia lá no começo, aonde já chegamos com o caso?

– A lugar nenhum, senhor – respondeu o superintendente Harper.

CAPÍTULO 12

I

Conway Jefferson acordou aos poucos e se espreguiçou. Seus braços ficaram estirados para fora da cama, braços longos e poderosos, os quais pareciam concentrar toda a força de seu corpo desde o acidente.

Por trás das cortinas, a luz da manhã cintilava com suavidade.

Conway Jefferson sorriu consigo. Depois de uma noite de descanso, sempre acordava daquele jeito, feliz, renovado, com sua vitalidade revigorada. Mais um dia!

Ficou deitado só por um minuto. Então apertou a campainha especial junto à mão. E, em seguida, uma onda de lembranças tomou conta dele.

Mesmo com Edwards entrando cuidadoso e silencioso no quarto, um grunhido foi emitido pelo patrão.

Edwards parou, com a mão segurando as cortinas. Perguntou:

– Não está sentindo dor, senhor?

Conway Jefferson respondeu, ríspido:

– Não. Ande logo, pode abri-las.

A claridade invadiu o quarto. Edwards, compreensivo, não olhou para o patrão.

Com expressão pesarosa, Conway Jefferson ficou deitado relembrando e pensando. Diante de seus olhos viu mais uma vez a face inexpressiva e bela de Ruby. Só que em seus pensamentos não usou o adjetivo “inexpressivo”.

Na noite anterior, teria dito que era inocente. Uma criança ingênua e inocente! E agora?

Uma fadiga imensa tomou conta de Conway Jefferson. Fechou os olhos. Ciciou de maneira quase inaudível:

– Margaret...

Era o nome de sua falecida esposa...

II

– Gosto de sua amiga – Adelaide Jefferson disse para a sra. Bantry.

As duas estavam sentadas no terraço.

– Jane Marple é uma mulher excepcional – disse a sra. Bantry.

– E é simpática também – acrescentou Addie, sorrindo.

– As pessoas dizem que é mexeriqueira – disse a sra. Bantry –, mas de fato não é.

– Apenas tem uma opinião desfavorável sobre a natureza humana?

– Pode-se dizer que sim.

– É bastante revigorante – comentou Adelaide Jefferson –, depois de presenciar tanto do extremo oposto.

A sra. Bantry olhou para ela, intrigada.

Addie se explicou.

– Tantos pensamentos elevados idealizando um objeto sem mérito!

– Está falando de Ruby Keene?

Addie assentiu.

– Não quero ser desagradável sobre ela. Não tinha más intenções. Pobrezinha, precisava lutar pelo que queria. Não era má. Era comum, bastante tola e simpática, mas era uma interesseira de marca maior. Não acho que armava e manipulava. Apenas se apressou em tirar vantagem de uma possibilidade. E sabia bem como encantar um senhor de idade que estava... solitário.

– Suponho – disse a sra. Bantry, pensativa – que Conway *estivesse* solitário.

Addie se remexeu, inquieta. Falou:

– Estava... neste verão. – Fez uma pausa e então disparou: – Mark vai dizer que é tudo culpa minha. Talvez seja, não sei.

Ficou em silêncio um instante, então, impelida pela necessidade de desabafar, começou a falar de maneira truncada, quase relutante.

– Eu... tive uma vida esquisita. Mike Carmody, meu primeiro marido, morreu muito cedo, logo depois de nos casarmos... aquilo... aquilo acabou comigo. Peter, como sabe, nasceu depois da morte dele. Frank Jefferson era um grande amigo de Mike. Então passei a encontrá-lo bastante. Era padrinho de Peter, Mike queria assim. Fiquei muito afeiçoada a ele... e... oh!... com pena dele também.

– Pena? – inquiriu a sra. Bantry, interessada.

– Sim, só isso. Soa estranho. Frank sempre teve tudo que queria. Seu pai e sua mãe não poderiam ter sido melhores para ele. E, ainda assim, como posso explicar? ...veja bem, a personalidade do velho sr. Jefferson é tão forte. Para conviver com ele, não se pode adquirir uma personalidade própria. Frank se sentia assim.

"Quando nos casamos, ele era muito feliz, era uma maravilha. O sr. Jefferson foi muito generoso. Passou uma grande soma em dinheiro para Frank; disse que queria que os filhos fossem independentes e não precisassem esperar por sua morte. Foi muita bondade dele, tão generoso. Mas foi muito de repente. Deveria ter acostumado Frank a ter independência aos poucos.

"Aquilo lhe subiu à cabeça. Queria ser um homem tão bom como o pai, tão astuto para o dinheiro e os negócios, tão visionário e bem-sucedido. E, claro, não era. Não chegou a especular com o dinheiro, mas investiu nas coisas erradas e no momento errado. É aterrorizante, sabe, o quão rápido o dinheiro se vai quando não sabemos usá-lo. Quanto mais Frank despencava, mais ansioso ficava para recuperar o dinheiro em algum negócio da China. Então as coisas iam de mal a pior."

– Mas, minha querida – disse a sra. Bantry –, Conway não poderia ter aconselhado o filho?

– Ele não queria se aconselhar. O que mais desejava era se sair bem sozinho. Foi por isso que nunca contou ao sr. Jefferson. Quando Frank morreu, sobrara muito pouco... apenas uma pequena renda para mim. E eu... eu também não contei para o pai dele. Entenda...

Virou-se de súbito.

– Seria como se eu delatasse Frank para ele. Frank teria odiado. O sr. Jefferson esteve doente por muito tempo. Quando melhorou, supôs que eu fosse uma viúva de posses. Nunca o desiludi. Tem sido uma questão de honra. Sabe que sou muito cuidadosa com dinheiro, mas aprova essa atitude, acha que sou econômica. E, claro, Peter e eu moramos com ele praticamente desde então, e paga por todas as nossas despesas diárias. Então, nunca precisei me preocupar.

Ela disse devagar:

– Vivemos como uma família por todos esses anos... só que... só que... entenda (ou você não vê?), eu nunca fui a *viúva* de Frank para ele, sempre fui a *esposa* de Frank.

A sra. Bantry entendeu a implicação.

– Está dizendo que ele nunca aceitou as mortes?

– Não. Ele sempre foi maravilhoso. Mas superou sua própria tragédia recusando-se a reconhecer a morte. Mark é marido de Rosamund, e eu sou esposa de Frank; e, embora Frank e Rosamund não estejam de fato aqui conosco, eles ainda existem.

A sra. Bantry falou baixinho:

– É um triunfo e tanto da fé.

– Eu sei. Seguimos assim, ano após ano. Mas, de repente, neste verão, algo deu errado dentro de mim. Senti... senti uma rebeldia. É uma coisa horrível de se dizer, mas não queria mais pensar em Frank! Tudo aquilo havia terminado, meu amor e meu companheirismo com ele e meu luto por sua morte. Era algo que existira, mas não existia mais.

"É dificílimo de descrever. É como querer passar tudo a limpo e começar do zero. Queria ser eu mesma, Addie, ainda um tanto jovem, forte e capaz de brincar e nadar e dançar, ser apenas uma *pessoa*. Até Hugo... (conhece Hugo McLean?) ele é muito querido e quer se casar comigo, mas, claro, nunca pensei no assunto... mas este verão, *comecei* a pensar, não com tanta seriedade... apenas uma vaga ideia..."

Parou e balançou a cabeça.

– E então, suponho que seja verdade. *Negligenciei Jeff.* Não digo que fui negligente *de fato*, mas minha cabeça e meus pensamentos não estavam com ele. Quando Ruby, do meu ponto de vista, o divertia, eu ficava bem aliviada. Aquilo me deixava mais livre para sair e fazer as minhas coisas. Jamais sonhei... claro, jamais sonhei... que fosse ficar tão... tão *encantado* com ela!

A sra. Bantry perguntou:

– E quando descobriu?

– Fiquei estupefata, completamente estarrecida. E receio que brava, também.

– *Eu* teria ficado brava – disse a sra. Bantry.

– Havia Peter, entende. O futuro inteiro de Peter depende de Jeff. Jeff praticamente o tratava como neto, ou era assim que eu pensava, mas, claro, ele não era neto. Não tem parentesco algum. E pensar que seria deserdado! – suas mãos firmes e bem moldadas tremiam um pouco quando as descansou no colo. – Pois foi assim que me senti, e por causa de uma golpistazinha simplória e vulgar... Ai! Eu queria matar aquela menina!

Parou, atônita. Seus lindos olhos claros encontraram os da sra. Bantry em um horror suplicante. Disse:

– *Que coisa mais horrível de se dizer!*

Hugo McLean chegou de mansinho atrás delas e perguntou:

– O que é uma coisa horrível de se dizer?

– Sente-se, Hugo. Conhece a sra. Bantry, não conhece?

McLean já havia cumprimentado a senhora mais velha. Falava então com um tom baixo e perseverante:

– O que foi uma coisa horrível de se dizer?

Addie Jefferson respondeu:

– Que eu gostaria de ter matado Ruby Keene.

Hugo McLean refletiu por alguns instantes. Então disse:

– Não, eu não falaria isso se fosse você. Pode ser mal compreendida.

Seus olhos, acinzentados, firmes e reflexivos, a fitaram significativamente.

Falou:

– *Precisa cuidar onde pisa, Addie.*

Havia um tom de advertência na voz dele.

III

Quando Miss Marple saiu do hotel e se encontrou com a sra. Bantry poucos minutos depois, Hugo McLean e Adelaide Jefferson estavam caminhando juntos pela trilha que levava até o mar.

Sentando-se, Miss Marple comentou:

– Ele parece muito dedicado.

– É dedicado há anos! É um desses.

– Conheço. Como o major Bury. Ficou rondando uma viúva anglo-indiana por quase dez anos. Era motivo de piada entre os amigos dela! No fim, ela se rendeu, mas, infelizmente, dez dias antes da data do casamento, fugiu com o chofer! Uma mulher tão simpática também, e de modo geral tão equilibrada.

– As pessoas fazem coisas esquisitas – concordou a sra. Bantry. – Queria que estivesse aqui agora há pouco, Jane. Addie Jefferson estava me contando a vida dela, como o marido gastou todo o dinheiro, mas nunca deixaram transparecer nada para o sr. Jefferson. E então, neste verão, as coisas mudaram para ela...

Miss Marple assentiu.

– Sim. Ela se rebelou, suponho, contra a ideia de ser forçada a viver no passado? Afinal de contas, há um tempo para cada coisa. Não se pode sentar dentro de casa com as persianas fechadas para sempre. Suponho que a sra. Jefferson as abriu e tirou seus trajes de viuvez, e o sogro, claro, não gostou. Sentiu-se abandonado, embora não imagino que nem por um minuto ele tenha percebido quem a pusera naquela posição. Ainda assim, não gostou nem um pouco. E então, claro, como o velho sr. Badger quando a esposa começou a estudar espiritismo, tornou-se uma presa fácil para o que aconteceu. Qualquer mocinha bonita que soubesse ouvir com atenção servia.

– Acha – perguntou a sra. Bantry – que aquela prima, Josie, a chamou para cá de propósito, que foi uma trama em família?

Miss Marple fez que não.

– Não, não acho nada disso. Não acho que Josie tenha o tipo de cabeça que poderia prever as reações das pessoas. Ela é bastante obtusa nesse sentido. Tem uma dessas mentes espertas, limitadas e práticas que nunca anteveem o futuro e ficam em geral abismadas quando algo acontece.

– Parece ter pegado todo mundo de surpresa – disse a sra. Bantry. – Addie e Mark Gaskell também, ao que tudo indica.

Miss Marple sorriu.

– Arrisco dizer que ele tinha outros interesses. Um camarada ousado com o olhar errante! Não é homem de seguir por anos fazendo o papel do viúvo entristecido, não importa o quanto tivesse afeto pela esposa. Acho que os dois estavam inquietos sob o jugo das perpétuas recordações do sr. Jefferson. Só que – acrescentou Miss Marple, com cinismo – é sempre mais fácil para os cavalheiros, é claro.

IV

Naquele exato instante, Mark confirmava essa avaliação feita sobre ele em uma conversa com Sir Henry Clithering.

Com candor característico, Mark foi direto ao cerne da questão.

– Acabo de me dar conta – disse – de que sou o Suspeito Número Um Favorito para a polícia! Andaram pesquisando meus problemas financeiros. Estou quebrado, sabe, ou muito próximo disso. Se o velho e querido Jeff morre de acordo com o esperado, dentro de um ou dois meses, e Addie e eu dividimos o dinheiro, também de acordo com o combinado, tudo fica bem. Para dizer a verdade, estou devendo um bom montante... Se vier a falência, vai chegar com estrondo! Se puder repelir os acontecimentos, vai se dar o contrário, saio por cima e como um homem muito rico.

Sir Henry Clithering disse:

– É um jogador, Mark.

– Sempre fui. Arrisco tudo; esse sempre foi o meu lema! Sim, foi por sorte que alguém estrangulou aquela pobre menina. Eu não fiz isso. Não sou um estrangulador. Não acho que conseguiria algum dia matar alguém. Sou tranquilo demais. Mas não imagino que possa pedir que a polícia *acredite* nisso! Devo lhes parecer como a resposta às preces do investigador criminal! Eu tinha motivo, estava no local, não tenho o peso de grandes escrúpulos morais! Não consigo imaginar como ainda não fui parar na cadeia! Aquele superintendente tem um olhar sórdido.

– Você tem aquele detalhe muito útil, um álibi.

– Um álibi é a coisa mais duvidosa na face da Terra! Nenhum inocente algum dia teve um álibi! Além do mais, tudo depende da hora da morte ou algo assim, e pode ter certeza de que, se três médicos disserem que a moça foi morta à meia-noite, vão encontrar pelo menos outros seis que juram com toda a certeza que ela foi morta às cinco da manhã... e onde vai parar meu álibi nesse caso?

– De qualquer forma, está conseguindo fazer piada do assunto.

– Um mau gosto e tanto, não? – disse Mark, jovial. – Na realidade, estou bem aterrorizado. Quem não ficaria... com um assassinato! E não pense que não sinto pena do velho Jeff. Sinto, sim. Mas é melhor assim, por pior que tenha sido o choque, do que se ele tivesse descoberto quem ela é.

– Que quer dizer com descobrir quem ela é?

Mark deu uma piscadela.

– Para onde ela foi ontem à noite? Aposto qualquer coisa que foi se encontrar com um homem. Jeff não teria gostado disso. Ele não teria gostado nada disso. Se descobrisse que ela o enganava, que não era a pequena inocente tagarela que parecia... bem... bem, meu sogro é um homem insólito. É um homem de grande autocontrole, mas esse autocontrole pode estourar. E então... cuidado!

Sir Henry olhou para ele com curiosidade.

– Gosta dele ou não?

– Gosto muito dele, e ao mesmo tempo guardo ressentimento. Vou tentar explicar. Conway Jefferson é um homem que gosta de controlar seu entorno. É um déspota benevolente, gentil, generoso e afetuoso... Mas é ele quem toca a música, e os outros dançam de acordo.

Mark Gaskell fez uma pausa.

– Eu amava minha esposa. Jamais sentirei o mesmo por qualquer outra. Rosamund era toda brilho do sol, risadas alegres e flores e, quando morreu, me senti como um homem que levou um nocaute no ringue. Mas o juiz está contando o tempo. Sou homem, afinal de contas. Gosto de mulheres. Não quero me casar de novo, não faço questão. Bom, está bem assim. Tive de ser discreto, mas tive minhas diversões, claro. A pobre Addie, não. Addie é uma mulher muito boa. É do tipo de mulher com quem os homens querem se casar, não dormir com elas. Dê a ela meia oportunidade, vai se casar de novo e ser muito feliz e fazer o sujeito muito feliz também. Mas o velho Jeff sempre a enxergou como a esposa de Frank... e a hipnotizou a ver a si mesma desse jeito. Ele não sabe, mas vivemos numa prisão. Eu escapuli, na surdina, há muito tempo. Addie escapuliu este verão, e foi um choque para ele. O mundo dele caiu. O resultado: Ruby Keene.

E cantou de maneira impressionante:

Mas ela está na sepultura, e, oh,
Tudo mudou no meu mundo!

– Venha, vamos tomar um drinque, Clithering.

Não era nenhuma surpresa, refletiu Sir Henry, que Mark Gaskell fosse alvo de suspeitas da polícia.

CAPÍTULO 13

I

O dr. Metcalf era um dos médicos mais conhecidos em Danemouth. Não tinha modos agressivos, e sua presença no quarto dos doentes surtia um efeito invariavelmente animador. Era um homem de meia-idade com uma voz suave e agradável

Escutou com atenção às perguntas do superintendente Harper e respondeu com delicada precisão.

Harper disse:

– Posso acreditar, doutor Metcalf, que o que me foi dito pela sra. Jefferson estava essencialmente correto?

– Estava, a saúde do sr. Jefferson está num estado precário. Por vários anos já, o homem vem se desgastando sem piedade. Em sua determinação de viver como qualquer outro, vem vivendo em um ritmo muito mais forte do que um homem normal da idade dele. Ele se recusa a repousar, a ir devagar com as coisas, a andar com calma... ou qualquer outro conselho que eu e os outros médicos dele usamos para expressar nossa opinião clínica. O resultado é que o homem é uma máquina que trabalhou em excesso. O coração, os pulmões, a pressão arterial, estão todos esgotados.

– Afirma que o sr. Jefferson tem sido irredutível em sua recusa a ouvir?

– Sim. Não posso dizer que o culpo. Não é o que digo aos meus pacientes, superintendente, mas um homem pode tanto se desgastar quanto enferrujar. Vários dos meus colegas fazem isso, e, ouça o que digo, não é um jeito ruim de envelhecer. Em um lugar como Danemouth, a gente vê mais do outro exemplo: inválidos se agarrando à vida, aterrorizados de fazerem um esforço além da conta, apavorados com uma brisa fria, um germe à solta ou uma refeição imprudente!

– Imagino que seja bem verdade – disse o superintendente Harper. – Tudo se resume então nisso: Conway Jefferson tem força suficiente, em termos físicos, ou melhor, em termos musculares. E o que é capaz de realizar em termos de atividade, a propósito?

– Tem uma força imensa nos braços e ombros. Era um homem poderoso antes do acidente. É extremamente hábil em manusear sua cadeira de rodas e, com o auxílio de muletas, pode se movimentar em um cômodo, indo da cama até a poltrona, por exemplo.

– Não seria possível para um homem com as lesões do sr. Jefferson receber pernas artificiais?

– Não no caso dele. Houve uma lesão na coluna.

– Entendo. Permita-me resumir de novo. Jefferson é forte e está em forma em termos musculares. Ele se sente bem e tudo?

Metcalf assentiu.

– Mas seu coração está em más condições. Qualquer esforço extra, ou mais vigoroso, ou um choque, um susto repentino, e pode bater as botas. É isso?

– Mais ou menos. O esforço excessivo o está matando lentamente porque não se entrega quando se sente cansado. Isso agrava a condição cardíaca. É improvável que o esforço fosse matá-lo de repente. Mas um choque súbito, ou um susto, pode fazer isso. É por esse motivo que adverti a família expressamente.

O superintendente Harper falou devagar:

– Mas, na realidade, um choque *não* o matou. Digo, doutor, não poderia haver um choque maior do que essa história, e ele segue vivo?

O dr. Metcalf deu de ombros.

– Eu sei. Mas se tivesse minha experiência, superintendente, saberia que a história dos diagnósticos demonstra a impossibilidade de se fazerem prognósticos precisos. As pessoas que *deveriam* morrer por causa de um choque ou escândalo *não* morrem de choque e escândalo etc. etc. A constituição humana é mais resistente do que se imagina possível. Além do mais, na minha experiência, um choque *físico* é em geral mais fatal que um choque *mental.* Em linguagem simples, uma porta que bate de repente tem mais chance de matar o sr. Jefferson do que a descoberta de que uma garota à qual se afeiçoou morreu de forma particularmente horrorosa.

– E por que isso? É o que me pergunto.

– A chegada de uma notícia ruim quase sempre ativa uma reação de defesa. Anestesia quem a recebe. Ele fica incapaz, num primeiro momento, de absorver a informação. A compreensão completa leva um tempo. Mas a porta batida, alguém pulando de um armário para dar um susto, a arremetida súbita de um carro ao atravessar a rua, todas essas coisas têm ação imediata. O coração dá um salto aterrorizado, para colocar em linguagem leiga.

O superintendente Harper disse devagar:

– Mas, até onde todo mundo sabe, a morte do sr. Jefferson poderia ser facilmente causada pelo choque da morte da menina?

– Ah, facilmente – o médico olhou com curiosidade para o outro. – Não está pensando...

– Não sei no que pensar – disse o superintendente Harper, contrariado.

II

– Mas precisa concordar, senhor, que as duas coisas se encaixariam que é uma beleza – falou mais tarde para Sir Henry Clithering. – Matariam dois coelhos com a mesma cajadada. Primeiro a moça e, então, a ocasião da morte dela daria cabo do sr. Jefferson também, antes que ele tivesse a chance de mexer no testamento.

– Acha que ele vai mexer?

– O senhor tem mais chance de saber isso do que eu. O que diz?

– Não sei. Antes que Ruby Keene aparecesse, por acaso, eu soube que ele deixara o dinheiro repartido entre Mark Gaskell e a sra. Jefferson. Não vejo por que ele agora mudaria de ideia a respeito. Mas, claro, pode fazer isso. Pode acabar deixando para um lar de gatos ou para subsidiar jovens dançarinos profissionais.

O superintendente Harper concordou.

– Nunca se sabe o que vai dar na telha de alguém, em especial quando não sente que tem qualquer obrigação moral na cessão de sua fortuna. Nenhum parentesco de sangue, neste caso.

Sir Henry disse:

– Ele tem afeto pelo menino, o jovem Peter.

– Acha que o vê como um neto? Saberia disso melhor do que eu, senhor.

Sir Henry respondeu devagar:

– Não, acho que não.

– Há outra coisa que gostaria de lhe perguntar, senhor. É algo que não posso julgar por mim mesmo. Mas são seus amigos, então deve saber. Gostaria muito de saber o quanto o sr. Jefferson aprecia o sr. Gaskell e a jovem sra. Jefferson.

Sir Henry franziu a testa.

– Não sei se o estou compreendendo, superintendente.

– Bem, é assim, senhor: o quanto ele os aprecia como *pessoas*, independente de sua relação com eles?

– Ah, estou entendendo.

– É, senhor. Ninguém duvida que seja muito apegado aos dois, mas ficou apegado, na minha forma de ver, por causa de quem eram; respectivamente, o marido da filha e a esposa do filho. Mas, suponhamos, por exemplo, que um deles houvesse se casado de novo?

Sir Henry refletiu. Disse:

– É um ponto interessante este que está levantando. Não sei. Estou inclinado a suspeitar, é uma mera opinião, que teria alterado bastante a atitude dele. Ele teria desejado que fossem felizes, não guardaria rancor, mas acho, sim, acredito mesmo que teria muito pouco interesse neles dali em diante.

– Em ambos os casos, senhor?

– Acho que sim, é. No caso do sr. Gaskell, quase que com certeza, e acho que também para com a sra. Jefferson, mas no caso dela não é tão nítido assim. Creio que tenha se afeiçoado a *ela* pela pessoa que é.

– O sexo teria algo a ver com isso – comentou o superintendente Harper com sabedoria. – Mais fácil enxergá-la como uma filha do que ver o sr. Gaskell como filho. Vale para os dois lados. As mulheres aceitam um genro como alguém da família com facilidade, mas não há muitas circunstâncias em que uma mulher veja a esposa do filho como filha.

O superintendente Harper prosseguiu:

– Importa-se se seguirmos por este caminho, senhor, até a quadra de tênis? Estou vendo Miss Marple sentada lá, quero pedir que faça algo por mim. Na realidade, quero convocar vocês dois.

– De que maneira, superintendente?

– Para ter acesso a coisas que eu mesmo não consigo. Quero que aborde Edwards para mim, senhor.

– Edwards? O que quer com ele?

– Tudo que possa imaginar! Tudo que ele sabe e o que pensa! Sobre a relação entre vários membros da família, seu ponto de vista na história de Ruby Keene. Informações internas. Ele conhece melhor do que ninguém o estado das coisas... pode apostar! E não contaria nada para *mim*. Mas contaria ao *senhor*. E algo pode *emergir* por causa disso. Isto é, claro, se não fizer objeção.

Sir Henry respondeu sombrio:

– Não faço objeção. Mandaram me chamar, com urgência, para que eu chegasse à verdade. Tenho a intenção de dar o melhor de mim.

Acrescentou:

– Como quer que Miss Marple o ajude?

– Com algumas meninas. Algumas daquelas bandeirantes. Já reunimos uma meia dúzia, as que eram mais próximas de Pamela Reeves. É possível que saibam de algo. Entenda, andei pensando, me parece que, se aquela menina estivesse indo de fato à Woolworth's, tentaria convencer alguma outra a ir junto. As meninas em geral gostam de fazer compras acompanhadas.

– Sim, acho que é verdade.

– Então, acho possível que a loja fosse apenas uma desculpa. Quero saber onde a menina estava indo de fato. Pode ter deixado escapar alguma coisa. Se for isso, sinto que Miss Marple é a pessoa certa para arrancar essa informação das amigas. Diria que ela entende alguma coisa de meninas, ao menos mais do que eu. E, afinal, elas teriam medo da polícia.

– Soa como o tipo de problema doméstico do vilarejo que cai bem na linha de Miss Marple. Ela é muito astuta, sabe.

O superintendente sorriu. Disse:

– Diria que está certo. Não deixa passar nada.

Miss Marple levantou o rosto ao ver os dois se aproximando e os recebeu, ávida. Ouviu o pedido do superintendente e concordou logo.

– Gostaria muito de ajudá-lo, superintendente, e acho que talvez eu *possa* lhe ser útil. Por causa da escola dominical, sabe, e das escoteiras, e as bandeirantes, e tendo o orfanato por perto... estou no comitê, sabe, e com frequência vou lá conversar com a diretora, e também há as *criadas*, em geral tenho criadas bem novinhas. Ah, sim, tenho bastante experiência em identificar quando uma menina está falando a verdade e quando está escondendo algo.

– De fato, é uma expert – disse Sir Henry.

Miss Marple lhe lançou um olhar de reprovação e disse:

– Oh, *por favor*, não ria de mim, Sir Henry.

– Não sonharia em debochar da senhora. A senhora foi quem riu de mim tantas vezes.

– A gente vê mesmo tanta maldade em um vilarejo – murmurou Miss Marple com tom explicativo.

– Aliás – disse Sir Henry –, esclareci o assunto que a senhora me pediu. O superintendente me confirmou que havia pontas de unhas cortadas no cesto de papel de Ruby.

Miss Marple disse, pensativa.

– Havia? Então era isso...

– Por que queria saber, Miss Marple? – perguntou o superintendente.

Miss Marple respondeu:

– Foi uma das coisas que, bom, que me pareceram *erradas* quando olhei para o cadáver. As mãos estavam erradas, de certa forma, e não conseguia entender de início o *porquê*. Então lembrei que as moças que são muito arrumadas em geral têm unhas muito longas. Claro, sei que as meninas por toda a parte roem as unhas, é um daqueles hábitos difíceis de abandonar. Mas a vaidade em geral ajuda muito. Ainda assim, presumi que essa moça *não* havia se curado. E então o menininho, Peter, sabem, disse algo que provava que as unhas dela *eram* longas, só que uma se prendeu e quebrou. Então, claro, ela pode ter cortado o resto para deixar igual, e perguntei sobre as unhas cortadas, e Sir Henry disse que descobriria para mim.

Sir Henry assinalou:

– A senhora acaba de dizer "*uma* das coisas que pareceram erradas" quando olhou para o corpo. Havia mais alguma coisa?

Miss Marple assentiu com vigor.

– Ah, sim! – disparou. – Havia o vestido. O vestido estava *todo* errado.

Ambos olharam para ela com curiosidade.

– Ora, por quê? – indagou Sir Henry.

– Bem, vejam, era velho. Josie afirmou isso, com certeza, e pude ver por mim mesma que estava roto e bastante gasto. Agora, isso está muito errado.

– Não entendo o motivo.

Miss Marple ficou um pouco corada.

– Bem, a ideia não é que Ruby Keene trocou de vestido e saiu para se encontrar com alguém por quem tivesse aquilo que meu sobrinho chama de "uma queda"?

Os olhos do superintendente brilharam um pouco.

– Essa é a teoria. Ela teria marcado um encontro com alguém, um namorado, como se diz.

– Então por que – indagou Miss Marple – estaria usando um vestido velho?

O superintendente coçou a cabeça, pensativo. Falou:

– Vejo seu ponto. Acha que vestiria um novo?

– Acho que usaria seu melhor vestido. As meninas fazem isso.

Sir Henry se intrometeu.

– Sim, mas veja só, Miss Marple. Suponha que estivesse a céu aberto para esse *rendez-vous*. Saindo em um carro conversível talvez, ou caminhando em alguma trilha difícil. Então não ia querer arriscar um vestido novo e pôs um velho.

– Essa seria a coisa sensata a se fazer – concordou o superintendente.

Miss Marple voltou-se para ele. Falou, animada:

– A coisa sensata a se fazer seria trocar para calças e um pulôver, ou um tweed. Isso, claro (não quero ser esnobe, mas receio que seja inevitável), é o que uma garota da... da nossa classe faria. Uma moça de berço – continuou Miss Marple, começando a gostar do assunto – é sempre muito cuidadosa em vestir a roupa certa para cada ocasião. Digo, não importa o quanto o dia esteja quente, uma moça bem nascida jamais apareceria para uma caçada usando um vestido de seda com flores.

– E a vestimenta correta para encontrar um amante? – exigiu Sir Henry.

– Se ela fosse encontrá-lo dentro do hotel ou em algum local onde se usasse um longo, vestiria seu melhor longo, claro, mas, *ao ar livre*, se sentiria ridícula em um longo e usaria a roupa esportiva mais atraente que tivesse.

– Está certo, rainha da moda, mas essa garota, Ruby...

Miss Marple disse:

– Ruby, claro, não era... bem, para ser direta, Ruby não era uma *dama*. Pertencia à classe que usa suas melhores roupas não importa o quão inapropriadas para a ocasião. No ano passado, sabe, organizamos um piquenique em Scrantor Rocks. Ficariam surpresos com as roupas inadequadas que as meninas vestiram. Vestidos em tafetá e sapatos de verniz e chapéus muito elaborados, algumas. Para subir em rochedos, junco e urze. E os rapazes, em seus melhores ternos. Claro, para fazer uma trilha, tudo muda mais uma vez. Então é praticamente um uniforme, e as moças não parecem perceber que um short nunca lhes cai bem a menos que sejam muito magras.

O superintendente falou devagar:

– E acha que Ruby Keene...?

– Acho que ela teria permanecido com o mesmo vestido que estava usando, o melhor cor-de-rosa que possuía. Ela se trocaria apenas se tivesse algo ainda mais novo.

O superintendente Harper disse:

– E qual a explicação, Miss Marple?

Miss Marple falou:

– Não tenho uma, ainda. Mas não consigo deixar de pensar que é importante...

III

Dentro da gaiola de arame, a aula de tênis que Raymond Starr estava dando chegava ao fim.

Uma mulher rechonchuda de meia-idade emitiu ganidos de apreciação, apanhou um cardigã azul celeste e saiu em direção ao hotel.

Raymond exclamou algumas palavras de estímulo para ela.

Então se voltou para o banco onde os três espectadores estavam. As bolas balançavam em uma rede na mão dele, a raquete estava embaixo do braço. A expressão feliz e risonha do rosto desapareceu, como quem passa um apagador em um quadro. Parecia cansado e preocupado.

Andando na direção deles, disse:

– *Essa* terminou.

Então o sorriso se abriu de novo, aquele sorriso de garoto, expressivo, que se harmonizava tão bem com o rosto bronzeado e a beleza ágil e morena.

Sir Henry se pegou imaginando que idade aquele homem teria. Vinte e cinco, trinta, trinta e cinco? Era impossível dizer.

Raymond falou, balançando um pouco a cabeça:

– *Ela* nunca vai conseguir jogar, sabem.

– Tudo isso deve ser muito chato para o senhor – disse Miss Marple.

Raymond respondeu com simplicidade:

– É, às vezes. Em especial no fim do verão. Durante um tempo, a ideia dos honorários nos mantém flutuantes, mas até isso falha em estimular a imaginação ao final!

O superintendente Harper se pôs de pé. Indagou de forma abrupta:

– Vou chamá-la dentro de meia hora, Miss Marple, fica bem para a senhora?

– Perfeitamente, obrigada. Estarei pronta.

Harper saiu. Raymond ficou parado olhando. Então disse:

– Tudo bem se eu me sentar um pouco?

– Faça isso – disse Sir Henry. – Fuma um cigarro? – ofereceu a cigarreira já se questionando por que o fizera, pois sentia um leve preconceito contra Raymond Starr. Seria simplesmente por que era instrutor profissional de tênis e dançarino? Se fosse isso, não seria por causa do tênis, mas da dança. Os ingleses, Sir Henry decidiu, desconfiavam de qualquer homem que dançasse muito bem! Esse camarada se movia com muita graciosidade! Ramon... Raymond... qual era o nome dele?

De maneira repentina, fez a pergunta.

O outro pareceu divertir-se.

– Ramon era meu nome profissional originalmente. Ramon e Josie dava um ar espanhol, sabe. Então notei haver bastante preconceito contra os estrangeiros, por isso me tornei Raymond... bem britânico...

Miss Marple disse:

– E seu nome verdadeiro é algo ainda diferente?

Ele sorriu.

– Na verdade, meu nome verdadeiro é Ramon. Tive uma avó argentina, vejam... (E isso explica o balanço nos quadris, pensou Sir Henry entre parênteses.) Mas meu primeiro nome é Thomas. Prosaico ao extremo.

Voltou-se para Sir Henry.

– Vem de Devonshire, não é, senhor? De Stane? Minha família morava por lá. Em Alsmonston.

O rosto de Sir Henry se iluminou.

– É um dos Starr de Alsmonston? Não havia me dado conta.

– Não... imaginei que não fosse perceber.

Havia uma leve amargura no tom.

Sir Henry falou, sem graça:

– Má sorte... hã... aquilo tudo.

– A venda da propriedade que pertenceu à família por trezentos anos? Foi, bastante. Ainda assim, nossa raça precisa acabar, suponho. Ultrapassamos nossa possível utilidade. Meu irmão mais velho foi para Nova York. Trabalha em uma editora, está indo bem. O resto da família se espalhou pelos quatro cantos da Terra. É difícil arrumar trabalho hoje em dia quando não se tem nada para dizer sobre si mesmo, a não ser que estudou em escola pública! Às vezes, quando dá sorte, lhe contratam como recepcionista de hotel. A gravata e os modos educados valem muito ali. O único emprego que consegui era como animador em um estabelecimento que vendia tubulações. Vendendo banheiras magníficas de porcelana cor de pêssego ou limão. Os showrooms eram enormes, mas eu nunca sabia o preço das porcarias todas ou quando podíamos entregar; fui demitido.

"As duas únicas coisas que eu *sabia* fazer eram dançar e jogar tênis. Fui chamado por um hotel na Riviera. Rendia um bom dinheiro lá. Acho que estava me saindo bem. Então escutei, por acaso, um velho coronel, um coronel bem velho mesmo, de uma antiguidade incrível, britânico até a raiz dos cabelos e sempre falando de Poona. Ele foi falar com o gerente e disse em alto e bom tom:

"Onde está o gigolô? Quero achar esse *gigolô*. Minha esposa e minha filha querem dançar, sabe. Onde anda o sujeito? O quanto ele arranca de vocês? Estou procurando pelo gigolô".

Raymond continuou:

– Bobagem se importar com isso, mas me importei. Caí fora. Vim para cá. Ganho menos, mas o trabalho é mais agradável. A maior parte do tempo ensino tênis para mulheres rotundas que nunca, nunca, nunca vão aprender a jogar. Faço isso e danço com as filhas esmaecidas e negligenciadas dos clientes ricos. Ah, bem, é a vida, imagino. Perdoem a história infeliz de hoje!

Riu. Seus dentes brilharam brancos, os olhos se enrugaram nos cantos. De repente, pareceu saudável, feliz e muito alerta.

Sir Henry declarou.

– Fico feliz em ter essa conversa com você. Faz tempo que queria trocar umas palavrinhas.

– Sobre Ruby Keene? Não posso ajudá-lo, sabe. Não sei quem a matou. Sei muito pouco sobre ela. Não se abria comigo.

Miss Marple disse:

– Gostava dela?

– Não tanto. Também não desgostava.

O tom dele era desleixado, desinteressado.

Sir Henry propôs:

– Então não pode oferecer nenhuma sugestão?

– Receio que não... teria comentado com Harper se tivesse. A mim parece uma daquelas coisas, um crimezinho trivial, sórdido... sem pistas, sem motivo.

– Duas pessoas tinham motivo – informou Miss Marple.

Sir Henry olhou para ela, assombrado.

– É mesmo? – Raymond pareceu surpreso.

Miss Marple olhava insistente para Sir Henry, e ele explicou muito a contragosto:

– É provável que a morte dela tenha beneficiado a sra. Jefferson e o sr. Gaskell no montante de cinquenta mil libras.

– Como? – Raymond pareceu de fato assombrado, mais do que assombrado, incomodado. – Oh, mas isso é absurdo, totalmente absurdo... a sra. Jefferson... nenhum dos dois... poderia ter algo a ver com isso. É inacreditável imaginarem uma coisa dessas.

Miss Marple pigarreou. Falou com jeito:

– Receio, sabe, que você seja um idealista e tanto.

– Eu? – riu. – Eu, não! Sou um cínico de plantão.

– O dinheiro – disse Miss Marple – é um motivo muito poderoso.

– Talvez – respondeu Raymond, esquentado. – Mas que qualquer um daqueles dois seja capaz de estrangular uma menina a sangue frio... – meneou a cabeça.

Então se levantou.

– Aí vem a sra. Jefferson. Chegando para sua aula. Está atrasada – a voz dele era de quem achava graça. – Dez minutos atrasada!

Adelaide Jefferson e Hugo McLean estavam se deslocando com pressa na direção deles.

Com um sorriso constrangido pelo atraso, Addie Jefferson entrou na quadra. McLean sentou-se no banco. Depois de perguntar com educação se Miss Marple se importava que fumasse cachimbo, acendeu-o e fumou por alguns minutos em silêncio, observando com olhar crítico as duas figuras de branco se movendo na quadra de tênis.

Enfim se pronunciou:

– Não entendo por que Addie quer fazer aulas. Jogar uma partida, sim. Ninguém aprecia o esporte mais do que eu. Mas por que *aulas*?

– Quer melhorar seu jogo – disse Sir Henry.

– Ela não joga mal – disse Hugo. – Bem o bastante, em todo caso. Ora bolas, não está treinando para jogar em Wimbledon.

Ficou em silêncio por um minuto. Então indagou:

– Quem *é* esse tal Raymond? De onde saem esses profissionais? O sujeito me parece latino.

– É da família Starr de Devonshire – disse Sir Henry.

– Quê? Não me diga?

Sir Henry assentiu. Ficou claro que a novidade era desagradável para Hugo McLean. Fechou a cara mais do que nunca.

Disse:

– Não sei por que Addie mandou *me* chamar. Não parece ter despenteado um fio de cabelo por causa dessa história! Nunca esteve melhor. Por que me chamar?

Sir Henry perguntou com curiosidade:

– Quando foi que mandou chamá-lo?

– Oh... hã... quando tudo aconteceu.

– Como ficou sabendo? Telefone ou telegrama?

– Telegrama.

– Por uma questão de curiosidade, a que horas foi enviado?

– Bem, não sei ao certo.

– A que horas recebeu?

– Não cheguei a receber. Foi telefonado para mim, para dizer a verdade.

– Por que, onde estava?

– O fato é que saí de Londres na tarde anterior. Estava ficando em Danebury Head.

– Quê... bem perto daqui?

– Sim, engraçado, não é? Recebi a mensagem quando cheguei de uma rodada de golfe e vim assim que pude.

Miss Marple o observava, pensativa. Ele parecia incomodado e desconfortável. Ela comentou:

– Ouvi dizer que é muito agradável em Danebury Head e não é muito caro.

– Não, não é caro. Não poderia bancar se fosse. É um bom lugarzinho.

– Devemos passear por lá um dia desses – disse Miss Marple.

– Hã? Como? Ah... hã... sim, é melhor eu... – levantou-se. – Melhor fazer um exercício, garantir meu apetite.

Afastou-se caminhando enrijecido.

– As mulheres – disse Sir Henry – tratam muito mal seus dedicados admiradores.

Miss Marple sorriu, mas não respondeu.

– Ele lhe parece um tipo bem apático? – perguntou Sir Henry. – Gostaria de saber.

– Um pouco limitado em suas ideias, quem sabe – disse Miss Marple. – Mas com possibilidades, acho, oh, certamente tem possibilidades.

Foi a vez de Sir Henry levantar.

– É hora de sair para resolver minhas coisas. Vejo que a sra. Bantry está chegando para lhe fazer companhia.

IV

A sra. Bantry chegou ofegante e sentou-se com um suspiro.

Disse:

– Estive conversando com as camareiras. Mas não serviu para nada. Não descobri nem um detalhe a mais! Acha que a menina podia mesmo estar mantendo um relacionamento sem que todo mundo no hotel soubesse?

– Esse é um ponto bem interessante, querida. Diria que é certo que *não. Alguém* sempre sabe, pode confiar, se a história for verdade! Mas ela deve ter sido muito esperta.

A atenção da sra. Bantry dispersou-se para a quadra de tênis. Falou com tom de aprovação:

– As jogadas de Addie melhoraram muito. É um rapaz atraente, esse professor de tênis. Addie parece tão bonita. Ela ainda é uma mulher atraente... não me surpreenderia se acabasse se casando novamente.

– Vai ser uma mulher rica também quando o sr. Jefferson morrer – disse Miss Marple.

– Oh, não fique sempre pensando nessas coisas sórdidas, Jane! Por que ainda não resolveu o mistério? Não parece estar avançando nada. Achei que saberia *na hora* – o tom da sra. Bantry era carregado de reprovação.

– Não, não, querida. Não soube na hora e também não por certo tempo.

A sra. Bantry voltou seu olhar assustado e incrédulo para ela.

– Está dizendo que agora *sabe* quem matou Ruby Keene?

– Ah, sim – confirmou Miss Marple –, *isso* eu sei!

– Mas, Jane, quem é? Fale agora.

Miss Marple balançou a cabeça com firmeza e repuxou os lábios.

– Sinto muito, Dolly, mas não posso.

– Por que não pode?

– Porque você é muito indiscreta. Sairia por aí contando para todo mundo... ou, se não contasse, daria a *entender.*

– Não, não daria. Não contaria para vivalma.

– As pessoas que usam essa frase são em geral as últimas a cumprirem a promessa. Não adianta, querida. Há um longo caminho pela frente. Muitas coisas ainda permanecem obscuras. Lembra-se de quando fui contra deixarem a sra. Partridge recolher o dinheiro para a Cruz Vermelha e não sabia dizer o *porquê*. O motivo era que o nariz dela tinha se contraído do mesmo jeito que aquela minha empregada, Alice, contraía o nariz *dela* quando eu a mandava pagar as contas. Sempre pagava um xelim a menos e mandava botar "na conta da semana que vem" que, claro, foi *exatamente* o que fez a sra. Partridge, só que numa escala muito maior. Setenta e cinco libras foi o que *ela* desviou.

– Deixe a sra. Partridge para lá – disse a sra. Bantry.

– Mas precisava lhe explicar. E, se faz tanta questão, vou lhe dar uma *pista*. O problema neste caso é que todo mundo tem sido muito *crédulo* e *ingênuo*. Simplesmente não se pode *acreditar* em tudo que as pessoas dizem. Quando há algo mal explicado, nunca acredito em ninguém! Está vendo, conheço tão bem a natureza humana.

A sra. Bantry ficou quieta por alguns instantes. Então disse em outro tom:

– Eu disse, não disse, que não havia motivo para não me divertir com o caso. Um assassinato de verdade na minha própria casa! O tipo de coisa que nunca mais vai se repetir.

– Espero que não – disparou Miss Marple.

– Bom, eu também, realmente. Uma vez é o suficiente. Mas o assassinato é *meu*, Jane; quero me divertir com ele.

Miss Marple olhou para ela.

A sra. Bantry disse com ar beligerante:

– Não quer acreditar?

Miss Marple respondeu com doçura:

– Claro que acredito, Dolly, se está me dizendo.

– Sim, mas nunca acredita no que as pessoas lhe dizem, acredita? Acabou de afirmar isso. Bem, tem razão – a voz da sra. Bantry tomou-se de súbita amargura. Falou: – Não sou uma idiota completa. Deve pensar, Jane, que não sei o que andam dizendo por toda St. Mary Mead, por todo o país! Estão dizendo, todo mundo, que não há fumaça sem fogo; que, se a moça foi encontrada na biblioteca de Arthur, então ele deve saber algo a respeito. Estão dizendo que a menina era amante de Arthur, que era sua filha ilegítima, que ela o estava chantageando. Estão dizendo qualquer coisa que lhes passe pelas malditas cabeças! E vai seguir assim! Arthur não vai perceber tão cedo, não vai saber o que está errado. Ele é um velho tonto tão bonzinho que não vai nunca acreditar que as pessoas pensariam coisas desse tipo a respeito ele. Vai ser tratado com indiferença e observado de esguelha (seja lá o que for *isso*!), então vai começar a se aperceber pouco a pouco e, de repente, vai ficar horrorizado e ferido até a alma, vai se fechar como uma ostra e apenas *suportar* dia após dia sua miséria.

"É por causa de tudo o que vai acontecer com ele que vim até aqui cavoucar cada detalhe que eu puder! Este assassinato *precisa* ser resolvido! Se não for, então a vida de Arthur será arruinada, e não vou permitir que isso aconteça. Não vou! Não vou! Não vou!"

Fez uma pausa e disse:

– Não vou *deixar* que o meu velho passe o diabo por algo que não cometeu. Esse é o único motivo pelo qual vim para Danemouth e o deixei sozinho em casa, para descobrir a verdade.

– Eu sei, querida – disse Miss Marple. – É por isso que também estou aqui.

CAPÍTULO 14

I

Em um calmo quarto de hotel, Edwards escutava Sir Henry Clithering com deferência.

– Há certas coisas que gostaria de lhe perguntar, Edwards, mas quero que primeiro entenda, com total clareza, a minha posição. Fui, durante certo período, comissário de polícia da Scotland Yard. Agora estou aposentado, me retirei para a vida privada. Seu patrão mandou me chamar quando esta tragédia aconteceu. Suplicou para que eu usasse minha habilidade e experiência a fim de descobrir a verdade.

Sir Henry fez uma pausa.

Edwards, com seus olhos pálidos e inteligentes fixos no rosto do outro, inclinou a cabeça. Disse:

– Sei bem, Sir Henry.

Clithering prosseguiu devagar e decidido:

– Em todos os casos policiais, há necessariamente uma série de informações que são resguardadas. São resguardadas por vários motivos, por tocarem em segredos de família, porque se considera que não tenham relação com o caso, porque provocariam constrangimento e embaraço para as partes envolvidas.

Mais uma vez, Edwards disse:

– Sei bem, Sir Henry.

– Imagino, Edwards, que já tenha uma nítida compreensão dos vários pontos desta história. A garota morta estava prestes a se tornar filha adotiva do sr. Jefferson. Duas pessoas tinham motivos para assegurar que isso não ocorresse. Essas duas pessoas eram o sr. Gaskell e a sra. Jefferson.

Os olhos do lacaio exibiram um lampejo momentâneo. Disse:

– Posso perguntar se os dois são suspeitos, senhor?

– Não correm risco de serem presos, se é isso que quer saber. Mas é inevitável que a polícia suspeite deles e assim vai permanecer *até que a questão seja esclarecida.*

– Uma posição desagradável para eles, senhor.

– Muito desagradável. Agora, para chegarmos à verdade, precisamos examinar *todos* os fatos do caso. Muito vai depender, *deve* depender das reações, palavras e gestos do sr. Jefferson e sua família. Como se sentiram, o que demonstraram, que coisas foram ditas? Estou lhe pedindo, Edwards, informações privilegiadas, do tipo de informação privilegiada que só você pode ter. Conhece os humores de seu patrão. De tanto observá-los, é provável que saiba o que causa cada um deles. Estou lhe perguntando isso não como um policial, mas como amigo do sr. Jefferson. Em outras palavras, se algo que me disser não for, na minha opinião, relevante para o caso, não vou passar adiante para a polícia.

Ele fez uma pausa. Edwards falou baixinho:

– Estou entendendo, senhor. Quer que eu fale com franqueza, que diga coisas que no decurso normal dos acontecimentos eu não deveria dizer, e que, perdoe-me, *o senhor* não sonharia em escutar.

Sir Henry disse:

– É um sujeito muito inteligente, Edwards. É exatamente a *isso* que me refiro.

Edwards ficou em silêncio por um minuto ou dois, então começou a falar.

– É claro que conheço o sr. Jefferson bastante bem a esta altura. Já estou com ele há uns bons anos. E o vejo em seus momentos "privados", não só quando está "representando". Às vezes, senhor, já questionei mentalmente se é bom uma pessoa lutar contra o destino da forma como o sr. Jefferson vem lutando. Ele paga um preço muito alto por isso. Se às vezes conseguisse dar vazão, permitindo-se ser um velho infeliz, solitário e ferido, bem... talvez no fim das contas poderia ser melhor para ele. Mas é orgulhoso demais para isso! Vai morrer lutando, esse é seu lema.

"Mas esse tipo de coisa leva, Sir Henry, a um monte de reações nervosas. Ele aparenta ser um cavalheiro de bom temperamento. Já testemunhei alguns ataques violentos, quando mal conseguia falar de tanta raiva. E a coisa que mais o afeta, senhor, é a falsidade..."

– Está dizendo isso por algum motivo específico, Edwards?

– Sim, senhor, estou. O senhor me pediu para falar com muita franqueza?

– Essa é a ideia.

– Bom, então, Sir Henry, na minha opinião, a mocinha que deixou o sr. Jefferson tão encantado não valia a pena. Ela era, para ser franco, uma ordinária qualquer. E não dava um vintém pelo sr. Jefferson. Todo aquele jogo de gratidão e afeto era pura encenação. Não vou dizer que fosse má pessoa, mas não era, nem de longe, o que o sr. Jefferson pensava dela. Era engraçado isso, pois o sr. Jefferson costumava ser um homem astuto; não se enganava com facilidade sobre as pessoas. Mas, aí, um cavalheiro não está em seu juízo normal quando a questão envolve uma jovem mulher. A jovem sra. Jefferson, veja bem, com quem ele sempre contou para ter consolo, mudou bastante durante o verão. Ele percebeu e foi dolorido para ele. Era afeiçoado a ela, entenda. Do sr. Mark, ele nunca gostou muito.

Sir Henry interrompeu:

– E, no entanto, o tinha perto de si constantemente?

– Sim, mas isso por causa da srta. Rosamund. Ou seja, sra. Gaskell. Era a menina dos olhos dele. Ele a adorava. O sr. Mark era marido da srta. Rosamund. Sempre pensava nele assim.

– Suponhamos que o sr. Mark houvesse se casado com outra pessoa.

– O sr. Jefferson teria ficado furioso.

Sir Henry arqueou as sobrancelhas.

– Chegaria a tanto?

– Não teria demonstrado, mas seria isso, sim.

– E se a sra. Jefferson voltasse a se casar?

– O sr. Jefferson também não teria gostado disso.

– Por favor, prossiga, Edwards.

– Estava dizendo que o sr. Jefferson caiu por essa mocinha. Já vi muito isso acontecer com os cavalheiros com quem trabalhei. Toma conta deles como uma espécie de doença. Querem proteger a moça, ampará-la, enchê-la de presentes, e nove entre dez vezes a moça é bastante capaz de se virar sozinha e tem um olho afiado para essas oportunidades.

– Então acha que Ruby Keene era uma arrivista?

– Bom, Sir Henry, era bastante inexperiente, por ser tão jovem, mas tinha os traços de uma bela arrivista de fato, uma vez que pegasse o jeito da coisa, digamos! Com mais cinco anos de prática, teria se tornado uma perita!

Sir Henry disse:

– Fico feliz em ouvir sua opinião a respeito dela. É valiosa. Agora, lembra-se de algum incidente no qual esse assunto foi debatido entre o sr. Jefferson e a família?

– Houve muito pouca discussão. O sr. Jefferson anunciou o que tinha em mente e reprimiu qualquer protesto. Ou seja, calou o sr. Mark, que era um pouco sincero demais. A sra. Jefferson não dizia muito, ela é uma dama recatada, apenas insistiu para que ele não tomasse nenhuma decisão apressada.

Sir Henry assentiu.

– Mais alguma coisa? Como era a atitude da moça?

Com visível desgosto, o criado disse:

– Poderia descrever, senhor, como jubilante.

– Ah, jubilante, diz? Não tem motivo para crer, Edwards, que... – procurou uma frase adequada para o criado – que... hã... seus afetos estivessem comprometidos com outro pretendente?

– O sr. Jefferson não estava propondo casamento. Sua intenção era adotá-la.

– Retire a palavra "pretendente" e mantenha a pergunta.

O criado respondeu devagar:

– Houve *um* incidente, senhor. Por acaso fui testemunha.

– Isso é interessante. Relate.

– Não deve ser nada de mais. Foi só que um dia a moça foi abrir a bolsa e uma pequena fotografia caiu. O sr. Jefferson foi certeiro e disse: "Ora, docinho, quem é esse, hein?".

"Era uma foto, senhor, de um rapaz, um rapaz moreno, com cabelo bem desarrumado e a gravata mal feita.

"A srta. Keene fingiu não saber nada do assunto. Disse: 'Não faço ideia, Jeffie. Não faço a mínima ideia. Não sei como pode ter ido parar na minha bolsa. *Eu* que não pus aí!'.

"Agora, o sr. Jefferson não era tão bobo. Aquela explicação não foi suficiente. Pareceu bravo, suas sobrancelhas desceram, pesadas, e a voz ficou rude quando disse: 'Vamos lá, docinho, ora, vamos. Você sabe *bem* quem é'.

"Ela mudou de tática rapidamente, senhor. Pareceu assustada. Falou: 'Agora estou reconhecendo. Ele vem aqui às vezes e já dancei com ele. Não sei o nome, o idiota deve ter enfiado a foto na minha bolsa um dia desses. Esses meninos são tão bobos!'. Jogou a cabeça para trás, deu uma risadinha e deixou por isso. Mas não era uma história provável, era? E não acho que o sr. Jefferson tenha acreditado muito. Olhou para ela uma ou duas vezes com severidade depois disso e, por vezes, quando ela saía, perguntava por onde havia andado."

Sir Henry disse:

– Já chegou a ver o objeto da foto por aqui no hotel?

– Não tenho conhecimento, senhor. Claro, não fico muito lá embaixo na área pública.

Sir Henry assentiu. Perguntou outras coisas, mas Edwards não soube lhe informar mais nada.

II

Na delegacia em Danemouth, o superintendente Harper estava questionando Jessie Davis, Florence Small, Beatrice Henniker, Mary Price e Lilian Ridgeway.

Eram meninas da mesma faixa etária, mas diferentes mentalidades. Variavam entre filhas de "políticos e fazendeiros" e filhas de "comerciantes". Todas contaram a mesma história: Pamela Reeves estava do mesmo jeito de sempre, não lhes dissera nada, exceto que ia até a Woolworth's e voltaria para casa no ônibus mais tarde.

No canto da sala do superintendente Harper estava uma senhora idosa. As meninas mal a haviam percebido. Caso houvessem, poderiam ter se perguntado quem era. Era certo que não era chefe de polícia. Era possível que presumissem que, como elas, estivesse ali para ser questionada.

A última menina foi conduzida para fora da sala. O superintendente Harper secou a testa e voltou-se para encarar Miss Marple. Seu olhar era inquiridor, porém não esperançoso.

Miss Marple, entretanto, falou com clareza.

– Gostaria de conversar com Florence Small.

As sobrancelhas do superintendente se elevaram, mas ele assentiu e tocou uma campainha. Um guarda apareceu.

Harper disse:

– Florence Small.

A menina reapareceu, acompanhada pelo guarda. Era a filha de um fazendeiro bem de vida, uma moça alta com cabelos claros, uma boca um tanto tola e olhos castanhos assustados. Contorcia as mãos e parecia nervosa.

O superintendente Harper olhou para Miss Marple, que assentiu.

O superintendente levantou-se. Falou:

– Esta senhora vai lhe fazer algumas perguntas.

Saiu, fechando a porta atrás de si.

Florence lançou um olhar inquieto na direção de Miss Marple. Os olhos dela lembravam muito um dos bezerros de seu pai.

Miss Marple disse:

– Sente-se, Florence.

Florence Small sentou-se, obediente. Sem se aperceber, de repente se sentiu mais em casa, menos receosa. A atmosfera desconhecida e aterrorizante da delegacia foi substituída por algo mais familiar, o tom costumeiro de comando usado por alguém cuja incumbência é dar ordens. Miss Marple disse:

– Entende, Florence, que é da maior importância que se saiba tudo que Pamela fez no dia de sua morte?

Florence murmurou que entendia bem.

– E estou certa de que vai querer ajudar da melhor forma possível?

Os olhos de Florence estavam desconfiados quando disse que claro que queria.

– Esconder qualquer informação que seja é uma ofensa muito séria – disse Miss Marple.

Os dedos da menina se contorciam, nervosos, no colo. Engoliu uma ou duas vezes.

– Posso dar um desconto – continuou Miss Marple – pelo fato de que está naturalmente alarmada em ter de tratar com a polícia. Tem medo também de que possam culpá-la por não haver se pronunciado antes. É possível que sinta receio de que possam responsabilizá-la por não ter impedido Pamela naquele momento. Mas vai precisar ser uma menina corajosa e pôr tudo em pratos limpos. Se você se recusar a me contar o que sabe agora, vai se tornar uma questão muito séria de fato... *muito* séria, praticamente um caso de *perjúrio* e, por isso, como sabe, pode ser mandada para a cadeia.

– Eu... eu não...

Miss Marple disse, abrupta:

– Ora, não prevarique, Florence! Conte tudo de uma vez! Pamela não estava indo à Woolworth's, estava?

Florence lambeu os lábios com a língua seca e olhou suplicante para Miss Marple, como um animal entrando no matadouro.

– Algo a ver com os filmes, não foi? – perguntou Miss Marple.

Um olhar de intenso alívio mesclado com admiração passou pelo semblante de Florence. Suas inibições se esvaíram. Ela arquejou.

– Ah, *sim*!

– Foi o que pensei – disse Miss Marple. – Agora quero todos os detalhes, por gentileza.

As palavras jorravam da boca de Florence, num arrebatamento.

– Oh! Eu estava tão preocupada. Prometi a Pam, entenda, que jamais diria uma palavra para ninguém. E então, quando foi encontrada toda queimada naquele carro, oh! Foi horrível e pensei que ia *morrer*... senti como se fosse tudo culpa minha. Deveria ter impedido. Só que nunca pensei, nem por um segundo, que houvesse algo errado. E então me perguntaram se ela estava se comportando normalmente naquele dia e falei que "sim", antes mesmo de ter tempo de pensar. E, não tendo dito nada então, não vi como poderia dizer algo depois. E, afinal, não sabia de nada, não de verdade, só o que Pam me falou.

– O que foi que Pam falou?

– Foi quando estávamos andando até o ponto de ônibus, a caminho do encontro. Perguntou se eu podia guardar um segredo, e falei que "sim", e ela me fez jurar não contar. Estava indo a Danemouth fazer um teste para um filme depois do encontro! Conhecera um produtor de cinema, recém-chegado de Hollywood, ele era. Queria um certo tipo e disse a Pam que ela era bem o que eles estavam procurando. Avisou para ela não tomar aquilo como certo. Não dava para dizer, ele afirmou, não até ver como a pessoa fotografava. Poderia não ficar bem. Era para um papel tipo os da Elisabeth Bergner, ele disse. Tinha de ser alguém bem jovem. Uma estudante que trocava de lugar com uma artista de revista e tinha uma carreira maravilhosa. Pam atuou em peças da escola e é boa demais. Ele disse que podia ver que ela sabia interpretar, mas teria de passar por um treinamento intensivo. Que não esperasse um ambiente festivo, precisaria trabalhar muito duro. E então, ela se considerava capaz de encarar?

Florence Small parou para respirar. Miss Marple chegou a ficar bastante enjoada ao escutar a loquaz releitura de inúmeros romances e histórias de cinema. Pamela Reeves, como tantas outras meninas, deve ter sido avisada sobre falar com estranhos, mas o glamour dos filmes acabaria obliterando tudo.

– Ele foi totalmente profissional sobre tudo isso – continuou Florence. – Disse que, se o teste fosse um sucesso, ela teria um contrato, e disse que, como era jovem e inexperiente, precisava que um advogado verificasse a papelada antes de assinar. Mas não era para comentar que *ele* dissera aquilo. Perguntou a ela se teria problemas com os pais, e Pam disse que era provável que sim, e ele falou: "Bem, é claro que essa sempre é uma dificuldade com qualquer pessoa tão jovem quanto você, mas acho que se for colocado para eles que essa é uma oportunidade maravilhosa, uma em um milhão, eles entenderiam". Mas, de todo modo, ele disse, não adiantava nada discutir detalhes até saberem o resultado do teste. Ela não deveria ficar desapontada se não passasse. Contou para ela sobre Hollywood e sobre Vivien Leigh, como ela tomou Londres de assalto, e como esses saltos sensacionais para a fama aconteciam mesmo. Ele próprio voltara da América para trabalhar com os estúdios Lemville e dinamizar as companhias de cinema inglesas.

Miss Marple assentiu.

Florence prosseguiu:

– Então, foi marcado. Pam precisava ir a Danemouth depois da reunião e encontrar com ele em seu hotel, e ele a levaria até os estúdios (tinham um pequeno estúdio para testes em Danemouth, ele falou). Ela faria o teste e poderia apanhar o ônibus para casa logo depois. Poderia dizer que estivera passeando em lojas, e ele avisaria do resultado em poucos dias. Caso favorável, o sr. Harmsteiter, o chefe, faria uma visita para falar com os pais dela.

"Bem, claro, tudo parecia uma maravilha só! Fiquei roxa de inveja! Pam passou a reunião inteira sem transparecer nada, a gente sempre diz que ela faz cara de paisagem. Então, quando disse que estava indo para Danemouth, na Woolworth's, piscou para mim.

"Vi quando deu os primeiros passos na calçada – Florence começou a chorar. – Deveria ter impedido que fosse. Deveria ter impedido. Deveria ter desconfiado que uma coisa dessas não poderia ser verdade. Deveria ter contado para alguém. Oh, minha nossa, eu queria estar *morta*!"

– Calma, calma – Miss Marple deu palmadinhas no ombro dela. – Está tudo bem. Ninguém vai culpar você. Fez a coisa certa ao me contar.

Passou alguns instantes consolando a menina.

Cinco minutos depois, relatava a história para o superintendente Harper. Este último ficou bastante tenso.

– Aquele diabo esperto! – disse. – Por Deus, ele agora está encrencado. Isso coloca tudo sob uma nova perspectiva.

– Sim, coloca.

Harper olhou para ela de soslaio.

– Não a surpreende?

– Já esperava algo do tipo.

O superintendente Harper perguntou, curioso:

– O que lhe chamou a atenção para essa garota em particular? Todas pareciam mortas de medo e não havia nada diferente apontando para uma ou outra até onde pude ver.

Miss Marple falou com suavidade:

– Nao tem tanta experiência com meninas contando mentiras quan to eu. Florence o encarava de maneira muito direta, se lembrar bem, e ficou dura, parada, só remexia os pés como as outras. Mas não a observou quando saía em direção à porta. Soube logo que ela tinha algo a esconder. Elas quase sempre relaxam cedo demais. Minha empregada Janet sempre fazia isso. Explicava de maneira bem convincente que os camundongos comeram a ponta de um bolo e se entregava quando deixava escapar um sorriso esperto ao sair da sala.

– Estou muito agradecido à senhora – disse Harper.

Acrescentou, pensativo:

– Lemville Studios, hein?

Miss Marple não disse nada. Levantou-se.

– Receio – disse – que devo me apressar. Fico feliz em ter podido ajudar.

– Vai voltar ao hotel?

– Sim, para fazer as malas. Preciso voltar para St. Mary Mead assim que possível. Tenho muito a fazer por lá.

CAPÍTULO 15

I

Miss Marple passou pelas portas francesas de sua sala de estar, desceu pelo lindo caminho do jardim passando pelo portão, cruzou o quintal da paróquia e foi até a janela da sala, onde bateu de leve na vidraça.

O pároco estava ocupado em seus estudos, preparando o sermão de domingo, mas a esposa, que era jovem e bonita, estava admirando o progresso de sua prole sobre o tapete da lareira.

– Posso entrar, Griselda?

– Oh, por favor, Miss Marple. Olhe *só* para David! Fica tão irritado por só conseguir engatinhar de ré. Quer alcançar alguma coisa, mas quanto mais ele tenta, mais se afasta indo para trás, quase entrando na caixa de carvão!

– Ele está ficando bem grandinho, Griselda.

– Não está mal, não é? – disse a jovem mãe, esforçando-se para manter um ar de indiferença. – Claro que não me *esforço* muito com ele. Todos os livros dizem que a criança deve ser deixada por si só tanto quanto possível.

– Muito sábio, querida – disse Miss Marple. – Aliás, vim perguntar se há qualquer coisa especial para a qual esteja coletando fundos no momento.

A mulher do pároco voltou seus olhos um pouco admirados para ela.

– Oh, montes de coisas – respondeu, com ar alegre. – Sempre há.

Foi contando nos dedos.

– Há o fundo para restauração da nave principal, a missão St. Giles, o bazar de artesanato na quarta-feira que vem e o das Mães Solteiras, a excursão dos escoteiros, o grêmio das bordadeiras e a apelação do bispo para os pescadores de águas profundas.

– Qualquer um desses serve – disse Miss Marple. – Pensei em dar um giro para recolher, com o caderno, sabe, se me autorizar.

– Está aprontando alguma? Acho que está. Claro que lhe autorizo. Peça ajuda para o bazar de artesanato; seria adorável receber dinheiro de verdade em vez daqueles sachês horrendos, os apagadores decorados, vestidos deprimentes de crianças e os espanadores transformados em bonecas. Suponho – continuou Griselda, acompanhando a visitante até a porta – que não vá querer me dizer qual o objetivo disso.

– Depois, minha querida – disse Miss Marple, saindo apressada.

Com um suspiro, a jovem mãe retornou ao tapete e, dando seguimento a seus princípios de rígida negligência, brincou dando três cabeçadas leves na barriga do filho até que ele lhe agarrasse os cabelos e os puxasse com gritos de alegria. Então se rolaram várias vezes no chão, em um grande embolado, até que a porta se abriu e a empregada da paróquia anunciou a paroquiana mais influente (que não gostava de crianças):

– A patroa está aqui.

Com isso, Griselda sentou-se e tentou parecer digna e mais de acordo com o que se espera da esposa de um pároco.

II

Miss Marple, agarrada em um caderninho preto com anotações a lápis, andou apressada pela rua do vilarejo até chegar ao cruzamento. Ali, virou à esquerda e caminhou para além da Blue Boar até chegar a Chatsworth, codinome "a casa nova do sr. Booker".

Entrou pelo portão, foi até a porta da frente e bateu, animada.

A porta foi aberta pela jovem loira de nome Dinah Lee. Estava menos arrumada do que de costume, e de fato parecia um pouco suja. Estava usando uma calça cinza com uma jardineira cor de esmeralda.

– Bom dia – disse Miss Marple, com animação e alegria. – Posso entrar um minutinho?

Foi avançando enquanto falava, de maneira que Dinah Lee, pega de surpresa com a visita, não teve tempo de se decidir.

– Muitíssimo obrigada – disse Miss Marple, sorrindo amistosamente para ela e sentando-se com todo o cuidado em uma poltrona "antiga" de bambu. – Está bastante quente para este período do ano, não é? – prosseguiu Miss Marple, ainda exalando simpatia.

– Sim, bastante. Ah, bastante – concordou a srta. Lee.

Perdida sobre como lidar com a situação, abriu um estojo e ofereceu à visitante.

– Hã, aceita um cigarro?

– Muito obrigada, mas não fumo. Apenas estou lhe fazendo esta visita, sabe, para ver se podemos contar com sua ajuda para nosso bazar de artesanato da semana que vem.

– Bazar de artesanato? – indagou Dinah Lee, como alguém que repete uma frase em língua estrangeira.

– Na paróquia – explicou Miss Marple. – Na próxima quarta-feira.

– Oh! – o queixo da srta. Lee caiu. – Receio que não possa...

– Nem ao menos uma pequena contribuição, meia coroa, quem sabe?

Miss Marple mostrou seu caderninho.

– Oh... hã... bem, sim, diria que isso eu poderia fazer.

A moça pareceu aliviada e se virou para vasculhar a bolsa.

O olhar aguçado de Miss Marple estava examinando a sala.

Falou:

– Vejo que vocês não têm um tapete em frente ao fogo.

Dinah Lee virou-se de volta e a fitou. Não havia como não estar ciente do escrutínio afiado que a velha estava fazendo dela, mas a única emoção que isso lhe causou foi a de um leve aborrecimento. Miss Marple identificou a emoção. Falou:

– É bem perigoso, sabe. As fagulhas voam e queimam o tapete.

"Que velha engraçada", pensou Dinah, mas expressou, amigável, porém um tanto vagamente:

– Costumávamos ter um. Não sei onde foi parar.

– Suponho que fosse do tipo fofo e felpudo.

– De ovelha – respondeu Dinah. – Era o que parecia.

Estava achando graça. Que tipo bem excêntrico aquela ali. Ofertou a meia coroa.

– Aqui está – anunciou.

– Oh, obrigada, minha querida.

Miss Marple apanhou a moeda e abriu o caderninho.

– Hã... que nome devo anotar?

O olhar de Dinah enrijeceu de repente e se encheu de desdém.

"Que enxerida", pensou, "foi só para isso que veio até aqui, veio bisbilhotar atrás de fofocas!"

Falou de maneira bem clara e com prazer malicioso:

– Srta. Dinah Lee.

Miss Marple olhou para ela com firmeza.

Perguntou:

– Esta é a casa do sr. Basil Blake, não é?

– Sim, e *eu* sou a srta. Dinah Lee!

A voz dela ecoou desafiadora, o queixo levantou-se, os olhos azuis faiscavam.

Com toda firmeza, Miss Marple olhou para ela. Disse:

– Permite que eu lhe ofereça alguns conselhos, mesmo que vá considerar impertinente?

– *Vou* considerar impertinente. É melhor que não fale nada.

– Mesmo assim – disse Miss Marple – vou falar. Preciso lhe aconselhar, com muita firmeza, para não continuar usando seu nome de solteira no povoado.

Dinah a fitou. Disse:

– O que... o que está dizendo?

Miss Marple falou com sinceridade:

– Em muito pouco tempo pode necessitar de toda compreensão e boa vontade que puder encontrar. Será importante para o seu marido também que pensem bem dele. Há muito preconceito nos antigos distritos rurais com relação a pessoas que moram juntas e não são casadas. Vocês dois têm se divertido com isso, eu diria, de fingir que é o que estão fazendo. Isso mantém as pessoas afastadas, assim não são incomodados pelos "velhos caquéticos", como imagino que se refiram a eles. No entanto, os velhos caquéticos têm sua utilidade.

Dinah exigiu:

– Como sabe que somos casados?

Miss Marple abriu um sorriso condescendente.

– Oh, minha querida – disse.

Dinah insistiu.

– Não, mas como *é* que sabia? Não foi... não esteve na Somerset House?

Um brilho momentâneo passou pelos olhos de Miss Marple.

– Somerset House? Oh, não. Mas foi bem fácil de *adivinhar*. Sabe, se fica sabendo de tudo no povoado. O... hã... o tipo de discussões que vocês têm... são típicas do início de um casamento. São bem... *bem* diferentes de uma relação ilícita. Já foi dito, sabe (e acho que com muito embasamento), que só é possível de fato irritar alguém com quem se é casado. Quando não há... nenhum vínculo *jurídico*, as pessoas são muito mais cuidadosas, precisam continuar se reassegurando do quanto são felizes e de como tudo é um reino de paz. Precisam, entenda, se *justificar*. Não ousam brigar! Gente casada, já reparei, aprecia bastante suas batalhas e as... hã... devidas reconciliações.

Fez uma pausa, piscando com benevolência.

– Bem, eu – Dinah parou e riu. Sentou-se e acendeu um cigarro. – A senhora é absolutamente maravilhosa – disse.

Então continuou:

– Mas por que quer que a gente se assuma e aceite a condição de respeitabilidade?

A expressão de Miss Marple ficou grave. Disse:

– Porque, a qualquer momento, *seu marido pode ser preso por assassinato.*

III

Por vários segundos, Dinah fitou-a. Então falou, incrédula:

– Basil? Assassinato? Está de brincadeira?

– Não, de fato. Não tem lido os jornais?

Dinah segurou a respiração.

– Está falando... da menina no Hotel Majestic. Está dizendo que desconfiam que Basil a matou?

– Sim.

– Mas é absurdo!

Ouviu-se o ronco de um motor de carro do lado de fora e a batida de um portão. Basil Blake escancarou a porta e entrou, carregando algumas garrafas. Disse:

– Peguei o gim e o vermute. Você...?

Parou e voltou seus olhos incrédulos para a visitante empertigada.

Dinah disparou, ofegante:

– Ela está louca? Diz que você vai ser preso pelo assassinato daquela moça, Ruby Keene.

– Ai, meu Deus! – exclamou Basil Blake. As garrafas caíram de seus braços sobre o sofá. Puxou uma cadeira e desmoronou sobre ela, enterrando o rosto nas mãos. Repetiu: – Ai, meu Deus! Ai, meu Deus!

Dinah correu para ele. Segurou seus ombros.

– Basil, olhe para mim! Isso não é verdade! Sei que não é! Não acredito nem por um segundo!

A mão dele agarrou a dela.

– Que bom, minha querida.

– Mas por que eles pensariam... Você nem a conhecia, conhecia?

– Ah, sim, ele a conhecia – disse Miss Marple.

Basil falou enfurecido:

– Quieta, sua velha bruxa. Escute, Dinah, meu amor, eu mal a conhecia. Apenas passei por ela uma ou duas vezes no Majestic. Só isso, juro que é só isso.

Dinah disse, estupefata:

– Não entendo. Por que alguém suspeitaria de você, então?

Basil grunhiu. Tapou os olhos com as mãos e balançava-se para frente e para trás.

Miss Marple disse:

– O que fez com o tapete?

A resposta dele foi mecânica:

– Joguei no lixo.

Miss Marple emitiu uma sequência de cliques, impacientes, com a língua.

– Isso foi burrice... muita burrice. As pessoas não jogam bons tapetes em lixeiras. Tinha lantejoulas do vestido dela, imagino?

– Sim, não consegui tirar.

Dinah gritou:

– Mas do que vocês dois estão falando?

Basil respondeu, intratável:

– Pergunte para ela. Parece saber de tudo.

– Vou lhe contar o que acho que aconteceu, se quiser – propôs Miss Marple. – Pode me corrigir, sr. Blake, se estiver enganada. Acho que depois de uma discussão violenta com sua esposa em uma festa e depois de ter bebido... hã... bastante além da conta, o senhor veio de carro para casa. Não sei que horas chegou...

Basil Blake respondeu, incomodado:

– Por volta das duas da manhã. Queria ir até a cidade primeiro, mas quando cheguei nos subúrbios mudei de ideia. Achei que Dinah poderia vir para cá atrás de mim. Então vim para casa. O lugar estava escuro, abri a porta, acendi a luz e vi... e eu vi...

Engoliu em seco e parou. Miss Marple prosseguiu:

– Viu uma garota deitada no tapete da lareira... uma garota em um vestido branco de festa, estrangulada. Não sei se a reconheceu naquele momento...

Basil Blake balançou a cabeça com força.

– Não conseguia olhar para ela depois de bater os olhos pela primeira vez... o rosto estava todo azul, inchado. Estava morta há algum tempo e estava *ali*... na *minha* sala!

Estremeceu.

Miss Marple falou com delicadeza:

– Não estava, claro, agindo normalmente. Estava em um estado de confusão e seus nervos não são muito resistentes. Ficou, acho, em pânico. Não sabia o que fazer...

– Achei que Dinah poderia aparecer a qualquer momento. E me encontraria ali com um cadáver, o cadáver de uma garota... e pensaria que a matei. Então tive uma ideia... pareceu, não sei por que, uma boa ideia na hora, pensei: vou deixar a menina na biblioteca do velho Bantry. Aquele velho maldito e pomposo, sempre de nariz empinado, fazendo cara feia por me achar artístico e afeminado. Daria uma lição no velho grosso, pensei. Vai ficar com cara de idiota quando uma linda morta for encontrada no tapete dele – e acrescentou, com uma necessidade patética de explicar: – Estava um pouco bêbado, sabem, na hora. E me pareceu decididamente *divertido*. O velho Bantry com uma loira morta.

– Sei, sei – disse Miss Marple. – O pequeno Tommy Bond teve uma ideia muito parecida. Um garoto bastante sensível, com complexo de inferioridade, dizia que a professora estava sempre no pé dele. Pôs um sapo dentro no relógio, e o bicho saltou em cima dela. Vocês dois são muito parecidos – continuou Miss Marple –, só que, claro, cadáveres são um assunto bem mais sério do que sapos.

Basil grunhiu de novo.

– Pela manhã, já estava sóbrio. Compreendi o que havia feito. Fiquei paralisado de medo. E quando a polícia veio aqui com outro imbecil pomposo, aquele chefe de polícia. Fiquei com medo dele... e a única maneira de esconder era sendo de uma grosseria abominável. E, no meio de tudo isso, Dinah chegou em casa.

Dinah olhou pela janela.

Disse:

– Há um carro chegando agora... com homens dentro.

– A polícia, imagino – disse Miss Marple.

Basil Blake se pôs de pé. De repente, ficou bem calmo e decidido. Até sorriu. Falou:

– Então é comigo, não é? Tudo bem, Dinah, meu doce, mantenha a calma. Procure o velho Sims, é o advogado da família, e procure minha mãe e conte tudo sobre nosso casamento. Ela não morde. E não se preocupe. *Eu não sou culpado.* Então vai ficar tudo bem, entende, meu bem?

Houve uma batida na porta da casa. Basil disse:

– Pode entrar.

O inspetor Slack entrou acompanhado de outro homem. Disse:

– Sr. Basil Blake?

– Sim.

– Tenho um mandado aqui para sua prisão, é acusado de ter assassinado Ruby Keene na noite de 21 de setembro último. Está avisado de que tudo que disser pode ser usado no seu julgamento. Faça a gentileza de me acompanhar. Vão lhe fornecer todos os meios para se comunicar com seu advogado.

Basil assentiu.

Olhou para Dinah, mas não tocou nela. Disse:

– Adeus, Dinah.

"Sujeito tranquilo", pensou o inspetor Slack.

Reconheceu a presença de Miss Marple com uma leve reverência e um "bom dia" e pensou consigo, "Que raposa velha, *ela* já estava sabendo! Foi bom termos conseguido aquele tapete. Isso mais a informação do homem do estacionamento do estúdio, de que ele saiu da festa às *onze*, e não à meia-noite. Não acho que foi intenção dos amigos dele cometerem perjúrio. Estavam mamados, e o Blake foi firme no dia seguinte quando disse a eles que saíra à meia-noite, e acreditaram. Bom, *este* já está bem no papo! Louco, imagino! Vai para o hospital em Broadmoor, em vez do enforcamento. Primeiro a menina dos Reeves, é provável que a tenha estrangulado, levou até a pedreira, voltou caminhando para Danemouth, pegou o próprio carro em alguma via secundária, foi para a festa, então voltou a Danemouth, trouxe Ruby Keene até aqui, estrangulou a moça, depositou o corpo na biblioteca do velho Bantry, depois provavelmente lembrou do carro na pedreira, voltou lá, ateou fogo e voltou para casa. Maluco, sedento por sexo e sangue, sorte *desta* moça ter escapado. É o que chamam de mania recorrente, imagino".

A sós com Miss Marple, Dinah Blake voltou-se para ela. Declarou:

– Não sei quem a senhora é, mas precisa entender uma coisa, *não foi Basil quem fez isso.*

Miss Marple disse:

– Sei que não foi ele. Sei quem *foi.* Mas não será fácil provar. Estou achando que algo que você disse agora há pouco pode ajudar. Isso me deu uma ideia... a *conexão* que estou tentando encontrar... agora o *que* era mesmo?

CAPÍTULO 16

I

– Cheguei, Arthur! – declarou a sra. Bantry, anunciando o fato com ares de proclamação real ao escancarar a porta do escritório.

O coronel Bantry deu logo um salto, beijou a esposa e declarou com total sinceridade:

– Ora, ora, isso é esplêndido!

As palavras estavam impecáveis, os trejeitos muito bem cuidados, mas uma esposa afetuosa de muitos anos como a sra. Bantry não se deixava enganar. Foi logo indagando:

– Aconteceu alguma coisa?

– Não, claro que não, Dolly. O que poderia ter acontecido?

– Ah, não sei – disse a sra. Bantry com ar vago. – As coisas estão tão esquisitas, não estão?

Jogou longe o casaco enquanto falava, e o coronel Bantry o apanhou com todo o cuidado e depositou no encosto do sofá.

Tudo exatamente como de costume, exceto que não era de costume. Seu marido, pensou a sra. Bantry, parecia ter encolhido. Parecia mais magro, mais corcunda; havia bolsas embaixo dos olhos e aqueles olhos não estavam prontos a encarar os dela.

Ele retomou a conversa, ainda com aquela afetação de alegria:

– Bem, aproveitou sua estada em Danemouth?

– Oh! Foi muito divertido. Deveria ter vindo junto, Arthur.

– Não podia me distanciar, querida. Havia muitas coisas precisando de atenção por aqui.

– Ainda assim, acho que a mudança de ares teria sido boa para você. E não gosta dos Jefferson?

– Sim, sim, pobre sujeito. É um camarada simpático. Tudo tão triste.

– Com o que andou se ocupando desde que parti?

– Oh, nada de mais. Estive nas fazendas, sabe. Concordei que o Anderson precisa de um novo telhado, não dá mais para ficar remendando.

– Como foi a reunião do conselho de Radfordshire?

– Eu... bem... para falar a verdade, não fui.

– Não *foi*? Mas você estava assumindo a presidência!

– Bem, na verdade, Dolly... parece que houve algum engano quanto a isso. Eles me perguntaram se me importaria se Thompson assumisse no meu lugar.

– *Entendo* – disse a sra. Bantry.

Tirou uma das luvas e jogou no cesto de papel de propósito. O marido foi buscar, e ela o impediu, dizendo, com rispidez:

– Deixe. Odeio luvas.

O coronel Bantry olhou para a esposa aflito.

A sra. Bantry falou, austera:

– Foi jantar com os Duff na quinta-feira?

– Ah, isso! Foi adiado. A cozinheira ficou doente.

– Gente idiota – disse a sra. Bantry. Continuou: – Foi visitar os Naylor ontem?

– Telefonei dizendo que não estava me sentindo muito bem, esperava que me desculpassem. Eles compreenderam.

– Compreenderam, foi? – disse a sra. Bantry, ameaçadora.

Sentou-se junto da escrivaninha e, distraída, apanhou uma tesoura de jardim. Com ela, cortou um por um dos dedos de sua segunda luva.

– Mas o *que* está fazendo, Dolly?

– Estou com sentimentos destrutivos – declarou a sra. Bantry.

Levantou-se.

– Aonde vamos nos sentar depois do jantar, Arthur? Na biblioteca?

– Bem... hã... acho que não, não é? Aqui é muito bom, ou na sala de estar.

– Eu acho – disse a sra. Bantry – que vamos nos sentar na biblioteca!

Seu olhar firme encontrou o dele. O coronel Bantry se reposicionou bem ereto. Uma faísca brilhou em seu olho.

Disse:

– Tem razão, minha querida. Vamos nos sentar na biblioteca!

II

A sra. Bantry baixou o gancho do telefone com um suspiro de irritação. Telefonara duas vezes, e, em cada uma, a resposta fora a mesma: Miss Marple saíra.

De natureza naturalmente impaciente, a sra. Bantry não aceitava derrotas. Telefonou em rápida sucessão para a paróquia, a sra. Price Ridley, a srta. Hartnell, a srta. Wetherby, e, como último recurso, para o peixeiro que, em razão de sua vantajosa posição geográfica, em geral sempre sabia onde todo mundo estava na aldeia.

O peixeiro sentia muito, mas não vira Miss Marple na aldeia naquela manhã. Ela não fizera seu passeio habitual.

– Mas *onde* é que anda essa mulher? – exigiu a sra. Bantry, com impaciência, em voz alta.

Escutou uma tossidinha deferente atrás dela. O discreto Lorrimer murmurou:

– Está perguntando sobre Miss Marple, madame? Acabo de observá-la se aproximando da casa.

A sra. Bantry correu para a porta da frente, escancarou-a e cumprimentou Miss Marple, ofegante:

– Procurei por você *em toda parte*. Por onde andou? – olhou por cima do ombro. Lorrimer havia desaparecido com total discrição. – Tudo está *tão* horrendo! As pessoas estão começando a inventar desculpas a Arthur. Ele parece ter envelhecido *anos*. Nós *precisamos* fazer alguma coisa, Jane. *Você* precisa fazer alguma coisa!

Miss Marple disse:

– Não precisa se preocupar, Dolly – com uma voz bem peculiar.

O coronel Bantry surgiu na porta do escritório.

– Ah, Miss Marple. Bom dia. Que bom que veio. Minha esposa parece uma lunática lhe telefonando.

– Achei que seria melhor trazer as notícias – disse Miss Marple, enquanto acompanhava a sra. Bantry até o escritório.

– Notícias?

– Basil Blake foi preso pelo assassinato de Ruby Keene.

– Basil Blake? – exclamou o coronel.

– Mas ele não a matou – disse Miss Marple.

O coronel Bantry não prestou atenção na última declaração. É de se duvidar que sequer tenha chegado a ouvir.

– Está dizendo que ele estrangulou a moça e então a trouxe até aqui e depositou o corpo na *minha* biblioteca?

– Ele depositou na sua biblioteca – confirmou Miss Marple. – Mas não matou a moça.

– Absurdo! Se a pôs na minha biblioteca, é claro que matou! As duas coisas andam juntas.

– Não necessariamente. Ele a encontrou morta na casa dele.

– Uma história bem provável – disse o coronel, sendo irônico. – Se alguém encontra um corpo, ora, naturalmente chama a polícia, se for um homem honesto.

– Ah – disse Miss Marple –, mas nem todo mundo tem os nervos de aço do senhor, coronel Bantry. O senhor é da velha escola. A geração mais nova é diferente.

– Não têm vigor – disse o coronel, repetindo uma opinião já bem surrada sua.

– Alguns deles – defendeu Miss Marple – passaram por momentos difíceis. Já escutei muita coisa sobre o Basil. Ele trabalhou na defesa da brigada aérea quando tinha só dezoito anos. Entrou em uma casa pegando fogo e salvou quatro crianças, uma depois da outra. Voltou a entrar para buscar um cachorro, embora tivessem lhe dito que não era seguro. A construção caiu em cima dele. Conseguiram resgatá-lo, mas o peito ficou bastante esmagado e teve de usar gesso por quase um ano e ficou doente por um longo período depois disso. Foi então que se interessou por design.

– Oh! – o coronel pigarreou e assou o nariz. – Eu... hã... nunca soube disso.

– Ele não fala a respeito – disse Miss Marple.

– Hã... isso mesmo. Esse é o espírito. Deve ter mais espírito esse rapazote do que imaginei. Sempre achei que se esquivara da guerra, sabe. Mostra que devemos ter cuidado ao sair tirando conclusões.

O coronel Bantry pareceu envergonhado.

– Mas, mesmo assim – sua indignação reavivada –, o que ele queria com isso de tentar jogar a culpa de um assassinato em cima de *mim*?

– Não creio que ele viu dessa forma – disse Miss Marple. – Ele viu mais como uma... uma piada. Entenda, estava sob forte influência do álcool naquela hora.

– Embriagado, é? – disse o coronel Bantry com a compaixão britânica pelo excesso etílico. – Ah, bom, não se pode julgar um camarada pelo que faz quando está bêbado. Quando estive em Cambridge, lembro-me de ter posto certo utensílio... bem, bem, deixa para lá. Causou uma série de reprimendas.

Ele deu uma risada, então se recompôs, austero. Perscrutou Miss Marple com olhos inteligentes e calculistas. Disse:

– A *senhora* não acha que ele cometeu o assassinato, hein?

– Tenho certeza de que não.

– E acha que sabe quem foi?

Miss Marple assentiu.

A sra. Bantry, como um coro grego em êxtase, exclamou para as paredes:

– Ela não é maravilhosa?

– Bem, quem foi?

Miss Marple disse:

– Ia mesmo pedir para que me ajudassem. Acredito que se formos até Somerset House podemos ter uma ideia muito clara.

CAPÍTULO 17

I

A expressão de Sir Henry estava muito grave.

Disse:

– Não gosto da ideia.

– Estou ciente – disse Miss Marple – de que não se trata de um método que consideraria ortodoxo. Mas é *tão* importante, não é, termos toda a *certeza*... "para tornar uma garantia duas vezes certa", como dizia Shakespeare. Acho que se o sr. Jefferson concordar...?

– E Harper? Ele também está sabendo?

– Pode dificultar para ele se souber demais. Mas podemos lhe dar alguma pista. Para que vigie certas pessoas, fazendo com que sejam seguidas, sabe.

Sir Henry disse devagar:

– Sim, isso faria sentido...

II

O superintendente Harper fitou Sir Henry Clithering com o olhar penetrante.

– Vamos esclarecer bem as coisas. O senhor está me dando uma pista?

Sir Henry disse:

– Estou lhe informando o que meu amigo acaba de me informar, sem me pedir segredo, que planeja visitar um advogado em Danemouth amanhã com o propósito de refazer o testamento.

As sobrancelhas grossas do superintendente desceram sobre seus olhos firmes. Disse:

– E o sr. Conway Jefferson propõe informar seu genro e nora desse fato?

– A intenção dele é fazer o anúncio hoje à noite.

– Entendo.

O superintendente bateu na mesa com o porta-caneta. Repetiu:

– Entendo...

Então o olhar penetrante mais uma vez mirou os olhos do outro. Harper perguntou:

– Então não está satisfeito com a acusação contra Basil Blake?

– E o senhor está?

Os bigodes do superintendente estremeceram. Disse:

– E Miss Marple está?

Os dois se entreolharam.

Então Harper falou:

– Pode deixar comigo. Vou detalhar tudo para meus homens. Não vamos dar chance para nenhuma gracinha, posso lhe prometer.

Sir Henry disse:

– Há mais uma coisa. É melhor que veja isso.

Desenrolou um pedaço de papel e empurrou para ele.

Desta vez, a calma do superintendente o desertou. Assoviou:

– Então é assim, é? Isso altera todo o aspecto geral da questão. Como foi que desencavou isso?

– As mulheres – disse Sir Henry – estão eternamente interessadas em casamento.

– Em especial – disse o superintendente – as mais velhas e solteiras.

III

Conway Jefferson ergueu o rosto quando o amigo entrou.

Seu rosto tenso relaxou em um sorriso. Falou:

– Bem, anunciei para eles. Levaram muito bem.

– O que disse?

– Contei que, como a Ruby estava morta, sentia que os cinquenta mil que originalmente deixara para ela deveriam ser destinados a algo que pudesse associar a sua memória. Seriam doados para um abrigo de jovens moças que trabalham como dançarinas profissionais em Londres. É um destino bem bobo para o dinheiro, estou surpreso que tenham engolido. Como se *eu* fosse fazer algo do tipo!

Acrescentou, meditativo:

– Sabe, fiz papel de tolo por causa daquela menina. Devo estar me transformando em um velho boboca. Agora vejo. Era uma menina bonita, mas a maior parte do que vi nela fui eu mesmo que projetei. Fingi que era outra Rosamund. Mesma cor de cabelo, sabe. Mas não o mesmo coração ou mentalidade. Pode me alcançar aquele papel, um problema bem interessante de bridge.

IV

Sir Henry desceu as escadas. Fez uma pergunta ao porteiro:

– O sr. Gaskell? Acaba de sair no carro dele. Precisou ir a Londres.

– Oh! Entendo. E a sra. Jefferson se encontra?

– A sra. Jefferson subiu para se deitar.

Sir Henry examinou o lobby e a sala de baile. No lobby, Hugo McLean estava completando um jogo de palavras cruzadas e franzindo bastante a testa. No salão de baile, Josie sorria com bravura para o rosto de um homem corpulento e suado, enquanto os pés ligeiros evitavam os passos destrutivos do outro. O homem estava nitidamente apreciando a dança. Raymond, gracioso e cansado, dançava com uma moça de aparência anêmica com adenoides, cabelos castanhos sem vida e um vestido caro que lhe caía exageradamente mal.

Sir Henry resmungou de maneira quase inaudível:

– *Então para a cama* – e subiu.

V

Eram três da manhã. O vento diminuíra, a lua brilhava sobre o mar calmo.

No quarto de Conway Jefferson só se ouvia sua própria respiração pesada enquanto repousava reclinado sobre travesseiros.

Não havia nenhuma brisa para remexer as cortinas na janela, mas elas se moveram... Por um momento se abriram, e um vulto apareceu estampado contra a luz da lua. Então, voltaram ao lugar. Tudo tornou a ficar quieto, mas havia mais alguém dentro do quarto.

Mais e mais próximo da cama, o intruso se movia. A respiração profunda no travesseiro não afrouxava.

Não havia nenhum ruído, ou quase nenhum. O dedo e o polegar estavam prontos para puxar uma dobra de pele; na outra mão, a seringa hipodérmica estava preparada.

E então, de repente, das sombras veio uma mão que se fechou sobre a que segurava a agulha, o outro braço agarrou a figura com uma firmeza de ferro.

Uma voz sem emoção, a voz da lei anunciou:

– Não, você não vai. Esta seringa é minha!

A luz acendeu e, de seu travesseiro, Conway Jefferson olhou, impiedoso, para a pessoa que matara Ruby Keene.

CAPÍTULO 18

I

Sir Henry Clithering disse:

– Falando como se eu fosse o Watson, quero entender seus métodos, Miss Marple.

O superintendente Harper disse:

– *Gostaria* de saber o que foi que lhe deu a dica.

O coronel Melchett disse:

– A senhora acertou de novo, por Júpiter! Quero saber de tudo desde o começo.

Miss Marple alisou a seda de seu melhor vestido longo. Corou, sorriu e pareceu desconfortável com a atenção.

Relatou:

– Receio que vão achar meus "métodos", como Sir Henry mencionou, terrivelmente amadores. A verdade é que, vejam, a maioria das pessoas, e não estou excluindo os policiais, é crédula demais para este mundo tão perverso. Acreditam no que lhes é dito. Jamais faço isso. Receio que sempre prefira provar tudo por mim mesma.

– Essa é a atitude científica – afirmou Sir Henry.

– Neste caso – continuou Miss Marple –, certas coisas foram dadas como certas desde o princípio, em vez de apenas se aterem aos fatos. Os fatos, na minha percepção, eram que a vítima era bem jovem e que roía as unhas e seus dentes eram um pouco para fora... como os de tantas outras meninas que não corrigem a tempo com um aparelho (e as crianças são muito levadas, tirando o aparelho quando os mais velhos não estão olhando).

"Mas estou fugindo do ponto. Onde estava? Ah, sim, examinando a moça morta e sentindo pena, porque sempre é triste ver uma juventude encurtada, e pensando que quem quer que tenha feito aquilo era uma pessoa muito má. Claro que era tudo muito confuso por ela ter sido encontrada na biblioteca do coronel Bantry, o conjunto parecia demais com um livro para ser *verdade.* De fato, formava o padrão errado. Não era, entendam, *planejado*, o que nos confundiu muito. A ideia *original* era mandar o corpo para o pobre jovem Basil Blake (uma pessoa muito mais *provável*), e a atitude dele de depositar a moça na biblioteca do coronel atrasou as coisas de maneira considerável e deve ter sido fonte de grande irritação para o *verdadeiro* assassino.

"Originalmente, entendam, o sr. Blake teria sido o primeiro alvo de suspeitas. Conduziriam inquéritos em Danemouth, descobririam que ele conhecia a moça, então descobririam que ele acabara de se envolver com outra, concluiriam que Ruby teria chantageado o rapaz, ou algo assim, e que ele a estrangulara em um ataque de raiva. Apenas um crime ordinário, sórdido, do tipo que eu chamo *crime de boate*!

"Mas, claro, *deu tudo errado*, e o interesse se voltou cedo demais para a família Jefferson, para grande incômodo de *certa pessoa*.

"Como já lhes disse, tenho uma mentalidade muito desconfiada. Meu sobrinho Raymond me diz (por brincadeira, claro, e de maneira muito afetuosa) que minha cabeça é como uma *pia*. Diz que a maioria dos vitorianos tem isso. Tudo que posso dizer é que os vitorianos entendem bastante a natureza humana.

"Como digo, dotada dessa mente tão anti-higiênica – ou seria *higiênica*? –, me voltei de imediato para a questão do *dinheiro*. Duas pessoas se beneficiariam com a morte dessa moça, não se podia fugir disso. Cinquenta mil libras é muito dinheiro, em especial quando se está com dificuldades financeiras, como esses dois estavam. Claro que os dois pareciam pessoas muito simpáticas e agradáveis, não pareciam *aptos*, mas isso a gente nunca sabe, sabe?

"A sra. Jefferson, por exemplo, todo mundo gostava dela. Mas parecia claro que ela se tornara inquieta durante o verão e que estava cansada da vida que levava, dependendo por completo do sogro. Ela sabia, porque o médico lhe avisara, que ele não duraria muito, então ficaria tudo *bem*, colocando de maneira grosseira, ou *teria* ficado se Ruby Keene não houvesse aparecido. A sra. Jefferson era de uma dedicação fervorosa ao filho, e algumas mulheres têm a ideia curiosa de que crimes cometidos em nome de sua prole são quase que justificados moralmente. Já encontrei essa postura uma ou duas vezes na aldeia. 'Bom, fiz tudo pela Daisy, está vendo, senhora', elas dizem, e parecem achar que isso torna uma conduta duvidosa quase que aceitável. Um pensamento muito *permissivo*.

"O sr. Mark Gaskell, claro, era, de largada, se me permitem usar uma expressão esportiva, muito mais provável. Era jogador e não tinha, imagino, um código moral muito elevado. Mas, por certos motivos, eu era da opinião de que uma mulher estava implicada no crime.

"Como eu digo, de olho no motivo, o ângulo do dinheiro parecia *muito* promissor. Foi enfadonho descobrir que ambos tinham álibis para o horário em que Ruby Keene, de acordo com as evidências médicas, encontrara sua morte.

"Mas logo em seguida veio a descoberta do carro queimado com o corpo de Pamela Reeves dentro, e então a coisa toda me saltou aos olhos. Os álibis, claro, não tinham fundamento.

"Agora eu tinha duas *metades* do caso, ambas muito convincentes, mas que não se encaixavam. Deveria *haver* uma conexão, mas não conseguia encontrar. A única pessoa que eu *sabia* que estava implicada no crime não tinha motivo.

"Foi idiotice minha – confessou Miss Marple, refletindo.

"Se não fosse por Dinah Lee, não teria pensado nisso, a coisa mais óbvia do mundo. Somerset House! Casamento! Não era uma questão apenas do sr. Gaskell ou da sra. Jefferson, havia outras possibilidades de *casamento.* Se qualquer um daqueles dois se casasse, ou mesmo fosse *suscetível* a se casar, *então a outra pessoa no contrato de casamento estava envolvida também.* Raymond, por exemplo, poderia achar que tinha uma boa chance de casar-se com uma esposa rica. Ele andava sendo muito assíduo com a sra. Jefferson, e foi seu charme, acho, que a despertou de sua longa viuvez. Ela estivera bem contente em ser apenas a filha do sr. Jefferson, como Rute e Noemi, só que Noemi, se vocês se lembram, se esforçou muito para arranjar um casamento adequado para Rute.

"Além de Raymond, havia o sr. McLean. Ela gostava muito dele e parecia bastante provável que fossem se casar no fim das contas. *Ele* não tinha tanto dinheiro assim, e não estava longe de Danemouth na noite em questão. Então parecia, não é – propôs Miss Marple –, como se *qualquer um* fosse capaz do crime?

"Mas, claro, de fato, na minha cabeça, eu *sabia.* Não se pode fugir, não é, daquelas unhas roídas?"

– Unhas? – indagou Sir Henry. – Mas ela quebrou a unha e cortou as outras.

– Bobagem – disse Miss Marple. – Unhas *roídas* e unhas bem *curtas* são coisas muito diferentes! Ninguém pode confundir as duas se conhece alguma coisa sobre unhas femininas; são unhas muito feias, as roídas, como sempre digo para as meninas de minha classe. Aquelas unhas, entendam, eram um *dado.* E elas poderiam significar apenas uma coisa. *O corpo na biblioteca do coronel Bantry não era de Ruby Keene.*

"E isso nos leva diretamente para a outra pessoa que deveria estar envolvida. *Josie*! Josie identificou o corpo. Ela sabia, *deveria* saber que não era o corpo de Ruby Keene. Afirmou que era. Ela ficou perplexa, totalmente perplexa ao descobrir que o corpo estava naquele lugar. Ela praticamente se traiu ali. Por quê? Porque *ela* sabia, melhor do que ninguém, onde deveria ter sido encontrado! Na casa de Basil Blake. Quem direcionou nossa atenção para

Basil? Josie, dizendo a Raymond que Ruby poderia ter saído com o rapaz do cinema. E, antes disso, ao enfiar uma fotografia dele na bolsa de Ruby. Quem acalentava tamanha raiva amargurada contra a menina morta que não conseguia disfarçar nem mesmo quando viu o corpo? Josie! Josie, que era esperta, prática, com nervos de aço e fazia *tudo por dinheiro.*

"Foi isso que eu quis dizer sobre acreditar muito prontamente em alguma coisa. Ninguém pensou em desacreditar a declaração de Josie de que aquele corpo era de Ruby Keene. Só porque não parecia, no momento, que ela teria qualquer motivo para mentir. Motivo sempre foi a dificuldade, era evidente que Josie estava envolvida, mas a morte de Ruby parecia, por todos os indícios, contrária aos interesses dela. Foi só depois de Dinah Lee mencionar Somerset House que conectei as coisas.

"Um casamento! Se Josie e Mark Gaskell fossem de fato casados, então a coisa toda ficava clara. Como agora sabemos, Mark e Josie se casaram há um ano. Estavam guardando segredo até que o sr. Jefferson morresse.

"Foi de fato muito interessante, sabem, delinear a sequência dos acontecimentos, examinando com exatidão como o plano resultara. Complicado, porém simples. Primeiro de tudo a escolha da pobrezinha, Pamela, a abordagem se utilizando da história do filme. Um teste de filmagem, claro, a pobre menina não tinha como resistir, não quando lhe foi apresentado de maneira tão plausível como Mark Gaskell fez. Ela vai ao hotel, ele espera por ela, a recebe pela porta lateral e apresenta para Josie, uma de suas maquiadoras profissionais! Coitada daquela menina, chego a ficar enojada só de pensar! Sentada no banheiro da Josie enquanto ela descolore o cabelo da menina, maquia o rosto e passa esmalte nas unhas das mãos e dos pés. Durante tudo isso, a droga foi ministrada. Em um refrigerante, é bem provável. A menina entra em coma. Imagino que a puseram num daqueles quartos vagos dos funcionários, que só são limpos uma vez por semana, lembrem disso.

"Depois do jantar, Mark Gaskell sai com seu carro, para a orla, *diz ele.* Foi aí que levou o corpo de Pamela para a casa, vestida com um dos vestidos velhos de Ruby, e a depositou sobre o tapete. Ela estava ainda inconsciente, mas não morta, quando ele a estrangula com a fita do vestido... Nada gentil, não... mas torço e rezo para que ela não tenha percebido nada. Na verdade, fico bastante feliz em imaginá-lo sendo enforcado... isso deve ter sido logo depois das dez. Então ele retorna com toda a velocidade e encontra os outros no hotel onde Ruby Keene, *ainda viva,* dançava seu número com Raymond.

"Imagino que Josie tenha dado instruções para Ruby de antemão. Ruby estava acostumada a fazer o que Josie mandava. Era para se trocar, ir ao quarto de Josie e esperar. Ela também foi drogada, provavelmente com o café depois do jantar. Estava bocejando, lembram, quando conversou com o jovem Bartlett.

"Josie subiu depois para 'procurá-la', mas *ninguém a não ser Josie entrou no próprio quarto.* É provável que tenha terminado com a menina ali, com uma injeção, talvez, ou uma pancada atrás da cabeça. Desceu, dançou com Raymond, conversou com a família Jefferson sobre o paradeiro de Ruby e, por fim, foi dormir. Nas primeiras horas da manhã, vestiu a menina com as roupas de Pamela, carregou o corpo pelas escadas laterais, era uma mulher bastante forte e musculosa, apanhou o carro de George Bartlett, dirigiu por três quilômetros até a pedreira, derramou gasolina e ateou fogo. Depois, caminhou de volta ao hotel, provavelmente calculando a chegada para as oito ou nove da manhã, para estar acordada logo cedo por estar preocupada com Ruby!"

– Uma trama intricada – observou o coronel Melchett.

– Não mais intricada do que os passos de uma dança – disse Miss Marple.

– Suponho que não.

– Ela foi muito meticulosa – disse Miss Marple. – Chegou até a antever a discrepância entre as unhas. Foi por isso que deu um jeito de quebrar uma das unhas de Ruby com seu xale. Foi a desculpa para fingir que Ruby aparara as unhas.

Harper disse:

– Sim, ela pensou em tudo. E a única prova de verdade que a senhora tinha, Miss Marple, eram as unhas roídas de uma estudante.

– Mais do que isso – disse Miss Marple. – As pessoas *sempre* falam demais. Mark Gaskell falava demais. Estava falando de Ruby quando disse: "Os dentes dela quase desciam na garganta". Mas a morta na biblioteca do coronel tinha dentes *para fora.*

Conway Jefferson falou com tom sombrio:

– E aquele último *desfecho* dramático foi ideia sua, Miss Marple?

Miss Marple confessou:

– Bem, *foi,* para falar a verdade. É tão bom a gente ter *certeza,* não é?

– Certeza é a palavra – disse Conway Jefferson, melancólico.

– Veja bem – disse Miss Marple –, uma vez que Mark e Josie sabiam que o senhor faria um novo testamento, eles *teriam* de tomar alguma providência. Já haviam cometido *dois* assassinatos por conta do dinheiro. Então poderiam muito bem cometer um terceiro. Mark, claro, precisava se eximir por completo, então foi para Londres e estabeleceu um álibi ao jantar no restaurante com amigos e saindo para uma boate. Josie faria o serviço. Eles ainda queriam que a morte de Ruby fosse responsabilidade de Basil, então a morte do sr. Jefferson deveria aparentar ter ocorrido por deficiência cardíaca.

Havia digitalina, foi o que o superintendente me disse, na seringa. Qualquer médico pensaria que a morte por problema no coração teria sido muito natural diante das circunstâncias. Josie soltara uma das bolas de concreto da sacada e faria com que ela caísse depois. A morte dele teria sido atribuída a um choque por conta do ruído.

Melchett disse:

– Que diaba engenhosa.

Sir Henry disse:

– Então, a terceira morte de que a senhora falou teria sido a de Conway Jefferson?

Miss Marple fez que não.

– Oh, não, estava falando de Basil Blake. Eles teriam conseguido com que fosse enforcado se pudessem.

– Ou trancafiado em Broadmoor – disse Sir Henry.

Conway Jefferson grunhiu. Disse:

– Sempre soube que Rosamund se casara com um canalha. Tentei não admitir para mim mesmo. Ela gostava demais dele. Gostava de um assassino! Bem, ele vai ser enforcado junto com a mulher. Fico feliz que tenha se desestruturado e entregado o jogo.

Miss Marple disse:

– Ela sempre foi a mais forte. O plano foi todo dela. A ironia é que ela mesma chamou a menina para cá, sem jamais sonhar que ganharia o coração do sr. Jefferson, arruinando todas as suas perspectivas.

Jefferson disse:

– Pobre criança... Pobrezinha da Ruby...

Adelaide Jefferson e Hugo McLean entraram. Adelaide parecia quase bonita naquela noite. Foi até Conway Jefferson e pôs a mão no seu ombro. Disse, com a voz um pouco embargada:

– Quero lhe contar uma coisa, Jeff. De uma vez por todas. Vou me casar com Hugo.

Conway Jefferson olhou para ela por um instante. Falou com jeito rude:

– Está mais do que na hora de se casar de novo. Parabéns aos dois. Aliás, Addie, vou fazer um novo testamento amanhã.

Ela assentiu.

– Ah, sim, já sei.

Jefferson disse:

– Não, não sabe. Vou destinar dez mil libras para você. Todo o resto vai para Peter quando eu morrer. Fica bem para você, minha menina?

– Oh, *Jeff*! – a voz dela falhou. – Você é *maravilhoso*!

– Ele é um bom menino. Gostaria de conviver mais com ele no tempo que me resta.

– Oh, você vai!

– Tem um bom tino para crimes, o Peter – disse Conway Jefferson, refletindo. – Não só ele conseguiu a unha da menina assassinada, uma das meninas, enfim, mas teve a sorte de pegar um fiapo do xale de Josie junto com a unha. Então tem um souvenir da assassina também! Isso o deixou muito feliz!

II

Hugo e Adelaide passaram pelo salão de baile. Raymond foi até eles.

Adelaide disse, apressada:

– Preciso lhe contar minhas novidades. Vamos nos casar.

O sorriso no rosto de Raymond foi perfeito, um sorriso compenetrado e corajoso.

– Desejo – disse, ignorando Hugo e olhando intensamente no fundo dos olhos dela – que você seja muito, muito feliz...

Seguiram adiante, e Raymond ficou parado olhando para os dois.

"Uma boa mulher", pensou consigo. "Uma mulher muito especial e com dinheiro também. O trabalho que passei para inventar aquela história sobre os Starr de Devonshire... Ah, bem, não foi desta vez. Dance, dance, senhor cavalheiro!"

E Raymond retornou ao salão.

A MÃO MISTERIOSA

Tradução de Edmundo Barreiros

CAPÍTULO 1

I

Quando finalmente me tiraram do gesso, os médicos já haviam feito o que queriam comigo, as enfermeiras tinham me empurrado numa cadeira de rodas e me estimulado a mover meus membros com cuidado, e eu estava cansado de ouvi-los falar comigo praticamente como se fala com um bebê. Então Marcus Kent me disse que eu deveria morar no campo.

– Ar puro, vida sossegada, nada para fazer. Essa é a receita para você. Sua irmã vai cuidar de você. Coma, durma e imite o reino vegetal o máximo possível.

Não perguntei a ele se um dia eu iria conseguir voar outra vez. Há perguntas que não se fazem por medo das respostas. Por isso, nos cinco meses anteriores, nunca perguntei se estaria condenado a viver numa cama pelo resto de minha vida.

Receava ouvir uma resposta confortadora, alegre e hipócrita da irmã.

– Ora, ora... Que pergunta para se fazer! Não deixamos nossos pacientes falarem *desse* jeito!

Por isso não perguntei nada – e tudo ficou bem. Eu não seria um aleijado impotente. Consegui mover minhas pernas, me sustentar sobre elas e por fim caminhei alguns passos, e se me senti um tanto parecido com um bebê aventureiro aprendendo a andar, com joelhos vacilantes e solas de pano sob os pés, bem, isso era apenas fraqueza e falta de hábito, e iria passar.

Marcus Kent, que é o tipo certo de médico, respondeu o que eu não tinha perguntado.

– Você vai se recuperar completamente. Não tínhamos certeza até a última quinta-feira, quando você passou por todo aquele último exame. Agora, porém, posso lhe dizer isso com toda a autoridade. Mas... vai ser um trabalho longo. Longo e, se posso dizer assim, cansativo. Quando se trata de curar nervos e músculos, o cérebro deve ajudar o corpo. Qualquer impaciência, qualquer aborrecimento pode levar a um retrocesso. E faça o que fizer, não se force a ficar bom logo. Se fizer isso, vai voltar para o hospital. Você precisa encarar a vida de modo lento e tranquilo. O tempo indicado é o *legato*: lento, suave e contínuo. Não é apenas seu corpo que precisa se recuperar. Seus nervos foram enfraquecidos pela necessidade de mantê-lo sob efeito de drogas por tanto tempo.

"É por isso que eu digo: vá para o campo, encontre uma casa, comece a se interessar pela política local, pelos escândalos locais e pelas fofocas do vilarejo. Desenvolva um interesse curioso e intenso por seus vizinhos. Se me permite uma sugestão, vá para uma parte do mundo onde não tenha nenhum amigo por perto."

Assenti com a cabeça.

– Já havia pensado nisso – disse eu.

Eu não conseguia imaginar nada mais insuportável que os amigos aparecendo para visitar, cheios de comiseração e de seus próprios afazeres. "Mas Jerry, você está com uma aparência ótima, não está? Excelente. Querido, preciso contar uma coisa... Sabe a última que Buster aprontou agora?"

Não, não quero nada disso. Os cães são sábios. Eles rastejam até um canto sossegado para lamber suas feridas e não tornam a se juntar ao mundo até estarem sadios de novo.

Então Joanna e eu, procurando freneticamente propriedades por todas as Ilhas Britânicas entre os elogios reluzentes de corretores imobiliários, escolhemos Little Furze, em Lymstock, como uma das "possibilidades" a serem visitadas, sobretudo porque nunca tínhamos ido a Lymstock e não conhecíamos ninguém naquela região.

E quando Joanna viu Little Furze, decidiu de imediato que era exatamente a casa que queríamos.

Ela ficava a cerca de um quilômetro de Lymstock, na estrada que seguia até as charnecas. Era uma casa branca baixa e empertigada, com uma varanda vitoriana coberta, pintada de um verde desbotado. Tinha vista agradável para uma encosta coberta de urze, com a torre da igreja de Lymstock lá embaixo à esquerda.

Ela pertencera a uma família de solteiras, as senhoritas Barton, das quais só restava uma, a mais jovem, srta. Emily.

A srta. Emily Barton era uma velhinha simpática que combinava incrivelmente com sua casa. Numa voz suave e tímida, ela explicou a Joanna que nunca tinha alugado a casa e na verdade jamais pensaria em fazê-lo.

– Mas sabe, querida, as coisas hoje em dia são tão diferentes. Há os *impostos*, claro, mas também minhas ações e investimentos, tão *seguros*, como sempre imaginei, pois me foram recomendados pelo *próprio* gerente do banco, parecem não estar rendendo *nada* esses dias; *estrangeiros*, claro! E na verdade isso torna tudo tão *difícil*. Ninguém *gosta* (tenho certeza que vai me entender, minha cara, sem se ofender, você parece tão amável) da ideia de alugar a própria casa para estranhos, mas é preciso fazer alguma coisa e, na verdade, depois de ver você, vou ficar muito *satisfeita* ao imaginá-la aqui. A casa precisa, sabe, de *vida jovem*. E tenho de confessar que tinha medo da ideia de ter *homens* aqui!

Nesse ponto, Joanna teve de dar a notícia sobre mim. A srta. Emily reagiu bem.

– Ah, querida, eu entendo. Como é triste! Um acidente de avião? Tão corajosos, esses rapazes. Apesar disso, acho que seu irmão deve estar praticamente inválido...

O pensamento pareceu tranquilizar a amável velhinha. Provavelmente eu não iria me perder naquelas atividades masculinas grosseiras que Emily Barton temia. Desconfiada, ela perguntou se eu fumava.

– Como uma chaminé. Mas, ora, eu também – observou Joanna.

– Claro, claro, que estupidez a minha. Infelizmente, sabe, não consegui acompanhar os tempos. Minhas irmãs eram todas mais velhas que eu, e a minha querida mãe viveu até os 97 anos, imagine só!, e era muito reservada. Sim, sim, agora todo mundo fuma. O único problema é que não há cinzeiros na casa.

Joanna disse que levaria muitos cinzeiros e acrescentou com um sorriso:

– Não vamos deixar pontas de cigarro caírem sobre sua bela mobília, isso eu prometo. Nada me irrita tanto quanto ver gente fazendo isso.

Então tudo foi acertado, e alugamos Little Furze por um período de seis meses, com opção para mais três, e Emily Barton explicou a Joanna que ela própria ficaria muito confortável porque se alojaria em quartos mantidos por uma antiga criada.

– Minha fiel Florence. Ela se casou depois de ficar quinze anos com a gente. Uma garota *tão* boa... Seu marido trabalha no ramo de construções. Eles têm uma boa casa na High Street e dois belos aposentos no andar de cima, onde vou estar *muito* confortável; e Florence, muito satisfeita em me receber.

De forma que tudo parecia bastante satisfatório. O contrato foi assinado, e em seguida Joanna e eu chegamos e nos instalamos. Já que a empregada da srta. Emily Barton, Partridge, concordara em permanecer, estávamos muito bem assistidos com a ajuda de uma "menina" que vinha todas as manhãs e que parecia pouco inteligente, mas simpática.

Partridge, uma mulher de meia-idade magra e macambúzia, cozinhava admiravelmente e, apesar de não aprovar o jantar (era costume da srta.

Emily fazer uma refeição frugal à noite, apenas um ovo cozido), ainda assim se adaptou a nossos hábitos e chegou mesmo a admitir ter percebido que eu precisava recuperar minhas forças.

Uma semana depois de nos instalarmos em Little Furze, a srta. Emily Barton apareceu cheia de solenidade e deixou alguns cartões de visita. Seu exemplo foi seguido pela sra. Symmington, a esposa do advogado, pela srta. Griffith, irmã do médico, pela sra. Dane Calthrop, a esposa do vigário, e pelo sr. Pye, de Prior's End.

Joanna ficou muito impressionada.

– Não sabia – disse ela com voz pasma – que as pessoas realmente faziam visitas... *com* cartões de visita.

– Isso porque você, minha querida, não sabe nada sobre o interior.

– Bobagem. Passei montes de fins de semana no campo com amigos.

– Isso não é nem de longe a mesma coisa – eu falei.

Sou cinco anos mais velho que Joanna. Lembro-me de, quando éramos crianças, nossa grande casa branca, velha e desmazelada, com campos que se estendiam até o rio. Lembro-me de rastejar sob os pés de framboesa escondido do jardineiro, do cheiro da poeira branca no cercado em frente ao estábulo e de um gato laranja que havia ali, e do som dos cascos dos cavalos escoiceando algo nos estábulos.

Mas quando eu tinha sete anos, e Joanna, dois, fomos morar em Londres com uma tia, e a partir daí começamos a passar lá nossos feriados de Natal e Páscoa, com mímicas, teatros, cinemas e passeios a Kensington Gardens, com barquinhos de brinquedo, e mais tarde as pistas de patinação. Em agosto éramos levados para um hotel à beira-mar em algum lugar.

Ao refletir sobre isso, e com um sentimento de pesar ao me dar conta do inválido egoísta e autocentrado em que me transformei, disse ainda pensativo para Joanna:

– Tenho medo de que isso seja muito assustador para você. Você vai sentir tanta falta de tudo.

Pois Joanna é muito bonita e muito alegre e gosta de dançar e ir a coquetéis, namorar e passear em carros possantes.

Joanna riu e disse que não se incomodava nem um pouco.

– Para falar a verdade, estou satisfeita por me afastar disso tudo. Na realidade estava farta de todo mundo, e apesar de você não gostar da ideia, fiquei mesmo muito triste por causa de Paul. Vou precisar de muito tempo para superar.

Eu estava cético em relação a isso. Os romances de Joanna sempre seguem o mesmo caminho. Ela se apaixona loucamente por algum jovem completamente sem brio que é um gênio incompreendido. Escuta suas infindáveis reclamações e faz de tudo para que ele consiga reconhecimento. Depois, quando ele age com ingratidão, ela fica muito magoada e diz estar com o coração partido, até surgir o próximo rapaz desesperançado, o que normalmente acontece três semanas depois!

Por isso não levei muito a sério a dor de cotovelo de Joanna. Vi que morar no campo era como uma brincadeira nova para minha atraente irmã.

– De qualquer modo – disse ela –, minha aparência está ótima, não?

Eu a estudei com olhar crítico e não consegui concordar.

Joanna estava vestida (por Mirotin) para *le Sport.* Isso quer dizer que vestia uma saia xadrez excessiva e meio ridícula, justa como uma segunda pele; na parte de cima, um suéter extravagante de mangas curtas e aspecto tirolês. Usava meias de seda transparentes e pesados sapatos de couro que eram perfeitos, mas novos em folha.

– Não – falei. – Você está totalmente errada. Devia estar vestindo uma saia de tweed bem velha, de preferência verde sujo ou marrom desbotado. Devia estar com um belo colete de cachemira e talvez um casaco de lã, e de chapéu de feltro, meias grossas e sapatos velhos. Então, e só então, você poderia se misturar ao cenário da High Street de Lymstock sem se destacar como acontece agora. – Seu rosto também está totalmente errado – acrescentei.

– Qual o problema com ele? Passei meu pó de arroz Bronzeado Campestre nº 2.

– Exatamente. Se você morasse em Lymstock, estaria usando apenas um pouquinho de pó para tirar o brilho do nariz, talvez uma *soupçon* de batom, não muito bem passado, e quase com certeza estaria com as sobrancelhas inteiras, não apenas com um quarto delas.

Joanna riu, parecendo achar aquilo muito engraçado.

– Acha que eles vão me achar horrível? – perguntou.

– Não – respondi. – Apenas estranha.

Joanna tinha recomeçado seu estudo dos cartões deixados pelas pessoas que haviam nos visitado. Só a mulher do vigário tivera a sorte, ou talvez o azar, de encontrar Joanna em casa.

– Parece muito com *happy families**, não é? – murmurou. – A sra. Legal é a esposa do advogado, a srta. Dose, a filha do médico etc. – Ela acrescentou com empolgação: – Acho que este é um bom lugar, Jerry! Tão simpático e divertido, parece saído do passado. Você não consegue imaginar nada sórdido acontecendo aqui, consegue?

* Jogo de cartas tradicional do Reino Unido. As cartas são distribuídas entre os jogadores, que têm como objetivo completar famílias comprando cartas uns dos outros. O primeiro a terminar as cartas que tem na mão é o vencedor. (N.T.)

E apesar de saber que, na verdade, o que ela disse não fazia sentido, concordei. Em um lugar como Lymstock nada sórdido podia acontecer. É estranho pensar que foi apenas uma semana depois disso que recebemos a primeira carta.

II

Vejo que comecei mal. Não dei qualquer descrição de Lymstock e, sem entender como é Lymstock, é impossível compreender minha história.

Para começar, Lymstock tem suas raízes no passado. Em algum momento ao redor da época da conquista normanda, no século XI, Lymstock era um lugar de importância. Essa era principalmente eclesiástica. Lymstock tinha um priorado e teve uma longa sucessão de priores ambiciosos e poderosos. Lordes e barões da região em torno da cidade acertavam suas contas com os céus deixando parte de suas terras para o priorado. O priorado de Lymstock tornou-se rico e importante e por séculos foi um centro de poder regional. Entretanto, no devido tempo, Henrique VIII fez com que compartilhasse o destino de seus contemporâneos. A partir daí, um castelo passou a dominar a cidade, mas ela ainda era importante. Tinha direitos e privilégios e riqueza.

E então, em algum momento do século XVIII, a maré do progresso varreu Lymstock para longe. O castelo desmoronou. Nem ferrovias nem estradas principais chegavam perto de Lymstock. Ela se transformou em uma cidadezinha de feira do interior, sem importância e esquecida, com vastas charnecas se estendendo ao fundo, rodeada por fazendas e campos plácidos.

Havia uma feira semanal na cidade, e nesse dia era possível encontrar gado nas trilhas e estradas. Ela promovia duas vezes ao ano corridas de cavalos, às quais apenas os cavalos mais obscuros compareciam. Tinha uma High Street encantadora cercada por casas cheias de dignidade postadas lado a lado, parecendo um pouco deslocadas com suas janelas do andar de baixo exibindo pães, verduras ou frutas. Havia uma loja de tecidos ampla, uma loja de ferragens grande e portentosa, um correio pretensioso e uma fileira de lojas semelhantes, dois açougues concorrentes e uma International Stores. Tinha um médico, um escritório de advocacia, dos srs. Galbraith, Galbraith & Symmington, uma igreja bonita surpreendentemente grande datada de 1420, com alguns vestígios saxões incorporados a ela, uma escola nova e horrorosa e dois pubs.

Lymstock era assim; devido a Emily Barton, todo mundo que era alguém veio nos visitar, e em pouco tempo Joanna, que tinha comprado um par de luvas e incorporara uma boina de veludo bem simples ao seu vestuário, partiu animada para retribuir.

Para nós, tudo era novo e divertido. Não estávamos lá para toda a vida. Era apenas um interlúdio. Eu me preparei para obedecer as recomendações do meu médico e me interessar mais pelos meus vizinhos.

Eu e Joanna achávamos isso tudo muito divertido.

Eu queria seguir as recomendações de Marcus Kent de aproveitar os escândalos locais. O que eu certamente não suspeitava era como esses escândalos chegariam ao meu conhecimento.

A parte estranha foi que a carta, quando chegou, divertiu-nos mais do que qualquer outra coisa.

Ela chegou, eu me lembro, durante o café-da-manhã. Eu a virei do jeito moroso que se assume quando o tempo passa devagar e cada acontecimento deve ser estendido ao máximo. Era, eu vi, uma carta local, com o destinatário datilografado.

Eu a abri antes das duas outras com carimbos de Londres, já que uma era uma conta e a outra era de um primo um tanto enfadonho.

Lá dentro, havia palavras e letras impressas recortadas e coladas sobre uma folha de papel. Fiquei um ou dois minutos olhando para as palavras sem me dar conta de seu significado. Então levei um susto.

Joanna, que franzia o cenho para algumas contas, ergueu os olhos.

– Ei – disse ela –, o que foi? Você parece bem assustado.

A carta usava termos extremamente vulgares para expressar a opinião de seu autor, segundo a qual Joanna e eu não éramos irmãos.

– É uma carta anônima especialmente maldosa – eu disse.

Ainda estava em estado de choque. Por algum motivo, não se espera aquele tipo de coisa na atrasada e plácida Lymstock.

Joanna ficou logo muito interessada.

– *Não acredito!* O que ela diz?

Já notei que nos romances as cartas anônimas de características sórdidas e vulgares nunca são mostradas, se possível, às mulheres. Está implícito que as mulheres devem ser protegidas a todo custo do choque que isso poderia provocar em seu sistema nervoso delicado.

Lamento dizer que nunca me ocorreu não mostrar a carta a Joanna. Eu a entreguei a ela no ato.

Ela justificou minha crença em sua dureza ao não demonstrar qualquer emoção além de divertimento.

– Que sujeira horrível! Sempre ouvi falar de cartas anônimas, mas nunca tinha visto uma antes. Elas são sempre assim?

– Não sei dizer. Também é minha primeira vez.

Joanna começou a rir.

– Você devia ter razão em relação à minha maquiagem, Jerry. Acho que eles pensam que eu *só posso* ser uma mulher abandonada!

– Isso – disse eu – somado ao fato de que nosso pai era um homem alto, moreno e de queixo quadrado, e nossa mãe uma criatura baixinha, loura e de olhos azuis, e que eu sou parecido com ele, e você, com ela.

Joanna assentiu pensativa.

– É, nós não somos nada parecidos. Ninguém diria que somos irmãos.

– Alguém sem dúvida não acha que somos – disse eu, com simpatia.

Joanna disse que achava aquilo assustadoramente interessante.

Pensativa, ela pegou a carta pelo canto, sacudiu-a e perguntou o que faríamos com ela.

– Acho que o certo a fazer é jogá-la no fogo com uma exclamação categórica de repulsa.

Fiz o que sugeri após terminar de falar, e Joanna aplaudiu.

– Foi lindo o jeito como fez isso – acrescentou ela. – Você devia estar num palco. Que bom que ainda temos uma lareira.

– Um cesto de papéis teria sido bem menos teatral – concordei. – Eu poderia, claro, ter ateado fogo com um fósforo nela e lentamente vê-la queimar, ou vê-la queimar lentamente.

– As coisas nunca queimam quando você quer que queimem – disse Joanna. – Elas apagam. Você, provavelmente, teria precisado acender um fósforo atrás do outro.

Ela se levantou e foi até a janela. Então ali, parada de pé, voltou a cabeça bruscamente.

– Eu queria saber quem a escreveu.

– Provavelmente nunca vamos saber – disse eu.

– Não, acho que não. – Ela ficou em silêncio por um momento, então disse: – Não sei, mas agora que pensei nisso, não estou vendo graça nenhuma. Sabe, eu achei que eles... que eles aqui gostavam da gente.

– E eles gostam – eu falei. – Esse é só um cérebro meio louco que passou dos limites.

– Acho que sim. Nossa, que imundície.

Quando ela saiu para a luz do sol, pensei comigo mesmo enquanto fumava meu cigarro pós-café-da-manhã que ela tinha razão. Aquilo era sórdido. Alguém não gostava que estivéssemos aqui, alguém se ressentia da beleza alegre e jovial de Joanna, alguém tinha intenção de *machucar*. Talvez rir fosse o melhor modo de lidar com aquilo. Mas, lá no fundo, não era engraçado...

O dr. Griffith apareceu naquela manhã. Eu pedira a ele que viesse fazer meu exame semanal. Eu gostava de Owen Griffith. Tinha cabelos escuros, era desajeitado, com um jeito esquisito de andar e mãos hábeis muito gentis. Ele falava em espasmos e era bem tímido.

Ele relatou meus progressos para me animar. Então acrescentou:

– Você não está se sentindo muito bem, está? É impressão minha ou você está um pouco deprimido esta manhã?

– Não é isso – eu disse. – Uma carta anônima especialmente suja chegou com o café-da-manhã e deixou um gosto bem ruim na minha boca.

Ele deixou sua maleta cair no chão. Seu rosto magro e moreno se animou. Eu fiquei interessado.

– Elas, então, andam circulando por aí.

– É, já faz um tempo.

– Ah – disse eu. – Fiquei com a impressão de que não gostavam de nossa presença estranha aqui.

– Não, não tem nada a ver com isso. É só que... – ele fez uma pausa e então perguntou: – O que ela dizia? Pelo menos... – ele de repente enrubesceu e ficou envergonhado. – Talvez eu não devesse perguntar.

– Eu posso contar, com o maior prazer. Dizia apenas que essa mulher bonita que eu trouxe comigo não era minha irmã... nem meia-irmã! E isso, se posso colocar assim, é uma visão sem os termos vulgares.

O rosto moreno dele ficou vermelho de raiva.

– Maldição! Sua irmã não... ela não está chateada, espero.

– Joanna – disse eu – se parece um pouco com uma menina levada, mas é eminentemente moderna e bem durona. Ela achou isso bastante divertido. Nunca viu uma coisa dessas antes.

– Eu sinceramente espero que não – disse Griffith com simpatia.

– E, de qualquer modo – falei com firmeza –, acho que essa é a melhor maneira de se lidar com isso. Como algo absolutamente ridículo.

– É – disse Owen Griffith. – Simplesmente...

– Isso mesmo eu disse. – *Simplesmente* é a palavra.

– O problema é que esse tipo de coisa, depois que começa, cresce – disse ele.

– Imagino que sim.

– É patológico, claro.

Assenti com a cabeça.

– Tem alguma ideia de quem está por trás disso? – perguntei.

– Não, bem que eu queria. Sabe, a praga das cartas anônimas pode ter duas origens. Pode ser *particular*, dirigida a uma pessoa ou a um grupo de pessoas específico, ou seja, tem uma motivação, vem de alguém que sem dúvida tem (ou pensa que tem) rancor e escolhe uma maneira especialmente suja e traiçoeira para resolver seu caso. É maldoso e revoltante, mas não necessariamente louco, e costuma ser bastante fácil identificar o autor (um empregado demitido, uma mulher ciumenta, e por aí vai). Mas se é algo geral, então é mais sério. As cartas são enviadas indiscriminadamente e têm o objetivo de botar para fora alguma frustração na mente do autor. Como eu digo, é definitivamente patológico. E a loucura cresce. No fim, é claro, você identifica a pessoa em questão, em geral alguém absolutamente inesperado, e pronto. Houve um caso muito sério desse tipo do outro lado do condado no ano passado, e descobriu-se que era a chefe do departamento de chapéus em uma grande loja de roupas e tecidos, uma mulher discreta e refinada que trabalhava lá havia anos. Eu me lembro de algo parecido quando eu clinicava no Norte, mas que se revelou apenas ressentimento pessoal. Mesmo assim, como eu costumo dizer, já vi um pouco desse tipo de coisa. E para ser franco, isso me assusta!

– Isso começou há muito tempo? – perguntei.

– Acho que não. Mas, claro, é difícil dizer, porque as pessoas que recebem essas cartas não saem por aí anunciando. Elas as jogam no fogo.

Ele fez uma pausa.

– Eu mesmo já recebi uma. Symmington, o advogado, recebeu uma. E um ou dois de meus pacientes mais pobres já me falaram sobre elas.

– Em geral o mesmo tipo de coisa?

– Ah, sim. Um clara insistência no tema do sexo. Isso é sempre uma característica. – Ele sorriu. – Symmington foi acusado de manter relações com sua funcionária, coitada da velha srta. Grinch, que tem no mínimo quarenta anos, com pincenê e dentes de coelho. Symmington entregou-a imediatamente para a polícia. Minha carta me acusava de violar o decoro profissional com minhas pacientes, com grande ênfase nos detalhes. São todas bastante infantis e absurdas, mas terrivelmente venenosas – sua expressão mudou e ficou séria. – Mas de qualquer modo, fico com *medo*. Essas coisas podem ser perigosas.

– Também acho que podem.

– Sabe – disse ele –, por mais que o rancor seja imaturo e infantil, mais cedo ou mais tarde uma dessas cartas acerta o alvo. E aí só Deus sabe o que pode acontecer! Eu também tenho medo do efeito disso sobre uma mente lenta, desconfiada e sem estudo. Se veem algo escrito, essas pessoas acreditam ser verdade. E podem surgir todos os tipos de complicação.

– Era uma carta cheia de erros – disse eu, pensativamente. – Escrita por alguém praticamente analfabeto.

– É mesmo? – ele perguntou, e depois foi embora.

Pensando nesse assunto mais tarde, achei esse "é mesmo" um tanto perturbador.

CAPÍTULO 2

I

Não vou fingir que a chegada da carta anônima não deixou um gosto horrível na boca. Deixou, sim. Ao mesmo tempo, logo saiu da minha cabeça. Sabe, naquele momento eu não a levei a sério. Acho que me lembro de dizer a mim mesmo que essas coisas costumam acontecer com bastante frequência em vilarejos isolados. Alguma mulher histérica com tendência para dramatizar as coisas provavelmente estava por trás daquilo. De qualquer modo, se todas as cartas fossem infantis e tolas como a que recebemos, não poderiam causar grande dano.

O incidente seguinte, se posso dizer assim, ocorreu cerca de uma semana depois, quando Partridge, com os lábios bem apertados, informou-me que Beatrice, a menina que trabalhava em nossa casa durante o dia, não viria trabalhar.

– Pelo que entendi, senhor – disse Partridge –, a menina está com problemas.

Eu não estava bem certo do que Partridge estava sugerindo, mas diagnostiquei (equivocadamente) um problema estomacal que Partridge era delicada demais para mencionar de forma suspeita. Eu disse que sentia muito e esperava que ela melhorasse logo.

– A garota está perfeitamente bem, senhor – disse Partridge. – Ela está com problemas em relação a seus sentimentos.

– Ah – disse eu, um tanto desconfiado.

– Graças – prosseguiu Partridge – a uma carta que ela recebeu. Que fazia, pelo que eu entendi, Insinuações.

A severidade do olhar de Partridge, somada ao evidente I maiúsculo dessas Insinuações, me deixou apreensivo que essas insinuações tivessem alguma relação comigo. Como eu mal reconheceria o rosto de Beatrice se a encontrasse na rua, de tão desligado que sou, senti um incômodo absolutamente natural. Um inválido que anda mancando apoiado em duas bengalas não costuma ser escalado para o papel de sedutor das donzelas do vilarejo.

– Que absurdo!

– Foram as minhas palavras, senhor, para a mãe da garota – disse Partridge. – "Nunca houve comportamento reprovável nesta casa", eu disse a ela, "nunca houve nem nunca haverá enquanto eu trabalhar aqui. E em relação a Beatrice", falei, "as moças são diferentes hoje em dia, e quanto a um comportamento reprovável em outro lugar qualquer, eu não posso dizer nada." Mas a verdade, senhor, é que o namorado de Beatrice, da oficina mecânica, também recebeu uma dessas cartas sórdidas e não está agindo de modo nada razoável.

– Nunca ouvi nada tão absurdo em toda a minha vida! – exclamei com raiva.

– Em minha opinião, senhor, acho que estamos melhor livres da garota. O que quero dizer é: ela não reagiria desse modo se não houvesse alguma coisa que não quisesse que fosse descoberta. É como eu digo: onde há fumaça, há fogo.

Eu não tinha ideia de como ia ficar terrivelmente cansado de ouvir essa frase em particular.

II

Naquela manhã, como aventura, eu iria caminhar até o vilarejo. (Joanna e eu sempre a chamávamos de vilarejo, apesar de, tecnicamente, estarmos errados, e de que Lymstock teria ficado chateada se nos ouvisse.)

O sol brilhava, o ar estava fresco e perfumado com os aromas da primavera. Peguei minha bengala e parti, recusando com firmeza que Joanna me acompanhasse.

– Não – eu disse. – Não quero um anjo da guarda caminhando do meu lado e tagarelando para me animar. O homem que viaja só viaja mais rápido, não esqueça. Tenho muitos negócios a fazer. Vou à Galbraith, Galbraith & Symmington assinar aquela transferência de ações, vou reclamar com o padeiro do pão de groselha e devolver aquele livro que peguei emprestado. E também tenho de ir ao banco. Deixe-me passar, mulher, que a manhã é curta demais!

Ficou combinado que Joanna me buscaria de carro para me trazer de volta ao alto da colina para o almoço.

– Isso deve dar a você tempo para conversar bastante com todo mundo em Lymstock.

– Sem dúvida, eu vou ter falado com todo mundo que é alguém a essa hora.

Porque a manhã na High Street era uma espécie de ponto de encontro das pessoas que faziam compras para trocar notícias.

No fim, não caminhei sozinho até a cidade. Tinha andado uns duzentos metros quando ouvi uma campainha de bicicleta às minhas costas, depois um ruído de freios, e em seguida Megan Hunter mais ou menos caiu de seu veículo aos meus pés.

– Olá – disse ela, sem fôlego, enquanto levantava e se limpava.

Eu gostava muito de Megan e sentia muita pena dela.

Ela era a enteada de Symmington, filha do primeiro casamento da sra. Symmington. Ninguém falava muito do sr. (ou capitão) Hunter, e eu supus que as pessoas achavam melhor que ele fosse esquecido. Dizia-se que tratava a sra. Symmington muito mal. Ela se divorciou dele um ou dois anos após o casamento. Era uma mulher com seus próprios recursos, que foi morar com a filha pequena em Lymstock "para esquecer" e acabou se casando com o único bom partido do lugar, Richard Symmington. Havia dois meninos do segundo casamento aos quais os pais eram muito dedicados, e eu percebi que Megan às vezes se sentia uma estranha naquele esquema. Ela, sem dúvida, não se parecia com a mãe, que era uma mulher pequena e anêmica, de beleza esmaecida, que falava com uma voz fina e melancólica sobre problemas com criados e sobre sua saúde.

Megan era uma garota alta e desajeitada, e apesar de na verdade ter vinte anos, ela se parecia mais com uma colegial de dezesseis. Tinha cabelos castanhos vastos e malcuidados, olhos verdes acastanhados, rosto magro e ossudo, e um meio sorriso surpreendentemente encantador. Suas roupas eram desmazeladas e nada atraentes, e ela costumava usar meias de algodão grossas e esburacadas.

Ela parecia, eu concluí naquela manhã, muito mais um cavalo do que um ser humano. Na verdade, se fosse preparada do modo certo, ela poderia ser um cavalo muito bom.

Como sempre, ela falava numa espécie de torrente ofegante.

– Fui lá na fazenda, sabe, a dos Lasher, ver se eles tinham ovos de pato. Eles têm um monte de porquinhos muito bonitinhos. Fofos! O senhor gosta de porcos? Eu gosto até do cheiro.

– Porcos bem-cuidados não deviam cheirar mal – disse eu.

– Não deviam? Mas aqui todos são assim. O senhor está andando até a cidade? Vi que estava sozinho, então resolvi parar e caminhar com o senhor, só que parei de repente demais.

– Você rasgou a meia.

Megan olhou de modo um tanto triste para a perna direita.

– Pois é, mas ela já tinha dois buracos, então não tem muita importância.

– Você nunca remenda suas meias, Megan?

– Às vezes. Quando mamãe me pega. Mas ela não dá muita atenção ao que faço, então, de certa forma, isso é uma sorte, não é?

– Você não parece perceber que já está crescida – disse eu.

– Quer dizer que eu deveria ser mais como sua irmã? Toda embonecada?

Fiquei um tanto chateado com essa descrição de Joanna.

– Ela parece limpa e arrumada e tem ótima aparência.

– Ela é muito bonita – disse Megan. – Não tem nada a ver com o senhor, não é? Por que não?

– Irmãos e irmãs nem sempre são parecidos.

– Não, claro. Eu não pareço nada com Brian nem com Colin. E Brian e Colin não são parecidos um com o outro – ela fez uma pausa e disse: – São muito esquisitas, não é?

– O quê?

– As famílias – respondeu secamente Megan.

– Acho que são – comentei pensativo.

Eu me perguntei o que se passava pela cabeça dela. Caminhamos em silêncio por alguns instantes, então Megan falou numa voz um tanto tímida:

– O senhor voa, não voa?

– Voo.

– Foi assim que se machucou?

– Foi. Eu sofri um acidente.

– Ninguém aqui voa – disse Megan.

– Não. Acho que não. Você gostaria de voar, Megan?

– Eu? – Megan pareceu surpresa. – Meu Deus, não. Eu ia passar mal. Fico enjoada até no trem.

Ela fez uma pausa e então perguntou com aquela franqueza que normalmente só as crianças demonstram:

– O senhor vai ficar bom e vai poder voar de novo ou sempre vai ser um pouco aleijado?

– Meu médico me disse que eu vou ficar bom.

– Sei. Mas ele é o tipo de homem que fala mentiras?

– Acho que não – respondi. – Na verdade, tenho quase certeza disso. Confio nele.

– Então está tudo bem. Mas muita gente fala mentiras.

Aceitei essa afirmação irrefutável em silêncio.

Megan, então, disse de modo objetivo e imparcial:

– Fico satisfeita. Tinha medo que o senhor estivesse com esse jeito mal-humorado porque estava aleijado para o resto da vida, mas se isso é algo apenas natural, é diferente.

– Não sou mal-humorado.

– Bem, então é nervoso.

– Sou nervoso porque tenho pressa em ficar em forma de novo, e não se pode apressar essas coisas.

– Então por que essa preocupação exagerada?

Eu comecei a rir.

– Minha cara menina, você nunca tem pressa de que certas coisas aconteçam?

Megan refletiu sobre a pergunta.

– Não. Por que deveria? Não há nada por que eu tenha pressa. Nada nunca acontece.

Fui atingido por algo triste e desesperançado nas palavras e disse com gentileza:

– O que você faz aqui para se divertir?

Ela deu de ombros.

– O que há para fazer? – perguntou.

– Você não tem hobbies? Joga alguma coisa? Tem amigos por aqui?

– Sou burra para jogos. E não gosto muito deles. Não há muitas garotas por aqui, e das que existem, eu não gosto. Elas me acham horrível.

– Bobagem. Por que elas achariam isso?

Megan sacudiu a cabeça.

– Você não foi para a escola?

– Fui. Voltei há um ano.

– Você gostava da escola?

– Não era ruim, mas eles ensinavam as coisas a você de um jeito extremamente bobo.

– Como assim?

– Bem... um monte de coisinhas diferentes aos pedaços. Estão sempre cortando e mudando de uma coisa para outra. Era uma escola barata, sabe, e os professores não eram muito bons. Nunca conseguiam responder as perguntas corretamente.

– Pouquíssimos professores conseguem – disse eu.

– Por que não? Eles deviam conseguir.

Eu concordei.

– Claro, eu também sou meio burrinha – disse Megan. – E essas coisas todas me parecem uma grande bobagem. História, por exemplo. Por que ela é tão diferente em livros diferentes?

– Esse é o verdadeiro interesse da História – disse eu.

– E gramática – prosseguiu Megan. – E redações bobas. E toda aquela besteira que Shelley escreveu sobre cotovias, e Wordsworth ficando todo inebriado por causa de lilases estúpidos. E Shakespeare?

– Qual o problema com Shakespeare? – indaguei com interesse.

– Ele se enrola todo para escrever as coisas de um jeito tão difícil que você não entende o que ele quer dizer. Mesmo assim, eu gosto de algumas coisas de Shakespeare.

– Tenho certeza de que ele iria ficar muito grato em saber disso – eu falei.

Megan não suspeitou de qualquer sarcasmo.

– Gosto de Goneril e Regan, por exemplo – disse ela, com o rosto se iluminando.

– Por que essas duas?

– Ah, não sei. De certa forma, elas correspondem às expectativas. Por que o senhor acha que elas eram assim?

– Assim como?

– Do jeito que elas eram. Quero dizer, alguma coisa deve tê-las feito assim.

Pela primeira vez eu pensei sobre isso. Sempre tomei as duas filhas mais velhas de Lear como duas mulheres terríveis e nunca dei mais atenção a isso. Mas a pergunta de Megan sobre uma causa original me interessou.

– Vou pensar sobre isso – disse eu.

– Ah, na verdade não importa. É só curiosidade. De qualquer modo, é apenas literatura inglesa, não é?

– Verdade, verdade. Mas havia alguma matéria de que você gostava?

– Só matemática.

– Matemática? – perguntei um tanto surpreso.

– Eu amava matemática. Mas ela não era ensinada muito bem. Eu tinha vontade de que me ensinassem matemática de verdade. É divino! Acho que há, em todo caso, algo divino nos números, não acha?

– Nunca senti isso – respondi com sinceridade.

Nós estávamos agora entrando na High Street.

– Olhe a srta. Griffith – disse Megan de repente. – Que mulher detestável.

– Você não gosta dela?

– Detesto. Ela sempre está atrás de mim para eu me inscrever nos seus horríveis passeios organizados. Eu odeio esses passeios em grupo. Por que se vestir toda e sair por aí em bandos e botar distintivos em você por coisas que na verdade não aprendeu a fazer direito? Acho tudo uma bobagem.

No geral, eu bem que concordava com Megan. Mas a srta. Griffith tinha se aproximado de nós antes que eu pudesse expressar meu assentimento.

A irmã do médico, que atendia pelo nome extremamente inapropriado de Aimée, tinha toda a confiança positiva que faltava a seu irmão. Era uma mulher grande com um aspecto bronzeado masculino e uma voz profunda e saudável.

– Olá, vocês dois! – berrou ela para nós. – Que manhã linda, não é? Megan, era justo você a pessoa que eu queria ver. Preciso de ajuda para sobrescrever envelopes para a associação conservadora.

Megan murmurou alguma evasiva, encostou a bicicleta no meio-fio e entrou bem depressa na International Stores.

– Menina extraordinária – disse a srta. Griffith, enquanto a observava se afastar. – Mas como é preguiçosa. Passa o dia inteiro no mundo da lua. Deve ser uma provação para a coitada da sra. Symmington. Sei que a mãe dela tentou mais de uma vez fazer com que se interessasse por alguma coisa, datilografia, taquigrafia, sabe, ou culinária, ou criação de coelhos angorás. Ela precisa de um *interesse* na vida.

Achei que provavelmente era verdade, mas senti que no lugar de Megan eu teria resistido com firmeza a qualquer sugestão de Aimée Griffith pela simples razão de que sua personalidade agressiva teria me deixado na defensiva.

– Eu não acredito em ócio – continuou a srta. Griffith. – E certamente não para os jovens. Seria diferente se Megan fosse bonita ou diferente ou algo assim. Às vezes acho que a menina é meio retardada. Uma grande decepção para a mãe. O pai, sabe – ela baixou um pouco a voz –, não prestava. Acho que a filha puxou a ele. Que tristeza para a mãe. Ah, bem, é como eu digo, é preciso um pouco de tudo para se fazer um mundo.

– Ainda bem – retruquei.

Aimée Griffith deu uma risada jovial.

– É. Não ia dar certo se fôssemos todos feitos no mesmo padrão. Mas não gosto de ver uma pessoa que não tira o máximo que pode da vida. Eu mesma aproveito a vida e quero que todo mundo também aproveite. As pessoas me dizem que eu devo morrer de tédio morando o ano inteiro no campo. De jeito nenhum, eu respondo. Estou sempre ocupada. Sempre feliz! Sempre há alguma coisa acontecendo no campo. Meu tempo é todo tomado com minhas excursões e com o instituto e vários comitês. Sem falar em cuidar de Owen.

Nesse momento, a srta. Griffith avistou uma conhecida do outro lado da High Street e, soltando um gritinho de reconhecimento, atravessou saltitante a rua e me liberou para prosseguir em meu caminho até o banco.

Sempre achei a srta. Griffith um tanto opressiva, apesar de admirar sua energia e vitalidade. Era agradável ver a satisfação radiante com seu quinhão na vida que ela sempre exibia e que era um contraste agradável com os murmúrios reprimidos de reclamação de tantas mulheres.

Meus negócios no banco correram de modo satisfatório, e eu segui para o escritório dos srs. Galbraith, Galbraith & Symmington. Não sei se ainda havia algum Galbraith por ali. Nunca vi nenhum. Fui conduzido à sala do sr. Symmington, que tinha o bolor agradável de um escritório de advocacia tradicional.

Uma enorme quantidade de arquivos em caixas de papelão, etiquetadas Lady Hope, Sir Everard Carr, William Yatesby-Hoares, esq., falecido etc., ajudava a criar a atmosfera esperada de respeitabilidade familiar da região e de um negócio honesto e tradicional.

Ao observar com atenção o sr. Symmington enquanto ele se debruçava sobre os documentos que eu trouxera, ocorreu-me que, se a sra. Symmington conhecera o desastre em seu primeiro casamento, sem dúvida resolvera não arriscar no segundo. Richard Symmington era o máximo da respeitabilidade tranquila, o tipo de homem que nunca daria um momento de ansiedade à esposa. Um longo pescoço com pomo-de-adão saliente, rosto um pouco cadavérico e um nariz fino e comprido. Um homem cordial, sem dúvida, bom pai e marido, mas não um homem para fazer acelerar loucamente o pulso de alguém.

Naquele momento o sr. Symmington começou a falar. Falava devagar e com clareza, transmitindo muito bom-senso, inteligência e discernimento. Resolvemos o assunto, e quando eu me levantava para ir embora, observei:

– Vim andando desde o alto da colina com sua enteada.

Por um momento o sr. Symmington pareceu não saber quem era sua enteada, então sorriu.

– Ah, sim, claro, Megan. Ela... voltou da escola já faz um tempo. Estamos pensando em achar algo para ela fazer, é, fazer. Mas claro, ela ainda é muito nova. E, dizem, atrasada para sua idade. É, foi isso que me disseram.

Eu saí da sala. No escritório grande havia um homem muito velho sentado em um banco escrevendo lenta e laboriosamente, um rapaz baixinho e bochechudo e uma mulher de meia-idade com cabelos crespos e pincenê que datilografava com alguma velocidade e ímpeto.

Se aquela era a srta. Ginch, eu concordava com Owen Griffith que lances românticos entre ela e seu patrão eram extremamente improváveis.

Fui à padaria e disse meu texto sobre o pão de groselha. Ele foi recebido com a exclamação e incredulidade apropriadas à ocasião, e eu ganhei um pão de groselha novo em substituição – "fresquinho, acabou de sair do forno nesse minuto". Algo que seu calor indecente comprimido contra meu peito atestava ser a mais pura verdade.

Saí da loja e olhei para a rua de alto a baixo na esperança de ver Joanna com o carro. A caminhada tinha me cansado bastante, e era desconfortável andar de bengalas com um pão de groselha nas mãos.

Mas ainda não havia sinal de Joanna.

De repente, meus olhos foram tomados por uma surpresa agradável e impressionante.

Uma deusa vinha flutuando pela calçada em minha direção. Não há outra palavra para isso.

Traços perfeitos, cabelos louros cacheados, corpo alto e de formas belas e refinadas! E ela caminhava como uma deusa, sem esforço, parecendo deslizar cada vez para mais perto de mim. Uma garota maravilhosa, incrível, de tirar o fôlego!

Algo sem dúvida iria cortar aquela excitação. E foi o pão de groselha. Ele deslizou de minhas mãos. Fiz um movimento brusco para tentar pegá-lo, deixei cair a bengala no chão, acabei escorregando e quase caí.

Foi o braço forte da deusa que me alcançou e me segurou. Eu comecei a balbuciar:

– M-muit-to o-ob-brig-gad-do, e-eu p-peço m-mil desculp-pas.

Ela pegou o pão de groselha e me entregou a bengala. Então deu um sorriso simpático e disse com alegria:

– O que é isso... Não foi nada, garanto – e a magia morreu completamente diante da voz fina e sem graça.

Era uma garota bonita, bem-formada e de aspeto saudável, só isso.

Comecei a pensar no que haveria acontecido se os deuses tivessem dado a Helena de Troia uma voz sem graça como aquela. Foi estranho ver como uma garota podia perturbar o nível mais profundo de sua alma enquanto mantinha a boca fechada, e no momento em que falava, todo o glamour desaparecia como se nunca houvesse existido.

Entretanto, eu já tinha visto o contrário acontecer. Certa vez vi uma mulher de rosto triste e simiesco, que ninguém se viraria para olhar duas vezes. Então ela começou a falar e de repente o encantamento ganhou vida e cresceu, e Cleópatra novamente tinha lançado seu feitiço.

Joanna estacionou junto ao meio-fio do meu lado sem que eu percebesse sua chegada. Ela perguntou se havia algum problema.

– Nada – disse eu, enquanto me recompunha. – Estava pensando em Helena de Troia e outras pessoas.

– Que lugar estranho para fazer isso – disse Joanna. – Você estava muito estranho aí de pé com um pão de groselha agarrado junto ao peito e a boca escancarada.

– Sofri um choque. Fui transportado para Ílio e depois de volta. – Você sabe quem é ela? – acrescentei, indicando as costas de uma mulher que flutuava graciosamente para longe.

Joanna olhou para a garota e disse que era a governanta dos Symmington.

– Foi isso o que deixou você desse jeito? – perguntou ela. – É bonita, mas um pouco sem graça.

– Eu sei. É só uma garota bonita. E eu que pensei que fosse Afrodite!

Joanna abriu a porta do carro e eu entrei.

– É engraçado, não é? – disse ela. – Algumas pessoas são muito bonitas, mas não têm absolutamente nenhum sex appeal. Essa garota é assim. É uma pena.

Eu disse que, como ela era uma governanta, provavelmente isso não tinha importância.

CAPÍTULO 3

I

Naquela tarde fomos tomar chá com o sr. Pye.

O sr. Pye era um homenzinho rechonchudo e extremamente refinado, dedicado às suas poltronas de jacquard, suas pastoras de porcelana de Dresden e sua coleção de objetos antigos. Ele morava em Prior's Lodge, em cujo terreno ficavam as ruínas do antigo priorado.

Prior's Lodge era sem dúvida uma casa muito elegante e sob os cuidados afetuosos do sr. Pye apresentava excelente aspecto. Cada peça de mobiliário estava lustrada e assentada no local mais adequado para ela. As cortinas e almofadas eram de tons e cores sofisticados e feitas dos tecidos mais caros.

Mas não era bem a casa de um homem, e eu achei que morar ali seria como viver numa sala de época de museu. A principal diversão na vida do sr. Pye era mostrar toda a casa para as pessoas. Nem aquelas completamente insensíveis ao entorno conseguiam escapar. Mesmo que você fosse tão endurecido que considerasse um rádio, um bar, um banheiro e uma cama, cercados pelas paredes necessárias, os únicos itens essenciais em uma casa, o sr. Pye sempre tinha esperança de conduzi-lo a coisas melhores.

Suas mãozinhas gorduchas estremeciam de sensibilidade quando descrevia os tesouros, e sua voz elevava-se a um guincho em falsete enquanto narrava as circunstâncias exatas em que ele trouxera aquela cama italiana de Verona.

Como eu e Joanna gostamos de antiguidades e móveis de época, fomos recebidos com grande satisfação.

– É mesmo um prazer, um grande prazer ter tal aquisição em nossa pequena comunidade. As boas pessoas daqui, vocês sabem, são exageradamente bucólicas, para não dizer *provincianas*. Elas não sabem nada. Vândalos completos! E o interior de suas casas... ah, é de fazer chorar, senhorita, eu garanto que é de fazer chorar. Talvez a senhorita já tenha até chorado.

Joanna disse que não tinha chegado a esse ponto.

– Mas entende o que eu quero dizer? Eles misturam as coisas de modo horrível. Já vi com meus próprios olhos uma pequena peça Sheraton linda, delicada, perfeita, uma peça de coleção, impecável, e ao lado dela uma mesa vitoriana comum, ou talvez uma estante de livros giratória de carvalho escurecido. É, até isso: carvalho escurecido.

Ele deu de ombros e murmurou com melancolia:

– Por que as pessoas são tão cegas? Não concorda? Tenho certeza de que concorda, que a beleza é a única coisa pela qual vale a pena viver.

Hipnotizada por seu zelo e por sua dedicação, Joanna disse que sim, sim, era assim mesmo.

– Então por que – interrogou o sr. Pye – as pessoas se cercam de feiura?

Joanna disse que era muito estranho.

– Estranho? É *criminoso*! É isso o que eu acho... criminoso! E as desculpas que eles dão! Dizem que uma coisa é *confortável*. Ou que é *singular*. Singular! Que palavra horrível.

"A casa que vocês alugaram – prosseguiu o sr. Pye –, a casa da srta. Emily Barton. Essa é adorável, e ela tem umas peças muito boas. Muito boas. Uma ou duas delas são mesmo de primeira classe. E ela também tem gosto, apesar de eu não estar mais tão certo disso quanto antes. Infelizmente, às vezes acho que é apenas sentimentalismo. Ela gosta de manter as coisas como eram, mas não por *le bon motif*, não por causa da harmonia da combinação, mas porque era como sua mãe fazia."

Ele transferiu a atenção para mim e sua voz mudou. Alterou-se do tom de um artista em êxtase para o de quem faz um mexerico nascente.

– Vocês não conheciam a família? Não, claro que não... sim, foi através de corretores. Mas meus caros, vocês *deviam* ter conhecido aquela família! Quando eu cheguei aqui, a mãe estava velha mas ainda viva. Uma pessoa incrível, incrível mesmo. Um *monstro*, se entendem o que eu quero dizer. Sem dúvida, um monstro. O velho monstro vitoriano à moda antiga, que devorava sua ninhada. É isso o que ela era. Sabem, ela era monumental, devia pesar mais de 100 kg, e todas as cinco filhas giravam ao seu redor. "As meninas", como sempre se referia a elas. As meninas! E na época a mais velha já tinha passado bastante dos sessenta. "Aquelas meninas idiotas!", ela as chamava às vezes. Elas eram como negras escravas, isso sim, sempre atarefadas, levando e buscando coisas e sempre concordando com ela. Às dez horas da noite elas tinham de ir para a cama e não podiam nem acender a lareira em seus quartos, e nem se falava em convidar as amigas delas à casa. Ela as desprezava, sabem, por não terem se casado, apesar de ter arranjado suas vidas de modo que fosse praticamente impossível conhecerem alguém. Eu acho que Emily, ou talvez Agnes, chegou a ter um namorico com um pároco. Mas a família dele não era boa o bastante, e Mamãe logo deu um basta *naquilo*.

– Isso parece um romance – disse Joanna.

– Ah, minha cara, e como. Então aquela mulher morreu, mas claro que já era tarde demais havia muito tempo. Elas apenas continuaram morando ali e falando em voz baixa sobre o que a coitada da mamãe teria desejado. Elas sentiam que até rearrumar o quarto dela era algo um pouco sacrílego. Mesmo assim, elas se divertiam na paróquia de um jeito tranquilo... mas nenhuma delas tinha muita resistência, e foram morrendo uma a uma. A gripe levou Edith, Minnie passou por uma cirurgia e não se recuperou, e a coitada da Mabel teve um ataque, e Emily cuidou dela com a maior dedicação. Na verdade, nos últimos dez anos essa pobre mulher nunca fez nada além de cuidar dos outros. Uma criatura adorável, não acham? Como uma porcelana de Dresden. Fico tão triste por ela estar em dificuldades financeiras mas, claro, todos os investimentos se desvalorizaram.

– Nós nos sentimos horríveis por estar na casa dela – disse Joanna.

– Não, não, minha cara senhorita. Não deve se sentir assim. A sua boa e doce Florence é muito dedicada a ela, que me disse pessoalmente como está feliz em ter inquilinos tão simpáticos – nesse momento, o sr. Pye fez uma pequena reverência. – Ela me disse que se considerava muito afortunada.

– A casa – eu falei – tem uma atmosfera muito tranquilizante.

O sr. Pye me lançou um olhar rápido.

– Sério? Sente isso mesmo? Agora, isso é muito interessante. Eu estava curioso, sabe, é, estava curioso.

– O que quer dizer, sr. Pye? – perguntou Joanna.

O sr. Pye estendeu as mãos gorduchas.

– Nada, nada. Só estava curioso, só isso. Eu acredito em atmosfera, sabiam? Os pensamentos e sentimentos das pessoas. Eles deixam sua impressão nas paredes e nos móveis.

Fiquei mudo por alguns instantes. Fiquei olhando ao redor e me perguntando como eu descreveria a atmosfera de Prior's Lodge. O curioso, me parecia, era que não tinha atmosfera alguma! Isso era realmente interessante.

Refleti sobre isso por tanto tempo que não ouvi nada da conversa que transcorria entre Joanna e seu anfitrião. Entretanto, voltei a mim quando ouvi Joanna fazer as preliminares de uma despedida. Saí de meu devaneio e acrescentei minha parte.

Saímos juntos até o vestíbulo. Quando nos aproximamos da porta, uma carta caiu pela fenda de correspondência sobre o tapete.

– O correio da tarde – murmurou o sr. Pye enquanto a apanhava. – Mas meus caros jovens, vocês vão voltar, não vão? Que prazer conhecer pessoas de mente aberta, se vocês me entendem. Alguém que aprecie arte. Na verdade, sabem, se falarmos em balé com essas pessoas boas que vivem aqui, elas vão pensar logo em piruetas na ponta dos pés, saiotes de tule e senhores de idade com binóculos de ópera nos terríveis anos 1890. É verdade. Cinquenta anos atrasados no tempo, é assim que eu os vejo. É um país maravilhoso, a Inglaterra. Ela tem *bolsões*. Lymstock é um deles. É interessante do ponto de vista de um colecionador; sempre sinto que me coloco sob uma redoma de vidro quando estou aqui. O lugarejo atrasado e pacífico onde nada nunca acontece.

Ao apertar nossas mãos duas vezes, ele me ajudou a entrar no carro com atenção exagerada. Joanna pegou o volante, fez com cuidado a volta em torno do canteiro de grama imaculada, então embicou para frente e acenou para nosso anfitrião, que estava parado nos degraus da casa. Eu me inclinei para a frente para fazer o mesmo.

Mas nosso gesto de despedida passou despercebido. O sr. Pye tinha aberto sua correspondência.

Estava parado olhando fixamente para a folha aberta em suas mãos.

Joanna certa vez o descrevera como um querubim gorducho e rosado. Ele ainda era gorducho, mas agora não estava parecido com um querubim. Seu rosto estava tomado por um roxo escuro e congestionado, contorcido de raiva e surpresa.

E naquele momento eu me dei conta de que havia algo familiar na aparência daquele envelope. Na hora eu não notara – na verdade foi uma daquelas coisas que você percebe inconscientemente sem saber que percebeu.

– Meu Deus – disse Joanna –, o que será que mordeu o bichinho?

– Eu acho que foi a Mão Misteriosa outra vez.

Ela virou o rosto, abismado, em minha direção, e o carro quase saiu da pista.

– Cuidado, moça – disse eu.

Joanna voltou a prestar atenção na estrada. Estava com a expressão fechada.

– Acha que foi uma carta como a que você recebeu?

– É meu palpite.

– Que lugar é este? – perguntou Joanna. – Parece o cantinho mais inocente, pacato e inofensivo da Inglaterra que se possa imaginar...

– Onde, para citar o sr. Pye, nada nunca acontece – interrompi. – Ele escolheu o momento errado para dizer isso. Alguma coisa aconteceu.

– Mas quem escreve essas coisas, Jerry?

Eu dei de ombros:

– Minha querida, como eu posso saber? Algum biruta local com um parafuso solto, eu acho.

– Mas por quê? Parece tão idiota.

– Você precisa ler muito Freud e Jung para descobrir. Ou perguntar ao nosso dr. Owen.

Joanna sacudiu a cabeça.

– O dr. Owen não gosta de mim.

– Ele mal viu você.

– Aparentemente, viu o suficiente para fazê-lo mudar de calçada se me vê caminhando em sua direção na High Street.

– Uma reação das mais estranhas – eu disse, com simpatia. – E à qual você não está acostumada.

Joanna estava de expressão fechada outra vez.

– Não. Mas sério, Jerry, por que as pessoas *escrevem* cartas anônimas?

– Como eu digo, elas têm um parafuso solto. Isso satisfaz alguma necessidade, eu acho. Se você foi desprezado ou ignorado, ou se foi frustrado, e sua vida é bem monótona e vazia, acho que você sente uma sensação de poder quando atinge no escuro pessoas que estão felizes e satisfeitas.

Joanna estremeceu.

– Isso não é bom.

– Não, não é bom. Eu também imagino que as pessoas nestes lugares têm tendência à procriação consanguínea, e por isso há uma boa quantidade de gente esquisita.

– Alguém, imagino, com pouca educação e inarticulado? Com educação melhor...

Joanna não terminou a frase, e eu não falei nada. Nunca consegui aceitar a crença fácil de que a educação é a panaceia para todos os males.

Enquanto atravessávamos a cidade antes de subir a estrada da colina, olhei com curiosidade para as poucas figuras que circulavam pela High Street. Será que uma daquelas mulheres robustas do campo andava por aí carregada de rancor e maldade por trás de sua expressão plácida, talvez planejando agora mesmo uma nova torrente de raiva vingativa?

Mas eu ainda não estava levando a coisa a sério.

II

Dois dias mais tarde fomos jogar bridge na casa dos Symmington.

Era uma tarde de sábado – os Symmington sempre recebiam convidados para jogar bridge sábado à tarde, porque o escritório nesse dia estava fechado.

Havia duas mesas. Os jogadores eram os Symmington, nós, a srta. Griffith, o sr. Pye, a srta. Barton e o coronel Appleton, que ainda não tínhamos conhecido e que vivia em Combeacre, um vilarejo a uns dez quilômetros de distância. Ele era um espécime perfeito do tipo, quase uma caricatura do militar. Tinha cerca de sessenta anos, gostava de jogar o que chamava de "jogo corajoso" (que normalmente resultava em muitos pontos para os adversários) e ficou tão encantado por Joanna que praticamente não tirou os olhos dela durante toda a tarde.

Fui forçado a admitir que minha irmã era provavelmente a coisa mais atraente vista em Lymstock em muito tempo.

Quando chegamos, Elsie Holland, a governanta, estava à procura de bloquinhos para anotar os pontos em uma escrivaninha ornamentada. Ela deslizou sobre o chão com eles do mesmo jeito celestial que eu tinha notado quando a vi pela primeira vez, mas o feitiço não podia ser lançado uma segunda vez. Era desesperador que fosse o desperdício de uma forma e de um rosto perfeitamente adoráveis. Mas eu agora percebia, e com grande clareza, os dentes muito grandes que lembravam lápides, e a maneira como mostrava as gengivas quando ria. Ela era, infelizmente, só uma garota simples e tagarela.

– São estes, sr. Symmington? Sou sempre tão estúpida que nunca me lembro de onde eu os guardei da última vez. Também é minha culpa porque eu estava com eles nas mãos, e então Brian gritou dizendo que seu trenzinho tinha um problema, e eu fui correndo lá para fora, e com uma coisa depois da outra devo tê-los guardado em algum lugar idiota. Esses não são os certos, estou vendo agora. Estão um pouco amarelados nos cantos. Quer que eu diga a Anna que o chá vai ser servido às 17h? Vou levar as crianças para um passeio, assim não vão fazer barulho.

Uma garota bonita, simpática e esperta. Eu percebi o olhar de Joanna. Ela estava rindo. Eu a encarei com frieza. Joanna sempre sabe o que se passa em minha cabeça, maldita seja.

Nós começamos a jogar bridge.

Eu logo conheci bastante bem o status no bridge de todos em Lymstock. A sra. Symmington era uma jogadora excelente e bastante dedicada ao jogo. Como muitas mulheres sem qualquer habilidade intelectual, não era nada burra e tinha uma astúcia natural considerável. Seu marido era um jogador bom e atento, mas um pouco cauteloso demais. Brilhante é o melhor modo de descrever o sr. Pye. Ele tinha um instinto inacreditável da psicologia do jogo. Joanna e eu, como a reunião era em nossa homenagem, jogamos a uma mesa com a sra. Symmington e o sr. Pye. Era tarefa do sr. Symmington apaziguar os ânimos e com muito tato pacificar os três outros jogadores de sua mesa. O coronel Appleton, como eu disse, fazia seu habitual "jogo corajoso". A pequena srta. Barton era, sem a menor dúvida, a pior jogadora de bridge que eu já tinha visto, mas sempre se divertia muito. Ela conseguia seguir as jogadas, mas tinha as ideias mais loucas em relação à qualidade das cartas em sua mão, nunca conseguia acompanhar a pontuação, sempre fazia lances errados, não conseguia contar os trunfos e com frequência se esquecia de quais eram eles. O jogo de Aimée Griffith pode ser resumido em suas próprias palavras: "Gosto de um bom jogo de bridge sem firulas, e não jogo nenhuma dessas convenções bobas. Eu falo sério, não fico com medo nem deixo nada para depois! Afinal de contas, é só um jogo!" Como pode ser visto, nosso anfitrião não teve tarefa muito fácil.

Entretanto, o jogo prosseguiu em razoável harmonia, com eventuais lapsos por parte do coronel Appleton quando ele olhava para Joanna.

O chá foi servido na sala de jantar, em torno de uma grande mesa. Quando estávamos terminando, os dois garotinhos agitados e excitados entraram correndo e foram apresentados, a sra. Symmington exultante de orgulho maternal, e o pai deles, também orgulhoso.

Então, justo quando estávamos terminando, uma sombra escureceu meu prato, e eu virei a cabeça para ver Megan parada de pé em frente à porta envidraçada.

– Ah – disse a mãe dela. – Aqui está Megan.

A voz dela tinha um toque levemente surpreso, como se tivesse esquecido que Megan existisse.

A garota entrou e apertou as mãos das pessoas de um modo desajeitado e sem qualquer graça.

– Infelizmente esqueci de seu chá, querida – disse a sra. Symmington. – A srta. Holland e os meninos levaram o deles com eles, então hoje não há chá no quarto das crianças. Esqueci que você não estava com eles.

Megan assentiu com a cabeça.

Ela saiu da sala com passos desengonçados. Estava mal-ajambrada como sempre, e havia buracos nas suas duas meias.

A sra. Symmington desculpou-se com um risinho:

– Coitada de minha Megan. Ela está naquela idade estranha, vocês sabem. As meninas são sempre tímidas e estranhas quando saem da escola e ainda não estão realmente crescidas.

Vi a cabeça loura de Joanna mover-se para trás no que eu sabia ser um gesto hostil.

– Mas Megan tem vinte anos, não tem? – perguntou ela.

– Ah, sim, sim. Ela tem. Mas claro, é muito jovem para a idade. Ainda é quase uma criança. É tão bom, eu acho, quando as meninas não crescem rápido demais – ela riu outra vez. – Imagino que todas as mães gostariam que seus filhos permanecessem bebês.

– Não consigo imaginar por quê. Afinal, seria um pouco esquisito ter um filho que permanecesse com a idade mental de seis anos enquanto o corpo crescia – disse Joanna.

– Ah, não precisa tomar as coisas de modo tão literal, srta. Burton – falou a sra. Symmington.

Ocorreu-me naquele momento que eu não tinha dado muita atenção à sra. Symmington. Aquela beleza esmaecida, anêmica e desprezada escondia, pensei, uma natureza egoísta e sôfrega. Então ela falou, e gostei ainda menos dela:

– Minha pobre Megan. Infelizmente, ela é uma criança um tanto difícil. E eu tenho procurado algo para ela fazer, acho que há várias coisas que se pode aprender por correspondência. Modelagem e costura, ou ela pode tentar aprender taquigrafia e datilografia.

O brilho de fúria ainda estava no olhar de Joanna, que falou quando tornamos a nos sentar à mesa de bridge:

– Acho que ela deve ir a festas e todo esse tipo de coisas. Vão fazer um baile para ela?

– Um baile? – a sra. Symmington pareceu surpresa e divertida. – Ah, não. Não fazemos esse tipo de coisa por aqui.

– Entendi. Só reuniões para jogar tênis e coisas assim.

– Nossa quadra de tênis não é usada há anos. Nem eu nem Richard jogamos. Imagino que no futuro, quando os meninos crescerem... Ah, Megan vai encontrar muita coisa para fazer. Sabem, ela é bem feliz só perambulando por aí. Deixe-me ver, eu já dei as cartas? Duas, sem trunfos.

Quando voltávamos para casa de carro, Joanna disse, com uma pressão perversa no pedal do acelerador que fez o carro dar um pulo para frente:

– Eu tenho tanta pena dessa menina.

– Megan?

– É. A mãe não gosta dela.

– O que é isso, Joanna... Não é tão ruim assim.

– É, sim. Muitas mães não gostam de seus filhos. Megan, eu posso imaginar, é um tipo de criatura estranha para se ter pela casa. Ela quebra o padrão, o padrão dos Symmington, que é uma unidade completa sem ela. E esse é o sentimento mais triste que uma criatura sensível pode ter, e ela *é* sensível.

– É, acho que ela é, sim – disse eu.

Fiquei em silêncio por um momento.

Joanna de repente soltou uma risada maliciosa.

– Mas que azar você teve com a governanta.

– Não entendi – eu disse, com dignidade.

– Bobagem. Sempre que você olhava para ela, eu via desapontamento masculino estampado em seu rosto. Concordo com você. É um desperdício.

– Não sei do que você está falando.

– Mas eu gostei de ver, mesmo assim. É o primeiro sinal de que a vida está voltando. Eu estava muito preocupada com você no hospital. Nunca olhava para aquela enfermeira muito bonita que cuidava de você. Uma moça sensual e atraente também, o presente perfeito de Deus para um homem doente.

– Estou achando sua conversa, Joanna, definitivamente vulgar.

Minha irmã prosseguiu sem prestar a mínima atenção a minhas observações:

– Então eu fiquei muito aliviada por ver que você ainda se interessa por um belo rabo de saia. Ela *é* mesmo muito bonita. É engraçado que ela não tenha nenhum sex appeal. É estranho, sabe, Jerry. O que é *essa* coisa que algumas mulheres têm e outras não? O que torna uma mulher, mesmo que diga apenas "tempo feio", tão atraente que faz com que todos os homens por perto tenham vontade de se aproximar e conversar com ela sobre o tempo? Acho que a providência de vez em quando se equivoca na distribuição dos pacotes. Rosto e formas de Afrodite, um temperamento correspondente. E algo dá errado, e o temperamento de Afrodite vai para alguma criatura de rosto sem graça, e então todas as mulheres ficam simplesmente loucas e dizem: "Não sei o que os homens veem nela. Ela nem é bonita!"

– Você já terminou, Joanna?

– Bem, você concorda, não é?

Eu dei um sorriso.

– Admito meu desapontamento.

– E eu não vejo mais ninguém aqui para você. Vai ter de recorrer a Aimée Griffith.

– Deus me livre – disse eu.

– Ela é bem bonita, sabia?

– É animada demais para mim.

– Ela parece mesmo aproveitar a vida – disse Joanna. – Mas é insuportavelmente simpática e saudável demais, não é? Eu não me surpreenderia se ela tomasse um banho gelado todo dia de manhã.

– E o que você vai fazer para si mesma? – perguntei.

– Eu?

– É. Eu conheço você, sei que precisa de um pouco de distração por aqui.

– Quem está sendo vulgar, agora? Além disso, você se esqueceu de Paul – Joanna soltou um suspiro não muito convincente.

– Não vou esquecê-lo tão rápido quanto você. Em cerca de dez dias você vai estar dizendo: "Paul? Que Paul? Nunca conheci um Paul."

– Você acha que eu sou completamente volúvel – disse Joanna.

– Quando se trata de pessoas como Paul, eu fico muito satisfeito que seja.

– Você nunca gostou dele. Mas ele era mesmo um pouco gênio.

– É possível, apesar de eu duvidar disso. De qualquer modo, pelo que ouvi falar, os gênios também são pessoas para se detestar com vigor. Mas você não vai encontrar gênios por aqui.

Joanna pensou por um instante, com a cabeça tombada para o lado.

– Infelizmente não – disse ela, com pesar.

– Você vai ter de recorrer a Owen Griffith. Ele é o único homem disponível por aqui. A menos que você conte o velho coronel Apleton. Ele passou a tarde inteira olhando para você como se fosse um cão de caça.

Joanna riu.

– Estava olhando, não é mesmo? Foi bem embaraçoso.

– Pare de fingir. Você nunca fica embaraçada.

Joanna cruzou o portão e entrou na garagem em silêncio. Então disse:

– Pode ter algo interessante nessa sua ideia.

– Que ideia?

– Não vejo motivo para alguém atravessar a rua com a intenção de me evitar – respondeu. – É, acima de tudo, muita falta de educação.

– Sei. Você vai caçar esse homem a sangue frio.

– Bem, não gosto que as pessoas me evitem.

Saí do carro, devagar e com cuidado, e equilibrei as muletas. Então ofereci um conselho para minha irmã:

– Deixe-me lhe dizer uma coisa, moça. Owen Griffith não tem nada a ver com seus rapazes artísticos dóceis e lamurientos. A menos que tome cuidado, você vai arrumar muito problema. Esse homem pode ser perigoso.

– Ah, você acha? – perguntou Joanna, com todos os sintomas de prazer diante da perspectiva.

– Deixe o coitado em paz – eu disse com dureza.

– Como ele ousou atravessar a rua quando me viu?

– Vocês mulheres são todas iguais. Tocam sempre na mesma corda. E vai ter a irmã Aimée atrás de você, também, se eu não estiver enganado.

– Ela já não gosta de mim – disse Joanna pensativamente, mas com certa satisfação.

– Nós viemos para cá – eu disse com dureza – atrás de paz e sossego, e quero me assegurar de que vamos ter isso.

Mas paz e sossego eram as últimas coisas que teríamos.

CAPÍTULO 4

I

Foi, eu acho, cerca de uma semana depois que Partridge me informou que a sra. Baker gostaria de conversar comigo por um ou dois minutos se eu tivesse a gentileza de recebê-la.

O nome – sra. Baker – não me dizia nada.

– Quem é a sra. Baker? – perguntei, confuso. – Ela não pode conversar com Joanna?

Mas parece que era eu a pessoa com a qual ela desejava uma entrevista. Descobri, então, que a sra. Baker era a mãe da menina Beatrice.

Eu tinha me esquecido de Beatrice. Havia duas semanas que eu percebia uma mulher de meia-idade com mechas de cabelos grisalhos, normalmente saindo ajoelhada e de costas, como um caranguejo, de dentro do banheiro das escadas e dos corredores quando eu aparecia, e eu sabia, imagino, que era nossa nova empregada. Assim, a complicação com Beatrice havia deixado minha mente.

Eu não tinha como me recusar a ver a mãe de Beatrice, em especial quando soube que Joanna saíra, mas eu estava, devo confessar, um pouco nervoso diante da perspectiva. Eu esperava sinceramente não ser acusado de brincar com as afeições de Beatrice. Amaldiçoei para mim mesmo as atividades perversas dos autores de cartas anônimas enquanto, em voz alta, mandei que a mãe de Beatrice fosse conduzida à minha presença.

A sra. Baker era uma mulher grande e bronzeada que falava muito rápido. Fiquei aliviado ao não perceber qualquer sinal de raiva ou acusação.

– Eu espero, senhor – disse ela, começando assim que a porta se fechou atrás de Partridge –, que me perdoe a liberdade de vir procurá-lo. Mas achei que o senhor era a pessoa adequada para falar sobre o assunto, e eu ficaria grata se pudesse me dizer o que fazer nas circunstâncias, porque, em minha opinião, alguma coisa deve ser feita, e eu nunca fui de ficar parada sem tomar uma atitude, e o que eu digo é que não adianta ficar se lamentando, é preciso "levantar e agir", como disse o vigário no seu sermão da semana retrasada.

Eu me senti um pouco confuso, como se tivesse perdido algo essencial na conversa.

– É claro – disse eu. – A senhora... não gostaria de se sentar, sra. Baker? Com certeza terei o maior prazer em... ajudá-la da melhor forma que eu puder...

Fiz uma pausa e esperei.

– Muito obrigada, senhor – a sra. Baker se sentou na ponta de uma poltrona. – É muita gentileza sua, sem dúvida. E fico feliz por ter vindo procurá-lo; eu disse para Beatrice, eu disse, e ela gemendo e chorando na cama, o sr. Burton vai saber o que fazer, eu disse, pois é um cavalheiro londrino. E alguma coisa precisa ser feita, porque esses rapazes têm a cabeça muito quente, não dão ouvidos à razão, e não escutam uma palavra do que diz uma moça, e, de qualquer modo, se fosse *eu*, eu digo para Beatrice, eu me livrava logo dele, e a história daquela garota lá na fábrica?

Eu me senti mais desnorteado que nunca.

– A senhora me desculpe, mas não estou entendendo direito. O que aconteceu?

– São as cartas. Essas cartas sujas, indecentes também, usando aquelas palavras e tudo mais. É pior até do que eu já vi na Bíblia.

Percebendo uma linha de pensamento interessante, eu perguntei afoito:

– Sua filha tem recebido mais cartas?

– Ela não, senhor. Ela só recebeu aquela. Aquela que fez com que ela fosse embora daqui.

– Não havia absolutamente nenhuma razão – comecei, mas a sra. Baker respeitosamente me interrompeu com firmeza.

– Não precisa me dizer, senhor, que o que estava escrito eram só mentiras perversas. A srta. Patridge me deu a palavra dela, e na verdade eu mesma teria sabido. O senhor não é esse tipo de cavalheiro, que eu conheço muito bem, e o senhor está inválido e tudo mais. Mentiras perversas e falsas, isso sim, mas ao mesmo tempo eu disse a Beatrice que era melhor ela ir embora porque o senhor sabe como as pessoas falam, senhor. Onde há fumaça, há fogo – é isso que as pessoas dizem. E para uma moça todo cuidado é pouco. E além disso a menina mesma ficou envergonhada por causa das coisas que tinham escrito, então eu falei: "Está bem" para Beatrice quando ela disse que não ia mais voltar aqui, apesar de ter certeza de que nós duas lamentávamos essa inconveniência...

Sem conseguir encontrar a saída dessa frase, a sra. Baker respirou fundo e recomeçou:

– E isso, eu esperava, seria o fim de qualquer conversa maliciosa. Mas agora o George, lá na oficina, aquele com quem a Beatrice anda saindo, ele recebeu uma também. Dizendo coisas terríveis sobre a nossa Beatrice, e como ela tem saído com Tom do Fred Ledbetter, e eu posso garantir ao senhor que essa menina não foi mais que educada com ele, praticamente só o cumprimentou.

Minha cabeça agora estava processando essa nova complicação do Tom do sr. Ledbetter.

– Deixe-me ver se entendi bem. O jovem de Beatrice recebeu uma carta anônima com acusações sobre ela e outro rapaz?

– Isso mesmo, senhor, e não dizia isso de modo simpático, usava palavras horríveis, e deixou o jovem George louco de raiva, deixou sim, e ele foi lá em casa e disse a Beatrice que não ia aceitar esse tipo de coisa dela e que não ia aceitar que ela saísse com outros homens nas suas costas, e ela disse que era tudo mentira, e ele disse que onde há fumaça há fogo, e ele saiu de lá correndo, com aquele temperamento nervoso dele, e a Beatrice ficou arrasada, coitada, e eu disse que ia botar meu chapéu e vir direto falar com o senhor.

A sra. Baker fez uma pausa e olhou para mim com expectativa, como um cão à espera de uma recompensa depois de fazer um truque especialmente inteligente.

– Mas por que procurar a mim? – perguntei.

– E sabia que o senhor tinha recebido uma dessas cartas sujas também, e eu achei, senhor, que sendo um cavalheiro de Londres, o senhor ia saber o que fazer em relação a elas.

– Se eu fosse a senhora, procurava a polícia. Esse tipo de coisa tem de acabar.

A sra. Baker pareceu profundamente chocada.

– Ah, não, eu não poderia procurar a polícia.

– Por que não?

– Eu nunca me meti com a polícia, senhor. Nenhum de nós nunca teve nada a ver com a polícia.

– Provavelmente não. Mas os policiais são as únicas pessoas que podem lidar com esse tipo de coisa. É o trabalho deles.

– Procurar Bert Rundle?

Eu sabia que Bert Rundle era o policial.

– Sem dúvida deve haver um sargento ou inspetor na delegacia.

– Eu, entrar na delegacia?

A voz da sra. Baker expressava reprovação e incredulidade. Eu comecei a me sentir incomodado.

– Esse é o único conselho que posso lhe dar.

A sra. Baker estava em silêncio. Obviamente, não estava convencida. Ela disse com tristeza e gravidade:

– É preciso dar um fim a essas cartas, senhor, é preciso dar um fim nelas. Mais cedo ou mais tarde alguma coisa feia vai acontecer.

– Parece-me que já está acontecendo – disse eu.

– Estou falando em *violência*, senhor. Esses jovens, eles ficam violentos nos seus sentimentos, e os mais velhos também.

– Há muitas cartas dessas circulando por aí? – perguntei.

A sra. Baker assentiu com a cabeça.

– Está ficando cada vez pior. O sr. e a sra. Beadle, lá no Blue Boar, eles sempre foram muito felizes, e agora essas cartas chegam e fazem ele começar a pensar em coisas ruins, coisas que não existem, senhor.

Eu me inclinei para frente.

– Sra. Baker, a senhora tem alguma ideia, qualquer ideia, de quem esteja escrevendo essas cartas abomináveis?

Para minha grande surpresa, ela balançou a cabeça.

– Nós temos uma ideia, senhor. É, todos nós temos uma boa ideia.

– Quem é?

Imaginei que ela pudesse ficar relutante em mencionar um nome, mas ela respondeu de imediato:

– É a sra. Cleat, é isso o que todos achamos, senhor. Com certeza é a sra. Cleat.

Eu ouvira tantos nomes naquela manhã que estava um pouco confuso.

– Quem é a sra. Cleat? – perguntei.

Descobri que a sra. Cleat era a mulher de um jardineiro de idade. Ela morava em uma casa pequena na estrada que levava à fábrica. Minhas pergunta seguintes só obtiveram respostas insatisfatórias. Perguntada por que a sra. Cleat teria escrito essas cartas, a sra. Baker dizia apenas vagamente que "isso era a cara dela!".

No fim, eu me despedi dela reiterando mais uma vez meu conselho de procurar a polícia – conselho que, eu podia ver, não seria seguido pela sra. Baker. Fiquei com a impressão de tê-la desapontado.

Pensei novamente no que ela dissera. Por mais vagos que fossem os indícios, achei que se todo o vilarejo concordava que a sra. Cleat era a culpada, então tendia a ser verdade. Resolvi consultar Griffith sobre a situação toda. Provavelmente ele conhecia essa sra. Cleat. Se julgasse aconselhável, ele ou eu poderia sugerir à polícia que ela estava por trás desse aborrecimento crescente.

Ajustei minha chegada para o momento no qual eu achava que Griffith teria terminado suas consultas. Quando o último paciente saiu, eu entrei no consultório.

– Olá, Burton!

Resumi minha conversa com a sra. Baker e transmiti a ele a convicção de que essa sra. Cleat era a responsável. Mas para minha decepção, Griffith sacudiu a cabeça.

– Não é tão simples assim – disse ele.

– Você não acha que essa sra. Cleat está por trás disso?

– Talvez. Mas eu diria que acho muito improvável.

– Então por que todos eles acham que é ela?

Ele deu um sorriso.

– Ah, você não entende. A sra. Cleat é a bruxa local.

– Meu bom Deus! – exclamei.

– É, soa um tanto estranho hoje em dia, mas ainda assim, é isso mesmo. Você sabe, a ideia de que há certas pessoas, certas famílias, por exemplo, as quais não é sábio ofender permanece viva. A sra. Cleat vem de uma família de "mulheres sábias". E infelizmente ela se esforçou para cultivar a lenda. É uma mulher estranha, com um senso de humor amargo e sardônico. E sempre foi bem fácil para ela fazer isso. Uma criança cortava o dedo ou levava um tombo feio, ou então caía doente com caxumba, e ela sacudia a cabeça e dizia: "É, ele roubou minhas maçãs na semana passada" ou: "Ele puxou o rabo do meu gato". Logo as mães começaram a afastar seus filhos dela, e as outras mulheres passaram a levar mel ou um bolo que tinham preparado para a sra. Cleat com a intenção de cair nas graças dela, de modo que ela não lhes desejasse nada de ruim. É tolice e superstição, mas acontece. Então, agora, naturalmente acham que ela está por trás disso.

– Mas não está?

– Ah, não. Ela não é do tipo. A coisa não é tão simples.

– Você tem alguma ideia? – eu olhei para ele com curiosidade.

– Não – disse ele. – Não sei mesmo. Mas não gosto disso, Burton... isso vai acabar mal.

II

Quando voltei para casa, encontrei Megan sentada nos degraus da varanda com o queixo apoiado nos joelhos.

Ela me cumprimentou com sua habitual falta de cerimônia.

– Oi – disse ela. – Você acha que eu podia almoçar aqui?

– Claro – respondi.

– Se forem costeletas ou alguma coisa difícil assim que não dê para todo mundo, pode me dizer – gritou Megan quando eu fazia a volta para avisar Partridge que seríamos três para o almoço.

Achei que Partridge torceu o nariz. Ela sem dúvida conseguiu fazer entender sem dizer uma palavra sequer, que não tinha aquela srta. Megan em boa conta.

Eu voltei para a varanda.

– Está tudo certo? – perguntou Megan com ansiedade.

– Tudo certo – respondi. – Ensopado irlandês.

– Ah, bem, na verdade isso é meio parecido com comida de cachorro, não é? Quero dizer, é basicamente batatas e tempero.

– Mais ou menos – eu disse.

Peguei minha cigarreira e a ofereci a Megan.

– Quanta gentileza.

– Você não quer um?

– Não, acho que não, mas foi muita gentileza sua me oferecer, como se eu fosse uma pessoa de verdade.

– Você não é uma pessoa de verdade? – perguntei divertido.

Megan, então, sacudiu a cabeça e, mudando de assunto, estendeu uma perna comprida e suja de terra para minha inspeção.

– Eu costurei minhas meias – anunciou com orgulho.

Não sou nenhuma autoridade em costura, mas me ocorreu que aquele remendo amarfanhado numa linha violentamente contrastante talvez não fosse um grande sucesso.

– É muito mais desconfortável que o buraco – disse Megan.

– Parece que sim – concordei.

– Sua irmã costura bem?

Tentei me lembrar se já havia alguma vez observado algum trabalho manual de Joanna nesse sentido.

– Não sei – tive de confessar.

– Bem, o que ela faz quando as meias dela furam?

– Eu acho mesmo – eu disse com relutância – que ela as joga no lixo e compra outro par.

– Muito sensato – disse Megan –, mas eu não posso fazer isso. Agora recebo uma mesada, quarenta libras por ano. Não dá para fazer muita coisa com isso.

Eu concordei.

– Se eu usasse meias pretas, podia pintar minhas pernas – disse Megan com tristeza. – Era isso o que eu sempre fazia na escola. A srta. Batworthy, a professora que nos ensinava a remendar e costurar, era como o nome, cega como um morcego.* Era terrivelmente útil.

– Devia ser – disse eu.

Ficamos em silêncio enquanto eu fumava meu cachimbo. Era um silêncio bastante confortável.

Megan o quebrou dizendo súbita e violentamente:

– Eu imagino que você me ache horrorosa, como todo mundo.

Levei um susto tão grande que meu cachimbo caiu da boca. Era um meerschaum, que começava a ganhar uma bela cor, e se quebrou. Eu disse a Megan, com raiva:

– Agora está vendo o que você fez?

---

* *Bat* significa “morcego”, em inglês, e *worthy*, “digno de, com os méritos de”. (N.T.)

Aquela mais estranha das crianças, em vez de ficar chateada, abriu um sorriso largo.

– Eu gosto de você – disse ela.

Foi uma observação muito afetuosa. Uma observação que alguém imagina que um cachorro diria para seu dono se pudesse falar. Então me ocorreu que Megan, por mais que parecesse um cavalo, tinha a disposição de um cachorro. Ela sem dúvida não era bem humana.

– O que você falou sobre essa catástrofe? – perguntei, enquanto catava com cuidado os fragmentos do meu querido cachimbo.

– Falei que imaginava que você me achava horrível – disse Megan, mas num tom completamente diferente do que usara antes.

– Por que eu acharia isso?

Megan disse com gravidade:

– Porque eu sou.

Eu disse com veemência:

– Não seja burra.

Megan sacudiu a cabeça.

– É isso mesmo. Na verdade, eu não sou burra. As pessoas acham que sou. Não sabem que por dentro eu sei bem como elas são e sinto ódio por elas o tempo todo.

– Sente *ódio* por elas?

– É – disse Megan.

Seus olhos, olhos melancólicos e sem a inocência infantil, me encararam vazios dentro de meus olhos, sem piscar. Foi um olhar longo e muito triste.

– Você odiaria as pessoas se fosse como eu – disse ela. – Se não fosse querido.

– Não acha que está sendo um tanto mórbida? – perguntei.

– É. É isso o que as pessoas sempre dizem quando você fala a verdade. E é verdade. Não sou querida e posso muito bem ver por quê. A mamãe não gosta nem um pouco de mim. Acho que eu a faço lembrar de meu pai, que foi horrível com ela e muito mau, pelo que ouço dizer. Só que as mães não podem dizer que não querem seus filhos e ir embora. Nem comê-los. Os gatos comem os filhotes de que não gostam. Acho muito sensato. Sem desperdício ou sujeira. Mas as mães humanas têm de ficar com os filhos e cuidar deles. Não era tão ruim enquanto eu podia ser mandada para o colégio... mas sabe, o que a mamãe queria realmente é que fossem apenas ela, meu padrasto e os meninos.

Eu disse devagar:

– Ainda acho que você é mórbida, Megan, mas admitindo que parte do que você diz seja verdade, porque não vai embora, viver sua própria vida?

– Você diz ter uma carreira e ganhar meu sustento?

– É.

– Mas fazer o quê?

– Você pode aprender alguma coisa, eu acho. Taquigrafia, datilografia, contabilidade...

– Não acredito que consiga. Sou burra para fazer as coisas. E além disso...

– O quê?

Ela tinha afastado o olhar e agora voltava o rosto lentamente em minha direção outra vez. Ele estava vermelho e havia lágrimas em seus olhos. Ela agora falava com toda a infantilidade de volta na voz:

– Por que eu deveria ir embora? Por que deveria ser levada a ir embora? Eles não me querem, mas eu vou *ficar*. Vou ficar e fazer todo mundo se arrepender. Vou fazer todos eles se arrependerem. Porcos detestáveis! Odeio todo mundo aqui em Lymstock. Todos acham que sou burra e feia. Eu vou mostrar a eles. Eu vou mostrar a eles. Vou...

Era uma fúria infantil e patética.

Ouvi um passo no cascalho do outro lado da casa.

– Levante-se – eu disse com raiva. – Entre na casa, passe pela sala de visitas, suba até o segundo andar e vá até o banheiro. Fica no fim do corredor. E lave o rosto. Rápido.

Ela pulou de pé de modo desajeitado e saltou pela janela quando Joanna surgiu do outro lado da casa.

– Nossa, estou com calor – exclamou. Ela se sentou ao meu lado e abanou o rosto com o lenço tirolês que envolvia sua cabeça. – Mas acho que agora estou amaciando esses malditos sapatos. Eu andei quilômetros. Aprendi uma coisa: você não deve ter esses furos elegantes nos sapatos por aqui. Mato e espinho passam por eles. Sabe, Jerry, acho que nós devíamos arranjar um cachorro.

– Eu também – disse eu. – Ah, mudando de assunto, Megan vem almoçar com a gente.

– Ela vem? Bom.

– Você gosta dela? – perguntei.

– Acho que ela é uma criança que foi trocada pelas fadas – disse Joanna. – Sabe, deixada na porta enquanto as fadas levavam embora a certa. É muito interessante conhecer uma criança dessas. Ufa, eu preciso subir e me lavar.

– Espere um pouco – disse eu. – Megan está no banheiro se lavando.

– Ah, ela também caminhou muito, é?

Joanna pegou o espelho e olhou para seu rosto atentamente por um bom tempo.

– Acho que não gosto deste batom – anunciou ela em seguida.

Megan saiu pela janela. Estava composta, razoavelmente limpa e não mostrava sinais da tempestade recente. Ela olhou para Joanna, desconfiada.

– Olá – disse Joanna, ainda preocupada com seu rosto. – Estou tão contente que você tenha vindo para o almoço. Meu bom Deus, eu tenho uma sarda no nariz. Preciso fazer alguma coisa em relação a isso. As sardas são tão sérias e escocesas.

Partridge emergiu da casa e disse friamente que o almoço estava servido.

– Vamos lá – disse Joanna enquanto se levantava. – Estou faminta.

Ela deu o braço a Megan, e elas entraram juntas na casa.

CAPÍTULO 5

I

Percebo que houve uma omissão em minha história. Até agora, fiz pouca ou nenhuma menção à sra. Dane Calthrop, ou mesmo ao reverendo Caleb Dane Calthrop.

E, apesar disso, tanto o vigário quanto sua esposa eram personalidades eminentes. Dane Calthrop talvez fosse mais afastado da vida cotidiana do que qualquer pessoa que eu tenha conhecido. Sua existência estava nos seus livros e estudos e no conhecimento profundo da história da origem da Igreja. A sra. Dane Calthrop, por outro lado, era assustadoramente vigilante. Talvez eu tenha evitado mencioná-la de propósito porque desde o início fiquei com um pouco de medo dela. Era uma mulher de personalidade e de um conhecimento quase olímpico. Não era em nada a típica esposa de um vigário – mas isso, agora que escrevo, faz com que eu me pergunte: o que eu sei sobre esposas de vigários?

A única de quem me lembro bem era uma criatura quieta e sem graça dedicada a um marido grande e forte com um estilo magnético de pregar. Ela tinha tão pouca cultura geral que era um mistério saber como manter uma conversa com ela.

Fora isso, eu contava apenas com as descrições ficcionais de esposas de vigários, caricaturas de mulheres que metiam o nariz em toda parte e diziam apenas lugares-comuns. Esse tipo provavelmente não existe.

A sra. Dane Calthrope nunca meteu seu nariz em lugar nenhum, mas mesmo assim tinha uma capacidade extraordinária de saber as coisas, e eu logo descobri que quase todo mundo no vilarejo tinha um pouco de medo dela. Ela não dava conselhos e nunca interferia, ainda assim, representava para qualquer consciência pesada a personificação da divindade.

Nunca vi mulher tão indiferente a suas condições materiais. Em dias quentes, ela saía por aí vestida de tweed Harris e, embaixo de chuva e até de granizo, eu já a vi descer distraída a rua do vilarejo em um vestido de algodão com papoulas estampadas. Tinha um rosto magro e comprido, de raça boa como um galgo e com uma sinceridade absolutamente devastadora em suas palavras.

Ela me parou na High Street no dia seguinte ao que Megan veio almoçar. Tive a sensação habitual de surpresa, porque o movimento da sra. Dane Calthrop se parecia mais com corrida do que com andar, e seus olhos estavam sempre fixos no horizonte longínquo para que você tivesse certeza de que seu objetivo real estava a cerca de dois quilômetros de distância.

– Ah! Sr. Burton!

Ela disse aquilo de modo muito triunfante, como diria alguém que tivesse solucionado um quebra-cabeça especialmente inteligente.

Admiti ser o sr. Burton, e a sra. Dane Calthrop parou de focar o horizonte e pareceu em vez disso tentar se focar em mim.

– Agora sobre o que – disse ela – eu queria mesmo falar com o senhor?

Não pude ajudá-la com isso. Ela permaneceu com o rosto fechado, extremamente concentrada.

– Algo um tanto sórdido – disse ela.

– Sinto muito por isso – disse, surpreso.

– Ah! – exclamou a sra. Dane Calthrop. – Odeio meu amor com A!* É isso. Cartas anônimas. Que história é essa de cartas anônimas que o senhor trouxe para cá?

– Eu não trouxe. Já estava aqui.

– Mas ninguém recebeu nenhuma até o senhor chegar – disse, de modo acusador, a sra. Dane Calthrop.

– Ah, mas algumas pessoas receberam sim, sra. Dane Calthrop. O problema já havia começado.

– Minha nossa – disse ela. – Eu não gosto disso.

Ela ficou ali parada, os olhos vazios e distantes de novo, então falou:

– Não posso deixar de sentir que isso é totalmente *errado*. Não somos desse jeito aqui. Inveja, é claro, e malícia, e muitos pecadilhos mesquinhos e odiosos. Mas eu não achava que haveria alguém que fizesse isso. Não, eu não achava mesmo. E isso me deixa aflita, sabe, porque *eu* deveria saber.

* Brincadeira infantil com palavras. Os jogadores vão dizendo *I hate my love with an A because*, ou *I love my love with an A because* (odeio meu amor com a letra A porque...; amo meu amor com a letra A porque...), e a cada letra o jogador deve escolher um defeito ou qualidade que comece com essa letra. (N.T.)

Seus olhos pequenos retornaram do horizonte e se encontraram com os meus. Estavam preocupados e pareciam tomados do espanto e confusão como os de uma criança.

– Como a senhora poderia saber? – perguntei.

– Normalmente eu sei. Sempre senti que essa é minha função. Caleb prega uma doutrina boa e honrada e administra os sacramentos. É o seu dever de sacerdote, mas se você aceita se casar com um sacerdote, então eu acho que é a obrigação da esposa saber o que as pessoas estão sentindo e pensando, mesmo que ela não possa fazer nada em relação a isso. E eu não tenho a mínima ideia de que cabeça...

Ela parou de repente e acrescentou distraída:

– Elas também são cartas tão tolas.

– A senhora já... recebeu alguma?

Fiz essa pergunta com certa reserva, mas a sra. Dane Calthrop respondeu com absoluta naturalidade, com os olhos um pouco arregalados.

– Ah, já, duas... não, três. Eu me esqueci do que elas diziam exatamente. Acho que era algo bem bobo sobre Caleb e a professora da escola, creio. Bem absurdo, porque Caleb não tem muito gosto por fornicação. Nunca teve. É muita sorte para um clérigo.

– É verdade – concordei. – É verdade.

– Caleb seria um santo se fosse um pouquinho menos intelectual.

Eu não me senti qualificado para responder a essa observação, e de qualquer modo a sra. Dane Calthrop prosseguiu, saltando de volta do marido para as cartas de um jeito um tanto enigmático.

– Há muitas coisas que essas cartas podiam dizer mas não dizem. Isso é muito curioso.

– Eu jamais poderia imaginar que elas pudessem estar erradas por serem contidas – disse eu com amargura.

– Mas elas não parecem saber de nada. Nenhuma das coisas verdadeiras.

– O que a senhora quer dizer com isso?

Aqueles olhos pequenos e distantes se encontraram com os meus.

– Bem, claro. Há bastante adultério por aqui e tudo mais. Uma boa quantidade de segredos vergonhosos. Por que o autor das cartas não usa esses? – ela fez uma pausa e então perguntou de supetão: – O que disseram na sua carta?

– Sugeriram que minha irmã não era minha irmã.

– E ela é?

A sra. Dane Calthrop fez a pergunta com um interesse amistoso sem constrangimento.

– Claro que Joanna é minha irmã.

A sra. Dane Calthrop assentiu com a cabeça.

– Isso só prova o que eu estou dizendo. Eu ouso dizer que há outras coisas...

Seus olhos claros e desinteressados me encararam pensativos, e eu de repente compreendi por que Lymstock tinha medo da sra. Dane Calthrop.

Na vida de todo mundo há capítulos ocultos que espera-se que nunca sejam conhecidos. Senti que a sra. Dane Calthrop os conhecia.

Pela primeira vez em minha vida fiquei contente quando ouvi a voz animada de Aimée Griffith:

– Olá, Maud! Que bom encontrar você. Eu queria mudar a data do bazar de caridade. Bom dia, sr. Burton.

Ela prosseguiu:

– Eu preciso dar um pulo na mercearia para deixar minha lista de compras, depois, se quiser, posso encontrar você no instituto.

– Claro, claro, está combinado – disse a sra. Dane Calthrop.

Aimée Griffith entrou na International Stores.

A sra. Dane Calthrop disse:

– Coitadinha.

Fiquei intrigado. Sem dúvida ela não podia ter pena de Aimée.

– Sabe, sr. Burton, eu tenho medo...

– Sobre essa história das cartas?

– É. Sabe, isso significa, tem de significar... – ela fez uma pausa, perdida em seus pensamentos, os olhos confusos. Então disse devagar, como se estivesse solucionando um problema: – Ódio cego... é, ódio cego. Mas até um cego pode esfaquear alguém no coração por puro acaso... e o que aconteceria então, sr. Burton?

Nós iríamos descobrir antes que o outro dia terminasse.

II

Foi Partridge quem trouxe a notícia da tragédia. Partridge adora calamidades. Seu nariz sempre treme em êxtase quando tem de dar qualquer tipo de má notícia.

Quando entrou no quarto de Joanna, seu nariz fazia hora extra, os olhos brilhavam e os cantos da boca estavam muito caídos em tristeza exagerada.

– As notícias hoje são terríveis, senhorita – observou enquanto levantava as persianas.

De manhã, Joanna, com seus hábitos londrinos, precisa de um ou dois minutos para ficar completamente consciente.

– Ah – disse ela. E rolou para o lado sem qualquer interesse.

Partridge pousou o chá matinal ao lado dela e recomeçou:

– É terrível. Chocante! Eu mal pude acreditar quando soube.

– O que é terrível? – perguntou Joanna enquanto lutava para despertar.

– Coitada da sra. Symmington – ela fez uma pausa dramática. – Morta.

– Morta? – Joanna se ergueu na cama, agora bem acordada.

– Sim, senhorita, ontem à tarde, e o que é pior, ela tirou a própria vida.

– É verdade, Partridge?

Joanna ficou muito chocada. A sra. Symmington, de algum modo, não era o tipo de pessoa que alguém associaria a tragédias.

– Sim, senhorita, é verdade. Ela teve a intenção mesmo. Mas também ela acabou levada a isso, pobre alma.

– Levada a isso? – Joanna então pressentiu a verdade. – Não...

Seus olhos interrogaram Partridge, e esta assentiu com a cabeça.

– Isso mesmo. Uma daquelas cartas sujas.

– O que ela dizia?

Mas, para a infelicidade de Partridge, ela não tinha conseguido descobrir.

– São coisas abomináveis – disse Joanna. – Mas não vejo por que fariam alguém querer se matar.

Partridge torceu o nariz e disse, cheia de intenção:

– Não a menos que fossem *verdade*, senhorita.

– Oh – disse Joanna.

Ela bebeu o chá depois que Partridge deixou o quarto, então vestiu um penhoar e veio me contar a notícia.

Eu pensei no que Owen Griffith dissera. Mais cedo ou mais tarde o tiro no escuro ia acertar o alvo. Ele fizera isso com a sra. Symmington. Ela, aparentemente a mulher mais improvável, tinha um segredo... Era verdade, refleti, que apesar de toda a sua perspicácia não era uma mulher de muita força. Era o tipo anêmico e sem iniciativa que se dobra com facilidade.

Joanna me cutucou e perguntou em que eu estava pensando.

Repeti para ela o que Owen dissera.

– Claro – disse Joanna com irritação – que ele sabia o que ia acontecer. Esse homem acha que sabe tudo.

– Ele é inteligente – observei.

– Ele é presunçoso – disse Joanna, e acrescentou: – Terrivelmente presunçoso.

Depois de um minuto ou dois, ela disse:

– Que horrível para seu marido e para a menina! Como você acha que Megan vai se sentir em relação a isso?

Eu não tinha a menor ideia e disse isso. Era curioso que ninguém pudesse jamais adivinhar o que Megan ia pensar ou sentir.

Joanna balançou a cabeça e disse:

– Não, ninguém nunca sabe, quando se trata de crianças trocadas por fadas.

Depois de um minuto ou dois, ela disse:

– Você acha... você gostaria... será que ela gostaria de vir e ficar um ou dois dias aqui conosco? É um choque e tanto para uma garota da idade dela.

– Nós podemos ir lá e sugerir isso – concordei.

– Os meninos estão bem – disse Joanna. – Eles têm aquela mulher, a governanta. Mas eu acho que ela é o tipo de criatura que levaria alguém como Megan à loucura.

Achei que aquilo era bem possível. Eu podia imaginar Elsie Holland proferindo chavão atrás de chavão e sugerindo infindáveis xícaras de chá. Era uma criatura amável, mas não, eu achava, a pessoa certa para cuidar de uma garota sensível.

Eu já tinha pensado em trazer Megan e afastá-la de lá, e fiquei feliz que Joanna tivesse pensado naquilo espontaneamente, sem que eu precisasse sugerir.

Fomos até a casa dos Symmington depois do café da manhã.

Estávamos um pouco nervosos, nós dois. Nossa chegada podia parecer pura curiosidade mórbida. Por sorte nós nos deparamos com Owen Griffith, saindo pelo portão. Ele parecia aflito e preocupado.

Entretanto, ele me cumprimentou com alguma simpatia.

– Oh, olá, Burton. É bom ver você. O que eu temia que mais cedo ou mais tarde acontecesse, aconteceu. Que negócio desgraçado!

– Bom dia, dr. Griffith – disse Joanna, com a voz que reserva para uma de nossas tias mais surdas.

Griffith se assustou e enrubesceu.

– Ah... ah, bom dia, srta. Burton.

– Achei que talvez – disse Joanna – o senhor não tivesse me visto.

Owen Griffith ficou ainda mais vermelho. Sua timidez o envolveu como um manto.

– Eu... eu... sinto muito... estou preocupado... não...

Joanna seguiu em frente sem piedade.

– Afinal de contas, eu *sou* do tamanho normal.

– Mas só tamanho PP – observei em seu ouvido com rispidez, então continuei: – Minha irmã e eu, Griffith, gostaríamos de saber se seria uma boa ideia a menina ficar conosco por um ou dos dias. O que você acha? Não quero me intrometer, mas deve ser terrível para a coitadinha. Como será que Symmington receberia essa proposta? O que você acha?

Griffith pensou bem no assunto por um ou dois instantes.

– Acho que seria algo excelente – disse por fim. – Ela é uma menina estranha e nervosa, e seria bom se pudesse se afastar disso tudo. A srta. Holland está sendo maravilhosa, está cuidando muito bem dela, mas na verdade já tem muito a fazer com os dois meninos e com o próprio Symmington. Ele está muito arrasado, está desnorteado.

– Foi – hesitei – suicídio?

Griffith assentiu com a cabeça.

– Foi, sim. Não há hipótese de ter sido acidente. Ela escreveu: "Não posso mais" em um pedaço de papel. A carta deve ter chegado no correio de ontem à tarde. O envelope estava no chão ao lado da poltrona dela, e a carta estava amassada em uma bola e jogada na lareira.

– O que...

Eu parei, bem horrorizado comigo mesmo.

– Me desculpe.

Griffith deu um sorriso triste e rápido.

– Não há problema em perguntar. A carta terá de ser lida no inquérito, mesmo. Por pior que seja, não dá para evitar. Era o mesmo tipo de coisa de sempre, expresso no mesmo estilo asqueroso. A acusação específica era que o segundo menino, Colin, não seria filho de Symmington.

– Você acha que isso é verdade? – perguntei com incredulidade.

Griffith deu de ombros.

– Não tenho como fazer um julgamento. Só estou aqui há cinco anos. Pelo que eu vi, os Symmington eram um casal tranquilo e feliz, dedicado um ao outro e aos filhos. É verdade que o menino não se parece em especial com os pais, ele tem cabelo bem ruivo, por exemplo, mas a aparência de uma criança muitas vezes remete a um avô ou uma avó.

– A falta de semelhança pode ter sido o que motivou essa acusação em particular. Uma mentira suja e absolutamente indesejável lançada ao acaso.

– É bem possível. Na verdade, é provável. Não há muito conhecimento dos fatos por trás dessas cartas sujas, apenas maldade e rancor desenfreados.

– Mas essa acabou acertando o alvo – disse Joanna. – Afinal, do contrário, ela não teria se matado, teria?

Griffith disse, cheio de dúvida:

– Não estou bem certo. Há algum tempo ela não andava bem de saúde, estava neurótica, histérica. Eu a estava tratando como doente. É possível, eu acho, que o choque de receber tal carta, escrita nos termos em que foi, a tenha induzido a tamanho estado de pânico e desalento que ela tenha decidido acabar com a própria vida. Ela talvez tenha sido levada a sentir que o marido poderia não acreditar se ela negasse a história, e a vergonha e a repugnância podem ter agido sobre ela de forma tão poderosa que tenha levado a um desequilíbrio temporário de seu bom juízo.

– Suicídio cometido durante perda temporária das faculdades mentais – disse Joanna.

– Exato. Seria absolutamente razoável, acho, se eu expressasse esse ponto de vista no inquérito.

– Sei – disse Joanna.

Havia algo na voz dela que fez Owen dizer com voz raivosa:

– Absolutamente razoável! – e acrescentou: – Não concorda, srta. Burton?

– Ah, sim, concordo – disse Joanna. – Eu faria exatamente o mesmo no seu lugar.

Owen olhou desconfiado para ela, então começou a se afastar lentamente pela rua. Joanna e eu seguimos na direção da casa.

A porta da frente estava aberta e nos pareceu mais fácil entrar do que tocar a campainha, especialmente quando ouvimos a voz de Elsie Holland lá dentro.

Ela estava falando com o sr. Symmington que, encolhido em uma poltrona, parecia completamente entorpecido.

– Não, mas precisa mesmo comer alguma coisa, sr. Symmington. O senhor não tomou café da manhã, não o que eu chamo de café da manhã apropriado, e não comeu nada ontem à noite, e com esse choque e tudo mais, o senhor vai acabar ficando doente, e o senhor vai precisar de todas as suas forças. O médico disse isso antes de ir embora.

Symmington disse com uma voz inexpressiva:

– É muito gentil, srta. Holland, mas...

– Uma boa xícara de chá quente – disse Elsie Holland, empurrando a bebida para ele com firmeza.

Se fosse por mim, eu teria dado ao pobre diabo um uísque com soda bem forte. Ele parecia precisar de um. Entretanto, aceitou o chá e disse, enquanto erguia os olhos para Elsie Holland:

– Não posso agradecê-la o suficiente por tudo o que fez e está fazendo, srta. Holland. A senhorita tem sido absolutamente esplêndida.

A moça corou e pareceu satisfeita.

– É bondade sua dizer isso, sr. Symmington. O senhor deve me deixar fazer tudo o que puder para ajudar. Não se preocupe com as crianças. Vou cuidar delas e consegui acalmar os criados, e se houver algo que eu possa fazer, escrever cartas ou dar telefonemas, não hesite em me pedir.

– A senhorita é muito gentil – tornou a dizer Symmington.

Elsie Holland se virou, nos avistou e foi correndo até o vestíbulo.

– Não é terrível? – perguntou ela em um murmúrio abafado.

Enquanto olhava para ela, pensei que na verdade era uma garota muito boa. Simpática, competente e prática em uma emergência. Seus olhos azuis magníficos estavam apenas levemente rosados nas bordas, mostrando que ela tinha sido compassiva o suficiente para derramar lágrimas pela morte de sua patroa.

– Podemos falar com você um minuto? – perguntou Joanna. – Não queremos perturbar o sr. Symmington.

Elsie Holland assentiu compreensivamente com a cabeça e nos conduziu à sala de jantar do lado oposto do vestíbulo.

– Está sendo horrível para ele – disse ela. – Um choque enorme. Quem conseguiria imaginar que uma coisa dessas pudesse acontecer? Mas claro, agora eu me dou conta de que ela andava estranha há algum tempo. Muito nervosa e chorando à toa. Achei que fosse sua saúde, apesar de o dr. Griffith sempre dizer que na verdade não havia nada de errado com ela. Mas ela andava nervosa e se irritava com facilidade, e certos dias você não sabia nem como se dirigir a ela.

– Na verdade nós viemos aqui – disse Joanna – para saber se podíamos ficar com Megan por um ou dois dias, isto é, se ela quisesse vir.

Elsie Holland demonstrou grande surpresa.

– Megan? – perguntou ela, desconfiada. – Não sei, não sei bem. Quero dizer, é muita gentileza de sua parte, mas ela é uma garota tão estranha. Ninguém nunca sabe o que ela vai dizer ou como vai reagir às coisas.

Joanna disse de modo um tanto vago:

– Achamos que pudesse ajudar talvez.

– Bem, em relação a isso, ajudaria sim. Quero dizer, tenho de cuidar dos meninos (agora eles estão com a cozinheira, claro) e do coitado do sr. Symmington, que precisa de cuidados tanto quanto qualquer um, e tenho muita coisa para fazer e cuidar. Na verdade, não pude dar muita atenção a Megan. Acho que ela está lá em cima no velho quarto das crianças. Ela parece querer fugir de todo mundo. Não sei se...

Joanna me deu o mais discreto dos olhares. Eu saí rapidamente do aposento e subi as escadas.

O velho quarto das crianças ficava no alto da casa. Eu abri a porta e entrei. Embaixo, a sala dava para o jardim e estava com persianas levantadas. Mas nesse quarto que dava para a estrada, elas estavam impecavelmente baixas.

Avistei Megan através de uma penumbra cinzenta e escura. Estava encolhida em um divã encostado contra a parede do fundo, e imediatamente pensei em um animal apavorado se escondendo. Ela parecia petrificada de medo.

– Megan – eu chamei.

Andei em sua direção e inconscientemente adotei o tom que se adota quando se quer tranquilizar um bicho assustado. Ainda estou surpreso que não tenha oferecido uma cenoura ou um torrão de açúcar. Eu me sentia assim.

Ela me olhou fixamente, mas não se moveu, e sua expressão não se alterou.

– Megan – tornei a dizer –, Joanna e eu viemos perguntar se você gostaria de vir e ficar conosco por um tempinho.

A voz dela saiu baixa e irreal do meio daquelas sombras turvas.

– Ficar com vocês? Na sua casa?

– É.

– Quer dizer, vocês vão me tirar daqui?

– Isso, querida.

De repente ela começou a tremer toda. Foi assustador e muito comovente.

– Por favor, me levem daqui, sim! Por favor. É tão terrível estar aqui, me sentindo tão má.

Eu me aproximei dela, e suas mãos se agarraram à manga de meu paletó.

– Sou uma covarde horrorosa. Não sabia como eu era covarde.

– Tudo bem, engraçadinha – disse eu. – Essas coisas deixam qualquer um abalado. Vamos.

– Podemos ir já? Sem esperar um minuto?

– Bem, imagino que você tenha de arrumar algumas coisas.

– Que tipo de coisas? Por quê?

– Minha cara menina – disse eu –, podemos providenciar cama, banho e o resto das coisas. Mas Deus me livre emprestar minha escova de dentes a você!

Ela deu um risinho muito fraco e tímido.

– Entendi. Acho que estou burra hoje. Não se incomode com isso. Vou lá fazer uma mala. Vocês... vocês não vão embora? Vão esperar por mim?

– Vou esperar você na porta.

– Obrigada. Muito obrigada. Desculpe eu estar tão burra. Mas sabe, é muito horrível quando sua mãe morre.

– Eu sei – disse eu.

Dei um tapinha amistoso em suas costas, e ela me lançou um olhar agradecido e desapareceu dentro de um quarto. Eu fui lá para baixo.

– Encontrei Megan – eu avisei. – Ela está vindo.

– Ah, agora, isso *é* uma coisa boa! – exclamou Elsie Holland. – Vou eu mesma buscá-la. Ela é uma garota bem nervosa, vocês sabem. Difícil. Vai ser um grande alívio sentir que não tenho de me preocupar com ela como com todo o resto. É muita gentileza sua, srta. Burton. Espero que ela não seja um incômodo. Ah, nossa, o telefone. Preciso ir atendê-lo. O sr. Symmington não está em condições.

Ela saiu apressada da sala.

– Um verdadeiro anjo da guarda.

– Você disse isso de um jeito um tanto maldoso – observei. – Ela é uma garota boa e amável, e obviamente bastante competente.

– Bastante. E ela sabe disso.

– Isso não é justo, Joanna.

– Você quer dizer: "Por que ela não deveria fazer o que faz"?

– Exatamente.

– Nunca aguentei gente muito satisfeita consigo mesma – disse Joanna. – Isso desperta meus piores instintos. Como estava Megan quando você a encontrou?

– Encolhida num quarto escuro, parecendo uma gazela ferida.

– Pobre menina. Ela ficou com vontade de vir?

– Ela decidiu no ato.

Uma série de baques surdos no vestíbulo anunciou que Megan estava descendo com sua mala. Saí e a ajudei com a bagagem. Joanna, atrás de mim, disse com pressa:

– Vamos. Já tive de recusar uma boa xícara de chá duas vezes.

Saímos e fomos para o carro. Incomodou-me o fato de Joanna ter de botar a mala lá dentro. Eu agora conseguia me virar com apenas uma muleta, mas não era capaz de fazer qualquer proeza atlética.

– Entre – eu disse para Megan.

Ela entrou, e eu a segui. Joanna ligou o carro e partimos.

Chegamos a Little Furze e entramos na sala de estar.

Megan caiu em uma poltrona e irrompeu em lágrimas. Chorava com o fervor sincero de uma criança – berrava, creio, é a palavra certa. Saí da sala e fui em busca de um remédio. Joanna ficou lá se sentindo um tanto impotente, eu acho.

Naquele instante, ouvi Megan dizer com voz rouca e abafada:

– Sinto muito por fazer isso. Parece tão idiota.

– De jeito nenhum – disse Joanna, de um jeito amável. – Tome outro lenço.

Deduzi que ela tinha fornecido o artigo necessário. Eu voltei à sala e entreguei a Megan um copo cheio até a borda.

– O que é isso?

– Um coquetel – respondi.

– É? É mesmo? – as lágrimas de Megan secaram instantaneamente. – Nunca bebi um coquetel.

– Há sempre uma primeira vez para tudo – eu falei.

Megan provou seu drinque devagar, então um sorriso radiante abriu-se em seu rosto, ela jogou a cabeça para trás e tomou tudo em um só gole.

– É muito bom – disse ela. – Posso beber outro?

– Não – respondi.

– Por que não?

– Você provavelmente vai saber em cerca de uns dez minutos.

– Oh!

Megan transferiu sua atenção para Joanna.

– Eu sinto mesmo muito por ter provocado todo esse incômodo de ficar aqui chorando e gemendo desse jeito. Não consigo imaginar por quê. Parece uma grande bobagem quando estou tão feliz de estar aqui.

– Está tudo bem – disse Joanna. – Estamos muito contentes em receber você.

– Não pode ser. É só gentileza de sua parte. Mas estou agradecida.

– Por favor, não fique agradecida – disse Joanna. – Isso vai me deixar sem graça. Eu estava falando a verdade quando disse que estamos muito contentes em receber você. Jerry e eu já gastamos toda a nossa conversa. Não conseguimos pensar em mais nada para dizer um ao outro.

– Mas agora – disse eu – vamos poder ter todo o tipo de discussão interessante, sobre Goneril e Regan e coisas assim.

– Eu tenho pensado nisso, e acho que sei a resposta. Foi porque aquele pai velho horroroso delas exigia muita bajulação e puxação de saco. Quando você precisa dizer obrigada e essas coisas o tempo todo, isso faz você ficar um pouco estragado e esquisito por dentro, e você pode começar a desejar ser desagradável e rude de vez em quando. E, quando surge a chance, você provavelmente vai ver que ela subiu à sua cabeça e que você foi longe demais. O velho Lear era bem terrível, não era? Quero dizer, ele mereceu o desprezo de Cordélia.

– Eu vejo – disse eu – que vamos ter muitas discussões interessantes sobre Shakespeare.

– Acho que vocês dois vão ficar muito intelectuais – disse Joanna. – Infelizmente, sempre acho Shakespeare muito cansativo, com todas aquelas cenas longas nas quais todo mundo está bêbado e que supostamente deveriam ser engraçadas.

– Por falar em beber, como você está se sentindo? – perguntei a Megan.

– Muito bem, obrigada.

– Não está nem um pouco tonta? Não está vendo duas Joannas nem nada assim?

– Não. Só sinto como se tivesse com vontade de falar muito.

– Esplêndido – falei. – Obviamente você é uma de nossas bebedoras naturais. Quer dizer, se esse foi mesmo seu primeiro coquetel.

– Ah, foi, sim.

– Uma cabeça boa e forte é um bom recurso para qualquer ser humano – disse eu.

Joanna subiu com Megan ao segundo andar para desfazer sua mala.

Partridge entrou, com cara amarrada, disse que tinha preparado só dois pudins pequenos para a sobremesa do almoço e perguntou o que deveria fazer para resolver o problema.

CAPÍTULO 6

I

A audiência do inquérito foi realizada três dias mais tarde. Tudo foi feito do modo mais decoroso possível, mas havia um público grande e, como observou Joanna, os chapéus das mulheres não paravam de se mover.

O horário da morte da sra. Symmington foi determinado como entre três e quatro da tarde. Ela estava sozinha em casa. Symmington tinha ido para o escritório, as empregadas estavam de folga, Elsie Holland e as crianças estavam passeando, e Megan tinha saído de bicicleta.

A carta deve ter chegado pelo correio da tarde. A sra. Symmington provavelmente a pegou na caixa de correspondência e leu seu conteúdo. Depois disso, em estado de agitação, foi até o barracão do jardineiro, apanhou um pouco de cianeto guardado ali para eliminar ninhos de vespa, dissolveu-o em água e o bebeu após escrever aquelas últimas palavras perturbadas: "Não posso mais...".

Owen Griffith apresentou evidências médicas e destacou a opinião que havia resumido para nós sobre a condição nervosa e a falta de resistência da sra. Symmington. O investigador foi delicado e discreto. Falou com uma condenação amarga sobre as pessoas que escrevem essas coisas desprezíveis, cartas anônimas. Quem quer que tivesse escrito aquela carta vil e mentirosa era moralmente culpado de assassinato, disse. Ele esperava que a polícia logo descobrisse o responsável e tomasse as providências contra ele ou ela. Uma vileza covarde e sórdida como aquela merecia ser punida com o maior rigor da lei. Conduzido por ele, o júri chegou ao veredicto inevitável: suicídio durante perda temporária da razão.

O investigador fez seu melhor – Owen Griffith também – mas depois, preso em meio à multidão de mulheres ansiosas do vilarejo, ouvi o mesmo murmúrio sibilante horroroso que começava a conhecer tão bem: "Onde há fumaça, há fogo, é isso o que eu sempre digo!", "Devia ter alguma coisa verdadeira naquela carta. Do contrário, ela nunca teria feito isso..."

Por um instante apenas, odiei Lymstock e seu provincianismo e suas mulheres que fofocavam em voz baixa.

II

É difícil se lembrar das coisas em sua ordem cronológica exata. O marco importante seguinte, é claro, foi a visita do superintendente Nash. Mas foi antes disso, eu acho, que recebemos visitas de vários membros da comunidade, cada um deles interessante a seu modo e lançando alguma luz sobre o caráter e a personalidade das pessoas envolvidas.

Aimée Griffith veio na manhã seguinte à audiência de inquérito. Parecia, como sempre, radiante de saúde e vigor e conseguiu, como sempre, me animar quase imediatamente. Joanna e Megan não estavam, então fiz as honras da casa.

– Bom dia – disse a srta. Griffith. – Ouvi dizer que Megan Hunter está aqui com vocês.

– Está sim.

– É muita bondade sua, tenho certeza. Deve ser um grande estorvo para vocês. Vim dizer que, se quiserem, ela pode ficar com a gente. Eu diria que posso encontrar maneiras de fazê-la útil lá em casa.

Olhei para Aimée Griffith com boa dose de desagrado.

– É muita gentileza sua, mas gostamos de tê-la aqui. Ela tem andado por aí bem satisfeita.

– Imagino que sim. Essa criança gosta muito de andar por aí sem fazer nada. Mas acho que ela não pode evitar, já que é praticamente retardada.

– Eu acho que ela é uma moça bem inteligente – disse eu.

Aimée Griffith me lançou um olhar severo.

– É a primeira vez que ouço alguém dizer isso dela – observou. – Nossa, quando você fala com ela, ela olha para você como se não entendesse o que está dizendo.

– Provavelmente ela apenas não está interessada – disse eu.

– Se a razão é essa, ela é muito mal-educada.

– Isso pode ser, mas não retardada.

A srta. Griffith declarou prontamente:

– No máximo, é alguém que se deixa levar por seus devaneios. O que Megan precisa é de trabalho duro, algo que lhe dê um interesse na vida. Não faz ideia da diferença que isso faz para uma garota. Conheço bem as garotas. É surpreendente a diferença que o simples fato de se tornar uma guia de excursões pode fazer para uma moça. Megan é velha demais para passar o tempo todo perambulando por aí sem fazer nada.

– Até agora tem sido bem difícil para ela fazer qualquer coisa – disse eu. – A sra. Symmington sempre pareceu achar que Megan tinha uns doze anos de idade.

A srta. Griffith bufou.

– Eu sei. Nunca tive paciência com essa atitude. Claro, agora ela está morta, coitada, por isso ninguém gosta de falar muito. Mas ela era o exemplo perfeito do que eu chamo de tipo doméstico sem inteligência. Bridge, fofoca e filhos, e até aí era a srta. Holland quem tomava conta deles. Acho que nunca gostei muito da sra. Symmington, apesar de, é claro, jamais ter suspeitado da verdade.

– Da verdade? – perguntei categoricamente.

A srta. Griffith enrubesceu.

– Fiquei muito triste por Dick Symmington, por tudo ter de ser exposto do jeito que foi na audiência do inquérito – disse ela. – Foi terrível para ele.

– Mas é claro que você o ouviu dizer que não havia uma palavra verdadeira naquela carta, que ele tinha certeza disso.

– Claro que ele *disse* isso, claro que sim. Um homem tem de ficar sempre do lado de sua esposa. Dick sem dúvida faria isso. – Ela fez uma pausa e então explicou: – Sabe, eu conheço Dick Symmington há muito tempo.

– Verdade? Entendi, pelo que seu irmão me contou, que ele só trouxe a firma para cá há alguns anos.

– Ah, sim, mas Dick Symmington costumava vir e passar temporadas em nossa parte do mundo lá no Norte. Eu o conheço há anos.

Mulheres chegam a conclusões às quais os homens não chegam. Apesar disso, o tom de voz subitamente mais suave de Aimée Griffith botou, como nossa velha babá teria dito, ideias na minha cabeça.

Olhei com curiosidade para Aimée. Ela prosseguiu, ainda naquele tom suave:

– Conheço Dick muito bem... ele é um homem orgulhoso e muito reservado. Mas é o tipo de homem que poderia ficar muito enciumado.

– Isso explicaria – eu disse de propósito – por que a sra. Symmington ficou com medo de mostrar a carta ou contar a ele sobre ela. Ficou com medo que, sendo um homem ciumento, ele pudesse não acreditar em suas negativas.

A srta. Griffith me olhou com raiva e desprezo.

– Meu Deus – disse ela. – Acha que alguma mulher tomaria um monte de cianeto de potássio por uma acusação que não fosse verdadeira?

– O investigador pareceu acreditar nessa possibilidade. Seu irmão também...

Aimée me interrompeu.

– Os homens são todos iguais. Todos são a favor de preservar a decência. Mas vocês não vão conseguir *me* convencer a acreditar nisso. Se uma mulher inocente recebe uma carta anônima maldosa, ela ri e a joga fora. É isso o que eu... – ela, de repente, fez uma pausa e só então concluiu: – Faria.

Mas eu tinha percebido a pausa. Tive quase certeza de que ela esteve prestes a dizer: "É isso o que eu faço".

Resolvi provocá-la.

– Sei... – eu disse com certa satisfação. – Então você também recebeu uma.

Aimée Griffith era o tipo de mulher que despreza a mentira. Ela fez uma pausa longa, enrubesceu e então disse:

– Bem, eu recebi. Mas não deixei que me perturbasse!

– Sórdida? – indaguei com simpatia, como um companheiro de infortúnio.

– Claro. Essas coisas sempre são assim. Os desvarios de um lunático. Eu li algumas palavras, vi o que era e a joguei direto na lata de lixo.

– Não pensou em levá-la à polícia?

– Na época, não. Achei que quanto menos se falasse nisso, melhor.

Senti uma vontade enorme de dizer: "Onde há fumaça, há fogo!", mas consegui me segurar. Para evitar a tentação, voltei a falar de Megan.

– Você tem ideia da situação financeira de Megan? – perguntei. – Não é mera curiosidade de minha parte. Eu fico pensando se seria realmente necessário que ela trabalhasse.

– Não acho que seja absolutamente *necessário*. Acho que a avó, mãe de seu pai, deixou para ela uma pequena renda. E de qualquer modo, Dick Symmington jamais deixaria de lhe dar um lar e garantir seu sustento, mesmo se a mãe não tivesse lhe deixado absolutamente nada. Não, é o princípio da coisa.

– Que princípio?

– Trabalho, sr. Burton. Não há nada como o trabalho, para homens e mulheres. O único pecado imperdoável é o ócio, a preguiça.

– Sir Edward Gray – disse eu –, que veio a ser nosso ministro de Relações Exteriores, foi suspenso em Oxford por preguiça incorrigível. Ouvi dizer que o duque de Wellington era lento e negligente com suas leituras. E já passou pela sua cabeça, srta. Griffith, que não poderia tomar um bom trem expresso para Londres se o pequeno George Stephenson tivesse numa reunião do movimento da juventude em vez de ficar à toa e entediado na cozinha de sua casa até que o comportamento estranho da chaleira chamasse a atenção de sua mente ociosa?

Aimée apenas bufou.

– Eu tinha a teoria – continuei, retornando ao assunto – de que devemos a maioria de nossas maiores invenções e a maioria das obras dos gênios ao ócio, forçado ou voluntário. A mente humana prefere ser alimentada com os pensamentos mastigados de outros, mas se for privada desse alimento, ela vai, ainda que relutantemente, começar a pensar por si mesma. E esse pensamento, veja bem, é um pensamento original que pode ter resultados valiosos.

"Além disso – prossegui, antes que Aimée pudesse protestar –, há o lado artístico."

Eu me levantei e peguei em minha escrivaninha, onde sempre a deixo, uma reprodução de minha pintura chinesa favorita. Ela representa um velho sentado sob uma árvore jogando cama-de-gato com um pedaço de barbante entre os dedos.

– Foi na exposição chinesa – disse eu. – Isso me fascinou. Deixe que eu o apresente a você. Chama-se "Velho desfrutando os prazeres do ócio".

Aimée Griffith não se impressionou com aquele meu quadro adorável.

–Ah, todos sabemos como são os chineses, ora – disse ela.

– Não gostou?

– Francamente, não. Não me interesso muito por arte, infelizmente. Sua atitude, sr. Burton, é típica da maioria dos homens. Não gosta da ideia de mulheres trabalhando, de sua concorrência.

Fui tomado de surpresa. Eu tinha atingido a feminista. Aimée estava furiosa; o rosto ficou rubro.

– É inacreditável para você que as mulheres possam querer uma carreira. Foi inacreditável para meus pais. Eu tinha muita vontade de estudar medicina. Eles nem cogitaram pagar a universidade. Mas pagaram sem problemas para Owen. E olhe que eu teria sido uma médica melhor do que meu irmão.

– Desculpe-me – disse eu. – Fui muito duro. Se alguém tem vontade de fazer alguma coisa...

Ela recomeçou rapidamente:

– Ah, agora eu já superei isso. Tenho bastante força de vontade. Minha vida é ocupada e ativa. Sou uma das pessoas mais felizes de Lymstock. Tenho tanta coisa para fazer! Mas eu sempre enfrento o preconceito tolo e antiquado de que o único lugar das mulheres é o lar.

– Perdão se eu a ofendi. E isso, na verdade, não foi o que quis dizer. Não vejo Megan em um papel doméstico, de jeito nenhum.

– Não, pobre criança. Ela vai ser uma desajustada em qualquer lugar, infelizmente. – Aimée tinha se acalmado. Estava outra vez falando de modo bem normal. – O pai dela, você sabe...

Ela fez uma pausa, e eu disse abruptamente:

– Eu não sei. Todo mundo diz "o pai dela" e baixa a voz, e é isso. O que *esse* homem fez? Ele ainda é vivo?

– Na verdade, eu não sei. E também não sei muito sobre esse assunto, infelizmente. Mas ele sem dúvida não prestava. Acho que esteve preso. É um traço muito forte de anormalidade. É por isso que eu não me surpreenderia se Megan fosse um pouco "deficiente".

– Megan – disse eu – goza de plenas faculdades mentais, e como já disse antes, eu a considero uma moça inteligente. Minha irmã também acha isso. Joanna gosta muito dela.

– Imagino que sua irmã deva achar as coisas muito sem graça por aqui – disse Aimée.

E enquanto ela dizia isso, descobri mais uma coisa. Aimée Griffith não gostava de minha irmã. Isso estava ali nos tons suaves e convencionais de sua voz.

– Nós todos nos perguntamos como vocês dois conseguem suportar se enfurnar em um lugar tão isolado.

Era uma pergunta, e eu a respondi.

– Ordens médicas. Eu precisava ir para algum lugar muito tranquilo onde nada nunca acontecesse – fiz uma pausa e acrescentei: – Isso, agora, não é bem verdade em relação a Lymstock.

– Não, não mesmo.

Ela pareceu preocupada e se levantou para ir embora. Então disse:

– Sabe, é preciso acabar com... todo esse horror! Isso não pode continuar.

– A polícia não está fazendo nada?

– Acho que está, sim. Mas, em minha opinião, devíamos tomar isso em nossas próprias mãos.

– Não somos tão bem equipados quanto eles.

– Bobagem! Provavelmente temos muito mais bom-senso e inteligência! É preciso apenas de um pouco de determinação.

Ela se despediu abruptamente e foi embora.

Quando Joanna e Megan voltaram do passeio, mostrei a Megan minha pintura chinesa. O rosto dela se iluminou.

– É divina, não é? – disse ela.

– Essa *é* exatamente minha opinião.

Ela estava com a testa franzida daquele jeito que eu conhecia tão bem.

– Mas seria difícil, não seria?

– Ficar ocioso?

– Não, não ficar ocioso, mas gostar e ter prazer de ser assim. Você teria de ser muito velho.

Ela fez uma pausa.

– Ele é um velho – observei.

– Não estou falando velho desse jeito. Não é a *idade*. Quero dizer velho em... em...

– Você quer dizer que seria necessário atingir um nível muito alto para a coisa se apresentar a você dessa forma, em alto grau de sofisticação? – perguntei. – Acho que vou completar sua educação, Megan, lendo para você cem poemas traduzidos do chinês.

III

Encontrei Symmington na cidade mais tarde naquele mesmo dia.

– Está tudo bem que Megan fique conosco por um tempo? – perguntei. – É companhia para Joanna, ela às vezes se sente muito sozinha sem nenhum de seus amigos...

– Ah... Megan? Ah, claro, é muita gentileza sua.

Naquele momento tomei uma antipatia por Symmington que nunca superei. É claro que ele tinha se esquecido completamente de Megan. Eu não teria me importado se de fato ele não gostasse da garota. Um homem às vezes sente ciúmes do filho de um primeiro marido. Mas não é que não gostasse dela: ele simplesmente mal a percebia. Sentia em relação a ela o mesmo que um homem que não gosta de cães sente por um cachorro na casa. Você percebe quando tropeça nele e o xinga, e às vezes lhe faz uma festinha de leve quando ele se apresenta para ser acariciado. A indiferença completa de Symmington por sua enteada me incomodou muito.

– O que está planejando fazer com ela? – perguntei.

– Com Megan? – ele pareceu bastante surpreso. – Ora, ela vai continuar morando lá em casa. Quero dizer, é claro, é a casa dela.

Minha avó, de quem eu gostava muito, costumava cantar canções antigas ao violão. Uma delas, eu me lembro, terminava assim:

Oh maid, most dear, I am not here
I have no place, no part,
No dwelling more, by sea nor shore,
*But only in your heart.**

Fui para casa cantarolando essa canção.

* "Minha donzela querida, não estou aqui/ Não tenho nem pertenço a lugar algum/ Não vivo mais no mar, nem em terra/ Somente em seu coração." (N.T.)

IV

Emily Barton chegou logo depois que a mesa do chá foi retirada.

Ela queria falar sobre o jardim. Conversamos por cerca de meia hora e só depois nos voltamos para a casa.

Foi então que ela baixou a voz e murmurou:

– Espero que essa criança... que ela não tenha ficado *abalada* demais com essa história terrível.

– Está falando da morte da mãe dela?

– Isso, claro. Mas o que quero realmente dizer é... o dissabor *por trás* disso.

Fiquei curioso. Queria entender a reação da srta. Barton.

– O que a senhorita acha? Era verdade?

– Ah, não, não, claro que não. Tenho certeza de que a sra. Symmington nunca... que ele não... – a pequena Emily Barton estava cor-de-rosa e confusa. – Quero dizer, não é verdade. Mas claro que poderia ser uma condenação.

– Uma condenação? – perguntei, encarando-a.

Emily Barton estava com o rosto muito rosado, muito parecida com uma pastora de porcelana de Dresden.

– Não posso evitar a sensação de que todas essas cartas horríveis, toda a dor e todo o sofrimento que provocaram, podem ter sido enviadas com um *propósito*.

– Não há dúvida de que foram enviadas com um propósito – eu disse, de cara fechada.

– Não, não, sr. Burton, o senhor não me entendeu. Não estou falando da criatura desencaminhada que as escreveu; deve ser alguém muito perdido. Quero dizer que elas foram consentidas... pela providência divina! Para nos despertar para a percepção de nossas limitações.

– Claro – eu falei. – E o Todo-poderoso não poderia escolher uma arma mais repulsiva.

A sra. Barton murmurou que Deus agia por meios misteriosos.

– Não – disse eu. – Há uma tendência grande demais de se atribuir a Deus os males cometidos pelo homem em seu próprio livre arbítrio. Posso aceitar que seja o Diabo. Deus não precisa realmente nos castigar, srta. Burton. Já estamos ocupados demais castigando a nós mesmos.

– O que eu não consigo entender é *por que* alguém ia querer fazer uma coisa dessas.

Eu dei de ombros.

– Uma mente pervertida.

– Acho isso muito triste.

– Não acho triste. Só abominável. E eu não eximo o mundo de culpa. Apenas sinto isso.

O rosa havia sumido do rosto da srta. Barton, que estava muito branco.

– Mas por que, sr. Burton, *por quê*? Que prazer alguém pode sentir com isso?

– Nada que nós dois possamos entender, graças a Deus.

Emily Barton baixou a voz.

– Eles dizem que é a sra. Cleat, mas não consigo acreditar muito nisso.

Eu sacudi a cabeça, e ela prosseguiu de modo agitado:

– Nunca houve nada desse tipo por aqui antes, não que eu me lembre. Era uma comunidadezinha tão feliz. O que minha querida mãe diria? Bem, graças a Deus ela foi poupada disso.

Pensei, por tudo o que escutara, que a velha sra. Barton fora dura o suficiente para aguentar qualquer coisa, e provavelmente gostara dessa sensação.

Emily continuou:

– Isso me deixa muito abalada.

– A senhorita não... recebeu nada?

Ela corou e ficou vermelha.

– Ah, não, não mesmo. Ah, isso teria sido terrível.

Eu me desculpei imediatamente, mas quando foi embora ela ainda estava muito chateada.

Entrei em casa. Joanna estava de pé perto da lareira da sala de visitas, que ela acabara de acender pois as noites ainda estavam frias.

Ela tinha uma carta aberta nas mãos.

Ela virou a cabeça rapidamente quando entrei.

– Jerry! Encontrei isso na caixa de correspondência, deixada por alguém, não pelo correio. Ela começa com "Sua rameira pintada...".

– O que mais ela diz?

Joanna fez uma careta.

– A mesma sujeira de sempre.

Ela a jogou na direção do fogo. Com um gesto rápido que machucou minhas costas, eu a peguei antes que se incendiasse.

– Não – disse eu. – Podemos precisar dela.

– Precisar dela?

– Para a polícia.

V

O superintendente Nash veio me ver na manhã seguinte. Gostei muito dele desde o primeiro momento em quem o vi. Era o velho tipo de investigador criminal superintendente do interior. Alto, com porte militar, olhos calmos e reflexivos e modos francos e sem rodeios.

– Bom dia, sr. Burton – disse ele. – Acho que o senhor pode imaginar o que me trouxe aqui.

– É, acho que sim. Esse negócio das cartas.

Ele assentiu.

– Pelo que soube, o senhor recebeu uma dessas.

– Isso, logo que chegamos aqui.

– O que exatamente ela dizia?

Pensei por um minuto, então repeti cuidadosamente as palavras da carta da forma mais fiel possível.

O superintendente escutou com rosto imóvel, sem dar sinais de qualquer tipo de emoção. Quando terminei, ele disse:

– Entendo. O senhor não guardou a carta, sr. Burton?

– Sinto muito, não guardei. Veja bem, achei que era só um episódio isolado de maldade contra recém-chegados à região.

O superintendente inclinou de leve a cabeça em sinal de compreensão e disse em poucas palavras:

– Uma pena.

– Entretanto – disse eu –, minha irmã recebeu uma carta ontem. Eu impedi que a jogasse no fogo.

– Obrigado, sr. Burton, foi muito zeloso de sua parte.

Fui até o outro lado da escrivaninha e destranquei a gaveta na qual eu a pusera. Achava que não era muito apropriada para os olhos de Partridge. Eu a entreguei a Nash.

Ele a leu até o fim, então me olhou e perguntou:

– Ela tem a mesma aparência da outra?

– Acho que sim, pelo que me lembro.

– A mesma diferença entre o envelope e o texto?

– É. O envelope era escrito à máquina. A carta em si tinha letras impressas coladas em uma folha de papel.

Nash assentiu com a cabeça, guardou-a no bolso e então disse:

– Eu gostaria de saber, sr. Burton, se o senhor se importaria de vir até a delegacia comigo. Podíamos ter uma reunião lá e isso pouparia muito tempo e trabalho.

– Claro. Quer que eu vá agora?

– Se não se importar.

Havia um carro de polícia parado na porta. Nós entramos nele e partimos.

– O senhor acha que vai conseguir solucionar tudo isso? – perguntei.

Nash fez um gesto de confiança natural com a cabeça.

– Ah, claro, vamos solucionar, sim. É questão de tempo e trabalho de rotina. Esses casos são lentos, mas não muito complicados. É só uma questão de reduzir as possibilidades.

– Eliminação? – perguntei.

– É. Procedimentos de rotina.

– Vigiar caixas de correio, examinar máquinas de escrever, impressões digitais, essas coisas todas?

Ele deu um sorriso.

– É como o senhor diz.

Na delegacia descobri que Symmington e Griffith já estavam lá. Fui apresentado a um homem alto e de queixo quadrado à paisana: o inspetor Graves.

– O inspetor Graves – explicou Nash – veio de Londres para nos ajudar. É um especialista em casos de cartas anônimas.

O inspetor Graves deu um sorriso triste. Imaginei que passar a vida na perseguição de autores de cartas anônimas devia ser especialmente deprimente. Entretanto, ele mostrava certo entusiasmo melancólico.

– Esses casos são sempre iguais – disse ele, com voz lúgubre como a de um sabujo deprimido. – Vocês ficariam surpresos. O fraseado e as coisas que dizem...

– Nós tivemos um caso desses há dois anos – disse Nash. – O inspetor Graves nos ajudou na época.

Vi que havia algumas cartas espalhadas sobre a mesa, diante de Graves. Ele, sem dúvida, as examinara.

– A dificuldade – disse Nash – é obter as cartas. Ou as pessoas as queimam ou não admitem ter recebido algo do gênero. É ignorância, sabe, e medo de se envolver com a polícia. Eles são um grupo bem atrasado por aqui.

– Mesmo assim, temos boa quantidade para ir em frente – disse Graves. Nash tirou do bolso a carta que eu entregara a ele e a jogou para Graves.

O inspetor olhou-a rapidamente, juntou-a às outras e observou com aprovação:

– Muito boa, muito boa mesmo.

Não era a maneira que eu escolheria para descrever a epístola em questão, mas os especialistas, imagino, têm seu próprio ponto de vista. Fiquei satisfeito que aquele discurso brutal, injurioso e obsceno desse prazer a alguém.

– Acho que temos o bastante para seguir adiante – disse o inspetor Graves. – E vou pedir que, se receberem outras, os senhores as tragam aqui imediatamente. Além disso, se souberem de alguém que recebeu uma, o senhor em particular, doutor, entre seus pacientes, faça o possível para que elas sejam trazidas para nós. Eu tenho – ele selecionou aqueles documentos com dedos hábeis – uma para o sr. Symmington recebida há dois meses, uma para o dr. Griffith, uma para a srta. Ginch, uma escrita para a sra. Mudge, a esposa do açougueiro, uma para Jennifer Clark, garçonete no Three Crowns, a recebida pela sra. Symmington, esta agora para a srta. Burton... ah, sim, e uma do gerente do banco.

– Uma coleção bastante representativa – observei.

– Ainda assim algo bem parecido com vários outros casos! Este conjunto aqui é insignificante perto das cartas escritas por aquela mulher, Milliner. Este aqui é igualzinho a outro caso que tivemos em Northumberland, de autoria de uma colegial. Posso garantir, cavalheiros, que às vezes gostaria de ver algo novo em vez da mesma velha monotonia.

– Não há nada novo sob o sol – murmurei.

– É verdade. O senhor saberia disso se estivesse em nosso ramo.

Nash soltou um suspiro e disse:

– É, é mesmo.

– O senhor já tem alguma opinião em relação ao autor?

Graves limpou a garganta e nos deu uma pequena aula expositiva.

– Há certas semelhanças comuns a todas essas cartas. Eu vou enumerá-las, cavalheiros, para o caso de sugerirem algo a suas mentes. O texto das cartas é composto de palavras feitas a partir de letras individuais recortadas de um livro. É um livro antigo, impresso, eu diria, por volta de 1830. Isso foi feito obviamente para evitar o risco de a caligrafia ser reconhecida, o que, como a maioria das pessoas sabe hoje em dia, é tarefa bastante fácil... tentativas de disfarçar a letra não adiantam muito quando submetidas ao exame de especialistas. Não há impressões digitais com características particulares nem nas cartas nem nos envelopes. Isso quer dizer quc foram manuseados pelos funcionários dos correios e pelos destinatários, e há outras digitais diferentes, mas não um conjunto comum a todas elas, o que, por conseguinte, mostra que a pessoa que as escreveu teve o cuidado de usar luvas. Os envelopes foram datilografados em uma máquina de escrever Windsor 7, com o a e o t desalinhados. A maioria delas foi postada aqui mesmo ou colocada em mãos nas caixas de correio das casas. Portanto, é evidente que elas têm origem local. Foram escritas por uma mulher, em minha opinião uma mulher de meia-idade ou mais, e provavelmente, mas não posso garantir, solteira ou viúva.

Guardamos silêncio respeitoso por um ou dois minutos, então eu perguntei:

– A máquina é sua melhor aposta, não é? Não deve ser muito difícil encontrá-la em um lugar pequeno como este.

O inspetor Graves sacudiu a cabeça com tristeza e disse:

– É aí que o senhor se engana.

– A máquina de escrever – disse o superintendente Nash – infelizmente foi fácil demais. Na verdade, é um modelo antigo do escritório do sr. Symmington, que a doou ao Instituto Feminino e, eu diria, é de acesso muito fácil. Todas as senhoras daqui costumam frequentar o instituto.

– O senhor não pode dizer nada concreto a partir do... do toque, não é assim que vocês chamam?

Graves assentiu outra vez.

– É, isso pode ser feito, mas todos esses envelopes foram datilografados por alguém que usou apenas um dedo.

– Alguém, então, que não está acostumado a bater à máquina.

– Não, eu não diria isso. Talvez uma pessoa que saiba datilografar mas não quer que saibamos disso.

– A pessoa que escreveu essas cartas está sendo muito astuta – eu disse, devagar.

– Ela é, ela é, sim, senhor – disse Graves. – Conhece todos os truques do ofício.

– Eu jamais poderia imaginar que uma dessas mulheres bucólicas daqui pudesse ter o cérebro para isso – observei.

Graves deu um pigarro.

– Acho que não me expliquei bem. Essas cartas foram escritas por uma mulher com instrução.

– O quê? Por uma dama?

A palavra saiu involuntariamente. Eu não usava o termo "dama" havia anos. Mas agora ele surgiu de forma natural em meus lábios, ecos de dias há muito passados, e a voz fraca e inconscientemente arrogante de minha avó dizendo: "Mas claro, ela não é uma *dama*, querido".

Nash compreendeu de imediato. A palavra dama ainda significava alguma coisa para ele.

– Não necessariamente uma dama – disse. – Mas, sem dúvida, não uma camponesa qualquer. Elas são, em sua maioria, quase analfabetas por aqui, não sabem escrever direito nem conseguem se expressar com fluência.

Eu estava em silêncio pois sofrera um choque. A comunidade era muito pequena. Inconscientemente, eu tinha visualizado o autor das cartas como uma sra. Cleat ou alguém parecido, uma pessoa simplória, astuta e ressentida.

Symmington transformou meus pensamentos em palavras:

– Mas isso reduz a lista a meia ou uma dúzia de pessoas em todo esse lugar – disse ele de modo abrupto.

– Isso mesmo.

– Não posso acreditar.

Então, com leve esforço e olhando fixamente para um ponto à sua frente como se o simples som de suas próprias palavras fosse desagradável, ele disse:

– Os senhores ouviram o que eu declarei na audiência do inquérito. Se por acaso pensaram que aquele depoimento foi motivado por um desejo de proteger a memória de minha esposa, eu gostaria de repetir agora que estou firmemente convencido de que o conteúdo da carta recebida pela minha mulher era absolutamente falso. *Sei* que era falso. Minha esposa era uma mulher muito sensível e... bem, os senhores poderiam dizer *puritana* em certos aspectos. Uma carta como essas teria sido um grande choque para ela, e ela não andava nada bem de saúde.

Graves logo respondeu:

– Isso provavelmente é verdade, senhor. Nenhuma dessas cartas mostra qualquer sinal de conhecimento íntimo. São apenas acusações às cegas. Não houve tentativa de chantagem. E não parece haver qualquer preconceito religioso, como às vezes acontece. É apenas sexo e raiva! E isso vai nos apontar na direção do autor.

Symmington se levantou. Os lábios daquele homem seco e imperturbável tremiam.

– Espero que o senhor encontre logo o demônio que está por trás dessas cartas. Essa pessoa matou minha esposa como se tivesse lhe enfiado uma faca – ele fez uma pausa. – Eu gostaria de saber como ela está se sentindo agora.

Ele saiu deixando aquela pergunta sem resposta.

– Como será que ela está se sentindo, Griffith? – perguntei. Parecia-me que a resposta estava em seu território.

– Só Deus sabe. Talvez com remorso. Por outro lado, pode estar gostando de seu poder. A morte da sra. Symmington pode ter alimentado sua mania.

– Espero que não – disse eu, com um leve calafrio. – Porque, se isso aconteceu, ela vai...

Eu hesitei, e Nash terminou a frase por mim:

– Ela vai agir de novo? Isso, sr. Burton, é a melhor coisa que pode acontecer para nós. Sabe, essas pessoas sempre acabam abusando da sorte.

– Ela seria louca de continuar! – exclamei.

– Ela vai continuar – disse Graves. – Sempre continuam, sabe, é um vício que não conseguem evitar.

Sacudi a cabeça com um arrepio. Perguntei se eles ainda iam precisar de mim, queria sair para o ar fresco. A atmosfera parecia tomada pelo mal.

– Isso é tudo, sr. Burton – disse Nash. – Fique apenas com os olhos abertos e faça o máximo de propaganda que puder, quero dizer, diga a todos que precisam nos avisar se receberem uma carta.

Eu assenti:

– Acho que agora todo mundo nesse lugar já recebeu uma – eu falei.

– Interessante – disse Graves. Sua cabeça pendeu levemente para um lado e ele perguntou: – O senhor não conhece, com toda a certeza, alguém que *não tenha* recebido uma dessas cartas?

– Essa é uma pergunta singular! A população em geral não tem o hábito de me fazer confidências.

– Não, não, sr. Burton, o senhor não me entendeu! Só perguntei se o senhor não conheceria alguém que, sem dúvida, até onde saiba, não tenha recebido uma carta anônima.

– Bem, na verdade – hesitei – conheço, de certa forma.

E repeti minha conversa com Emily Barton e o que ela dissera.

Graves recebeu a informação com expressão de enfado e disse:

– Bem, isso pode ser útil, vou tomar nota.

Saí para o sol da tarde com Owen Griffith. Quando chegamos na rua, esbravejei em voz alta:

– Que espécie de lugar é este para um homem ficar deitado ao sol e curar suas feridas? Este lugar está cheio de veneno supurando, mas parece tão calmo e inocente quanto o Jardim do Éden.

– Mesmo lá – disse causticamente Owen – havia uma serpente.

– Diga, Griffith, eles sabem de alguma coisa? Será que têm alguma ideia?

– Não sei. Eles têm uma técnica maravilhosa, a polícia. São aparentemente muito francos, mas não contam nada a ninguém.

– É, Nash é um sujeito legal.

– E muito competente.

– Se há alguém pirado por aqui, *você* deveria saber – eu disse, de modo acusador.

Griffith sacudiu a cabeça. Parecia desanimado. Mais do que isso: parecia preocupado. Eu me perguntei se ele teria alguma suspeita.

Estávamos caminhando pela High Street. Eu parei à porta do agente imobiliário.

– Acho que vou quitar o segundo mês de aluguel... antecipadamente. Estou com muita vontade de pagar e ir embora com Joanna agora mesmo. E desistir do resto do contrato.

– Não vá – disse Owen.

– Por que não?

Ele não respondeu. Depois de um ou dois minutos, falou lentamente:

– No fundo, eu diria que você tem razão. Neste momento, Lymstock não é um lugar saudável. Pode... pode machucar você... ou sua irmã.

– Nada atinge Joanna – disse eu. – Ela é forte. O frágil sou eu. De algum modo, esse negócio me deixa enojado.

– Ele *me* deixa enojado – disse Owen.

Empurrei e abri parcialmente a porta da imobiliária.

– Mas eu não vou – disse eu. – A curiosidade vulgar é mais forte que a covardia. Eu quero saber qual vai ser a solução – e entrei.

Uma mulher que batia à máquina se levantou e veio me atender. Tinha cabelos crespos e um sorriso bobo, mas eu a achei mais inteligente do que a jovem de óculos que antes era responsável pela recepção.

Um ou dois minutos mais tarde, algo familiar em relação a ela penetrou em minha consciência. Aquela era a srta. Ginch, que trabalhava no escritório de Symmington. Eu comentei esse fato.

– A senhorita trabalhava na Galbraith & Symmington, não trabalhava? – perguntei.

– Trabalhava, trabalhava sim. Mas achei melhor sair. Este é um emprego muito bom, apesar de não pagar tão bem. Mas há coisas mais importantes que o dinheiro, o senhor não acha?

– Sem a menor dúvida – respondi.

– Essas cartas horríveis – disse em voz baixa a srta. Ginch num sussurro sibilante. – Eu recebi uma terrível sobre mim e o sr. Symmington. Ah, era terrível, dizia as *piores* coisas. Eu soube qual era o meu dever e a levei à polícia, apesar de, é claro, não ter sido algo exatamente *agradável* para mim, não é?

– Não, não. É uma situação extremamente desagradável.

– Mas eles me agradeceram e disseram que eu tinha feito a coisa certa. Mas senti que, depois daquilo, se as pessoas estivessem comentando, e é claro que elas deviam estar (senão de onde o autor das cartas teria tido essa ideia?), eu devia evitar mesmo a aparência do mal, apesar de nunca ter havido nada de *errado* entre mim e o sr. Symmington.

Eu me senti bastante embaraçado.

– Não, não, claro que não.

– Mas as pessoas têm mentes... tão perversas. É, meu Deus, mentes tão perversas!

Apesar de tentar nervosamente evitar, ainda encontrei seus olhos e fiz uma descoberta muito desagradável.

A srta. Ginch estava se divertindo muito.

Era a segunda vez naquele dia que eu me deparava com alguém que reagia com prazer às cartas anônimas. O interesse do inspetor Graves era profissional. Achei o prazer da srta. Ginch meramente insinuante e repulsivo.

Uma ideia passou por minha mente ainda chocada.

Será que a srta. Ginch tinha escrito aquelas cartas?

CAPÍTULO 7

I

Quando cheguei em minha casa, encontrei a sra. Dane Calthrop sentada, conversando com Joanna. Achei que ela parecia pálida e doente.

– Foi um choque terrível para mim, sr. Burton – disse ela. – Coitada, coitada.

– É – eu disse. – É horrível pensar que alguém pode chegar ao ponto de acabar com a própria vida.

– Ah, o senhor está falando da sra. Symmington.

– A senhora, não?

A sra. Dane Calthrop sacudiu a cabeça.

– Claro que sentimos muito por ela, mas isso estava mesmo fadado a acontecer, não é mesmo?

– É mesmo? – perguntou Joanna friamente.

A sra. Dane Calthrop virou-se para ela.

– Ah, imagino que sim, querida. Se você acha que o suicídio é uma forma de escapar de seus problemas, então não importa muito qual seja o problema. Quando algum choque muito desagradável tivesse de ser encarado, ela teria feito a mesma coisa. Na verdade, no fim das contas, ela era esse tipo de mulher. Ninguém poderia ter adivinhado. Ela sempre me pareceu uma mulher egoísta e um tanto limitada, com um domínio firme sobre a própria vida. Ninguém poderia imaginar que fosse do tipo que entra em pânico... mas estou começando a perceber que na verdade conheço pouco as pessoas.

– Ainda tenho curiosidade de saber a quem se referia quando disse "coitada" – observei.

Ela me encarou.

– À mulher que escreve as cartas, é claro.

– Não acho – disse eu, com frieza – que se deva desperdiçar qualquer simpatia por ela.

A sra. Dane Calthrop se inclinou para a frente. Ela pôs a mão em meu joelho.

– Mas o senhor não percebe... não consegue sentir? Use sua imaginação. Pense em como alguém tem de estar desesperado e violentamente infeliz para se sentar e escrever essas coisas. Como deve ser solitária, excluída da espécie humana. Permanentemente envenenada por uma torrente negra de veneno que só assim consegue encontrar uma saída. É por isso que me sinto tão envergonhada. Alguém nessa cidade há tempos vive assolado por essa infelicidade terrível, e eu não tinha a menor ideia disso. Eu devia saber. Não se pode interferir com ações, nunca faço isso. Mas essa infelicidade interior e sombria é como, fisicamente, um braço gangrenado, todo escuro e inchado. Se você puder cortá-lo e deixar o veneno sair, ele vai escorrer de forma inofensiva. É, pobre alma, pobre alma!

Ela se levantou para ir embora.

Não senti vontade alguma de concordar com ela. Eu não tinha nenhuma simpatia por nossa autora de cartas anônimas. Mas perguntei com curiosidade:

– A senhora tem alguma ideia de quem seja essa mulher?

Ela virou os olhos claros e perplexos em minha direção.

– Bem, eu poderia dar um palpite. Mas se fizesse isso poderia estar errada, não é?

Ela saiu rapidamente mas voltou a enfiar a cabeça pela porta para perguntar:

– Diga-me, sr. Burton, por que nunca se casou?

Com qualquer outra pessoa isso teria sido uma impertinência, mas com a sra. Dane Calthrop podia-se sentir que a ideia tinha de repente passado por sua cabeça, e ela realmente queria saber.

– Digamos – provoquei – que nunca encontrei a mulher certa.

– Pode ser – disse a sra. Dane Calthrop. – Mas não seria uma resposta muito boa, porque muitos homens obviamente se casaram com a mulher errada.

Dessa vez ela de fato foi embora.

– Você sabe que eu acho que ela é realmente louca. Mas gosto dela. As pessoas aqui no vilarejo têm medo dela.

– Eu também, um pouco.

– Porque nunca sabe o que pode vir depois?

– É. E há brilho em seus palpites descuidados.

Joanna perguntou lentamente:

– Você acha mesmo que quem quer que tenha escrito essas cartas seja alguém infeliz?

– Não sei o que essa bruxa maldita pensa ou sente! E não me importa. Eu tenho pena de suas vítimas.

Hoje me parece estranho que em nossas especulações sobre o ânimo e a personalidade do escritor anônimo tenhamos deixado passar a mais óbvia de todas. Eu a imaginara como tomada pelo remorso – aterrorizada com o resultado de seu trabalho manual. Para a sra. Dane Calthrop, era uma sofredora.

Mas não levamos em conta a reação óbvia e inevitável – talvez devesse dizer que eu não levei em conta. A reação era o medo.

Pois, com a morte da sra. Symmington, as cartas tinham passado de uma categoria para outra. Não sei exatamente qual a situação legal – suponho que Symmington soubesse, mas era claro que, com uma morte como resultado, a situação do autor das cartas era muito mais séria. Estava fora de questão que pudesse passar como brincadeira quando a identidade do autor fosse descoberta. A polícia estava trabalhando, tinha chamado um especialista da Scotland Yard. Agora era vital para o autor anônimo permanecer anônimo.

E, considerando-se o medo a principal reação, outras coisas viriam a reboque. Possibilidades às quais eu também estava cego. Mas que sem dúvida deviam ter sido óbvias.

II

Joanna e eu descemos bem tarde para o desjejum na manhã seguinte. Quer dizer, tarde para os padrões de Lymstock. Eram nove e meia, hora em que, em Londres, Joanna estaria acabando de abrir a primeira pálpebra, e meus olhos provavelmente estariam ainda bem fechados. Entretanto, quando Partridge perguntava "Desjejum às oito e meia, ou às nove horas?", nem eu nem Joanna tínhamos coragem de sugerir um horário mais tarde.

Para meu aborrecimento, Aimée Griffith estava parada na porta conversando com Megan.

Ela exclamou em voz alta, com a energia habitual, assim que nos viu:

– Olá, seus preguiçosos! Estou esperando há horas.

Isso, claro, era problema dela. Sem dúvida um médico precisa tomar seu café da manhã cedo, e uma irmã zelosa está lá para servir seu chá ou café. Mas isso não é desculpa para chegar e se intrometer com os vizinhos mais sonolentos. Nove e meia não são horas para uma visita matutina.

Megan entrou em casa e seguiu para a sala de jantar, onde imaginei que ela havia sido interrompida em seu café da manhã.

– Eu avisei que não ia entrar – disse Aimée Griffith, mas por que seria mais mérito forçar as pessoas a conversar com você de pé na porta do que conversar com elas dentro de casa, eu não sei. – Eu só queria perguntar à srta. Burton se ela tem algumas verduras sobrando para nossa barraquinha da Cruz Vermelha lá na estrada principal. Se tiver, vou pedir a Owen para vir buscar de carro.

– Você já está a todo vapor muito cedo – disse eu.

– Deus ajuda quem cedo madruga – disse Aimée. – É mais fácil encontrar as pessoas a essa hora do dia. Agora vou lá no sr. Pye. Preciso ir a Brenton nesta tarde. As excursões.

– Sua energia me deixa muito cansado – eu disse, e nesse instante o telefone tocou e eu me retirei até o canto do vestíbulo para atendê-lo, deixando Joanna murmurando um tanto incrédula algo sobre ruibarbo e vagens francesas e expondo sua ignorância sobre hortas.

– Alô – eu atendi.

Um ruído confuso de respiração profunda veio da outra extremidade, e uma voz feminina hesitante disse:

– Oh!

– Alô – repeti para encorajá-la.

– Oh – tornou a dizer a voz. E então ela perguntou com voz anasalada: – Aí é... quero dizer... é Little Furze?

– Sim, é Little Furze.

– Oh! – Essa parecia ser sua abertura habitual para toda frase. A voz indagou cautelosamente: – Eu poderia falar um minutinho com a srta. Partridge?

– É claro – disse eu. – Quem gostaria de falar com ela?

– Oh. O senhor poderia dizer a ela que é a Agnes? Agnes Waddle.*

– Agnes Waddle?

– Isso mesmo.

Pousei o fone resistindo à tentação de dizer "Pato Donald para a senhorita" e subi as escadas rumo ao local de onde vinha o som das atividades de Partridge.

– Partridge. Partridge.

Partridge apareceu no alto da escada, um esfregão comprido na mão e uma expressão de "O que foi *agora?*" claramente perceptível por trás de seus modos invariavelmente respeitosos.

– O que foi, senhor?

Eu falei mais alto:

– Agnes Waddle.

Escrevi o nome aqui da forma que veio à minha cabeça. Mas agora vou escrevê-lo da maneira correta.

– Agnes Woddell... O que será que ela quer agora?

Partridge, muito desconcertada, abandonou o esfregão e desceu correndo as escadas, o vestido estampado farfalhando de agitação.

---

* *Waddle*: modo de andar gingado característico de patos e gansos. (N.T.)

Para não importunar, bati em retirada para a sala de jantar onde Megan devorava rins e bacon. Megan, ao contrário de Aimée Griffith, não exibia um "rosto glorioso matinal". Na verdade, ela respondeu com mau humor às minhas saudações e continuou a comer em silêncio.

Abri o jornal matutino e um ou dois minutos depois Joanna entrou aparentando estar um pouco perturbada.

– Nossa! – disse ela. – Estou muito cansada. E acho que demonstrei minha completa ignorância sobre o que cresce quando. Não há vagens nessa época do ano?

– Agosto – disse Megan.

– Bem, em Londres sempre temos vagem – disse Joanna na defensiva.

– Enlatadas, tolinha – disse eu. – Ou congeladas em navios que vêm dos pontos mais distantes do Império Britânico.

– Como marfim, macacos e pavões? – perguntou Joanna.

– Exatamente.

– Eu prefiro os pavões – refletiu Joanna.

– Eu gostaria de ter um macaco de estimação – disse Megan.

Joanna, que meditava enquanto descascava uma laranja, disse:

– Eu me pergunto como seria ser igual a Aimée Griffith, sempre cheia de saúde e vigor e satisfação com a vida. Vocês acham que ela fica cansada, deprimida ou... melancólica?

Eu disse ter quase certeza de que Aimée Griffith nunca ficava melancólica, e segui Megan pela porta envidraçada até a varanda.

Estava ali parado enchendo meu cachimbo quando ouvi Partridge entrar na sala de jantar vinda do vestíbulo e ouvi sua voz dizer de modo austero:

– Eu poderia falar com a senhorita por um minuto?

"Ah, meu Deus", pensei. "Espero que Partridge não vá pedir demissão. Emily Barton vai ficar muito chateada conosco se isso acontecer."

Partridge continuou:

– Eu peço desculpas, senhorita, por terem ligado para mim aqui. Quero dizer, essa moça não devia ter feito isso. Nunca tive o hábito de usar o telefone ou de permitir que minhas amigas liguem para mim no trabalho, e eu sinto muito mesmo que isso tenha ocorrido, que o patrão tenha atendido e tudo mais.

– O que é isso, Partridge, está tudo bem – disse Joanna para tranquilizá-la. – Por que seus amigos não deveriam telefonar quando querem falar com você?

O rosto de Partridge, eu podia sentir, apesar de não poder vê-lo, estava mais severo do que nunca quando ela respondeu friamente:

– Esse tipo de coisa nunca foi feito nesta casa. A srta. Emily nunca teria permitido. Eu insisto, sinto muito por isso, mas Agnes Woddell, a moça que ligou, estava abalada, e ela é jovem, e não sabe o que é apropriado na residência de um cavalheiro.

"Essa foi para você, Joanna", pensei, me divertindo.

– Essa Agnes que me telefonou – continuou Partridge – antigamente trabalhava aqui me ajudando. Ela tinha dezesseis anos na época e veio direto do orfanato. E, sabe, sem ter um lar ou mãe ou qualquer parente para aconselhá-la, ela se habituou a me procurar. Sabe, eu digo a ela como são as coisas.

– Sim? – disse Joanna e esperou. Sem dúvida ainda havia mais.

– Por isso estou tomando a liberdade de pedir à senhorita permissão para que Agnes venha tomar chá aqui esta tarde na cozinha. É o dia dela de folga, sabe, e ela tem uma coisa na cabeça sobre a qual quer me consultar. Eu jamais sugeriria algo assim normalmente.

Joanna disse pasma:

– Mas por que você não poderia receber alguém para tomar chá?

Partridge ficou tenso ao ouvir isso, segundo Joanna me contou depois, e sua expressão tornou-se bem ameaçadora quando respondeu:

– Isso nunca foi o costume nesta casa, senhorita. A velha sra. Barton nunca permitiu visitas na cozinha, a menos que fosse nosso dia de folga, quando tínhamos permissão de receber amigos aqui em vez de sair, mas fora isso, nos dias normais, não. E a srta. Emily mantém as maneiras antigas.

Joanna é muito simpática com os criados, e a maioria deles gosta dela, mas nunca conseguiu agradar Partridge.

– Não adianta, garota – eu disse quando Partridge tinha se retirado, e Joanna se juntado a mim do lado de fora. – Sua simpatia e brandura não são apreciadas. Com Partridge, valem os bons e velhos modos dominadores e as coisas feitas como deveriam ser na residência de um cavalheiro.

– Nunca ouvi falar em tirania tão grande quanto não permitir que recebam a visita de amigas – disse Joanna. – Está tudo muito bem, Jerry, mas elas não podem gostar de ser tratadas como escravas negras.

– Mas é evidente que gostam – disse eu. – Pelo menos as Partridges desse mundo gostam.

– Não consigo imaginar por que ela não gosta de mim. A maioria das pessoas gosta.

– Ela provavelmente a despreza por ser uma dona de casa inadequada. Você nunca passa a mão numa prateleira e a examina em busca de vestígios de poeira. Você não olha embaixo dos tapetes. Não pergunta o que aconteceu com o resto de suflê de chocolate e nunca pediu que fizessem um belo pudim de pão.

– Argh! – disse Joanna.

Ela prosseguiu com tristeza:

– Hoje estou um fracasso total. Desprezada por nossa Aimée por ignorância do reino vegetal. Tratada com frieza por Partridge por ser humana. Acho que agora eu devia ir para o jardim comer umas minhocas.

– Megan já está lá – disse eu.

Pois Megan tinha saído para dar uma volta alguns minutos antes e agora estava parada sem rumo no meio de uma faixa de grama, parecendo um passarinho meditativo à espera de alimento.

Entretanto, ela veio em nossa direção e disse de modo abrupto:

– Acho que preciso ir para casa hoje.

– O quê? – eu fiquei surpreso.

Ela continuou, enrubescida, mas falando com determinação nervosa:

– É muita bondade de vocês me receber aqui, e eu imagino ter sido um grande incômodo, mas eu me diverti muito, só que agora eu preciso voltar, porque afinal de contas, bem, é a minha casa e não posso ficar longe para sempre, por isso acho que vou agora de manhã.

Joanna e eu tentamos fazê-la mudar de ideia, mas ela estava bem decidida, e por fim Joanna pegou o carro e Megan subiu até o quarto e desceu alguns minutos depois com seus pertences novamente na mala.

A única pessoa satisfeita parecia ser Partridge, que tinha quase um sorriso em seu rosto severo. Ela nunca gostou muito de Megan.

Eu estava parado no meio do gramado quando Joanna voltou.

Ela me perguntou se eu achava que era um relógio de sol.

– Por quê?

– Parado aí como um enfeite de jardim! Só que ninguém poderia dizer que você só marca as horas ensolaradas. Você parecia atordoado.

– Não estou muito bem-humorado. Primeiro Aimée Griffith...

– Deus – murmurou Joanna num parêntesis. – Preciso conversar sobre aquelas verduras.

– E depois Megan indo embora. Eu estava pensando em levá-la para um passeio até Legge Tor.

– Com uma coleira? – provocou Joanna.

Joanna repetiu alto e em bom som enquanto fazia a volta na casa e chegava ao jardim da cozinha.

– Eu disse: “Com uma coleira?” O dono perdeu seu cachorrinho, é esse o seu problema!

III

Tenho de confessar que fiquei incomodado com o modo abrupto como Megan nos deixou. Talvez ela tenha ficado entediada conosco de repente.

Afinal de contas, não era uma vida muito divertida para uma garota. Em casa ela tinha os meninos e Elsie Holland.

Ouvi Joanna voltando e saí dali depressa, caso ela resolvesse fazer mais observações rudes sobre relógios de sol.

Owen Griffith chegou de carro pouco antes da hora do almoço, e o jardineiro estava à espera dele com os produtos da horta necessários.

Enquanto o velho Adams arrumava as coisas no carro, convidei Owen para entrar e tomar uma bebida. Ele não ia ficar para o almoço.

Quando cheguei com o xerez, vi que Joanna tinha começado a fazer seu jogo.

Agora não havia sinais de animosidade. Ela estava enroscada no canto do sofá e estava ronronando, fazendo a Owen perguntas sobre seu trabalho, se ele gostava de ser clínico geral, se não preferia ter se especializado. Ela achava a medicina uma das coisas mais fascinantes do mundo.

Pode-se dizer o que quiser dela, mas Joanna é uma ouvinte maravilhosa, tem um dom divino. E depois de ouvir tantos futuros gênios dizerem a ela como tinham sido incompreendidos, ouvir Owen era moleza. Quando chegamos ao terceiro copo de xerez, Griffith estava contando a ela sobre alguma reação ou lesão obscura em termos tão científicos que ninguém que não fosse médico conseguiria entender uma palavra.

Joanna assumiu um ar inteligente e muito interessado.

Senti um momento de apreensão. Joanna não estava agindo nada bem. Griffith era um cara muito legal para ser tratado como joguete. As mulheres eram mesmo uns demônios.

Então vi Griffith de perfil, o queixo longo e determinado e os lábios severos, e não tive tanta certeza de que, no fim das contas, Joanna ia conseguir manipular as coisas a seu modo. E, de qualquer forma, um homem não pode se deixar fazer de tolo por uma mulher. Se deixar, é problema dele.

Então Joanna disse:

– Mude de ideia e fique para almoçar com a gente, dr. Griffith – e Griffith corou um pouco e disse que ficaria, mas que sua irmã estaria esperando que voltasse...

– Vamos ligar para ela e explicar – disse rapidamente Joanna, e seguiu para o vestíbulo para fazer isso.

Achei que Griffith parecia um pouco desconfortável, e percebi que provavelmente ele estava com um pouco de medo de minha irmã.

Joanna voltou sorridente e disse que estava tudo bem.

E Owen Griffith ficou para o almoço e pareceu se divertir. Conversamos sobre livros, peças de teatro e política mundial, e sobre música e pintura e arquitetura moderna.

Não falamos nada sobre Lymstock, nem sobre cartas anônimas ou o suicídio da sra. Symmington.

Fugimos de tudo, e acho que Owen Griffith estava contente. Seu rosto triste e sombrio parecia alegre, e ele revelou uma mente interessante.

Depois que ele foi embora, eu disse a Joanna:

– Esse sujeito é bom demais para seus truques.

– É o que você acha! – disse Joanna. – Vocês homens são sempre unidos.

– Por que você quer o couro dele, Joanna? Vaidade ferida?

– Talvez – disse minha irmã.

IV

Naquela tarde, fomos tomar chá com a srta. Emily Barton em seus aposentos no vilarejo.

Fomos até lá a pé, pois eu já me sentia forte o bastante para lidar com a subida da volta.

Devemos ter calculado mal o tempo necessário e chegado lá cedo, pois a porta foi aberta para nós por uma mulher alta e ossuda de aspecto ameaçador que nos disse que a srta. Barton ainda não tinha chegado.

– Mas ela está esperando os senhores, eu sei; por isso, se quiserem entrar e aguardar, por favor.

Essa, evidentemente, era a fiel Florence.

Nós a seguimos escada acima, e ela abriu uma porta e nos conduziu ao que era uma sala de estar bastante confortável, apesar de talvez certo excesso de mobília. Alguns dos móveis, suspeitei, tinham vindo de Little Furze.

Sem dúvida, a mulher tinha orgulho de sua sala.

– É bonita, não é? – perguntou ela.

– Muito bonita – disse Joanna com entusiasmo.

– Eu dou a ela o maior conforto possível. Não que possa fazer por ela o que eu gostaria e o que ela deveria ter. Ela deveria estar em sua própria casa, devidamente, não em quartos alugados.

Florence, que era sem dúvida muito severa, olhou para nós dois de modo acusador. Senti que não era nosso dia de sorte. Joanna tinha sido repreendida por Aimée Griffith e Partridge, e agora nós dois estávamos sendo repreendidos pela severa Florence.

– Fui copeira lá por quinze anos – acrescentou ela.

Joanna, incitada pela injustiça, disse:

– Bem, a srta. Barton queria alugar a casa. Ela a entregou à imobiliária.

– Foi forçada a isso – disse Florence. – E ela leva uma vida tão frugal e meticulosa! Mas mesmo assim, o governo não pode deixá-la em paz. Ela também tem seus direitos como todo mundo.

Sacudi a cabeça com tristeza.

– No tempo da velha havia muito dinheiro – disse Florence. – E então elas foram morrendo todas, uma por uma, coitadas. A srta. Emily cuidou delas uma atrás da outra. Ela se esgotou, é, e sempre foi tão paciente, nunca reclamava. Mas isso acabou com ela, e depois de tudo ainda ter de se preocupar com dinheiro! As ações não estão rendendo o que costumavam render, ela diz, e por que não? Eu gostaria de saber. Eles deviam ficar envergonhados. Enganar uma senhora como ela, que não tem cabeça para números e não pode ser páreo para seus truques.

– Praticamente quase todo mundo foi atingido desse jeito – eu disse, mas Florence permaneceu irredutível.

– Tudo bem com quem consegue cuidar de si mesmo, mas não para ela. Ela precisa de alguém que cuide dela, e enquanto estiver comigo eu garanto que ninguém vai enganá-la ou perturbá-la de jeito nenhum. Eu faria qualquer coisa pela srta. Emily.

E, nos encarando por alguns momentos para se assegurar de que tinha sido entendida, a indomável Florence deixou o aposento, fechando cuidadosamente a porta ao sair.

– Você se sente uma sanguessuga, Jerry? – indagou Joanna. – Porque eu me sinto. Qual é o problema com a gente?

– Parece que não estamos indo lá muito bem – disse eu. – Megan se cansou de nós, Partridge desaprova você, a fiel Florence desaprova nós dois.

Joanna murmurou:

– Eu gostaria de saber por que Megan foi embora.

– Ela ficou entediada.

– Não acho que tenha ficado, não. Eu queria saber... você acha, Jerry, que pode ter sido alguma coisa que Aimée disse?

– Quer dizer, hoje de manhã, quando estavam conversando na porta?

– É. Não houve muito tempo, claro, mas...

Eu terminei a frase:

– Mas aquela mulher tem a delicadeza de uma elefanta. Ela pode ter...

A porta se abriu, e Emily Barton entrou. Estava rosada e um pouco sem fôlego, e parecia excitada. Seus olhos estavam muito azuis e brilhantes.

Ela falou conosco de um jeito meio distraído.

– Oh, meus caros, desculpem-me pelo atraso. Estava só fazendo umas comprinhas na cidade, e os bolos na Blue Rose não me pareceram muito frescos, por isso eu fui até a sra. Lygon. Sempre gosto de comprar os bolos por último, assim pego a fornada mais recente saída do forno, e as pessoas não são enroladas com pão do dia anterior. Mas estou tão chateada por tê-los feito esperar... É realmente imperdoável...

Joanna interrompeu.

– É nossa culpa, srta. Barton. Chegamos cedo. Viemos caminhando, e agora Jerry está andando tão rápido que chegamos a todos os lugares cedo demais.

– Nunca é cedo demais, querida. Não diga isso. Coisas boas nunca são demais, você sabe.

E aquela senhora de idade deu um tapinha afetuoso no ombro de Joanna.

Joanna ficou animada. Parecia que enfim ela estava sendo um sucesso. Emily Barton estendeu seu sorriso para me incluir, mas com leve timidez nele, como alguém se aproximaria de um tigre devorador de homens num momento em que ele estivesse seguramente inofensivo.

– É muita gentileza sua vir a uma refeição tão feminina quanto o chá da tarde, sr. Burton.

Acho que a srta. Barton tem a imagem mental dos homens como bebedores de uísque com soda e fumantes de charutos contumazes, que nos intervalos aproveitam para seduzir as donzelas dos vilarejos ou relacionar-se com uma mulher casada.

Mais tarde, quando contei isso a Joanna, ela retrucou que era uma fantasia divertida imaginar que Emily Barton teria gostado de encontrar tal homem, mas infelizmente nunca o fizera.

Naquele momento, a srta. Emily movia-se atarefada pela sala. Arranjou mesinhas para mim e Joanna e cuidadosamente providenciou cinzeiros, e um minuto depois a porta se abriu, e Florence entrou trazendo uma bandeja de chá com belas xícaras estilo Crown Derby que, deduzi, Emily trouxera com ela. O chá era chinês e delicioso, e havia pratos de sanduíches, pão fininho e manteiga e uma boa quantidade de bolinhos.

Florence agora estava radiante, e olhou para a srta. Emily com uma espécie de prazer maternal, como quem observa a filha favorita se divertindo com um chá de bonecas.

Joanna e eu comemos muito mais do que queríamos, pois nossa anfitriã nos compeliu a isso com grande determinação. Aquela senhora pequenina sem dúvida estava adorando seu chá vespertino, e percebi que, para Emily Barton, Joanna e eu éramos uma grande aventura – duas pessoas vindas do misterioso mundo de Londres e da sofisticação.

Obviamente nossa conversa logo descambou para assuntos locais. A srta. Barton falou com afeto do dr. Griffith, de sua bondade e inteligência como médico. O sr. Symmington também era um advogado muito talentoso e ajudara a srta. Barton a receber de volta um dinheiro do imposto de renda sobre o qual ela jamais saberia. Ele também era muito bom com os filhos, muito dedicado a eles e à mulher. Então ela começou a falar dos problemas.

– Coitada da sra. Symmington, é tão terrivelmente triste, com essas crianças pequenas agora órfãs. Talvez nunca tenha sido uma mulher muito forte, e nos últimos tempos sua saúde não andava bem. Um distúrbio mental repentino, é isso o que deve ter acontecido. Li sobre isso no jornal. As pessoas não sabem mesmo o que estão fazendo sob essas circunstâncias. E ela não podia saber o que estava fazendo, caso contrário teria se lembrado do sr. Symmington e dos filhos.

– Aquela carta anônima deve mesmo tê-la abalado muito – disse Joanna.

A srta. Barton enrubesceu. Ela disse, com um toque de censura na voz:

– Não é algo agradável para se discutir, não acha, querida? Eu sei que houve... cartas, mas não vamos falar sobre elas. Coisas sórdidas. Acho que é melhor ignorá-las.

Bem, a srta. Barton conseguia ignorá-las, mas para algumas pessoas não era tão fácil. Entretanto, mudei obedientemente de assunto, e passamos a falar sobre Aimée Griffith.

– Maravilhosa, maravilhosa mesmo – disse Emily Barton. – Sua energia e poder de organização são realmente esplêndidos! É muito boa com as moças. E extremamente prática e atualizada em todos os sentidos. É ela quem na verdade faz este lugar funcionar. E é bastante dedicada ao irmão. É muito bom ver tamanha devoção entre irmã e irmã.

– Ele nunca a acha um pouco opressiva? – perguntou Joanna.

Emily Barton olhou para ela tomada de surpresa.

– Ela fez grandes sacrifícios por ele – disse, com um toque de dignidade e reprovação.

Vi pelo olhar de Joanna que ela estava prestes a retrucar, e me apressei em mudar o rumo da conversa para o sr. Pye.

Emily Barton era um pouco vaga em relação ao sr. Pye.

Tudo o que podia dizer, e repetia com certa desconfiança, era que ele era muito simpático, é, muito simpático. Era um homem de posses, também, e bastante generoso. Às vezes recebia visitas estranhas, mas, claro, ele tinha viajado muito.

Concordamos que viajar não apenas amplia os horizontes, mas às vezes resulta na formação de amizades estranhas.

– Sempre desejei fazer um cruzeiro – disse Emily Barton com certa melancolia. – Parecem tão atraentes quando lemos sobre eles no jornal.

– Por que não faz? – perguntou Joanna.

Essa transformação de sonho em realidade pareceu alarmar a srta. Emily.

– Ah, não, não, isso seria *realmente* impossível.

– Mas por quê? Eles são razoavelmente baratos.

– Ah, não é só a despesa. Eu não gostaria de ir sozinha. Viajar sozinha pareceria muito peculiar, não acha?

– Não – respondeu Joanna.

A srta. Emily olhou para ela com desconfiança.

– E eu não sei como faria com minha bagagem... para descer em portos estrangeiros... e todas essas moedas diferentes...

Incontáveis perigos imprevistos pareciam se materializar diante do olhar aterrorizado daquela senhora pequenina, e Joanna se apressou a acalmá-la com uma pergunta sobre uma *garden party* e um bazar de artesanato que seriam realizados em breve. Isso nos levou de modo bem natural à sra. Dane Calthrop.

Um leve espasmo tomou o rosto da sra. Barton por um minuto.

– Sabem, meus caros – disse ela –, ela é mesmo uma mulher muito *estranha*. As coisas que ela diz de vez em quando...

Perguntei que coisas eram essas.

– Ah, eu não sei. Umas coisas muito *inesperadas*. E o jeito que ela olha para você, como se você não estivesse ali, mas outra pessoa... Não estou me expressando bem, mas é tão difícil passar a impressão que eu gostaria. E também ela não... bem, não *interfere* em nada. Há tantos casos nos quais a mulher de um vigário pode aconselhar e... *censurar*. Repreender as pessoas, sabe, e fazê-las mudar de vida. Porque as pessoas iriam escutá-la, tenho certeza disso, todos a temem e respeitam. Mas ela insiste em ser indiferente e distante, e tem o hábito curioso de sentir pena das pessoas mais impróprias.

– Isso é interessante – eu falei, trocando um rápido olhar com Joanna.

– Mesmo assim, ela é uma mulher de muito boas maneiras. Era a srta. Farroway de Bellpath, uma família muito boa, mas essas famílias antigas às vezes *são* um pouco peculiares, eu acho. Mas ela é dedicada ao marido, que é um homem de grande intelecto, às vezes acho que, infelizmente, desperdiçado nesse círculo interiorano. Um bom homem, e muito sincero, mas sempre acho seu hábito de fazer citações em latim um pouco confuso.

– Vejam só! – disse eu, com entusiasmo.

– Jerry teve uma educação custosa em escolas públicas, então não reconhece o latim quando o escuta – disse Joanna.

Isso conduziu a srta. Barton a outro assunto:

– A professora daqui é uma moça muito desagradável – disse ela. – Bastante *vermelha*, infelizmente – ela baixou a voz na palavra “vermelha”.

Mais tarde, enquanto subíamos a pé o caminho de volta para casa, Joanna me disse:

– Ela é muito simpática.

V

Depois do jantar daquela noite, Joanna comentou com Partridge que esperava que o chá com a amiga tivesse sido um sucesso.

Partridge ficou com o rosto muito vermelho, e sua postura tornou-se ainda mais rígida.

– Muito obrigada, senhorita, mas no fim das contas Agnes não apareceu.

– Ah, eu sinto muito.

– Não fez diferença para *mim* – disse Partridge.

Ela estava tão repleta de mágoa que foi condescendente e derramou um pouco sobre nós.

– Não foi ideia minha convidá-la! Ela telefonou por conta própria, disse que tinha uma coisa na cabeça e perguntou se podia vir aqui, já que era seu dia de folga. E eu disse sim, dependendo de sua permissão, que eu obtive. E depois disso, nem um som ou sinal dela! E também nenhuma desculpa, apesar de eu esperar receber um cartão pelo correio amanhã de manhã. Essas moças hoje em dia... não sabem o seu lugar... não têm ideia de como se comportar.

Joanna tentou confortar os sentimentos feridos de Partridge:

– Ela pode ter se sentido mal. Você não telefonou para saber?

Partridge empertigou-se outra vez.

– Não, *não* telefonei. Não mesmo. Se Agnes não tem educação, é problema dela, mas vou lhe dar uma bronca quando nos encontrarmos.

Partridge saiu da sala ainda tomada de indignação, e Joanna e eu rimos.

– Provavelmente era um caso para a "Coluna dos conselhos da titia Nancy" – disse eu. – "Meu namorado está me tratando com muita frieza, o que devo fazer?" Como titia Nancy não ia resolver, ela decidiu procurar os conselhos de Partridge, mas em vez disso houve uma reconciliação, e eu espero que neste minuto Agnes e seu namorado sejam um desses casais mudos abraçados com os quais nos deparamos de repente, parados no escuro perto de uma cerca-viva. Eles deixam você terrivelmente embaraçado, mas você não os embaraça.

Joanna riu e disse esperar que fosse isso.

Começamos a falar sobre as cartas anônimas e nos perguntamos como estaria o trabalho de Nash e do melancólico Graves.

– Hoje faz exatamente uma semana – disse Joanna – desde o suicídio da sra. Symmington. Acho que a essa altura eles já devem ter conseguido alguma coisa. Impressões digitais, ou amostra de caligrafia, ou *alguma coisa*.

Eu respondi sem dar atenção. Em algum recôndito de minha mente consciente, crescia uma estranha sensação de desconforto. Estava ligado de alguma forma aos termos usados por Joanna: "Exatamente uma semana".

Ouso dizer que deveria ter juntado as coisas antes. Talvez, inconscientemente, minha mente já estivesse desconfiada.

De qualquer modo, agora tudo fermentava e crescia... até chegar a um clímax.

Joanna de repente percebeu que eu não estava ouvindo seu relato divertido de um encontro no vilarejo.

– Qual o problema, Jerry?

Não respondi porque minha mente estava ocupada colocando as coisas no lugar.

O suicídio da sra. Symmington... ela estava sozinha em casa naquela tarde... sozinha em casa *porque era o dia de folga das empregadas*... há exatamente uma semana...

– Jerry, o que...

Eu a interrompi.

– Joanna, as empregadas têm um dia de folga por semana, não é?

– E um domingo a cada duas semanas – disse Joanna. – O que...

– Esqueça os domingos. Elas folgam toda semana sempre no mesmo dia?

– É. Normalmente é assim.

Joanna me encarava com curiosidade. Seu raciocínio ainda não conseguira chegar aonde o meu estava.

Atravessei a sala e toquei a campainha. Partridge apareceu.

– Diga-me – falei. – Essa Agnes Woddell. Ela trabalha numa casa?

– Sim. Na da sra. Symmington. Do sr. Symmington, devo dizer agora.

Respirei fundo. Olhei para o relógio. Eram dez e meia da noite.

– Será que agora ela já voltou, você acha?

Partridge não parecia estar gostando nada daquilo.

– Sim, senhor, as empregadas devem chegar antes das dez horas. Eles são antiquados.

– Vou telefonar – disse eu.

Eu fui para o vestíbulo. Joanna e Partridge me seguiram. Partridge estava absolutamente furiosa. Joanna estava intrigada. Ela perguntou, enquanto eu fazia a ligação:

– O que você vai fazer, Jerry?

– Quero ter certeza de que a garota chegou bem.

Partridge torceu o nariz. Só torceu o nariz, mais nada. Mas eu não dei a mínima para Partridge.

Elsie Holland atendeu o telefone do outro lado da linha.

– Desculpe-me por telefonar – disse eu. – Aqui é Jerry Burton. Sua... já... Agnes Woddell, sua empregada, ela já chegou?

Foi só após dizer isso que me senti um pouco tolo. Pois se a moça tivesse chegado e estivesse tudo bem, como eu iria conseguir explicar o motivo de ter ligado para perguntar? Teria sido melhor se eu houvesse deixado Joanna fazer a pergunta, apesar de que mesmo isso exigira alguma explicação. Eu antevi uma nova trilha de fofoca surgindo em Lymstock em torno de mim e da desconhecida Agnes Woddell.

Elsie Holland pareceu, não é de se estranhar, muito surpresa.

– Agnes com certeza já deve ter chegado.

Eu me senti um tolo, mas fui em frente.

– Srta. Holland, poderia, por favor, verificar se ela chegou?

Uma coisa é certa em relação às governantas. Elas estão acostumadas a obedecer ordens. Não cabe a elas questionar o porquê. Elsie Holland pousou o fone e saiu obedientemente.

Dois minutos mais tarde ouvi sua voz.

– Ainda está aí, sr. Burton?

– Sim.

– Na verdade, Agnes ainda não chegou.

Então eu soube que meu palpite estava certo.

Ouvi o barulho de vozes do outro lado da linha, e então o próprio Symmington falou.

– Alô, Burton, o que aconteceu?

– Sua empregada, Agnes, ainda não voltou?

– Não. A srta. Holland acabou de ver. Qual o problema? Não aconteceu nenhum acidente, aconteceu?

– Não um *acidente* – disse eu.

– Quer dizer que você tem motivos para acreditar que aconteceu alguma coisa com a moça?

Eu disse num tom grave:

– Isso não seria uma surpresa para mim.

CAPÍTULO 8

I

Eu dormi mal à noite. Acho que, naquele momento, já havia peças do quebra-cabeça flutuando soltas em minha mente. Acredito que se tivesse me dedicado a refletir sobre o assunto poderia ter solucionado tudo ali naquele lugar e naquele instante.

Quanto sabemos, a qualquer momento? Muito mais, assim acredito, do que temos consciência de saber! Mas não podemos chegar a esse conhecimento subterrâneo. Ele está ali, mas não podemos alcançá-lo.

Fiquei deitado na cama, inquieto, movendo-me de um lado para outro, e apenas pedaços vagos do enigma vinham me torturar.

Havia um padrão, mas eu não conseguia identificá-lo. Eu deveria saber quem escrevera aquelas malditas cartas. Havia uma pista em algum lugar, se eu conseguisse encontrá-la...

Enquanto mergulhava no sono, palavras dançavam irritantemente por minha mente sonolenta.

"Onde há fumaça, há fogo." Não há fogo sem fumaça. Fumaça... fumaça? Cortina de fumaça... não, isso foi na guerra, uma frase de guerra. Guerra. Pedaços de papel... só um pedaço de papel. Bélgica, Alemanha...

Eu adormeci. Sonhei que levava a sra. Dane Calthrop, que tinha se transformado num galgo, para passear numa coleira.

II

Foi a campainha do telefone que me acordou. Um toque persistente.

Eu me sentei na cama e olhei para meu relógio de pulso. Eram sete e meia da manhã. Ainda não haviam me chamado. O telefone estava tocando no vestíbulo lá embaixo.

Pulei da cama, vesti um robe e desci correndo. Cheguei antes de Partridge, que vinha da cozinha pela porta dos fundos, por pequena vantagem, e atendi o telefone.

– Alô?

– Ah... – foi uma expressão de alívio. – É *você*! – era a voz de Megan. A voz de Megan indescritivelmente desesperada e apavorada. – Ah, venha, por favor... *venha*. Ah, por favor, venha! Você vem?

– Estou indo agora mesmo – disse eu. – Ouviu? *Agora mesmo.*

Subi as escadas de dois em dois degraus e irrompi no quarto de Joanna.

– Ei, Jo, eu vou lá para os Symmington.

Joanna ergueu uma cabeça loura cacheada do travesseiro e esfregou os olhos como uma criança pequena.

– Por quê? O que aconteceu?

– Não sei. Foi a menina... Megan. Ela parecia descontrolada.

– O que você acha que é?

– A moça, Agnes, a menos que eu esteja muito enganado.

Quando eu saía pela porta, Joanna falou para mim:

– Espere, levo você de carro.

– Não precisa. Eu mesmo dirijo.

– Você não pode dirigir!

– Posso, sim.

E eu fiz isso. Doía, mas não muito. Eu tomei banho, fiz a barba, me vesti, peguei o carro e fui até a casa dos Symmington em meia hora. Nada mal.

Megan devia estar observando a entrada à minha espera. Ela saiu correndo de casa e me abraçou. Seu rostinho, coitada, estava pálido e contorcido.

– Ah, você veio... você *veio*!

– Calma, engraçadinha – disse eu. – É, eu vim. Agora, o que aconteceu?

Ela começou a tremer. Eu a envolvi com meus braços.

– Eu... eu a encontrei.

– Você encontrou Agnes? Onde?

O tremor aumentou.

– Embaixo da escada. Tem um armário lá. Para guardar varas de pesca e tacos de golfe, essas coisas. Você sabe.

Eu assenti com a cabeça. Um armário qualquer.

Megan continuou.

– Ela estava lá... toda encolhida... e... e *fria*... horrivelmente fria. Ela estava... estava *morta*, sabe?

Perguntei com curiosidade.

– O que levou você a olhar lá dentro?

– Eu... eu não sei. Você telefonou ontem à noite. E todos começamos a nos perguntar onde Agnes poderia estar. Esperamos um tempo acordados, mas ela nao apareceu e, no fim, fomos para cama. Não dormi muito bem e me levantei cedo. Só Rose (sabe, a cozinheira) estava de pé. Ela estava muito irritada por Agnes não ter voltado. Disse que já tinha visto uma moça dar uma escapada daquelas. Bebi um pouco de leite e comi pão com manteiga na cozinha... e de repente Rose apareceu com uma expressão estranha e disse que as coisas que Agnes sempre levava quando saía ainda estavam no quarto dela. As melhores coisas que ela usava quando saía. E eu comecei a me perguntar... se ela tinha chegado a sair de casa, e comecei a procurar por aí, e abri o armário embaixo da escada... e lá estava ela...

– Imagino que alguém já tenha ligado para a polícia.

– Ligaram. Eles agora estão aqui. Meu padrasto ligou para eles imediatamente. E então eu... eu senti que não podia aguentar, e telefonei para *você*. Não se incomoda?

– Não – disse eu. – Não me incomodo.

Olhei para ela com curiosidade.

– Alguém deu conhaque ou café ou chá para você depois... depois que você a encontrou?

Megan sacudiu a cabeça.

Amaldiçoei todo o esquema doméstico dos Symmington. Aquele presunçoso, Symmington, não pensava em nada além da polícia. Nem Elsie Holland nem a cozinheira pareceram ter pensado nos efeitos sobre aquela criança sensível que fizera a horrível descoberta.

– Vamos lá, garota – disse eu. – Vamos à cozinha.

Fizemos a volta na casa, fomos até a porta dos fundos e entramos na cozinha. Rose, uma mulher rechonchuda e de rosto redondo, de seus quarenta anos, bebia chá forte perto do fogo. Ela nos cumprimentou com uma torrente de palavras e a mão no coração.

Ela estava se sentindo mal, contou, com palpitações terríveis! Imagine só, podia ter sido *ela*, podia ter sido qualquer um deles, eles podiam ter sido assassinados em suas camas.

– Sirva uma boa xícara de chá para a srta. Megan – disse eu. – Ela sofreu um choque, sabe. Lembra que foi ela quem encontrou o corpo?

A simples menção de um corpo quase fez Rose recomeçar, mas eu a impedi com um olhar severo, e ela serviu uma xícara de um líquido escuro.

– Aqui está, mocinha – disse eu para Megan. – Beba isso. Você não teria um conhaque, teria, Rose?

Rose disse, meio desconfiada, que havia um resto de conhaque de cozinha que sobrara dos pudins de Natal.

– Pode ser – disse eu, e coloquei uma dose dele na xícara de Megan. Vi nos olhos de Rose que ela achou aquilo uma boa ideia.

Eu disse a Megan que ficasse com Rose.

– Posso confiar que vai tomar conta da srta. Megan? – perguntei, e Rose respondeu com satisfação:

– Ah, sim, senhor.

Entrei na casa. Se eu conhecia Rose e seu tipo, ela logo ia achar necessário renovar suas forças com um pouquinho de comida, e isso também seria bom para Megan. Essas pessoas eram desconcertantes: por que não podiam cuidar da menina?

Estava fumegando por dentro quando encontrei Elsie Holland no vestíbulo. Ela não pareceu surpresa em me ver. Imagino que o encanto repulsivo da descoberta tenha deixado as pessoas indiferentes a quem chegasse ou saísse. O policial, Bert Rundle, estava parado junto à porta da frente.

Elsie Holland disse de modo ofegante:

– Oh, sr. Burton, não é *horrível*? Quem será que pode ter feito essa coisa terrível?

– Então *foi* assassinato?

– Ah, *foi*. Ela foi atingida na nuca. Um monte de sangue e cabelo... oh! É *horrível*... e toda enroscada naquele armário. Quem pode ter feito uma coisa tão horrorosa? E *por quê*? Coitada da Agnes, ela nunca fez mal a ninguém.

– Não – disse eu. – Alguém deu um jeito para que não fizesse.

Ela me encarou. Não era, pensei, uma garota esperta. Mas era bem corajosa. Sua cor estava, como era normal, um pouco acentuada pela excitação, e eu cheguei a imaginar que de um modo macabro; e apesar de ter um coração naturalmente bom, ela estava gostando daquele acontecimento terrível.

– Preciso subir para ver os meninos – desculpou-se ela. – O sr. Symmington está preocupado, não quer que sofram um choque. Quer que eu vá cuidar deles imediatamente.

– Soube que Megan encontrou o corpo. Espero que alguém esteja cuidando dela.

Tenho de dizer, em favor de Elsie Holland, que ela de repente pareceu tomada pela consciência.

– Ah, meu Deus – disse ela. – Eu me esqueci completamente dela! Espero que esteja bem. Estou correndo tanto, sabe, e a polícia e tudo mais... mas foi negligência minha. Coitada da menina, ela deve estar se sentindo mal. Vou procurá-la agora mesmo.

Eu a tranquilizei.

– Ela está bem. Rose está tomando conta dela. Vá cuidar dos meninos.

Ela me agradeceu com um rápido sorriso de dentes brancos como lápides e subiu as escadas apressada. Afinal, os meninos eram problema dela, e não Megan... Megan não era problema de ninguém. Elsie era paga para cuidar dos dois mimados pirralhos Symmington. Não se podia culpá-la.

Quando ela virou na escada, perdi o fôlego. Por um minuto percebi um vislumbre de uma Vitória Alada, imortal e incrivelmente bela, em vez de uma governanta responsável.

Então uma porta se abriu e o superintendente Nash surgiu no vestíbulo, seguido por Symmington.

– Oh, sr. Burton. Eu ia lhe telefonar agora. É bom saber que está aqui.

Naquele momento, ele não me perguntou por que eu estava lá.

Ele virou-se e disse para Symmington.

– Vou usar esta sala, se o senhor permitir.

Era uma saleta iluminada, com uma janela que dava para a frente da casa.

– Claro, claro.

Symmington estava bastante equilibrado, mas ele parecia desesperadamente cansado.

– Se eu fosse o senhor, ia tomar meu café da manhã – disse com delicadeza o superintendente Nash. – O senhor e a srta. Holland e a srta. Megan vão se sentir muito melhor depois de café com ovos e bacon. Assassinato é um negócio ainda pior de estômago vazio.

Ele falou no tom confortável de um médico de família.

– Obrigado, superintendente, vou seguir seu conselho.

Segui Nash até a saleta que a família usava pela manhã e fechei a porta. Ele, então, disse:

– O senhor chegou aqui muito rápido. Como soube?

Contei a ele que Megan tinha me ligado. Eu tinha simpatia pelo superintendente Nash. Ele, pelo menos, não se esquecera de que Megan também precisava do café da manhã.

– Soube que telefonou ontem à noite, sr. Burton, perguntando por essa moça. O que aconteceu?

Imagino que tenha parecido estranho. Contei a ele sobre o telefonema de Agnes para Partridge, e o fato de ela não ter aparecido. Ele disse:

– É, sei...

Ele falou de modo lento e reflexivo, esfregando o queixo. Então deu um suspiro:

– Bem, agora é assassinato, sem sombra de dúvida. Ação física direta. A questão é: o que a moça sabia? Será que ela contou algo para essa Partridge? Alguma coisa concreta?

– Acho que não. Mas o senhor pode perguntar a ela.

– É. Eu vou lá falar com ela depois que terminar aqui.

– O que aconteceu exatamente? – perguntei. – Ou o senhor ainda não sabe?

– Muita coisa. Era o dia de folga das empregadas.

– Das duas?

– Sim. Parece que havia duas irmãs aqui que gostavam de sair juntas, então o sr. Symmington organizou as coisas assim. Mais tarde, quando vieram essas duas, mantiveram o mesmo esquema. Deixavam uma refeição fria na sala de jantar, e a srta. Holland costumava servir o chá.

– Entendo.

– Até certo ponto, é tudo muito claro. A cozinheira, Rose, vem de Nether Mickford, e para chegar lá na sua folga, tem de pegar o ônibus das 14h30. Então sempre é Agnes que tira a mesa do almoço. E Rose lavava a louça do jantar à noite para compensar.

"Foi isso o que aconteceu ontem. Rose saiu para pegar o ônibus às 14h25. Symmington saiu para o escritório às 14h35. Elsie Holland e as crianças saíram às 14h45. Megan Hunter saiu de bicicleta cerca de cinco minutos depois. Então Agnes estaria sozinha em casa. Pelo que entendi, ela costumava ir embora entre 15h e 15h30."

– Depois a casa fica vazia?

– Ah, as pessoas não se preocupam com isso por aqui. Ninguém tranca muito as casas por essas bandas. Como eu disse, às 14h50 Agnes estava sozinha em casa. Está claro que ela nunca saiu, pois ainda estava com touca e avental quando encontramos o corpo.

– Imagino que o senhor tenha uma ideia razoável da hora da morte.

– O dr. Griffith não pode afirmar com certeza. Seu veredito médico é entre 14h e 16h30.

– Como ela foi morta?

– Primeiro foi atingida com um golpe na nuca. Depois, um espeto de cozinha comum, bem afiado, foi enfiado na base de seu crânio, provocando morte instantânea.

Acendi um cigarro. Não era um quadro bonito.

– Muito sangue-frio – observei.

– É, é sim, isso ficou claro.

Inspirei profundamente.

– Quem fez isso? E por quê? – perguntei.

– Talvez nunca saibamos exatamente por quê. Mas podemos imaginar.

– Ela sabia de alguma coisa?

– Sim, sabia de alguma coisa.

– Será que não deixou transparecer nada para alguém aqui?

– Pelo que sei até o momento, não. Ela estava perturbada, segundo diz a cozinheira, desde a morte da sra. Symmington, e de acordo com essa Rose, estava cada vez mais preocupada e ficava dizendo que não sabia o que devia fazer.

Ele deu um suspiro curto de irritação.

– É sempre assim. Eles nunca nos procuram. Tem aquele preconceito arraigado contra "se envolver com a polícia". Se ela tivesse nos procurado e nos contado o que a preocupava, hoje estaria viva.

– Ela não deixou transparecer nada para a outra mulher?

– Não, ou pelo menos é o que diz Rose, e estou inclinado a acreditar nela. Pois, se tivesse, Rose haveria contado imediatamente, com direito a alguns bons floreios pessoais.

– É de enlouquecer não saber – disse eu.

– Ainda podemos tentar descobrir, sr. Burton. Para começar, não pode ser nada muito concreto. Deve ser o tipo de coisa em que você fica pensando e, conforme pensa nisso, seu desconforto cresce. Entende o que quero dizer?

– Entendo.

– Na verdade, acho que sei o que foi.

– Bom trabalho, superintendente.

– Ora, veja, eu sei de algo que não sabe, sr. Burton. Na tarde em que a sra. Symmington cometeu suicídio, as duas empregadas deveriam estar fora. Era seu dia de folga. Mas na verdade Agnes voltou para a casa.

– É mesmo?

– É. Agnes tem um namorado, o jovem Rendell, da peixaria. Na quarta-feira, ele fecha cedo e vem se encontrar com Agnes, e os dois saem para passear, ou vão ao cinema quando chove. Naquela quarta-feira eles tiveram uma discussão praticamente no momento em que se encontraram. Nosso escritor de cartas tinha agido sugerindo que Agnes estava jogando sua rede em outra praia, e o jovem Fred Rendell ficou todo nervoso. Os dois tiveram uma discussão feia, e Agnes correu para casa e disse que só voltaria a sair se Fred se desculpasse.

– E então?

– Bem, sr. Burton, a cozinha dá para os fundos da casa, mas da copa se vê o lugar para o qual estamos olhando agora. Só há um portão de entrada. Você entra por ele e vai para a porta da frente ou então segue o caminho ao lado da casa até a porta dos fundos.

Ele fez uma pausa.

– Agora vou lhe contar uma coisa. Aquela carta que chegou para a sra. Symmington naquela tarde *não chegou pelo correio.* Ela tinha um selo usado colado nela, e o carimbo foi falsificado de modo bem convincente com tinta preta para parecer que tinha sido entregue pelo carteiro com as correspondências da tarde. Mas na verdade *ela não foi entregue pelo correio.* Entende o que isso significa?

Eu respondi devagar.

– Significa que foi deixada *pessoalmente*, enfiada na caixa de correspondência algum tempo depois da entrega do correio vespertino, para se misturar às outras cartas.

– Exatamente. O correio da tarde chega por volta de 15h45. Minha teoria é a seguinte: a moça estava na copa olhando pela janela (ela é oculta por arbustos, mas você enxerga muito bem através deles), vendo se o namorado chegaria para se desculpar.

– *E ela viu quem entregou aquela carta?* – perguntei.

– É o que eu acho, sr. Burton. Mas posso estar enganado, claro.

– Não acho que esteja... é simples e convincente. E significa que Agnes sabia *quem era o autor das cartas anônimas.*

– Sim.

– Mas então por que ela não...

Eu me detive, com o cenho franzido.

– Eu acho – disse rapidamente Nash – que a garota *não se deu conta do que tinha visto.* Não no princípio. Alguém tinha entregado uma carta na casa, sim... mas aquela pessoa não era alguém que ela pudesse sonhar em ligar às cartas anônimas. Era alguém, sob esse ponto de vista, acima de qualquer suspeita.

"Mas quanto mais pensava nisso, mais incomodada ela ficava. Será que devia contar aquilo a alguém? Confusa, ela pensa na Partridge da srta. Barton, que, pelo que soube, é uma personalidade um tanto dominadora e cujos conselhos Agnes teria aceitado sem hesitar. Ela decide perguntar a Partridge o que fazer."

– É – observei pensativamente. – Tudo se encaixa bastante bem. E de algum modo, o escritor anônimo descobriu. Como ele descobriu, superintendente?

– O senhor não está acostumado a viver no interior, sr. Burton. É quase um milagre o modo como as coisas circulam. Primeiro de tudo, temos o telefonema. Quem o ouviu em sua casa?

Eu refleti.

– Para começar, fui eu quem atendeu o telefone. Depois gritei para chamar Partridge que estava no segundo andar.

– Mencionando o nome da garota?

– É... mencionei, sim.

– Alguém pode tê-lo ouvido?

– Minha irmã ou a srta. Griffith podem ter ouvido.

– Ah, a srta. Griffith. O que ela estava fazendo lá em cima?

Expliquei.

– Ela ia voltar para o vilarejo?

– Ia primeiro ver o sr. Pye.

O superintendente Nash deu um suspiro.

– Bem, já são dois caminhos para isso se espalhar por todo o lugar.

Eu não conseguia acreditar.

– O senhor quer dizer que ou a srta. Griffith ou o sr. Pye iriam se dar ao trabalho de repetir um fragmento tão insignificante de informação desses?

– Tudo é notícia num lugar como este. O senhor ficaria surpreso. Se a mãe da costureira está com um problema na córnea, todo mundo sabe! E temos, também, o lado de cá da ligação. A srta. Holland, Rose... elas podem ter escutado o que Agnes disse. E temos Fred Rendell. Pode ter sido ele quem contou que, naquela tarde, Agnes havia voltado para casa.

Senti um leve calafrio. Estava olhando pela janela. À minha frente havia um gramado quadrado e bem cuidado, um caminho e o portão baixo e elegante.

Alguém tinha aberto o portão, andado com muito cuidado e em silêncio até a casa e jogado uma carta na caixa de correspondência. Visualizei uma imagem meio nublada, uma forma indefinida de mulher. O rosto era vazio... mas devia ser um rosto que eu conhecia.

O superintendente Nash estava dizendo:

– De qualquer modo, isso reduz as possibilidades. É sempre assim que nós os pegamos no fim. Eliminação firme e paciente. Agora não há muitas pessoas que poderiam ter feito isso.

– Quer dizer...

– Isso inocenta qualquer mulher que trabalhe em escritório, pois estariam no trabalho toda a tarde de ontem. Isso livra a professora da escola, ela estava em sala de aula. E a enfermeira do distrito, eu sei onde ela estava ontem. Não que eu tenha pensado que fosse qualquer uma delas, mas agora temos *certeza*. Sabe, sr. Burton, agora temos dois horários determinados nos quais nos concentrar: a tarde de ontem e a da semana anterior. No dia da morte da sra. Symmington, entre 14h45, digamos, o horário mais cedo em que Agnes poderia ter voltado para casa depois da briga, e 16h, quando o correio deve ter chegado (mas posso ver isso com mais precisão com o carteiro). E ontem, das 14h50, quando a srta. Megan Hunter saiu de casa, até 15h30 ou mais, provavelmente 15h45, pois Agnes ainda não tinha começado a trocar de roupa.

– O que o senhor acha que aconteceu ontem?

Nash fez uma careta.

– O que eu acho? Acho que uma certa senhora veio até a porta e tocou a campainha, muito calma e com um sorriso, uma visita vespertina... talvez tenha perguntado pela srta. Holland, ou pela srta. Megan, ou talvez tenha trazido um embrulho. O que quer que tenha sido, Agnes se vira para pegar uma bandeja de cartões de visita, ou para guardar o embrulho, e nossa visitante distinta dá uma pancada inesperada em sua cabeça.

– Com o quê?

– As senhoras aqui – disse Nash – costumam carregar bolsas grandes. Não há como saber o que levam dentro delas.

– E depois a apunhala na nuca e a esconde no armário? Isso não seria um trabalho difícil demais para uma mulher?

O superintendente Nash me olhou com uma expressão muito estranha.

– A mulher que procuramos não é normal, está muito longe disso, e esse tipo de instabilidade mental é acompanhada de força surpreendente. Agnes não era uma garota grande.

Ele fez uma pausa e depois perguntou:

– O que fez a srta. Megan pensar em olhar no armário?

– Puro instinto – respondi. Em seguida perguntei: – Por que arrastar Agnes para o armário? Qual o sentido?

– Quanto mais tempo levasse para o corpo ser encontrado, mais difícil seria para determinar a hora da morte com precisão. Se a srta. Holland, por exemplo, tivesse tropeçado no cadáver assim que tivesse chegado, um médico poderia determinar isso com uma margem de dez minutos mais ou menos, o que poderia ser embaraçoso para nossa amiga.

Eu o encarei com expressão de desagrado.

– Mas se Agnes desconfiava dessa pessoa...

Nash me interrompeu:

– Não desconfiava. Não a ponto de suspeitar dela. Ela só tinha achado aquilo "estranho". Ela não era uma garota muito inteligente, imagino, e tinha apenas uma leve desconfiança, a sensação de que havia algo errado. Sem dúvida não suspeitava estar diante de uma mulher capaz de assassinato.

– O senhor suspeitava disso?

Nash sacudiu a cabeça e disse, chateado:

– Eu devia saber. Essa história de suicídio, sabe, assustou nossa escritora anônima. Ela foi estimulada a isso. O medo, sr. Burton, é algo incalculável.

– É, o medo. Era isso o que devíamos ter previsto. O medo... no cérebro de um lunático...

– Sabe – disse o superintendente Nash, e de algum modo suas palavras fizeram aquilo tudo parecer absolutamente horrível –, estamos diante de alguém respeitado e levado em alta conta... alguém, na verdade, de boa posição social.

III

Naquele momento Nash disse que ia falar outra vez com Rose. Perguntei, de modo um tanto tímido, se podia ir junto. Para minha surpresa, ele concordou amigavelmente.

– Fico muito grato por sua cooperação, sr. Burton, se me permite dizer isso.

– Isso parece suspeito – disse eu. – Nos livros, quando um detetive aceita a ajuda de alguém, normalmente essa pessoa é o assassino.

Nash deu uma risada e disse:

– O senhor não é bem o tipo que escreveria cartas anônimas, sr. Burton. – E acrescentou: – Para ser franco, o senhor pode nos ser útil.

– É bom saber, mas não vejo como.

– Porque é um estranho, aqui, é por isso. Não tem ideias preconcebidas sobre as pessoas daqui. Mas ao mesmo tempo, o senhor tem a oportunidade de descobrir as coisas do que eu chamaria de uma maneira social.

– O assassino é uma pessoa de boa posição social – murmurei.

– Exatamente.

– E eu serei o espião dentro dos portões?

– O senhor tem alguma objeção?

Eu pensei sobre aquilo.

– Não, na verdade, não. Se há um lunático perigoso por aí levando mulheres inofensivas ao suicídio e golpeando a cabeça de empregadinhas infelizes, então não tenho nada contra fazer um pouco de trabalho sujo para botar esse lunático na cadeia.

– É muito sensato de sua parte, senhor. E deixe-me lhe dizer uma coisa: a pessoa que procuramos é perigosa. É quase tão perigosa quanto uma cascavel e uma naja e uma mamba negra juntas em uma só.

Eu senti um calafrio e disse:

– Na verdade, temos de nos apressar, não?

– É mesmo. Não pense que trabalhamos pouco na polícia. Não é assim. Estamos trabalhando em várias linhas diferentes.

Ele disse isso com a expressão fechada.

Eu tive a visão de uma teia de aranha enorme e muito fina...

Nash queria ouvir a história de Rose outra vez, segundo me explicou, porque ela já tinha contado duas versões, e quanto mais versões ele obtivesse com ela, mais chances havia de que alguns grãos de verdade pudessem ser incorporados.

Encontramos Rose lavando a louça do café. Ela parou imediatamente, girou os olhos, apertou o coração e explicou de novo o que estava passando desde cedo.

Nash era paciente mas firme com ela. Na primeira vez, foi tranquilizador, na segunda, autoritário, e agora usava uma mistura de ambos.

Rose se estendia com prazer pelos detalhes da semana anterior. Falou como Agnes andava com um medo mortal, e como tinha estremecido ao dizer "Não me pergunte" quando Rose insistira com ela para que dissesse qual era o problema.

– "Se contasse, seria morta", foi o que ela disse – concluiu Rose, girando os olhos de felicidade.

Será que Agnes não deixara transparecer nada sobre o que a perturbava?

Não, exceto que temia por sua vida.

O superintendente Nash deu um suspiro e abandonou o assunto, contentando-se em extrair um relato preciso das atividades da própria Rose na tarde anterior.

E o relato, a grosso modo, dizia que Rose pegara o ônibus de 14h30 e passara a tarde e a noite com a família, retornando no ônibus das 20h40 de Nether Mickford. A narração foi complicada pelos extraordinários pressentimentos malignos que Rose tivera durante toda a tarde e o modo como sua irmã comentara isso e como ela não conseguira nem tocar numa fatia de bolo de gergelim.

Deixamos a cozinha e fomos procurar Elsie Holland, que estava supervisionando as lições dos meninos. Como sempre, Elsie Holland demonstrava competência e presteza. Ela se levantou e disse:

– Agora, Colin, você e Brian vão fazer essas contas, e eu quero ver as respostas quando voltar.

Então ela nos conduziu até o quarto de dormir dos garotos.

– Está bem assim? Achei que seria melhor não conversar na frente dos meninos.

– Obrigado, srta. Holland. Só me diga, mais uma vez, se ainda está bem certa que Agnes nunca mencionou estar preocupada com alguma coisa, quero dizer, depois da morte da sra. Symmington.

– Não, ela nunca disse nada. Era uma garota muito quieta, sabe, não falava muito.

– Muito diferente da outra, não é?

– É. Rose fala demais. Às vezes tenho de lhe dizer para não ser impertinente.

– Agora a senhorita poderia me contar exatamente o que aconteceu na tarde de ontem? Tudo o que puder se lembrar?

– Bem, almoçamos como sempre às 13h e comemos um pouquinho depressa. Não permito que os meninos fiquem enrolando. Deixe-me ver. O sr. Symmington voltou para o escritório, e eu ajudei Agnes e botei a mesa do jantar. Os meninos foram correndo brincar no jardim até que eu pudesse sair com eles.

– Aonde vocês foram?

– Na direção de Combeacre, pela trilha que corta o campo... Os meninos queriam pescar. Eu esqueci a isca e tive de voltar para buscar.

– Que horas eram?

– Deixe-me ver, saímos umas 14h40, ou pouco depois disso. Megan vinha, mas mudou de ideia. Ia sair de bicicleta. Ela adora andar de bicicleta.

– Quero dizer, que horas eram quando voltou para buscar a isca? A senhorita entrou em casa?

– Não, eu tinha deixado na estufa nos fundos. Não sei que horas eram, acho que umas 14h50, talvez.

– Viu Megan ou Agnes?

– Acho que Megan já devia ter saído. Não, não vi Agnes. Não vi ninguém.

– E depois vocês foram pescar?

– Fomos, na beira do rio. Não pegamos nada. Quase nunca pegamos, mas os meninos gostam. Brian se molhou todo e tive de trocar suas roupas quando chegamos.

– A senhorita serve o chá nas quartas-feiras?

– Sirvo. Fica tudo pronto na sala de visitas para o sr. Symmington. Eu só faço o chá quando ele chega, às 17h. Eu e as crianças tomamos o nosso na sala de estudos, e Megan, é claro. Eu tenho meu próprio aparelho de chá e tudo de que preciso no armário lá em cima.

– A que horas vocês voltaram?

– Às 16h50. Eu subi com os meninos e comecei a servir o chá. Então o sr. Symmington chegou às 17h. Desci para preparar o dele, mas ele disse que iria tomá-lo conosco na sala de estudos. Os meninos ficaram muito contentes. Depois brincamos de *animal grab*, um jogo de imitar bichos. Parece tão horrível pensar nisso agora... com a coitada daquela moça dentro do armário esse tempo todo.

– Normalmente alguém abre aquele armário?

– Não, é usado só para guardar tralhas. Os casacos e chapéus ficam pendurados num armário grande só para isso à direita da porta de entrada. É possível que ninguém abrisse aquele armário há meses.

– Sei. E a senhorita não percebeu nada estranho, nada de anormal quando voltou?

Os olhos azuis dela se arregalaram.

– Ah, não, inspetor, nada mesmo. Tudo estava igual como sempre. Isso é o mais horrível.

– E na semana passada?

– O senhor diz no dia em que a sra. Symmington...

– Sim.

– Ah, isso foi terrível... terrível!

– Foi, sim, nós sabemos. A senhorita também passou aquela tarde inteira fora?

– Ah, passei, sim. Sempre levo os meninos para passear à tarde, se o tempo está bom. Fazemos as lições de manhã. Fomos até a charneca, eu me lembro... é um bom caminho. Fiquei com medo de estar atrasada porque quando entrei no portão vi o sr. Symmington chegando do escritório no alto da estrada, e eu ainda não tinha nem botado a chaleira no fogo, mas eram só 16h55.

– A senhorita não subiu para falar com a sra. Symmington?

– Ah, não, nunca fazia isso. Ela sempre descansava depois do almoço. Tinha ataques de nevralgia, que costumavam vir após as refeições. O dr. Griffith tinha receitado umas cápsulas para ela tomar. Ela tinha o hábito de se recostar e tentar dormir.

Nash disse com uma voz despreocupada:

– Então ninguém levava o correio da tarde para ela?

– O correio da tarde? Não. Eu olhava a caixa de correspondência e botava as cartas na mesinha do vestíbulo quando entrava. Mas muitas vezes a sra. Symmington costumava descer e pegar ela mesma. Ela não dormia a tarde inteira. Normalmente estava de pé às 16h.

– Não achou que houvesse algo errado por ela não ter se levantado naquela tarde?

– Ah, não, nunca nem sonhei com uma coisa dessas. O sr. Symmington estava pendurando o casaco no armário do vestíbulo, e eu disse: "O chá ainda não está pronto, mas a água está quase fervendo", e ele balançou a cabeça e chamou: "Mona, Mona!" E então, quando a sra. Symmington não respondeu, ele subiu até o quarto dela, e deve ter sido o maior choque. Ele me chamou e disse: "Mantenha as crianças longe daqui". Então ligou para o dr. Griffith, e nós esquecemos completamente da chaleira, que acabou com o fundo queimado! Nossa, foi *horrível*, e ela estava tão alegre e contente no almoço.

Nash disse abruptamente:

– Qual sua opinião sobre a carta que ela recebeu, srta. Holland?

– Ah, acho que era muito maldosa, muito maldosa!

– É mesmo, mas não estou falando disso. A senhorita acha que era verdade?

Elsie Holland respondeu com firmeza:

– Não, não acho mesmo. A sra. Symmington era muito sensível. Tinha de tomar um monte de coisas para os nervos. E ela era muito, bem, *particular* – Elsie corou. – Qualquer coisa desse tipo, *sórdida*, sabe, teria lhe provocado um grande choque.

Nash ficou um momento em silêncio, então perguntou:

– Recebeu uma carta dessas, srta. Holland?

– Não, não recebi nenhuma.

– Tem certeza? Por favor – ele ergueu uma das mãos –, não tenha pressa em responder. Elas não são coisas agradáveis de se receber, eu sei. E às vezes as pessoas não gostam de admitir que as receberam. Mas é muito importante para este caso que nós saibamos. Temos total consciência de que suas acusações são apenas um emaranhado de mentiras, por isso não precisa se sentir envergonhada.

– Mas eu não recebi, superintendente. Não recebi, verdade. Nenhuma coisa parecida.

Ela estava indignada, quase chorando, e suas negações pareciam bastante autênticas.

Quando ela voltou para as crianças, Nash ficou parado olhando pela janela.

– Bem – disse ele –, é isso! Ela diz que não recebeu nenhuma dessas cartas. E parece estar falando a verdade

– Está, sem dúvida. Tenho certeza de que está.

– Hum – disse Nash. – Então o que eu quero saber é: por que diabos ela não recebeu?

Ele prosseguiu com alguma impaciência enquanto eu o encarava.

– Ela é uma garota bonita, não é?

– Bem mais que bonita.

– Exatamente. Na verdade, é extraordinariamente bela. E jovem. É mesmo a vítima perfeita para um autor de cartas anônimas. Então por que foi deixada de fora?

Sacudi a cabeça.

– Sabe, é interessante. Tenho de falar sobre isso com Graves. Ele perguntou se conhecíamos alguém que sem dúvida não tivesse recebido uma carta.

– Ela é a segunda pessoa – disse eu. – Há Emily Barton, não esqueça.

Nash deu uma risadinha.

– Não devia acreditar em tudo o que escuta, sr. Burton. A sra. Barton recebeu uma, sim... mais de uma.

– Como sabe?

– Aquela mulher controladora com quem ela está morando me contou, a que foi sua copeira ou cozinheira. Florence Elford. Ela ficou muito indignada com isso. Queria o sangue de quem as escreveu.

– Por que a srta. Emily disse não ter recebido nenhuma?

– Boas maneiras. Não é uma linguagem educada. A pequena srta. Barton passou a vida inteira evitando tudo o que fosse grosseiro e vulgar.

– O que diziam as cartas?

– O de sempre. No caso dela, algo bem ridículo. E, para completar, insinuavam que ela tinha envenenado a mãe idosa e a maioria das irmãs!

– Quer dizer – disse eu, sem conseguir acreditar – que há uma lunática perigosa desse jeito andando por aí e não conseguimos identificá-la imediatamente?

– Nós vamos identificá-la – disse Nash, e sua voz estava grave. – Ela vai acabar escrevendo uma carta a mais do que deveria.

– Mas meu Deus, homem, ela não pode continuar a escrever essas coisas... não agora.

Ele olhou para mim.

– Ah, ela vai, sim. Sabe, *agora ela não consegue parar*. É uma necessidade mórbida. As cartas vão continuar, não tenha a menor dúvida disso.

CAPÍTULO 9

I

Fui procurar Megan antes de deixar a casa. Ela estava no jardim e parecia quase de volta à personalidade habitual, me cumprimentando de maneira bem alegre.

Sugeri que ela devia voltar e ficar um pouco conosco de novo, mas depois de um momento de hesitação ela sacudiu a cabeça.

– É muita gentileza sua, mas acho que vou ficar aqui. Afinal de contas é... bem, eu suponho, é minha casa. E eu acho que posso ajudar um pouco com os meninos.

– Bem – disse eu –, como você quiser.

– Então acho que vou ficar. Eu posso... eu posso...

– Sim? – instiguei.

– Se... se alguma coisa terrível acontecer, eu posso ligar, não posso, e você viria.

Fiquei tocado.

– Claro. Mas que coisa terrível você acha que pode acontecer?

– Ah, não sei – ela soou vaga. – As coisas parecem estar meio desse jeito, agora, não?

– Pelo amor de Deus, não vá encontrar mais corpos por aí! Isso não é bom para você.

Ela me deu um rápido vislumbre de sorriso.

– Não, não é. Isso me deixou muito mal.

Não gostei muito de deixá-la ali, mas afinal de contas, como ela dissera, era sua casa. E eu achei que agora Elsie Holland ia se sentir mais responsável por ela.

Nash e eu subimos juntos até Little Furze. Enquanto eu fazia para Joanna um relato dos acontecimentos da manhã, Nash foi atrás de Partridge. Quando tornou a se juntar a nós, parecia desanimado.

– Não foi de grande ajuda. Segundo essa mulher, a garota só disse que estava preocupada com uma coisa, não sabia o que fazer e gostaria dos conselhos da srta. Partridge.

– Partridge mencionou esse fato com alguém? – perguntou Joanna.

– Contou para a sra. Emory, a diarista. Em linhas gerais, pelo que entendi, havia *certa* moça que precisava de conselho dos mais velhos porque não achava que pudesse resolver as coisas sozinha de uma vez! Agnes podia não ser muito inteligente, mas era uma moça boa e respeitadora e tinha boas maneiras.

– Na verdade, isso é o orgulho de Partridge consigo mesma – murmurou Joanna. – E a sra. Emory poderia ter passado isso adiante para a cidade inteira?

– Isso mesmo, srta. Burton.

– Há outra coisa que me surpreende – disse eu. – Por que eu e minha irmã fomos incluídos entre os destinatários das cartas anônimas? Éramos estranhos por aqui, ninguém podia ter qualquer ressentimento contra nós.

– Não está levando em conta a mentalidade maliciosa de um escritor de cartas anônimas. Não sai nada bom de lá. Seu ressentimento, como poderia dizer, é contra a humanidade.

– Acho – disse Joanna de modo pensativo – que era isso o que a sra. Dane Calthrop queria dizer.

Nash olhou para ela de modo inquiridor, mas ela nada esclareceu.

– Não sei, srta. Burton – disse o superintendente –, se por acaso observou atentamente o envelope da carta que recebeu. Se fez isso, pode ter notado que na verdade ela estava endereçada para a srta. Barton, e depois o *a* foi alterado para *u*.

A observação, se interpretada de modo adequado, deveria ter nos dado uma pista para todo o problema. Mas naquele momento ninguém deu muita importância a ela.

Nash foi embora e eu fiquei com Joanna, que disse:

– Você não acha que aquela carta pode mesmo ter sido enviada para a srta. Emily, acredita?

– Dificilmente teria começado com "Sua rameira pintada" – observei, e Joanna concordou.

Então ela sugeriu que eu deveria ir até a cidade.

– Você precisa ouvir o que todo mundo está comentando. Vai ser *o* assunto esta manhã!

Sugeri que ela fosse também mas, para minha grande surpresa, Joanna recusou. Disse que ia ficar mexendo no jardim.

Parei na porta e perguntei, baixando a voz:

– Será que Partridge está bem?

– Partridge?

A surpresa na voz de Joanna me deixou envergonhado de minha ideia.

– Eu só gostaria de saber – desculpei-me. – Ela é meio "estranha", uma solteirona severa, o tipo de pessoa que pode ter mania religiosa.

– Isso não é mania religiosa; pelo menos foi isso o que me disse Graves.

– Bem, mania de sexo, então. Pelo que entendo, elas estão muito interligadas. Ela é reprimida e respeitável, e há anos vive trancada aqui com um monte de velhas.

– O que botou essa ideia na sua cabeça?

– Bem, temos apenas a palavra dela – observei devagar –, não é, sobre o que Agnes teria lhe falado. Imagine que Agnes tenha pedido a Partridge que lhe contasse por que ela foi até lá naquele dia deixar uma carta, e Partridge tenha dito que ia até lá à tarde explicar tudo a ela.

– E camuflou isso nos perguntando se a garota podia vir até aqui.

– Isso.

– Mas Partridge não saiu de casa em nenhum momento naquela tarde.

– Não temos como saber isso. Nós tínhamos saído, lembra?

– É, isso é verdade. Acho que é possível – Joanna revirou aquela ideia em sua mente. – Mas mesmo assim, acho que não. Não acredito que Partridge tenha capacidade para cobrir seus rastros nas cartas, para limpar impressões digitais e tudo mais. Você não precisa só de astúcia, precisa de conhecimento. Acho... – hesitou Joanna, e então completou – eles têm certeza de que é uma mulher, não têm?

– Você acha que é um homem? – perguntei, incrédulo.

– Não, não um homem comum, mas um certo tipo de homem. Na verdade, estou pensando no sr. Pye.

– Então Pye é a sua escolha?

– Você não sente que ele é uma possibilidade? É o tipo de pessoa que pode se sentir solitária, e infeliz e ressentida. Sabe, na verdade todo mundo ri dele. Você não consegue vê-lo odiando em segredo todas as pessoas normais e felizes e obtendo um prazer artístico estranho e perverso no que está fazendo?

– Graves disse que seria uma solteirona de meia-idade.

– O sr. Pye é um solteirão de meia-idade.

– Um desajustado – observei devagar.

– Bastante. Ele é rico, mas dinheiro não ajuda. E sinto que pode ser desequilibrado. Na verdade, ele é um homenzinho assustador.

– Ele também recebeu uma carta, não esqueça.

– Não temos como saber – observou Joanna. – Só achamos que sim. E, de qualquer modo, ele pode estar apenas representando um papel.

– Para nossa diversão?

– Sim. Ele é inteligente o bastante para pensar nisso e para não exagerar.

– Ele deve ser um ator de primeira.

– Mas claro, Jerry, quem quer que esteja fazendo isso *precisa* ser um ator de primeira. O prazer, em parte, vem daí.

– Pelo amor de Deus, Joanna, não fale assim como quem compreende tudo! Você me faz sentir que... que entende a mentalidade.

– Acho que entendo. Eu consigo, sabe, entrar em seu estado de ânimo. Se eu não fosse Joanna Burton, se não fosse jovem e razoavelmente atraente e capaz de me divertir, se eu ficasse... como diria? Se eu ficasse trancada atrás das grades, vendo as outras pessoas se divertirem, será que uma enorme onda negra não cresceria dentro de mim e me faria querer machucar, torturar... e mesmo destruir?

– Joanna! – eu a tomei pelos ombros e a sacudi. Ela deu um pequeno suspiro, estremeceu e sorriu para mim.

– Assustei você, não é, Jerry? Mas tenho a sensação de que esta é a maneira certa de solucionar este problema. Você precisa ser a pessoa, saber como ela se sente e o que a leva a agir, e então... e então talvez você descubra o que ela vai fazer em seguida.

– Que inferno! E eu vim para cá para viver como um vegetal e me interessar pelos pequenos escândalos locais. Pequenos escândalos locais! Calúnia, difamação, linguagem obscena e assassinato!

II

Joanna tinha razão. A High Street estava cheia de grupos de curiosos. De minha parte eu estava determinado as obter as reações de todos.

Encontrei-me primeiro com Griffith. Ele parecia muito indisposto e cansado. Tanto que fiquei preocupado. Certamente assassinato não é tudo no dia de trabalho de um médico, mas sua profissão o prepara para encarar a maioria das coisas, incluindo o sofrimento, o lado feio da natureza humana e a realidade da morte.

– Você parece arrasado – falei.

– Pareço? – ele estava distante. – Ah! Tive uns casos preocupantes ultimamente.

– Incluindo nosso lunático à solta?

– Isso, sem dúvida – ele afastou os olhos de mim na direção da rua. Notei que um nervo fino se retorcia em sua pálpebra.

– Você tem alguma suspeita de... *quem*?

– Não, não. Mas peço a Deus para ter.

Ele perguntou abruptamente sobre Joanna e disse, de modo hesitante, que tinha algumas fotografias que ela gostaria de ver.

Ofereci-me para levá-las para ela.

– Ah, não precisa. Na verdade vou passar lá perto mais tarde esta manhã.

Comecei a ficar com medo que Griffith tivesse entrado numa enrascada. Maldita Joanna. Griffith era um homem bom demais para virar brinquedo.

Eu o deixei ir, pois vi sua irmã se aproximando e queria, pelo menos naquela vez, conversar com ela.

Aimée Griffith começou a falar como se estivesse no meio de uma conversa.

– Absolutamente chocante! – trovejou. – Soube que o senhor esteve lá bem cedo.

Havia uma pergunta nas palavras, e seus olhos brilharam quando ela enfatizou a palavra "*cedo*". Não ia contar a ela que Megan me telefonara. Em vez disso, eu disse:

– Sabe, eu fiquei um pouco preocupado ontem à noite. A garota combinou de tomar chá lá em casa e não apareceu.

– E o senhor temeu pelo pior? O senhor é muito esperto!

– É – concordei. – Sou um verdadeiro sabujo humano.

– É o primeiro assassinato que tivemos em Lymstock. A excitação é impressionante. Espero que a polícia consiga resolver isso.

– Eu não ficaria preocupado com isso. Eles são um grupo eficiente de homens.

– Não consigo nem me lembrar de como era a garota, apesar de achar que ela abriu a porta para mim dezenas de vezes. Uma coisinha quieta, insignificante. Golpeada na cabeça e depois apunhalada na nuca, segundo Owen me disse. Para mim, parece um namorado. O que acha?

– Essa é sua solução?

– Parece-me a mais provável. Deve ter tido uma briga. Há muita consaguinidade por aqui... muita gente tem herança genética ruim – ela fez uma pausa e prosseguiu: – Soube que Megan Hunter encontrou o corpo. Deve ter sido um choque para ela.

– Foi – disse eu, de modo monossilábico.

– Imagino que não seja nada bom para ela. Em minha opinião, ela não tem uma cabeça muito forte. E uma coisa dessas pode lhe tirar completamente o prumo.

Tomei uma decisão. Eu precisava saber de algo.

– Diga-me uma coisa: foi a senhorita quem convenceu Megan a voltar para casa ontem?

– Eu não diria exatamente que convenci.

Eu fui em frente.

– Mas disse alguma coisa a ela, srta. Griffith?

Aimée Griffith plantou firmemente os pés e me encarou nos olhos. Ela estava um pouco na defensiva.

– Não é bom aquela moça fugir de suas responsabilidades. Ela é jovem e não sabe como são as línguas, então achei que era meu dever lhe explicar.

– Línguas? – eu me detive porque estava com raiva demais para continuar.

Aimée Griffith prosseguiu com aquela enlouquecedora confiança autocomplacente que era sua principal característica.

– Bem, suponho que *o senhor* não escute toda a fofoca que corre por aí. Eu escuto! Sei o que as pessoas estão dizendo. Veja bem, não acredito nem por um minuto que haja alguma coisa nisso, nem por um minuto! Mas sabe como são as pessoas: se podem dizer alguma coisa ruim, elas dizem! E isso é duro para uma moça quando ela tem de ganhar a vida.

– Ganhar a vida? – perguntei, intrigado.

Aimée continuou.

– Naturalmente é uma posição difícil para ela. E acho que ela fez a coisa certa. Quero dizer, ela não podia ir embora sem avisar e deixar as crianças sem ninguém para cuidar delas. Ela tem sido esplêndida, absolutamente esplêndida. Digo isso para todo mundo! Mas é fato, essa é uma situação que desperta preconceitos, e as pessoas falam.

– De quem está falando?

– De Elsie Holland, é claro – disse Aimée Griffith com impaciência. – Na minha opinião, ela é uma garota muito boa, que tem apenas cumprido o seu dever.

– E o que as pessoas estão dizendo?

Aimée Griffith riu. Mas era um riso um tanto desagradável.

– Dizem que ela já está considerando a possibilidade de se tornar a sra. Symmington nº 2, que está toda empenhada em consolar o viúvo e se tornar indispensável.

– Mas meu bom Deus! – exclamei, chocado. – A sra. Symmington morreu há apenas uma semana!

Aimée Griffith deu de ombros.

– Claro. É absurdo! Mas sabe como são as pessoas! Essa menina Holland é jovem e bonita, isso é suficiente. E veja bem, ser empregada não é um grande futuro para uma moça. Eu não a culparia por desejar um lar e um marido e jogar suas cartas para conseguir isso.

"Claro – continuou – que Dick Symmington, coitado, não tem a mínima ideia disso tudo! Ainda está completamente arrasado com a morte de Mona Symmington. Mas sabe como são os homens! Se a garota está sempre ali, deixa-o confortável, cuida dele e é obviamente dedicada às crianças... bem, ele fica dependente dela."

– Então a senhorita acha que Elsie Holland é uma mulher vil e ardilosa?

Aimée Griffith enrubesceu.

– De jeito nenhum. Tenho pena da garota, com as pessoas dizendo essas coisas horríveis! É por isso que eu mais ou menos disse a Megan que ela deveria ir para casa. Vai parecer melhor do que com Dick e a moça sozinhos em casa.

Comecei a entender as coisas.

Aimée Griffith deu sua risada alegre.

– Está chocado, sr. Burton, por ouvir o que nossa cidadezinha fofoqueira pensa? Vou contar uma coisa: todos sempre pensam o pior!

Ela riu, balançou a cabeça e saiu andando.

III

Encontrei-me com o sr. Pye perto da igreja. Ele estava conversando com Emily Barton, que parecia corada e excitada.

O sr. Pye me cumprimentou com todos os sinais de satisfação.

– Ah, Burton, bom dia, bom dia! Como está sua irmã encantadora?

Disse a ele que Joanna estava bem.

– Mas não vai se juntar ao nosso parlamento local? Estamos todos agitados por causa das notícias. Assassinato! Um verdadeiro assassinato de jornal de domingo entre nós! Mas temo que não seja o mais interessante dos crimes. É um tanto sórdido. O assassinato brutal de uma empregada. Não há detalhes sofisticados em torno do crime, mas ainda assim é inegavelmente uma notícia.

A srta. Barton estava trêmula.

– É chocante, muito chocante.

O sr. Pye voltou-se para ela.

– Mas a senhorita gosta disso, minha cara, gosta disso. Confesse agora. Pode desaprovar, deplorar, mas *há* a emoção.

– Uma moça tão boa – disse Emily Barton. – Veio trabalhar comigo quando saiu do Lar St. Clotilde. Uma garota bem rústica. Mas aprendia fácil. Ela virou uma empregadinha muito boa. Partridge estava muito satisfeita com ela.

Eu disse rapidamente:

– Ela ia tomar chá com Partridge na tarde de ontem – eu me voltei para Pye: – Imagino que Aimée Griffith tenha lhe contado.

Meu tom era bem natural. Pye respondeu aparentemente sem nada desconfiar.

– Ela mencionou, sim. Disse, eu me lembro, que era algo muito novo isso de criados usarem o telefone dos patrões.

– Partridge jamais sonharia em fazer uma coisa dessas – disse a srta. Emily. – E fico surpresa que Agnes o tenha feito.

– Minha cara, a senhorita está atrasada no tempo – disse o sr. Pye. – Meus dois terrores usam o telefone constantemente e fumavam por toda a casa até que eu proibi. Mas não devemos falar demais. Prescott é um cozinheiro divino, apesar de temperamental, e a sra. Prescott é uma empregada admirável.

– É mesmo. Todos nós achamos que o senhor tem muita sorte.

Tive de intervir, pois não queria que a conversa se tornasse puramente doméstica.

– A notícia do assassinato se espalhou muito depressa – eu falei.

– Claro, claro – disse o sr. Pye. – O açougueiro, o padeiro, o fabricante de velas. Que entre o Rumor, pintado e cheio de línguas! Lymstock, oh, tristeza!, jogada aos cães. Cartas anônimas, assassinatos, toda variedade de tendências criminosas.

Emily Barton, nervosa, disse:

– Eles não acham... não imaginam... que... os dois estejam ligados.

O sr. Pye lançou-se sobre a ideia:

– Especulação interessante. A garota sabia de alguma coisa, por isso foi morta. Sim, sim, muito promissor. Foi muita sagacidade pensar nisso.

– Eu... eu não posso aguentar.

Emily Barton falou aquilo abruptamente, virou-se e saiu andando muito apressada.

Pye a seguiu com o olhar. Seu rosto de querubim estava fechado, com expressão intrigada.

Ele virou-se para mim e sacudiu levemente a cabeça.

– Uma alma sensível. Criatura adorável, não acha? Absolutamente uma peça de época. Ela não é, sabe, de sua própria geração, mas da geração anterior. A mãe devia ser uma mulher de personalidade muito forte. Parece que mantinha a família parada no tempo, em 1870. Toda a família preservada sob uma redoma. Gosto de encontrar esse tipo de coisa.

Eu não queria falar sobre peças de época.

– O que o senhor pensa de verdade sobre todo esse negócio? – perguntei.

– O que quer dizer com isso?

– Cartas anônimas, assassinato...

– Nossa onda de crime local? O que pensa?

– Perguntei primeiro – eu disse com bom humor.

O sr. Pye respondeu com gentileza:

– Sou um estudioso, sabe, das anormalidades. Elas me interessam. Pessoas aparentemente improváveis que fazem as coisas mais fantásticas. Veja o caso de Lizzie Borden.* Na verdade, não há explicação razoável para isso. Neste caso, meu conselho à polícia seria: estudem a *personalidade*. Deixem de lado suas impressões digitais, o estudo de caligrafia e seus microscópios. Em vez disso, observem o que as pessoas fazem com as mãos, seus pequenos tiques, o modo como se alimentam, e se às vezes riem sem motivo aparente.

---

* Lizzie Andrew Borden (1860-1927) foi acusada, em 1892, nos Estados Unidos, de matar o pai e a madrasta, um dos crimes mais famosos de seu tempo. Ela foi absolvida, apesar da crença em sua culpa. (N.T.)

Ergui as sobrancelhas.

– Algum louco? – perguntei.

– Muito, muito louco – disse o sr. Pye, e em seguida acrescentou: – Mas ninguém nunca poderia imaginar!

– Quem?

Os olhos dele cruzaram com os meus. Ele sorriu.

– Não, não, Burton, isso seria difamação. Não vamos acrescentar difamação a todo o resto.

Ele escapou convenientemente pela rua.

IV

Enquanto estava ali parado a observá-lo, a porta da igreja se abriu, e o reverendo Caleb Dane Calthrop saiu.

Ele me deu um sorriso vago.

– Bom... bom dia, sr...

Eu o ajudei:

– Burton.

– Claro, claro, não pense que não me lembro do senhor. Seu nome apenas me escapou momentaneamente da memória. Faz um belo dia.

– É – respondi de modo sucinto.

Ele me examinou com os olhos.

– Mas algo... algo... ah, sim, aquela pobre criança infeliz que trabalhava para os Symmington. É difícil acreditar, tenho de confessar, que temos um assassino entre nós, sr... Burton.

– Parece mesmo um pouco fantástico – disse eu.

– Outra coisa acabou de chegar aos meus ouvidos – ele se inclinou em minha direção. – Soube que cartas anônimas andam circulando por aí. O senhor ouviu algum rumor em relação a isso?

– Ouvi falar.

– Coisas sujas e covardes – ele fez uma pausa e depois uma enorme citação em latim. – Essas palavras de Horácio se aplicam muito bem, não acha? – perguntou.

– Perfeitamente – respondi.

V

Não parecia haver ninguém mais com quem eu pudesse ter uma conversa proveitosa, por isso fui para casa, dando antes uma parada para comprar tabaco e uma garrafa de xerez, e também para obter opiniões mais humildes sobre o crime.

– Um vagabundo sem vergonha – parecia ser o veredicto.

– Eles batem na porta, batem sim, e pedem dinheiro, e se tem uma moça sozinha em casa, eles ficam perversos. Minha irmã Dora, lá em Combeacre, teve uma experiência muito ruim outro dia... ele estava bêbado e vendia esses poeminhas impressos...

A história prosseguia e terminava com a intrépida Dora batendo a porta corajosamente na cara do homem e se escondendo para se proteger em algum canto obscuro que, pelo que entendi da delicadeza das menções, devia ser o lavatório.

– E ela ficou lá até a patroa chegar em casa!

Cheguei a Little Furze poucos minutos apenas antes do almoço. Joanna estava parada na janela da sala de estar sem fazer nada, e parecia que seus pensamentos estavam a quilômetros de distância.

– O que você está fazendo aí sozinha? – perguntei.

– Ah, não sei. Nada demais.

Eu saí até a varanda. Havia duas cadeiras junto de uma mesa de ferro e sobre esta dois cálices vazios de xerez. Em outra cadeira havia outro objeto para o qual olhei com espanto por um bom tempo.

– Que negócio é esse aqui?

– Ah – disse Joanna. – Acho que é a fotografia de um baço doente, alguma coisa assim. Parece que o dr. Griffith achou que eu estaria interessada em vê-la.

Olhei com algum interesse para a fotografia. Todo homem tem seu jeito de cortejar o sexo feminino. Eu, de minha parte, jamais escolheria fazer isso com fotografias de baços, doentes ou não. Mas não havia dúvida de que Joanna pedira por isso.

– É muito feio, desagradável – disse eu.

Joanna disse que era, sim.

– Como estava Griffith? – perguntei.

– Parecia cansado e muito infeliz. Acho que ele está com alguma coisa na cabeça.

– Um baço que não tem cura?

– Deixe de ser bobo. Estou falando em alguma coisa real.

– Eu diria que o homem tem *você* na cabeça. Queria que o deixasse em paz, Joanna.

– Ah, cale a boca. Eu não fiz nada.

– As mulheres sempre dizem isso.

Joanna ficou com raiva e foi embora apressadamente.

O baço doente estava começando a se encolher ao sol. Peguei-o pelo canto e o levei para a sala. Eu não tinha qualquer apreço por aquilo, mas imaginei que fosse um dos tesouros de Griffith.

Eu me agachei e puxei um livro da prateleira de baixo para guardar a fotografia entre suas folhas. Era um volume pesado com os sermões de alguém.

O livro abriu-se à minha frente de modo bastante surpreendente. No minuto seguinte, eu vi por quê. *Algumas páginas do meio haviam sido meticulosamente extraídas.*

VI

Fiquei parado olhando para aquilo. Olhei para a folha de rosto. O livro tinha sido publicado em 1840.

Não podia haver nenhuma dúvida. Eu estava olhando para o livro cujas páginas tinham sido utilizadas para montar as cartas anônimas. Quem poderia tê-las arrancado?

Bem, para começar, a própria Emily Barton. Ela era, talvez, a pessoa mais óbvia em quem pensar. Ou poderia ter sido Partridge.

Mas havia outras possibilidades. As páginas podiam ter sido cortadas por qualquer pessoa que tivesse ficado sozinha naquela sala, qualquer visitante, por exemplo, que tivesse se sentado ali à espera da srta. Emily. Ou mesmo qualquer pessoa que tivesse feito apenas uma visita de trabalho.

Não, isso não parecia provável. Um dia, quando um funcionário do banco foi até lá para me ver, notei que Partridge o levou para o estúdio nos fundos. Isso era claramente rotina da casa.

Uma visita, então? Alguém de "boa posição social". O sr. Pye? Aimée Griffith? A sra. Dane Calthrop?

VII

A sineta tocou e eu fui almoçar. Depois, na sala de estar, mostrei minha descoberta a Joanna.

Discutimos aquilo sob todos os aspectos. Então procurei a polícia.

Eles ficaram empolgados com a descoberta, e eu ganhei tapinhas nas costas pelo que, no fim das contas, tinha sido o mais puro golpe de sorte.

Graves não estava lá, mas Nash estava e telefonou para o outro homem. Eles iam fazer testes com o livro em busca de impressões digitais, apesar de Nash não ter muitas esperanças de achar alguma coisa. E eu poderia dizer que não achou. Havia as minhas, as de Partridge e de mais ninguém, e isso mostrava apenas que Partridge limpava muito bem a poeira da casa.

Nash me acompanhou na subida de volta. Eu perguntei como as coisas estavam avançando.

– Estamos reduzindo as possibilidades, sr. Burton. Eliminamos as pessoas que não poderiam ser.

– Ah – disse eu. – E quem sobra?

– A srta. Ginch. Ela havia marcado de se encontrar com um cliente em uma casa, ontem. O lugar fica a boa distância pela Combracre Road, a estrada que leva à residência dos Symmington. Ela teria de passar pela casa na ida e na volta... na semana anterior, no dia em que enviaram a carta anônima, e a sra. Symmington cometeu suicídio, foi seu último dia no escritório de Symmington. No início, o sr. Symmington achou que ela não havia saído do escritório naquela tarde. Ele passou a tarde inteira com Sir Henry Lushington e telefonou várias vezes para a srta. Ginch. Entretanto, ela deixou o escritório entre 15h e 16h, eu acho. Ela saiu para comprar selos de valor elevado de que estavam precisando. O contínuo poderia ter ido, mas a srta. Ginch resolveu ir ela mesma, alegando estar com dor de cabeça e que o ar fresco lhe faria bem. Ela não demorou muito na rua.

– Mas demorou o suficiente?

– É, demorou o suficiente para ir até o outro lado da cidade, jogar a carta na caixa e voltar correndo. Mas tenho de observar que não consegui achar ninguém que a tenha visto perto da casa dos Symmington.

– Será que alguém a veria?

– Talvez sim, talvez não.

– Quem mais está na sua lista?

Nash olhou diretamente para um ponto à sua frente.

– O senhor sabe que não podemos excluir ninguém... ninguém mesmo.

– Não, eu compreendo.

– A srta. Griffith foi a Brenton para um encontro de guias femininas ontem. Ela chegou bem tarde...

– O senhor não acha...

– Não, não acho. Mas eu não *sei*. A srta. Griffith parece ser uma mulher de mente eminentemente saudável, mas como eu disse, não *sei*.

– E em relação à semana passada? Ela poderia ter deixado a carta na caixa?

– É possível. Ela estava fazendo compras na cidade naquela tarde – ele fez uma pausa. – O mesmo se aplica à srta. Emily Barton. Ontem no início da tarde ela estava fazendo compras e, na semana passada, ela pegou aquela estrada para ir se encontrar com algumas amigas, além da casa dos Symmington.

Sacudi a cabeça sem conseguir acreditar. Eu sabia que achar o livro em Little Furze iria atrair as atenções direto para a dona daquela casa, mas quando me lembrei da srta. Emily chegando ontem, tão alegre, contente e excitada...

Droga, excitada... é, excitada, faces rosadas, olhos brilhantes... sem dúvida não era porque... não era porque...

– Esse negócio é terrível para as pessoas – observei de repente. – Todos começam a ver coisas... a imaginar coisas...

– Sim, não é muito agradável olhar para todos os nossos semelhantes como possíveis lunáticos criminosos.

Ele fez uma pequena pausa e continuou:

– E há o sr. Pye.

Eu disse abruptamente:

– Então o senhor o está considerando?

Nash sorriu.

– Ah, sim, nós o estamos considerando, sim. Um personagem muito curioso mas não, eu acho, muito simpático. Ele não tem álibis. Estava sozinho no seu jardim nas duas ocasiões.

– Então o senhor não está sugerindo apenas mulheres?

– Não acho que as cartas tenham sido escritas por um homem. Na verdade, tenho certeza disso, e Graves também. Quero dizer, com a exceção de nosso sr. Pye, cuja personalidade tem traços anormalmente femininos. Mas nós investigamos o que todo mundo fez na tarde de ontem. É um caso de assassinato, sabe? O senhor está limpo – ele sorriu. – E sua irmã também, e o sr. Symmington depois que chegou no escritório não saiu mais, e o dr. Griffith estava fazendo ronda em outro lugar, e isso eu chequei com os pacientes.

Ele fez uma pausa, tornou a sorrir e disse:

– Sabe, nós trabalhamos bem.

– Então – disse eu devagar – por eliminação seu caso se reduziu a esses quatro: a srta. Ginch, o sr. Pye, a srta. Griffith e a pequena sra. Barton?

– Ah, não, temos mais duas pessoas, além da mulher do vigário.

O senhor pensou *nela*?

– Pensamos em *todo mundo*, mas a sra. Dane Calthrop é um pouco notoriamente louca demais, se o senhor me entende. Ainda assim, ela poderia tê-lo feito. Ela passou a tarde de ontem em um bosque observando pássaros.

Ele virou-se bruscamente quando o dr. Griffith adentrou na delegacia.

– Olá, Nash. Soube que andou me procurando hoje de manhã. Alguma coisa importante?

– Queremos marcar a audiência do inquérito para segunda-feira, se estiver bem para o senhor, dr. Griffith.

– Está bem. Eu e Moresby vamos fazer a necropsia hoje à noite.

– Só mais uma coisa, dr. Griffith – disse Nash. – A sra. Symmington estava tomando uma cápsula, um pó ou alguma outra coisa receitada pelo senhor...

Ele fez uma pausa, e Griffith falou de modo interrogativo:

– Sim?

– Uma overdose dessas cápsulas poderia ser fatal?

Griffith disse friamente.

– Claro que não. A não ser que ela tomasse umas 25 delas.

– Mas uma vez o senhor a alertou sobre ultrapassar a dosagem, segundo me disse a srta. Holland.

– Ah, isso, sim. A sra. Symmington exagerava na dose de qualquer coisa que receitassem a ela, achava que uma dose dupla traria benefícios em dobro, e ninguém deve tomar uma dose excessiva nem de fenacetina ou aspirina, é ruim para o coração. E, de qualquer modo, não há absolutamente a menor dúvida sobre a causa da morte. Foi cianeto.

– Ah, sei disso, o senhor não me entendeu. Só pensei que, ao cometer suicídio, seria preferível tomar uma overdose de soníferos a ingerir ácido prússico.

– É verdade. Por outro lado, o ácido prússico é mais dramático e de efeito garantido. Com barbitúricos, se a vítima for atendida a tempo, é possível reanimá-la.

– Entendi. Obrigado, dr. Griffith.

Griffith foi embora, e eu me despedi de Nash. Subi a colina a passos lentos até chegar à minha casa. Joanna não estava. Pelo menos, não havia sinal dela, apenas um bilhete enigmático no bloquinho ao lado do telefone para orientar Partridge ou a mim.

Se o dr. Griffith telefonar, diga que não posso mais ir na terça, mas posso na quarta ou na quinta-feira.

Arregalei os olhos e fui para a sala de estar. Sentei-me na poltrona mais confortável (nenhuma delas era muito confortável, eram todas de espaldar reto, reminiscência da falecida sra. Barton), estiquei as pernas e tentei refletir sobre aquilo tudo.

Fiquei subitamente chateado ao lembrar que a chegada de Owen interrompera minha conversa com o inspetor, e que ele mencionara duas outras pessoas como possibilidades. Eu me perguntei quem seriam.

Será que Partridge era uma delas? Afinal, o livro recortado foi encontrado nessa casa. E Agnes poderia ter sido atingida sem desconfiar de nada por sua conselheira e mentora. Não, não era possível eliminar Partridge.

Alguém, talvez, que eu não conhecesse? A sra. Cleat, a suspeita local original?

Fechei os olhos. Pensei nas quatro pessoas, pessoas estranhamente improváveis, uma por vez. A doce, frágil e pequenina Emily Barton? Que indícios havia realmente contra ela? Uma vida de carências? Dominada e reprimida desde a infância? Alguém de quem se exigiu sacrifícios demais? Seu pavor curioso em discutir qualquer coisa que "não fosse agradável"? Seria isso na verdade um sinal de preocupação interior justamente com esses temas? Será que eu estava ficando terrivelmente freudiano? Lembrei-me de um médico que uma vez me disse que o balbuciar de donzelas finas e educadas de certa idade quando sob anestesia eram reveladores. "É impossível imaginar que elas conheçam tais palavras!"

Aimée Griffith?

Sem dúvida não havia nada reprimido ou "inibido" em relação a ela. Alegre, com alguns hábitos masculinos, bem-sucedida. Uma vida cheia, tomada. Mas mesmo assim a sra. Dane Calthrop dissera: "Coitada!"

E havia alguma coisa... alguma coisa... algum detalhe... Ah! Lembrei! Owen Griffith dizendo algo como: "Tivemos um problema com cartas anônimas lá no Norte, onde eu clinicava".

Será que aquele também tinha sido trabalho de Aimée Griffith? Não há dúvida de que era muita coincidência. Dois casos da mesma ocorrência. Espere um minuto: eles encontraram o autor das primeiras. Griffith contou. Uma colegial.

De repente senti frio. Devia ser uma corrente de ar, vinda da janela. Eu me mexi desconfortável na poltrona. Por que de repente me senti tão estranho e perturbado?

Continuei a pensar... Aimée Griffith? Será que tinha sido Aimée Griffith, *não* a outra menina? E Aimée tinha vindo para cá e começado a aprontar das suas outra vez? E era por isso que Owen Griffith andava tão infeliz e abatido? Ele suspeitava. É, ele suspeitava...

O sr. Pye? Não era, de certa forma, um homem muito simpático. Eu conseguia imaginá-lo armando todo aquele negócio... rindo...

Aquele recado no bloquinho do telefone no vestíbulo... por que eu continuava a pensar nele? Griffith e Joanna, ele estava apaixonado por ela... não, não era por isso que o bilhete me preocupava. Era alguma outra coisa...

Meus sentidos começaram a se embaralhar, o sono estava muito próximo. Repeti para mim mesmo de modo idiota: "Onde há fumaça, há fogo. Onde há fumaça, há fogo... é isso... tudo se encaixa..."

E de repente me vi caminhando pela rua com Megan, e Elsie Holland passou. Estava vestida de noiva, e as pessoas murmuravam:

– Finalmente ela vai se casar com o dr. Griffith. Claro, eles estavam comprometidos em segredo há anos...

Lá estávamos nós, na igreja, e Dane Calthrop lia a cerimônia em latim.

E então a sra. Dane Calthrop pulou de pé e gritou energicamente:

– Isso tem de parar, eu estou dizendo. Isso tem de parar!

Por um ou dois minutos eu não sabia se estava dormindo ou acordado. Então meu cérebro despertou, e eu me dei conta de que estava na sala em Little Furze e que a sra. Dane Calthrop tinha acabado de entrar pela janela e estava parada à minha frente dizendo com uma violência nervosa:

– Isso tem de *parar*, estou dizendo.

Eu me pus de pé num pulo.

– Me desculpe. Acho que estava dormindo. O que a senhora disse?

A sra. Dane Calthrop bateu o punho com raiva na palma da mão.

– Isso tem de parar. Essas cartas. Assassinato! Crianças inocentes como a pobre Agnes não podem continuar a ser mortas!

– A senhora tem razão – disse eu. – Mas o que sugere para resolver isso?

– Esclarecer logo esse assunto todo. Eu disse que este não era um lugar sórdido. Eu estava errada. É sim.

– É, minha cara, mas o que a senhora vai *fazer*?

– Dar um fim nisso tudo, é claro – disse a sra. Dane Calthrop.

– A polícia está fazendo o melhor.

– Se conseguiram matar Agnes ontem, o melhor deles não é o bastante.

– Então a senhora sabe de alguma coisa que eles não sabem?

– Não, nada. *Eu* não sei de nada. É por isso que vou chamar um especialista.

Sacudi a cabeça.

– A senhora não pode fazer isso. A Scotland Yard só vai assumir o caso se houver uma solicitação do chefe de polícia do condado. E, na verdade, eles mandaram Graves.

– Não estou falando desse tipo de especialista. Não estou falando em alguém que entenda de cartas anônimas ou mesmo de assassinato. Estou falando em alguém que entenda de pessoas. O senhor não percebe? Precisamos de alguém que entenda muito de maldade e sordidez.

Era um ponto de vista inusitado. Mas era, de algum modo, estimulante.

Antes que pudesse dizer mais qualquer coisa, a sra. Dane Calthrop balançou a cabeça para mim e disse num tom rápido e confiante:

– Vou providenciar isso agora mesmo.

E saiu pela janela outra vez.

CAPÍTULO 10

I

Acho que a semana seguinte foi um dos períodos mais esquisitos pelos quais já passei. Ela teve um estranho ar de sonho. Nada parecia real.

A audiência do inquérito sobre Agnes Woddell foi realizada, e os curiosos de Lymstock compareceram *en masse*. Nenhum fato novo veio à luz e chegou-se ao único veredicto possível: "assassinato por pessoa ou pessoas desconhecidas".

Então, a pobre Agnes Woddell, depois de ter seu momento na ribalta, foi devidamente enterrada no tranquilo cemitério antigo da igreja, e a vida em Lymstock continuou como antes.

Não, essa última afirmação não é verdadeira. Não continuou como antes.

Havia uma centelha meio assustada, meio ávida nos olhos de quase todo mundo. Vizinho olhava para vizinho. Uma coisa tinha ficado muito clara no inquérito: era muito improvável que um estranho tivesse matado Agnes Woddell. Nenhum vagabundo ou homem desconhecido fora notado ou denunciado na delegacia. Então, em algum lugar em Lymstock, caminhando pela High Street e fazendo compras, passando o dia, havia uma pessoa que quebrara o crânio de uma garota indefesa e enfiara um espeto afiado no meio de seu cérebro.

E ninguém sabia quem era essa pessoa.

Como eu digo, os dias se passaram como numa espécie de sonho. Eu olhava para todos que encontrava sob nova luz, a luz de um possível assassino. Nao era uma sensação agradável.

E à noite, com as cortinas fechadas, Joanna e eu ficávamos sentados conversando, conversando, discutindo e repassando uma a uma todas as várias possibilidades que ainda pareciam tão fantásticas e incríveis.

Joanna se mantinha apegada à sua teoria do sr. Pye. Eu, depois de um pouco de hesitação, tinha voltado à minha suspeita original: a srta. Ginch. Mas repassamos várias vezes todos os nomes possíveis.

O sr. Pye?

A srta. Ginch?

A sra. Dane Calthrop?

Aimée Griffith?

Emily Barton?

Partridge?

E o tempo inteiro, nervosos e apreensivos, esperávamos que algo acontecesse.

Mas nada aconteceu. Ninguém, até onde sabíamos, recebeu mais nenhuma carta. Nash fazia aparições periódicas na cidade, mas eu não tinha ideia do que ele estava fazendo e de que armadilhas a polícia estava armando. Graves fora embora de novo.

Emily Barton veio tomar chá. Megan veio para o almoço. Owen Griffith se ocupava com seu trabalho. Nós fomos beber xerez com o sr. Pye. E fomos tomar chá no vicariato.

Fiquei satisfeito em ver que a sra. Dane Calthrop não exibia nada da ferocidade militante que demonstrara por ocasião de nosso último encontro. Acho que ela tinha se esquecido completamente disso.

Agora ela parecia preocupada principalmente com a destruição das borboletas brancas para preservar as plantações de couve-flor e repolho.

Nossa tarde no vicariato talvez tenha sido uma das mais tranquilas pela qual passamos. Era uma atraente casa antiga com uma sala de estar grande, velha e confortável, forrada de cretone rosa desbotado. Os Dane Calthrop tinham um hóspede com eles, uma senhora idosa adorável que estava tricotando alguma coisa com lã branca felpuda. Comemos pães doces deliciosos com o chá, e o vigário chegou e sorriu placidamente para nós enquanto se empenhava em sua conversa erudita e cortês. Estava muito agradável.

Não vou dizer que nos afastamos do tópico do assassinato, porque não fizemos isso.

Miss Marple, a hóspede, estava naturalmente entusiasmada com o assunto. Como ela disse, justificando-se:

– Temos tão pouco sobre o que conversar no campo!

Ela pusera na cabeça que a garota morta devia ter sido igual à sua Edith.

– Uma empregadinha tão boa e tão prestativa, mas às vezes um pouco lenta para entender as coisas.

Miss Marple também tinha uma prima cuja cunhada da sobrinha tivera muitos aborrecimentos e problemas por causa de cartas anônimas, então as cartas também eram de grande interesse para aquela senhora adorável.

– Mas conte-me, querida – disse ela para a sra. Dane Calthrop –, o que as pessoas na cidade, quero dizer, as pessoas que moram aqui, dizem? O que *elas* acham?

– Ainda a sra. Cleat, eu acho – disse Joanna.

– Ah, não – disse a sra. Dane Calthrop. – *Agora* não.

Miss Marple perguntou quem era a sra. Cleat.

Joanna disse que era a bruxa da cidade.

– É verdade, não é, sra. Dane Calthrop?

O vigário murmurou uma grande citação em latim sobre, creio eu, os poderes malignos das bruxas, à qual todos escutamos em silêncio mudo e sem compreender.

– Ela é uma mulher muito tola – disse sua esposa. – Gosta de se exibir. Sai para coletar ervas e coisas na lua cheia e faz questão que todos por aqui saibam.

– E suponho que garotas tolas a procurem em busca de ajuda, não? – disse Miss Marple.

Vi que o vigário se preparava para derramar mais latim sobre nós e perguntei correndo:

– Mas por que as pessoas não suspeitam que ela seja a assassina? Achavam que as cartas eram obra dela.

– Ah! – disse Miss Marple. – Mas a garota foi morta com um *espeto*, pelo que eu soube (muito desagradável!). Bem, naturalmente, isso elimina toda a suspeita sobre a sra. Cleat. Porque, sabe, ela poderia ter jogado um feitiço para que a garota adoecesse e morresse de causas naturais.

– É estranho como velhas crenças permanecem – disse o vigário. – No início da era cristã, as superstições foram sabiamente incorporadas às doutrinas cristãs, e seus atributos mais desagradáveis foram aos poucos eliminados.

– Não é com superstição que precisamos lidar aqui – disse a sra. Dane Calthrop –, mas com *fatos*.

– E fatos muito desagradáveis – observei.

– É isso mesmo, sr. Burton – disse Miss Marple. – Agora me desculpe se estou sendo pessoal demais, mas o senhor é um forasteiro e conhece o mundo e vários aspectos da vida. Parece-me que seria capaz de encontrar uma solução para esse problema repugnante.

Eu dei um sorriso.

– A melhor solução que encontrei foi num sonho. Em meu sonho tudo se encaixava e se revelava lindamente. Porém, quando acordei, vi que era tudo um absurdo.

– Mas que interessante! Conte-me como foi esse absurdo.

– Bem, tudo começou com uma frase boba: "Onde há fumaça, há fogo". As pessoas têm repetido isso *ad nauseam*. Então comecei a misturar termos de guerra. Cortinas de fumaça, pedaços de papel, mensagens telefônicas... não, isso foi outro sonho.

– E o que foi esse sonho?

Aquela senhora estava tão ansiosa por isso que tive certeza de que era uma leitora do *Livro dos sonhos de Napoleão**, que tinha sido um grande auxílio para minha velha babá.

– Ah! Apenas Elsie Holland, a governanta dos Symmington, sabe, estava se casando com o dr. Griffith, e o vigário aqui celebrava a cerimônia em latim.

---

* *Napoleon's Lucky Dream Book: a Book of Fate*, publicado originalmente em 1858, e em catálogo até hoje, é um fac-símile do exemplar que Napoleão Bonaparte costumava consultar para tomar suas decisões. (N.T.)

– Muito apropriado, querido – murmurou a sra. Dane Calthrop para o marido.

– E então a sra. Dane Calthrop se levantou e interrompeu a cerimônia e disse que aquilo tinha de acabar! Mas essa parte – acrescentei com um sorriso – foi verdade. Eu acordei e vi a senhora de pé diante de mim falando isso.

– E eu tinha mesmo razão – disse a sra. Dane Calthrop, mas, notei com satisfação, de modo bem tranquilo.

– Mas onde entrou a mensagem telefônica? – perguntou Miss Marple, franzindo as sobrancelhas.

– Acho que estou sendo um tanto estúpido. Isso não foi no sonho. Foi pouco antes dele. Eu passei pelo vestíbulo e vi que Joanna tinha escrito um recado para ser dado a alguém caso telefonasse...

Miss Marple debruçou-se para frente. Havia uma mancha rosada em sua face.

– O senhor vai me achar curiosa e grosseira demais se eu perguntar o que era esse recado? – ela lançou um olhar para Joanna. – Eu peço desculpas, querida.

Joanna, entretanto, estava se divertindo muito com aquilo.

– Ah, não tem problema – garantiu ela à senhora. – Não consigo me lembrar de nada em relação a mim, mas talvez Jerry consiga. Devia ser algo bem trivial.

Repeti solenemente a mensagem da melhor forma com que pude me lembrar, mas talvez ela tenha tido alguma ideia sentimental de um romance, pois balançou a cabeça, sorriu e pareceu satisfeita.

– Entendi – disse ela. – Achei que fosse algo assim.

A sra. Dane Calthrop perguntou de supetão:

– Assim como, Jane?

– Algo bem comum – disse Miss Marple.

Ela me olhou com expressão pensativa por um ou dois instantes, então disse de modo inesperado:

– Vejo que é um rapaz muito inteligente, mas não tem muita confiança em si mesmo. Deveria ter!

Joanna deu um grito:

– Pelo amor de Deus, não o encoraje a se sentir assim! Ele já é muito convencido do jeito que é.

– Fique quieta, Joanna – disse eu. – Miss Marple me entende.

Miss Marple reiniciara seu tricotar macio.

– Sabe – observou pensativamente –, cometer um assassinato com sucesso deve ter muito em comum com realizar um truque de mágica.

– A rapidez da mão que engana os olhos?

– Não só isso. É preciso fazer com que as pessoas olhem para a coisa errada e para o lugar errado. Eles chamam isso de distração, eu creio.

– Bem – observei –, até agora todo mundo parece ter procurado no lugar errado por nosso lunático à solta.

– Eu estaria inclinada – disse Miss Marple – a procurar por alguém muito são.

– Sim – refleti. – Foi o que Nash disse. Eu me lembro que ele também enfatizou a respeitabilidade.

– É – concordou Miss Marple. – Isso é *muito* importante.

Bem, todos parecemos concordar.

Eu me dirigi à sra. Dane Calthrop:

– Nash acredita que haverá mais cartas anônimas. O que acha?

– Imagino que seja possível – respondeu ela devagar.

– Se a polícia acha isso, sem dúvida vai acontecer – disse Miss Marple.

Resolvi implicar com a sra. Dane Calthrop:

– Ainda sente pena do autor das cartas?

Ela corou.

– Por que não?

– Querida, acho que não concordo com você – disse Miss Marple. Não neste caso.

Fiquei exaltado e disse:

– Elas levaram uma mulher ao suicídio e causaram muitos problemas e infelicidade! – eu falei.

– Recebeu alguma, srta. Burton? – perguntou Miss Marple.

– Ah, sim! – borbulhou Joanna. – Ela dizia as coisas mais horripilantes.

– Infelizmente – disse Miss Marple – as pessoas jovens e bonitas são mais propensas a serem escolhidas pelo autor.

– É por isso que acho estranho o fato de Elsie Holland não ter recebido nenhuma carta – observei.

– Deixe-me ver – disse Miss Marple. – Ela é a governanta dos Symmington, a mesma com quem sonhou, sr. Burton?

– É.

– Provavelmente ela recebeu uma mas não quer contar – disse Joanna.

– Não – disse eu. – Acredito nela. E Nash também.

– Nossa – disse Miss Marple. – Isso sim é *muito* interessante. É a coisa mais interessante que ouvi até agora.

II

Enquanto voltávamos para casa, Joanna me disse que eu não devia ter repetido o que Nash dissera sobre cartas chegando.

– Por que não?

– Por que a sra. Dane Calthrop pode ser a pessoa.

– Você não acredita mesmo nisso, acredita?

– Não tenho certeza. Ela é uma mulher estranha.

Começamos nossa discussão das probabilidades toda de novo.

Duas noites mais tarde, eu voltava para casa de carro de Exhampton. Eu jantara lá e só depois peguei a estrada, e antes de chegar a Lymstock já estava escuro.

Havia algum problema com os faróis do carro, e depois de reduzir a velocidade e ligá-los e desligá-los, resolvi sair do carro para ver o que eu podia fazer. Passei algum tempo mexendo neles e finalmente consegui consertá-los.

A estrada estava bem deserta. Ninguém em Lymstock sai depois que anoitece. As primeiras casas estavam bem à frente, entre elas a construção feia e com cumeeiras do Instituto Feminino. Ele assomava sob a luz fraca das estrelas, e algo me impeliu a ir até lá para dar uma espiada. Não sei se havia captado um vislumbre de uma figura furtiva entrando rapidamente pelo portão. Se foi isso, deve ter sido algo tão indistinto que não ficou registrado em minha mente consciente, mas de repente senti uma espécie de curiosidade avassaladora em relação ao lugar.

O portão estava levemente entreaberto, e eu o empurrei e entrei. Um caminho curto e quatro degraus levavam até a porta.

Fiquei ali parado por um momento, hesitando. O que na verdade eu estava fazendo ali? Eu não sabia, e então, de repente, ali perto, à mão, captei um farfalhar. Soava como um vestido de mulher. Virei-me imediatamente e fiz a volta na construção seguindo na direção de onde viera o som.

Não conseguia ver ninguém. Segui em frente e dei a volta na casa. Agora estava nos fundos dela e de repente vi, a menos de um metro de mim, uma janela aberta.

Aproximei-me com cuidado e tentei escutar. Não conseguia ouvir nada, mas de algum modo estava convencido de que havia alguém lá dentro.

Minhas costas ainda não estavam muito boas para fazer acrobacias, mas consegui me erguer e pulei o batente. Infelizmente, fiz muito barulho.

Lá dentro, fiquei parado ao lado da janela escutando. Então caminhei para frente, com as mãos estendidas. Naquele momento, ouvi um som muito baixo adiante à direita.

Eu tinha uma lanterna no bolso e a acendi.

De imediato uma voz baixa e veemente disse:

– Apague isso.

Obedeci instantaneamente, pois naquele breve segundo eu reconheci o superintendente Nash.

Senti quando me tomou pelo braço e me empurrou por uma porta até um corredor. Ali, onde não havia janelas para trair nossa presença para alguém do lado de fora, ele acendeu uma luz e me olhou mais com aborrecimento do que com raiva.

– *Tinha* de chegar justo naquele minuto, sr. Burton?

– *Sinto muito* – desculpei-me. – Mas tive a sensação de que ia descobrir alguma coisa.

– E provavelmente ia. O senhor viu alguém?

Eu hesitei.

– Não tenho certeza – disse devagar. – Tenho a leve impressão de ter visto alguém entrar furtivamente pelo portão da frente, mas na verdade não *vi* ninguém. Então ouvi um farfalhar do outro lado da casa.

Nash assentiu.

– Isso mesmo. Alguém deu a volta na casa antes. Eles hesitaram diante da janela, então foram embora depressa... Ouviram *o senhor*, imagino.

Eu me desculpei outra vez.

– Qual é o grande plano? – perguntei.

– Estou apostando no fato de que um autor de cartas anônimas não consegue parar de escrever. Ele pode saber que é perigoso, mas vai ter de fazer isso. É como a necessidade de drogas ou de bebida.

Eu balancei a cabeça.

– Agora veja bem, sr. Burton, acho que, quem quer que seja, vai querer que as cartas se pareçam o máximo possível com as outras. A pessoa tem as páginas arrancadas daquele livro e pode continuar a usar as letras e palavras recortadas delas. Mas os envelopes apresentam uma dificuldade. Ela vai querer datilografá-los na mesma máquina. Não pode arriscar usar outro modelo ou sua própria letra.

– O senhor acha mesmo que ela vai continuar com esse jogo? – perguntei com incredulidade.

– Acho sim. E aposto o que o senhor quiser que ela está cheia de confiança. Normalmente essas pessoas são vaidosas como o diabo! Bem, então concluí que, quem quer que fosse, viria ao instituto à noite para usar a máquina de escrever.

– A srta. Ginch?

– Talvez.

– O senhor ainda não sabe?

– Eu não *sei*.

– Mas suspeita?

– Sim. Porém, é alguém muito astuto, sr. Burton. Alguém que conhece todos os truques do jogo.

Consegui imaginar um pouco da rede que Nash espalhara na região. Eu não tinha dúvida de que toda carta escrita por um suspeito e enviada ou entregue pessoalmente era logo examinada. Mais cedo ou mais tarde, o criminoso ia cometer um deslize, ia descuidar.

Pela terceira vez me desculpei por minha presença empolgada e indesejada.

– Ah, bem – disse Nash filosoficamente. – Não tem mais jeito. Espero mais sorte da próxima vez.

Saí para a noite e vi uma figura indistinta parada de pé ao lado de meu carro. Para minha surpresa, reconheci Megan.

– Olá! – disse ela. – Achei que fosse seu carro. O que estava fazendo?

– O que você está fazendo não é muito mais importante? – disse eu.

– Saí para dar uma volta. Gosto de caminhar à noite. Ninguém detém você para dizer bobagens, e eu gosto das estrelas, e o cheiro das coisas é melhor, e todo dia as coisas parecem muito misteriosas.

– Concordo plenamente com você – disse eu. – Mas só gatos e bruxas andam no escuro. Eles vão ficar preocupados com você em casa.

– Não, não vão. Eles nunca querem saber onde estou ou o que estou fazendo.

– Como tem passado? – perguntei.

– Acho que bem.

– A srta. Holland tem cuidado de você depois daquilo tudo?

– Elsie é legal. Não consegue deixar de ser uma tola completa.

– Isso não é nada simpático, mas provavelmente é verdade – disse eu. – Entre que levo você para casa.

Não era bem verdade que nunca sentiam a falta de Megan.

Symmington estava parado na porta quando chegamos.

Ele olhou em nossa direção.

– Olá, Megan está aí?

– Está – respondi. – Eu a trouxe para casa.

Symmington disse com rispidez:

– Você não pode sair por aí assim sem nos avisar, Megan. A srta. Holland ficou muito preocupada com você.

Megan murmurou algo, passou por ele e entrou em casa. Symmington deu um suspiro.

– Uma garota crescida é uma grande responsabilidade sem uma mãe para cuidar dela. Acho que ela está velha demais para a escola.

Ele olhou para mim de modo meio suspeito.

– Imagino que a tenha levado para dar uma volta.

Achei melhor deixar por isso mesmo.

CAPÍTULO 11

I

No dia seguinte, eu enlouqueci. Ao olhar hoje para a situação, essa é realmente a única explicação que consigo encontrar.

Era dia de minha consulta mensal com Marcus Kent... Eu ia de trem. Para minha enorme surpresa, Joanna resolveu não ir comigo. Normalmente ela ficava ansiosa por me acompanhar, e costumávamos ficar lá por um dia ou dois.

Entretanto, dessa vez eu sugerira voltar no mesmo dia, no trem noturno, mas mesmo assim fiquei surpreso com Joanna. Ela apenas disse enigmaticamente que tinha muita coisa para fazer, e por que passar horas em um trem cheio, horrível, quando fazia um dia lindo no campo?

Isso, claro, era inegável, mas não se parecia nada com Joanna.

Ela disse que não ia usar o carro, então dirigi até a estação e deixei-o estacionado lá para quando voltasse.

A estação de Lymstock fica situada, por alguma razão obscura conhecida apenas pelas empresas ferroviárias, a quase um quilômetro da cidade propriamente dita. A meio caminho na estrada alcancei Megan, que caminhava despreocupadamente. Eu parei ao lado dela.

– Olá! O que está fazendo?

– Só saí para caminhar.

– Mas pelo que vejo, não uma boa caminhada revigorante. Você estava se arrastando como um caranguejo deprimido.

– Bem, não estava indo a nenhum lugar em especial.

– Então venha comigo e me leve à estação – abri a porta do carro, e Megan pulou para dentro.

– Aonde você vai?

– Londres. Para ver meu médico.

– Suas costas não pioraram, pioraram?

– Não. Estão praticamente boas de novo. Espero que ele fique muito satisfeito com elas.

Megan balançou a cabeça.

Chegamos à estação, estacionei o carro, entramos e comprei minha passagem no guichê. Havia pouquíssima gente na plataforma, e ninguém que eu conhecia.

– Você se importava de me emprestar um pêni? – perguntou Megan. – Para eu poder comprar um chocolate na máquina.

– Aqui está, menina – disse eu, entregando a moeda em questão. – Você tem certeza de que também não quer chicletes ou umas pastilhas de menta?

– Gosto mais de chocolate – respondeu Megan, sem desconfiar do sarcasmo.

Ela foi até a máquina de chocolates, e eu a observei com uma sensação crescente de irritação.

Ela estava usando sapatos muito surrados com meias grossas nada atraentes, um pulôver de tricô e uma saia especialmente disformes. Não sei por que aquilo deveria me enfurecer, mas enfureceu.

Eu perguntei com raiva quando ela voltou:

– Por que você usa essas meias horrorosas?

Megan olhou para elas com surpresa.

– Qual o problema com elas?

– Tudo é problema com elas. São lamentáveis. E por que usar um pulôver que parece um repolho estragado?

– Ele é legal, não é? Eu o tenho há cinco anos.

– Dá para ver. E por que você...

Nesse minuto, o trem chegou e interrompeu meu sermão raivoso.

Embarquei em um vagão de primeira classe vazio, baixei a janela e me debrucei para fora para continuar a conversa.

Megan estava parada logo abaixo de mim, com o rosto virado para cima. Ela me perguntou por que eu estava tão irritado.

– Não estou irritado – respondi sem dizer a verdade. – Mas me deixa furioso ver você assim tão relaxada, sem se importar com a aparência.

– Eu não vou ficar bonita mesmo, então o que importa?

– Meu Deus! Eu gostaria de ver você bem arrumada. Gostaria de levar você a Londres e vesti-la dos pés à cabeça.

– Seria bom se você pudesse fazer isso – disse Megan.

O trem começou a se mover. Eu olhei para o rosto triste e desejoso de Megan virado para cima.

Então, como eu disse, a loucura tomou conta de mim.

Abri a porta, agarrei Megan com um braço e a puxei para dentro do vagão.

Um condutor na plataforma deu um grito ultrajado, mas tudo o que ele pôde fazer foi fechar rapidamente a porta do vagão com um golpe. Ergui Megan do chão onde meu gesto impetuoso a deixara.

– Mas por que diabos você fez isso? – perguntou, esfregando o joelho.

– Fique quieta. Você vai para Londres comigo e, quando eu terminar, não vai se reconhecer. Vou mostrar como pode ficar se tentar. Estou cansado de ver você andando por aí toda maltrapilha e relaxada.

O condutor passou e comprei com ele uma passagem de ida e volta para Megan. Ela sentou-se em seu canto e me olhou com uma espécie de respeito reverente.

– Nossa – disse ela quando o homem foi embora. – Você pensa rápido, hein?

– Muito – respondi. – Está no sangue da família.

Como explicar a Megan o impulso que eu sentira? Ela parecia um cachorro triste deixado para trás. Agora tinha no rosto o incrível prazer de um cão que no fim das contas é levado a passeio.

– Imagino que você não conheça Londres muito bem – disse para Megan.

– Conheço, sim – disse ela. – Sempre passava por lá quando ia para o colégio. E fui ao dentista, lá, e ao teatro.

– Esta – disse eu de modo misterioso – vai ser uma Londres diferente.

Chegamos a Londres com meia hora livre antes de meu compromisso na Harley Street.

Pegamos um táxi e fomos direto para Mirotin, a modista de Joanna. Mirotin é, na verdade, uma mulher alegre e natural de 45 anos chamada Mary Grey. É inteligente e muito boa companhia. Sempre gostei dela.

– Você é minha prima – disse para Megan.

– Por quê?

– Não discuta.

Mary Grey estava sendo firme com uma senhora judia corpulenta que estava apaixonada por um vestido de noite azul claro muito colante. Eu a chamei e a levei para um canto.

– Escute – disse eu –, trouxe uma prima minha comigo. Joanna vinha também, mas teve um imprevisto. Mas ela disse que eu podia deixar tudo por sua conta. Está vendo o aspecto da menina agora?

– Meu Deus, estou – respondeu Mary Grey com compaixão.

– Bem, quero que ela seja arrumada em todos os detalhes, dos pés à cabeça. Você tem carta branca. Meias, sapatos, roupa de baixo, tudo! A propósito, o homem que cuida dos cabelos de Joanna fica perto daqui, não é?

– Antoine? Logo ali na esquina. Eu cuido disso também.

– Você é uma mulher em mil.

– Ah, eu vou me divertir, sem falar no dinheiro, o que não é algo para ser desprezado nos dias de hoje. Metade de minhas clientes estúpidas não paga suas contas. Mas como eu disse, vou me divertir – lançou um rápido olhar profissional para Megan que estava de pé, um pouco afastada. – Ela é uma moça bonita.

– Você deve ter olhos de raios-X – disse eu. – Para mim, ela parece completamente disforme.

Mary Grey riu.

– Nessas escolas – disse ela – eles parecem fazer questão de produzir garotas que se orgulham de se vestir com algo de outro mundo. Eles chamam isso de ser doce, simples e inocente. Às vezes é preciso uma estação inteira até que uma moça consiga juntar forças e parecer humana. Não se preocupe. Deixe tudo por minha conta.

– Está bem. Volto para buscá-la por volta das 18h.

II

Marcus Kent ficou satisfeito comigo. Ele me disse que eu superara suas mais irreais expectativas.

– Você deve ter a constituição de um elefante para se recuperar desse jeito. Ah, é maravilhoso o que o ar do campo, não sair à noite e não viver emoções fortes podem fazer por um homem! Basta que ele persista nisso.

– Concordo com os dois primeiros. Mas não acho que o campo esteja livre de emoções fortes. No meu caso, tivemos uma boa dose delas.

– Que tipo de emoções fortes?

– Assassinato – respondi.

Marcus Kent franziu a boca e soltou um assovio.

– Alguma tragédia romântica bucólica? O jovem camponês que matou a amada?

– Nada disso. Um assassino lunático, determinado e habilidoso.

– Não li nada sobre isso. Quando foi que o pegaram?

– Não pegaram, e é uma mulher.

– Uau! Não estou bem certo que Lymstock seja o lugar certo para você, meu velho.

– É, é sim – eu disse com firmeza. – E você não vai me tirar de lá.

Marcus Kent tem uma mente baixa, e disse no ato:

– Então é isso! Encontrou uma loura?

– Nada disso – respondi com um pensamento culpado em Elsie Holland. – É meramente por que estou muito interessado na psicologia do crime.

– Ah, está bem. Até agora isso não lhe fez mal nenhum, mas tome cuidado para que esse seu assassino lunático não apague *você*.

– Não há risco disso – disse eu.

– O que acha de jantar comigo esta noite? Você vai poder me contar tudo sobre seu assassino revoltante.

– Desculpe. Tenho compromisso.

– Encontro com uma mulher, hein? É, você está definitivamente quase bom.

– Acho que você pode dizer que sim – disse eu, um pouco excitado com a ideia de Megan nesse papel.

Cheguei às 18h à Mirotin, quando a casa estava oficialmente fechando. Mary Grey me recebeu no alto das escadas em frente à porta do showroom. Ela estava com um dedo nos lábios.

– Você vai ter um choque! Se me permite dizer isso, eu fiz um trabalho e tanto!

Entrei no grande showroom. Megan estava de pé, se olhando em um espelho comprido. Eu dou minha palavra que quase não a reconheci. Na hora, fiquei sem fôlego. Alta e magra como um salgueiro, com pés e tornozelos delicados visíveis através de meias de seda pura e sapatos bem-acabados. Sim, pés e mãos adoráveis, ossos pequenos, qualidade e classe em cada uma de suas linhas. O cabelo tinha sido penteado e tomara forma em sua cabeça, reluzindo com brilho acastanhado. Tiveram o bom-senso de não mexer em seu rosto. Ela parecia não usar maquiagem e, se usava, era tão leve e delicada que não aparecia. Sua boca não precisava de batom.

Além disso, havia nela algo que eu nunca vira antes, um orgulho jovem e inocente na curvatura do pescoço. Ela me olhou de modo solene e com um leve sorriso tímido.

– Até que eu estou... bonitinha, não estou? – disse Megan.

– Bonitinha? – disse eu. – Bonitinha não é a palavra! Se sair para jantar comigo e pelo menos um a cada dois homens não se virarem para olhar para você, eu vou ficar muito surpreso. Você vai botar todas as outras garotas no chapéu.

Megan não era bonita, mas era incomum, e seu rosto chamava atenção. Ela tinha personalidade. Entrou no restaurante na minha frente e, enquanto o maître se apressava para nos atender, senti a emoção do orgulho idiota que um homem sente quando tem com ele algo fora do comum.

Primeiro tomamos coquetéis sem pressa. Depois jantamos. E mais tarde dançamos. Megan estava louca para dançar, e eu não queria desapontá-la. Entretanto, por algum motivo, não achei que ela soubesse dançar bem, mas sabia. Era leve como uma pluma em meus braços, e seu corpo e seus pés acompanhavam o ritmo perfeitamente.

– Nossa! – exclamei. – Você sabe dançar!

Ela pareceu um pouco surpresa.

– Ora, claro que sei. Tínhamos aulas de dança toda semana na escola.

– É preciso mais que aulas de dança para saber dançar – disse eu.

Voltamos para nossa mesa.

– A comida não está deliciosa? – perguntou Megan. – E tudo mais!

Ela soltou um suspiro muito satisfeito.

– É exatamente o que eu sinto – disse eu.

Foi uma noite delirante. Eu ainda estava louco. Megan me trouxe de volta à Terra quando disse desconfiada:

– A gente não devia ir para casa?

Meu queixo caiu. Sim, sem dúvida eu estava louco. Tinha me esquecido de tudo! Estava em um mundo separado da realidade. Eu existia nele com a criatura que eu criara.

– Meu bom Deus! – exclamei.

Eu me dei conta de que o último trem já havia partido.

– Fique aqui – eu falei. – Vou telefonar.

Liguei para as pessoas do serviço de carros de aluguel Llewelly Hire e pedi que mandassem seu carro maior e mais veloz o mais rápido possível. Em seguida voltei para o lado de Megan.

– O último trem já partiu – disse eu. – Então vamos voltar para casa de carro.

– Vamos? Que legal!

Que criança boa ela era, pensei. Tão satisfeita com tudo, tão incondicional, aceitando todas as minhas sugestões sem objeção ou contrariedade.

O carro chegou, e era grande e rápido, mas mesmo assim era muito tarde quando chegamos a Lymstock.

De repente, tomado pelo remorso, eu falei:

– Eles devem ter mandado equipes de busca atrás de você.

Mas Megan parecia com um humor tranquilo e disse de modo vago:

– Ah, acho que não. Eu sempre saio e não volto para almoçar em casa.

– É, minha cara menina, mas você também não apareceu nem para o chá nem para o jantar.

Entretanto, a estrela da sorte de Megan estava em ascensão. A casa estava escura e silenciosa. Seguindo o conselho de Megan, fomos até os fundos e jogamos pedrinhas na janela de Rose.

Em pouco tempo, Rose surgiu na janela e, com muitas exclamações e palpitações suprimidas, desceu para nos deixar entrar.

– E agora essa, eu achando que você estava dormindo na cama. O patrão e a srta. Holland – ela torceu levemente o nariz após o nome da srta. Holland – jantaram cedo e saíram de carro. Eu disse que cuidava dos meninos. Achei que tinha ouvido você entrar quando estava no quarto das crianças tentando acalmar Colin, que estava brincando, mas não vi você quando desci, então pensei que tinha ido para a cama. E foi isso o que eu disse quando o patrão chegou e perguntou por você.

Interrompi a conversa observando que era para onde Megan devia ir agora.

– Boa noite – disse Megan. – E *muitíssimo* obrigado. Foi o melhor dia que eu já tive.

Segui para casa ainda um pouco tonto, dei uma bela gorjeta ao motorista e ofereci uma cama, se ele quisesse. Mas ele preferiu voltar no meio da noite.

A porta do vestíbulo tinha sido aberta durante nosso colóquio e assim que ele partiu ela foi escancarada, e Joanna disse:

– Então finalmente é você, não é?

– Estava preocupada comigo? – perguntei enquanto entrava e fechava a porta.

Joanna entrou na sala de estar e eu a segui. Havia uma cafeteira ali, e Joanna fez café para ela enquanto eu me servia uma dose de uísque com soda.

– Preocupada com você? Não, claro que não. Pensei que você tinha resolvido ficar em Londres para se embriagar.

– Eu fiquei embriagado... de certa forma.

Eu sorri, e então comecei a gargalhar.

Joanna perguntou de que eu estava rindo e contei a ela.

– Mas Jerry, você devia estar louco, completamente louco!

– Acho que estava.

– Mas meu caro rapaz, você não pode fazer coisas como essas, não em um lugar como esse. Amanhã toda Lymstock vai saber.

– Acho que vai. Mas no fim das contas, Megan é só uma criança.

– Não é, não. Ela tem vinte anos. Você não pode levar uma moça de vinte anos para Londres e comprar roupas para ela sem causar um escândalo assustador! Meu Deus, Jerry, você provavelmente vai ter de se casar com a garota!

Joanna estava meio séria, meio rindo.

Foi naquele momento que eu fiz uma descoberta muito importante.

– Que se dane tudo – disse eu. – Não me importo se tiver de fazer isso. Na verdade, acho que eu iria gostar.

Uma expressão muito engraçada surgiu no rosto de Joanna. Ela se levantou e disse secamente enquanto se dirigia à porta:

– É, eu sei disso há um bom tempo...

Ela me deixou ali parado de pé, com o copo na mão, chocado com minha nova descoberta.

CAPÍTULO 12

I

Não sei quais são as reações habituais de um homem que vai fazer um pedido de casamento.

Na ficção, a garganta seca, o colarinho parece apertado demais, e ele fica num estado de nervosismo de dar pena.

Não me senti assim de jeito nenhum. Depois de pensar que era mesmo uma boa ideia, eu queria apenas resolver tudo o mais rápido possível. Não via nenhuma necessidade especial de me sentir embaraçado.

Fui até a casa dos Symmington por volta das 11h. Toquei a campainha e, quando Rose veio atender, perguntei pela srta. Megan. O olhar de quem sabia de tudo foi a primeira coisa que fez com que me sentisse tímido.

Ela me conduziu até a salinha usada pelas manhãs e, enquanto aguardava ali, torci, pouco à vontade, para que eles não tivessem aborrecendo Megan.

Quando a porta se abriu e eu me virei, fiquei imediatamente aliviado. Megan não parecia nada tímida ou preocupada. Sua cabeça ainda tinha o mesmo brilho acastanhado, e ela portava aquele ar de orgulho e respeito próprio adquirido no dia anterior. Estava novamente com suas roupas velhas, mas tinha encontrado um jeito de dar a elas nova aparência. É maravilhoso o que a consciência da própria beleza pode fazer por uma garota. Megan, eu me dei conta subitamente, tinha crescido.

Acho que na verdade eu devia estar muito nervoso, de outro modo eu não teria iniciado a conversa dizendo com afeto:

– Olá, peixinho! – naquela situação, não era exatamente uma saudação apaixonada.

Mas pareceu apropriada para Megan. Ela sorriu e disse:

– Olá!

– Olhe, você não teve problemas por causa de ontem, espero.

Magan disse com segurança:

– Ah, *não* – e em seguida piscou e disse de modo vago: – Acho que tive. Quero dizer, eles disseram um monte de coisas e pareceram achar tudo muito estranho, mas você sabe como são as pessoas e como elas fazem barulho por nada.

Fiquei aliviado ao ver como aquela bronca terrível passara por Megan como água pelas costas de um pato.

– Vim aqui esta manhã – disse eu – porque tenho uma sugestão a fazer. Sabe, eu gosto muito de você, e acho que você gosta de mim...

– Assustadoramente – disse Megan com entusiasmo inquietante.

– E nós nos damos muito bem juntos, por isso eu acho que seria uma boa ideia se nos casássemos.

– Oh! – disse Megan.

Ela pareceu surpresa. Só isso. Não ficou pasma. Não ficou chocada. Só um pouco surpresa.

– Você está dizendo que realmente quer se casar comigo? – perguntou com o ar de quem queria esclarecer bem alguma coisa.

– Mais do que qualquer coisa no mundo – respondi, e estava falando sério.

– Quer dizer que está apaixonado por mim?

– Estou apaixonado por você.

Seus olhos estavam firmes e graves.

– Acho que é a pessoa mais legal do mundo... mas não estou apaixonada por você.

– Vou fazer você me amar.

– Isso não ia servir. Não quero ser *feita.*

Ela fez uma pausa e então disse com seriedade:

– Não sou o tipo de mulher para você. Sou melhor em odiar que em amar.

Ela falou isso com uma intensidade estranha.

– O ódio não dura; o amor, sim – disse eu.

– Isso é verdade?

– É no que acredito.

Fez-se silêncio novamente, então eu disse:

– Então é "não", é isso?

– Sim, é não.

– E você não me encoraja a ter esperanças?

– Qual seria a vantagem disso?

– Nenhuma mesmo – concordei. – E na verdade, isso seria um tanto redundante, pois terei esperanças se você me disser para tê-las ou não.

II

Bem, foi isso. Estava indo embora da casa e percebi o olhar de Rose ardentemente interessado em mim.

Rose tinha muita coisa a dizer antes que eu pudesse escapar.

Que ela nunca mais se sentira a mesma depois daquele dia horrível! Que não teria ficado lá não fosse pelas crianças e por sentir pena do sr. Symmington. Que não ia ficar lá a menos que conseguissem logo outra empregada – e eles não iam conseguir isso com facilidade depois de um assassinato ser cometido na casa! Que estava tudo bem para aquela srta. Holland dizer que por enquanto ia ajudar nas tarefas da casa. Ela era muito simpática e prestativa, ah, era sim, mas o que ela queria mesmo era se tornar a dona da casa um dia desses! O sr. Symmington, coitado, nunca percebia nada, mas as pessoas sabem como é um viúvo, uma pobre criatura indefesa que vira presa de uma mulher astuta. E não seria por falta de tentativas que a srta. Holland não ocuparia o lugar da patroa morta!

Assenti mecanicamente, ansioso por ir embora dali e incapaz de fazê-lo porque Rose segurava meu chapéu com firmeza enquanto se entregava à sua torrente de ressentimento.

Eu me perguntei se havia algo de verdade no que ela dissera. Será que Elsie Holland tinha considerado a possibilidade de se tornar a segunda sra. Symmington? Os filhos pequenos de Symmington precisavam de uma mãe, Elsie Holland era uma alma decente, além de ser indecentemente bonita, um ponto que um homem poderia apreciar – mesmo um peixe empalhado como Symmington!

Pensei em tudo isso, eu sei, porque estava tentando evitar pensar em Megan.

Pode-se dizer que eu fui pedir Megan em casamento com uma disposição complacente e que mereci o que eu recebi, mas na verdade não era assim. Foi porque eu estava tão seguro, tão certo de que Megan pertencia a mim, que ela era problema meu, que cuidar dela e fazê-la feliz e protegê-la eram o único caminho de vida natural para mim, que eu esperava que ela também sentisse que nós pertencíamos um ao outro.

Mas eu não estava desistindo. Ah, não! Megan era minha mulher, e eu iria tê-la.

Depois de pensar por um momento, fui até o escritório de Symmington. Megan podia não dar importância a censuras à sua conduta, mas eu queria deixar as coisas claras.

O sr. Symmington estava desocupado, disseram, e fui conduzido à sua sala. Por uma contração dos lábios e modos adicionalmente mais severos, percebi que minha popularidade naquele momento estava em baixa.

– Bom dia – disse eu. – Temo que esta não seja uma visita profissional, mas pessoal. Vou direto ao ponto. Preciso dizer que estou apaixonado por Megan. Eu a pedi em casamento, e ela recusou. Mas não estou tomando isso como decisão final.

Vi a expressão de Symmington mudar e li sua mente com uma facilidade ridícula. Megan era o elemento desarmônico em sua casa. Ele era, eu tinha certeza, um homem bom e justo, e nunca sonharia em não dar um lar para a filha de sua mulher morta. Mas o casamento dela comigo sem dúvida seria um alívio. Aquele linguado congelado se derreteu e esboçou um sorriso pálido e cauteloso.

– Sabe, sr. Burton, honestamente eu não fazia ideia de tal coisa. Sei que o senhor tem lhe dado muita atenção, mas nós sempre a vimos como uma criança.

– Ela não é uma criança – disse eu em poucas palavras.

– Não, não, há tempos.

– Ela vai ser de sua idade assim que permitirem que ela faça isso – disse eu, ainda com um pouco de raiva. – Sei que ela ainda não tem 21 anos, mas vai fazer em um ou dois meses. Posso lhe dar toda a informação a meu respeito que o senhor desejar. Minha situação financeira é boa, e tenho levado uma vida bem decente. Vou cuidar dela e fazer o possível para torná-la feliz.

– Certamente, certamente. Entretanto, isso depende de Megan.

– Com o tempo ela vai pensar melhor. Mas achei que devia esclarecer as coisas com o senhor.

Ele disse que estava satisfeito, e nos despedimos amigavelmente.

III

Esbarrei com a srta. Emily Barton do lado de fora. Ela trazia uma cesta de compras no braço.

– Bom dia, sr. Burton. Soube que foi a Londres ontem.

É, ela já tinha ouvido tudo. Seus olhos eram, pensei, bondosos, mas também cheios de curiosidade.

– Fui ver o meu médico – disse eu.

A srta. Emily sorriu.

– Soube que Megan quase perdeu o trem. Ela pulou nele quando já estava em movimento.

– Com minha ajuda. Eu a puxei para dentro.

– Que sorte o senhor estar lá. Do contrário, poderia ter ocorrido um acidente.

É extraordinário como uma velha solteirona curiosa pode fazer um homem se sentir tolo!

Fui salvo de mais sofrimentos pelo ataque violento da sra. Dane Calthrop. Ela vinha com sua própria velhinha solteirona domada a reboque, mas ela própria estava cheia de palavras diretas.

– Bom dia – disse ela. – Soube que fez com que Megan comprasse roupas decentes. Muito sábio de sua parte. Só um homem para pensar em algo prático assim. Há muito tempo me preocupo com essa menina. Garotas com miolos têm muita propensão a ficarem idiotas, não é?

Com essa observação extraordinária, ela entrou apressada na peixaria.

Miss Marple, que ficou parada de pé ao meu lado, deu-me uma piscadela e disse:

– A sra. Dane Calthrop é uma mulher extraordinária, sabe. Está quase sempre certa.

– Isso a torna bem assustadora – observei.

– A sinceridade tem esse efeito – disse Miss Marple.

A sra. Dane Calthrop tornou a sair apressada da peixaria e se juntou a nós. Estava carregando uma grande lagosta vermelha.

– O senhor já viu algo tão diferente do sr. Pye? – disse ela. – Tem virilidade e beleza, não é?

IV

Estava nervoso com a ideia de encontrar Joanna, mas quando cheguei em casa descobri que não precisava ter me preocupado. Ela não estava e não voltou para o almoço. Isso chateou muito Partridge, que disse com cara feia, enquanto me servia duas costeletas em um prato de entrada:

– A srta. Burton disse especialmente que estaria *aqui.*

Comi as duas costeletas em uma tentativa de compensar a ausência de Joanna. Ainda assim, eu me perguntei onde estaria minha irmã. Nos últimos tempos ela andava muito misteriosa em relação a seus afazeres.

Eram 15h30 quando Joanna irrompeu na sala de estar. Eu ouvira um carro parando lá fora e esperava ver Griffith, mas o automóvel foi embora, e Joanna entrou sozinha.

Seu rosto estava muito corado, e ela parecia perturbada. Eu percebi que algo havia acontecido.

– Qual o problema? – perguntei.

Joanna abriu a boca, tornou a fechá-la, deu um suspiro, se jogou em uma poltrona e ficou encarando o vazio à sua frente.

– Tive um dia horroroso – disse ela.

– O que aconteceu?

– Fiz a coisa mais inacreditável. Foi horrível...

– Mas o que...

– Só saí para dar uma caminhada, uma caminhada normal. Subi a colina e fui até a charneca. Andei quilômetros. Estava com vontade. Então eu desci um vale. Tem uma fazenda lá, um lugar desolado e solitário. Estava com sede e me perguntei se eles teriam leite, ou algo assim. Então entrei na fazenda, a porta se abriu e Owen saiu.

– E?

– Ele achou que eu poderia ser a enfermeira do distrito. Uma mulher ali estava tendo um bebê. Ele estava esperando a enfermeira, tinha pedido a ela que fosse buscar outro médico. As coisas... não estavam correndo bem.

"Então ele disse... para *mim*: 'Vamos lá, você vai servir, é melhor que ninguém'. Eu disse que não podia, e ele perguntou o que eu queria dizer com aquilo. Respondi que nunca havia feito algo parecido, que eu não sabia nada.

"Ele perguntou: que diabos aquilo importava? E então ficou furioso. Virou-se para mim e disse: 'Você é mulher, não é? Acho que pode fazer alguma coisa para ajudar outra mulher, não?' E continuou reclamando, disse que eu falava como se estivesse interessada em medicina e que tinha dito ter vontade de ser enfermeira. 'Acho que era mesmo só da boca para fora! Não queria dizer nada de verdade com isso, mas *isto aqui* é de verdade, e você vai se comportar como um ser humano normal e não como uma pateta ornamental inútil!'

"Eu fiz as coisas mais incríveis, Jerry. Segurei instrumentos e os fervi e passei coisas para ele. Estou tão cansada que mal posso ficar de pé. Foi horrível. Mas ele a salvou e ao bebê, que nasceu com vida. Ele em nenhum momento imaginou que conseguiria salvá-lo. Nossa!"

Joanna cobriu o rosto com as mãos.

Eu a contemplei com certa dose de prazer e tirei mentalmente meu chapéu para Griffith. Ele tinha conseguido naquele dia fazer com que Joanna encarasse de forma crua a realidade.

– Há uma carta para você no vestíbulo – disse eu. – Acho que é de Paul.

– Hein? – ela parou por um instante e então disse: – Eu não tinha ideia, Jerry, do que os médicos têm de *fazer*. Como eles têm de ser corajosos!

Fui até o vestíbulo e trouxe a carta para Joanna. Ela a abriu, olhou de relance e de modo vago para seu conteúdo e deixou-a de lado.

– Ele foi mesmo bem maravilhoso. O modo como lutava, como não se deixava abater! Ele foi rude e terrível *comigo*... mas *foi* maravilhoso.

Observei a carta desprezada com certo prazer. Era evidente que Joanna tinha se curado de Paul.

CAPÍTULO 13

I

As coisas nunca chegam quando são esperadas.

Eu estava ocupado com assuntos pessoais, meus e de Joanna, e fui tomado de surpresa na manhã seguinte quando a voz de Nash disse ao telefone:

– *Nós a pegamos*, sr. Burton!

Fiquei tão surpreso que quase deixei o fone cair.

– Quer dizer a...

Ele me interrompeu:

– Onde o senhor está, alguém pode ouvir nossa conversa?

– Não, eu acho que não... bem, talvez...

Pareceu-me que a porta verde de vaivém da cozinha tinha se aberto um pouco.

– O senhor poderia vir até aqui?

– Vou agora mesmo.

Cheguei à polícia quase imediatamente. Num escritório interno, Nash e o sargento Parkins estavam reunidos. Nash estava todo sorridente.

– Foi uma caçada longa – disse ele. – Mas finalmente conseguimos.

Ele me atirou uma carta sobre a mesa. Dessa vez, toda datilografada. Era, comparada com as outras, bastante leve.

Não adianta pensar que vai tomar o lugar de uma mulher morta. Toda a cidade está rindo de você. Vá embora agora. Logo será tarde demais. Isso é um aviso. Lembre do que aconteceu com a outra moça. Vá embora e não volte.

Ela terminava com linguagem levemente obscena.

– Ela chegou para a srta. Holland esta manhã – disse Nash.

– Achava engraçado ela não ter recebido uma antes – disse o sargento Parkins.

– Quem a escreveu? – perguntei.

Parte da expressão exultante de Nash sumiu de seu rosto. Ele pareceu cansado e preocupado e disse de modo grave:

– Sinto muito por isso, pois será um forte golpe contra um homem decente, mas não tem jeito. Talvez ele já suspeitasse.

– Quem a escreveu? – reiterei.

– A srta. Aimée Griffith.

II

Nash e Parkins foram à casa dos Griffith naquela tarde com um mandado.

A convite de Nash, eu os acompanhei.

– O doutor – disse ele – gosta muito do senhor. Ele não tem muitos amigos neste lugar. Acho que se não for muito doloroso, sr. Burton, poderia ajudá-lo a suportar o choque.

Eu disse que iria. Não gostei da tarefa, mas achei que poderia ajudar.

Tocamos a campainha, perguntei pela srta. Griffith e fomos conduzidos à sala de estar. Elsie Holland, Megan e Symmington estavam lá, tomando chá.

Nash se comportou de modo muito circunspecto. Perguntou a Aimée se podia ter algumas palavras em particular com ela.

Ela se levantou e veio em nossa direção. Achei ter visto uma leve expressão de medo em seus olhos. Mas, se havia, logo desapareceu. Ela estava perfeitamente normal e animada.

– Querem falar comigo? Espero que não haja mais problemas com as luzes de meu carro.

Ela saiu da sala de estar e nos conduziu ao vestíbulo até um estúdio pequeno.

Enquanto fechava a porta da sala de estar, vi a cabeça de Symmington se esticar subitamente. Achei que sua formação em direito o houvesse posto em contato com casos policiais, e que ele tinha reconhecido algo nos modos de Nash. Ele se ergueu um pouco.

Foi tudo o que vi antes de fechar a porta e seguir os outros.

Nash estava proferindo seu texto. Falava baixo e de modo direto. Ele a admoestou e então disse que precisava pedir que ela o acompanhasse. Ele tinha um mandado de prisão contra ela e leu a acusação...

Agora eu me esqueci do termo jurídico exato. Eram as cartas, ainda não assassinato.

Aimée Griffith lançou a cabeça para trás e soltou uma gargalhada.

– Que absurdo ridículo é esse? – perguntou ela. – Acha que eu escreveria um monte de coisas indecentes como essas? Vocês devem estar loucos! Nunca escrevi uma palavra dessa espécie.

Nash mostrou a carta enviada para Elsie Holland.

– Nega ter escrito isso, srta. Griffith? – perguntou.

– Claro que nego. Nunca vi isso antes.

Nash disse em voz baixa:

– Tenho de lhe dizer, srta. Griffith, que foi vista datilografando esta carta na máquina do Instituto Feminino entre 23h e 23h30 da noite retrasada. Ontem a senhorita foi ao correio com um monte de cartas na mão...

– Eu nunca enviei isso.

– Não, a *senhorita*, não. Enquanto aguardava os selos, deixou-a cair discretamente no chão, para que alguém que viesse depois sem desconfiar de nada a encontrasse e postasse.

– Eu nunca...

A porta se abriu, e Symmington disse com rispidez:

– O que está acontecendo? Aimée, se há algum problema, você devia ter um representante legal. Se quiser que eu...

Então ela desmoronou. Cobriu o rosto com as mãos e cambaleou até uma cadeira.

– Vá embora, Dick, vá embora – disse. – Você, não. Você, não!

– Minha cara, a senhorita precisa de um advogado.

– Você, não. Eu... eu não poderia suportar. Não quero que saiba... de tudo isso.

Então ele talvez tenha entendido e disse em voz baixa:

– Vou falar com Mildmay, de Exhampton. Está bem assim?

Ela cedeu. Agora estava soluçando.

Symmington saiu da sala. À porta, colidiu com Owen Griffith.

– O que é isso? – perguntou, exaltada. – Minha irmã...

– Sinto muito, dr. Griffith, sinto muito mesmo. Mas não temos alternativa.

– O senhor acha que ela... é responsável por aquelas cartas?

– Infelizmente não há dúvida disso, senhor – disse Nash, e em seguida se virou para Aimée: – Precisa vir conosco agora, srta. Griffith. Sabe que terá todas as facilidades para ver um advogado.

– Aimée? – exclamou Owen.

Ela passou apressada por ele sem encará-lo e disse:

– Não fale comigo. Não diga nada. Pelo amor de Deus, não olhe para mim!

Eles saíram. Owen ficou parado como se estivesse em transe.

Esperei um pouco e me dirigi a ele:

– Se há algo que eu possa fazer, Griffith, é só dizer.

Ele falou como se estivesse em um sonho.

– Aimée? Não posso acreditar.

– Pode ser um equívoco – sugeri sem veemência.

– Ela não reagiria assim se fosse – disse ele devagar. – Mas eu nunca poderia acreditar nisso. Não *consigo* acreditar.

Ele se afundou em uma poltrona. Eu fiz algo útil: procurei uma bebida forte e a trouxe para ele. Ele bebeu de um gole e aquilo pareceu lhe fazer bem.

– No primeiro momento, não consegui absorver – disse ele. – Agora estou bem. Obrigado, Burton, mas não há nada que possa fazer. Nada que *ninguém* possa fazer.

A porta se abriu, e Joanna entrou. Ela estava muito pálida.

Ela se aproximou de Owen, olhou para mim e disse:

– Vá embora, Jerry. Isso é assunto meu.

Enquanto saía pela porta, eu a vi se ajoelhar ao lado da poltrona dele.

III

Não consigo contar com coerência os eventos das 24 horas seguintes. Vários incidentes se destacam, sem relação entre si.

Lembro-me de Joanna chegando em casa, muito pálida e abatida, e de como tentei animá-la dizendo:

– E agora, quem está agindo como um anjo protetor?

E de como ela deu um sorriso triste e retorcido e disse:

– Ele falou que não me quer, Jerry. Ele é muito, muito orgulhoso e duro!

– Minha garota também não me quer.

Ficamos ali sentados por um tempo e, por fim, Joanna disse:

– A família Burton não está exatamente em alta nesse momento!

– Não importa, minha querida, nós ainda temos um ao outro.

– Mesmo assim, Jerry – disse Joanna –, isso agora não me conforta muito...

IV

Owen veio à nossa casa no dia seguinte e elogiou e louvou Joanna com profusão. Ela era fantástica, maravilhosa! A forma como viera a ele, sua disposição em desposá-lo imediatamente se ele quisesse. Mas ele não ia deixar que ela fizesse isso. Não, ela era boa demais, especial demais para se ligar ao tipo de sujeira que ia começar a ser dita assim que os jornais soubessem da notícia.

Eu gostava de Joanna e sabia que ela era o tipo que não se incomoda em enfrentar problemas ao lado de alguém, mas fiquei bastante aborrecido com todo aquele papo pomposo e pretensioso. Meio irritado, eu disse a Owen para não ser tão nobre daquele jeito.

Fui até a High Street e vi que as línguas de todo mundo estavam extremamente agitadas. Emily Barton observava que na verdade nunca confiara em Aimée Griffith. A mulher do dono da mercearia dizia com prazer sempre ter achado que a srta. Griffith trazia uma expressão estranha nos olhos...

O caso contra Aimée já estava encerrado, segundo me contou Nash. Uma busca na casa descobrira as páginas recortadas do livro de Emily Barton no armário embaixo das escadas – que escolha! – embrulhadas em um velho rolo de papel de parede.

– E um ótimo lugar, também – disse Nash apreciativamente. – Você nunca sabe quando um criado curioso vai bisbilhotar uma escrivaninha ou uma gaveta trancada. Mas esses armários cheios de tralha, onde são guardadas as bolas de tênis do verão anterior e papel de parede velho, nunca são abertos, a não ser para se jogar mais coisas dentro deles.

– Parece que ela tinha uma queda por esconder coisas nesse lugar em especial – observei.

– É. A mente criminosa raramente tem muita variedade. A propósito, por falar na moça morta, ainda temos de esclarecer um ponto. Um pilão de almofariz pesado sumiu do dispensário do doutor. Aposto o que você quiser que ela foi golpeada com isso.

– Uma coisa bem estranha para se carregar por aí – objetei.

– Não para a srta. Griffith. Ela ia para o encontro das guias naquela tarde, mas no caminho ia levar flores e verduras para a barraca da Cruz Vermelha, por isso carregava uma cesta bem grande.

– Não encontrou o espeto?

– Não, e não vou encontrar. A coitada pode ser louca, mas não louca o bastante para guardar um espeto sujo de sangue só para nos facilitar as coisas quando tudo o que precisava fazer era lavá-lo e guardá-lo numa gaveta da cozinha.

– Acho – reconheci – que não se pode ter tudo.

O vicariato tinha sido um dos últimos lugares a ouvir as notícias. A velha Miss Marple ficou muito aflita com elas. Ela conversou comigo muito seriamente sobre o assunto.

– Não é *verdade*, sr. Burton. Tenho certeza de que não é verdade.

– Infelizmente é verdade o bastante. Eles estavam de tocaia, sabe. Eles realmente a *viram* datilografar aquela carta.

– Sim, sim, talvez tenham visto. É, eu posso entender isso.

– E as páginas impressas das quais as letras eram recortadas foram encontradas na casa dela, onde ela as havia escondido.

Miss Marple me encarou e então disse em voz bem baixa:

– Mas isso é terrível. É mesmo muito *perverso*.

A sra. Dane Calthrop chegou apressada, juntou-se a nós e perguntou:

– Qual o problema, Jane?

Miss Marple estava murmurando de modo impotente:

– Ah, minha cara, minha cara, o que se pode *fazer*?

– O que a está incomodando, Jane?

– Deve haver *algo* – disse Miss Marple. – Mas sou tão velha e ignorante e, infelizmente, tão tola.

Eu me senti bem constrangido e fiquei satisfeito quando a sra. Dane Calthrop levou a amiga embora.

Eu tornaria, entretanto, a ver Miss Marple naquela tarde. Muito mais tarde, quando estava a caminho de casa.

Ela estava parada perto da ponte pequena na extremidade do vilarejo, perto da casa da sra. Cleat e, dentre todas as pessoas, conversava com Megan.

Eu queria ver Megan. Tinha esperado o dia inteiro para vê-la. Mas quando me aproximei delas, Megan deu meia-volta e foi embora na direção oposta.

Aquilo me deixou com raiva, e eu a teria seguido, mas Miss Marple bloqueou meu caminho.

– Queria falar com o senhor – disse ela. – Não vá atrás de Megan agora. Não seria prudente.

Eu estava prestes a fazer uma réplica cáustica quando ela me desarmou dizendo:

– Essa moça tem muita coragem, coragem de um tipo bem elevado.

Eu ainda queria ir atrás de Megan, mas Miss Marple disse:

– Não tente vê-la agora. Sei o que estou dizendo. Ela precisa manter sua coragem intacta.

Havia algo na declaração daquela velha senhora que me deu calafrios. Era como se ela soubesse de algo que eu não sabia.

Fiquei com medo e não sabia por que estava com medo.

Não fui para casa. Voltei para a High Street e caminhei por ela a esmo, de alto a baixo. Não sei o que eu estava esperando, nem no que estava pensando...

Fui pego por aquele velho chato terrível, o coronel Appleton. Ele me perguntou, como sempre, sobre minha bela irmã e então começou:

– Que história é essa de a irmã de Griffith ser completamente louca? Dizem que ela está por trás de todo esse negócio de cartas anônimas que tem sido um aborrecimento tão grande para nós. No início, não consegui acreditar, mas dizem que é a pura verdade.

Eu disse que era verdade o bastante.

– Ora, ora, tenho de dizer que em geral nossa força policial é bastante boa. Basta dar tempo a eles, só isso. História engraçada esse negócio das cartas anônimas... Em geral, quem costuma fazer esse tipo de coisas são essas solteironas velhas e ressecadas. E essa mulher Griffith não é feia, mesmo com dentes um pouco grandes. Mas não há garotas de aparência decente nessa parte do mundo, com a exceção daquela moça que é governanta dos Symmington. Aquela merece ser olhada. É uma garota simpática também. Fica grata se alguém faz qualquer coisa por ela. Encontrei com ela não tem muito tempo, quando fazia um piquenique com os meninos. Eles estavam brincando entre os arbustos enquanto ela tricotava, e ela ficou aborrecida porque a lã acabou. “Bem”, eu disse, “quer que eu a leve a Lymstock? Tenho de buscar uma vara de pesca, lá. Não vai levar mais de dez minutos, então eu a trago de volta.” Ela ficou em dúvida se podia ou não deixar os meninos. “Eles vão ficar bem”, eu disse. “Quem pode fazer algum mal a eles?” Eu não ia levar os meninos junto, não mesmo! Então ela veio comigo, eu a deixei no armarinho, apanhei-a outra vez mais tarde, e foi isso. Ela me agradeceu muito. Estava muito grata, e tudo. Boa garota.

Eu consegui me desvencilhar dele.

Foi depois disso que vi Miss Marple pela terceira vez. Ela estava saindo da delegacia.

V

De onde vêm os medos de uma pessoa? Onde eles tomam forma? Onde se escondem antes de aparecer?

Apenas uma frase curta. Ouvida e anotada e nunca realmente posta de lado: "Me leve embora. É tão terrível estar aqui, me sentindo tão má..."

Por que Megan tinha dito isso? Por que ela deveria se sentir má?

Por que a menina estava se sentindo má? Por quê? Por quê?

Seria por se sentir culpada de algum modo?

Megan? Impossível! Megan não poderia ter tido nada com aquelas cartas, aquelas cartas sórdidas e obscenas.

Owen Griffith conhecia um caso no Norte, uma colegial...

O que dissera mesmo o inspetor Graves?

Algo sobre uma *mente adolescente...*

Senhoras de meia-idade inocentes sobre mesas de operação balbuciando palavras que mal conheciam. Meninos escrevendo coisas com giz nas paredes.

Não, não, *Megan* não.

Hereditariedade? Sangue ruim? Uma herança inconsciente de algo anormal? Seu infortúnio, não sua culpa, uma maldição lançada sobre ela por uma geração passada?

"Não sou mulher para você. Sou melhor em odiar do que em amar."

Ah, minha Megan, minha menina. *Isso,* não! Tudo menos isso. E aquela gata velha está atrás de você, ela suspeita. Diz que você tem coragem. Coragem para fazer o *quê*?

Eram só pensamentos desconexos. Logo passaram. Mas eu queria ver Megan, queria muito vê-la.

Às nove e meia daquela noite eu saí de casa, desci em direção à cidade e fui até a casa dos Symmington. Foi então que uma ideia completamente diferente surgiu em minha mente. A suspeita de uma mulher que ninguém tinha considerado em nenhum momento.

(Ou será que Nash a havia considerado?)

Era muito improvável, muito improvável, e até então eu teria dito impossível, também. Mas isso não era verdade. Não, não era *impossível.*

Eu redobrei o passo. Porque agora era ainda mais imperativo que eu visse Megan imediatamente.

Passei pelo portão dos Symmington e fui até a casa. Era uma noite nublada e escura. Uma chuva leve começava a cair. A visibilidade era ruim.

Vi uma réstia de luz em uma das janelas. Uma pequena saleta matinal?

Hesitei por um ou dois instantes, então em vez de ir direto para a porta da frente, desviei e caminhei discreta e silenciosamente até a janela, protegido por um arbusto grande e me mantendo abaixado.

A luz vinha de uma abertura nas cortinas que não estavam totalmente fechadas. Era fácil enxergar por meio delas.

Era uma cena estranhamente pacífica e doméstica. Symmington estava sentado em uma poltrona grande, e Elsie Holland, com a cabeça inclinada, ocupava-se em remendar uma camisa de criança rasgada.

Além de ver, eu também podia ouvir, pois a janela estava aberta no alto.

Elsie Holland estava falando:

– Mas eu acho, mesmo, sr. Symmington, que os meninos já têm idade suficiente para ir para o colégio interno. Não que eu não fosse odiar ter de deixá-los, porque vou odiar. Eu gosto tanto deles dois!

– Acho que talvez tenha razão em relação a Brian, srta. Holland – disse Symmington. – Eu resolvi que ele vai começar no próximo semestre em Winhays, onde eu estudei. Mas Colin ainda é um pouco novo. Prefiro que ele espere mais um ano.

– Bem, claro, entendo o que quer dizer. E Colin talvez seja um pouco imaturo sua idade...

Conversa doméstica tranquila, uma cena doméstica tranquila, e uma cabeça loura inclinada sobre sua costura.

Então a porta se abriu, e Megan entrou.

Ela ficou parada de pé, bem rígida, sob a soleira, e eu imediatamente percebi nela tensão e nervosismo. A pele de seu rosto estava tesa e retorcida, e os olhos brilhantes e decididos. Não havia qualquer acanhamento nela naquela noite, nem infantilidade.

Ela disse, dirigindo-se a Symmington, mas sem chamá-lo de senhor (e de repente me dei conta que nunca a ouvira chamá-lo de nada. Será que se dirigia a ele como pai ou Dick ou o quê?):

– Eu gostaria de falar com você, por favor. Em particular.

Symmington fez uma expressão de surpresa e me pareceu não ter ficado muito satisfeito. Ele franziu o cenho, mas Megan insistiu com uma determinação que lhe era incomum.

Ela se virou para Elsie Holland e disse:

– Você se incomoda, Elsie?

– Ah, claro que não – Elsie Holland, que parecia surpresa e um pouco nervosa, pôs-se de pé num pulo.

Ela foi até a porta, Megan entrou na saleta, e Elsie passou por ela.

Por um instante apenas, Elsie deteve-se imóvel na porta e olhou sobre seu ombro.

Seus lábios estavam fechados. Ela estava bem parada, com uma das mãos esticada e outra agarrando sua costura contra o corpo.

Eu fiquei sem fôlego, tomado por sua beleza.

Quando penso nela, agora, sempre penso nela assim, em movimento suspenso, com aquela perfeição incomparável e imortal da Grécia Antiga.

Então ela saiu e fechou a porta.

Symmington disse com muito mau humor:

– E então, Megan, o que é? O que você quer?

Megan agora estava junto à mesa. Estava ali de pé olhando para Symmington. Eu fui novamente tomado pela determinação resoluta de seu rosto e por algo mais, uma dureza nova para mim.

Então ela abriu os lábios e disse algo que me alarmou profundamente.

– Eu quero dinheiro – disse ela.

A solicitação não melhorou o humor de Symmington, que disse de modo rude:

– Você não podia ter esperado até amanhã de manhã? Qual é o problema, você acha que sua mesada não é apropriada?

Megan disse:

– Eu quero uma boa quantia de dinheiro.

Symmington se aprumou em sua poltrona e disse com frieza:

– Você vai atingir a maioridade em alguns meses. Então o dinheiro deixado por sua avó será entregue a você pelo curador público.

– Você não entendeu – disse Megan. – Eu quero o *seu* dinheiro – ela prosseguiu, falando mais rápido: – Ninguém nunca me contou muito sobre meu pai. Não queriam que eu soubesse dele. Mas sei que ele foi para a prisão e sei por quê. Foi por chantagem!

Ela fez uma pausa.

– Bem, eu sou filha dele. E talvez tenha puxado a ele. De qualquer modo, estou lhe pedindo que me dê dinheiro porque, se você não der – ela se deteve e então prosseguiu bem devagar e calmamente –, *vou contar o que vi você fazer com a cápsula naquele dia no quarto de minha mãe.*

Fez-se uma pausa. Então Symmington disse com uma voz completamente sem emoção:

– Não sei do que você está falando.

– Acho que sabe – disse Megan.

E ela sorriu. Não foi um sorriso bonito.

Symmington se levantou e foi até a escrivaninha. Pegou um talão no bolso e preencheu um cheque. Ele passou o mata-borrão com cuidado e então voltou. Ele o estendeu para Megan.

– Você agora está crescida – disse ele. – Posso entender que tenha vontade de comprar alguma roupa especial, coisas assim. Não sei do que você está falando. Não prestei atenção. Mas aqui está.

Megan olhou para o cheque e então disse:

– Obrigada. Isso vai servir para começar.

Ela se virou e deixou o aposento. Symmington ficou olhando fixamente para ela e para a porta fechada, então se virou e quando eu vi seu rosto fiz um movimento rápido e involuntário para a frente.

Fui barrado do modo mais inesperado! O arbusto grande que eu vira perto da parede deixou de ser um arbusto. Fui envolvido pelos braços do superintendente Nash, e a voz dele soou em meu ouvido:

– Quieto, Burton, pelo amor de Deus.

Então, com cautela infinita ele bateu em retirada, impelindo-me com o braço a acompanhá-lo.

Do outro lado da casa, ele se ajeitou e limpou a testa.

– Claro – disse ele. – O senhor *tinha* de se intrometer!

– Essa garota não está segura – falei com urgência. – Você viu o rosto dele? Precisamos tirá-la de lá.

Nash apertou meu braço com firmeza.

– Agora olhe aqui, sr. Burton. O senhor precisa escutar.

VI

Bem, eu escutei.

Eu não gostei da ideia, mas cedi.

Mas insisti em permanecer por perto e jurei obedecer suas ordens sem restrições.

Então foi assim que entrei na casa com Nash e Parkins pela porta dos fundos, que já estava destrancada.

E esperei com Nash no andar de cima, atrás da cortina de veludo que mascarava a janela do canto, até que os relógios da casa marcaram duas horas, e a porta de Symmington se abriu, ele seguiu pelo corredor e entrou no quarto de Megan.

Ali à espera, com o coração pulsando forte, vi Symmington sair com Megan nos braços e descer as escadas, e Nash e eu seguimos atrás, à curta distância.

Ele a levou até a cozinha e tinha arranjado cuidadosamente sua cabeça no forno e ligado o gás quando Nash e eu entramos pela porta da cozinha e acendemos a luz.

E aquele foi o fim de Richard Symmington. Ele desabou. Mesmo enquanto eu tirava Megan do forno e desligava o gás podia ver o colapso. Ele nem mesmo tentou lutar. Sabia que tinha apostado e perdido.

VII

Tornei a subir as escadas e me sentei ao lado da cama de Megan para esperar que acordasse enquanto reclamava com Nash:

– Como você sabe que ela está bem? Foi um risco grande demais.

Nash procurava me acalmar:

– Só um tranquilizante no leite que ela sempre leva para a cama, mais nada. Olhe bem, ele não podia se arriscar a envenená-la. Para todos os efeitos, todo o negócio foi encerrado com a prisão da srta. Griffith. Ele não podia se dar ao luxo de ter mais nenhuma morte misteriosa. Sem violência, sem veneno. Mas se um tipo de moça bem infeliz ficasse deprimida com o suicídio da mãe e enfiasse a cabeça no forno a gás, ora, as pessoas só iam dizer que ela nunca havia sido muito normal e que o choque da morte da mãe tinha acabado com ela.

Eu disse, olhando para Megan:

– Ela vai demorar muito para se recuperar.

– O senhor ouviu o que o dr. Griffith disse? O coração e o pulso estão bem. Ela só vai dormir e acordar naturalmente. É uma substância que, segundo disse, ele dá a muitos de seus pacientes.

Megan se remexeu e murmurou algo.

O superintendente Nash deixou discretamente o quarto.

Naquele instante, Megan abriu os olhos.

– Jerry.

– Oi, doçura.

– Eu fiz direito?

– Parecia que você chantageava desde o berço!

Megan fechou os olhos outra vez e então murmurou:

– Ontem à noite, eu estava escrevendo para você, caso alguma coisa desse errado. Mas eu estava com sono demais para terminar. Está ali.

Fui até a escrivaninha. Em um bloquinho simples encontrei a carta inacabada de Megan. Ela começava de modo cuidadoso.

> *Querido Jerry,*
> *Estava lendo meu Shakespeare da escola e o soneto que começa assim:*
> *'Tu és para meus pensamentos como comida para a vida*
> *Tu és como as chuvas doces são para os campos.'**
> *E percebi, no fim das contas, que estou apaixonada por você, pois é o que sinto...*

---

* *"So are you to my thoughts as food to life/ Or as sweet-season'd showers are to the ground."*

CAPÍTULO 14

– O senhor tem de concordar – disse a sra. Dane Calthrop – que eu tinha muita razão em chamar um especialista.

Eu a encarei. Estávamos todos no vicariato. A chuva caía lá fora, um tronco queimava agradavelmente na lareira, e a sra. Dane Calthrop tinha acabado de se levantar, bater uma almofada do sofá e, por alguma razão pessoal, colocá-la em cima do piano de cauda.

– Mas a senhora chamou? – perguntei com surpresa. – Quem era? O que ele fez?

– Não era ele – disse a sra. Dane Calthrop.

Com um gesto amplo ela apontou Miss Marple, que tinha parado seu tricotar frenético e agora estava às voltas com um novelo e uma agulha de crochê.

– Esta é minha especialista – disse a sra. Dane Calthrop. – Jane Marple. Olhem bem para ela. Eu garanto a vocês: esta mulher sabe mais sobre os diferentes tipos de maldade humana do que qualquer outra pessoa que eu já conheci.

– Não acho que você deva colocar dessa forma, querida – murmurou Miss Marple.

– Mas é verdade.

– Quem mora o ano inteiro em uma cidade pequena vê uma boa parcela da natureza humana – disse placidamente Miss Marple.

Então, parecendo sentir que era o que se esperava dela, deixou de lado o crochê e proferiu um discurso sobre assassinato com seus modos gentis de velhinha solteirona.

– O importante nesses casos é manter a mente absolutamente aberta. A maioria dos crimes, sabem, é tão incrivelmente simples. Este foi. Bem racional e direto ao ponto, e bem compreensível, de modo bem desagradável, é claro.

– Muito desagradável!

– A verdade neste caso era tão óbvia. O *senhor* a viu, sr. Burton.

– Na realidade, não.

– Mas viu. Indicou tudo para mim. Viu perfeitamente a relação de uma coisa com a outra, mas não tinha autoconfiança suficiente para ver o que significavam esses seus sentimentos. Para começar, aquela frase enfadonha: "Onde há fumaça, há fogo". Ela o irritava, mas o senhor agiu bem ao descrevê-la como o que era: uma cortina de fumaça. Uma pista falsa, sabe, e todo mundo foi procurar no lugar errado, nas cartas anônimas, mas a questão toda é que não *havia* nenhuma carta anônima!

– Mas minha cara Miss Marple, posso garantir que *havia*. Eu recebi uma.

– Ah, sim, mas na verdade não eram reais. Minha querida Maude, aqui, percebeu isso. Mesmo na pacífica Lymstock há bastante escândalos, e posso lhe assegurar que *qualquer* mulher deste lugar saberia sobre eles e os usaria. Mas um homem, sabe, não está interessado na fofoca da mesma maneira, especialmente um homem lógico e distante como o sr. Symmington. Se uma mulher de verdade houvesse escrito aquelas cartas, elas teriam sido muito mais diretas.

"Então o senhor vê que se deixar de lado a fumaça e for direto ao fogo vai saber onde está. É só olhar para os fatos reais do que aconteceu. E, tirando as cartas, ocorreu apenas uma coisa: a morte da sra. Symmington.

"Por isso, é natural pensar em quem poderia desejar a morte da sra. Symmington, e claro que a primeira pessoa em quem se pensa nesses casos é, infelizmente, o *marido*. E você se pergunta: há alguma *razão?* Algum *motivo*? Por exemplo, *outra* mulher?

"E a primeira coisa que escuto é que há uma governanta jovem e muito atraente na casa. É tão óbvio, não? O sr. Symmington, um homem bastante seco, reprimido e imperturbável, ligado a uma mulher lamurienta e neurótica, e de repente surge essa jovem criatura radiante.

"Infelizmente, sabe, os homens, quando se apaixonam numa certa idade, sofrem muito com essa doença. É quase uma loucura. E o sr. Symmington, pelo que posso inferir, na verdade nunca foi um *bom* homem. Não era muito amável, simpático ou afetuoso. Suas qualidades eram todas negativas, então ele não tinha na verdade a força para combater sua loucura. Num lugar como este, só a morte de sua esposa resolveria seu problema. Ele queria se casar com a moça, sabe. Ela é muito respeitável, e ele também. E além disso, ele é dedicado aos filhos e não pretendia desistir deles. Ele queria tudo: sua casa, seus filhos sua reputação e Elsie. E o preço que teria de pagar por isso era o assassinato.

"Ele escolheu, eu acho, um modo bem inteligente. Sabia muito bem a partir de sua própria experiência em casos criminais, como a suspeita logo cai sobre o marido se uma mulher morre de forma inesperada, e da possibilidade de exumação em caso de envenenamento. Então ele criou uma morte que pareceria ligada a outra coisa. Ele criou um autor inexistente de cartas anônimas. E o mais inteligente nisso é que a polícia tinha certeza de que era uma *mulher*, e de certa forma eles estavam certos. Todas as cartas *eram* cartas de mulher. Ele as criara com grande inteligência a partir das cartas do caso do ano anterior e de um caso sobre o qual o dr. Griffith lhe contara. Não quero dizer que ele tenha sido tão grosseiro a ponto de reproduzir textualmente qualquer carta, mas retirou delas frases e expressões e as misturou, e o resultado disso foi que as cartas sem dúvida representavam uma mente feminina, uma personalidade meio louca e depressiva.

"Ele conhecia todos os truques usados pela polícia, exames de caligrafia, a tipologia das máquinas de escrever etc. Ele vinha preparando o crime havia bom tempo. Datilografou todos os envelopes antes de doar a máquina de escrever para o Instituto Feminino e arrancou as páginas do livro em Little Furze provavelmente há muito tempo, em algum dia em que ficou esperando na sala de estar. As pessoas não abrem muito livros de sermões!

"E por fim, depois de marcar bem a existência de sua escritora anônima, ele armou o que realmente importava. Em uma bela tarde, quando a governanta, os meninos e sua enteada tinham saído, e as empregadas estavam em seu dia de folga... mas ele não poderia prever que Agnes, a empregadinha, ia discutir com o namorado e voltar para casa."

Joanna perguntou:

– Mas o que ela *viu*? A senhora sabe?

– Eu não *sei*. Só posso imaginar. Meu palpite é que ela não viu nada.

– Não viu que era uma armação?

– Não, não, minha cara, quero dizer que ela ficou na janela da copa a tarde inteira esperando que o rapaz aparecesse para fazer as pazes e, literalmente, não viu *nada*. Ou seja, *nenhuma pessoa* passou pela casa, nem o carteiro, nem ninguém.

"Como ela era meio lenta, demorou para compreender que aquilo era muito estranho, porque aparentemente a sra. Symmington *tinha* recebido uma carta anônima naquela tarde."

– Ela não recebeu? – perguntei, intrigado.

– Mas claro que não! Como eu disse, esse crime é muito simples. O marido apenas botou cianeto na primeira cápsula das que ela tomava à tarde quando seu ciático a incomodava depois do almoço. Tudo o que Symmington tinha de fazer era chegar em casa antes ou ao mesmo tempo que Elsie Holland, chamar sua esposa, não obter resposta, subir até seu quarto, derramar uma gota de cianeto no copo de água que ela usara para engolir a cápsula, jogar a carta anônima amassada na lareira e botar perto da mão dela o pedaço de papel com a frase "Não posso mais".

Miss Marple virou-se para mim.

– Acertou isso também, sr. Burton. Um "pedaço de papel" era algo que não fazia sentido. As pessoas não deixam bilhetes de suicídio em pedacinhos rasgados de papel. Elas usam uma *folha* de papel e muitas vezes um envelope também, sabe. É, o pedaço de papel estava errado, e o senhor sabia.

– A senhora está me superestimando. Eu não sabia de nada.

– Mas sabia, *sabia*, sim, sr. Burton. Do contrário, por que ficou imediatamente impressionado pela mensagem rabiscada por sua irmã no bloquinho do telefone?

Eu repeti lentamente:

– "Diga que *não posso mais* ir na sexta-feira". Entendi! *Não posso mais*?

Miss Marple sorriu para mim.

– Exatamente. O sr. Symmington encontrou um bilhete assim e viu suas possibilidades. Ele rasgou as palavras que queria e as guardou para o momento apropriado. Uma mensagem genuinamente escrita na letra de sua mulher.

– Houve mais algum momento de brilho de minha parte? – perguntei.

Miss Marple deu uma piscadela para mim.

– O senhor, sabe, me botou no caminho certo. Juntou e organizou todos esses fatos para mim, em sequência, e além de tudo me contou a coisa mais importante de todas: que Elsie Holland nunca havia recebido uma carta anônima.

– Sabe – disse eu –, ontem à noite eu pensei que ela fosse a autora das cartas, e por essa razão não havia nenhuma endereçada a ela.

– Ah, não, meu caro, não... a pessoa que escreve cartas anônimas praticamente sempre as envia para si mesma. Suponho que isso faça parte da excitação. Não, não, o fato me interessou por outra razão *bem diferente*. Sabe, essa foi, na verdade, a única fraqueza do sr. Symmington. Ele não conseguiu escrever uma carta sórdida para a moça que amava. Isso lança uma nova luz muito interessante sobre a natureza humana, e, de certa forma, é um ponto a favor dele, mas foi aí que ele se entregou.

– Ele matou Agnes? – disse Joanna. – Mas sem dúvida isso não foi absolutamente necessário, foi?

– Talvez sim, mas o que você não percebe, querida, por nunca ter matado alguém, é que depois disso seu raciocínio fica distorcido, e tudo parece tomar novas proporções. Sem dúvida ele ouviu a garota telefonar para Partridge, dizendo estar preocupada desde a morte da sra. Symmington, e haver algo que ela não entendia. Ele não podia arriscar. Aquela menina burra e tola tinha visto alguma coisa, sabia de alguma coisa.

– Mas ele, aparentemente, não passou a tarde inteira no escritório?

– Imagino que ele a tenha matado antes de sair. A srta. Holland estava na sala de jantar e na cozinha. Ele apenas foi até o vestíbulo, abriu e bateu a porta da frente como se tivesse saído, e então se dirigiu até o pequeno armário de casacos. Quando Agnes ficou sozinha em casa, ele provavelmente tocou a campainha da frente, esgueirou-se de volta para o armário, saiu às costas dela e a acertou na cabeça enquanto ela abria a porta, e então, depois de enfiar seu corpo no armário, correu para o escritório e chegou apenas com um pequeno atraso, se por acaso alguém percebesse, mas eles provavelmente não notaram. Vejam bem, ninguém suspeitava de um *homem*.

– Um animal cruel e abominável – disse a sra. Dane Calthrop.

– Não está com pena dele, sra. Dane Calthrop? – indaguei.

– Nem um pouco. Por quê?

– Fico feliz em saber, só isso.

Joanna disse:

– Mas por que Aimée Griffith? Sei que a polícia encontrou o pilão de almofariz que sumiu do dispensário de Owen, e o espeto também. Imagino que não seja simples para um homem guardar coisas de volta na gaveta da cozinha. E adivinhe onde estavam escondidos? O superintendente Nash acabou de me contar, quando eu estava a caminho daqui e o encontrei. Estava em uma dessas caixas de papelão mofadas de arquivo morto de seu escritório, na referente ao espólio do falecido Sir Jasper Harrington-West.

– Pobre Jasper – disse a sra. Dane Calthrop. – Ele era meu primo, um homem muito correto. Ele teria tido um ataque!

– Mas não foi loucura guardá-los?

– Provavelmente loucura maior seria jogá-los fora – disse a sra. Dane Calthrop. – Ninguém tinha qualquer suspeita em relação a Symmington.

– Ele não a golpeou com o pilão de almofariz – disse Joanna. – Lá também acharam um peso de relógio sujo de sangue e cabelo. Acreditam que ele roubou o pilão no dia em que Aimée foi presa e escondeu as páginas do livro na casa dela. E isso me traz de volta à minha pergunta original. E Aimée Griffith? A polícia a viu mesmo escrever aquela carta.

– Sim, claro – disse Miss Marple. – Ela escreveu, sim, *essa* carta?

– Mas por quê?

– Ah, minha cara, tenho certeza de que percebeu que a srta. Griffith sempre foi apaixonada pelo sr. Symmington, não?

– Coitada! – disse mecanicamente a sra. Dane Calthrop.

– Eles sempre foram bons amigos, e eu arriscaria dizer que ela achava que, após a morte da sra. Symmington, um dia, talvez, bem... – Miss Marple sorriu delicadamente. – Então as fofocas sobre Elsie Holland começaram a se espalhar, e acho que isso a deixou bem assustada. Ela via a moça como uma oportunista ardilosa que se infiltrava e se insinuava nas afeições de Symmington sem ser merecedora dele. E por isso, eu acho, ela sucumbiu à tentação. Por que não acrescentar mais uma carta anônima e assustar a moça para que ela fosse embora? Deve ter parecido muito seguro para ela, que tomou, segundo acreditava, todas as precauções.

– Bem? – disse Joanna. – E o fim da história?

– Eu imagino – continuou devagar Miss Marple – que, quando a srta. Holland mostrou aquela carta para Symmington, ele imediatamente tenha se dado conta de quem a havia escrito, e visto ali uma oportunidade para encerrar o caso de uma vez por todas e ficar em segurança. Não foi muito bonito de sua parte, não, mas vejam bem, ele estava com medo. A polícia não ficaria satisfeita até agarrar o autor das cartas anônimas. Quando levou a carta à polícia e descobriu que haviam de fato visto Aimée escrevê-la, ele sentiu que estava diante de uma chance em mil de encerrar todo o assunto.

"Ele levou a família para tomar chá lá naquela tarde e, como foi direto do escritório com sua pasta de documentos, pôde facilmente levar as páginas retiradas do livro para escondê-las embaixo da escada e fechar o caso. Escondê-las sob as escadas foi um toque hábil. Lembrava o local onde o corpo de Agnes tinha sido encontrado e, do ponto de vista prático, era muito fácil para ele. Quando foi ao encontro de Aimée e da polícia, um ou dois minutos na passagem pelo vestíbulo foram suficientes."

– De qualquer modo – disse eu –, há uma coisa pela qual não a perdoo, Miss Marple: ter usado Megan como isca.

– Meu caro rapaz, *alguma coisa* tinha de ser feita. Não havia provas contra este homem muito esperto e inescrupuloso. Eu precisava da ajuda de alguém, alguém de muita coragem e bons miolos. E encontrei a pessoa de quem precisava.

– Foi muito perigoso para ela.

– É, foi perigoso, mas não somos colocados neste mundo, sr. Burton, para evitar o perigo quando a vida de nosso semelhante está em risco. O senhor me entende?

Eu entendi.

CAPÍTULO 15

É manhã na High Street.

A srta. Emily Barton sai da mercearia com sua bolsa de compras. Suas faces estão rosadas, e os olhos, excitados.

– Ah, meu caro sr. Burton, eu estou tão empolgada! E pensar que eu finalmente vou fazer um cruzeiro!

– Espero que se divirta.

– Ah, tenho certeza de que vou. Eu nunca teria tido coragem de ir sozinha. Parece tão *providencial* a forma como tudo terminou. Há muito tempo eu achava que devia deixar Little Furze, que meus recursos eram realmente apertados demais, porém não podia tolerar a ideia de ter *estranhos* lá. Mas agora que o senhor a comprou e vai morar lá com Megan, é bem diferente. E então a querida Aimée, depois de sua terrível provação, sem saber bem o que fazer consigo mesma e com o casamento do irmão (como é bom pensar que *vocês dois* resolveram viver conosco!), concordou em vir comigo. Pretendemos passar um bom tempo longe daqui. Podemos até mesmo – a srta. Emily baixou a voz – *fazer a volta ao mundo!* E Aimée é tão esplêndida e tão prática. Eu acho mesmo que o que aconteceu foi para o bem de todos, o senhor não?

Por um momento passageiro, apenas, pensei na sra. Symmington e em Agnes Woddell em seus túmulos no cemitério e me perguntei se elas teriam concordado, então me lembrei que o namorado de Agnes não gostava muito dela e que a sra. Symmington não era muito boa para Megan e, que diabos, todos temos de morrer um dia! E concordei com a feliz srta. Emily que tudo tinha acabado bem no melhor dos mundos possíveis.

Segui pela High Street, entrei no portão dos Symmington, e Megan saiu para me encontrar.

Não foi um encontro romântico porque um enorme old english sheepdog saiu com Megan e quase me derrubou com sua exuberância inoportuna.

– Ele não é *adorável*? – disse Megan.

– Um pouquinho esmagador. É nosso?

– É. Foi presente de casamento de Joanna. Nós *ganhamos* belos presentes de casamento, não é? Aquela coisa felpuda de lã que não sabemos para que serve de Miss Marple, e o lindo aparelho de chá estilo Crown Derby do sr. Pye, e Elsie me mandou um porta-torradas...

– Típico – intervim.

– E ela arranjou um emprego com um dentista e está muito feliz. E... onde eu estava?

– Listando presentes de casamento. Não se esqueça de que, se mudar de ideia, temos de devolver todos.

– Não vou mudar de ideia. O que mais a gente ganhou? Ah, sim, a sra. Dane Calthrop mandou um escaravelho egípcio.

– Mulher original – disse eu.

– Ah, mas você ainda não sabe da maior! *Partridge* acabou me mandando um presente. É o pano de mesa mais horroroso que você já viu. Mas eu acho que ela agora *gosta* de mim porque ela disse que bordou tudo com as próprias mãos.

– Com um desenho de uvas azedas e cardos, imagino?

– Não, com uma imagem romântica.

– Ai, ai – disse eu. – Partridge *está* melhorando.

Megan tinha me arrastado para dentro da casa.

– Só há uma coisa que eu não consigo entender. Além de mandar a coleira do cachorro, Joanna mandou uma coleira extra. Para que você acha que ela é?

– Isso – disse eu – é uma piadinha de Joanna.

Convite para um homicídio

Tradução de Alessandro Zir

Para Ralph e Anne Newman, na casa de quem pela primeira vez provei a "Delícia Mortal"!

CAPÍTULO 1

Convite para um homicídio

I

Todas as manhãs, exceto aos domingos, entre as sete e meia e as oito e meia, Johnnie Butt percorria as ruas de Chipping Cleghorn de bicicleta, parando de casa em casa e assobiando furiosamente antes de enfiar nas caixas de correspondência os jornais matutinos encomendados ao sr. Totman, dono da banca de revistas na High Street. Na casa do coronel Easterbrook e esposa, Johnnie entregava o *The Times* e o *Daily Graphic*. Na casa da sra. Swettenham, o *The Times* e o *Daily Worker*. Na casa da srta. Hinchcliffe e da srta. Murgatroyd, o *Daily Telegraph* e o *New Chronicle*. Na casa da srta. Blacklock, o *Telegraph*, o *The Times* e o *Daily Mail*.

Em cada uma dessas casas, e praticamente em todas as casas de Chipping Cleghorn, ele entregava também, sempre às sextas-feiras, um exemplar do *North Benham News and Chipping Cleghorn Gazette*, conhecido nas redondezas como a *Gazette*.

Sendo assim, nas manhãs de sexta, depois de uma rápida olhada nas manchetes do jornal

Situação internacional crítica! Reunião da ONU! Polícia no rastro do assassino da datilógrafa loira! Três minas de carvão paradas. Intoxicação alimentar mata 23 no Seaside Hotel etc.

a maioria dos habitantes de Chipping Cleghorn abria imediatamente a *Gazette* a fim de acompanhar as notícias locais. Primeiro percorriam a seção de *Cartas* (em que fervilhavam as queixas e as rixas típicas da vida rural) para por fim dedicar-se à leitura da coluna dos classificados. Nela, encontravam-se misturados anúncios diversos de interesse àqueles que viviam na pequena comunidade de Chipping Cleghorn: vendiam-se produtos, procuravam-se empregados, animais perdidos, ferramentas para jardins e aviários.

Aquela sexta-feira, 29 de outubro, não era diferente das outras...

II

Espichando entre os dedos os belos cachinhos prateados que lhe caíam sobre a testa, a sra. Swettenham abriu o *The Times* e lançou um olhar embotado para as páginas principais. Se houvesse alguma notícia realmente interessante, o *The Times* daria um jeito de camuflá-la como sempre, de forma que nada parecia acontecer. Ela examinou a seção de *Nascimentos, Casamentos e Óbitos,* dedicando especial atenção aos falecimentos. Depois, com a sensação do dever cumprido, pôs o *The Times* de lado e apanhou a *Gazette.*

Minutos mais tarde, quando seu filho Edmund entrou na sala, ela já estava mergulhada na leitura dos anúncios.

– Bom dia, querido – disse a sra. Swettenham. – Os Smedleys estão vendendo o Daimler deles. De 1935. Um pouco velho, não é mesmo?

O filho da sra. Swettenham grunhiu, serviu-se de uma xícara de café e dois arenques defumados. Sentou-se à mesa e abriu o *Daily Worker*, que apoiou de encontro à torradeira.

– "Filhotes de bullmastiff" – leu em voz alta a sra. Swettenham. – Não sei como as pessoas fazem para alimentar esses cães. Realmente não sei. Hum... Selina Lawrence está procurando uma cozinheira de novo. É uma perda de tempo gastar com esse tipo de anúncio, eu devia ter dito a ela. E ela não colocou nem mesmo o endereço, só uma caixa postal. Um erro grave. Hoje em dia, os empregados querem saber para onde estão indo. Não vão para qualquer lugar, é certo... "Dentes postiços..." Não consigo entender por que são tão populares. "Paga-se o melhor preço... Belos bulbos ornamentais. Seleção especial..." Mas o anúncio é dos mais ordinários. E aqui há uma jovem querendo um "trabalho interessante. Disponível para viajar". E quem não estaria? "Dachshunds..." Nunca achei graça nesses cachorros. Não é por serem alemães, já passamos dessa fase, mas realmente não me atraem... O que é, sra. Finch? – perguntou ela quando a porta se abriu, deixando aparecer a cabeça e o busto de uma mulher de aparência sombria, vestindo uma velha boina de veludo.

– Bom dia, madame – disse a sra. Finch. – Posso começar a limpeza?

– Ainda não. Nós não acabamos – disse a sra. Swettenham. – Estamos quase terminando – acrescentou, com um meio sorriso.

Pousando o olhar sobre Edmund e seu jornal, a sra. Finch torceu o nariz e retirou-se.

– Eu acabei de começar... – defendeu-se Edmund, ao mesmo tempo em que a mãe dizia:

– Eu preferia que você nem lesse esse jornal. A sra. Finch realmente não gosta dele.

– E o que a sra. Finch tem a ver com as minhas opiniões políticas?

– Ainda se você fosse um proletário... – continuou a srta. Swettenham. – Mas você não faz coisa alguma...

– Isso não é verdade – respondeu Edmund indignado. – Estou escrevendo um livro.

– Estou falando de trabalho sério – disse a sra. Swettenham. – E temos de nos preocupar, sim, com a opinião da sra. Finch. Se ela se ofende conosco e não vem, onde é que arranjaremos outra empregada?

– Ponha um anúncio na *Gazette* – disse Edmund com um sorriso.

– Acabei de lhe dizer que é inútil. Ah, meu Deus! Hoje em dia, quem não tem uma velha empregada de confiança na família está perdido.

– Bem, e por que não temos uma empregada de confiança na família? Você devia ter pensado nisso há muito tempo. Que me lembre, eu não tinha nem babá.

– Você tinha uma aia, querido!

– Que falta de planejamento.

A sra. Swettenham estava de novo mergulhada na leitura dos anúncios.

– "Vende-se cortador de grama de segunda mão." Gostaria de saber o preço... Nossa, que caro! Mais dachshunds... "Escreva ou faça contato, Homem Desesperado." Que apelidos idiotas as pessoas inventam. "Cocker spaniels..." Você não se lembra de como Susie era adorável, Edmund? Tão humana. Ela entendia tudo o que você dizia... "Vende se aparador Sheraton. Relíquia de família. Sra. Lucas, Dayas Hall..." Mas que mulherzinha mentirosa. Sheraton... até parece!

A sra. Swettenham soltou um suspiro e continuou a ler:

– "Foi tudo um mal-entendido, querida. Nosso amor é eterno. Te espero na sexta. J..." Uma briga de namorados, imagino... Ou seria uma mensagem em código de alguma quadrilha de assaltantes?... Mais dachshunds! Francamente, é um exagero. Como se não existissem outras raças. O seu tio Simon criava manchester terriers, que são tão bonitinhos! Eu gosto de cachorros *com pernas*... "Senhora que viaja para o exterior vende costume azul-marinho..." Mas ela não dá as medidas nem o preço... "Convida-se para um..." O quê? Nossa senhora! Edmund... *Edmund*! Preste atenção: "Convida-se para um homicídio, às 18h30, nesta sexta-feira, 29 de outubro, em Little Paddocks. Contamos com a presença dos amigos. Não haverá outra convocação." Que coisa mais estranha!

– Como? – perguntou Edmund, olhando por cima do jornal.

– Sexta-feira, 29 de outubro... Mas é hoje!

– Deixe-me ver – disse ele, levantando-se para apanhar a *Gazette*.

– Mas o que querem dizer com isso? – perguntou a sra. Swettenham, mordida de curiosidade.

Edmund Swettenham, confuso, esfregava o nariz.

– Algum tipo de festa, imagino. Vão se reunir para brincar de assassino, detetive e vítima, ou algo do gênero.

– Ah... – disse a sra. Swettenham, pouco convencida. – Mas colocar um anúncio assim no jornal? Que coisa de mau gosto. E justo Letitia Blacklock, sempre tão elegante. É esquisito.

– Deve ser coisa dos sobrinhos brilhantes que ela tem...

– É um convite em cima da hora. Para hoje mesmo. Você acha que devemos ir?

– O anúncio diz "contamos com a presença dos amigos" – observou Edmund.

– Bem, a verdade é que acho esses convites extravagantes um pouco cansativos – sentenciou a sra. Swettenham.

– Está bem, mãe. Você não precisa ir.

– Não, não preciso.

Houve um momento de silêncio.

– Você vai mesmo comer aquela torrada, Edmund?

– O que é mais importante? Que eu me alimente direito ou que essa velha rabugenta tire a mesa?

– Psiu, Edmund! Ela pode ouvir... Meu filho, o que acontece nesse jogo do assassino?

– Não sei muito bem... Acho que eles alfinetam um pedaço de papel na lapela de cada convidado... Não. Cada um retira um pedaço de papel de dentro de um chapéu. Você pode ser a vítima, o detetive... Apagam as luzes. Se alguém bater no seu ombro, você grita e finge de morto.

– Que interessante!

– Deve ser uma chatice. Eu não vou.

– Não seja bobo, Edmund – disse de repente a sra. Swettenham, de maneira resoluta. – Eu vou, e você vai junto. Está decidido.

III

– Archie – disse a sra. Easterbrook ao marido –, ouça isso aqui.

O coronel Easterbrook não lhe deu atenção. Ele já estava bastante irritado com um artigo do *The Times* que lia rosnando.

– O problema desses sujeitos – disse ele – é que não sabem nada sobre a Índia!

– Eu sei, querido, eu sei.

– Se eles soubessem, não escreveriam essas bobagens.

– Sim, eu sei. Archie, preste atenção por favor: "Convida-se para um homicídio, às 18h30, nesta sexta-feira, 29 de outubro, em Little Paddocks. Contamos com a presença dos amigos. Não haverá outra convocação".

Ela fez uma pausa e olhou confiante para o marido. O coronel Easterbrook limitou-se a lançar a ela um olhar indulgente, sem muito interesse.

– Assassino, detetive e vítima.

– Oh!

– É isso – disse ele, ajeitando-se na cadeira. – Pode ser bem divertido se jogarem direito. Vão precisar de alguém que seja organizado e conheça as regras. Faz-se um sorteio. Uma pessoa é o assassino, os outros não sabem. Apagam-se as luzes. O assassino escolhe a vítima. A vítima tem de contar até vinte e gritar. Depois é a pessoa sorteada como detetive que conduz o jogo. Ela interroga todo mundo. Pergunta onde estavam, o que estavam fazendo, tenta apanhar o assassino. É um jogo interessante se o detetive for alguém com experiência em investigações criminais.

– Como você, Archie! Está sempre lidando com casos complicados.

O coronel Easterbrook esboçou um sorriso e girou a ponta do bigode entre os dedos.

– É verdade, Laura. Acho que eu poderia dar algumas dicas – disse ele, empertigando-se.

– A srta. Blacklock deveria ter pedido a sua ajuda para organizar o jogo.

O coronel suspirou.

– Bem, ela tem aquele fedelho para ajudar. Ele é sobrinho dela, não? Essa ideia absurda de publicar isso no jornal só pode ser coisa dele.

– Estava nos classificados. Poderíamos nem ter visto. Você acha que é um convite, Archie?

– Um convite muito estranho. Vou lhe dizer uma coisa. Estou fora disso.

– Ah, Archie! – lamentou a sra. Easterbrook, levantando o tom de voz.

– O convite foi feito em cima da hora. Posso dizer que estava ocupado.

– Mas você não está ocupado. Está, querido?

A sra. Easterbrook baixou novamente a voz e acrescentou, em tom persuasivo:

– Eu acho que você tem de ir, Archie. Para ajudar a pobre da srta. Blacklock. Tenho certeza de que ela está contando com a sua presença para que o jogo seja um sucesso. Todo mundo sabe o quanto você é experiente e organizado. Será uma decepção se você não for. Vai parecer falta de educação.

A sra. Easterbrook inclinou para o lado a cabeleira artificialmente loira e arregalou os olhos azuis.

– Bem, se você pensa assim, Laura...

O coronel Easterbrook girou mais uma vez a ponta do bigode grisalho, dando-se um ar de importância. Depois olhou com indulgência para aquela mulher frívola que tinha trinta anos a menos do que ele e era a sua esposa.

– Se é isso o que você acha, Laura – disse ele.

– Você tem de ir, Archie – disse a sra. Easterbrook solenemente.

IV

A *Chipping Cleghorn Gazette* também tinha sido entregue em Boulders, um conjunto de três graciosos bangalôs conjugados habitados pela srta. Hinchcliffe e pela srta. Murgatroyd.

– Hinch?

– O que foi, Murgatroyd?

– Onde você está?

– Aqui, no galinheiro!

– Oh!

A srta. Amy Murgatroyd pisou com cautela sobre a grama crescida e úmida e aproximou-se da amiga, que acrescentava medidas precisas de ração balanceada a uma mistura repugnante de cascas de batata e cabeças de repolho que fumegava de um panelão.

A aparência das duas não podia ser mais diferente. A srta. Hinchcliffe vestia uma calça de veludo cotelê e uma jaqueta militar. Os cabelos curtos e a pele maltratada pelo tempo davam-lhe um ar masculinizado, que contrastava com o rosto redondo e amigável da srta. Murgatroyd. Esta vestia uma saia de tweed e um suéter folgado em tom azul royal brilhante. Seus cabelos grisalhos e indisciplinados estavam ajeitados num coque que lembrava um ninho de passarinho.

– Está escrito aqui na *Gazette* – disse ela, ofegante. – Não sei o que significa: "Convida-se para um homicídio, às 18h30, nesta sexta-feira, 29 de outubro, em Little Paddocks. Contamos com a presença dos amigos. Não haverá outra convocação".

Ela terminou a leitura sem fôlego e fez uma pausa, esperando por algum comentário esclarecedor.

– Ridículo – sentenciou a srta. Hinchcliffe.

– Sim, mas o que significa?

– Um drinque ou algo do gênero.

– Você acha que é algum tipo de convite?

– É o que vamos descobrir ao chegarmos lá. Bebida ruim, provavelmente... E você, Murgatroyd, é melhor sair da grama. Esqueceu-se de tirar as pantufas e agora elas estão encharcadas.

– Ah, meu Deus! – exclamou a srta. Murgatroyd, olhando espantada para os próprios pés.

Em seguida, ela perguntou:

– Quantos ovos?

– Hoje, sete. Aquela maldita galinha ainda está choca. Preciso colocá-la de volta no galinheiro.

– Esse convite... é um pouco esquisito, você não acha? – perguntou Amy Murgatroyd em tom melancólico.

Mas a amiga dela tinha uma natureza mais simples e resoluta. A srta. Hinchcliffe estava determinada a pôr ordem no galinheiro, e nenhum anúncio de jornal, por mais exótico e misterioso que fosse, iria desviá-la desse propósito.

Ela patinhou com dificuldade sobre a lama, arremetendo na direção de uma galinha, que soltou um guincho indignado.

– Prefiro mil vezes cuidar de patos... Dão muito menos trabalho – disse ela, enquanto a srta. Murgatroyd voltava para dentro de casa.

V

– Que delícia! – disse a sra. Harmon para o marido, sentado à sua frente na mesa do café da manhã. – Vai haver um homicídio na casa da srta. Blacklock.

– Um homicídio? – perguntou o marido, ligeiramente surpreso. – Quando?

– Nesta tarde, está marcado para as... seis e meia. Mas que azar, querido! É bem na hora da sua catequese de crisma. Que lástima. Você gosta tanto de homicídios!

– Do que você está falando, Bunch?

A sra. Harmon passou a *Gazette* para o marido. Suas formas arredondadas renderam-lhe o apelido de Bunch, que desde muito cedo substituíra o nome de batismo, Diana.

– Veja aí, bem no meio dos anúncios de pianos usados e dentes postiços.

– Extraordinário!

– E não é? – disse Bunch, parecendo contente. – Nunca pensei que a srta. Blacklock gostasse de homicídios, jogos e coisas desse tipo. Só se for uma invenção dos Simmons. E, mesmo assim, não deixa de ser estranho. Era de se esperar que Julia Simmons tivesse horror a homicídios. Mas aí está o convite, e acho lamentável que você não possa ir, querido. Mas eu vou e depois lhe conto tudo. Espero não me aborrecer muito. Jogos que ocorrem no escuro me assustam. Eu não gostaria de ser a vítima. Se alguém de repente põe a mão no meu ombro e sussurra "você está morta", é capaz de eu ter um baque no coração e morrer de verdade! Você não acha?

– Não, Bunch. Acho que você vai morrer bem velhinha ao meu lado.

– Morrer no mesmo dia e ser enterrada na mesma tumba? Que romântico!

Diante daquela perspectiva agradável, Bunch abriu um sorriso que ia de uma orelha à outra.

– Você parece realmente feliz – observou o marido, sorrindo.

– E quem não ficaria feliz estando no meu lugar? – disse ela, um tanto confusa. – Com você, Susan e Edward, que me amam mesmo eu sendo burra. E com o sol a brilhar! E nossa casa maravilhosa!

O reverendo Julian Harmon, passando os olhos pela sala de jantar, espaçosa mas vazia, assentiu com a cabeça, sem muita determinação.

– Algumas pessoas se desesperariam de viver nesse casarão labiríntico e cheio de correntes de ar.

– Bem, eu gosto de quartos espaçosos. Os aromas agradáveis da rua têm a chance de entrar e permanecer no interior. E você pode ficar à vontade, deixar as coisas mais ou menos onde estão, sem que elas pareçam atulhadas.

– A falta de eletrodomésticos e aquecimento central significa mais trabalho para você, Bunch.

– Não, Julian! Levanto às seis e meia, ligo a caldeira e começo eu mesma a trabalhar como uma locomotiva, de modo que às oito todo o serviço doméstico está feito. Você não pode sequer reclamar que a casa não fique bem-arrumada. Tudo encerado e polido, além de jarros decorados com folhas de outono. Manter uma casa grande não dá mais trabalho do que manter uma casa pequena. Você se movimenta mais livremente com o esfregão e tudo mais, sem ter de ficar desviando dos móveis, batendo neles quando se vira. E eu gosto de dormir num quarto amplo e frio. Gosto de me tapar até as orelhas com as cobertas, imaginando o frio que faz lá fora. Não importa o tamanho da casa, são as mesmas batatas a descascar e os mesmos pratos a lavar. Além disso, temos quartos disponíveis, onde Edward e Susan brincam tranquilos de trenzinho e boneca sem precisar desmontar e guardar tudo cada vez que a brincadeira termina. Podemos receber hóspedes. Se não fosse por nós, Jimmy Symes e Johnnie Finch teriam de ter ido morar com os sogros. E você sabe como é constrangedor morar com os sogros. Eu sei que você gosta de mamãe, mas imagine ter de começar a nossa vida de casados morando com ela e papai! Nem eu teria gostado. Eu me sentiria como uma criança.

– Mas você é uma criança, Bunch – disse sorrindo o sr. Harmon, que mesmo aos 35 anos havia sido talhado pela natureza como um modelo de sexagenário.

– Eu sei que sou burra...

– Você não tem nada de burra, Bunch. Você é bem inteligente.

– Não, não sou. Não sou nada intelectualizada. Apesar de que me esforço... E gosto muito de ouvir você falar de livros, de história e coisas assim. Mas essa ideia de ler Gibbon em voz alta durante os finais de tarde não foi nada boa. O vento frio chiando do lado de fora, o calor da lareira, tudo conspirava para que eu caísse no sono.

Julian soltou uma gargalhada.

– Mas gosto muito de ouvi-lo, Julian. Conte-me a história daquele vigário e o sermão sobre Assuero.

– Você sabe essa história de cor e salteado, Bunch.

– Ah, conte só mais uma vez, por favor!

Julian Harmon aquiesceu ao pedido da esposa.

– Aconteceu com o velho Scrymgour. Alguém entrou na igreja, na hora em que ele pregava fervorosamente a duas velhas faxineiras, inclinado sobre o púlpito. Ele sacudia o dedo em riste para elas, dizendo: "Ah! Sei muito bem o que estão pensando. Vocês pensam que o grande Assuero da primeira lição era Artaxerxes Segundo. Mas ele não era!". E concluiu, triunfante: "Ele era Artaxerxes *Terceiro*!".

Julian Harmon achava a história sem graça, mas era infalível que ela provocasse o riso divertido de Bunch.

Sua risada ecoou pela sala como uma cascata.

– O velho maganão! – exclamou ela. – Um dia, você vai acabar igual a ele, Julian.

Julian parecia constrangido.

– Eu sei – reconheceu ele pesaroso. – Sinto que nem sempre consigo abordar os temas de forma simples e direta.

– Não há com o que se preocupar – retorquiu a esposa, levantando-se e recolhendo numa bandeja a louça do café. – A sra. Butt me contou que o marido dela, que nunca ia à igreja e era considerado o ateu da cidade, tem aparecido na missa todos os domingos para ouvir o seu sermão.

E Bunch prosseguiu, imitando com perfeição a voz afetada da sra. Butt:

– "Ontem mesmo, madame, Butt dizia ao sr. Timkins, de Little Worsdale, que em Chipping Cleghorn nós temos cultura de verdade. Não é como em Little Worsdale, onde o sr. Goss fala com a congregação como se fossem crianças que estivessem indo ao colégio. Cultura de verdade, Butt disse, é isso que temos aqui! Os sermões do nosso pároco estão à altura da sua educação refinada, feita em Oxford, não em Milchester. Ele sabe tudo sobre os romanos e os gregos, sobre os babilônios e os assírios. E até mesmo o gato do nosso vigário, diz Butt, tem o nome de um rei assírio!" O seu futuro, portanto, é promissor – concluiu Bunch, triunfante. – Agora, tenho de começar a trabalhar, ou não termino nunca. Vamos lá, Tiglath Pileser, tenho para você umas espinhas de arenque.

Abrindo a porta e segurando-a habilmente com o pé, ela passou pelo umbral com a bandeja carregada, cantando em voz alta, em tom não muito afinado, sua própria versão da canção popular:

– *É um belo dia para um homicídio*
Um belo dia de primavera
E os detetives deixaram a cidade...

O barulho da louça sendo despejada na pia abafou as frases seguintes; porém, quando o reverendo Julian Harmon deixava a casa, ele ainda pôde ouvir a triunfante exclamação final:

– *Que belo dia para um homicídio!*

CAPÍTULO 2

Café da manhã em Little Paddocks

I

Em Little Paddocks, também se tomava o café da manhã.

A srta. Blacklock, uma mulher de sessenta e poucos anos, a dona da casa, sentava-se à cabeceira da mesa. Ela usava um costume de tweed, uma gargantilha de pérolas tão grandes como falsas e lia a coluna de Lane Norcott no *Daily Mail.* Julia Simmons passava os olhos preguiçosos pelas manchetes do *Telegraph*. Patrick Simmons fazia as palavras cruzadas do *The Times*. A srta. Dora Bunner dedicava toda a sua atenção à leitura entusiasmada do semanário local.

A srta. Blacklock deixou escapar uma risadinha, Patrick murmurou:

– "Inapto" em vez de "inábil", foi aí que eu errei.

De repente, a srta. Bunner estalou a língua.

– Letty... *Letty*! Você viu isso? Não consigo entender...

– O que foi, Dora?

– Um anúncio esquisitíssimo. Refere-se a Little Paddocks, com todas as letras, mas não consigo entender...

– Deixe-me ver, querida...

A srta. Bunner alcançou o jornal para a srta. Blacklock, que lhe estendia a mão.

– Está bem aí, Letty – disse ela, apontando com o dedo trêmulo na direção do anúncio.

A srta. Blacklock conferiu o que estava escrito. Suas sobrancelhas se levantaram, e ela deu uma rápida olhada ao redor da mesa. Depois, leu o anúncio em voz alta:

– "Convida-se para um homicídio, às 18h30, nesta sexta-feira, 29 de outubro, em Little Paddocks. Contamos com a presença dos amigos. Não haverá outra convocação."

Em seguida, ela pousou os olhos sobre o belo rosto do jovem sentado do outro lado da mesa, à sua frente, e disse sem pestanejar:

– Isso foi alguma ideia sua, Patrick?

A resposta de Patrick Simmons foi imediata:

– De forma alguma, tia Letty. Por que eu faria uma coisa dessas? Que ideia!

– Achei que pudesse ser outra das suas gracinhas... – disse ela emburrada.

– Gracinhas? Não tenho nada a ver com isso – defendeu-se ele.

– E você, Julia?

– É claro que não – respondeu Julia, enfadada.

Olhando para um lugar vago na mesa, de alguém que já havia tomado o café, a srta. Bunner murmurou:

– Vocês acham que a sra. Haymes...

– Não acredito que Phillipa tivesse esse senso de humor – disse Patrick. – Aliás, ela não tem *nenhum* senso de humor.

– Mas qual é o significado disso, afinal? – perguntou Julia, bocejando. – O que significa?

A srta. Blacklock respondeu, lentamente:

– Suponho que se trate de... alguma brincadeira.

– Como? – exclamou Dora Bunner. – Mas por quê? Uma brincadeira de mau gosto e sem a menor graça.

Suas bochechas flácidas tremiam, e os olhos faiscavam indignados.

A srta. Blacklock sorriu.

– Acalme-se, Bunny. Isso foi ideia de algum destrambelhado. Apenas gostaria de saber quem...

– O anúncio diz hoje – observou a srta. Bunner. – Hoje às seis e meia. O que você acha que vai acontecer?

– Algo mortal... – anunciou Patrick, com um tom de voz macabro. – Uma delícia mortal!

– Quieto, Patrick – disse a srta. Blacklock, enquanto a srta. Bunner soltava um gritinho.

– Eu só estava me referindo ao bolo maravilhoso que Mitzi faz. É assim que o chamamos – disse ele, desculpando-se.

A srta. Blacklock abriu um sorriso amarelo.

A srta. Bunner insistiu:

– Mas, Letty... francamente, o que...

A amiga interrompeu-a com uma firmeza tranquilizadora:

– Uma coisa é certa. Às seis e meia, metade da cidade vai estar aqui, morrendo de curiosidade. É melhor conferir se temos sherry.

II

– Você está preocupada, não está, Lotty?

A srta. Blacklock tomou um susto. Ela estava distraída, sentada à escrivaninha, desenhando peixinhos num pedaço de papel. Olhou para o rosto ansioso da amiga.

Não sabia o que dizer a Dora Bunner. Não queria deixá-la ainda mais preocupada. Ficou em silêncio, refletindo por alguns instantes.

As duas tinham ido juntas à escola. Dora era uma bela garota, loira, de olhos azuis, mas pouco inteligente. Sua burrice, no entanto, era compensada pela alegria, pelo bom humor e pela beleza, que tornavam a sua companhia agradável. Dora devia ter se casado com algum oficial do exército ou procurador, um homem atraente que lhe transmitisse segurança. As qualidades dela eram muitas: uma moça afetiva, dedicada e fiel. Mas a vida tinha sido dura com Dora Bunner. Ela fora obrigada a trabalhar. E nunca tivera sucesso em nenhum empreendimento, apesar de toda dedicação.

Durante um bom período, as duas amigas tinham se perdido de vista. Mas seis meses antes a srta. Blacklock recebera uma carta incoerente e patética. Dora estava com problemas de saúde. Ela tinha alugado um quarto e sobrevivia como podia apenas com a aposentadoria. Tentou bordar para fora, mas os dedos estavam duros de reumatismo. Ela mencionava os velhos dias de colégio. Desde então, a vida as tinha levado por caminhos diferentes. Será que a amiga poderia ajudá-la neste momento?

A srta. Blacklock respondera sem pensar. Pobre Dora, tão bonitinha, tão bobinha... Era preciso resgatá-la imediatamente, instalá-la em Little Paddocks, com a desculpa reconfortante de que "o serviço doméstico está ficando muito pesado para mim, preciso mesmo de alguém que me ajude a tomar conta da casa". A situação não se estenderia por muito tempo, conforme a previsão dos médicos. Mesmo assim, havia horas em que a srta. Blacklock pensava em Dora como um fardo difícil de carregar. Ela bagunçava tudo, desentendia-se com os empregados, não separava direito a roupa para lavar, perdia contas e cartas. E, às vezes, até mesmo a srta. Blacklock ficava a ponto de perder o controle. Pobre Dora, tão fiel, tão bem-disposta, mas tão estabanada. Pensava que podia ajudar, mas era impossível confiar nela.

– Eu já não lhe pedi mil vezes...

– Oh! – disse a srta. Bunner, corando. – Desculpe, eu não queria assustá-la. Eu me esqueci de bater. Mas você está preocupada, não está?

– Preocupada? Não exatamente – disse ela com sinceridade. – Você se refere àquele anúncio bobo da *Gazette*?

– Sim. Mesmo se for uma brincadeira... É uma brincadeira maldosa.

– Maldosa?

– Sim. Parece coisa de gente despeitada. Não está certo.

A srta. Blacklock olhou para a amiga. Os olhos doces, a boca bem-desenhada, o nariz ligeiramente empinado. Pobre Dora, tão irritante, tão atrapalhada. Aquele anúncio ridículo fora o suficiente para desnorteá-la por completo. E, no entanto, havia algum valor naquela reação instintiva.

– Você tem toda a razão, Dora. É uma brincadeira de mau gosto.

– Aquilo me incomodou – disse a srta. Bunner, com uma determinação inesperada. – Estou preocupada. E você também, Letitia! – acrescentou ela.

– Bobagem – disse a srta. Blacklock, espirituosamente.

– Sinto um cheiro de perigo no ar. Como se fossem nos mandar uma bomba pela correspondência!

– Acalme-se, querida. É só uma brincadeira de mau gosto. Algum engraçadinho querendo aparecer.

– Mas não tem a menor graça.

E não tinha mesmo... O rosto da srta. Blacklock não enganava ninguém, e Dora exclamou triunfante:

– Você também acha isso!

– Mas Dora, querida...

A srta. Blacklock interrompeu-se. Uma jovem acabava de irromper no escritório. Seu busto generoso arfava debaixo do suéter apertado. Ela vestia uma saia rodada de cor brilhante e trazia enroladas na cabeça suas belas tranças de um tom negro reluzente. Os olhos, também escuros, faiscavam.

Ela perguntou de súbito:

– Posso falar com a senhorita, por favor?

Letitia Blacklock suspirou.

– É claro, Mitzi, o que foi?

Às vezes, ela pensava que seria preferível fazer todo o serviço doméstico e mais a comida sozinha a ter de aguentar as frequentes crises de nervos daquela imigrante refugiada.

– Vou ser franca. Quero a minha demissão. Se não há problema, vou embora agora mesmo.

– Mas por que motivo? Aconteceu alguma coisa?

– Sim, aconteceu – disse Mitzi em tom dramático. – Não quero morrer! Escapei por um fio quando estava na Europa. Assassinaram a minha família inteira. Estão todos mortos: minha mãe, meu irmãozinho, minha adorável sobrinha. Venho para a Inglaterra, onde estou escondida, trabalhando. Um tipo de trabalho que jamais seria obrigada a fazer em meu próprio país...

– Já sei de tudo isso – interrompeu a srta. Blacklock, ríspida.

De fato, aquelas eram queixas constantes de Mitzi.

– Mas você resolveu ir embora agora por quê?

– Porque estão de novo atrás de mim!

– Quem?

– Meus inimigos, os nazistas! Talvez sejam os bolcheviques agora. Sabem que estou aqui. Vão me matar. Está tudo no jornal!

– Ah! Você se refere ao anúncio da *Gazette*?

– Eu me refiro a isso aqui – disse Mitzi, exibindo a *Gazette* que ela até então segurava escondida atrás das costas. – Está escrito homicídio. Em Little Paddocks. É aqui, não? Hoje à tarde, às seis e meia. Não vou esperar de braços cruzados...

– Mas por que isso diria respeito a você? Parece mais uma brincadeira...

– Brincadeira? Matar uma pessoa?

– Não, não... Minha querida, se quisessem mesmo matar alguém, por que colocariam um anúncio no jornal?

– A senhorita acha que não? – disse Mitzi, um pouco confusa. – Acha que não querem matar ninguém? Talvez seja a senhorita que queiram matar!

– Matar a mim? Que ideia absurda... – disse a srta. Blacklock, sem se abalar. – E sinceramente, Mitzi, não creio que queiram matar você. Por que motivo fariam isso?

– Por que é gente ruim... muito ruim. Já disse: minha mãe, meu irmãozinho, minha sobrinha...

– Está bem, está bem – disse a srta. Blacklock, procurando contornar a situação. – Tenho certeza de que ninguém quer matá-la, Mitzi. É claro, se você faz questão de ir embora dessa maneira, não tenho como impedi-la. Mas acho que você está fazendo papel de boba.

Como Mitzi continuava na dúvida, a srta. Blacklock acrescentou, de maneira decidida:

– Acho melhor começar a cozinhar para o almoço aquela carne que veio do açougue. Ela me pareceu muito dura.

– Vou fazer um gulache, um gulache delicioso.

– Chame como quiser. E talvez você possa aproveitar aquele pedaço duro de queijo para fazer palitinhos de aperitivo. Acho que vamos receber visitas esta noite.

– Esta noite? O que a senhorita quer dizer?

– Às seis e meia...

– O horário indicado no jornal? Mas quem virá? Para quê?

– Para o funeral – respondeu a srta. Blacklock, dando uma piscadinha. – E agora já chega, Mitzi. Estou ocupada. Feche a porta depois de sair – acrescentou, com firmeza.

– Você é tão eficiente, Letty – disse a srta. Bunner admirada, depois que Mitzi saiu.

– Isso deve acalmá-la por um tempo.

CAPÍTULO 3

Às 18h30

I

– Bem, está tudo pronto – disse a srta. Blacklock.

Satisfeita, ela deu uma olhada ao redor na sala de estar dupla: as cortinas e os sofás em tons de rosa, os jarros com crisântemos vermelhos, os vasinhos de violetas, a cigarreira de prata em cima da cômoda junto à parede e a bandeja com os drinques na mesa de centro.

Little Paddocks era uma casa de tamanho médio, construída em estilo do início do período vitoriano. Tinha janelas com venezianas verdes, além de uma varanda comprida e estreita, que ficava quase no nível do solo. O telhado da varanda roubava um pouco da luz da sala de estar, também comprida e estreita. Antigamente, uma das extremidades dessa sala conduzia, por uma porta dupla, a uma salinha com um janelão de três faces. A geração anterior tinha substituído as portas duplas por cortinas de veludo. A srta. Blacklock dispensara as cortinas, de modo que as duas salas formavam agora uma peça única. Havia lareiras dos dois lados, mas o ambiente já estava agradavelmente aquecido sem que precisassem usá-las.

– Acenderam o aquecimento central – observou Patrick.

A srta. Blacklock concordou com a cabeça.

– O tempo tem estado tão fechado e chuvoso. Sentia-se a umidade pela casa toda. Pedi a Evans que o acendesse antes de sair.

– Queimando o seu precioso coque? – disse Patrick com ironia.

– Precioso mesmo. Porém, de outra forma, teríamos de usar carvão, que está ainda mais caro. Você sabe que o Departamento de Combustível não nos deixa ficar com nada além do mínimo necessário para a semana. Apenas o estritamente necessário para cozinhar.

– Imagino que antes da guerra havia coque e carvão à vontade para todo mundo – disse Julia, com a displicência de quem fala sobre um outro mundo.

– Sim, e barato.

– E qualquer um podia comprar o quanto quisesse, sem ter de preencher formulários? À vontade, não havia escassez?

– À vontade, de todos os tipos e qualidades. E nada dessas pedras que entregam hoje.

– Devia ser um mundo maravilhoso – disse Julia em tom sonhador.

A srta. Blacklock sorriu.

– Essa é certamente a minha opinião quando olho para trás. Mas sou uma mulher velha. É natural que goste do tempo em que era moça. Não é o caso de vocês.

– Naquela época, eu não precisaria trabalhar – disse Julia. – Eu poderia ficar em casa fazendo arranjos florais, escrevendo mensagens... Por que escreviam tantas mensagens? A quem eram endereçadas?

– A todas as pessoas a quem agora se costuma telefonar – disse a srta. Blacklock, com um brilho nos olhos. – Fico me perguntando se você sabe mesmo escrever cartas, Julia...

– Não no estilo fabuloso daquele "Manual Completo do Missivista" que encontrei outro dia. Meu Deus! Ele ensina até mesmo como recusar a proposta de casamento de uma viúva.

– Eu duvido que você fosse gostar tanto de ficar em casa. As pessoas tinham os seus afazeres e obrigações do mesmo jeito – disse a srta. Blacklock com uma expressão séria. – Mas, na verdade, não sou a pessoa mais indicada para falar sobre isso. Eu e Bunny – acrescentou ela, sorrindo para a amiga – começamos a trabalhar muito cedo.

– Ah, de fato. Começamos bem cedo – concordou a srta. Bunner. – Aquelas crianças mal-educadas. Jamais vou esquecê-las. Mas Letty era inteligente. Uma mulher de negócios, secretária de um grande financista.

A porta abriu-se e Phillipa Haymes entrou. Era alta, loira. Tinha uma expressão serena. Olhou ao redor da sala, surpresa.

– Nossa – disse ela. – Vamos ter alguma festa? Ninguém me contou.

– Você é a única mulher em Chipping Cleghorn que não sabe – exclamou Patrick.

Phillipa lançou a ele um olhar interrogativo.

– Diante dos seus olhos está a cena do crime! – disse Patrick em tom dramático, fazendo um gesto largo com a mão.

Phillipa Haymes parecia confusa.

– Aqui – disse Patrick, indicando os jarros com os crisântemos – estão as flores do funeral, e esses pratinhos com palitinhos de queijo e azeitonas são os quitutes para o velório.

Phillipa lançou para a srta. Blacklock um olhar interrogativo.

– É alguma brincadeira? – perguntou ela. – Sou tão estúpida para esse tipo de coisa. Nunca entendo direito o significado.

– É uma brincadeira de extremo mau gosto – exclamou Dora Bunner, indignada. – Não vejo nela a menor graça.

– Mostre a ela o anúncio – sugeriu a srta. Blacklock. – Tenho de trancar o aviário. Está escuro, e os patos já devem ter se recolhido.

– Pode deixar que eu tranco – disse Phillipa.

– De forma alguma, querida. Você acaba de chegar do trabalho.

– Então eu tranco, tia Letty – ofereceu-se Patrick.

– Não. Da última vez, você não empurrou o trinco direito – disse a srta. Blacklock com firmeza.

– Deixe que eu vou lá, querida – disse a srta. Bunner. – Será um prazer. É só enfiar minhas galochas. Onde deixei o meu casaco?

Com um sorriso, a srta. Blacklock já havia deixado a sala.

– Não adianta, Bunny – observou Patrick. – Tia Letty prefere fazer tudo sozinha. Ela é tão eficiente que não suporta deixar nada na mão dos outros.

– Ela simplesmente adora! – disse Julia.

– E você nem mesmo se prontificou a ajudar – comentou o irmão.

Julia, displicente, apenas esboçou um sorriso.

– Você não disse que ela gosta de fazer tudo sozinha? Além disso – observou Julia, esticando o pé e exibindo a bela canela numa meia transparente –, estou vestindo meu melhor par de meias.

– A morte em meias de seda! – declarou Patrick.

– São meias de náilon, seu idiota.

– Mas isso não dá um bom título.

– Que história é essa de morte? Será que alguém pode me explicar? – reclamou Phillipa.

Todos se prontificaram a explicar, mas ninguém encontrou a *Gazette*, que Mitzi tinha levado para a cozinha.

Alguns minutos depois, a srta. Blacklock havia retornado.

– Pronto. Resolvido.

Deu uma olhada para o relógio e acrescentou:

– Seis horas e vinte minutos. As pessoas vão começar a chegar, a menos que eu não conheça bem os meus vizinhos.

– Ainda não entendi o porquê disso tudo – disse Phillipa, perplexa.

– Ainda não, querida? Imaginei que fosse ter mesmo dificuldade. Mas outras pessoas se esforçariam mais.

– O problema de Phillipa é a falta de interesse – disparou Julia, exultante.

Phillipa não respondeu.

A srta. Blacklock olhava ao redor. Mitzi havia colocado o sherry e três pratos com azeitonas, palitinhos de queijo e pasteizinhos variados na mesa de centro.

– Patrick, você poderia levar a bandeja ou a mesa toda, se preferir, para a outra sala? Coloque tudo perto da janela. Afinal de contas, não estou dando uma festa! Não fui eu que convidei as pessoas. Não quero dar a impressão de que estou esperando por elas.

– Prefere que pensem que não previa que viriam?

– Exatamente, meu querido. Agradeço por expressar minhas intenções com tanta clareza.

– Poderíamos fingir que estamos reunidos apenas entre nós e demonstrar surpresa quando alguém aparecer – disse Julia.

A srta. Blacklock tinha pego a garrafa de sherry, que segurava de maneira apreensiva.

Patrick procurou tranquilizá-la:

– Há meia garrafa aí. Deve ser suficiente.

– Sim, sim... – disse ela, pouco convencida, antes de acrescentar, corando:

– Patrick, você se importaria de ir lá dentro buscar a garrafa fechada que está no armário da despensa? Traga também o abridor, por favor... Já faz tempo que esta aqui está aberta. Temos direito a uma nova.

Patrick retirou-se calado a fim de cumprir a missão. Ele retornou com a garrafa nova e sacou a rolha. Ao colocá-la na bandeja, lançou à srta. Blacklock um olhar desconfiado.

– Tia Letty, acho que está levando isso tudo muito a sério – observou ele com polidez.

– Oh! – gritou Dora Bunner, apavorada. – Pelo amor de Deus, Letty... você não imagina que...

– Quietos! – interrompeu a srta. Blacklock em tom de voz sussurrado. – Está tocando a campainha. Eu tinha certeza de que viriam.

II

Mitzi abriu a porta da sala, fazendo entrar o coronel e a sra. Easterbrook. Ela tinha um modo esquisito de anunciar as pessoas:

– Abram passagem para o coronel e a sra. Easterbrook, que gostariam de vê-los...

O coronel Easterbrook estava muito animado e sorria para disfarçar o embaraço.

– Resolvemos dar uma passada – disse ele.

Sua mulher deixou escapar uma risadinha, e ele continuou:

– Estávamos dando uma volta nessa direção e... bem! Que noite agradável, não é mesmo? Estão com o aquecimento central ligado? Ainda não começamos a usar o nosso...

– Que lindos esses crisântemos! – derramou-se a sra. Easterbrook, exagerada. – São realmente uma beleza!

– Na verdade, estão um pouco mirrados – corrigiu Julia.

A sra. Easterbrook cumprimentou Phillipa Haymes com uma cordialidade acentuada, a fim de deixar claro que ela sabia que Phillipa não era uma mera camponesa, uma trabalhadora rural.

– Como vai o jardim da sra. Lucas? – perguntou ela. – Você acha que vai voltar a ser o que era? Completamente negligenciado durante a guerra. O velho Ashe não fazia nada senão varrer as folhas e plantar repolhos. Que homem horrível!

– Está melhorando – disse Phillipa. – Mas ainda precisa de um tempo.

Mitzi abriu a porta novamente e anunciou:

– Abram passagem para as madames de Boulders.

– Boa noite – disse a srta. Hinchcliffe, entrando na sala e apertando formidavelmente a mão da srta. Blacklock. – Eu disse a Murgatroyd: "Precisamos dar um pulinho em Little Paddocks!". Queria perguntar-lhe se as suas patas estão pondo ovos.

– Começa a escurecer tão rápido nessa época, não é mesmo? – comentou distraidamente a srta. Murgatroyd. – Que belos crisântemos!

– Mirrados! – disparou Julia.

– Por que você não tenta colaborar um pouco? – murmurou Patrick ao seu ouvido.

– Vocês ligaram o aquecimento central? Já nessa época! – disse a srta. Hinchcliffe em tom de reprovação.

– É que a casa tem ficado tão úmida... – defendeu-se a srta. Blacklock.

Patrick fez um sinal para ela com a sobrancelha, perguntando se devia servir sherry. A srta. Blacklock sinalizou de volta dizendo que ainda não.

Ela perguntou ao coronel Easterbrook:

– Vocês vão receber bulbos da Holanda este ano?

A porta abriu-se novamente, e a sra. Swettenham entrou meio encolhida, seguida de Edmund, que parecia ainda mais constrangido.

– Enfim, aqui estamos! – disse a sra. Swettenham alegremente, olhando ao redor com uma indisfarçável curiosidade.

Porém, sentindo-se novamente insegura, ela comentou:

– Pensei em dar uma passadinha rápida e perguntar, srta. Blacklock, se não gostaria de um gatinho. Nossa gata...

– Foi emprenhada por um gato de rua e está prestes a parir – interrompeu Edmund. – Não quero nem ver no que vai dar. Não digam que não avisei!

– Ela é ótima para caçar ratos – observou rapidamente a sra. Swettenham, acrescentando em seguida:

– Que belos crisântemos!

– Vocês estão com o aquecimento central ligado? – perguntou Edmund, como se fizesse uma grande descoberta.

"Será que poderiam virar o disco?", murmurou Julia consigo mesma.

– Não estou gostando nada das últimas notícias – disse o coronel Easterbrook a Patrick, puxando-o para um canto e intimando-o à conversa. – Não estou gostando mesmo. Se você quer saber a minha opinião, penso que a guerra é inevitável. Inevitável!

– Nunca dou atenção ao que dizem os jornais – respondeu Patrick.

A porta foi aberta mais uma vez, e a sra. Harmon entrou.

Na tentativa de parecer moderna, ela trazia o velho chapéu de feltro enfiado na parte de trás da cabeça e vestia uma blusa de babados em vez do suéter tradicional.

– Boa noite, srta. Blacklock – exclamou ela, sorrindo de uma orelha à outra. – Não estou atrasada, não é? Quando começa o homicídio?

III

Tossidinhas ecoaram aqui e ali. Julia soltou uma risadinha bem-humorada, Patrick fez uma careta e a srta. Blacklock sorriu com gentileza para a visita que acabava de chegar.

– Julian ficou aborrecidíssimo por não poder vir – disse a sra. Harmon. – Ele adora homicídios. Foi o tema do sermão dele no último domingo... É claro que não cabe a mim, que sou sua esposa, ficar elogiando, mas foi um ótimo sermão, a senhorita não acha? Muito melhor do que os que ele costuma fazer. E tudo por causa de *A morte faz o impossível*, como eu dizia. Vocês leram o livro? A bibliotecária em Boots reservou-o especialmente para mim. É de tirar o fôlego. Você pensa que sabe o que está acontecendo, mas de repente tudo muda. São tantos os homicídios, quatro ou cinco! Bem, deixei o livro no escritório, quando Julian estava se fechando lá dentro para escrever o sermão. Ele apanhou o livro e depois não conseguiu mais largar! O tempo passou e ele teve de escrever o sermão às pressas, colocando apenas o que realmente queria dizer, sem rodeios, divagações e referências eruditas. Ficou muito melhor. Ah, meu Deus, estou falando demais... E você, querida, diga-me: quando começa o homicídio?

A srta. Blacklock olhou para o relógio no consolo da lareira.

– Se for mesmo começar – disse ela, animada –, deve ser logo. Só falta um minuto para as seis e meia. Tome um sherry enquanto isso.

Patrick caminhou em direção ao outro lado da sala com passos firmes e decididos. A srta. Blacklock foi até a cômoda onde estava a cigarreira.

– Adoraria um sherry – disse a sra. Harmon. – Mas como assim, "se for mesmo começar"?

– Bem – disse a srta. Blacklock –, é que estou tão curiosa quanto você. Eu não sei o que...

Ela se interrompeu e virou o rosto na direção do consolo da lareira, onde o relógio começava a badalar as horas numa cadência suave e metálica. Todos ficaram em silêncio, sem se mover. Olhavam para o relógio.

À última badalada, as luzes se apagaram.

IV

Ecoavam pelo escuro gemidos e suspiros de prazer.

– Está começando! – exclamou a sra. Harmon, extasiada.

Ouviu-se a voz assustada de Dora Bunner:

– Eu não estou gostando...

Outras vozes ecoaram:

– É realmente assustador!

– De dar arrepios!

– Archie, onde você está?

– O que eu devo fazer?

– Desculpe! Eu não pisei em você?

E então, com um baque, a porta foi escancarada. O facho de uma lanterna percorreu a sala. Uma voz masculina, rouca e anasalada, que lembrava tardes agradáveis na sala de cinema, ordenou a todos:

– Mãos ao alto! Mãos ao alto, vamos! – gritou a voz.

De boa vontade, as pessoas ergueram as mãos bem acima da cabeça.

– Que emoção! – suspirou uma voz feminina. – Estou tremendo...

E então, sem que ninguém esperasse, um tiro. E depois outro. O disparo de duas balas varou a atmosfera complacente da sala. A brincadeira tornara-se real. Alguém gritou...

O homem na soleira da porta girou nos calcanhares, cambaleou, ouviu-se outro tiro, ele se curvou e caiu estatelado. A lanterna também caiu no chão e se apagou.

Estava tudo escuro de novo. Gentilmente, com um rangido suave, como um protesto bem-comportado, a porta da sala voltou a fechar-se, como fazia quando não estava calçada. Ouviu-se o clique da lingueta da fechadura.

V

Dentro da sala era o caos. Todos falavam ao mesmo tempo:

– Acendam as luzes.

– Cadê o interruptor?

– Ninguém tem um isqueiro?

– Oh! Que horror!

– Os tiros foram reais.

– Era um revólver de verdade.

– Roubaram alguma coisa?

– Por favor, ninguém tem um isqueiro?

E então, quase ao mesmo tempo, dois isqueiros foram acesos, iluminando a sala cada qual com sua pequena chama tremeluzente.

As pessoas piscavam e entreolhavam-se com caras espantadas. Encostada à parede, próxima ao arco central, estava a srta. Blacklock, com a mão no rosto. Um líquido escuro parecia escorrer-lhe por entre os dedos.

O coronel Easterbrook limpou a garganta e resolveu mostrar-se à altura da situação.

– Tente o interruptor, Swettenham – ordenou ele.

Edmund, que estava perto da porta, obedeceu, abaixando e levantando o interruptor.

– Desligaram a chave geral ou algum outro disjuntor – disse o coronel. – Que barulho é esse?

De algum lugar, atrás da porta fechada, uma voz feminina gritava sem parar. Os gritos aumentaram de intensidade, e a eles se somou o barulho de punhos esmurrando uma porta.

Dora Bunner, que até então soluçava baixinho, exclamou:

– É Mitzi! Estão matando a Mitzi...

Patrick resmungou:

– Não teríamos essa sorte.

A srta. Blacklock disse:

– Precisamos de velas. Patrick, você poderia fazer o favor de...

O coronel já estava abrindo a porta. Ele e Edmund, cada qual com seu isqueiro, saíram para o corredor. Quase tropeçaram no corpo ali caído.

– Parece desacordado – disse o coronel. – E essa mulher gritando?

– Na sala de jantar... – respondeu Edmund.

A sala de jantar ficava do outro lado do corredor. Ouviam-se gritos, urros, barulho de panelas.

– Ela está trancada – disse Edmund, inclinando-se sobre a fechadura.

Ele girou a chave, e Mitzi arremeteu de dentro como uma fera acuada.

Na sala de jantar, a luz não havia apagado. Recortada contra ela, a imagem de Mitzi parecia a de uma assombração. A moça continuava gritando. A cena, entretanto, tinha algo de cômico, porque ela ainda segurava nas mãos um pedaço de camurça e uma espátula de prata que estivera limpando.

– Acalme-se, Mitzi – disse a srta. Blacklock.

– Pare com isso! – exclamou Edmund e, como a ordem não surtiu qualquer efeito, ele inclinou-se e deu-lhe uma bofetada no rosto.

Mitzi arquejou bruscamente, depois calou-se com um soluço.

– Acho que há velas no armário da cozinha – disse a srta. Blacklock. – Patrick, você sabe onde fica a caixa de luz?

– Na área de serviço? Vou lá dar uma olhada.

A srta. Blacklock aproximou-se da faixa iluminada que vinha da sala de jantar. Dora Bunner emitiu um grunhido ininteligível, enquanto Mitzi voltou a gritar.

– É sangue! Sangue! Balearam a senhorita!

– Não seja estúpida – disse a srta. Blacklock. – Não é nada. Foi só um arranhão na orelha.

– Mas, tia Letty – disse Julia –, é muito sangue.

De fato, o suéter branco, as pérolas e as mãos da srta. Blacklock estavam completamente ensanguentados.

– Orelhas sempre sangram muito – disse a srta. Blacklock. – Eu me lembro de ter desmaiado uma vez no cabeleireiro quando era criança. E o homem mal beliscara a minha orelha com a tesoura. Parecia um rio de sangue. O importante agora é conseguir acender a luz.

– Eu pego as velas – disse Mitzi.

Julia a acompanhou e as duas voltaram com várias velas grudadas em pires.

– Bem, deixe-me dar uma olhada no nosso malfeitor – disse o coronel. – Você pode segurar algumas velas aqui em baixo para mim, por favor, Swettenham?

– Vou iluminar também por esse outro lado – prontificou-se Phillipa.

Com a mão firme, ela pegou dois pires.

O coronel Easterbrook ajoelhou-se.

O corpo caído estava envolto numa espécie de manto rústico com capuz. Trazia o rosto coberto por uma máscara preta e usava luvas pretas de algodão. O capuz tinha escorregado para trás, descobrindo uma cabeleira loira e despenteada.

O coronel Easterbrook virou o corpo, sentiu o pulso, o coração... e então retirou os dedos para os quais olhou com uma expressão de desgosto. Estavam vermelhos e pegajosos.

– Atirou em si mesmo – disse ele.

– Está muito ferido? – perguntou a srta. Blacklock.

– Hum... Temo que... ele esteja morto. Pode ter sido suicídio... Ou ele tropeçou na manta e o revólver disparou quando ele caiu. Não consigo ver muita coisa.

Naquele momento, como num passe de mágica, as luzes voltaram.

Com uma sensação esquisita de que nada daquilo podia ser real, os habitantes de Chipping Cleghorn ali reunidos, em Little Paddocks, davam-se conta de que estavam diante de um caso de morte súbita e violenta. A mão do coronel Easterbrook estava manchada de vermelho. Sangue continuava a pingar do pescoço da srta. Blacklock sobre o suéter e o casaco, e a figura grotesca do corpo esparramado do intruso jazia aos pés de todos.

Patrick retornava da sala de jantar.

– Acho que foi apenas um fusível... – disse ele e estacou.

O coronel Easterbrook estava começando a tirar a máscara do bandido.

– É melhor verificar quem é a pessoa, embora ache que não seja alguém conhecido.

Ele tirou a máscara. As pessoas espicharam os pescoços. Mitzi soluçava e arfava, mas os outros estavam quietos.

– É bem jovem – disse a sra. Harmon em tom de lástima.

E, de repente, Dora Bunner gritou, exaltada:

– Letty, Letty! É o jovem do Royal Spa Hotel em Medenham Wells. É aquele que veio aqui lhe pedir dinheiro para voltar à Suíça, e você recusou. Suponho que fosse tudo um pretexto para espionar a casa... Ah, minha cara! Com que facilidade ele poderia tê-la matado...

A srta. Blacklock, assumindo o controle da situação, disse com firmeza:

– Phillipa, leve Bunny até a sala de jantar e dê a ela meio copo de brandy. Julia, querida, vá até o banheiro e traga-me o esparadrapo que está lá no armário... É preciso estancar esse sangue. Está fazendo uma sujeira medonha! Patrick, você poderia chamar a polícia?

CAPÍTULO 4

O Royal Spa Hotel

I

George Rydesdale, o chefe de polícia de Middleshire, era um homem calmo. De altura mediana e um olhar sagaz, escondido pelas sobrancelhas espessas, ele mais ouvia do que falava. De vez em quando, dava uma ordem concisa em um tom de voz desapaixonado. E a ordem era obedecida.

Ele agora estava escutando o inspetor Dermot Craddock. Craddock era o encarregado do caso. Na noite anterior, Rydesdale chamara-o de Liverpool, para onde ele fora mandado investigar um outro caso. Rydesdale gostava de Craddock. Achava que ele tinha cérebro e imaginação. Além disso, o que Rydesdale mais apreciava no inspetor era a sua capacidade de progredir de forma lenta e disciplinada, verificando cada fato e mantendo a mente aberta antes de concluir o caso.

– Foi Legg quem atendeu ao chamado, senhor – dizia Craddock. – Penso que ele agiu muito bem. De forma rápida e com presença de espírito. E não deve ter sido fácil. Doze pessoas falando ao mesmo tempo, incluindo uma dessas centro-europeias que ficam histéricas só de ver um policial. Meteu na cabeça que estávamos lá para prendê-la e resolveu se defender na base do grito.

– Identificaram o morto?

– Sim, senhor. O nome dele é Rudi Scherz. Um suíço. Trabalha como recepcionista no Royal Spa Hotel em Medenham Wells. Se o senhor não se opõe, penso em começar pelo Royal Spa Hotel e só depois ir a Chipping Cleghorn. O sargento Fletcher está lá agora, falando com os empregados do hotel. Depois ele vai até a casa.

Rydesdale fez que sim com a cabeça.

A porta abriu-se, e o chefe de polícia ergueu os olhos.

– Entre, Henry – ele disse. – Temos uma ocorrência um pouco fora do comum.

Sir Henry Clithering, ex-comissário da Scotland Yard, alçou as sobrancelhas e entrou. Ele era um homem alto, já de idade, de aparência elegante e distinta.

– Pode ser que interesse até mesmo ao seu espírito blasé – acrescentou Rydesdale.

– Eu nunca fui blasé – protestou sir Henry.

– A moda agora é fazer propaganda do crime antes que ele ocorra. Craddock, mostre o anúncio a sir Henry.

– *The North Benham News and Chipping Cleghorn Gazette* – disse sir Henry. – Que nome!

Depois de ler o pequeno trecho indicado pelo dedo de Craddock, comentou:

– Estranho mesmo...

– Alguma pista sobre quem colocou o anúncio? – perguntou Rydesdale.

– Pela descrição física, parece que foi o próprio Rudi Scherz. Ele teria ido lá na quarta-feira – respondeu Craddock.

– Mas não perguntaram nada a ele? A pessoa que tomou nota do anúncio não achou esquisito? – continuou Rydesdale.

– Tenho a impressão de que a loira fanha que recebe os anúncios já faz muito se conta direito as palavras e recebe o pagamento, senhor.

– Qual a ideia por trás disso? – perguntou sir Henry.

– Reunir um bando de curiosos locais – sugeriu Rydesdale. – Reuni-los no momento certo e no lugar adequado, onde se possa detê-los por um tempo e depois roubar-lhes o que tiverem consigo de dinheiro e objetos de valor. Não deixa de ser uma ideia original.

– Que tipo de lugar é Chipping Cleghorn? – perguntou sir Henry.

– Uma cidadezinha pitoresca e espalhada. Açougue, padaria, armazém, uma excelente loja de antiguidades, duas casas de chá. Um lugarzinho bonito. Os turistas podem deixar o carro na garagem e passear de carreta. Uma zona eminentemente residencial. Casas de campo construídas por trabalhadores rurais que agora são habitadas por casais aposentados e velhas solteironas. Algumas das construções ainda são do período vitoriano.

– Sei como é – disse sir Henry. – Antigas beldades e coronéis reformados. Se leram um anúncio como esse, deviam estar todos lá, às seis e meia, xeretando. Eu mesmo gostaria de levar a minha velhinha, se estivesse com ela por aqui. Seria uma diversão e tanto. Perfeita para ela!

– Quem é a sua velhinha, Henry? Alguma parente?

– Não – suspirou sir Henry. – Bem que eu queria. Ela é simplesmente a melhor detetive do mundo. Um gênio natural cultivado em solo apropriado.

Ele se virou para Craddock:

– Não subestime as velhinhas dessa cidade, meu rapaz. Se esse caso se revelar um enigma de difícil resolução, o que não creio que venha a acontecer, não se esqueça da existência dessa velhinha solteirona que gosta de tricotar e cuidar do jardim. Ela é mil vezes mais esperta do que qualquer investigador da polícia. É capaz de descrever-lhe o que pode ter ocorrido, o que deve ter ocorrido e até mesmo o que de fato aconteceu! E também vai explicar-lhe o porquê das coisas!

– Não vou me esquecer disso, senhor – disse o inspetor Craddock, de modo circunspecto e formal. Ninguém teria imaginado que ele era, na verdade, sobrinho de sir Henry e que se dava muitíssimo bem com o padrinho.

Rydesdale resumiu o caso para o amigo:

– Garanto a você que de fato, por volta das seis e meia, as pessoas apareceram. Mas como o suíço poderia saber que iriam? Além disso, será que levariam consigo dinheiro e objetos de valor em quantidade suficiente para justificar o assalto?

– Um par de broches antigos, um colar de pérolas, moedas, algumas cédulas talvez... não muito mais do que isso – disse sir Henry pensativo. – A srta. Blacklock guardava muito dinheiro em casa?

– Ela diz que não. Pelo que eu entendi, apenas cinco libras – disse Craddock.

– O suficiente para comprar a ração das galinhas – completou Rydesdale.

– O que vocês estão sugerindo – disse sir Henry – é que esse sujeito gostava da encenação. Ele não agia pelo dinheiro, mas pelo prazer de representar o papel de ladrão. Influência do cinema? É possível. E como foi que se feriu?

Rydesdale empurrou um papel na direção dele.

– Esse é o laudo médico preliminar. O revólver foi disparado à queima-roupa. A pele ficou chamuscada. Pode ter sido tanto suicídio quanto acidente, no caso de ele ter escorregado e caído de um modo que o revólver que segurava próximo ao corpo acabou disparando. Essa última hipótese é a mais provável.

Ele olhou para Craddock:

– Muita coisa depende dos depoimentos. Você terá de fazer com que as testemunhas relatem exatamente o que viram.

O inspetor Craddock disse em tom pouco esperançoso:

– Cada um deve ter visto uma coisa diferente.

– Esse é um tema que sempre me interessou: aquilo que as pessoas veem ou deixam de ver quando estão em estado de grande exaltação, quando o seu sistema nervoso está sob tensão – disse sir Henry.

– E qual foi o resultado da perícia do revólver? – perguntou Rydesdale.

– É de uma marca estrangeira – respondeu Craddock – muito comum no restante da Europa, mas não aqui. Scherz não tinha porte de arma e não declarou o revólver ao entrar na Inglaterra.

– Isso não se faz... – disse sir Henry.

– O comportamento dele deixa muito a desejar. Bem, Craddock, vá até o Royal Spa Hotel e veja o que descobre sobre ele.

II

No Royal Spa Hotel, o inspetor Craddock foi levado diretamente ao escritório do gerente.

O gerente, sr. Rowlandson, um homem alto, corado e cordial, recebeu o inspetor Craddock com gestos expansivos.

– Conte comigo no que eu puder ajudar, inspetor – disse ele. – Um incidente espantoso. Eu jamais imaginaria que algo assim pudesse ocorrer. Scherz parecia um jovem como qualquer outro, pacato... Não consigo vê-lo como um assaltante perigoso.

– Desde quando ele trabalhava para o senhor?

– Eu estava verificando essa informação logo antes da sua chegada. Ele começou há pouco mais de três meses. Trazia boas referências, visto de trabalho etc.

– E ele fazia bem o serviço?

Antes de responder, o sr. Rowlandson fez uma pausa brevíssima. Ela chamou a atenção de Craddock, mas o inspetor agiu como se não a tivesse percebido.

– Fazia.

Craddock usou então uma estratégia que costumava funcionar em casos semelhantes.

– Será que fazia mesmo, sr. Rowlandson? Eu acho que não... – disse ele sacudindo a cabeça calmamente numa negativa.

– Bem... – respondeu o gerente, perdendo a pose.

– Ora, sr. Rowlandson... Havia algo de errado com esse rapaz. O que era?

– Esse é exatamente o problema! Eu não sei...

– Mas o senhor desconfiava de algo?

– Bem... sim, eu desconfiava. Mas não tenho provas e não quero fazer declarações que depois sejam usadas contra mim.

Craddock sorriu.

– Entendo o que o senhor quer dizer. Não precisa ter medo. É importante que me descreva a impressão que o jovem lhe causava. O senhor desconfiava de quê?

Rowlandson hesitou por um momento, mas depois se abriu:

– Uma vez que outra, as contas dos hóspedes não fechavam direito. Algumas coisas eram cobradas a mais...

– O senhor quer dizer que ele cobrava por itens que não haviam sido consumidos e depois embolsava a diferença quando a conta era paga?

– Mais ou menos isso... O que posso dizer é que ele era descuidado. Apenas em uma ou outra ocasião a quantia em questão foi significativa. Para ser franco, pedi ao nosso contador que examinasse os livros dele. Eu suspeitava de que estivesse agindo de má-fé. Na verdade, tirando pequenos equívocos e deslizes aqui e ali, as contas no final fechavam como deviam. Por isso, não dei mais atenção ao caso.

– Ainda assim, ele poderia estar agindo de má-fé. E se ele empregasse em alguma outra coisa o dinheiro embolsado? Poderia cobrir mais tarde as pequenas quantias desviadas...

– Pessoas que embolsam "pequenas quantias", como o senhor diz, em geral é porque precisam delas. Acabam gastando-as imediatamente.

– Nesse caso, se ele quisesse dinheiro para cobrir os desvios, teria de consegui-lo... roubando?

– Sim... Fico pensando se essa foi a primeira vez.

– Talvez. Ele agiu como um amador. Há alguma pessoa com quem ele poderia conseguir o dinheiro? Ele tinha alguma namorada?

– Sim. Uma garçonete do restaurante. O nome dela é Myrna Harris.

– É melhor eu conversar com ela.

III

Myrna Harris era uma bela jovem de nariz arrebitado e uma cabeleira ruiva exuberante.

Ela estava assustada, com medo do que os outros poderiam pensar ao vê-la sendo interrogada pela polícia, e respondia ao que lhe perguntavam com toda a cautela.

– Não sei nada sobre isso, senhor. Nada! – protestava. – Eu jamais teria saído com Rudi se soubesse que laia era a dele. Como ele trabalhava aqui na recepção, imaginei que fosse um sujeito decente. Como eu iria saber? O hotel devia ser mais seletivo ao contratar pessoas, especialmente estrangeiros. Com um estrangeiro, é muito difícil saber onde estamos pisando. Ele deve pertencer a uma dessas quadrilhas de que falam os jornais...

– Achamos que ele agia sozinho – disse Craddock.

– Um rapaz tão quieto, tão direito... Quem diria! Embora tenham desaparecido algumas coisas. Agora é que isso me vem à cabeça. Um broche de diamantes... e uma medalhinha de ouro, acho. Mas eu jamais teria desconfiado de Rudi.

– Tenho certeza de que não – disse Craddock. – Poderia ter sido qualquer pessoa. A senhorita o conhecia bem?

– Eu não sei nem mesmo se o conhecia...

– Mas eram amigos?

– Conhecidos, apenas isso. Nada de mais. De qualquer forma, tenho sempre um pé atrás com estrangeiros. Parecem todos muito simpáticos, mas nunca se sabe no que vai dar. Alguns desses poloneses durante a guerra, ah! E também os americanos... Quando descobrimos que são casados, já é tarde demais. Rudi dizia muitas coisas, mas nunca levei muito a sério.

Craddock aproveitou a deixa:

– Dizia, é? Interessante, srta. Harris. Acho que o seu depoimento pode ser muito útil. O que ele dizia?

– Bem... que sua família na Suíça era rica e importante, por exemplo. Mas é claro que isso não se encaixava com o fato de ele estar sempre sem dinheiro. Ele se queixava de que os bancos não lhe permitiam trazer mais dinheiro da Suíça. Pode ser verdade, mas as coisas dele não eram caras. As roupas, quero dizer. Não eram chiques. E ele gostava de contar histórias. Inventava coisas. Que tinha ido aos Alpes e salvado a vida de umas pessoas numa geleira... Mas eu vi ele ficar tonto só de se aproximar da beirada do desfiladeiro de Boulter! Alpes, ora veja!

– Vocês saíam bastante?

– Ele era muito educado e sabia como agradar uma garota. Conseguia sempre os melhores lugares nas salas de cinema. Até flores me comprava de vez em quando. E ele dançava muito bem!

– Alguma vez ele se referiu à srta. Blacklock?

– Ela vem almoçar aqui às vezes, não é? Até se hospedou uma vez. Mas não me lembro de Rudi comentar nada a respeito dela. Eu não sabia que se conheciam.

– Ele nunca falou de Chipping Cleghorn?

O inspetor teve a impressão de que o olhar de Myrna se tornara apreensivo, mas não estava certo disso.

– Acho que não... Uma vez ele comentou algo sobre o horário dos ônibus, mas não lembro direito se ele se referia a Chipping Cleghorn ou a algum outro lugar. Já faz tempo.

Craddock não conseguiu obter mais nada dela. Myrna não observara nada de diferente no rapaz. Não o vira na noite anterior. E jamais poderia imaginar que ele era um vigarista. Jamais!

E ela devia estar sendo sincera, concluiu o inspetor.

CAPÍTULO 5

A srta. Blacklock e a srta. Bunner

Little Paddocks era exatamente como o inspetor Craddock tinha imaginado. Havia patos, galinhas, e o que devia ter sido uma atraente cerca viva em que agora poucas flores de áster-italiana ainda exibiam a sua beleza purpúrea. O gramado e os caminhos pareciam malcuidados.

O inspetor Craddock pensou o seguinte: "Provavelmente não têm dinheiro para pagar um jardineiro, mas gostam de flores e souberam cultivar uma cerca viva vistosa. A casa precisaria de uma boa pintura, como muitas hoje em dia. Uma propriedade agradável".

Craddock estacionou o carro em frente à porta, e o sargento Fletcher aproximou-se vindo da lateral da casa. Ele mais parecia um soldado da Guarda Real devido a sua postura empertigada.

– Senhor... – disse Fletcher, que era capaz de imprimir inúmeros sentidos àquela palavrinha.

– Alguma novidade?

– Acabamos de dar uma olhada na casa. Parece que Scherz não deixou nenhuma impressão digital. Ele usou luvas, é claro. Não há sinais de portas ou janelas forçadas. Ele deve ter vindo de Medenham de ônibus e chegado aqui às seis da tarde. Pelo que entendi, a porta lateral da casa costuma ser trancada às cinco e meia. Ele deve ter entrado pela porta da frente. De acordo com a srta. Blacklock, essa porta só é fechada à noite, quando todos vão dormir. A empregada, por outro lado, diz que a porta da frente ficou fechada a tarde toda... mas não dá para levar a sério o que ela diz. Muito temperamental, o senhor vai ver. É refugiada de alguma região da Europa central.

– Uma mulher complicada?

– Senhor!

Craddock sorriu.

Fletcher prosseguiu com o relatório:

– Não há problema algum com o sistema elétrico da casa. Ainda não descobrimos como foi que ele apagou a luz. Apenas um circuito foi desligado: o da sala de estar e do corredor. Se a instalação fosse nova, nem tudo dependeria de um mesmo fusível, mas a fiação é antiga. É difícil entender como ele poderia mexer na caixa de luz. Ela fica na área de serviço. Para ir até lá, ele teria de passar pela cozinha, e a empregada o teria visto.

– A menos que sejam cúmplices.

– É possível. Os dois são estrangeiros. Eu jamais confiaria nela.

Craddock observou dois olhos enormes e assustados que os espiavam da janela ao lado da porta. Mal se podia distinguir o rosto, achatado de encontro ao vidro.

– É ela ali?

– Isso mesmo, senhor.

O rosto desapareceu.

Craddock tocou a campainha.

Depois de um bom tempo, a porta foi aberta por uma bela jovem de cabelos castanhos e expressão entediada.

– Sou o inspetor Craddock.

Do fundo dos belos olhos cor de avelã, a jovem lançou a ele um olhar frio e disse:

– Entre. A srta. Blacklock está esperando pelo senhor.

O corredor era longo e estreito, com mais portas do que era de se esperar.

A jovem abriu uma porta à esquerda e anunciou:

– Esse é o inspetor Craddock, tia Letty. Mitzi se recusou a ir abrir a porta. Ela se trancou na cozinha e está lá gemendo de tal modo que duvido muito que tenhamos algo para o almoço.

Olhando para Craddock, a jovem acrescentou, se explicando:

– Ela não gosta da polícia – e saiu, fechando a porta atrás de si.

Craddock adiantou-se para cumprimentar a proprietária de Little Paddocks.

O que ele viu foi uma mulher alta, com cerca de sessenta anos, mas que tinha um ar decidido e devia ser muito ativa. O cabelo grisalho era naturalmente ondulado e dava um caráter distinto à expressão inteligente do rosto. Os olhos eram cinza e penetrantes; o queixo, quadrangular e bem-delineado. Ela trazia um curativo na orelha esquerda. Não usava maquiagem e estava vestida de forma simples, com um casaco bem-cortado de tweed, uma saia e um suéter. Ao redor da gola do suéter, um conjunto de antigos camafeus, talvez indicando uma educação vitoriana, dava um toque inesperado e um pouco sentimental à sua figura.

Próximo a ela, com um rosto redondo em que pulsava uma certa ansiedade e o cabelo descuidado escapando pela redinha, estava outra mulher. Devia ter mais ou menos a mesma idade da srta. Blacklock, e Craddock não teve dificuldade em reconhecê-la como "Dora Bunner, a amiga", referida nas anotações do cabo Legg com o comentário extraoficial de "avoada!".

A voz da srta. Blacklock era agradável e polida:

– Bom dia, inspetor Craddock. Essa é minha amiga, a srta. Bunner, que me ajuda a tomar conta da casa. Sente-se, por favor. O senhor não fuma?

– Não quando estou trabalhando, srta. Blacklock.

– Que pena!

Os olhos bem-treinados de Craddock percorreram rapidamente o ambiente. Uma sala de estar dupla, tipicamente vitoriana. Duas amplas janelas desse lado, um janelão de três faces ao fundo... cadeiras... sofá... uma mesa de centro com um vaso de crisântemos, outro vaso na janela. Uma sala agradável e bem-ventilada, sem nada muito original. O único elemento incongruente era um vasinho de prata com violetas murchas numa mesa próxima ao arco que separava as duas partes da sala. Era difícil imaginar que a srta. Blacklock fosse deixar flores murchas dentro de casa, e aquele devia ser um sinal do incidente que perturbara a sua rotina.

Ele disse:

– Acredito que esta seja a sala em que tudo ocorreu...

– Sim.

– E o senhor devia tê-la visto ontem à noite – exclamou a srta. Bunner. – Estava uma bagunça! Duas mesinhas derrubadas, uma com a perna quebrada, por causa das pessoas se empurrando no escuro. A mobília foi até queimada. Alguém deixou cair um cigarro aceso... As pessoas são tão descuidadas com esse tipo de coisa. Principalmente os jovens! Pelo menos não quebraram nenhum bibelô...

A srta. Blacklock interrompeu-a com educação, mas de forma decidida:

– Dora, por pior que sejam essas coisas, elas não passam de banalidades. O que precisamos fazer é responder com atenção às perguntas colocadas pelo inspetor Craddock.

– Obrigado, srta. Blacklock. Em relação ao que aconteceu aqui na noite passada, preciso antes de mais nada esclarecer o seguinte: quando foi que pela primeira vez a senhorita viu Rudi Scherz?

– Rudi Scherz? – a srta. Blacklock parecia surpresa. – Esse é o nome dele? Eu achava que... Ah, bem, não importa. A primeira vez que o vi foi em Medenham, quando fui fazer compras há cerca de, deixe-me ver... três semanas atrás. Almoçávamos no Royal Spa Hotel, eu e a srta. Bunner. Assim que nos levantamos da mesa, ouvi meu nome: "Srta. Blacklock?". Era esse jovem. Ele dizia ser filho do proprietário do Hôtel des Alpes, em Montreux, onde eu e minha irmã estivemos hospedadas por quase um ano durante a guerra. Queria saber se eu não me lembrava dele.

– O Hôtel des Alpes, em Montreux – repetiu Craddock, pensativo. – E a senhorita se lembrava dele?

– Não, não me lembrava. Na verdade, acho que nunca vi esse rapaz antes daquele dia. Esses jovens que trabalham nas recepções de hotéis são todos parecidos. Nossa estadia em Montreux foi agradabilíssima. O proprietário foi muito solícito conosco. Por causa disso, tentei ser o mais educada possível e disse que esperava que ele estivesse gostando da Inglaterra. Ele respondeu que sim, que o pai o enviara até aqui por seis meses para adquirir mais experiência no trabalho de hotelaria. Parecia tudo muito natural.

– E quando foi que se encontraram de novo?

– Foi há cerca de... dez dias. Sim, dez dias. Ele apareceu aqui sem mais nem menos. Fiquei bastante surpresa. Ele se desculpou. Disse que não conhecia mais ninguém na Inglaterra. Precisava de dinheiro com urgência para retornar à Suíça, porque sua mãe estava muito doente.

– Mas Letty não deu nada a ele – observou a srta. Bunner, angustiada.

– A história não me convenceu – disse a srta. Blacklock com convicção. – Tive certeza de que o comportamento dele era desonesto. Essa história de precisar de dinheiro para voltar à Suíça era absurda. O pai dele poderia facilmente resolver a situação telegrafando para cá. Donos de hotel são bem-relacionados. Suspeitei que ele tivesse desviado dinheiro do Royal Spa Hotel ou algo assim.

Ela fez uma pausa e depois disse com rispidez:

– Talvez o senhor pense que agi de forma desumana. Mas fui secretária durante anos de um grande financista e aprendi a desconfiar de pessoas que aparecem pedindo dinheiro. Conheço todas as histórias.

Depois de uma breve pausa, ela acrescentou de maneira pensativa:

– A única coisa que me surpreendeu foi o fato de ele desistir tão facilmente. Ele foi embora sem ao menos insistir. Era como se já soubesse de antemão que não levaria o dinheiro.

– Analisando o caso, a senhorita pensa que ele usou a história como um pretexto para vir espionar a sua casa?

Em um gesto decidido, a srta. Blacklock fez que sim com a cabeça.

– É isso mesmo. Quando o levei até a porta, ele comentou alguma coisa sobre as peças. Ele disse "a senhorita tem uma excelente sala de estar", o que não é verdade. É uma peça pequena e mal-iluminada. Mas ele disse isso só para ter uma desculpa que lhe permitisse olhar para dentro. Depois, adiantou-se e abriu a porta da rua. Acho que queria testar o trinco. Como a maioria das pessoas por aqui, só trancamos a porta na hora de dormir. Qualquer um pode entrar.

– E a porta lateral? Há uma porta lateral que dá para o jardim, não é mesmo?

– Sim. Saí por ela para recolher os patos um pouco antes de as pessoas chegarem.

– Ela estava fechada?

A srta. Blacklock franziu o cenho.

– Não lembro! Acho que sim... Eu certamente a fechei quando entrei de volta.

– E isso foi por volta das seis e quinze?

– Mais ou menos nesse horário.

– E a porta da frente?

– Temos o hábito de fechá-la só mais tarde.

– Então, Scherz poderia ter entrado por ela. Ou às escondidas, pela porta lateral, quando a senhorita estava recolhendo os patos. Ele já tinha dado uma espiada na casa e provavelmente reparado em locais onde poderia se esconder, como armários etc. Tudo parece fazer sentido.

– Desculpe-me, mas para mim não faz sentido algum – disse a srta. Blacklock. – Por que complicar tanto para roubar uma casa? Qual o motivo daquela encenação idiota?

– A senhorita guarda muito dinheiro em casa?

– Cerca de cinco libras naquela mesa ali e talvez uma libra ou duas na minha bolsa.

– Joias?

– Dois anéis, alguns broches e os camafeus que estou usando. O senhor tem de concordar, inspetor: a coisa toda é um absurdo!

– Não foi um roubo – exclamou a srta. Bunner –, foi vingança! Eu disse a você, Letty. Você não quis dar-lhe o dinheiro, e ele então, de propósito, atirou em você duas vezes.

– Muito bem! – disse Craddock. – Vamos tratar agora da noite passada. O que foi exatamente que aconteceu, srta. Blacklock? Conte-me com suas próprias palavras tudo o que puder lembrar.

A srta. Blacklock refletiu por um momento.

– O relógio tocou – disse ela. – Este que fica no consolo da lareira. Lembro-me de ter dito que, se alguma coisa fosse acontecer, aconteceria logo. O relógio então começou a dar as horas. Ficamos ouvindo sem dizer nada. À última badalada, as luzes se apagaram.

– Que luzes estavam acesas?

– As luminárias de parede, dessa peça e da outra. O abajur de pé e os outros dois menores de leitura estavam apagados.

– Houve algum clarão ou barulho quando as luzes se apagaram?

– Acho que não.

– Tenho certeza de que houve um clarão – disse Dora Bunner. – E o barulho de alguma coisa perigosamente se rompendo! Um estampido.

– E depois disso, srta. Blacklock?

– A porta se abriu...

– Qual delas? Há duas na sala.

– Ah, essa aqui. A da outra peça não abre, é falsa. A porta se abriu e lá estava ele. Um homem mascarado segurando um revólver. Parecia um pouco além da imaginação, mas é claro que pensei que tudo não passasse de uma brincadeira de mau gosto. Ele disse algo... Não consigo me lembrar...

– Mãos ao alto ou atiro! – informou a srta. Bunner, em tom dramático.

– Algo do gênero – disse a srta. Blacklock, um pouco em dúvida.

– E vocês todos levantaram as mãos?

– Ah, sim – disse a srta. Bunner. – Todos nós. Era parte do jogo.

– Eu não – disse a srta. Blacklock, rispidamente. – Achei tudo uma grande bobagem. E estava ficando irritada.

– E depois?

– Um facho de luz, diretamente nos meus olhos. Eu não enxergava nada. E então, de modo inacreditável, ouvi o zunido de uma bala passando por mim e atingindo a parede logo atrás. Alguém gritou, e senti uma ardência na orelha. Ouvi o segundo tiro.

– Foi aterrador – observou a srta. Bunner.

– E depois disso, srta. Blacklock, o que aconteceu?

– Não sei muito bem. Fiquei meio zonza por causa do susto e da dor. O homem se virou para sair e parece que tropeçou. Ouvimos outro tiro, a lanterna dele se apagou e todos começaram a se empurrar e falar ao mesmo tempo. As pessoas se batiam umas nas outras.

– Onde a senhorita estava?

– Ela estava perto da mesa. Estava segurando o vaso de violetas – disse a srta. Bunner com ansiedade.

– Eu estava bem aqui... – disse a srta. Blacklock, caminhando até a mesinha perto do arco. – Na verdade, o que eu estava segurando era a cigarreira.

O inspetor Craddock examinou a parede atrás dela. Os dois buracos eram bem visíveis. As balas haviam sido extraídas e enviadas para comparação com o revólver.

Ele disse calmamente:

– A senhorita escapou por pouco.

– Ele realmente atirou nela – disse a srta. Bunner. – De propósito! Eu vi. Ele passeou com o facho da lanterna por todo mundo até encontrá-la, depois deixou a lanterna focada sobre ela e atirou. Ele queria matar você, Letty.

– Dora, minha querida, você colocou isso na cabeça de tanto ficar pensando sobre essa história.

– Mas ele atirou em você – insistiu Dora. – O objetivo dele era acertar você e, quando errou, atirou em si mesmo. Tenho certeza de que foi isso que aconteceu!

– Não creio nem por um minuto que ele tivesse a intenção de atirar em si mesmo – disse a srta. Blacklock. – Não era o tipo de homem que se mataria.

– Quer dizer então, srta. Blacklock, que tudo lhe pareceu uma brincadeira até o momento do disparo?

– Mas é claro. O que mais poderia ser?

– E quem seria o autor da brincadeira?

– Você achava que fosse Patrick. Ele já tinha feito isso antes – observou Dora, a fim de refrescar a memória da amiga.

– Patrick? – perguntou o inspetor, incisivamente.

– Meu primo mais jovem, Patrick Simmons – respondeu a srta. Blacklock.

Irritada com a amiga, e mais uma vez em tom incisivo, ela acrescentou:

– Quando li o anúncio, achei que pudesse ser uma das suas piadinhas, mas ele negou peremptoriamente.

– E então você se preocupou, Letty – disse a srta. Bunner. – Você ficou preocupada, apesar de negar. E era natural que ficasse. O anúncio convidava para um homicídio... o seu homicídio! Se ele não tivesse errado, você estaria morta. E o que seria de nós?

Dora Bunner estava trêmula. Seu cenho estava franzido, e ela parecia a ponto de chorar.

A srta. Blacklock deu um tapinha no ombro da amiga.

– Mas não aconteceu nada disso, querida, acalme-se. Ficar assim tão nervosa vai lhe fazer mal. Está tudo bem agora. Foi uma experiência terrível, mas já acabou.

Ela fez uma pausa e, em seguida, acrescentou:

– Você precisa se refazer desse choque, Dora. Por mim. Você sabe que preciso de você para manter a casa em ordem. Não é hoje que entregam a roupa lavada?

– Oh, meu Deus, Letty! Ainda bem que você me lembrou. Espero que tenham encontrado aquela fronha que perdemos. Não posso me esquecer de perguntar. Vou tomar nota agora mesmo.

– Aproveite e leve embora essas violetas – disse a srta. Blacklock. – Não há nada que eu odeie tanto quanto flores murchas.

– Que pena. Quando as colhi ontem, estavam tão bonitas. É uma pena não terem durado. Devo ter me esquecido de colocar água no vaso! Imagine... como sou avoada. Mas daqui a pouco devem estar entregando a roupa. Vou lá ver.

Ela levantou-se de um pulo e parecia alegre de novo.

– Ela é um pouco frágil – disse a srta. Blacklock –, e não é bom que fique tão nervosa. Há mais alguma coisa que o senhor queira saber, inspetor?

– Eu gostaria de saber exatamente quantas pessoas moram na casa e quem são.

– Bem, além de mim e Dora Bunner, moram na casa dois primos meus, mais jovens, Patrick e Julia Simmons.

– Primos? Não são sobrinhos?

– Não. Me chamam de tia Letty, mas são na verdade primos distantes. A mãe deles era minha prima em segundo grau.

– Eles sempre moraram com a senhorita?

– Ah, não, apenas nos últimos dois meses. Antes da guerra, eles viviam no sul da França. Patrick entrou para a marinha, e acho que Julia trabalhava num ministério em Llandudno. Quando a guerra acabou, a mãe deles me escreveu e perguntou se eu poderia recebê-los como hóspedes. Eles ajudariam com as despesas. Julia está estudando farmácia no Milchester General Hospital. Patrick estuda engenharia, também em Milchester. Como o senhor sabe, Milchester fica a cinquenta minutos de ônibus daqui, e eu os recebi com todo o prazer. Essa casa é enorme. Eles pagam uma pequena quantia pela estadia e pela alimentação e fica tudo certo.

Ela acrescentou, com um sorriso:

– Gosto de ter pessoas mais jovens na casa.

– E a senhorita hospeda também a sra. Haymes, correto?

– Sim. Ela trabalha como assistente de jardinagem em Dayas Hall, a propriedade da sra. Lucas. O chalé deles é ocupado pelo velho jardineiro e pela esposa, por isso me pediram para alojá-la aqui. É uma jovem muito educada. O marido foi morto na Itália, e ela tem um filho de oito anos num colégio interno. Ele vem aqui nas férias.

– E para o serviço doméstico?

– Tenho um jardineiro que vem às terças e sextas. A sra. Huggins vem cinco manhãs na semana, e há também uma refugiada estrangeira, com um nome quase impronunciável, que ajuda na cozinha. Temo que o seu contato com Mitzi seja um pouco complicado. Ela está sofrendo de mania de perseguição.

Craddock moveu a cabeça afirmativamente, em sinal de compreensão. Ele tinha consciência do valor dos pequenos comentários do cabo Legg. Acrescentando à Dora Bunner o epíteto de "avoada" e referindo-se à srta. Blacklock como "razoável", Legg também apimentara o seu parecer sobre Mitzi com o termo "mentirosa".

Como se tivesse lido os pensamentos de Craddock, a srta. Blacklock disse:

– Peço-lhe que dê um desconto às mentiras de Mitzi e que não a julgue com muita severidade. Como é o caso de muitos mentirosos, acredito que haja um fundo de verdade no que ela diz. Está sempre aumentando, não nego, as histórias das atrocidades por que passou. É como se incluísse na própria biografia todo fato desagradável que lê nos jornais. Mas ela sofreu mesmo um choque e viu matarem pelo menos um dos seus parentes. E me parece que esses imigrantes pensam que a única maneira de poder contar com nosso apoio e simpatia é dando ênfase aos horrores por que passaram.

Ela acrescentou:

– Para falar francamente, o comportamento de Mitzi é de enlouquecer. Ela tira qualquer um do sério. Suspeita das pessoas, é mal-humorada, tem pressentimentos o tempo todo e por qualquer detalhe sente-se insultada. Apesar de tudo isso, eu me solidarizo com ela.

E, depois de uma pausa, concluiu com um sorriso:

– Além disso, quando ela quer, sabe cozinhar muito bem.

– Vou tentar contrariá-la o menos possível – disse Craddock, a fim de tranquilizar a dona da casa. – Foi Julia Simmons a jovem que me abriu a porta?

– Sim. O senhor gostaria de falar com ela agora? Patrick saiu. Phillipa Haymes o senhor pode encontrar em Dayas Hall, trabalhando.

– Obrigado, srta. Blacklock. Vou conversar primeiro com a srta. Simmons então.

CAPÍTULO 6

Julia, Mitzi e Patrick

I

Ao entrar na sala e sentar-se na cadeira antes ocupada por Letitia Blacklock, Julia tinha um ar tão bem-comportado e formal que Craddock se sentiu ligeiramente incomodado. Ela olhou calmamente para ele e esperou pelas perguntas.

Por polidez, a srta. Blacklock havia saído da sala.

– Por favor, srta. Simmons, conte-me a respeito da noite passada.

– Da noite passada? – murmurou Julia, lançando a ele um olhar desinteressado. – Dormimos feito pedras. Uma reação normal, imagino.

– Eu me refiro ao que ocorreu depois das seis e meia da tarde.

– Ah, entendo. Bem, recebemos a visita de uma porção de chatos...

– Quem?

Ela olhou para ele novamente com indiferença.

– Mas o senhor já não sabe de tudo isso?

– Sou eu quem faz as perguntas, srta. Simmons – disse Craddock de modo irônico.

– Me desculpe. É que acho tão maçante ter de ficar repetindo as coisas. Mas parece que o senhor gosta... Bem, vieram o coronel e a sra. Easterbrook, a srta. Hinchcliffe e a srta. Murgatroyd, a sra. Swettenham e Edmund Swettenham e a sra. Harmon, mulher do vigário. Essa foi a ordem de chegada deles. E, se o senhor quer saber o que foi que disseram, eles disseram todos a mesma coisa: "Estão com o aquecimento central ligado?" e "Que belos crisântemos!".

Craddock teve de morder os lábios. A imitação era mesmo engraçada.

– A exceção foi a sra. Harmon. Que tipo adorável! Apareceu com o chapéu caindo da cabeça, os sapatos desamarrados, e logo quis saber quando começaria o homicídio. Deixou todo mundo constrangido, pois estavam fingindo que tinham aparecido por acaso. Tia Letty respondeu, com a sua frieza habitual, que o homicídio estava previsto para breve. Então o relógio começou a tocar e, antes de ele terminar, as luzes se apagaram, a porta se abriu de supetão e um sujeito de máscara disse: "Mãos ao alto!" ou algo do gênero. Bem como num filme de terceira categoria. Uma cena ridícula. Mas ele disparou duas vezes contra tia Letty, e a situação perdeu totalmente a graça.

– Onde estavam todos quando isso aconteceu?

– Quando as luzes se apagaram? Bem, estavam por aí, espalhados pela sala... A sra. Harmon estava sentada no sofá... Hinch (a srta. Hinchcliffe, quero dizer) estava parada com as mãos na cintura, bem na frente da lareira.

– Estavam todos nessa parte da sala ou também na outra peça?

– Acho que a maior parte estava por aqui. Patrick tinha ido ao outro lado pegar um pouco de sherry. Tenho a impressão de que o coronel Easterbrook tinha ido atrás dele, mas não sei direito. Como eu disse, estávamos à toa, pela sala.

– E você, onde é que estava?

– Acho que eu estava perto da janela. Tia Letty tinha ido pegar a cigarreira.

– Na mesinha perto do arco?

– Sim. Então as luzes se apagaram, e o filme de mau gosto começou.

– O homem tinha uma lanterna bem potente. O que foi que ele fez com ela?

– Ele a focou em nós. Uma luz de deixar zonzo. Impossível não piscar.

– Quero que responda com atenção à pergunta que vou lhe fazer, srta. Simmons. Ele manteve o facho de luz parado ou moveu a lanterna?

Julia refletiu. Agora parecia mais interessada.

– Ele moveu a lanterna – disse ela com calma. – Como um refletor num salão de dança. Primeiro senti o facho nos meus olhos, depois o facho se moveu pela sala, e então vieram os tiros. Dois tiros.

– E depois?

– O homem girou nos calcanhares, Mitzi começou a gritar como uma sirene de ambulância, a lanterna se apagou e ouvimos outro tiro. Aí a porta se fechou. Devagar, como costuma ocorrer quando não está calçada. Ela se fechou com um rangido que, naquela situação, tinha algo de macabro. Ficamos todos no escuro, sem saber o que fazer. Bunny grunhia como um coelho, e Mitzi gritava como uma histérica em alguma parte da casa.

– O que a senhorita acha que ocorreu? Que o homem atirou em si mesmo de propósito ou que ele tropeçou e o revólver disparou acidentalmente?

– Não faço a menor ideia. Na verdade, eu continuava achando que aquilo tudo era uma brincadeira idiota. Parecia tão falso. Até que eu vi o sangue na orelha de tia Letty. Se o objetivo do tiro fosse apenas tornar a brincadeira mais convincente, ele teria sido dado para cima, bem longe da cabeça das pessoas.

– De fato. Você acha que ele podia ver nitidamente em quem estava atirando? O facho de luz estava focado na srta. Blacklock?

– Não sei. Eu não estava olhando para ela, eu estava olhando para ele.

– Sim. Mas você acha que ele estava apontando a arma para ela? Quero dizer, especialmente para ela?

Julia pareceu um pouco surpresa com a sugestão.

– Como se tivesse a intenção de matá-la? Não, acho que não... Haveria tantas oportunidades mais simples. Para que reunir amigos e vizinhos? Isso só complica as coisas. Ele poderia muito bem se esconder atrás de uma moita e disparar nela um belo tiro pelas costas, à moda irlandesa, desaparecendo em seguida sem ninguém ver.

E essa, pensou Craddock, era uma bela resposta à sugestão de Dora Bunner de que o tiro fora proposital.

Ele suspirou e disse:

– Obrigado, srta. Simmons. Acho melhor eu falar com Mitzi agora.

– Cuidado com as unhas dela – advertiu Julia. – Garras de tigre!

II

Acompanhado por Fletcher, Craddock foi encontrar Mitzi na cozinha. Ela estava fazendo a massa para um pastelão e olhou desconfiada quando eles entraram.

Com os cabelos escuros caídos sobre a fronte, a criada tinha uma aparência sombria. O suéter vermelho e a saia verde brilhante que ela usava tampouco combinavam com a sua palidez.

– O que o senhor quer aqui na minha cozinha? O senhor é da delegacia, não? Mas estão sempre invadindo a casa das pessoas... Ah! Eu devia estar acostumada. Dizem que na Inglaterra é diferente, mas é tudo igual. O senhor pode me torturar se quiser, não vou dizer nada. Pode me arrancar as unhas, queimar minha pele com fósforos e fazer coisas ainda piores. Não direi coisa alguma, o senhor está entendendo? Nada, nada mesmo. Nem que me mande para um campo de concentração. Eu pouco me importo.

Craddock olhou para ela, pensando na melhor estratégia de abordagem. Por fim, ele suspirou e disse:

– Está bem, então. Apanhe o casaco e o chapéu.

– Como? – disse Mitzi, arregalando os olhos.

– Vá buscar o seu casaco de uma vez. Não é aqui que vou arrancar-lhe as unhas. Minhas ferramentas ficam na delegacia. Você tem as algemas aí, Fletcher?

– Sim, senhor – disse Fletcher, com um sorriso largo.

– Vão ter de me levar à força – chiou Mitzi, recuando.

– Se a senhorita não quer ir, o melhor é responder às minhas perguntas de forma civilizada. O interrogatório pode ser feito na presença do seu advogado, se preferir.

– Advogado? Não tenho advogado. Não gosto de advogados.

Ela largou o rolo de massa na pia, limpou as mãos em um pano e se sentou.

– O que o senhor quer saber? – perguntou ela, aborrecida.

– Quero que a senhorita me descreva o que aconteceu aqui à noite passada.

– O senhor sabe muito bem o que foi que aconteceu.

– Mas quero que a senhorita me conte com suas próprias palavras.

– Eu queria ir embora. Ela não lhe contou? Quando eu vi aquilo escrito no jornal, sobre o homicídio, quis ir embora na mesma hora. Ela não me deixou. É uma mulher dura, que não me entende. Fui obrigada a ficar, mas eu sabia o que iria acontecer! Sabia que viriam para me matar.

– Bem, mas ninguém a matou...

– Não... – admitiu Mitzi, ressentida.

– Então, vamos lá, conte-me o que foi que aconteceu.

– Foi horrível. Horrível. A noite toda. Ouço coisas. Passos furtivos. Como se houvesse alguém no corredor. E de repente aparece a sra. Haymes entrando pela porta lateral... Ela disse que era para não sujar os degraus da entrada. Como se ela se importasse! Aquela nazista... Se acha superior aos outros só por causa dos cabelos loiros e dos olhos azuis. Eu vi muito bem o jeito como ela me olhava...

– Não se preocupe com a sra. Haymes.

– Quem ela pensa que é? Estudei numa das melhores universidades da Europa... Ela tem algum diploma, por acaso? É uma mera assalariada. Passa a semana fazendo buraco e cortando grama e é paga de acordo com isso. E ainda se acha uma lady.

– Nada disso é importante. Continue o relato, por favor.

– Levei o sherry, os copos e os pasteizinhos, que havia feito com todo o cuidado, até a sala de estar. Tocam a campainha e eu atendo a porta. Várias vezes. Estou sempre atendendo a porta. É degradante, mas eu faço. Depois vou até a despensa e começo a polir a prataria. É o melhor que posso fazer. Se alguém vem me matar, tenho à mão a faca de trinchar carne, bem afiada.

– Bem pensado.

– E então, de repente, ouço tiros. Eu penso: "É agora, começou!". Saio correndo pela sala de jantar, até a outra porta, mas não consigo abri-la. Fico um momento só escutando e aí ouço outro tiro e um baque no corredor. Giro a maçaneta da porta, várias vezes, mas ela está trancada pelo lado de fora. Estou presa como um rato numa ratoeira. Parece que vou enlouquecer. Grito sem parar e esmurro a porta, até que finalmente me deixam sair. Depois, levo velas para eles. Muitas velas. As luzes retornam e vejo sangue... sangue! *Ach,*

Gott in Himmel, o sangue! Não é a primeira vez que o vejo. Mataram o meu irmãozinho na minha frente... Sangue nas ruas, tiros, pessoas caindo...

– Está bem. Obrigado – disse o inspetor Craddock.

– E agora pode me algemar e levar para a delegacia!

– Hoje não.

III

Quando Craddock e Fletcher estavam prestes a sair do corredor pela porta da frente, ela foi aberta de supetão e um jovem alto, bonito, quase os atropelou.

– Senhores?

– Sr. Patrick Simmons?

– Isso mesmo, inspetor. O senhor é o inspetor de polícia, não? E o senhor? – disse ele, olhando para Fletcher – Sargento?

– Exatamente, sr. Simmons. Gostaria de trocar uma palavra com você.

– Sou inocente, inspetor. Juro que sou inocente.

– Nesse caso, sr. Simmons, não se faça de bobo. Tenho de interrogar muitas pessoas e não posso perder tempo. Que sala é essa? Podemos conversar por aqui?

– É o que chamam de sala de estudos, mas ninguém estuda aqui.

– Pois me disseram que a essa hora o senhor estaria estudando.

– Não conseguia me concentrar na aula de matemática e resolvi voltar para casa.

Como se estivessem em uma delegacia, o sr. Craddock pediu a ele nome completo, idade e detalhes sobre o serviço militar prestado durante a guerra.

– E agora, sr. Simmons, será que poderia me descrever com suas palavras o que aconteceu na noite de ontem?

– Uma festa de arromba, inspetor. Quer dizer, Mitzi fez pasteizinhos deliciosos como só ela sabe fazer. Tia Letty abriu uma nova garrafa de sherry...

Craddock interrompeu-o.

– Uma nova garrafa? Existia uma velha?

– Sim. Ainda estava pela metade, mas tia Letty preferiu abrir a outra.

– Ela estava nervosa?

– Não, não. Ela é muito sensata. Quem ficou nervosa foi a velha Bunny. Passou o dia prevendo uma hecatombe.

– A srta. Bunner preocupou-se de verdade, não é mesmo?

– Sim. Ela deu vazão a toda a sua imaginação.

– Quer dizer que ela levou o anúncio a sério?

– Ficou apavorada.

– Logo que ela leu o anúncio, a srta. Blacklock imaginou que pudesse ser alguma brincadeira sua, correto?

– Ah, lógico! Eu sou sempre o culpado por tudo o que acontece aqui...

– E você não teve nada a ver com isso, teve, sr. Simmons?

– Eu? Nunca!

– Você já tinha visto Rudi Scherz ou conversado com ele?

– Nunca o vi mais gordo.

– Mas esse é o tipo de brincadeira que o senhor gosta de fazer?

– Quem lhe disse isso? Só porque eu uma vez escondi as pantufas de Bunny e mandei a Mitzi um postal dizendo que a Gestapo estava na cola dela...

– Está bem... – interrompeu o inspetor Craddock, com um suspiro. – Agora descreva-me o que aconteceu na noite passada.

– Eu estava indo até a outra parte da sala pegar uns drinques quando... *alakazam*! As luzes se apagaram. Virei-me de volta, e um homem parado na soleira da porta gritava a todos "Mãos ao alto". As pessoas arfavam e soltavam gritinhos... Quando me decidi a dar-lhe uma lição, ele começou a atirar com um revólver e em seguida caiu estatelado. A lanterna que ele segurava na mão se apagou, e voltamos a ficar no escuro. Aí quem começou a dar ordens, como se falasse aos recrutas, foi o coronel Easterbrook. Pedia que alguém acendesse uma luz. Mas meu isqueiro não queria funcionar, como costuma acontecer com essas geringonças quando mais precisamos delas.

– Você acha que o intruso mirou de propósito na srta. Blacklock?

– Como é que vou saber? Acho que ele descarregou o revólver pelo prazer de dar uns tiros... Mas talvez aí tenha visto que fora longe demais...

– E se matou?

– Pode ser. Pela cara dele, devia ser um desses ladrões de araque que perdem o controle a troco de nada.

– E você tem certeza de que nunca o tinha visto?

– Nunca.

– Obrigado, sr. Simmons. Tenho de interrogar as outras pessoas que estiveram aqui na noite passada. Que ordem o senhor sugere que eu siga?

– Bem, o senhor pode começar por Phillipa... digo, pela sra. Haymes... Ela trabalha em Dayas Hall. Os portões são quase em frente ao nosso. Depois, os que moram mais perto são os Swettenhams. Qualquer um pode lhe dizer onde fica.

CAPÍTULO 7

Entre os presentes

I

Era visível o quanto Dayas Hall tinha sido prejudicada com a guerra. O mato tomava conta do que outrora fora evidentemente um canteiro de aspargos, do qual haviam sobrado apenas alguns tufos de folhagem. Tasneiras, campainhas e outras ervas daninhas tomavam conta de todo o jardim.

Uma parte da horta, entretanto, dava sinais de estar sendo finalmente disciplinada, e ali Craddock encontrou um homem com um ar preocupado, que refletia apoiado sobre uma pá.

– É com a sra. Haymes que o senhor quer falar? Não sei onde poderá encontrá-la. Ela só faz o que quer. Não escuta o que lhe dizem. Eu explicaria tudo para ela, com prazer, mas de que adianta? Essas jovens não prestam atenção em nada. Acham que já sabem tudo só porque vestiram uns calções e foram dar uma volta de trator. Mas o que precisamos aqui é de alguém que cuide do jardim. E isso não se aprende num único dia. É de jardinagem que estamos precisando.

– É o que está parecendo mesmo... – disse Craddock.

O velho tomou o comentário como uma indireta.

– Olhe aqui, moço... O que o senhor acha que eu posso fazer com um lugar desse tamanho? Três homens e um garoto costumavam cuidar disso aqui. E é disso que esse lugar precisa. Sou um homem capaz de trabalhar como poucos! Às vezes, fico aqui até as oito da noite. Oito da noite!

– E o que o senhor usa para enxergar? Um lampião?

– Não, não. Falo das noites de verão, é claro.

– Ah! Bem, é melhor eu ir procurar a sra. Haymes.

O camponês pareceu se interessar.

– E precisa dela para quê? O senhor é da polícia? Ela se meteu em alguma encrenca ou é por causa do que aconteceu em Little Paddocks? Mascarados armados de revólver invadem uma sala cheia de gente reunida. Desertores é o que eles são. Homens que vagam pelo campo desesperados. Por que a polícia não os prende?

– Eu não sei – disse Craddock. – Suponho que esse assalto tenha dado o que falar, não é mesmo?

– E deu. Onde é que vamos parar? Foi o que disse Ned Barker. Culpa desses filmes que passam no cinema. Mas Tom Riley acha que o problema é deixarem esses gringos todos soltos. E ele diz que, conforme for, aquela moça geniosa que cozinha para a srta. Blacklock deve estar envolvida. Ela é uma comunista ou algo pior, diz ele. E não queremos esse tipo de gente aqui... Marlene, a que trabalha no bar, o senhor sabe? Para ela, a srta. Blacklock guarda em casa alguma coisa valiosa. Não que alguém fosse pensar isso, diz ela. A srta. Blacklock anda por aí sem nenhuma frescura, a não ser pelos colares de pérolas falsas que ela usa. Mas e se forem verdadeiros? Sendo verdadeiros... Mas é absurdo. Nem que a vaca tussa, como diz Florrie, a filha do velho Bellamy. Tudo joia de fantasia. Fantasia! É um jeito engraçado de se chamar um colar de pérolas falsas. Pérolas romanas, diziam uma vez, e diamantes de Paris... A minha mulher era dama de companhia e eu sei tudo sobre essas coisas. E o que querem dizer? Vidro, nada mais! Acho que é fantasia também o que a srta. Simmons usa, folhas de hera e cachorrinhos de ouro... Ouro de verdade hoje em dia é muito raro... Mesmo anéis de casamento são feitos de platina. Acho isso uma vergonha, por mais que seja caro!

O velho Ashe fez uma pausa para respirar e depois continuou:

– Jim Huggins diz que a srta. Blacklock não guarda muito dinheiro em casa. Ele deve saber, já que a mulher dele vai lá, trabalha em Little Paddocks, e muita coisa acontece debaixo do nariz dela.

– E ele lhe disse qual é a opinião da mulher sobre o que aconteceu?

– Mitzi está envolvida, é o que ela acha. Que mulherzinha mais mal-educada, e se acha uma rainha! Chamou a sra. Huggins de serviçal dia desses...

Craddock ficou ali parado por um momento, refletindo e procurando distinguir o que havia de importante nos comentários do velho jardineiro. Era um bom apanhado do que devia ser a opinião geral da população rural de Chipping Cleghorn, mas nada daquilo parecia relevante para a investigação. Ele saiu na direção da casa para ver se encontrava a sra. Haymes, e o velho resmungou:

– Talvez ela esteja no pomar de maçãs. Ela é mais jovem do que eu para apanhá-las.

De fato, Craddock encontrou Phillipa Haymes no pomar de maçãs. A moça pulava agilmente de uma árvore, e o que ele viu primeiro foi um belo par de panturrilhas delineadas pelos culotes. Ao pisar no chão, com o rosto vermelho e o cabelo despenteado pelos galhos, Phillipa lançou a ele um olhar perplexo.

"Daria uma bela Rosalinda", pensou Craddock, automaticamente, ele que era um entusiasta de Shakespeare e já desempenhara o papel do melancólico Jacques de Boys numa encenação de *Como gostais* para o orfanato da polícia.

No minuto seguinte, ele mudou de ideia. Phillipa era tensa demais para desempenhar o papel de Rosalinda. Sua beleza e frieza eram tipicamente inglesas, mas de uma Inglaterra do século XX, e não do século XVI. Uma inglesa fria e bem-educada, sem qualquer traço de malícia.

– Bom dia, sra. Haymes. Peço desculpas por tê-la assustado. Sou o inspetor Craddock, da polícia de Middleshire. Gostaria de trocar algumas palavras com a senhora.

– Sobre a noite passada?

– Sim.

– Vai demorar? O senhor gostaria...

Ela olhava ao redor, um pouco atrapalhada.

Craddock indicou um tronco de árvore caído.

– É uma conversa informal – disse ele para tranquilizá-la. – Não quero interromper o seu trabalho mais do que o necessário.

– Obrigada.

– Gostaria de começar com uma pergunta de rotina: a que horas a senhora saiu do trabalho ontem?

– Mais ou menos às cinco e meia. Eu me atrasei uns vinte minutos regando as plantas da estufa.

– A senhora entrou na casa por qual porta?

– Pela porta lateral. Da estrada, atravesso o cercado dos patos, depois passo pelo galinheiro. Assim, não preciso dar toda a volta, nem sujo a porta da frente. Às vezes, saio daqui imunda.

– A senhora sempre faz esse caminho?

– Sim.

– A porta não estava trancada?

– Não. Durante o verão geralmente fica aberta. Nessa época do ano, fica fechada, mas não trancada. Todos nós costumamos utilizá-la. Eu a tranquei ao entrar.

– A senhora sempre faz isso?

– Nas últimas semanas, sim. Agora começa a escurecer às seis. A srta. Blacklock sai à noite para guardar os patos e fechar o galinheiro, mas normalmente pela porta da cozinha.

– E a senhora tem certeza de que trancou a porta desta vez?

– Certeza absoluta.

– Certo, sra. Haymes. E o que a senhora fez quando entrou em casa?

– Tirei meus sapatos sujos de lama e subi para o quarto a fim de tomar um banho e trocar de roupa. Depois, desci e descobri que estavam dando algum tipo de festa. Até então eu não sabia nada sobre aquele anúncio estranho.

– Agora, por favor, descreva-me o que aconteceu durante o assalto.

– De repente, as luzes se apagaram.

– Onde a senhora estava?

– Ao lado do consolo da lareira. Eu estava procurando o meu isqueiro, que pensei ter deixado ali. As luzes se apagaram e todos começaram a rir, nervosos. A porta então se abriu, e esse homem começou a focar a lanterna em nós. Ele exibiu o revólver e nos mandou levantar as mãos.

– A senhora obedeceu?

– Bem, na verdade, não obedeci. Achei que se tratasse de alguma brincadeira. Estava cansada e não achei que precisasse levantá-las.

– Na verdade, a senhora estava ficando irritada com tudo aquilo?

– Sim. E então o homem atirou. Os tiros eram ensurdecedores, e fiquei realmente com medo. O facho de luz girou pela sala, a lanterna caiu no chão e se apagou. Mitzi começou a gritar, como um porco que estivessem matando.

– O facho de luz da lanterna era muito ofuscante?

– Nem tanto. Mas era forte. Ele focou na srta. Bunner por um instante, e ela parecia uma assombração. Toda branca, com os olhos muito arregalados e a boca aberta.

– O homem movimentou bastante a lanterna?

– Ah, sim. Por toda a sala.

– Como se ele procurasse alguém?

– Eu não diria isso.

– E depois, sra. Haymes?

Phillipa Haymes franziu o cenho.

– Ah! Foi uma grande confusão. Ninguém sabia o que fazer. Edmund Swettenham e Patrick Simmons acenderam os isqueiros e foram até o corredor. Nós os seguimos. Alguém abriu a porta da sala de jantar, onde as luzes não haviam se apagado. Edmund Swettenham deu uma bofetada no rosto de Mitzi, que parou de gritar na mesma hora. Depois, a situação se acalmou.

– A senhora viu o corpo do morto?

– Sim.

– Era alguém conhecido? Já o tinha visto?

– Nunca.

– A senhora pensa que a morte dele foi acidental ou premeditada?

– Não faço a menor ideia.

– A senhora não o viu da outra vez em que ele esteve na casa?

– Não. Acho que foi no meio da manhã e eu devia estar trabalhando. Fico fora o dia todo.

– Obrigado, sra. Haymes. Só mais uma pergunta: a senhora guarda alguma joia de valor em casa? Anéis, braceletes, alguma coisa desse tipo?

Phillipa sacudiu a cabeça negativamente.

– Só a minha aliança e alguns broches.

– E a senhora sabe se havia algo de valor na casa?

– Não. Bem... Alguns utensílios de prata muito bonitos, mas nada fora do comum.

– Obrigado, sra. Haymes.

II

Ao retornar pela horta, Craddock passou por uma mulher de rosto redondo e bochechas vermelhas, vestida num corpete apertado.

– Boa noite – disse ela em tom ríspido. – O senhor procura alguma coisa?

– Sra. Lucas? Sou o inspetor Craddock.

– Ah! Me desculpe, não sabia. Não gosto de ver estranhos passeando pelo meu jardim e distraindo os empregados. Mas agora entendo que o senhor cumpria o seu dever.

– Exatamente.

– E o senhor acha que essa barbaridade da noite passada vai se repetir? É uma quadrilha?

– Posso lhe assegurar, sra. Lucas, que nenhuma quadrilha está envolvida no que aconteceu ontem.

– Há tantos assaltos hoje em dia. A polícia está relaxando.

Craddock não respondeu.

– O senhor estava interrogando Phillipa?

– Eu precisava do depoimento dela como testemunha.

– E o senhor não podia esperar até a uma hora? O mais justo seria interrogá-la no intervalo dela, e não quando ela devia estar trabalhando para mim.

– Preciso voltar à delegacia.

– Hoje em dia, ninguém tem mesmo consideração. Já trabalham pouco. Depois, chegam atrasados e ficam meia hora conversando. Saem para o almoço às dez da manhã. Quando chove, não fazem nada. Não cortam a grama porque o cortador não funciona direito. E saem cinco ou dez minutos antes da hora.

– Mas a sra. Haymes acaba de me dizer que ontem saiu daqui às 17h20, e não às 17 horas.

– Ah, e deve ter sido mesmo. A sra. Haymes sabe trabalhar com afinco, embora haja dias em que eu venha aqui e não consiga encontrá-la onde quer que seja. É claro que ela vem de uma outra condição, e acho que é nosso dever ajudar essas coitadas que a guerra tornou viúvas tão cedo. Mas não deixa de ser inconveniente. Ficou acertado que, durante o período de férias, ela teria mais tempo de folga. Mas eu disse a ela que hoje em dia há excelentes campos de férias, onde as crianças podem passar uma temporada agradável e se divertir muito mais do que se estivessem com os pais. Não há nenhuma necessidade de que venham para casa nas férias de verão.

– Mas a sra. Haymes não gostou muito da ideia?

– Essa moça é teimosa como uma mula. E bem na época em que eu quero o gramado da quadra de tênis aparado e marcado praticamente todos os dias. O velho Ashe é incapaz de fazer o traçado direito. Mas as minhas vontades ninguém leva em consideração!

– Imagino que o salário da sra. Haymes seja um pouco mais baixo do que o usual...

– Mas é claro. Ela esperava o quê?

– Nada, tenho certeza – disse Craddock. – Tenha um bom dia, sra. Lucas.

III

– Foi um horror! – disse a sra. Swettenham, em tom de deleite. – Realmente um horror. O que eu digo é que o pessoal da *Gazette* deve ter mais cuidado com os anúncios que publicam. Quando li aquilo, achei muito estranho. Não é verdade, Edmund?

– A senhora se lembra do que estava fazendo quando as luzes se apagaram? – perguntou o inspetor.

– Ah, isso é tão parecido com uma brincadeira do meu tempo de criança! *Quando as luzes se apagaram, Moisés onde é que estava?* A resposta, obviamente, é *no escuro*. Foi assim na noite de ontem. Todos reunidos na sala, imaginando o que aconteceria. E então, o senhor sabe... a emoção de ficar totalmente no escuro. A porta se abrindo... um vulto parado na soleira, segurando um revólver e apontando aquela luz intensa bem nos nossos olhos. O homem dizia em tom ameaçador: "O dinheiro ou a vida!". Nunca me diverti tanto. E, no minuto seguinte, tudo se transformou. Um espetáculo realmente grotesco. Quero dizer, balas reais, assobiando rente aos nossos ouvidos, como se fôssemos soldados em plena guerra!

– Onde a senhora estava nesse momento?

– Deixe me ver... onde é que eu estava? Com quem eu estava falando, Edmund?

– Não faço a menor ideia, mãe.

– Acho que era com a srta. Hinchcliffe. Eu queria saber se ela já tinha dado óleo de bacalhau para as galinhas no inverno. Ou será que era a sra. Harmon? Não, não. A sra. Harmon tinha recém chegado. Acho que eu comentava com o coronel Easterbrook o perigo de construírem uma usina atômica na Inglaterra, por causa do vazamento de radioatividade. Só se fosse numa ilha isolada e distante.

– A senhora estava sentada ou de pé?

– Que importância tem isso, inspetor? Eu estava em algum lugar perto da janela, ou talvez da lareira, porque quando o relógio começou a tocar era como se estivesse ao meu lado. Um momento de tirar o fôlego! Não sabíamos o que aconteceria.

– A senhora se referiu à luz da lanterna como intensa. Ela estava focada na senhora?

– Bem nos meus olhos! Eu não enxergava nada.

– O homem manteve o facho parado ou moveu-o, indo de uma pessoa para outra?

– Ah, não sei muito bem. Você lembra, Edmund?

– Ele moveu o facho devagar sobre nós, acho que para ver o que estávamos fazendo. Caso alguém tentasse reagir.

– E onde o senhor estava?

– Eu conversava com Julia Simmons. Estávamos de pé bem no meio da sala.

– Havia alguém na peça menor do outro lado?

– Acho que Phillipa Haymes. Ela estava perto daquela outra lareira, procurando alguma coisa.

– E o terceiro tiro? O senhor imagina que ele tenha sido disparado de propósito ou acidentalmente? – perguntou Craddock.

– Não faço a menor ideia.

– O homem de repente girou nos calcanhares, se contorceu e caiu. Mas não dava para ver direito, o senhor entende? Depois disso, parecia que aquela refugiada ia pôr a casa abaixo de tanto gritar.

– Foi o senhor quem abriu a porta da sala de jantar e deixou que ela saísse, não?

– Sim.

– A porta estava trancada pelo lado de fora?

Edmund lançou a ele um olhar surpreso.

– Certamente. Mas por que a pergunta? Por acaso o senhor...

– Preciso checar todas as informações. Obrigado, sr. Swettenham.

IV

O inspetor Craddock foi obrigado a permanecer um bom tempo com o coronel e a sra. Easterbrook. Ele teve de ouvir uma longa preleção sobre os aspectos psicológicos do crime.

– A abordagem psicológica é o que existe de mais avançado hoje em dia – disse o coronel. – É preciso compreender o criminoso. Contudo, para alguém que tenha uma larga experiência como a minha, esse caso é muito claro. Por que o sujeito colocou aquele anúncio? Porque ele queria aparecer, chamar a atenção. Por ser estrangeiro, ele vinha sendo ignorado, talvez até mesmo desprezado pelos colegas no Spa Hotel. Foi rejeitado por alguma moça, quem sabe, e agora queria conquistá-la a todo o custo. Quem são os ídolos de hoje? O gângster que vemos nas telas de cinema, o cara durão. Muito bem, ele seria o cara durão, encenando um assalto à mão armada. Ele tem uma máscara, um revólver, só está faltando o público. Ele precisa de um público e vai dar um jeito de consegui-lo. E então, no momento crucial, a fantasia torna-se mais forte do que a realidade. Ele já não é apenas um assaltante, mas também um assassino, e sai dando tiros a esmo.

O inspetor Craddock valeu-se da deixa:

– O senhor diz "a esmo", coronel Easterbrook... Mas então o senhor não acredita que ele tivesse um alvo determinado? A srta. Blacklock?

– Não, não. Ele descarregou a arma ao acaso. Foi só aí que ele se deu conta do que estava fazendo. A bala atingiu uma pessoa, de raspão, é verdade, mas isso ele não tinha como saber. E quando viu foi um choque. Pela primeira vez, ele percebeu que a brincadeira teria consequências reais. Ele havia atirado em alguém, matado alguém, quem sabe... Não há mais escapatória e, tomado de pânico, ele volta o revólver para si mesmo.

O coronel Easterbrook fez uma pausa para limpar a garganta, depois disse, numa voz satisfeita:

– Mais claro do que água de poço. Mais claro do que água de poço!

– Archie! É maravilhoso como você consegue explicar tudo tão bem – exclamou a sra. Easterbrook, em tom emocionado.

O inspetor Craddock também considerou a explicação maravilhosa, mas não ficou tão emocionado nem convencido.

– No momento em que começaram os tiros, coronel, onde o senhor estava?

– Ao lado da minha esposa, perto da mesa de centro, onde havia umas flores.

– Eu me agarrei no seu braço, não foi, Archie? Quando tudo começou? Fiquei apavorada. Ainda bem que você estava do meu lado.

– Pobre da minha gatinha... – disse o coronel, bem-humorado.

V

Foi no chiqueiro que o inspetor conseguiu encontrar a srta. Hinchcliffe.

– Os porcos são ótimas criaturas – disse ela, esfregando o dorso pelancudo de um porco rosado. – Este está crescendo muito bem, o senhor não acha? Vai nos dar um bom bacon para a época do Natal. Bem... e o que o senhor quer comigo? Já disse ao seu pessoal ontem à noite que não faço a menor ideia de quem seja aquele homem. Não o vi xeretando pela vizinhança, nada do tipo. A sra. Mopp, nossa empregada, diz que ele veio de um desses hotéis finos de Medenham Wells. E por que não cometeu o assalto lá mesmo? Teria sido bem mais rentável.

Não havia dúvida de que sim. Craddock deu início ao interrogatório.

– Onde a senhorita estava quando o incidente ocorreu?

– Incidente? O senhor quer dizer *o tiroteio*...

– Sim.

– Encostada no consolo da lareira, rezando a Deus para que alguém me oferecesse um drinque – respondeu a srta. Hinchcliffe, sem nenhuma cerimônia.

– A senhorita acha que os tiros foram disparados ao acaso ou visavam alguém em particular?

– A srta. Blacklock? Como é que eu vou saber? Agora que tudo acabou é difícil lembrar o que aconteceu e até mesmo o que senti no momento. Sei apenas que as luzes se apagaram, um facho de luz circulou pela sala, cegando-nos a todos, e começaram a dar tiros. Pensei comigo mesma: "Se aquele imbecil do Patrick Simmons resolveu usar um revólver de verdade para dar mais graça à sua maldita brincadeira, é bem capaz de alguém sair ferido".

– A senhorita pensou que Patrick Simmons estava por trás daquilo?

– Bem, era o mais provável. Edmund Swettenham é um intelectual que escreve livros e não gosta de barulho. O velho coronel Easterbrook teria achado a brincadeira de extremo mau gosto. Mas Patrick é um jovem de miolo mole. De qualquer forma, tenho de pedir desculpas por pensar mal dele.

– A sua amiga também desconfiou do rapaz?

– Murgatroyd? É melhor o senhor perguntar isso a ela. Não que a resposta vá fazer muito sentido, em todo caso. Ela está no pomar. Posso chamá-la, se o senhor quiser.

A srta. Hinchcliffe levantou a voz estentórea num brado poderoso:

– *Mur-ga-troyd!*

– Estou indo... – ouviu-se um grito fininho, que vinha de longe.

– Rápido. É a polícia – bradou novamente a srta. Hinchcliffe.

A srta. Murgatroyd chegou correndo e sem fôlego. A bainha da saia se desfazia, e o cabelo escapava da redinha mal-amarrada. No rosto, redondo e generoso, ela trazia estampado um sorriso que ia de uma orelha à outra.

– É da Scotland Yard? – disse ela, ofegante. – Eu não sabia que viriam. Se soubesse, não teria saído de casa.

– Ainda não contatamos a Scotland Yard, srta. Murgatroyd. Sou o inspetor Craddock, de Milchester.

– Ah, mas então meus parabéns! – respondeu a srta. Murgatroyd, um tanto confusa. – O senhor descobriu alguma pista?

– Onde você estava no momento do crime, Murgatroyd? É isso que ele quer saber – interveio a srta. Hinchcliffe, dando uma piscadinha para Craddock.

– Oh, minha querida... – disse a srta. Murgatroyd, engasgando-se. – É claro. Eu tinha de estar preparada. Um álibi, é isso! Deixe-me ver... Ora, eu estava onde todo mundo estava!

– Comigo você não estava – disse a srta. Hinchcliffe.

– Oh, Hinchcliffe, querida... Não estava? Não, é claro que não. Eu admirava os crisântemos. Feios de dar dó. E então tudo começou... Mas eu não sabia que tinha começado... Quer dizer, não sabia o que estava começando. Nunca me passou pela cabeça que o revólver pudesse ser de verdade... E foi tão esquisito tudo aquilo no escuro, e os gritos pavorosos. Eu entendi tudo errado! Achei que ela era a vítima! A refugiada, o senhor entende? Achei que fôssemos encontrá-la degolada no corredor. Não sabia que era ele. E que ele era um homem. Eu só me lembro da voz... "levantem as mãos, por favor".

– "Mãos ao alto!" foi o que ele disse – corrigiu a srta. Hinchcliffe. – E não houve nenhum "por favor".

– Tenho tanta vergonha de pensar que até o momento em que aquela jovem começou a gritar eu estava me divertindo. Só não gostei de ficar no escuro, e alguém pisou no meu calo. Que agonia, meu Deus! Há mais alguma coisa que o senhor queira saber, inspetor?

– Não – disse o inspetor Craddock, olhando desconfiado para a srta. Murgatroyd. – Acho que realmente não há mais nada.

A amiga dela deu uma risada áspera.

– O inspetor prefere você calada, Murgatroyd.

– Mas estou disposta, Hinch, a falar o máximo que puder.

– Isso não é o que ele quer – insistiu a srta. Hinchcliffe.

Depois, ela olhou para o inspetor e acrescentou:

– Se o senhor está levando em conta a nossa geografia, a sua próxima parada deve ser no vicariato. É possível que lhe digam algo de mais relevante por lá. A sra. Harmon vive no mundo da lua, mas às vezes chega a conclusões que me surpreendem. É menos desmiolada do que parece.

Enquanto olhavam o inspetor e o sargento Fletcher se afastarem, Amy Murgatroyd disse, ainda ofegante:

– Oh, Hinch... eu disse alguma besteira? É que fico tão nervosa!

– De forma alguma – respondeu a srta. Hinchcliffe com um sorrisinho. – No geral, acho que você se saiu muito bem.

VI

O inspetor Craddock passou os olhos pela sala. Espaçosa e trazendo nos móveis gastos a marca do tempo, e lembrava-lhe sua própria casa em Cumberland. Cortinas de chintz desbotadas, velhas cadeiras de espaldar alto, um que outro vaso de flor e um livro dispersos, um cachorro dormindo na cestinha. A própria sra. Harmon, com seu ar distraído, sua aparência desarrumada e os olhos vivos e alertas, tinha algo de familiar.

Porém, assim que o viu, ela declarou com franqueza:

– Vai ser difícil poder ajudá-lo. Estava de olhos fechados, por causa da luz daquela lanterna. E, quando ouvi os tiros, apertei-os ainda com mais força. Como eu queria que tudo tivesse decorrido em silêncio. Tenho pavor de tiros.

– A senhora então não viu nada? Mas ouviu? – disse o inspetor, sorrindo.

– Ah, isso sim, com certeza. Uma barulheira infernal. Portas se abrindo e fechando, as pessoas arfando e dizendo bobagens, Mitzi berrando como uma locomotiva, Bunny guinchando como um coelho assustado. As pessoas se empurravam e caíam umas por cima das outras. Só voltei a abrir os olhos quando me pareceu que não dariam mais tiros. Estavam todos no corredor, andando com velas. Em seguida, as luzes voltaram e tudo ficou como antes... Não digo exatamente como antes, mas podíamos nos reconhecer. Não estávamos mais perdidos no escuro. No escuro, é como se as pessoas fossem outras, não é verdade?

– Acho que entendo o que a senhora quer dizer.

A sra. Harmon sorriu.

– E lá estava ele... – continuou ela. – Um estrangeiro com cara de fuinha. Olhos surpresos num rosto rosado. Morto, caído no chão, e tendo ao seu lado o revólver. Aquilo parecia tão... ah! Tão absurdo...

Para o inspetor, também não fazia muito sentido.

A história toda o deixava preocupado.

CAPÍTULO 8

Miss Marple entra em cena

I

Craddock entregou a Rydesdale a transcrição datilografada dos vários depoimentos que tomara. O chefe acabara de ler um telegrama enviado pela polícia da Suíça.

– Como era de se esperar, o sr. Scherz já tinha outros antecedentes – disse Rydesdale.

– Entendo, senhor.

– Roubo de joias, falsificação de documentos... cheques. Um sujeito realmente desonesto.

– Envolvido em pequenos delitos.

– Exatamente. E dos pequenos se vai aos grandes.

– Acho que sim, senhor.

O chefe de polícia levantou a cabeça e olhou nos olhos do inspetor.

– Preocupado, Craddock?

– Sim, senhor.

– Por quê? O caso é muito simples. Ou não? Deixe-me ver o que têm a dizer todas essas pessoas que você interrogou.

Ele apanhou o relatório e o leu rapidamente.

– O mesmo de sempre. Várias inconsistências e contradições. Mas são relatos de momentos de tensão, que as testemunhas sempre vivenciam de forma diferente. O que importa é que os relatos concordem no ponto principal.

– Eu sei. A questão é que aquilo em que eles concordam não é convincente. O que quero dizer é que a visão geral que temos do caso pode estar errada.

– Bem, vejamos os fatos. Rudi Scherz pega o ônibus das 17h20 de Medenham a Chipping Cleghorn, onde chega quarenta minutos depois. A evidência vem do depoimento do motorista e de dois passageiros. Da parada de ônibus, ele caminha na direção de Little Paddocks e entra na casa sem dificuldade, provavelmente pela porta da frente. Usando um revólver, ele ameaça as pessoas que ali estão. Dispara duas vezes e, numa delas, fere de raspão a srta. Blacklock. Depois disso, ele se mata com um terceiro disparo, não sabemos se acidentalmente ou de propósito. Não sabemos por que ele agiu dessa maneira, admito. Mas aquilo que nos compete não é explicar o porquê. O júri e o médico-legista podem determinar se foi suicídio ou acidente. Seja lá qual for o veredito, para nós dá no mesmo. Para nós, o caso está encerrado.

– O senhor quer dizer que sempre podemos nos valer da teoria psicológica do coronel Easterbrook – disse Craddock com tristeza.

Rydesdale sorriu.

– Bem, o coronel é um homem de muita experiência – disse ele. – Estou farto desses jargões psicológicos que as pessoas ficam empregando a torto e a direito, só para se exibir. Mas também não podemos ignorá-los.

– Eu ainda tenho a impressão, senhor, de que estamos com uma teoria errada sobre o caso.

– Você tem algum motivo para acreditar que alguém em Chipping Cleghorn mentiu?

Craddock hesitou por um momento.

– Acho que a moça estrangeira sabe mais do que diz. Mas isso pode ser apenas um preconceito meu.

– Você acha que ela era cúmplice dele? Que foi ela quem deu a ele a ideia do assalto? Levou-o até Little Paddocks?

– Mais ou menos. Acho que ela seria bem capaz de algo assim. Mas, nesse caso, teria de haver alguma coisa de valor na casa, dinheiro ou joias, e parece que não há nada. A srta. Blacklock foi categórica nesse sentido. E também os outros. Só se houvesse algo e ninguém soubesse a respeito.

– O que daria uma trama excelente para um romance policial!

– Ah, senhor, concordo que a ideia é ridícula, porém a única outra pista que tenho seria a certeza da srta. Bunner de que Scherz tinha a intenção deliberada de matar a srta. Blacklock.

– Bem... pelo que você mesmo diz, e pelo que ela disse, não podemos levar a sério essa srta. Bunner...

– Concordo plenamente, senhor – disse Craddock, adiantando-se. – Ela é uma testemunha sem qualquer credibilidade. Altamente sugestionável. Qualquer um poderia colocar o que quisesse na cabeça dela. Mas o interessante é que essa é uma teoria que ela mesma inventou. Ninguém lhe sugeriu isso. Pelo contrário, é uma ideia que só ela defende, uma intuição genuína, que a deixa nadando contra a maré.

– E por que Rudi Scherz desejaria matar a srta. Blacklock?

– Aí é que está. Eu não sei. A srta. Blacklock também não sabe, a menos que ela seja uma excelente mentirosa. Ninguém sabe. Então, provavelmente isso não é verdade.

Ele suspirou.

– Anime-se, Craddock. Vou levá-lo para almoçar comigo e sir Henry. Vamos comer o que há de melhor no Royal Spa Hotel em Medenham Wells.

– Obrigado, senhor.

Craddock parecia surpreso.

– Como pode ver, recebemos uma carta... – o sr. Rydesdale interrompeu-se com a entrada de sir Henry Clithering na sala. – Ah, aí está você, Henry.

Dessa vez, sem maior cerimônia, sir Henry respondeu:

– Bom dia, Dermot.

– Tenho algo para você, Henry – disse o chefe de polícia.

– O que é?

– É a carta de uma simples velhinha, hospedada no Royal Spa Hotel. Uma informação que ela julgou importante sabermos em relação a esse caso de Chipping Cleghorn.

– O que foi que eu lhe disse? – perguntou sir Henry de modo triunfal. – Essas velhinhas estão a par de tudo. Dos seus olhos nada escapa. E, ao contrário do que se costuma a dizer, falam o que pensam. O que esta em particular tem a nos dizer?

Rydesdale consultou a carta.

– Escreve igualzinho à minha avó – disse ele em tom melancólico. – Uma caligrafia cheia de arabescos, como a de uma aranha presa num tinteiro. E tudo sublinhado. Todo um parágrafo em que ela manifesta a preocupação de não estar tomando muito do nosso tempo e o desejo de poder nos prestar uma pequena ajuda etc. Qual é o nome dela? Jane alguma coisa... Murple... Não, Marple! Jane Marple.

– Pelas barbas do profeta! – exclamou sir Henry. – Será possível? É a minha velhinha, a primeira e única, a melhor de todas. Uma supervelhinha que, em vez de ficar descansando em casa, deu um jeito de estar em Medenham Wells no momento exato em que, para sua honra e deleite, nosso homicídio era anunciado!

– Ora, Henry – disse Rydesdale, sardônico –, eu adoraria conhecer essa dama que parece um exemplo de virtude. Minha sugestão é irmos agora mesmo ao Royal Spa Hotel, onde podemos almoçar e depois procurar a velhinha. Craddock ainda parece duvidar das capacidades dela.

– Ah, de forma alguma, senhor – disse o inspetor, constrangido, ao mesmo tempo em que pensava consigo mesmo o quanto o padrinho era às vezes exagerado.

II

Miss Jane Marple era semelhante, mas não idêntica à imagem que Craddock fizera dela. Revelara-se não apenas mais velha, como também mais benévola. Parecia mesmo bem velhinha. Seu cabelo era branco como a neve, a pele rosada e repleta de rugas, os olhos de um azul claro inocente. Eles a encontraram enrolada num casaquinho diáfano de lã branca, enquanto tricotava uma manta de bebê. A impressão era a de que ela se escondia em meio a uma nuvem de algodão.

A presença de sir Henry deixou-a toda atrapalhada e contente, de forma que estava bastante agitada quando foi apresentada ao chefe de polícia e ao inspetor Craddock.

– Realmente, sir Henry, que coincidência... uma feliz coincidência. Faz tanto tempo que não o vejo... É tudo por causa do meu reumatismo. Tenho sofrido muito. É claro que esse hotel está bem além das minhas condições financeiras (é um horror o que costumam cobrar hoje em dia), mas Raymond, meu sobrinho... Raymond West, o senhor deve se lembrar dele...

– Mas é claro que sim. Todo mundo o conhece.

– É verdade. Os livros dele têm feito muito sucesso. E ele se orgulha de escrever sobre temas que são na verdade difíceis. É ele quem está pagando todas as minhas despesas aqui, agora que a esposa também está ficando famosa com os quadros. Um amontoado de flores murchas e pentes quebrados em parapeitos de janelas, veja só! Fico quieta, porque ainda sou uma admiradora de Blair Leighton e Alma Tadema. Mas estou tagarelando. E o senhor é realmente o chefe de polícia? Eu nem esperava que viesse... Estava tão envergonhada de tomar o seu tempo...

"Completamente gagá", foi o que pensou consigo mesmo o inspetor Craddock.

– Vamos até o gabinete do gerente – disse Rydesdale. – Lá teremos mais privacidade.

Depois de se desvencilhar do novelo de lã e juntar todas as suas agulhas de tricô sobressalentes, Miss Marple, ainda agitada e pedindo desculpas, acompanhou-os até o confortável escritório do sr. Rowlandson.

– Agora estamos prontos para ouvir o que a senhora tem a nos dizer – disse o chefe de polícia.

Para surpresa de todos, Miss Marple foi direto ao ponto, sem nenhuma embromação.

– Um cheque – ela disse. – Ele alterou um cheque.

– Ele?

– O jovem aqui da recepção. Aquele que dizem ter encenado um assalto e depois se matado.

– Ele alterou um cheque?

Miss Marple fez que sim com a cabeça.

– Sim. O cheque está aqui – disse ela, tirando-o da bolsa e colocando-o na mesa. – Chegou esta manhã, junto com outros do banco. Como o senhor pode ver, era um cheque de sete libras que ele alterou para dezessete. Um risco em frente ao numeral e um *dezes* em frente à palavra sete, com o toque artístico de uma pequena gota de tinta borrando toda a palavra. Um trabalho muito bem feito. Eu diria que ele tem certa prática. A tinta é a mesma, porque eu preenchi o cheque no balcão da recepção. Ele deve ter feito isso outras vezes, o senhor não concorda?

– Mas dessa feita aplicou o golpe na pessoa errada – disse sir Henry.

Miss Marple balançou a cabeça afirmativamente.

– Sim. Temo que ele não fosse muito longe como criminoso. Eu era a última pessoa que ele devia ter escolhido. Jovens recém-casadas e cheias de atribulações ou moças apaixonadas, são essas as mulheres que preenchem cheques nas mais diversas quantias sem anotar nos canhotos. Mas uma velha que tem de contar os trocados e cujos hábitos são sempre os mesmos jamais cairia nesse golpe. Acho que nunca nem mesmo escrevi um cheque de dezessete libras. Gasto cerca de vinte, uma soma redonda, com as despesas do mês e alguns livros. E, com despesas extras, geralmente eu gasto sete libras. Costumavam ser cinco, mas os preços subiram tanto...

– E talvez ele tenha lhe lembrado alguém – sugeriu sir Henry com um olhar malicioso.

Miss Marple sorriu e balançou a cabeça afirmativamente.

– O senhor não deixa passar uma, sir Henry. Para falar a verdade, sim. Ele me lembrou Fred Tyler, da peixaria. Sempre riscando um 1 a mais na coluna dos xelins. Com a quantidade de peixe que se come hoje em dia, o dinheiro arrecadado não era pouco, mas a maioria das pessoas nem percebia. Para comprar gravatas novas e levar Jessie Spragge, a atendente da mercearia, ao cinema, dez xelins já eram suficientes. E o que esses jovens querem é justamente isso: impressionar os outros. Bem, na primeira semana em que estive aqui, apareceu um erro na minha conta. Mostrei ao jovem, ele se desculpou e pareceu sinceramente constrangido, mas pensei comigo mesma: "Esse jovem tem olhos de raposa". O que quero dizer é que ele era do tipo que olha diretamente para você, sem nunca desviar os olhos ou piscar.

Sem poder negar a sutileza do raciocínio de Miss Marple, Craddock moveu-se involuntariamente, admirado. "É o olhar de Jim Kelly", pensou consigo mesmo, lembrando-se do notório vigarista que havia prendido algum tempo atrás.

– Rudi Scherz é um jovem sem nenhum caráter – disse Rydesdale. – Já era conhecido da polícia da Suíça.

– Imagino que tenha vindo para cá com documentos forjados – disse Miss Marple. – Talvez a situação dele por lá já estivesse complicada demais.

– Exatamente – disse Rydesdale.

– Ele estava saindo com a garçonetezinha ruiva do restaurante – disse Miss Marple. – Mas felizmente acho que ela não se apaixonou. Ele era apenas um rapaz "diferente", que lhe dava flores e chocolates, coisa que os jovens ingleses não costumam fazer. A moça contou-lhes tudo aquilo que sabe? – perguntou ela, virando-se para Craddock. – Ou por enquanto nem tudo?

– Não sei ao certo – hesitou Craddock.

– Acho que ela está escondendo algo – disse Miss Marple. – Ela anda muito preocupada. Trouxe-me arenque defumado em vez do comum e esqueceu-se da jarra de leite. Ela costumava ser uma garçonete excelente, mas não está trabalhando direito. Talvez saiba de alguma coisa que tem medo de revelar. Mas eu tenho a impressão – acrescentou Miss Marple, e seus inocentes olhos azuis deslizaram pelo belo rosto e o corpo bem proporcionado do inspetor Craddock, num gesto de apreço feminino e legitimamente vitoriano – de que *você*, meu rapaz, vai conseguir persuadi-la a dizer tudo o que sabe.

O inspetor Craddock ficou vermelho, e sir Henry soltou uma risadinha.

– É importante que ela fale – continuou Miss Marple. – Ele pode ter dito a ela quem foi.

Rydesdale arregalou os olhos.

– Quem foi o quê?

– Oh, me desculpe. Quem foi que o persuadiu a dar esse golpe, foi o que eu quis dizer.

– Então a senhora acha que alguém o persuadiu?

Foi a vez de Miss Marple arregalar os olhos.

– Mas é claro... Esse é o caso de um jovem atraente e simpático acostumado a cometer pequenos delitos aqui e ali. Altera cheques de pequeno valor, é capaz de se apossar de uma ou outra joia não muito cara que deixem à vista, embolsa o troco do caixa... Um ladrãozinho insignificante. O dinheiro roubado permite que se vista melhor e leve a garota para passear, nada mais. E então, sem mais nem menos, ele invade uma sala cheia de gente e atira em alguém com um revólver? Rudi Scherz jamais faria algo assim, nem de brincadeira! Não condiz com a personalidade dele, e não faz *nenhum* sentido.

O coração de Craddock acelerou. Aquilo era o que haviam dito Letitia Blacklock e a mulher do vigário. Era o que ele mesmo pensava, e com uma convicção cada vez mais forte. Trava-se de um crime *absurdo*. E agora a velhinha de sir Henry também chegava àquela mesma conclusão, expressa numa clareza cristalina com a sua voz de flauta.

– Talvez a senhora possa nos explicar, Miss Marple – disse ele numa voz inesperadamente agressiva –, o que foi exatamente que aconteceu...

Ela lançou a ele um olhar surpreso.

– Explicar? Mas como? Colocaram um anúncio no jornal, mas ele diz bem pouca coisa. É possível tecer conjecturas, porém nos faltam muitas informações.

– George – disse sir Henry –, seria muita irregularidade permitir que Miss Marple desse uma lida nas anotações feitas por Craddock quando ele interrogou essa gente de Chipping Cleghorn?

– Pode ser um pouco irregular – respondeu Rydesdale –, mas não cheguei aonde cheguei sempre cumprindo o regulamento à risca. Ela pode ler as anotações. Estou curioso para ouvir a sua opinião.

Miss Marple estava toda envergonhada.

– Temo que vocês tenham dado ouvidos às bobagens de sir Henry. Ele sempre exagera. Dá um valor indevido a cada comentário insignificante que já fiz no passado. Para falar com franqueza, não tenho nenhum talento, nenhum mesmo, exceto talvez um certo conhecimento da natureza humana. As pessoas em geral confiam demais umas nas outras e são ingênuas. Eu aprendi, muito infelizmente, a esperar sempre *o pior*. Não é um traço de personalidade agradável, mas se torna justificável às vezes em função das coisas que acontecem.

– Leia isso aqui – disse Rydesdale, entregando a ela as folhas datilografadas. – Não vai lhe tomar muito tempo. Além disso, a senhora deve conhecer esse tipo de gente e pode descobrir alguma coisa que não percebemos. Não nos custa nada ter a opinião de um amador antes de fechar o caso. Não vou esconder da senhora que o próprio inspetor Craddock não está totalmente satisfeito. Ele também acha que o caso é absurdo.

Fez-se silêncio para que Miss Marple pudesse ler as anotações.

Por fim, ela largou as folhas no colo, levantou os olhos e disse com um suspiro:

– É muito interessante. As pessoas pensam e dizem coisas completamente diferentes a respeito do que viram ou do que acham que viram. E, apesar de complexos, os depoimentos são tão triviais que descobrir o que está errado é como encontrar uma agulha num palheiro.

Craddock ficou levemente desapontado. Por um momento ou dois, ele acreditou que sir Henry pudesse estar completamente enganado a respeito daquela curiosa velhinha. Ela pode ter feito alguma descoberta interessante no passado. Pessoas idosas em geral são sagazes. Por exemplo, o próprio inspetor nunca conseguira esconder nada de Emma, a sua tia-avó. É que a velha descobrira que a ponta do nariz dele tremia sempre que ele ia contar uma mentira, conforme ela um dia lhe revelou.

Mas essa famosa Miss Marple, de que tanto falava sir Henry, parecia incapaz de dizer qualquer coisa além de banalidades. Craddock acabou por se irritar e disse em tom rude:

– A verdade é que os fatos são inquestionáveis. Independentemente dos detalhes contraditórios, a história contada por essas pessoas é basicamente a mesma. Elas viram um homem mascarado, de posse de um revólver e de uma lanterna, abrir a porta da sala em que estavam reunidas e ameaçá-las. Pouco importa se acham que ele disse "a bolsa ou a vida" em vez de "mãos ao alto". São frases que as pessoas naturalmente associam a um assalto, e o que importa é que o homem foi *visto* por todos.

– Mas a questão – ponderou gentilmente Miss Marple – é que eles não estavam em condições de ver nada...

Craddock engoliu em seco. Era uma objeção fundamental. A velhinha era realmente esperta. Ele havia tentado intimidá-la com aquele discurso, e ela respondera à altura. Mesmo que isso fosse irrelevante para os fatos, ela compreendera, tanto quanto ele, que não podiam ter *visto* o homem.

– Se eu entendi bem – disse Miss Marple com as bochechas vermelhas e os olhos brilhando –, não havia luz no corredor do lado de fora e tampouco na entrada da casa?

– A senhora está certa – disse Craddock.

– Sendo assim, se o homem ficou parado na soleira da porta, apontando a lanterna para dentro da sala, ninguém poderia ter visto nada exceto o facho de luz, que era de fato intenso. Ou não?

– Sim. Eu testei.

– Então, quando dizem que viram um homem mascarado, estão na verdade reconstruindo os acontecimentos a partir do que viram depois, com as luzes acesas, embora não se deem conta disso. E tudo se encaixa muito bem com a hipótese de que Rudi Scherz tenha sido, como eu penso, *o pato* dessa história. É essa a expressão que usam, não?

Rydesdale arregalou os olhos de tal forma que Miss Marple ficou ainda mais vermelha.

– Talvez o termo não seja bem esse – murmurou ela. – Esses americanismos sempre me confundem, e sei que frequentemente mudam de significado. Eu o tirei das histórias do sr. Dashiell Hammett. De acordo com meu sobrinho Raymond, ele é considerado o expoente máximo do que se chama de "literatura da pesada". Um *pato*, se entendo bem, é alguém escolhido para ser responsabilizado por um crime cometido por outra pessoa. Rudi Scherz parece-me ter sido feito sob medida para esse papel. Um rapaz estúpido, sem dúvida, mas também muito ganancioso. Alguém que seria fácil enganar com falsas promessas.

Rydesdale disse com um sorriso cético:

– A senhora está sugerindo que ele foi persuadido por alguém a invadir uma sala cheia de gente e sair atirando a esmo? Ele teria de ser muito, mas muito ingênuo...

– Penso que lhe disseram que era tudo brincadeira – disse Miss Marple. – Deram-lhe um dinheiro para pôr o anúncio no jornal, para espionar a casa e, na noite em questão, vestir uma máscara e uma capa escura, escancarar a porta brandindo uma lanterna e gritar: "Mãos ao alto!".

– E disparar um revólver?

– Não, não – disse Miss Marple. – Ninguém poderia ter *visto* um revólver, mesmo que ele tivesse um. E eu não acho que ele tinha. Acho que depois de ele gritar "mãos ao alto", alguém se aproximou calmamente por trás dele, no escuro, e deu os tiros por cima do seu ombro. Ele se apavorou. Deu meia-volta e, ao fazer isso, a outra pessoa atirou nele e deixou o revólver cair ao seu lado...

Os três homens olhavam para ela. Sir Henry estava com a voz ligeiramente alterada:

– É uma teoria possível.

– Mas quem seria essa pessoa misteriosa que surge das trevas? – perguntou o inspetor de polícia.

Miss Marple deu uma tossidinha.

– Vocês terão de descobrir com a srta. Blacklock quem tinha interesse em matá-la.

Ponto para Dora Bunner, pensou Craddock. O instinto fora mais forte do que a inteligência.

– A senhora pensa, então, que tudo foi feito com o objetivo de assassinar a srta. Blacklock? – perguntou Rydesdale.

– É o que está parecendo – disse Miss Marple. – Embora essa hipótese encontre uma ou outra dificuldade. Contudo, o que me parece mais importante é que talvez haja uma forma mais rápida de solucionarmos o mistério. Não tenho dúvida de que quem combinou isso tudo com Rudi Scherz tomou muito cuidado para que ele não comentasse nada com ninguém. Se Rudi, mesmo assim, deixou escapar alguma coisa, só pode ter sido para essa moça, Myrna Harris. É possível que ela saiba de algo que nos leve ao mentor desse crime.

– Vou falar com ela agora mesmo – disse Craddock, levantando-se.

Miss Marple balançou a cabeça afirmativamente, em sinal de aprovação.

– Sim, faça isso, inspetor Craddock. Ficarei mais tranquila. Depois que ela contar o que sabe, estará mais segura.

– Segura?... Ah, sim! Entendo.

Ele deixou a sala. O chefe de polícia demonstrava certo ceticismo no tom de voz polido:

– Bem, Miss Marple, a senhora certamente nos deu o que pensar...

III

– Estou arrependida, estou arrependida mesmo – disse Myrna Harris. – E fico agradecida pelo fato de o senhor não ficar muito aborrecido e irritado comigo. Agi assim por causa da minha mãe, que é muito nervosa. Imaginei que vocês pensariam que eu tivesse... como se diz? Instigado o crime! – desabafou ela, com certa afetação. – Eu temia que jamais acreditassem em mim se dissesse que tinha tomado a coisa toda por uma brincadeira.

O inspetor Craddock repetiu a frase tranquilizadora com a qual havia conseguido quebrar a resistência de Myrna.

– Vou contar ao senhor tudo aquilo que sei. Mas o senhor tem de me prometer que vai fazer o possível para que meu nome não seja envolvido na história. Minha mãe é muito nervosa. Tudo começou quando Rudi me deu o bolo. Havíamos combinado de ir ao cinema, e Rudi veio me dizer que não poderia mais me levar. Fiquei aborrecida, porque a ideia de ir ao cinema tinha sido dele e não gostei de ser feita de boba por um estrangeiro. Ele alegou que a culpa não era dele, eu disse que talvez não fosse mesmo, e ele então confessou que tinha um trabalho a fazer. Um trabalho que lhe renderia um dinheiro extra, com o qual me compraria um relógio... Quis saber que trabalho era aquele, e ele me pediu primeiro para guardar segredo, depois contou que haveria uma festa não sei onde e que ele ia se vestir de bandido e fingir que assaltava as pessoas. Então ele me mostrou o anúncio que havia posto no jornal e fui obrigada a dar uma gargalhada. No fundo, ele achava aquela brincadeira uma coisa idiota e infantil, algo em que só os ingleses mesmo poderiam achar graça, porque no fundo éramos todos crianças. É claro que me ofendi e perguntei o que ele queria dizer com aquilo. Tivemos uma discussão, mas acabamos nos entendendo. Só espero que o senhor acredite em mim, pelo amor de Deus! Fiquei totalmente surpresa e sem saber o que fazer quando li nos jornais que não era brincadeira nenhuma, que Rudi havia matado alguém e depois se dado um tiro. Pensei que, se eu dissesse que sabia da história, me acusariam de estar envolvida. Porém, quando ele me contou, parecia mesmo uma brincadeira. Eu nunca imaginei outra coisa. Nunca pensei que ele tivesse um revólver, ele nem falou disso.

Craddock tratou de acalmá-la novamente antes de fazer a pergunta decisiva:

– E ele contou quem tinha planejado a história toda?

Mas o inspetor não obteve resposta.

– Ele não disse. Acho que foi tudo invenção da cabeça dele.

– Não mencionou nenhum nome? Não disse *ele* ou *ela*?

– A única coisa que ele disse é que seria engraçadíssimo. "Quero só ver a cara deles", foi o que ele falou.

E, quando viu, não teve tempo de rir, pensou Craddock.

IV

– É apenas uma teoria – disse Rydesdale, quando dirigiam de volta para Medenham. – E, sem evidências para comprová-la, não passa de fumaça.

– Mas onde há fumaça há fogo, senhor.

– É uma teoria muito improvável. Alguém que misteriosamente aparece no escuro, por trás do nosso amigo suíço. De onde teria vindo? E quem seria essa pessoa?

– Poderia ter entrado pela porta lateral – disse Craddock –, exatamente como fez Scherz. Ou – acrescentou ele, calmamente – poderia ter vindo da cozinha...

– *Ela* poderia ter vindo da cozinha, você quer dizer?

– Sim, senhor. É uma possibilidade. Não gostei do comportamento dessa moça. Ela me parece realmente asquerosa. Pode muito bem ter encenado o ataque histérico e os gritos. Pode ter persuadido o jovem, depois o deixado entrar no momento certo, enquanto ia buscar a arma. Em seguida ela volta, atira nele, vai até a sala de jantar, pega o pedaço de camurça e a espátula de prata e começa a gritar feito louca.

– Mas você está se esquecendo de um detalhe. Aquele rapaz... como é mesmo o nome dele? Edmund Swettenham... disse que a porta estava trancada com a chave do lado de fora. Foi ele quem abriu a porta para ela. Há alguma outra porta que leve até a sala de jantar?

– Sim. A porta que fica sob a escada. Ela dá para a cozinha e a saída dos fundos. O problema é que parece que a maçaneta caiu três semanas atrás e ainda não foi consertada. Por causa disso, a porta não pode ser aberta. E estou inclinado a dizer que essa história é verdadeira. Encontrei o eixo e os pegadores numa prateleira do corredor, cobertos por uma boa camada de pó. Mas é claro que uma pessoa experiente poderia abrir a porta do mesmo jeito.

– Temos de investigar o histórico dessa moça. Ver se os documentos dela estão em ordem. Mas ainda assim a teoria me parece muito especulativa.

O chefe de polícia lançou um olhar desconfiado ao seu subordinado. Craddock respondeu baixando a cabeça:

– Eu sei, senhor. E, é claro, podemos dar o caso por encerrado. Se me permitir, eu poderia continuar a investigação por conta própria durante algum tempo.

Para sua surpresa, o chefe de polícia disse em tom de aprovação:

– Muito bem, meu rapaz.

– A arma do crime também pode nos fazer avançar. Se essa teoria está correta, o revólver não era de Scherz. Ninguém até agora soube nos dizer se ele tinha uma arma.

– Ela é de fabricação alemã.

– Eu sei, senhor. Mas a Inglaterra está cheia de armas fabricadas em outros países da Europa. Americanos e nossos próprios soldados trouxeram-nas para cá. O fato de a arma ser alemã não significa nada.

– É verdade. Alguma outra linha de investigação?

– O crime precisa ter um motivo. Se essa teoria vale alguma coisa, ela indica em primeiro lugar que o que ocorreu na sexta-feira passada não foi nem uma brincadeira nem um mero assalto, mas uma tentativa bem planejada de assassinato. *Alguém tentou matar a srta. Blacklock.* Mas *por quê* ? Parece-me que, se alguém sabe a resposta a tal questão, esse alguém é a srta. Blacklock.

– Mas, pelo que entendi, ela foi a primeira a jogar água fria nessa ideia.

– Ela jogou água fria na ideia de que Rudi Scherz queria matá-la. E, nesse sentido, ela estava correta. E tem mais um detalhe, senhor...

– O quê?

– É bem possível que tentem de novo.

– Bem, isso sem dúvida provaria a verdade da teoria – disse o chefe de polícia, irritado. – Falando nisso, gostaria que você tomasse conta de Miss Marple.

– Miss Marple? Por quê?

– Acho que está se mudando para a casa do vigário em Chipping Cleghorn, de onde deve retornar a Medenham Wells só duas vezes por semana para fazer os seus tratamentos contra o reumatismo. Parece que a mulher do vigário é filha de um velho amigo de Miss Marple. Os instintos dessa velha matreira são mesmo afiados. Imagino que a vida dela não seja muito movimentada e que sair por aí atrás de assassinos seja a forma que ela encontrou de se divertir.

– Preferia que ela não viesse... – disse Craddock, mal-humorado.

– Tem medo de que ela se transforme em um problema para você?

– Não é isso, senhor. Essa velhinha é uma preciosidade. Não gostaria que nada acontecesse com ela... no caso, é claro, de essa teoria ser mesmo verdade.

CAPÍTULO 9

A propósito de uma porta

I

– Peço desculpas por incomodá-la de novo, srta. Blacklock...

– Ah, não tem importância. Veio em busca de mais evidências? Sei que o inquérito foi prorrogado por uma semana.

– Para começar, srta. Blacklock, Rudi Scherz não é filho do proprietário do Hotel des Alpes em Montreux. Parece que ele começou a carreira como servente em um hospital de Berna. Não foram poucos os pacientes que se deram conta do sumiço de pequenos objetos de valor. Com outro nome, ele trabalhou de garçom numa dessas pequenas estações para a prática de esportes de inverno. A sua especialidade era forjar duplicatas das contas do restaurante, uma das quais tinha itens que na outra não apareciam. A diferença ia diretamente para o bolso dele, é claro. Depois disso, foi trabalhar numa loja de departamentos em Zurique. As perdas devido a furtos ficaram muito acima da média no período em que ele esteve por lá. E parece que muitos dos furtos não eram realizados por clientes.

– Em suma, esse jovem era um trambiqueiro de marca maior, correto? – disparou a srta. Blacklock. – Eu estava certa, então, quando achei que não o conhecia?

– Totalmente certa. Alguém no Royal Spa Hotel deve ter mostrado a senhorita a ele, que depois agiu como se já a conhecesse. Na Suíça, ele não tinha mais sossego por causa da polícia. Foi por isso que viajou até aqui, com documentos falsos muito bem forjados, que lhe garantiram um emprego no Royal Spa Hotel.

– Melhor lugar impossível – disse a srta. Blacklock sem titubear. – É um hotel muito caro, onde só se hospeda gente rica. Acho que muitos dos hóspedes não devem conferir a conta.

– Sim – disse Craddock. – Boas perspectivas de lucro.

A srta. Blacklock tinha o cenho franzido.

– Tudo isso eu entendo – disse ela. – Mas por que sair do Royal Spa Hotel e vir a Chipping Cleghorn? O que ele esperava encontrar aqui?

– A senhorita mantém a sua afirmação de que não há nada de muito valor na casa?

– Sim. Eu saberia se houvesse. Posso lhe assegurar, inspetor: não temos nenhum Rembrandt desconhecido ou coisa que o valha.

– Nesse caso, temos de dar o braço a torcer para a sua amiga. Ele veio aqui para tentar matar a senhorita.

– Eu não havia lhe dito, Letty?

– Ah, Bunny, isso é um absurdo.

– Pode parecer absurdo, mas foi o que aconteceu, e acho que a senhorita sabe disso melhor do que ninguém.

A srta. Blacklock cravou os olhos no inspetor.

– Deixe-me ver se entendi bem, inspetor. O senhor realmente acredita que, depois de fazer com que metade da cidade desse as caras por aqui roendo as unhas de curiosidade, esse jovem veio à minha casa para...

– Mas talvez ele não esperasse que isso fosse acontecer – interrompeu a srta. Bunner, nervosa. – Talvez o anúncio tenha sido apenas uma forma grotesca de alertá-la, Letty. Quando li "Convida-se para um homicídio", foi essa a impressão que eu tive. Algo sinistro aconteceria. Se tudo tivesse ocorrido conforme o planejado, ele teria atirado em você e depois fugido, e nunca saberíamos quem ele era.

– Isso é verdade – disse a srta. Blacklock. – Mas...

– Eu sabia que o anúncio não era nenhuma brincadeira. Eu disse isso. E Mitzi... Ela também ficou assustada!

– Ah... – disse Craddock. – Mitzi. Gostaria de saber mais sobre essa jovem.

– Os documentos dela e o visto estão todos em ordem.

– Não duvido – disse Craddock, ríspido. – Os documentos de Scherz também pareciam em ordem.

– Mas por que esse Rudi Scherz iria querer me matar? Até agora o senhor não me explicou!

– Pode ser que houvesse uma outra pessoa por trás de Scherz – disse Craddock, com calma. – A senhorita já pensou nessa possibilidade?

Ele dizia aquilo em sentido metafórico, mas passou como um flash pela sua cabeça a ideia de que tais palavras seriam literalmente verdadeiras caso a teoria de Miss Marple estivesse correta. De qualquer forma, elas pouco convenceram a srta. Blacklock, que ainda se mostrava cética.

– A questão permanece a mesma – disse ela. – Por que diabos alguém desejaria me matar?

– É o que quero que a senhorita me responda.

– Pois bem! Eu não faço a menor ideia. Não tenho nenhum inimigo. Até onde me lembro, nunca tive qualquer desentendimento com meus vizinhos. Não sei de nenhum segredo sórdido a respeito de ninguém. A ideia é simplesmente ridícula. Assim como a sua sugestão de que Mitzi tenha algo a ver com isso. Como a srta. Bunner acaba de dizer, a moça ficou apavorada quando leu o anúncio na *Gazette*. Ela me pediu para deixar a casa naquele mesmo instante.

– Ela pode ter agido assim porque sabia que a senhorita faria pressão para que ela ficasse.

– Bem, se o senhor já se decidiu a respeito, vai encontrar resposta para tudo. Só vou lhe dizer o seguinte: se Mitzi estivesse desgostosa comigo por algum motivo, por que faria toda essa confusão? Bastaria envenenar a minha comida. Essa teoria não tem pé nem cabeça. A atitude da polícia com relação a estrangeiros é paranoica. Mitzi pode ser uma mentirosa, mas não planejaria um assassinato. O senhor pode ir atormentá-la, se acha necessário. Porém, se ela tiver um ataque de nervos e for embora indignada, ou se trancar no quarto, espero que o senhor saiba cozinhar. Hoje, para o chá, vem aqui uma amiga da sra. Harmon. Mitzi ia fazer uns bolinhos, mas desconfio de que esse novo interrogatório vá deixá-la completamente transtornada. O senhor tem certeza de que não há nenhuma outra pessoa de quem poderia suspeitar?

II

Craddock foi até a cozinha. Ele repetiu a Mitzi as mesmas perguntas do outro dia e recebeu as mesmas respostas.

Sim, ela tinha trancado a porta da frente logo depois das quatro horas. Não, ela não tinha o hábito de fazer isso, mas ficara muito ansiosa por causa "daquele anúncio horroroso". Não adiantava trancar a porta lateral porque a srta. Blacklock e a srta. Bunner saíam por ali para recolher os patos e dar ração às galinhas, e a sra. Haymes costumava entrar por ela quando chegava do trabalho.

– A sra. Haymes disse que trancou a porta depois que entrou, às cinco e meia.

– E o senhor acredita nela? Ah, sim... Estou certa de que acredita.

– Há algum motivo pelo qual eu não deveria acreditar?

– Que importância tem o que eu penso ou deixo de pensar? Não vão acreditar em mim...

– Talvez, se nos der uma chance. A sra. Haymes não trancou a porta?

– Acho que ela tomou todo o cuidado para não trancá-la.

– Como assim? – perguntou Craddock.

– Aquele jovem não trabalha sozinho. Ele sabe que itinerário seguir e sabe que a porta vai ser deixada aberta para ele... Ah! Deliberadamente aberta.

– O que você está querendo dizer?

– Que lhe importa o que estou querendo dizer? O senhor não presta atenção mesmo. Eu não passo de uma refugiada infeliz que gosta de contar mentiras. E essa inglesa de cabelos loiros... Ah! Ela só fala a verdade, tão britânica, tão honesta! É nela que o senhor prefere acreditar, não? Mas eu não sou burra! – disse ela, deixando cair com estrondo a panela em cima do fogão.

Craddock não sabia como interpretar a sua reação. Havia naquela história alguma coisa além de despeito?

– Nós da polícia levamos a sério tudo o que nos dizem – protestou ele.

– Pois não vou dizer-lhe coisa alguma. Por que eu diria? Vocês são todos iguais. Desprezam e perseguem pobres refugiados. O senhor vai achar que estou inventando coisas se lhe disser que ouvi esse jovem conversar com a sra. Haymes. Sim, uma semana antes, quando ele vem aqui pedir dinheiro para a srta. Blacklock, e ela o manda embora de mãos abanando e com uma pulga atrás da orelha, como vocês dizem! Foi logo ali, debaixo do caramanchão do jardim...

"E você deve estar mesmo inventando essa história", pensou Craddock. E disse o seguinte em voz alta:

– Você não poderia ouvir o que diziam debaixo do caramanchão.

– Aí é que o senhor se engana – exclamou Mitzi, triunfante. – Saí para pegar urtigas. Cozidas são uma beleza. A srta. Blacklock e os outros não sabem disso, mas ponho escondido na comida. Bem, quando passo pelos dois, o rapaz diz à sra. Haymes: "Mas onde vou me esconder?". E ela responde: "Eu lhe mostro, às seis e quinze". Daí eu penso: "Ah! É assim que essa dama refinada se comporta... Marca para depois do trabalho um encontro com um desconhecido, e dentro da própria de casa!". A srta. Blacklock obviamente não vai gostar se souber. Ela vai expulsá-la de casa. Penso em observá-los, ouvir tudo o que estão planejando e depois contar à srta. Blacklock. Mas agora me dou conta de que me enganei. O que ela queria não era dormir com ele, mas roubar e matar. O senhor vai dizer que estou inventando, que Mitzi é uma mentirosa e que o lugar dela é na prisão.

Craddock ficou sem saber o que pensar. Ela poderia estar mentindo. Mas talvez não estivesse. Ele perguntou, com cautela:

– Você tem certeza de que era com esse Rudi Scherz que ela conversava?

– É claro que tenho. Ele deixa a casa e segue pelo caminhozinho até o caramanchão. Daí – diz Mitzi, abrindo um sorriso – me vem a ideia de sair para procurar brotinhos tenros de urtiga.

"Brotinhos tenros de urtiga em outubro?", refletiu o inspetor. Mas ele se deu conta de que aquela era apenas uma desculpa inventada às pressas por Mitzi para xeretar a conversa dos dois.

– Você não ouviu mais nada além do que está me contando?

Mitzi fez uma cara de raiva.

– Aquela nariguda da srta. Bunner me chama o tempo todo. Mitzi! Mitzi! E tenho de ir. É muito irritante. Está sempre atrapalhando. Diz que vai me ensinar a cozinhar. E a comida dela é totalmente aguada. Tudo o que ela faz fica aguado, tudo!

– Por que você não me contou essa história no outro dia? – perguntou Craddock, franzindo o cenho.

– Não lembrei... Não achei que... Mas depois penso comigo mesma: foi tudo planejado, *ela* planejou tudo.

– Então você tem certeza de que foi a sra. Haymes?

– Ah, sim. Certeza absoluta. Ela é uma ladra, essa sra. Haymes. Uma ladra mancomunada com vários outros ladrões. O que pagam pelo trabalho no jardim não é suficiente para uma madame como ela, e ela tem de roubar a srta. Blacklock, que a trata tão bem. Essa mulher é má, má, realmente muito má!

– Mas digamos – começou o inspetor, com calma, observando-a atentamente – que alguém dissesse que viu *você* conversando com Rudi Scherz?

A sugestão surtiu menos efeito do que ele esperava. Mitzi apenas torceu o nariz e jogou a cabeça para trás.

– Se alguém disser que me viu com ele, está mentindo, mentindo, mentindo! – ela desdenhou. – Contar mentiras é fácil, mas na Inglaterra é preciso prová-las. É a srta. Blacklock quem diz isso, e ela tem razão, não? Eu não falo com ladrões e assassinos, nenhum policial inglês vai provar o contrário. E como eu vou fazer o almoço com o senhor aqui, me interrogando sem parar? Faça o favor de sair da minha cozinha. Tenho de fazer um molho que é muito difícil!

Craddock obedeceu e saiu. O comportamento de Mitzi já não lhe parecia tão suspeito. Ela se mostrara convicta ao falar do encontro entre Phillipa Haymes e Rudi Scherz. Mitzi podia ser mentirosa (ele realmente pensava que ela era), mas parecia haver um fundo de verdade nessa história contada por ela. Ele resolveu ir conversar com Phillipa, que até então se portara como uma moça calma e muito bem-educada. Ele não suspeitava dela.

Ao cruzar o corredor, absorto nos próprios pensamentos, o inspetor tentou abrir a porta errada. A srta. Bunner, que descia pela escada, não tardou em avisá-lo:

– Essa porta, não. Ela não abre. Tente a próxima à esquerda. Um pouco confuso, não? São tantas portas...

– De fato, há muitas – disse Craddock, olhando pelo corredor longo e estreito.

A srta. Bunner fez-lhe a gentileza de explicar para onde cada uma delas levava:

– A primeira é a do lavabo, depois vêm a do armário e a da sala de jantar, todas daquele lado. Neste lado, essa que o senhor tentava abrir e não funciona, a da sala de estar, a do armário de louças, a do quarto florido e, no final, a porta de entrada lateral. Muito fácil de se confundir. Especialmente essas duas, tão próximas. Eu sempre me engano. A mesinha do corredor costumava ficar na frente dela, mas agora está ali, encostada na parede.

Craddock percebera, quase que automaticamente, uma linha muito fina que cortava na horizontal a porta que ele tentara abrir. Ele agora se dava conta de que era a marca deixada pela mesa. Uma vaga ideia passou-lhe pela cabeça quando perguntou:

– E quando foi que a trocaram de lugar?

A vantagem de se fazer perguntas a Dora Bunner é que não era preciso justificá-las. Ela acolhia a todas com o mesmo interesse, pois lhe permitiam dar vazão à sua loquacidade natural e inconsequente.

– Ah, deixe-me ver! Não faz muito... Há cerca de duas semanas.

– E por que a mudaram de lugar?

– Ah, não consigo lembrar. Acho que foi por causa das flores. Phillipa fez um arranjo lindíssimo num vaso grande, todo em cores de outono, com gravetos e galhos que pegavam na nossa cabeça quando passávamos por perto. Então ela disse: "Por que não movemos a mesa? As flores vão ficar muito mais bonitas na frente da parede nua do que em frente à porta". Tivemos apenas de tirar o quadro da parede. *Wellington em Waterloo*. Não é um quadro de que eu goste muito. Agora, está debaixo da escada.

– Mas essa porta então não é falsa? Para onde ela leva? – perguntou Craddock.

– Ah, não! Não é falsa. É uma porta de verdade. É a porta da pequena salinha da sala de estar. Quando as duas peças foram unidas, não havia mais necessidade das duas entradas, então esta foi trancada.

– Trancada? – Craddock tentou abri-la mais uma vez. – Mas não foi pregada? Só passaram a chave?

– Acho que está trancada apenas com a chave e o ferrolho.

Ele viu o ferrolho, no alto da porta, e tentou abri-lo. A lingueta correu facilmente... muito facilmente.

– Qual foi a última vez em que a abriram? – ele perguntou à srta. Bunner.

– Ah... Há anos, anos atrás, imagino. Desde que estou aqui, nunca vi essa porta aberta.

– A senhorita não sabe onde está a chave?

– Na gaveta da mesinha do corredor há muitas chaves. Deve estar entre elas.

Craddock acompanhou-a e examinou o amontoado de velhas chaves enferrujadas que haviam sido empurradas para o fundo da gaveta. Ele escolheu dentre elas uma que parecia diferente das outras e voltou até a porta.

A chave serviu na fechadura e girou com facilidade. Ele empurrou a porta, que se abriu silenciosamente.

– Por favor, tenha cuidado – exclamou a srta. Bunner. – Pode haver alguma coisa apoiada do lado de dentro. Nunca a abrimos.

– Nunca? – perguntou o inspetor.

Seu rosto estava lívido, e ele disse, indignado:

– Essa porta foi aberta muito recentemente, srta. Bunner. A fechadura e as dobradiças foram lubrificadas.

Ela arregalou os olhos, ficando boquiaberta.

– Mas quem teria feito isso? – perguntou.

– É o que vou descobrir – disse Craddock, resoluto.

Ele pensou: "Alguém de fora? Não... Alguém que estava aqui, na casa. Alguém que estava na sala de estar aquela noite...".

CAPÍTULO 10

Pip e Emma

I

A srta. Blacklock dessa vez escutou-o com mais atenção. Como já percebera, era uma mulher inteligente e deu-se conta rapidamente das implicações do que ele dizia.

– Sim – disse ela com calma. – Isso faz tudo mudar de figura... Ninguém tinha o direito de mexer naquela porta. Se mexeram nela foi sem eu saber.

– A senhorita entende o que isso significa? – perguntou o inspetor. – Quando as luzes se apagaram naquela noite, *qualquer um que estivesse nesta sala* poderia ter escapado por aquela porta, postando-se atrás de Rudi Scherz e atirado.

– Sem que ninguém visse? Sem que ninguém escutasse ou percebesse?

– Sem que ninguém visse, escutasse ou percebesse. Lembre-se de que, quando as luzes se apagaram, as pessoas se moveram, gritaram, bateram umas nas outras. A única coisa que podiam ver era a luz ofuscante da lanterna.

A srta. Blacklock sugeriu:

– E o senhor acredita que alguma dessas pessoas, algum desses meus pacatos vizinhos saiu furtivamente por aquela porta com a intenção de me matar? Matar a mim? Mas por quê? Meu Deus, por quê?

– Tenho a impressão de que sabe a resposta a essa pergunta, srta. Blacklock.

– Mas eu não sei, inspetor. Eu lhe asseguro que não sei.

– Bem, vamos pensar um pouco. Quem herda o seu dinheiro?

A srta. Blacklock relutou:

– Patrick e Julia. Deixei os móveis desta casa e uma pequena pensão anual a Bunny. Não é muita coisa. Eu tinha títulos alemães e italianos, que agora estão totalmente desvalorizados. Com as taxas que cobram e os baixos dividendos que hoje são pagos a quem faz investimentos, posso assegurar-lhe que não valeria a pena me assassinarem. A maior parte do meu dinheiro foi investida em uma aplicação há cerca de um ano.

– Mas ainda assim a senhorita tem uma renda, que os seus sobrinhos herdariam.

– E por causa disso eles planejariam me matar? Não consigo acreditar numa coisa dessas. Eles não estão falidos nem nada do gênero.

– A senhorita tem certeza disso?

– Não. Na verdade, estou me baseando no que os dois me disseram... Mas recuso-me a suspeitar deles. *Algum dia* pode ser que valha a pena me matar, mas não agora.

– O que a senhorita quer dizer com isso? – perguntou imediatamente o inspetor, intrigado.

– Simplesmente que um dia, talvez em breve, eu me torne uma mulher muito rica.

– Mas que informação interessante... A senhorita poderia explicar?

– Certamente. Talvez o senhor não saiba, mas por mais de vinte anos fui secretária e também muito amiga de Randall Goedler.

Craddock se interessou pela história. Randall Goedler fora um figurão do mundo das finanças. O caráter ousado das especulações em que se envolvia e a publicidade espalhafatosa que o cercava contribuíam para que sua personalidade não fosse facilmente esquecida. Se Craddock se lembrava direito, ele tinha morrido em 1937 ou 1938.

– Ele é de uma época anterior à sua – disse a srta. Blacklock. – Mas o senhor provavelmente já ouviu falar dele.

– Sim, é claro. Ele era um milionário, não?

– Mais do que isso, apesar de ter uma fortuna instável. Ele estava sempre arriscando a maior parte do que ganhava em novos investimentos de alto risco.

A srta. Blacklock falava daquelas lembranças em tom animado, e seus olhos brilhavam.

– De qualquer forma, ele morreu muito rico. Não tinha filhos e deixou a fortuna em usufruto para a esposa enquanto ela estiver viva. Porém, depois da sua morte, tudo deve passar para mim.

Uma vaga lembrança passou pela mente do inspetor:

FIEL SECRETÁRIA HERDA UMA IMENSA FORTUNA

...ou algo do gênero.

– Nos últimos doze anos – disse a srta. Blacklock, dando uma piscadinha – eu teria um motivo excelente para assassinar a sra. Goedler... mas acho que isso não o ajuda muito, ajuda?

– Peço desculpas por lhe perguntar isso, mas por acaso a sra. Goedler se ressentia pela maneira como o marido dispôs da fortuna no testamento?

A pergunta pareceu divertir a srta. Blacklock.

– O senhor não precisa ser tão discreto. Quer saber se eu era amante de Randall Goedler? Não, não era. Acho que Randall nunca olhou pra mim com esse tipo de interesse. Eu certamente não tinha nenhum interesse afetivo por ele. Randall era apaixonado por Belle (sua esposa), e essa paixão durou até o fim da vida dele. Tenho certeza de que foi por gratidão que ele deixou esse testamento. O senhor tem de entender que no início da carreira, quando Randall apenas começava, ele esteve a ponto de perder tudo. Havia a chance de se salvar arriscando-se em mais uma das suas audaciosas transações, mas lhe faltavam algumas mil libras em dinheiro para efetivar o negócio. Nesse momento, eu o ajudei. Vendi tudo o que tinha e dei o dinheiro a ele. Foi o que bastou. Na semana seguinte, ele era um homem imensamente rico. Depois disso, ele me tratou mais ou menos como uma sócia minoritária. Ah! Foi uma época emocionante.

A srta. Blacklock suspirou fundo e depois continuou:

– Fui muito feliz. Mas então meu pai faleceu, e minha irmã ficou inválida. Tive de deixar tudo para tomar conta dela. Randall morreu alguns anos depois. Eu ganhei muito dinheiro enquanto estive associada a ele e não esperava que ele fosse me deixar alguma coisa. Mas é claro que fiquei emocionada e orgulhosa ao saber que, se Belle viesse a falecer antes de mim (e ela é uma dessas criaturas delicadas que todo mundo diz que não podem durar muito), eu seria herdeira de toda a fortuna. É possível que o pobre Randall não tivesse mais ninguém a quem deixá-la. Belle é uma mulher maravilhosa e ficou felicíssima com a decisão do marido. Ela é realmente uma pessoa muito generosa. Mora na Escócia, e faz anos que não a vejo. Costumamos nos escrever na época do Natal. Como estava lhe dizendo, logo antes da guerra viajei com minha irmã para um sanatório na Suíça, onde ela morreu tísica.

A srta. Blacklock ficou em silêncio por um momento e depois disse:

– Faz um pouco mais de um ano que retornei à Inglaterra.

– A senhorita disse que em breve pode ser uma mulher rica... Mas quando, exatamente?

– Uma enfermeira que está cuidando de Belle Goedler informou-me que seu estado de saúde está deteriorando-se cada vez mais. Belle pode não passar de algumas semanas.

Ela acrescentou com tristeza:

– O dinheiro já não significa muito para mim agora. Tenho o suficiente para as minhas necessidades, que não são muitas. Um tempo atrás, eu teria gostado de voltar a apostar na bolsa, mas agora... Bem, as pessoas envelhecem. Mas o senhor entendeu, inspetor? Se Patrick e Julia quisessem me matar por questões financeiras, seria uma grande estupidez que fizessem isso agora em vez de esperar mais algumas semanas.

– Sim, mas o que aconteceria se a senhorita morresse antes da sra. Goedler? Nesse caso, quem seria o herdeiro?

– Nunca pensei a respeito. Imagino que Pip e Emma.

Craddock arregalou os olhos, e a srta. Blacklock sorriu.

– Não há nada de surpreendente nisso. No caso de eu falecer antes de Belle, acho que o dinheiro deve ir para os filhos legítimos, ou seja lá qual o termo que se use, da única irmã de Randall, Sonia. Randall havia brigado com a irmã. Ela casou-se com um homem que ele considerava um pilantra ou coisa pior.

– E era mesmo um pilantra?

– Ah, certamente, eu diria. Mas também um homem muito sedutor. Era grego ou romeno. Qual o nome dele?... Stamfordis, Dmitri Stamfordis.

– Randall Goedler tirou a irmã do testamento quando ela se casou com esse homem?

– Ah, mas ela já era muito rica. Randall já havia feito vários investimentos no nome dela, sempre de forma que, na medida do possível, o marido não pudesse usufruir do dinheiro. E acredito que, diante da pressão dos advogados, Randall deve ter relutado, mas por fim indicado os filhos de Sonia como herdeiros da herança, no caso de eu morrer antes de Belle. Ele não era um homem de deixar dinheiro para instituições de caridade.

– E eles tiveram mesmo filhos?

– Bem... Pip e Emma – disse ela, rindo. – Desculpe-me, dito dessa forma soa ridículo. Tudo o que sei é que um dia, depois do casamento, Belle recebeu uma carta de Sonia, pedindo que contasse ao irmão que ela estava extremamente feliz, porque tinha acabado de dar à luz a um casal de gêmeos, Pip e Emma. Até onde eu sei, ela nunca mais escreveu. Belle deve saber mais detalhes, é claro.

A srta. Blacklock estava se divertindo com a história. O inspetor, ao contrário, parecia preocupado.

– O ponto é o seguinte – disse ele. – Se a senhorita tivesse morrido na outra noite, há pelo menos duas pessoas que se beneficiariam, herdando uma imensa fortuna. A senhorita estava errada ao dizer que ninguém no mundo teria motivo para desejar a sua morte. Há pelo menos duas pessoas que estariam imensamente interessadas. Quantos anos será que eles têm?

A srta. Blacklock franziu o cenho.

– Deixe-me ver... 1922... não... Não consigo lembrar. Acho que 25 ou 26 anos.

O rosto da srta. Blacklock voltara a ficar sério.

– O senhor não está pensando que...

– Estou pensando que, quando atiraram na senhorita, tinham a intenção de matá-la. E é possível que tentem de novo. Peço-lhe que tome bastante cuidado, srta. Blacklock. Uma tentativa de assassinato foi planejada e acabou fracassando. É possível que já estejam planejando outra.

II

Phillipa Haymes endireitou as costas e puxou para trás um cacho de cabelo que aderira à sua testa úmida. Ela estava limpando um canteiro de flores.

– Pois não, inspetor?

Ela lançou-lhe um olhar inquisidor. Como resposta, ele a examinou de cima a baixo, com uma frieza que destoava dos seus modos até então. Sim, uma moça muito bonita, de uma beleza tipicamente inglesa, com rosto alongado e cabelos loiros acinzentados. O queixo e a boca salientes conferiam a ela um aspecto severo, tenso. Os olhos eram azuis, pouco se moviam e não expressavam muita coisa. Era uma moça que saberia guardar um segredo sem dificuldade, pensou o inspetor.

– Lamento interromper seu trabalho mais uma vez, mas queria falar com a senhora antes do almoço. Além disso, tenho a impressão de que nossa conversa será mais fácil aqui, longe de Little Paddocks.

– Pois não, inspetor...

A voz dela não deixava transparecer nenhuma emoção ou interesse. Porém, se Craddock não estava imaginando coisas, a moça parecia agir com cautela.

– Fiquei sabendo de algo essa manhã. De algo a respeito da senhora.

Phillipa levantou as sobrancelhas.

– A senhora me disse que não conhecia esse homem, Rudi Scherz, correto?

– Sim.

– Que nunca o tinha visto antes de encontrá-lo morto, caído no corredor em Little Paddocks...

– Certamente. Eu nunca o tinha visto antes.

– A senhora, por acaso, nunca conversou com ele debaixo do caramanchão, no jardim em Little Paddocks?

– No caramanchão?

O inspetor estava certo de que o tom de voz dela indicava que estava com medo.

– Sim, sra. Haymes.

– Quem foi que lhe disse isso?

– Disseram-me que a senhora conversou com esse homem, Rudi Scherz. Que ele lhe perguntou onde poderia se esconder e que a senhora lhe respondeu que mostraria onde, por volta das seis e quinze. O horário teria sido mencionado explicitamente na conversa. Ele coincide mais ou menos com a hora em que Rudi Scherz chegaria por aqui, vindo da parada de ônibus, na noite do assalto.

Houve um momento de silêncio. E então Phillipa soltou uma gargalhada. Ela parecia se divertir.

– Não sei quem foi que lhe disse isso – ela falou –, mas acho que posso adivinhar. É uma história mal contada, absurda e, é claro, despeitada. Por alguma razão, Mitzi me odeia ainda mais do que ela odeia as outras pessoas daqui.

– A senhora nega?

– Mas é claro que nego... Nunca me encontrei com Rudi Scherz e não estava nem perto da casa naquela manhã. Eu estava aqui, trabalhando.

O inspetor Craddock perguntou, com um leve sorriso:

– Que manhã?

Houve um momento de silêncio. Ela piscou os olhos.

– Toda manhã. Estou aqui toda manhã. Não saio antes da uma da tarde.

Ela acrescentou, irritada:

– O senhor não devia dar ouvidos a Mitzi. Ela mente o tempo todo.

III

– E ficamos nesse impasse – comentou Craddock, quando se afastava com o sargento Fletcher. – Duas jovens cujos depoimentos francamente se contradizem. Em qual deveríamos acreditar?

– Parece que todos concordam que essa estrangeira é uma mentirosa de marca maior – disse Fletcher. – A minha experiência me diz que essas pessoas de fora mentem mais do que dizem a verdade. Ela deve ter raiva da sra. Haymes.

– Então, se estivesse na minha pele, você acreditaria na sra. Haymes?

– A menos que o senhor tenha uma razão para pensar diferente.

E Craddock de fato não tinha nenhuma, exceto a lembrança de um par de olhos azuis estranhamente frios e controlados e o tom impertinente com que ela havia dito "naquela manhã". Até onde podia lembrar, ele não dissera nada quanto à conversa ter se passado de manhã ou à tarde...

Contudo, era possível que a srta. Blacklock ou mais provavelmente a srta. Bunner tivessem mencionado a visita do jovem estrangeiro que viera mendigar a passagem de volta para a Suíça. E Phillipa Haymes poderia então ter assumido que a conversa se passara de manhã.

Mas Craddock continuava com a impressão de que havia medo na voz dela quando ela perguntou: "No caramanchão?".

Ele decidiu ficar de olho no assunto.

IV

Estava um clima bastante agradável no jardim da casa do vigário. Um daqueles inesperados calores de outono descera sobre a Inglaterra. O inspetor Craddock não sabia direito se era o que chamavam veranico de Saint Martin ou de Saint Luke, mas podia sentir o quanto era ameno... e, por isso mesmo, debilitante. Ele estava sentado numa cadeira de lona que Bunch prontamente providenciara para ele antes de sair para um encontro de mães. Protegida por xales e um cobertor que lhe envolvia os joelhos, Miss Marple tricotava ao seu lado. O sol, o tempo parado e sem vento, as batidinhas ritmadas das agulhas de Miss Marple, tudo contribuía para gerar-lhe uma sensação de torpor. Mas a impressão também era a de que, se viesse a dormir, imediatamente despertaria no meio de um pesadelo. Era como um sonho familiar em que um perigo iminente vai tomando conta das coisas, passo a passo, até que tudo por fim se desvela num cenário macabro de horror.

Ele não pôde conter o comentário:

– A senhora não devia estar aqui.

Por um breve momento, as agulhas de Miss Marple pararam de tilintar. Seus olhos muito claros, de um azul acinzentado, pousaram nele, reflexivos.

– Entendo o que você quer dizer, meu jovem. Mas não leve as coisas tão a sério. Tudo vai ficar bem. O pai de Bunch (que já foi vigário da nossa paróquia, um homem muito culto) e a mãe dela (que é de uma força espiritual fora do comum) são meus amigos há anos. Estando em Medenham, é muito natural que eu venha passar alguns dias aqui nesta casa.

– Talvez, mas por favor não saia por aí xeretando... Sinto que pode ser perigoso. Perigoso mesmo.

Miss Marple sorriu.

– Velhas como eu são sempre um pouco bisbilhoteiras. Se ficar quieta no meu canto, isso sim vai provocar desconfiança. Perguntas sobre amigos comuns em diferentes partes do mundo, se as pessoas lembram-se disso ou daquilo, quem se casou com quem etc. São perguntas que sempre ajudam, não?

– Ajudam? – repetiu o atônito inspetor.

– A descobrir se as pessoas são realmente aquilo que dizem ser...

Ela continuou:

– É isso que o preocupa, não? Tem a ver com o que aconteceu com o mundo depois da guerra. Chipping Cleghorn é muito parecida com o lugarejo em que vivo: St. Mary Mead. Quinze anos atrás, todas as pessoas se conheciam. Os Bantry e sua mansão... e os Hartnell, os Price Ridley, os Weatherby... Pessoas cujos pais, mães, avôs e avós viviam lá antes deles. Se uma pessoa desconhecida ia morar na cidade, trazia consigo cartas de recomendação, ou tinha servido num mesmo regimento do exército, trabalhado no mesmo navio. Se algum desconhecido de verdade, alguém totalmente desconhecido, ia morar lá, bem, então a cidade inteira não sossegava até saber quem era a pessoa.

Ela balançou de leve a cabeça, concordando consigo mesma.

– Mas agora tudo está diferente. Cidades e vilarejos no interior estão cheios de gente que apareceu do nada e que se estabeleceu no lugar sem ter com ele nenhum vínculo anterior. As mansões foram vendidas, os chalés reformados e convertidos em outra coisa. Só sabemos sobre as pessoas aquilo que elas dizem de si mesmas. E elas vêm do mundo todo. Da Índia, de Hong Kong, da China... de aldeias humildes no interior da França ou da Itália, de pequenas ilhas. Às vezes, são pessoas que no final da vida acumularam algum dinheiro e podem usufruir de uma boa renda. Mas ninguém sabe com certeza quem elas são. Há aquelas que decoram a casa com objetos de bronze de Benares e falam em *tiffin* e *chota Hazri.** Outras, como a srta. Hinchcliffe e a srta. Murgatroyd, têm quadros de Taormina e contam histórias a respeito da igreja anglicana e da biblioteca que existem nessa cidadezinha italiana. Uns dizem ter vindo do sul da França, outros alegam ter passado a vida toda no Oriente. As pessoas não questionam mais nada e saem a fazer visitas antes mesmo de receber qualquer indicação de amigos em comum.

E era isso justamente o que oprimia o inspetor Craddock. Ele não conhecia essas pessoas. Eram apenas rostos e personalidades atestados por carnês de racionamento e documentos de identidade... documentos com números, mas muitas vezes sem fotos ou impressões digitais. Qualquer um que se desse ao trabalho poderia conseguir um documento de identidade conveniente, e assim se desfaziam os laços que até então mantinham de pé a vida rural inglesa. Nas cidades, as pessoas simplesmente não conheciam seus

* Expressões de origem indiana utilizadas pelos ingleses para se referir a refeições leves, como o café da manhã. (N.T.)

vizinhos. E o mesmo ocorria no campo, ainda que ele tivesse a impressão de saber com quem estava lidando...

Uma das pessoas presentes na sala de estar de Letitia Blacklock na noite do suposto assalto não era o que dizia ser, um vizinho com intenções amigáveis. Essa pessoa havia lubrificado as dobradiças da porta.

E por causa disso Craddock se preocupava com Miss Marple, tão velha e tão frágil, e com um senso de observação tão aguçado...

Ele disse:

– Podemos investigar a vida dessas pessoas até certo ponto...

Mas ele sabia que aquilo não seria nada fácil. Índia, China, Hong Kong e o sul da França... Quinze anos atrás, tudo seria bem mais simples. Agora, o país estava repleto de pessoas que iam e vinham com documentos falsos, às vezes tomados emprestados de alguém que subitamente morria em algum "acidente". Havia organizações especializadas na compra de documentos que forjavam identidades e cartões de racionamento. A cada dia, surgiam centenas de pequenos trambiqueiros. Investigar aquelas pessoas demandaria tempo, e tempo era o que ele não tinha. A viúva de Randall Goedler estava muito perto de morrer.

Foi então que, preocupado e cansado, embalado pelo sol, ele contou a Miss Marple sobre Randall Goedler, Pip e Emma.

– Um par de nomes... – disse ele. – Apelidos, aliás! Talvez essas pessoas nem sequer existam. Podem ser cidadãos respeitáveis vivendo em alguma parte da Europa. E é possível, por outro lado, que algum deles esteja aqui em Chipping Cleghorn.

Teriam cerca de 25 anos. Quem se enquadraria naquela descrição? Ele disse, pensando em voz alta:

– Esse sobrinho e a sobrinha dela... Primos, ou seja lá o que for... Gostaria de saber há quanto tempo ela não os via.

Miss Marple sugeriu:

– Quer que eu descubra para você?

– Não, por favor, Miss Marple, não faça isso...

– Vai ser fácil descobrir, inspetor. Não se preocupe. No meio de uma conversa informal, muitas informações podem ser obtidas sem chamar a atenção de ninguém. É diferente de um interrogatório oficial. Assim, se houver algo errado, evitamos fazer muito alarde, o que poderia comprometer a investigação.

Pip e Emma, refletiu Craddock... Pip e Emma. Ele estava começando a ficar obcecado com aqueles nomes. Aquele jovem, atraente e audacioso, aquela bela jovem de olhar frio...

Ele disse:

– Nas próximas 48 horas, devo descobrir mais coisas a respeito dos dois. Estou indo até a Escócia. A sra. Goedler, se estiver em condições de falar, pode revelar muito sobre eles.

– Acho que é uma boa estratégia – disse Miss Marple, um pouco hesitante. – Espero que você tenha aconselhado a srta. Blacklock a tomar cuidado...

– Sim, eu a alertei. E devo deixar um policial aqui, para ficar de olho em tudo, sem chamar muita atenção.

Ele evitou o olhar de Miss Marple, que expressava francamente que deixar um policial a postos pouco resolveria caso o perigo estivesse dentro de casa.

– E não se esqueça – disse Craddock, lançando-lhe um olhar enviesado – de que também alertei a senhora.

– Não se preocupe, inspetor. Eu sei cuidar de mim mesma.

CAPÍTULO 11

Miss Marple vem para o chá

I

Letitia Blacklock talvez estivesse um pouco distraída quando a sra. Harmon chegou para o chá, trazendo uma convidada que estava hospedando em casa. Mas Miss Marple, a convidada em questão, dificilmente repararia nisso, visto que era a primeira vez que encontrava a proprietária de Little Paddocks.

A maneira gentil e inconsequente com que a velhinha exercia a sua curiosidade pareceu encantadora à dona da casa. Miss Marple confessou logo na primeira conversa o pavor que tinha de ladrões e arrombadores.

– Hoje em dia, eles entram em qualquer lugar, minha cara! – disse ela à anfitriã. – Qualquer lugar mesmo. Os americanos inventam mil coisas. Eu particularmente me mantenho fiel a um velho método: o de uma boa tranca, dessas bem rústicas, em forma de gancho. Você já tentou? É muito mais difícil abri-las do que cadeados ou trincos de correr.

– Ah! Receio que nossas fechaduras não sejam das melhores – disse a srta. Blacklock, animada. – Mas aqui não há nada que valesse a pena roubar.

– Ponha uma corrente na porta da frente – sugeriu Miss Marple. – Assim a empregada precisa abrir apenas uma fresta para ver quem é, e nenhum desconhecido pode forçar a passagem.

– Acho que Mitzi, a nossa refugiada da Europa Central, iria adorar!

– Esse assalto por que vocês passaram deve ter sido assustador – disse Miss Marple. – Bunch estava me contando a respeito.

– Fiquei apavorada – disse Bunch.

– Foi uma experiência bem desagradável – admitiu a srta. Blacklock.

– Mas vocês parecem ter mesmo sido protegidos pela Providência. Sabe-se lá o que poderia ter ocorrido se o homem não tivesse tropeçado e atirado em si mesmo. Esses bandidos são muito violentos! Como foi que ele conseguiu entrar?

– Não temos o hábito de trancar as portas.

– Ah, Letty – exclamou a srta. Bunner –, esqueci-me de contar que o inspetor agiu de forma um pouco estranha hoje pela manhã. Ele insistiu em abrir a outra porta... você sabe, aquela que nunca é aberta. Ele procurou a chave e tudo mais e disse que as dobradiças tinham sido lubrificadas. Mas como é que...

Ela percebeu tarde demais o sinal que a srta. Blacklock lhe fazia para ficar quieta e parou no meio da frase, permanecendo com a boca aberta. Em seguida, disse:

– Ah, Lotty, me desculpe! Me desculpe, minha querida, eu sou mesmo muito estúpida...

– Não faz mal – disse a srta. Blacklock, apesar de ter ficado incomodada. – Só acho que o inspetor Craddock gostaria que fôssemos mais discretas. Não sabia que você estava junto quando ele tentou abrir a porta, Dora. Espero que a senhora entenda... – acrescentou ela, dirigindo-se à sra. Harmon.

– Ah, é claro – assegurou-lhe Bunch. – Não diremos nada a ninguém, não é, tia Jane? Mas fico me perguntando por que ele...

Ela se interrompeu e ficou absorta nos próprios pensamentos. A srta. Bunner estava nervosa, sentia-se mal e acabou explodindo:

– Ah, querida... Estou sempre falando o que não devia... Eu sou um peso para você, Letty!

A srta. Blacklock apressou-se em corrigir:

– Não, Dora, pelo contrário, você é um grande consolo. E, de qualquer forma, é impossível guardar segredo numa cidadezinha como Chipping Cleghorn.

– Essa é uma grande verdade – disse Miss Marple. – Receio que as notícias acabem se espalhando. Por causa dos empregados, é claro, mas não apenas por isso. Hoje em dia, eles são tão poucos... Mas há sempre uma faxineira, e essa vai de casa em casa contando tudo o que sabe. São as piores...

– Oh! – exclamou Bunch Harmon de súbito. – Agora é que entendi! Mas é claro... Se aquela porta também abria, alguém pode ter saído no escuro para executar o assalto... mas ninguém fez isso, porque foi o empregado do

Royal Spa Hotel, não? Ou não foi ele? Acho que ainda não entendi muito bem... – concluiu ela, franzindo o cenho.

– Tudo aconteceu nesta sala? – perguntou Miss Marple, desculpando-se em seguida. – Sei que estou parecendo uma velha enxerida, srta. Blacklock, mas é tudo tão curioso... Parece uma dessas histórias que lemos nos jornais. Gostaria tanto de saber o que foi que ocorreu!

Prontamente, a srta. Bunch e a srta. Bunner produziram um relato tão confuso quanto emocionado do que havia ocorrido. Eventualmente, a srta. Blacklock interrompia para corrigir alguma coisa do que diziam.

No meio da algaravia, apareceu Patrick, que entrou na história com a maior boa vontade. Chegou a representar o papel de Rudi Scherz.

– E tia Letty estava lá, perto do arco... Vá até lá, tia Letty.

A srta. Blacklock obedeceu. Mostraram a Miss Marple o buraco das balas na parede.

– Mas que milagre que tenha escapado! – disse ela com a voz embargada.

– Eu ia oferecer cigarros às visitas – disse a srta. Blacklock, indicando a cigarreira de prata sobre a mesa.

– As pessoas são tão descuidadas quando fumam – reclamou a srta. Bunner. – Hoje em dia, as pessoas não têm o menor cuidado. Olhe que desgraça a marca que fizeram nessa mesa! Alguém apagou um cigarro...

A srta. Blacklock suspirou.

– Às vezes me pergunto por que damos tanta importância a coisas tão pequenas.

– Mas é uma mobília belíssima, Letty.

A srta. Bunner zelava pelos bens da amiga como se fossem seus. Bunch Harmon aprovava aquela atitude, que lhe parecia terna e afável. A srta. Bunner não era uma mulher invejosa.

– É uma mesa adorável – comentou Miss Marple. – E que lindo abajur de porcelana.

Mais uma vez, a srta. Bunner aceitou o cumprimento como se fosse dirigido a ela própria, e não à srta. Blacklock.

– Não é uma beleza? Vem de Dresden. Temos dois deles na casa. O outro está no quarto de hóspedes, eu acho.

– Parece que você conhece melhor do que eu o lugar de cada objeto dessa casa, Dora – disse a srta. Blacklock, divertida. – Você dá mais valor a eles do que eu mesma.

A srta. Bunner ficou vermelha.

– Ah! Apenas dou valor ao que é belo – disse ela, com uma voz ao mesmo tempo desafiadora e melancólica.

– Confesso que também sou muito apegada às poucas coisas que tenho – disse Miss Marple. – São tantas as lembranças... O mesmo acontece com as minhas fotografias. As pessoas hoje quase não guardam mais fotos. Tenho porta-retratos com fotos dos meus sobrinhos quando eles eram bebês, depois quando eram crianças e assim por diante.

– É mesmo! Incluindo aquela minha foto horrorosa, aos três anos de idade, com os olhos praticamente fechados e segurando um fox terrier – disse Bunch.

– Imagino que a sua tia tenha várias de você – disse Miss Marple, voltando-se para Patrick.

– Mas somos apenas primos distantes.

– Acho que Elinor enviou-me uma sua quando bebê, Pat – disse a srta. Blacklock. – Mas não sei onde está. Já tinha até me esquecido quantos filhos ela tinha e os nomes de vocês, quando ela me escreveu avisando que vinham para cá.

– Essa é outra característica dos novos tempos. A maioria das pessoas não sabe nada sobre os seus parentes mais novos. No passado, com todas aquelas grandes reuniões de família, isso seria impensável.

– A última vez em que vi a mãe de Pat e Julia foi num casamento, trinta anos atrás – disse a srta. Blacklock. – Ela era uma jovem belíssima.

– É por isso que os filhos dela são tão bonitos – disse Patrick, com um sorriso.

– E aquele velho álbum que olhamos o outro dia, tia Letty? – perguntou Julia. – Ah! Muito engraçado... Os chapéus!

– Era o último grito da moda... – disse a srta. Blacklock, suspirando.

– Não se preocupe, tia Letty – disse Patrick. – Daqui a uns trinta anos, Julia vai encontrar uma fotografia dela exatamente como está hoje. Mas vai achá-la ridícula!

II

– A senhora fez aquilo de propósito? – perguntou Bunch, quando ela e Miss Marple voltavam para casa. – Puxar o assunto das fotografias, quero dizer...

– Bem, querida... foi interessante descobrir que a srta. Blacklock não conhecia de vista nenhum dos seus jovens parentes. Acho que o inspetor Craddock também vai gostar de saber disso.

CAPÍTULO 12

Uma manhã em Chipping Cleghorn

I

Edmund Swettenham sentava-se desajeito numa pedra do jardim.

– Bom dia, Phillipa – disse ele.

– Olá.

– Você está muito ocupada?

– Mais ou menos...

– O que você está fazendo?

– Será que você não enxerga?

– Não sou jardineiro. Parece estar revolvendo a terra com raiva, mais nada.

– Estou *sulcando* a terra para plantar as alfaces de inverno.

– Sulcando? Eu diria que você está esgrimindo, isso sim...

– O que você quer, afinal? – perguntou ela, mal-humorada.

– Vê-la.

Phillipa olhou atravessado para ele.

– Eu preferia que você não viesse aqui. A sra. Lucas não gosta.

– Ela lhe proíbe de ter admiradores?

– Não seja ridículo.

– Admirador é um bom termo para expressar aquilo que sou. Respeitoso, distante, mas sempre atento.

– Ora, por favor, vá embora, Edmund. Você não devia ter vindo aqui!

– Aí é que você se engana! – disse Edmund, triunfante. – Foi a sra. Lucas quem ligou para mamãe hoje de manhã, dizendo que estava com uma supersafra de abobrinhas.

– Toneladas.

– E que gostaria de trocar algumas delas por um pote de mel.

– Um péssimo negócio para vocês. Todo mundo tem abobrinhas nessa época. Elas não estão valendo nada.

– Mas é claro. Foi só por isso que ela nos ligou. Da última vez, se lembro bem, o que ela oferecia era leite desnatado. Desnatado! Em troca de alfaces... A época de alfaces estava apenas começando, cada pé valia um xelim.

Phillipa não respondeu.

Edmund tirou do bolso um pote de mel.

– Aqui está o meu álibi. Estou usando a palavra de uma forma equivocada, é claro. Se a sra. Lucas resolver colocar o nariz para fora da porta, diga que estou aqui perguntando pelas abobrinhas. Não é em você que estou interessado.

– Eu sei.

– Você costuma ler Tennyson? – perguntou Edmund, mudando de assunto.

– Não é um hábito que eu tenha.

– Você devia ler. Dentro em breve, Tennyson vai estar na moda de novo. Quando ligar o rádio de noite, você vai ouvir *Os Idílios do Rei* em vez de Anthony Trollope. Acho os personagens de Trollope insuportavelmente afetados. Alguma coisa até dá para aguentar, mas em pouco tempo torna-se maçante. Falando em Tennyson, você leu *Maud*?

– Uma vez, há muito tempo.

– É uma obra interessante – disse ele.

Em seguida, citou de memória:

– "Imperfeita só pela perfeição, de uma regularidade fria, esplêndida como o vazio." Essa é você, Phillipa.

– Obrigada pelo elogio! – disse ela, torcendo o nariz.

– Não há de quê. Imagino que a minha obsessão por você não seja diferente da dele por Maud.

– Deixe de ser ridículo, Edmund.

– Ora, Phillipa... Eu me pergunto qual é o seu segredo. O que se esconde por trás dos seus traços tão bem feitos? O que você pensa? O que você *sente*? Você está feliz ou deprimida, assustada ou o quê? Tem de haver alguma coisa.

Phillipa não se exaltou:

– O que eu sinto não é da sua conta.

– É, sim. Quero fazê-la falar. Quero saber o que se passa na sua cabeça. Tenho esse direito. De verdade. Eu não me apaixonei porque quis. Preferia escrever meu livro tranquilamente. É um ótimo livro, sobre as desgraças do mundo. É assustador como é fácil escrever sobre as desgraças dos outros. E tudo é uma questão de hábito. Convenci-me disso depois de ler a vida de Burne Jones.

Phillipa havia parado de sulcar a terra. Ela olhava para ele, confusa.

– O que Burne Jones tem a ver com isso?

– Tudo. Quando se lê o suficiente sobre os pré-rafaelitas, descobre-se o que significa estar na moda. Eles eram tão agradáveis, populares e felizes, sempre rindo e brincando. O mundo era belo e maravilhoso, porém apenas na superfície. Não eram mais felizes ou saudáveis do que nós. Tudo é uma questão do que aparece e está na moda. Depois da última guerra, o sexo era o último grito. Agora estamos todos desencantados com ele. Mas por que é que comecei a falar disso? Eu queria falar sobre nós. Acho que me senti intimidado e mudei de assunto. Você não me ajuda.

– O que é que você quer que eu faça?

– Que você *fale*! Que se abra comigo. É por causa do seu marido? Você o amava e agora ele está morto. Então você se fecha como uma ostra, é isso? Está bem, você o amava e ele está morto. Bem, outros maridos estão mortos... muitos... e algumas dessas mulheres que ficaram ainda gostam deles. É o que elas confessam nos bares e chegam a chorar um pouco se estão bêbadas o suficiente. Mas aí querem ir para a cama com o sujeito que lhes dá ouvido, pois assim se sentem melhor. É uma forma de superar o trauma, imagino. Você é jovem, é bela, e estou enlouquecido por você. Fale-me do seu maldito marido. Conte-me tudo sobre ele!

– Não há nada para falar. Nós nos conhecemos e nos casamos.

– Deviam ser bem jovens.

– Jovens demais.

– Então você não era feliz? Vamos, Phillipa, diga alguma coisa...

– Dizer o quê? Não éramos nem mais nem menos felizes do que ninguém. Harry nasceu. Ronald viajou para a Europa. Ele foi... Morto na Itália.

– E Harry foi tudo o que lhe restou?

– Sim.

– Gosto de Harry. Ele é uma criança agradável e gosta de mim. Nós nos damos bem. E então, Phillipa, por que não nos casamos? Você segue trabalhando no jardim, eu sigo escrevendo meu livro, e nos finais de semana tiramos uma folga e nos divertimos. Pode-se dar um jeito para que mamãe não venha morar conosco. E ela pode se sacrificar um pouco pelo filho querido. Eu vivo às custas dos outros, escrevo livros idiotas, tenho problema de visão e falo demais! Esse último defeito é o pior. Você quer tentar?

Phillipa olhou para ele. O que ela viu foi um jovem alto, formal, com uma expressão de expectativa no rosto e óculos de grau. Seu cabelo loiro escuro estava desarrumado, e ele olhava para ela com uma afabilidade tranquilizadora.

– Não – disse Phillipa.

– Não? É uma resposta definitiva?

– Sim.

– Por quê?

– Você não sabe nada sobre mim.

– Mas é só por isso?

– Não. Você não sabe absolutamente nada.

Edmund refletiu.

– Talvez eu não saiba mesmo – concordou. – Mas quem é que sabe? Phillipa, minha adorada...

Ele se interrompeu. Ouviu-se um grito estridente e ganidos de cachorro.

Pelas alamedas do jardim (diz Edmund)
Um pequinês vai rebolando
Phil, Phil, Phil, Phil
*É ele ganindo e chorando**

– O seu nome não contribui muito para a beleza do poema, não é mesmo? Você não tem nenhum outro?

– Joan. E agora, por favor, vá embora. É a sra. Lucas que está vindo.

– *Joan, Joan, Joan, Joan*... Melhor, mas não muito. Acho que você tampouco daria uma boa cozinheira.

– A sra. Lucas está...

– Ah, mas que inferno! Passe para cá uma dessas malditas abobrinhas...

II

O sargento Fletcher fora deixado sozinho em Little Paddocks.

Era o dia de folga de Mitzi. Ela costumava ir a Medenham Wells no ônibus das onze. A srta. Blacklock pedira ao sargento Fletcher que tomasse conta da casa. Ela e Dora Bunner tinham de ir ao vilarejo.

Fletcher não perdeu tempo. Alguém na casa tinha lubrificado as dobradiças daquela porta, com o objetivo de sair por ela sem ser notado assim que as luzes se apagassem. Isso deixava Mitzi de fora, pois ela não precisava usar a porta.

Quem sobrava? Os vizinhos também podiam ser deixados de lado, pensou Fletcher. Que oportunidade teriam eles para lubrificar a porta? Sobravam apenas Patrick e Julia Simmons, Phillipa Haymes e talvez Dora Bunner. Os jovens Simmons estavam em Milchester. Phillipa Haymes, trabalhando. O sargento Fletcher ficou livre para investigar a casa. Porém, infelizmente, não havia nada escondido. Ele era um especialista em eletricidade e não encontrou nada de anormal na fiação ou nos aparelhos que explicasse como as luzes haviam sido desligadas. A busca que deu nos quartos também se revelou infrutífera. Phillipa Haymes tinha fotos de um menino de olhos tristes, uma pilha de cartas escritas por ele, um ou dois programas de teatro. Uma das gavetas do quarto de Julia estava abarrotada de fotos do sul da França. Fotos em trajes de banho, uma casa cercada de acácias-mimosas. Patrick

* Paródia de uma passagem de *Maud*, de Lord Alfred Tennyson. (N.T.)

guardava lembranças da marinha. Os objetos pessoais de Dora Bunner eram dos mais inocentes.

"Mas alguém deve ter lubrificado a porta", pensou Fletcher.

Ele foi despertado dos próprios pensamentos por um barulho no andar de baixo. Correu até o patamar da escada, debruçou-se e olhou.

A sra. Swettenham atravessava o corredor. Ela carregava uma cesta. Deu uma olhada na sala de estar e foi até a sala de jantar, depois saiu sem a cesta.

Um leve barulho provocado por Fletcher, uma tábua que estalou debaixo dos seus pés, fez com que ela se voltasse.

– Srta. Blacklock?

– Não. Sou eu, sra. Swettenham – respondeu Fletcher.

A sra. Swettenham deixou escapar um gritinho.

– Oh! Que susto você me deu. Achei que fosse outro assalto.

Fletcher desceu as escadas.

– Essa casa não parece mesmo muito protegida contra ladrões – disse ele. – Qualquer um entra e sai quando bem entende?

– Vim trazer-lhes uns marmelos – explicou a sra. Swettenham. – A srta. Blacklock quer fazer marmelada, mas não tem nenhum marmeleiro na propriedade. Eu os deixei na sala de jantar.

Ela então sorriu.

– Ah, entendo. O senhor gostaria de saber como foi que entrei? Bem, pela porta lateral. Temos o hábito de entrar e sair das casas uns dos outros. Ninguém sonha em trancar as portas durante o dia. O que quero dizer é que seria chato trazer algo e não ter onde deixar por não poder entrar. As coisas não são mais como antigamente, quando sempre havia uma empregada para atender a porta – suspirou a sra. Swettenham. – Lembro que na Índia tínhamos dezoito empregados... Dezoito. Sem contar a aia. E não havia nada demais nisso. Quando eu era criança, tínhamos três empregadas, mas minha mãe sempre reclamou por não termos dinheiro para contratar outra ajudante de cozinha. Sou obrigada a confessar que acho estranha a maneira como se vive hoje em dia, sargento. Mas ficar reclamando também não é de bom tom. Pior é para os mineiros, que correm o risco de pegar uma psittacosis! Não, não... acho que essa é uma doença de papagaios. De qualquer modo, fora das minas, têm de trabalhar como jardineiros e não sabem distinguir espinafre de repolho!

Tropeçando na direção da porta, ela acrescentou:

– Não vou tomar mais o seu tempo. Imagino que esteja bastante ocupado. O senhor acha que pode acontecer alguma outra coisa?

– Acontecer o quê, sra. Swettenham?

– Eu estava apenas pensando, já que o senhor continua por aqui... Tenho a impressão de que é uma quadrilha. O senhor pode avisar a srta. Blacklock de que eu trouxe os marmelos?

A sra. Swettenham foi embora. Era como se Fletcher tivesse levado um baque. Ele presumira ingenuamente que só um dos residentes da casa poderia ter lubrificado a porta. Agora via o quanto estava errado. Bastava esperar que Mitzi tomasse o ônibus, e Letitia Blacklock e Dora Bunner saíssem de casa. Não era nada complicado. Qualquer um dos presentes na sala de estar naquela noite poderia ter entrado na casa e lubrificado as dobradiças da porta.

III

– Murgatroyd!

– O que foi, Hinch?

– Andei pensando com meus botões.

– É mesmo?

– Sim. Coloquei o cérebro para funcionar. Você sabe, Murgatroyd... Aquela encenação toda da outra noite foi muito suspeita...

– Suspeita?

– Sim. Prenda o cabelo e pegue essa espátula. Vamos fazer de conta que é um revólver.

– Oh! – disse a srta. Murgatroyd, nervosa.

– Acalme-se, não vou atirar em você. Vamos até a porta da cozinha. Você vai ser o assaltante. Fique aqui. Agora você entra na cozinha e assalta um bando de idiotas. Pegue a lanterna e acenda.

– Mas é dia!

– Você não tem imaginação? Acenda a lanterna, eu falei!

A srta. Murgatroyd obedeceu, meio atrapalhada, colocando a espátula debaixo do braço.

– Pode começar – disse a srta. Hinchcliffe. – Lembre-se de quando interpretou Hérmia em *Sonho de uma noite de verão*, no Women's Institute. Vamos lá, capriche: "Mãos ao alto!", esse é o texto. E não o destrua dizendo "por favor".

A srta. Murgatroyd ergueu a lanterna, fez um floreio com a espátula e avançou na direção da porta da cozinha.

Passando a lanterna para a mão direita, ela girou rapidamente a maçaneta e deu um passo à frente. Com a lanterna de volta à mão esquerda, exclamou, com uma voz de flauta:

– Mãos ao alto! Ah, mas isso é muito complicado, Hinch...

– Por quê?

– Essa porta fica voltando o tempo todo, e estou com as duas mãos ocupadas...

– Exatamente! – exclamou a srta. Hinchcliffe, exultante. – E o mesmo acontece com a porta da sala de estar em Little Paddocks. Não é de vaivém como essa, mas tampouco fica aberta. Foi por isso que Letty Blacklock comprou aquele peso maravilhoso de vidro, do sr. Elliot, na High Street. Tenho de confessar que jamais a perdoei por isso. Havia dias que eu vinha regateando com aquele velho estúpido. Ele já concordara em baixar o preço de oito guinéus para seis libras, mas aí a srta. Blacklock apareceu e comprou a maldita peça. Nunca vi um peso tão bonito. Globos de vidro daquele tamanho são difíceis de achar.

– Então talvez o assaltante tenha prendido a porta com o peso – sugeriu a srta. Murgatroyd.

– Use o cérebro, Murgatroyd. O que foi que ele fez? Escancarou a porta e disse: "Um momento, por favor"? Depois se inclinou para ajeitar o peso e aí retornou à posição inicial, mandando todo mundo levantar as mãos? Veja se você consegue segurar a porta com o ombro...

– É estranho do mesmo jeito – reclamou a srta. Murgatroyd.

– É como eu pensava. Um revólver, uma lanterna e ainda a porta... é muita coisa, não? Então, qual é a resposta?

A srta. Murgatroyd preferiu ficar de boca fechada. Ela lançou à imperiosa amiga um olhar interrogativo de admiração, esperando por um esclarecimento.

– Sabemos que ele tinha um revólver por causa dos disparos – disse a srta. Hinchcliffe. – E sabemos que ele tinha uma lanterna, porque a vimos... Só se fomos vítimas de algum desses hipnotizadores indianos de que tanto fala a chata da sra. Easterbrook! Ou talvez alguém tenha segurado a porta para ele...

– Mas quem teria feito uma coisa dessas?

– Ora, você mesma, Murgatroyd! Se me lembro direito, você estava bem ali por perto quando as luzes se apagaram – concluiu a srta. Hinchcliffe, soltando uma gargalhada. – Quem diria, hein, Murgatroyd? Jamais suspeitariam de você... Vamos, dê-me essa espátula. Ainda bem que não é nenhuma arma de verdade, ou você teria se matado agora mesmo!

IV

– Que coisa mais estranha, Laura... – resmungou o coronel Easterbrook.

– Sim, querido?

– Venha até aqui o meu quarto, por favor.

– O que foi, querido?

A sra. Easterbrook apareceu pela porta entreaberta.

– Você se lembra daquele meu revólver?

– Ah, sei. Aquela coisa preta horrorosa...

– Sim. Para mim, é uma recordação. Ele estava na gaveta, não?

– Estava.

– Mas agora não está mais.

– Que estranho, Archie!

– Você não andou mexendo nas minhas coisas, andou?

– Oh, não. Jamais encostaria naquilo.

– Você acha que pode ter sido essa velha?

– Ah, não, querido. De forma alguma. A sra. Butt jamais faria uma coisa dessas. Quer que eu pergunte a ela?

– Não, não, melhor não. Não quero ninguém comentando a respeito disso. Você lembra quando foi que o mostrei a você?

– Ah... Semana passada. Você reclamava por causa dos seus colarinhos que não estavam bem lavados, puxou a gaveta toda para fora, e lá estava ele no fundo. Foi aí que perguntei a você o que era.

– Sim, isso mesmo. Semana passada. Você não lembra o dia?

A sra. Easterbrook baixou os olhos e fez um grande esforço para lembrar.

– Foi no sábado. O dia em que íamos ao cinema e depois desistimos.

– Tem certeza de que não foi antes? Na quarta? Quinta-feira ou quem sabe ainda na outra semana?

– Não, querido – disse a sra. Easterbrook. – Eu lembro muito bem. Foi sábado, dia 30. Parece que faz mais tempo por causa dessa confusão toda por que passamos. E sabe por que é que lembro? Exatamente porque foi depois do dia do assalto na casa da srta. Blacklock. Quando vi o revólver, logo me lembrei do que havia acontecido.

– Ah... – disse o coronel Easterbrook. – É um peso que você acaba de me tirar dos ombros.

– Por que, Archie?

– Porque se o revólver tivesse desaparecido antes do assalto, bem... Poderia ser que o suíço tivesse pego a minha arma.

– Mas como ele saberia que você tinha uma?

– Essas quadrilhas são muito bem-informadas. Sabem tudo sobre as pessoas e os lugares onde vão atuar.

– Archie, como você é inteligente!

– Ah! Sim. Tenho alguma experiência de vida... Porém, como você está certa de ter visto o meu revólver depois do assalto, dou o assunto por encerrado. O revólver que aquele suíço usou não poderia mesmo ser o meu.

– É claro que não, querido.

– Que alívio. Teria de ir até a delegacia informar a polícia. E eles fazem todo tipo de pergunta. São obrigados a fazer. Para a falar a verdade, nunca tirei uma licença para ele. Depois da guerra, eu já não dava muita importância para essas coisas. Sempre o considerei mais uma recordação do que uma arma.

– É claro, querido.

– Mesmo assim, onde foi parar essa maldita arma?

– Bem... só se foi a sra. Butt. Ela sempre me pareceu muito honesta, mas talvez tenha ficado nervosa depois do assalto e... Vai ver pensou que se sentiria mais segura com um revólver em casa! É claro, ela nunca vai admitir o furto. Não tenho nem coragem de perguntar. O que vamos fazer? Essa casa é muito grande, eu não tenho como...

– Claro, claro – disse o coronel Easterbrook. – É melhor não dizer nada.

CAPÍTULO 13

Uma manhã em Chipping Cleghorn (continuação)

Miss Marple saiu pelo portão da casa paroquial e seguiu pelo caminho que levava à avenida principal.

Ela caminhava com certa pressa, valendo-se da bengala de madeira do reverendo Julian Harmon.

Ela passou pelo Red Cow e pelo açougue, parando por um momento para dar uma espiada na loja de antiguidades do sr. Elliot. A loja ficava estrategicamente situada ao lado da Bluebird Tearooms, a fim de que a vitrine, montada com cuidado pelo sr. Elliot, pudesse atrair a atenção dos ricos fregueses que estacionavam os carros por ali para tomar uma deliciosa xícara de chá com bolinhos cor de açafrão, eufemisticamente chamados de "caseiros".

Atrás da vidraça em forma de arco, o sr. Elliot buscava atender a todos os gostos. Duas peças de cristal Waterford estavam acomodadas em um belíssimo porta-garrafas. Uma cômoda de nogueira, cheia de aberturas e gavetas, era anunciada como uma "verdadeira pechincha". E, ainda na vitrine, havia uma mesa com um bom sortimento de aldravas e duendezinhos pitorescos, porcelanas de Dresden lascadas, colares de pérolas desbotados, uma caneca escrito "Lembrança de Tunbridge Wells" e utensílios de prata vitoriana.

Miss Marple olhou rapidamente para a vitrine, mas foi o suficiente para que o sr. Elliot corresse para fora da loja, como uma velha aranha barriguda que sente a mosca bater na teia.

Enquanto calculava as potencialidades da nova cliente, acabou por se dar conta de que o encanto da caneca de Tunbridge Wells não surtiria grande efeito sobre uma senhora que se hospedava na casa paroquial. (Como o resto da cidade, o sr. Elliot sabia muito bem quem ela era.) Contudo, Miss Marple já tinha visto com o canto do olho Dora Bunner entrar na Bluebird Tearooms e decidiu que a melhor forma de enfrentar o frio daquela manhã era tomar uma bela taça de café.

Quatro ou cinco senhoras já estavam empenhadas em tornar mais saborosa a sua manhã de compras fazendo uma pausa para um lanchinho. Tentando acostumar-se ao ambiente sombrio do interior do Bluebird, Miss Marple piscava os olhos enquanto desviava das cadeiras, até que foi salva pela voz caridosa de Dora Bunner:

– Ah, bom dia, Miss Marple. Por favor, sente-se aqui. Estou mesmo sozinha.

– Obrigada.

Miss Marple deixou-se cair aliviada em uma das pequenas poltronas azuis e desconfortáveis com que o Bluebird pretendia impressionar os clientes.

– Mas que vento está lá fora! – reclamou. – E por causa do meu reumatismo não posso andar muito rápido.

– Eu sei como é. No outro ano sofri muito com dor ciática. A maior parte do tempo eu não aguentava de dor. Um horror.

As duas senhoras conversaram entusiasmadas sobre reumatismo, ciática e neurite por certo tempo. Uma jovem vestindo um avental cor-de-rosa, na frente do qual se via uma revoada de pássaros azuis, anotou bocejando o pedido de café com bolinhos e saiu mal-humorada.

– Os bolinhos daqui – disse a srta. Bunner, em tom de conchavo – são realmente deliciosos.

– Fiquei tão curiosa para saber mais a respeito daquela bela moça que conheci ao sair da casa da srta. Blacklock outro dia – disse Miss Marple. – Acho que ela disse que trabalhava com jardinagem. Ou seria em alguma fazenda? Acho que é Hynes o nome dela...

– Ah, Phillipa Haymes. É nossa hóspede – disse a srta. Bunner com um risinho. – Uma ótima moça. Muito bem-educada, se é que a senhora me entende.

– Conheci um coronel Haymes, da cavalaria indiana. Poderia ser pai dela, quem sabe?

– Haymes é o nome de casada. Ela é viúva. O marido foi morto na Sicília ou na Itália. Mas pode ser o pai *dele*, é claro.

– Ah, é mesmo? Pois julguei ter percebido um clima de romance entre ela e aquele rapaz alto... – sugeriu Miss Marple, baixando o tom de voz e dando uma piscadinha.

– Patrick? Ah, não! Não imagino que...

– Estou me referindo àquele jovem de óculos. Eu o vi por aí outro dia...

– Ah, é claro. Edmund Swettenham. É melhor falarmos baixo, porque aquela ali no canto é a sra. Swettenham, a mãe dele. Mas não sei de nada. A senhora acha que ele está interessado nela? Ele é tão estranho... Diz coisas tão esquisitas. E se acha muito inteligente – disse a srta. Bunner em tom desaprovador.

– Inteligência não é tudo – concordou Miss Marple, balançando a cabeça. – Ah, aí está o nosso café.

A moça, ainda de mau humor, colocou ruidosamente a louça sobre a mesa. Miss Marple e a srta. Bunner anteciparam-se ao mesmo tempo para oferecer uma à outra os bolinhos.

– Mas quer dizer então que a srta. Blacklock foi sua colega de colégio? Que interessante!

– Sim, de fato – disse a srta. Bunner, suspirando. – A srta. Blacklock é um caso raro. Poucas pessoas são tão fiéis aos velhos amigos. O tempo passa tão rápido! Ela era tão bonita e tão alegre. É muito triste.

Miss Marple também suspirou e balançou a cabeça, afirmativamente, apesar de não ter a menor ideia do que seria triste.

– A vida não é fácil – murmurou ela.

– Uma grande aflição tem de ser enfrentada com bravura – considerou a srta. Bunner, com os olhos lacrimejantes. – Sempre penso nisso. Ter muita paciência, saber resignar-se. Em algum momento, seremos recompensados. Tem de ser assim, é o que eu digo. Tenho a impressão de que tudo de bom que pudesse acontecer à srta. Blacklock seria merecido. Ela é uma pessoa maravilhosa.

– Dinheiro é uma coisa que sempre nos ajuda.

Miss Marple fez esse comentário pensando que eram as perspectivas financeiras da srta. Blacklock que a amiga dela tinha em mente naquele momento. No entanto, seu próprio comentário fez com que a srta. Bunner desse outro rumo à conversa:

– Dinheiro! – exclamou ela com desgosto. – Só quem já passou realmente por dificuldades pode saber o que o dinheiro, ou melhor, a falta de dinheiro, significa...

Miss Marple, solidária, moveu afirmativamente a sua distinta cabeça branca.

A srta. Bunner seguiu em frente, sem pestanejar, empertigando-se na cadeira e com as faces vermelhas:

– Tenho ouvido as pessoas dizerem: "Prefiro um vaso de flores na mesa a uma refeição sem elas". Mas são pessoas que nunca tiveram de se privar do seu belo almoço. Elas não sabem o que significa passar fome. Só quem já passou por isso é que sabe. Pão, um vidro de caldo de carne e um pouco de margarina... Um dia depois do outro, sempre a mesma coisa. A falta que se sente de um bom bife e alguns vegetais. E o medo de que os outros percebam que a sua roupa foi remendada? E procurar um emprego quando todos lhe chamam de velha? E você mesma não aguentaria se conseguisse um. Acabaria por desmaiar, perderia o emprego, e tudo começaria de novo. Porque é preciso pagar o aluguel. Se você não pagar o aluguel, vai ter de viver nas ruas. E é impossível economizar um tostão. A velha aposentadoria já não dá mais para nada!

– Eu sei, eu sei... – disse Miss Marple, gentilmente.

Ela olhava com compaixão para o rosto angustiado da srta. Bunner.

– Mandei uma carta para Letty. Tinha lido o nome dela no jornal. Um almoço em benefício do Hospital de Milchester. E lá estava ela na foto em preto e branco. O passado me voltou à mente. Estávamos havia anos sem qualquer contato. Ela fora secretária de um homem muito rico, o sr. Goedler. Uma jovem inteligente e de caráter, dessas capazes de enfrentar o mundo. E não por causa da beleza. Imaginei que talvez... Bem, talvez ela ainda se lembrasse de mim... E ela era uma das pessoas a quem eu poderia pedir ajuda. Quero dizer, alguém que eu conhecia desde criança, com quem eu tinha estudado. Ela não iria desconsiderar a minha carta como se fosse a de uma pessoa qualquer...

Os olhos de Dora Bunner encheram-se de lágrimas.

– E Lotty de fato me salvou. Disse que precisava de alguém para ajudá-la. Fiquei surpresa. Muito surpresa. Mas os jornais às vezes se enganam, não? Ela foi muito receptiva e simpática. Lembrava-se muito bem dos velhos tempos. Eu faria tudo por ela. Tudo. E me esforço ao máximo, mas às vezes acho que me atrapalho. Minha cabeça já não é mais a mesma. Eu me esqueço das coisas, digo besteiras. Ela é muito paciente. E sempre dá a entender que sou útil. Isso é que é bondade, não é mesmo?

Miss Marple concordou:

– Sim, isso é que é bondade.

– Eu costumava ficar angustiada, mesmo depois que vim a Little Paddocks. O que seria de mim se algo acontecesse à srta. Blacklock? Há tantos acidentes hoje em dia... carros por toda parte... Nunca se sabe, não é mesmo? É claro que eu nunca *disse* nada, mas ela já deve ter percebido. E um dia acabou me revelando que me incluíra no seu testamento, me deixava uma pequena renda... e uma coisa extraordinária à qual dou muito mais valor: a sua bela mobília! Oh, não pude acreditar... Mas ela disse que ninguém daria mais valor a isso do que eu, e é verdade. Fico indignada quando quebram alguma porcelana, ou vejo a marca de um copo que foi deixado molhado em cima de um móvel. Eu me preocupo com as coisas dela. Algumas pessoas são tão descuidadas... mais do que descuidadas, eu diria!

Ela fez uma pequena pausa, depois continuou:

– Não sou tão burra quanto pareço, sabe? Percebo quando estão abusando de Letty. Não vou dar nomes, mas há pessoas que se aproveitam. Acho que a srta. Blacklock às vezes é um pouco ingênua, confia demais nos outros...

Miss Marple fez que sim com a cabeça e acrescentou:

– Isso é um erro...

– Sim, um erro. Mas nós, Miss Marple, sabemos o que é o mundo! Já a pobre da srta. Blacklock...

Miss Marple imaginava que a srta. Blacklock também soubesse o que era o mundo, afinal ela fora secretária de um grande financista... Mas provavelmente o que Dora Bunner queria dizer era que Letty Blacklock sempre levara uma vida confortável e que os abismos da natureza humana só seriam conhecidos por pessoas que passassem por grandes dificuldades financeiras.

– Aquele Patrick! – disparou a srta. Bunner, e com tal aspereza que fez Miss Marple pular na cadeira. – Pelo menos duas vezes sei que pediu dinheiro a ela. Veio com uma história de que estava precisando, de que tinha ficado devendo para não sei quem... Ela é generosa demais. Quando reclamei, ela disse: "O rapaz é jovem, Dora. A juventude é a época de as pessoas aproveitarem um pouco a vida".

– Bem, ela não deixa de ter razão – considerou Miss Marple. – Ele é um rapaz tão bonito.

– Muito bonito, realmente. E sempre à toa, fazendo gracinhas. E imagino que saia com muitas garotas. Para ele, não passo de uma figura ridícula. Acho que não se importa com os sentimentos dos outros.

– É o que ocorre com a maioria dos jovens – disse Miss Marple.

A srta. Bunner de repente inclinou-se sobre a mesa, com um ar de mistério.

– Querida, posso lhe contar um segredo? – perguntou. – Mas, por favor, não comente com ninguém... Não consigo deixar de pensar que ele esteja envolvido nessa história horrorosa do outro dia. Acho que ele conhecia aquele jovem, ou talvez Julia o conhecesse. Não tenho coragem de dizer nada à srta. Blacklock. Na verdade, outro dia insinuei algo nesse sentido, e ela ficou furiosa comigo. Dá para entender, é claro, porque ele é sobrinho dela. Primo, pelo menos... E, se esse rapaz suíço se suicidou, Patrick pode ser responsabilizado, não é verdade? No caso de ele ter planejado o assalto, é o que quero dizer. Até agora não entendi muito bem o que foi que aconteceu. E isso que o inspetor diz sobre essa outra porta da sala de estar... que foi lubrificada, é uma coisa que também me preocupa. Porque eu vi...

Ela interrompeu-se, abruptamente.

Miss Marple refletiu em busca de uma frase.

– Entendo como deve ser difícil para você, minha querida – disse ela, solidária. – Naturalmente, não quer que nada disso chegue aos ouvidos da polícia...

– Exatamente! – exclamou Dora Bunner. – Passo as noites em claro pensando... Ocorre que surpreendi Patrick entre os arbustos do jardim outro dia. Eu estava procurando ovos (temos uma galinha poedeira) e dei com ele segurando uma pena e um pote. Um pote de óleo. Ele deu um pulo quando me viu e disse: "Eu estava me perguntando o que isso está fazendo aqui". Bem, é claro, ele é esperto. A frase deve ter lhe ocorrido no mesmo momento em que o surpreendi. Como ele ia encontrar algo assim no meio dos arbustos se já não soubesse que estava lá? É claro que fiquei quieta.

– Com toda a razão.

– Mas olhei para ele com uma cara...

Dora Bunner estendeu a mão e beliscou, distraída, um sinistro bolinho cor de salmão.

– Outro dia, ouvi por acaso uma conversa dele com Julia. Parece que discutiam. Ele dizia: "Se eu soubesse que você tinha algo a ver com uma coisa dessas!". E Julia (ela é sempre tão calma): "Bem, irmãozinho, o que é que você faria?". Mas aí, infelizmente, pisei na tábua que sempre faz barulho, e eles me viram. Fui obrigada a perguntar, sorridente: "Estão brigando?". Patrick disse: "Estou proibindo Julia de comprar qualquer coisa no mercado negro". Uma resposta bem inteligente, mas não acredito que fosse esse o motivo da discussão. E não consigo deixar de pensar que Patrick tenha mexido no abajur da sala de estar para que as luzes se apagassem... Porque me lembro perfeitamente que era a pastora, e não o pastor que estava ali. Depois, no dia seguinte...

Ela se interrompeu e ficou com o rosto muito vermelho. Miss Marple virou de lado e deparou-se com a srta. Blacklock, parada atrás das duas. Devia ter acabado de entrar.

– Café com fofoca, Bunny? – disse ela, em tom claro de reprovação. – Bom dia, Miss Marple. Frio, não?

As portas foram abertas de supetão, e Bunch Harmon entrou atrapalhada no Bluebird.

– Olá! – disse ela. – Será que estou muito atrasada para o café?

– Não, minha querida – respondeu Miss Marple. – Sente-se e peça uma taça.

– Precisamos voltar para casa – disse a srta. Blacklock. – Comprou o que precisava, Bunny?

A voz dela assumira novamente um tom indulgente, mas seus olhos continuavam a manifestar um certo desgosto.

– Sim... sim. Obrigada por me lembrar, Letty. Tenho ainda de dar uma passada rápida na farmácia e pegar um analgésico e uma pomada para verrugas.

Depois que elas saíram, Bunch perguntou:

– Sobre o que conversavam?

Miss Marple ficou um tempo em silêncio. Ela esperou que Bunch fizesse o pedido e depois disse:

– O sentimento de solidariedade familiar é muito forte. Muito forte. Há um caso famoso... não consigo me lembrar direito. Diziam que o marido dera veneno à esposa. Num copo de vinho. E então, durante o julgamento, a filha resolveu dizer que tinha bebido metade do copo da mãe e, dessa forma, impediu que ele fosse condenado. Pode ser apenas um boato, mas parece que ela nunca mais dirigiu a palavra a ele. Claro, um pai é uma coisa, um sobrinho ou um primo distante é outra. Mas mesmo assim... Ninguém quer ver um membro da própria família enforcado, não é verdade?

– Não – disse Bunch. – Ninguém quer ver uma coisa dessas.

Miss Marple recostou-se na cadeira e murmurou baixinho:

– As pessoas são muito parecidas, em todos os lugares.

– Com quem eu sou parecida?

– Bem, minha querida, em primeiro lugar, com você mesma. Você não me lembra ninguém em particular, a não ser talvez...

– Ah, lá vem você...

– Estava apenas pensando numa copeira que tive.

– Uma copeira? Eu daria uma péssima copeira.

– Sim, meu anjo, e ela *era* péssima. Fazia tudo errado. Ajeitava mal os pratos, misturava as facas de cozinha com as de mesa, e a touca que ela usava (isso faz muito tempo) estava sempre caindo.

Bunch imediatamente arrumou o chapéu.

– Alguma outra lembrança? – perguntou ela.

– Eu nunca a despedi, porque ela era uma companhia agradável que me fazia rir. Dizia o que pensava com muita franqueza. Um dia, ela chegou para mim e comentou: "Não posso afirmar categoricamente, madame... mas Florrie... Bem! Ela se senta como se fosse uma mulher casada". E era verdade que a pobre Florrie estava em apuros. Tinha se envolvido com o ajudante do cabeleireiro. Felizmente, as coisas puderam ser arranjadas a tempo. Tive uma conversa com o rapaz, e eles logo se casaram e foram morar juntos. Florrie era uma ótima moça, mas muito suscetível à beleza masculina...

– Ela não matou ninguém, matou? – perguntou Bunch. – Eu me refiro à copeira.

– Não, de fato não – disse Miss Marple. – Casou-se com um pastor batista e tiveram cinco filhos.

– Assim como eu – disse Bunch. – Apesar de que até agora só tenho Edward e Susan.

Depois de um minuto ou dois, ela perguntou:

– Em quem mais a senhora está pensando, tia Jane?

– Em várias pessoas, querida, várias pessoas – Miss Marple fez mistério.

– Da sua cidade? St. Mary Mead?

– A maioria delas... Estava pensando na enfermeira Ellerton. Uma mulher excelente. Tomava conta de uma velha senhora, a quem se dedicava inteiramente. Até que um dia a velha senhora faleceu. E depois veio outra que também morreu. Morfina, descobriu-se depois. Aplicada com todo o cuidado para que não houvesse dor alguma. O mais chocante de tudo era que ela não entendia que tivesse feito algo errado. As duas já estavam à beira da morte; uma delas tinha câncer e sofria muito.

– A senhora quer dizer que foi como uma eutanásia?

– Não, nao. Haviam incluído o nome dela no testamento. Ela gostava de dinheiro, entende? E há também o rapaz que trabalhava no transatlântico. Sobrinho da senhora Pusey, da papelaria. Levava para casa coisas que tinha roubado e pedia para a tia que as vendesse. Ela achava que eram coisas que ele adquirira no exterior, até que a polícia apareceu e começou a fazer perguntas. O rapaz golpeou-a na cabeça, na esperança de que ela não o denunciasse... Estava longe de ser um sobrinho exemplar, mas era muito bonito. Duas moças apaixonaram-se por ele, que gastou rios de dinheiro com uma delas.

– Que sujeito medonho... – disse Bunch.

– Sim, querida. E há também a sra. Cray, da loja de lãs. Estragou o filho por mimá-lo demais. Ele acabou por se meter com umas pessoas esquisitas. Você se lembra de Joan Croft, Bunch?

– Não... acho que não.

– Achei que você a tivesse visto uma vez em que me visitou. Fumava cigarro e cachimbo. Assaltaram o nosso banco uma vez, e ela estava na agência. Foi ela quem golpeou o assaltante e tirou dele a arma. Recebeu até uma condecoração.

Bunch escutava atentamente. Era como se ela tentasse reter na memória os detalhes do que estava ouvindo.

– E o que mais? – perguntou ela.

– Aquela moça que conhecemos durante um verão em St. Jean des Collines. Uma moça muito calma... Na verdade, mais silenciosa do que calma.

Todos gostavam dela, mas não tinham a oportunidade de conhecê-la bem. Ficamos sabendo mais tarde que o marido dela falsificava dinheiro. Era isso que fazia com que ela se distanciasse das outras pessoas. E ela acabou ficando meio esquisita. A solidão enlouquece as pessoas, querida...

– Nenhum coronel anglo-indiano nas suas recordações, tia Jane?

– Mas é claro que sim, querida. O major Vaughan em Larches e o coronel Wright em Simla Lodge. Não havia nada de errado com eles. Mas me lembro do sr. Hodgson, gerente de banco. Num cruzeiro, conheceu uma moça, jovem o suficiente para ser sua filha, e acabou casando-se com ela. Não sabia nada sobre ela, exceto o que ela mesma havia lhe contado, é claro.

– E o que ela dizia não era verdade?

– Não. Definitivamente, não era.

– Nada mau – disse Bunch, contando nos dedos. – Até agora tivemos a devotada srta. Dora Bunner, o belo Patrick, a sra. Swettenham e Edmund, Phillipa Haymes, o coronel Easterbrook e a sra. Easterbrook... E, se a senhora me perguntar, diria que tem toda a razão no que pensa sobre *ela*. Mas ela não teria nenhuma razão para matar Letty Blacklock.

– Vai ver a srta. Blacklock conhece algum segredo dela.

– O velho truque de sir Arthur Wing Pinero em *O passado da sra. Tanqueray*? Oh, tia Jane, tramas como essa já estão muito conhecidas...

– Pode ser e pode não ser. Você não é o tipo de mulher que dê muita atenção ao que os outros pensam, mas...

– Entendo o que a senhora quer dizer – interrompeu Bunch. – Se você passou por dificuldades e depois foi acolhido por alguém, como um desses gatos pesteados que uma criança tira da rua, dá leite, carinho e um nome, depois se torna tudo para ela... Bem, você faria qualquer coisa para se manter nessa situação. Tenho de admitir que a senhora nos apresentou uma bela galeria de tipos...

– Não sei se você entendeu todos eles muito bem, minha querida... – Miss Marple abrandou.

– Não? Onde foi que me perdi? Julia? Julia! Uma bela moça... e muito esquisita!

– Três xelins e seis pence – disse a garçonete, materializando-se das trevas com a sua cara amarrada.

Em seguida, ela acrescentou:

– E eu gostaria de saber, sra. Harmon, o que eu tenho de esquisita? Minha tia certamente faz parte de um grupinho excêntrico de pessoas, mas eu sempre fui uma boa anglicana, como o reverendo Hopkinson pode atestar.

– Ah, me desculpe! – exclamou Bunch. – Estava apenas repetindo a letra de uma velha canção. Eu não estava me referindo a você. Nem sabia que seu nome era Julia.

– Que coincidência... – disse a garçonete mal-humorada, acalmando--se. – Mas sem ofensa. Pensei que estava se referindo a mim... Bem, é natural quando se escuta o próprio nome... Obrigado.

Ela saiu levando a gorjeta.

– Tia Jane? O que foi que aconteceu? – perguntou Bunch para a tia, que parecia preocupada.

– Mas não faz nenhum sentido... Por que alguém faria isso? – murmurou Miss Marple para si mesma.

– Tia Jane!

Miss Marple soltou um suspiro e então sorriu.

– Não é nada, querida.

– A senhora acha que descobriu o assassino? Quem é?

– Na verdade, ainda não sei. Por um momento pensei que tivesse descoberto, mas não pode ser. É uma pena... Temos tão pouco tempo!

– Como assim, pouco tempo?

– Aquela escocesa pode morrer a qualquer momento.

Bunch arregalou os olhos:

– Mas então a senhora acredita nessa história de Pip e Emma? Acha que foram eles? Que podem tentar novamente?

– Mas é claro que vão tentar de novo – disse Miss Marple, um tanto distraída. – Se tentaram uma vez, vão tentar outra. Quem decide matar uma pessoa não desiste só porque a primeira tentativa não deu certo. Especialmente se ninguém desconfia de você.

– Mas, se forem Pip e Emma – disse Bunch –, só duas pessoas poderiam ser eles. Patrick e Julia. Os dois são irmãos, e as únicas pessoas que têm a idade certa.

– Minha querida, nada é assim tão simples. Há ramificações e combinações de todo tipo. Pip pode ser casado, e então teremos sua esposa, ou o marido de Emma. A mãe deles também é parte interessada, mesmo que ela não herde o dinheiro diretamente. Depois de trinta anos sem vê-la, é possível que a srta. Blacklock nem mesmo a reconheça. Mulheres de idade são parecidas. Você não se lembra da sra. Wotherspoon? Além da própria aposentadoria, ela recebia também a da sra. Bartlett, que já estava morta há muitos anos. E, além disso, a srta. Blacklock tem problemas de visão. Você não notou como ela força a vista quando olha para as pessoas? E temos também o pai dos dois, que parece ter sido um sujeito desonesto.

– Mas ele é um estrangeiro.

– Nasceu em outro país, mas nem por isso devemos imaginar que o inglês dele seja estranho, ou que fale fazendo gestos absurdos com as mãos. Ele poderia muito bem desempenhar o papel de um... de um coronel anglo-indiano, e ninguém suspeitaria de nada.

– A senhora acha que foi ele, então?

– Não, eu não acho que foi ele. De forma alguma, querida. O que eu acho é que há muito dinheiro envolvido, uma imensa fortuna. E infelizmente sei muito bem o que as pessoas são capazes de fazer para pôr as mãos numa quantia como essa.

– Suponho que sim – disse Bunch. – E, no final das contas, o dinheiro não lhes traz qualquer felicidade, não é mesmo?

– Não, mas isso elas não sabem.

– Acho que posso entender – disse Bunch com um sorriso amarelo. – Sempre imaginamos que conosco vai ser diferente... Até mesmo eu...

Ela fez uma pausa e depois continuou:

– A pessoa pode mentir para si mesma que empregaria bem o dinheiro. Pode fazer planos de construir orfanatos... asilos para velhos... Uma pensão retirada para senhoras que tivessem passado a vida trabalhando, quem sabe?

O rosto dela tornou-se sombrio. Os olhos escureceram-se, adquirindo um matiz trágico.

– Eu sei exatamente o que você está pensando – disse ela a Miss Marple. – Que eu seria a pior de todas, porque me iludiria facilmente. Quem age por egoísmo, pelo dinheiro, não pode deixar de saber o que está fazendo. Porém, uma vez que você se deixa convencer de que seria por uma boa causa, que começa a se persuadir disso, então parece que fica muito mais fácil matar...

Os olhos dela estavam novamente serenos.

– Mas eu nunca... Eu nunca mataria uma pessoa – disse ela. – Poderia ser alguém velho, doente, que estivesse fazendo um mal terrível aos outros. Mesmo assim. Nem que fosse um chantagista, um monstro...

Ela pescou cuidadosamente, com a ponta do dedo, uma minúscula mosca que boiava na sobra do café e ajeitou-a sobre a toalha na mesa. Depois, continuou:

– Porque as pessoas gostam de viver, não é mesmo? Assim como as moscas. Mesmo quando elas estão velhas e sofrendo por causa de alguma doença. Mesmo se têm de sair de casa arrastadas para tomar um pouco de sol. Julian costuma dizer que essas pessoas gostam até mais de viver do que os jovens. Para elas, é difícil morrer, uma grande luta. Acho que entendo isso, porque gosto de viver. Não me importa apenas estar feliz e me divertindo.

Gosto mesmo é de viver, de acordar de manhã e sentir que estou ali, despertando aos poucos.

Ela soprou gentilmente sobre a mosca, que balançou as asas e voou cambaleante.

– A senhora pode ficar tranquila, tia Jane. Eu *jamais* mataria uma pessoa.

CAPÍTULO 14

Uma excursão ao passado

Depois de passar a noite no trem, o inspetor Craddock desembarcou na pequena estação em Highlands.

Por um momento pareceu-lhe estranho que a sra. Goedler, com todo o seu dinheiro e problemas de saúde, tivesse escolhido viver naquela região remota da Escócia em vez de num bairro chique de Londres, numa propriedade rural em Hampshire ou numa casa de campo no sul da França. Com certeza, a escolha a mantinha isolada da maioria dos amigos e das distrações. Devia levar uma vida solitária. Ou será que a doença a impedia de ver o que se passava ao seu redor?

Um carro esperava por ele. Um Daimler desses grandes, bem antigos. O chofer era um senhor de idade. A manhã estava ensolarada, e o inspetor aproveitou a pequena viagem de cerca de trinta quilômetros para conversar com o motorista e tentar descobrir alguma coisa que pudesse explicar aquela preferência misteriosa da sra. Goedler pelo isolamento.

– Foi aqui que ela viveu quando criança. E... ela é a última que sobrou da família. O sr. Goedler também gostava muito daqui, embora fossem poucas as vezes em que conseguia escapar de Londres. Sempre que podia, ele vinha para cá, e os dois se divertiam muito juntos.

Quando começaram a aparecer as paredes cinzentas da torre principal, Craddock sentiu como se voltasse no tempo. Um velho mordomo atendeu a porta; depois de tomar banho e se barbear, Craddock foi conduzido até um quarto com uma enorme lareira acesa. Ali, serviram-lhe o café da manhã.

Depois do café, uma mulher alta, de meia-idade, vestida com um uniforme de enfermeira, apareceu e apresentou-se como sendo a irmã McClelland. Gentil e educada, dava a impressão de ser uma pessoa extremamente competente.

– Minha paciente está pronta para falar com o senhor. Na verdade, ela está ansiosa por vê-lo.

– Farei o possível para não perturbá-la – prometeu Craddock.

– Tenho de preveni-lo sobre o que vai acontecer. A sra. Goedler vai parecer bem-disposta. Ela vai responder sem maiores dificuldades às suas perguntas e vai até se animar com a conversa, mas então de repente vai perder as forças. Quando isso acontecer, o senhor deve deixá-la imediatamente e pedir que me chamem. O senhor precisa entender que a mantemos sob o efeito da morfina. Ela fica dormitando a maior parte do tempo. Em função da sua visita, fui obrigada a aplicar-lhe um forte estimulante. Assim que o efeito do estimulante ceder, ela vai cair em um estado de semiconsciência.

– Eu entendo. Será que a senhorita poderia me descrever o estado de saúde da sra. Goedler?

– Bem, sr. Craddock. Ela é uma mulher que está morrendo. A vida dela não pode ser prolongada por mais do que algumas semanas. Se eu lhe disser que há anos ela já devia estar morta, o senhor vai achar estranho. No entanto, a verdade é essa. O que tem mantido a sra. Goedler viva é a sua intensa alegria e o seu amor pela vida. Soa estranho dizer isso de uma pessoa que tem vivido como uma inválida por anos. Há quinze que ela não sai dessa casa, mas é verdade. A saúde da sra. Goedler sempre foi precária, mas ela tem tido uma vontade de viver fora do comum.

Em seguida, a irmã McClelland acrescentou com um sorriso:

– Ela é uma mulher encantadora, o senhor vai ver.

Craddock foi levado até um amplo aposento, aquecido por uma lareira. Uma senhora estava deitada sob um dossel numa cama espaçosa. Embora tivesse apenas sete ou oito anos a mais do que Letitia Blacklock, sua fragilidade fazia com que parecesse muito mais velha.

Trazia os cabelos brancos muito bem-penteados e os ombros e o pescoço protegidos por uma manta azul de lã. Traços de dor eram visíveis em seu rosto, mas também traços de doçura. E através dos olhos azuis, quase translúcidos, transparecia uma espécie de brilho maroto que perturbou o inspetor, ao pegá-lo de surpresa.

– Bem, isso é interessante – disse ela. – Não é sempre que recebo a visita da polícia. Disseram-me que Letitia Blacklock escapou ilesa do atentado. Como está a minha querida Blackie?

– Ela está muito bem, sra. Goedler. Manda-lhe lembranças.

– A última vez em que a vi foi há muito tempo. Já faz anos que apenas trocamos cartões de Natal. Convidei-a para vir aqui quando retornou à Inglaterra, depois da morte de Charlotte, mas ela disse que seria doloroso depois de tanto tempo, e acho que talvez tivesse razão... Blackie sempre foi muito sensata. Uma antiga colega de colégio veio me ver há cerca de um ano e... ah! – exclamou ela, sorrindo – quase nos matamos de tédio. Depois de terminados todos os "você se lembra?", não tínhamos mais o que dizer uma à outra. Foi constrangedor.

Craddock estava feliz por poder deixá-la falar espontaneamente antes de pressioná-la com suas questões. Queria ter uma ideia do passado, de como era a relação entre a sra. Goedler e a srta. Blacklock.

– Suponho – disse ela com sagacidade – que o senhor queira saber algo sobre o dinheiro. Depois da minha morte, deve ir todo para Blacklock, como era o desejo de Randall. Para falar a verdade, Randall não esperava que eu fosse sobreviver à sua morte. Era um homem robusto, que nunca ficava doente, e eu sempre me lamuriando disso e daquilo, com dores... Os médicos me examinavam e faziam caras espantadas.

– A senhora não parece alguém que tenha o hábito de se lamuriar, sra. Goedler.

A velha dama sacudiu-se numa risada.

– Não digo lamuriar nesse sentido. Nunca levei muito a sério meus problemas de saúde. Mas era tido como certo que eu, por ser a mais fraca, morreria primeiro. Porém não foi o que aconteceu. Não, realmente não foi...

– E qual foi a razão que levou o seu marido a escrever o testamento nesses termos?

– O senhor quer dizer... Por que ele deixou o dinheiro para Blackie? Não tem nada a ver com o motivo que provavelmente está passando pela sua cabeça – disse ela, e o brilho inteligente dos seus olhos intensificou-se. – Vocês da polícia estão sempre pensando o pior das pessoas. Randall nunca foi apaixonado por ela, nem ela por ele. Talvez o senhor tenha reparado que Letitia tem uma cabeça masculina. O que quero dizer é que ela não sofre das mesmas fraquezas de que sofrem a maioria das mulheres. Não é influenciável ou volúvel. Acho que ela nunca se apaixonou por ninguém. Nunca foi muito bonita, nem se importava com roupas. Usava um pouco de maquiagem, mas por uma questão de costume, e não para parecer mais bonita. Nunca aproveitou o que há de divertido em ser mulher – disse ela, em tom melancólico.

Craddock olhou curioso para aquela figura pequena e frágil estendida na cama espaçosa. Belle Goedler sabia o que havia de divertido em ser mulher – e continuava aproveitando isso ao máximo.

Ela deu uma piscadinha para ele.

– Sempre pensei comigo mesma que ser homem deve ser uma coisa muito chata!

Em seguida, ela acrescentou, pensativa:

– Acho que Randall considerava Blackie uma espécie de irmão mais jovem. Ele confiava na capacidade de discernimento dela, que era excelente. E assim pôde evitar inúmeros problemas.

– Ela me contou que uma vez chegou a lhe emprestar uma quantia em dinheiro para tirá-lo de apuros.

– É verdade, mas o que eu dizia vai além disso. Depois de todos esses anos, sei muito bem o que estou dizendo. Randall simplesmente não percebia quando estava sendo envolvido em alguma trapaça. Ele não tinha muita clareza, o senhor entende? O coitado não via a diferença entre um golpe audacioso e uma ação desonesta. Blackie, então, o mantinha na linha. Essa é uma característica de Letitia Blacklock: ela segue à risca o que é correto e jamais se envolveria em algo desonesto. É uma mulher muito íntegra. Sempre a admirei. Ela e a irmã tiveram uma infância terrível. O pai era um desses velhos médicos do interior, com uma mentalidade estreita, um homem rígido que tiranizava a família. Letitia rompeu com ele e veio para Londres estudar contabilidade. A irmã dela era inválida, tinha uma deformidade qualquer e não saía de casa, nem recebia pessoas. Foi por isso que, quando o pai morreu, Letitia abandonou tudo e voltou para casa para cuidar da irmã. Randall ficou furioso, mas pouco adiantou. Ela achava que era seu dever ajudar a irmã, e nada a demoveria daquele propósito.

– Isso foi quanto tempo antes de seu marido morrer?

– Cerca de uns dois anos, creio eu. Randall escreveu o testamento antes de ela sair da firma e depois disso não o alterou. Ele me disse: "não temos ninguém a quem deixar a herança". (Tínhamos um menino, mas ele morreu aos dois anos de idade.) "Depois que eu e você tivermos ido, o melhor é que Blackie fique com o dinheiro. Ela vai continuar investindo e vai surpreender a todos na bolsa." É preciso que o senhor entenda que Randall gostava tanto do jogo quanto do dinheiro. Ele gostava da aventura, dos riscos, da tensão permanente. E Blackie também. Ela tinha o mesmo espírito aventureiro, a mesma mentalidade. A coitada nunca pôde aproveitar o outro lado, mais divertido, da vida: se apaixonar, seduzir e provocar os homens, cuidar da casa e das crianças.

Por um momento, Craddock surpreendeu-se com aquela demonstração genuína de piedade indulgente por parte de uma mulher cuja vida tinha sido tão prejudicada pela doença. Uma mulher que perdera o seu único filho e depois o marido. Uma viúva solitária que durante anos vivia como uma inválida.

Ela concordou com a cabeça.

– Sei o que o senhor está pensando. Mas eu tive todas aquelas alegrias que fazem a vida realmente valer a pena... Elas podem ter sido tiradas de mim, mas por um momento eu as tive. Era uma menina bonita e alegre, casei-me com o homem dos meus sonhos, e ele nunca deixou de me amar... Meu filho morreu, mas ficou comigo por dois preciosos anos... Enfrentei momentos de muita dor física, mas quando você sofre dessa forma também aprende a desfrutar do prazer infinito daqueles momentos em que a dor vai embora. E as pessoas sempre foram gentis comigo... Sou uma mulher de sorte, acredite em mim.

Craddock voltou a um ponto que ela mencionara anteriormente:

– A senhora disse que seu marido deixou a fortuna para a srta. Blacklock porque ele não teria nenhum outro herdeiro. Mas isso não é estritamente verdade, correto? Ele tinha uma irmã...

– Ah, Sonia. Mas eles brigaram muitos anos atrás e não se falavam.

– Ele foi contra o casamento dela?

– Sim. Ela se casou com um homem chamado... Como era mesmo o nome dele?

– Stamfordis.

– É isso. Dmitri Stamfordis. Para Randall, ele era um vigarista. Os dois nunca foram com a cara um do outro. Mas Sonia estava muito apaixonada e determinada a se casar. E, para falar a verdade, acho que ela tinha esse direito. Os homens são muito teimosos. Sonia não era mais uma criança. Ela tinha 25 anos e sabia muito bem o que estava fazendo. Ele era realmente um vigarista, eu diria... conhecido da polícia e tudo. Randall suspeitava que até mesmo o nome dele fosse falso. Mas Sonia sabia de todas essas coisas. Dmitri era um homem muito atraente, e era isso o que Randall não podia admitir. E Dmitri estava apaixonado por Sonia tanto quanto ela estava apaixonada por ele. Ele não estava se casando apenas pelo dinheiro, como Randall teimava em insistir. Sonia era muito bonita. E muito inteligente. Se o casamento não tivesse dado certo, se Dmitri a tivesse tratado mal e sido infiel, Sonia teria rompido com ele. Era uma mulher muito rica e completamente independente.

– A briga entre Randall e a irmã nunca foi resolvida?

– Não. Eles já não se davam muito bem, e o fato de Randall tentar impedir o casamento realmente a magoou. Na época, ela disse: "Muito bem. Você é mesmo impossível! Essa é a última vez em que lhe dirijo a palavra".

– Mas com a senhora ela voltou a falar?

Belle sorriu.

– Mais ou menos um ano e meio depois, recebi dela uma carta. Enviada de Budapeste, mas sem o endereço. Pedia-me que dissesse a Randall que ela estava muito feliz e havia tido gêmeos.

– E ela lhe disse o nome deles?

Belle sorriu novamente.

– Disse que tinham nascido logo depois do meio-dia e que ela pretendia chamá-los Pip e Emma. Devia estar brincando, é lógico.

– Depois disso, a senhora não ouviu mais falar dela?

– Não. A carta informava que ela, o marido e as crianças viajariam para a América por um breve período. Depois disso, não recebi mais nenhuma notícia.

– A senhora por acaso guardou a carta?

– Infelizmente, não... Quando a li para ele, Randall limitou-se a resmungar: "Um dia desses, ela vai se arrepender por ter se casado com esse sujeito". E nunca falou mais nada a respeito. Esquecemos de Sonia. Ela desapareceu da nossa vida...

– Mas, ainda assim, o sr. Goedler deixou os bens para os sobrinhos, no caso de a srta. Blacklock morrer antes da senhora, não é verdade?

– Ah, isso foi ideia minha. Eu disse para ele, quando me informou sobre o testamento: "E no caso de Blackie falecer antes de mim?". Ele parecia não ter considerado essa possibilidade. Eu disse que sabia que "Blackie tinha uma saúde de ferro", ao contrário da minha "que era tão precária", mas "acidentes acontecem, a vida tem suas tragédias". Ele insistiu que "não havia absolutamente nenhuma outra pessoa". "E Sonia?", perguntei. Foi o suficiente para que ficasse indignado. "E deixar aquele sujeito pôr as mãos no meu dinheiro? De jeito nenhum!" "Mas então deixe para os filhos dela", sugeri. "Pip e Emma", e podia ser que àquela altura houvesse mais algum. Ele continuou resmungando, mas acabou por incluí-los no testamento.

– E desde então – disse Craddock, lentamente – a senhora nunca mais ouviu falar da sua cunhada nem dos filhos dela?

– Não. Até onde eu sei, podem estar todos mortos. Podem viver em qualquer parte do mundo.

Podem estar em Chipping Cleghorn, pensou Craddock.

Uma expressão aflita tomou conta dos olhos de Belle Goedler, como se ela tivesse lido o pensamento do inspetor.

– Não deixe que façam nada a ela. Blackie é uma ótima pessoa. Uma pessoa muito boa. O senhor não pode permitir que lhe façam algum...

A voz dela subitamente enfraqueceu, e uma sombra apossou-se do seu rosto, ao redor dos olhos e da boca.

– A senhora está cansada. Preciso ir – disse ele.

Ela moveu a cabeça afirmativamente.

– Chame Mac... – sussurrou ela. – Sim, cansada... – ela esboçou um gesto com a mão. – Cuide de Blackie... Que nada de mal lhe aconteça... cuide dela.

– Farei o possível, sra. Goedler.

O inspetor levantou-se e caminhou até a porta.

A voz dela, um laivo fininho de som, acompanhou-o:

– Em breve vou morrer... Perigo para ela... Cuidado.

Ao sair do quarto, passou por ele a irmã McClelland. Craddock disse constrangido:

– Espero não tê-la prejudicado.

– Ah, não se preocupe, sr. Craddock. Como eu lhe preveni, de repente ela se cansaria.

Mais tarde, ele perguntou à enfermeira:

– Uma pergunta que não tive tempo de fazer à sra. Goedler é se ela não tem velhas fotografias. Caso tenha alguma, eu gostaria...

A srta. McClelland interrompeu-o.

– Receio que não haja nada do gênero. No início da guerra, tudo foi guardado junto com a mobília da casa de Londres. A sra. Goedler estava muito doente na época. Em seguida, o depósito foi bombardeado. Ela ficou muito aborrecida por perder tantas recordações e objetos de família. Acho que não sobrou nada.

Então não havia o que fazer, pensou Craddock.

Mas sua viagem não tinha sido em vão. Pip e Emma não eram meras assombrações.

Craddock pensou: "Temos um casal de irmãos educados em alguma parte da Europa. Sonia Goedler era muito rica na época do casamento, mas o dinheiro na Europa desvalorizou. Durante a guerra, ela pode ter perdido muita coisa. Assim, temos dois jovens, o filho e a filha de um criminoso, conhecido da polícia. Digamos que voltem à Inglaterra sem dinheiro. O que fariam? Investigariam a vida dos parentes ricos. O tio milionário está morto. Precisam descobrir o que aconteceu com a sua fortuna. É possível que alguma coisa tenha sido deixada para eles ou para a mãe. Nos arquivos da Somerset House*, em Londres, encontraram referências ao conteúdo do testamento e talvez à existência da srta. Blacklock. Obtêm informações sobre o paradeiro da viúva. Reside na Escócia, como uma inválida, e não tem muito tempo de vida. *Se essa tal de Letitia Blacklock morre antes da viúva,* eles põem as mãos numa vasta fortuna. E então?".

Craddock seguiu o raciocínio: "Não precisam ir até a Escócia, mas sim até onde Letitia Blacklock está vivendo. E vão até lá com identidades falsas... Vão juntos ou separados? Emma... Quem seria?... Pip e Emma... Se um deles, ou mesmo os dois não estiverem passeando, nesse momento, pelas ruas de Chipping Cleghorn, sou capaz de comer meu chapéu!".

* Prédio público que concentrava os registros de nascimentos, casamentos e óbitos da Grã-Bretanha e Irlanda. (N.E.)

CAPÍTULO 15

"Delícia Mortal"

I

Na cozinha, em Little Paddocks, a srta. Blacklock passava algumas instruções a Mitzi.

– Sanduíches de sardinha e sanduíches de tomate. E aqueles bolinhos deliciosos que você fez outro dia. E gostaria também que fizesse para nós uma das suas tortas...

– É uma festa que estão dando? Para a senhorita vir pedir todas essas coisas...

– É o aniversário da srta. Bunner, e algumas pessoas virão para o chá.

– Na idade dela, não se comemora aniversário. O melhor é esquecer.

– Bem, não é essa a opinião dela. Várias pessoas vão trazer presentes. E a comemoração promete ser bastante agradável.

– A senhorita disse o mesmo da última vez. E veja o que aconteceu!

A srta. Blacklock engoliu em seco.

– Bem, não vai ser como da outra vez – disse ela, procurando controlar-se.

– Como é possível saber o que vai ou não acontecer nesta casa? Passo o dia todo tremendo, só durmo de porta trancada e antes de me deitar olho dentro do armário para ver se não tem ninguém escondido.

– Então, se faz tudo isso, não há com que se preocupar – disse a srta. Blacklock, ríspida.

– A torta que a senhorita está me pedindo para fazer é a...

Mitzi disse alguma coisa que aos ouvidos ingleses da srta. Blacklock soou como Schwitzebzr, ou talvez como o barulho de dois gatos brigando.

– Acho que é essa. Uma bem elaborada, com vários ingredientes, não?

– Exatamente. Vários ingredientes, e acontece que não tenho nenhum! É impossível fazer essa torta. Preciso de chocolate, muita manteiga, açúcar e passas de uva.

– Você pode usar essa lata de manteiga que nos foi enviada da América. E algumas das passas que estávamos guardando para o Natal. Aqui tem uma barra de chocolate e meio quilo de açúcar.

O rosto de Mitzi raiou de felicidade.

– Então eu faço... E vai ficar muito bom, muito bom mesmo! – gritou ela, em êxtase. – Muito rico e de dar água na boca. Em cima coloco glacê, um glacê de chocolate... E para deixar ainda melhor escrevo *Felicidades.* Esses ingleses com seus bolos com gosto de areia, duvido que tenham provado algo igual. Delicioso, eles vão dizer... Delicioso...

O rosto dela voltou a ficar sombrio.

– O sr. Patrick... Ele chama minha torta de Delícia Mortal. Minha torta! Não vou permitir que faça isso.

– É um elogio, querida – disse a srta. Blacklock. – O que ele quer dizer é que a sua torta é tão boa que valeria a pena morrer para comer um pedaço...

Mitzi olhou desconfiada para ela.

– Bem, ninguém morre de comer a minha torta. As pessoas se sentem melhor, isso sim.

– Mas é claro, querida.

A srta. Blacklock deu meia-volta e deixou a cozinha com um suspiro de alívio pelo êxito final da conversa. Com Mitzi, ela nunca sabia como as coisas podiam terminar.

Ela encontrou Dora do lado de fora.

– Ah, Letty... você não quer que eu explique a Mitzi como cortar os sanduíches?

– Não – disse a srta. Blacklock, conduzindo a amiga até o corredor. – Ela está bem-humorada agora, e não quero que ninguém a perturbe.

– Mas eu só ia mostrar...

– Por favor, vamos deixá-la quieta, Dora. Essas pessoas da Europa Central não gostam que fiquem *mostrando* como devem fazer as coisas. Eles se irritam com isso.

Dora olhou desconfiada para ela. Depois, abriu-se em sorrisos.

– Edmund Swettenham acaba de ligar. Desejou-me muitas felicidades e disse que está me trazendo um pote de mel de presente. Não é muita gentileza? E como ele soube do meu aniversário?

– Parece que todo mundo sabe. Você deve ter comentado por aí, Dora.

– Bem, eu apenas mencionei que hoje estaria fazendo 59 anos.

– Você tem 64! – disse a srta. Blacklock, com uma piscadinha.

– A srta. Hinchcliffe disse: "Não parece. Que idade acha que eu tenho?". Uma pergunta constrangedora, porque a srta. Hinchcliffe é tão estranha que é difícil saber a sua idade. Ela disse que me traria uns ovos. Disse a ela que as nossas galinhas não estavam pondo muito bem ultimamente.

– Bem, não ficaremos mal depois do seu aniversário – disse a srta. Blacklock. – Mel, ovos... a maravilhosa caixa de chocolates que Julia lhe deu...

– Não sei como ela consegue essas coisas.

– Melhor nem perguntar. Ela deve ter usado algum método completamente ilegal...

– E esse adorável broche que você me deu... – disse a srta. Bunner, olhando orgulhosa para o próprio peito, em que estava espetada uma pequena folha ornada de diamantes.

– Você gostou? Fico feliz. Nunca dei valor a joias.

– Eu achei lindo.

– Ótimo. Agora venha. Temos de alimentar os patos.

II

– Aha! – exclamou Patrick, dramaticamente, quando sentavam-se ao redor da mesa da sala de jantar. – O que estou vendo aqui? Delícia Mortal!

– Quieto, ou ela vai ouvir – disse a srta. Blacklock. – Mitzi não aprova nem um pouco o nome que você deu à torta dela.

– Mas mesmo assim é uma delícia mortal. É a torta de aniversário de Bunny?

– Sim, é sim – disse a srta. Bunner. – Meu aniversário está sendo mesmo divino.

As bochechas dela estavam vermelhas, na verdade desde o momento em que o coronel Easterbrook lhe entregara uma pequena caixa de doces dizendo "porque a senhora é ainda mais doce!".

Julia, sem poder se controlar, teve de virar o rosto imediatamente para o lado, o que fez com que a srta. Blacklock franzisse o cenho para ela.

Todos honraram as guloseimas que estavam servidas na mesa, e só então levantaram-se das cadeiras.

– Estou me sentindo um pouco enjoada – disse Julia. – É a torta. Me lembro que senti a mesma coisa da última vez.

– Mas vale a pena – disse Patrick.

– Esses estrangeiros entendem mesmo de bolos e tortas – disse a srta. Hinchcliffe. – O que eles não sabem é fazer um bom pudim.

As pessoas ficaram quietas por educação, e somente Patrick esteve a ponto de perguntar se alguém realmente sentia falta de pudim por mais bem feito que fosse.

– Estão de jardineiro novo? – perguntou a srta. Hinchcliffe para a srta. Blacklock, quando retornavam à sala de estar.

– Não. Por quê?

– Vi um homem xeretando no galinheiro. Um tipo bem-apresentável, com jeito de militar.

– Ah! É o nosso detetive – disse Julia.

A sra. Easterbrook deixou cair a bolsa.

– Detetive? – exclamou ela. – Mas... por quê?

– Não sei – respondeu Julia. – Ele fica rondando por aí, de olho na casa. Está protegendo a tia Letty, eu acho.

– Que absurdo – disse a srta. Blacklock. – Sei cuidar de mim mesma, obrigada.

– Mas certamente está tudo terminado, não? – perguntou a sra. Easterbrook, aflita. – Eu ia mesmo lhe perguntar por que prorrogaram o inquérito.

– A polícia não está satisfeita – respondeu o marido. – É isso.

– Não está satisfeita com o quê?

O coronel Easterbrook sacudiu a cabeça com o ar de alguém que poderia dizer muito mais coisas se assim o quisesse. Edmund Swettenham, que não gostava do coronel, sugeriu:

– A verdade é que somos todos suspeitos.

– Suspeitos de quê? – insistiu a sra. Easterbrook.

– Deixe pra lá, querida – aconselhou o marido.

– Vadiagem despropositada – disse Edmund. – Com o agravante de que somos todos assassinos em potencial. Basta aparecer a oportunidade...

– Ah, não, por favor, sr. Swettenham – exclamou Dora Bunner. – Não posso acreditar que algum de nós quisesse matar a minha querida Letty...

O constrangimento foi total. Edmund ficou roxo e murmurou:

– Era só uma piada...

Phillipa sugeriu em alto e bom tom que fossem ouvir o noticiário das dezoito horas, e a sugestão foi recebida por todos com grande entusiasmo.

Patrick murmurou para Julia:

– Estou sentindo falta da sra. Harmon. Ela com certeza iria perguntar: "Mas o assassino deve estar realmente esperando uma nova oportunidade para matá-la, não é mesmo, srta. Blacklock?".

– Ainda bem que nem ela e nem aquela velha puderam vir – disse Julia. – Essa Miss Marple é uma fofoqueira. Deve pensar o pior de todo mundo. Uma típica vitoriana.

O noticiário do rádio ensejou uma discussão divertida sobre os horrores de uma guerra nuclear. O coronel Easterbrook concluiu dizendo que a maior ameaça à civilização vinha da Rússia. Edmund observou que tinha vários amigos russos, todos eles muito educados, mas a sua confissão foi acolhida com frieza.

A festa terminou com elogiosos cumprimentos às anfitriãs.

– Feliz com o seu aniversário, Bunny? – perguntou a srta. Blacklock, depois que o último convidado tinha sido despachado.

– Ah, sim. Mas estou com uma dor de cabeça terrível. Acho que foi a agitação.

– É a torta – disse Patrick. – Também me sinto meio mal do fígado. E a senhora ficou beliscando chocolates já de manhã.

– Acho melhor ir me deitar – disse a srta. Bunner. – Vou tomar alguns analgésicos e ver se consigo dormir.

– É uma ótima ideia – disse a srta. Blacklock.

A srta. Bunner subiu as escadas.

– Não quer que eu vá guardar os patos, tia Letty?

A srta. Blacklock lançou a Patrick um olhar severo.

– Se você me garantir que vai fechar direito o trinco da porta...

– Sim. Juro que fecho.

– Tome um cálice de sherry, tia Letty – sugeriu Julia. – Como costumava dizer minha babá, "vai acalmar o estômago". Uma expressão absurda, mas que curiosamente faz sentido em muitos casos.

– Acho que vai mesmo me fazer bem. A verdade é que não estamos acostumados a comer coisas assim. Oh, Bunny! Que susto me deu... O que foi?

– Não consigo achar meus analgésicos – disse a srta. Bunner, desconsolada.

– Pegue algum dos meus, querida. Estão na mesinha ao lado da minha cama.

– Na minha penteadeira também há um frasco – disse Phillipa.

– Obrigada. Muito obrigada. Se não encontrar os meus... Mas tenho certeza de que os guardei em algum lugar, só não sei onde. Eu tinha um frasco novo. Mas onde será que coloquei?

– No banheiro há uma porção. O que não falta nessa casa são analgésicos – impacientou-se Julia.

– Fico tão envergonhada de perder as coisas – respondeu a srta. Bunner, voltando a subir as escadas.

– Pobre Bunny – disse Julia, erguendo o cálice. – Devíamos ter oferecido a ela um pouco de sherry.

– Melhor não – disse a srta. Blacklock. – Ela já se alvoroçou o bastante por um dia. Quero só ver como vai estar amanhã. Mas ao menos parece que ela realmente gostou da festa!

– Ela adorou – disse Phillipa.

– Vamos dar um cálice a Mitzi – sugeriu Julia. – Ei, Pat – disse ela quando ouviu o irmão entrar pela porta lateral. – Vá chamar Mitzi.

E assim trouxeram Mitzi, a quem Julia serviu um cálice de sherry.

– À melhor cozinheira do mundo – disse Patrick.

Mitzi ficou lisonjeada, mas ainda assim achou necessário fazer um esclarecimento.

– Não é verdade. Eu não sou cozinheira. Em meu país, meu trabalho é intelectual.

– Que desperdício! – disse Patrick. – O que é o trabalho intelectual comparado a um *chef d'ouvre* como Delícia Mortal?

– Oh! Já lhe disse que...

– Não importa se você gosta ou não, minha cara – disse Patrick. – É assim que eu a chamo. Um brinde à Delícia Mortal e danem-se os efeitos adversos!

III

– Phillipa, querida, gostaria de falar com você.

– Pois não, srta. Blacklock?

Phillipa Haymes parecia surpresa.

– Você está preocupada?

– Preocupada?

– Notei que você tem estado preocupada. Algum problema?

– Ah, não, srta. Blacklock. Está tudo certo.

– Achei que... talvez, você e Patrick...

– Patrick? – Phillipa parecia realmente surpresa.

– Ora, se está tudo bem, então melhor. Peço desculpas por me meter onde não fui chamada. Mas você tem passado por poucas e boas... E, apesar de Patrick ser meu primo, não penso que daria um bom marido. Pelo menos não agora.

O rosto de Phillipa congelou.

– Não pretendo me casar de novo.

– Ah, mas você deve, sim, minha querida. Você é ainda uma menina... Não precisamos discutir isso agora. Algum outro problema, talvez? Dinheiro?

– Não, não. Está tudo bem.

– Eu sei o quanto você deve se preocupar com a educação do seu filho. É por isso que queria dizer-lhe o seguinte. Fui até Milchester essa tarde para encontrar o sr. Beddingfeld, meu advogado. As coisas têm andado meio confusas ultimamente, e pensei em fazer um novo testamento, em vista de certas eventualidades... Tirando a parte de Bunny, tudo mais vai para você, Phillipa.

– O quê? – exclamou Phillipa, virando-se.

Os olhos dela estavam esbugalhados. Ela parecia consternada, assustada.

– Mas eu não quero... Realmente, eu não... Oh! Mas... E por que *eu*?

– Talvez... – disse a srta. Blacklock, com uma inflexão estranha – porque não haja mais ninguém.

– Mas Patrick e Julia?

– Patrick e Julia... – limitou-se a repetir a srta. Blacklock, e sua voz continuava estranha.

– São seus parentes.

– Parentes muito distantes. Não podem fazer exigência alguma.

– E eu muito menos! Não sei nem o que pensar, srta. Blacklock... Eu não quero, por favor.

O olhar dela era mais hostil do que grato. Parecia assustada.

– Sei o que estou fazendo, Phillipa. Aprendi a gostar de você. E existe esse menino... Se eu morrer agora, você não fica com muita coisa, mas em poucas semanas a situação será outra.

As duas olharam-se sem pestanejar.

– Quem disse que a senhora vai morrer? – protestou Phillipa.

– Se eu não tomar as devidas precauções...

– Precauções?

– Sim. Pense bem... E não se preocupe mais.

Ela deixou a sala abruptamente. Phillipa ouviu-a falar com Julia no corredor.

Julia entrou na sala de estar poucos minutos depois.

Nos olhos dela, havia um brilho frio.

– Parabéns, Phillipa. Jogou muito bem. Vejo que você é daquelas que agem caladas e, quando menos se espera...

– Você estava ouvindo a conversa?

– Sim, eu estava ouvindo a conversa. E acho que queriam mesmo que eu ouvisse.

– Do que você está falando?

– Tia Letty não é boba... De qualquer forma, você vai ficar numa situação bem confortável, não é mesmo?

– Julia, por favor... Eu nunca quis...

– Não? É claro que sim. Você tem passado por poucas e boas, certo? Por causa de falta de dinheiro. Mas lembre-se de uma coisa: se derem um fim em tia Letty, você será a suspeita número um.

– De forma alguma. Eu seria uma idiota se por acaso a matasse logo agora que...

– Então você sabe a respeito dessa fulana que está morrendo na Escócia? Você me surpreende, Phillipa... Realmente.

– Eu não quero privar você e Patrick de nada que seja de vocês...

– Não mesmo? Sinto muito, mas não acredito...

CAPÍTULO 16

A volta do inspetor Craddock

Em sua viagem de volta para casa, o inspetor Craddock havia dormido mal. Tivera mais pesadelos do que sonhos. Ele percorria incessantemente corredores cinzentos de um velho castelo, na tentativa desesperada de chegar a algum lugar, de prevenir que algo de ruim acontecesse. E enfim sonhou que tinha acordado. Sentiu um enorme alívio. Mas então a porta da sua cabine se abriu vagarosamente e Letitia Blacklock espichou a cabeça para dentro. Sangue escorria pelo seu rosto, e ela dizia, em tom ressentido: "Por que o senhor não me salvou? Poderia ter conseguido, se tentasse".

Dessa vez, ele realmente acordou.

Voltando a si, o inspetor ficou feliz por chegar finalmente a Milchester. Foi diretamente encontrar Rydesdale, a quem contou sobre a viagem.

– Não nos faz avançar muito – disse o chefe de polícia. – Mas confirma o que a srta. Blacklock lhe disse sobre Pip e Emma...

– Patrick e Julia têm a idade do casal que procuramos, senhor. Se pudéssemos comprovar que a srta. Blacklock só os viu quando eram crianças...

Rydesdale soltou uma risada discreta e depois disse:

– Nossa aliada, Miss Marple, acaba de comprovar isso para nós. Na verdade, a primeira vez que a srta. Blacklock os viu foi há dois meses.

– Mas então... Certamente...

– As coisas não são assim tão fáceis, Craddock. Averiguamos algumas informações. Pelo que descobrimos, não há nada de errado com Patrick e Julia. Ele tem mesmo uma ficha na marinha, que é muito boa, exceto por uma certa tendência à "insubordinação". Entramos em contato com a sra. Simmons em Cannes, e ela, indignada, nos garantiu que o filho e a filha estavam mesmo em Chipping Cleghorn com a sua prima, Letitia Blacklock. Esses são os fatos!

– E essa sra. Simmons é mesmo a sra. Simmons?

– Ela tem sido a sra. Simmons há um bom tempo, isso eu posso lhe garantir – disparou Rydesdale.

– Bem, então não há dúvida. A questão é só que... Se estávamos procurando Pip e Emma, os dois correspondiam muito bem. Têm a idade certa. Não eram conhecidos da srta. Blacklock...

O chefe de polícia concordou com a cabeça, e então empurrou um papel para Craddock por cima da mesa.

– Eis algo que descobrimos sobre a sra. Easterbrook.

O inspetor leu erguendo as sobrancelhas.

– Muito interessante – observou ele. – Parece que ela passou a perna direitinho no nosso velho coronel, não é mesmo? Mas até onde posso ver, não tem ligação alguma com o que estamos investigando.

– Aparentemente, não.

– E há aqui uma coisa referente à sra. Haymes.

Mais uma vez, Craddock ergueu as sobrancelhas.

– Acho que vou conversar com ela de novo – disse ele.

– Você pensa que essa informação pode ser relevante?

– Talvez. Tem pouca chance, é claro, mas nunca se sabe...

Os dois ficaram em silêncio por um momento.

– E Fletcher conseguiu descobrir mais alguma coisa, senhor?

– Ele tem estado lá o tempo todo. Deu uma busca na casa, com a permissão da srta. Blacklock, mas não encontrou nada de significativo. Agora, está investigando quem teria tido a oportunidade de lubrificar a porta. Quer saber quem estava na casa nos dias em que a estrangeira tinha folga. É mais complicado do que esperávamos, porque parece que todas as tardes ela sai para dar um passeio. Em geral, vai até o Bluebird tomar uma xícara de café. Assim, quando a srta. Blacklock e a srta. Bunner estão fora, o que acontece na maioria das tardes (elas vão colher amoras), o terreno fica livre.

– E deixam as portas abertas?

– Era o costume. Agora acho que não mais.

– E o que Fletcher descobriu? Alguém foi visto por lá quando não havia ninguém em casa?

– Praticamente todo mundo.

Rydesdale consultou uma folha que tinha diante de si.

– A srta. Murgatroyd esteve lá com uma galinha para chocar alguns ovos (parece complicado, mas foi o que ela falou). Ficou muito vermelha e se contradisse o tempo todo, mas Fletcher acha que esse é o jeito dela e não significa que estivesse mentindo.

– Pode ser – admitiu Craddock. – Ela é muito atrapalhada.

– Depois esteve lá a sra. Swettenham, para pegar uma carne de cavalo que a srta. Blacklock deixara para ela na mesa da cozinha, porque a srta. Blacklock fora a Milchester de carro naquele dia, e ela sempre traz a carne de cavalo da sra. Swettenham. Faz algum sentido para você?

Craddock refletiu.

– E por que a srta. Blacklock não deixou a carne de cavalo na casa da sra. Swettenham quando passou por ela ao retornar de Milchester?

– Não sei, mas ela não deixou. A sra. Swettenham diz que ela (a srta. B.) sempre deixa a carne para ela na mesa da cozinha, e que ela (a sra. S.) gosta de pegá-la quando Mitzi está fora, porque Mitzi às vezes é muito mal-educada.

– Faz sentido. E o que mais?

– A srta. Hinchcliffe. Ela negou ter ido lá ultimamente. Mas foi. Mitzi a viu sair pela porta lateral, e a sra. Butt (uma das vizinhas) também a viu. A srta. H. acabou então admitindo que esteve lá e se esqueceu. Ela não se lembra do que teria ido fazer. Diz que provavelmente só passava para ver como estavam as coisas.

– Que estranho...

– E Fletcher realmente estranhou o jeito dela. E depois disso temos a sra. Easterbrook. Ela levava os seus adoráveis cãezinhos para passear quando lhe ocorreu pedir emprestado um molde de tricô para a srta. Blacklock, que não estava em casa. Ela diz que esperou um pouco.

– Hum... Pode ter ido lá para bisbilhotar. Ou quem sabe... para lubrificar uma porta? E o coronel?

– Esteve lá levando um livro sobre a Índia, supostamente a pedido da própria srta. Blacklock.

– E ela pediu mesmo o livro?

– Ela disse que não estava interessada no livro, mas foi obrigada a aceitá-lo.

– Realmente faz sentido – suspirou Craddock. – Se alguém está determinado a emprestar um livro a você, é muito difícil negar.

– Não sabemos se Edmund Swettenham esteve lá. Ele foi muito evasivo. Disse que foi lá algumas vezes a pedido da mãe, mas não recentemente.

– Bastante evasivo.

– Sim.

Rydesdale deu um sorrisinho:

– Miss Marple também não dormiu no ponto. Fletcher diz que toda manhã ela toma seu café no Bluebird. Tem ido tomar chá em Little Paddocks e um cálice de sherry nos bangalôs da srta. Hinchcliffe e da srta. Murgatroyd. Tem visitado o jardim da sra. Swettenham e as raridades indianas do coronel Easterbrook.

– Ela pode talvez nos informar se o coronel é de fato um coronel legítimo.

– Ela saberia, com certeza. Mas parece que está tudo certo com ele. Teríamos de consultar as autoridades do extremo leste para confirmar a identificação.

– E nesse meio-tempo... o senhor acha que a srta. Blacklock consentiria em se afastar?

– Afastar-se de Chipping Cleghorn?

– Sim. Talvez ela possa levar consigo a srta. Bunner, sua amiga fiel. Para um lugar que ninguém saiba. Por que ela não viaja à Escócia e passa uns tempos com Belle Goedler? É um lugar isolado.

– Ir para lá e ficar esperando a outra morrer? Não acredito que ela aceite o convite. Só uma mulher desnaturada aceitaria.

– Mas é para salvar a vida dela.

– Vamos lá, Craddock. Também não é tão fácil assim eliminar uma pessoa, como você parece estar sugerindo...

– Não é?

– Por um lado, é muito fácil, concordo. As oportunidades são muitas. Dar-lhe uma cacetada na cabeça quando ela estiver fechando o galinheiro, ou até mesmo disparar detrás de uma moita. Nada mais simples do que isso. Mas é preciso tomar todo tipo de cuidado para não despertar suspeitas... Além disso, já devem ter se dado conta de que estão sendo vigiados. O plano original falhou. O nosso assassino terá de pensar com muito cuidado em outra estratégia...

– Eu sei disso, senhor. Mas precisamos considerar também que ele não tem muito tempo. A sra. Goedler está morrendo. Ela pode morrer a qualquer minuto. Isso significa que nosso assassino não pode se dar ao luxo de esperar.

– É verdade.

– Outro detalhe, senhor. Ele... ou ela devem saber que estamos investigando a vida de todos.

– E isso demanda tempo – suspirou Rydesdale. – Temos de nos comunicar com pessoas na Índia. Sim, é um trabalho cansativo e demorado.

– E essa é outra razão para que ele aja rapidamente. Estou convencido, senhor, de que o perigo é real. É muito dinheiro que está em jogo. Se Belle Goedler morrer...

Um guarda entrou na sala, e Craddock calou-se.

– Legg quer falar com o senhor, chefe, pelo telefone, de Chipping Cleghorn.

– Passe a ligação para cá.

O inspetor viu as feições do chefe de polícia se contraírem e congelarem.

– Muito bem – rosnou Rydesdale. – Estou mandando Craddock para aí agora mesmo.

Ele recolocou o fone no gancho.

– Foi...?

Rydesdale balançou a cabeça negativamente.

– Não – disse ele. – Dora Bunner. Estava procurando um analgésico. Pegou alguns de um frasco na mesinha de cabeceira de Letitia Blacklock. Ela tomou dois e deixou um. O médico mandou esse que sobrou para análise. Ele disse que certamente não é analgésico.

– Ela está morta?

– Sim. Foi encontrada morta na cama esta manhã. Morreu dormindo, diz o médico. Embora a saúde dela não fosse das melhores, ele não acredita que tenha sido morte natural. Acha que foi envenenamento por algum tipo de narcótico. Marcaram a autópsia para hoje à noite.

– Comprimidos de um frasco na mesinha de cabeceira de Letitia Blacklock. O nosso assassino é um maldito espertalhão. Patrick me disse que a srta. Blacklock jogou fora meia garrafa de sherry... abriu uma nova. Talvez ela tenha esquecido de fazer isso com os analgésicos. Quem esteve na casa nos últimos dois ou três dias? Os comprimidos não podiam estar lá há muito tempo.

Rydesdale olhou para ele.

– Todo mundo esteve lá ontem – disse o chefe de polícia. – Era o aniversário da srta. Bunner. Qualquer um pode ter dado uma escapada até o andar de cima e substituído os frascos sem ser visto. E é claro que alguém que more na casa poderia ter feito a substituição a qualquer momento.

CAPÍTULO 17

O álbum

No portão da casa paroquial, bem-agasalhada, Miss Marple apanhou o bilhete da mão de Bunch, que lhe recomendou:

– Diga à srta. Blacklock que Julian sente muito por não poder ir ele mesmo. Um paroquiano está morrendo em Locke Hamlet. Julian pode ir a Little Paddocks depois do almoço, se a srta. Blacklock quiser vê-lo. Neste bilhete, estão as providências que precisam ser tomadas para o enterro. Ele sugere quarta-feira, se o inquérito for terça. Coitada da srta. Bunner. Quem senão ela tomaria analgésicos envenenados deixados para uma outra pessoa? Até mais, titia. Espero que a caminhada até lá não lhe faça mal. Tenho de levar aquela criança ao hospital agora mesmo.

Miss Marple tranquilizou-a dizendo que poderia fazer a caminhada sem problema, e Bunch apressou-se em voltar para dentro de casa.

Enquanto esperava pela srta. Blacklock, Miss Marple deu uma olhada pela sala de estar, refletindo sobre aquilo que a srta. Bunner lhe dissera no Bluebird. Patrick teria mexido no abajur da sala de propósito para que as luzes se apagassem.

A srta. Bunner só poderia estar se referindo ao pequeno abajur na mesinha próxima ao arco central, que separava as duas partes da sala. Ela dissera algo sobre uma pastora ou um pastor, e aquela era mesmo uma bela peça de porcelana de Dresden: um pastor vestido com um casaco azul e culotes cor-de-rosa, segurando um antigo candelabro agora adaptado para o uso de uma lâmpada elétrica. A cúpula era de pergaminho liso e um pouco grande, de modo que a figura ficava meio escondida. O que mais Dora Bunner dissera? "Eu me lembro perfeitamente de que era a pastora e não o pastor que estava ali. No dia seguinte..." Não havia dúvida de que agora era o pastor.

Miss Marple lembrava que, quando ela e Bunch tinham vindo para o chá, Dora Bunner explicara que o abajur fazia parte de um par. É claro, um pastor e uma pastora. No dia do assalto, quem estava ali era a pastora... E, no dia seguinte, era o outro abajur, o mesmo que continuava ali até agora, o pastor. Trocaram os abajures durante a noite. E Dora Bunner, com ou sem razão, achava que fora Patrick quem fizera a troca.

Mas por quê? Porque, se o abajur original fosse examinado, descobririam o truque utilizado por Patrick para que as luzes se apagassem. Que truque seria esse? Miss Marple olhava atentamente para o abajur na sua frente. O cabo corria pelo lado da mesa, encostado na parede, até a tomada em que estava conectado. No meio dele ficava o pequeno interruptor em formato de pera. Para Miss Marple, que nada entendia de eletricidade, aquilo não significava nada.

Onde estaria a pastora? No quarto de hóspedes, no lixo ou... no mesmo local em que Dora Bunner surpreendera Patrick Simmons com uma pena e um pote de óleo? No meio dos arbustos do jardim? Miss Marple tinha de repassar todas aquelas informações ao inspetor Craddock.

Em um primeiro momento, a srta. Blacklock concluíra que seu sobrinho Patrick estava por trás do anúncio colocado na *Gazette*. Esse tipo de intuição dificilmente falhava, ao menos na opinião de Miss Marple. Quando conhecemos bem uma pessoa, sabemos do que ela é capaz...

Patrick Simmons...

Um rapaz atraente. Um jovem capaz de despertar o interesse de mulheres tanto mais jovens quanto mais velhas. O mesmo tipo de homem com quem talvez a irmã de Randall Goedler tivesse se casado. Seria ele Pip? Pouco provável. Durante a guerra, Patrick Simmons estivera na marinha. E a polícia estava verificando aquela informação.

Mas há casos surpreendentes de pessoas que se fazem passar por outras.

Com uma certa audácia, é possível conseguir fazer isso.

A porta se abriu, e a srta. Blacklock entrou. Aos olhos de Miss Marple, ela parecia ter envelhecido anos. Toda a sua vida e energia haviam sido sugadas.

– Peço desculpas por incomodá-la nesse momento – disse Miss Marple. – Mas o vigário foi ver um paroquiano que está morrendo, e Bunch teve de levar uma criança ao hospital. Vim entregar-lhe um bilhete do vigário.

A srta. Blacklock pegou o papel que Miss Marple mostrava a ela.

– Sente-se, por favor. Agradeço pela gentileza de ter se deslocado até aqui.

Ela leu o bilhete.

– O vigário é um homem sensível. Não perde tempo com condolências inúteis. Diga a ele que estou de acordo com todas essas providências. O hino... favorito dela era... *Luz terna e suave.*

A voz da srta. Blacklock soou embargada.

Procurando confortá-la, Miss Marple disse:

– Não sou uma pessoa próxima, mas sinto muito pelo que ocorreu.

E de repente, sem conseguir se controlar, Letitia Blacklock chorou. A tristeza era maior do que ela podia aguentar e tinha algo de desesperado. Miss Marple não se mexeu.

A srta. Blacklock finalmente voltou a si. Seu rosto estava inchado e manchado pelas lágrimas.

– Desculpe-me – disse ela. – Acabo de me dar conta... daquilo que perdi. Ela era a minha única ligação com o passado, a senhora entende? A única que ainda... lembrava. Agora que ela se foi, estou sozinha.

– Entendo o que a senhorita quer dizer. Quando as pessoas que nos conheceram na infância já não existem, é aí que ficamos sozinhas. Eu tenho sobrinhos e sobrinhas, amigos queridos, mas ninguém que se lembre dos velhos tempos. Ninguém que os tenha vivido. Já faz alguns anos que tenho estado sozinha.

As duas permaneceram em silêncio por um bom tempo.

– É exatamente como a senhora disse – confirmou Letitia Blacklock.

Ela se levantou e foi até a mesa.

– Tenho de escrever ao vigário.

Ela segurava a caneta de uma forma estranha e escrevia lentamente.

– É a minha artrite. Às vezes, nem consigo escrever.

Colocou o papel num envelope e entregou-o a Miss Marple.

– Se a senhora puder me fazer a gentileza de entregar a ele...

Ouvindo uma voz de homem no corredor, a srta. Blacklock disse, rapidamente:

– Deve ser o inspetor Craddock.

Ela se dirigiu ao espelho perto da lareira e aplicou um pouco de pó no rosto.

Craddock entrou na sala, aborrecido.

Ele lançou a Miss Marple um olhar irritado.

– Ah... Então a senhora está aqui!

A srta. Blacklock virou-se.

– Miss Marple fez a gentileza de me trazer um recado do vigário.

– Já estava de saída – respondeu Miss Marple. – Não quero atrapalhar o seu trabalho.

– Por acaso a senhora esteve aqui ontem, na festa de aniversário?

– Não... Eu não estive – respondeu Miss Marple, nervosa. – Fui com Bunch visitar uns amigos.

– Então não há nada que possa me dizer – disse Craddock segurando a porta para ela, que saiu apressada, vermelha de vergonha.

– Que velha mais enxerida – disse Craddock.

– O senhor está sendo injusto – disse a srta. Blacklock. – Ela veio, sim, me trazer um recado do vigário.

– É mesmo?

– Sim. Foi por isso que ela veio.

– Pode ser. Mas o mais provável é que tenha tido um súbito ataque de curiosidade.

– É uma criatura que não faz mal a ninguém – disse a srta. Blacklock.

"Mais perigosa do que uma cascavel. Se a senhorita soubesse...", pensou Craddock consigo mesmo, mal-humorado. Mas ele não tinha a intenção de se abrir com ninguém. Estava convencido da existência do assassino, que agia impunemente. O melhor era que ficasse calado. Ele não queria que a próxima a ser eliminada fosse Miss Marple.

O assassino estava em alguma parte... mas onde?

– Melhor do que perder tempo com condolências é eu lhe dizer abertamente que me sinto muito mal com a morte da srta. Bunner. Acho que poderíamos tê-la evitado.

– Não vejo o que poderiam ter feito para impedi-la.

– Bem, não teria sido fácil, mas agora não podemos dormir em serviço. Quem está fazendo isso, srta. Blacklock? Quem tentou assassiná-la duas vezes e vai em breve tentar uma terceira, se não agirmos depressa para impedir?

Letitia Blacklock estremeceu.

– Eu não sei, inspetor. Eu realmente não sei.

– Tive uma conversa com a sra. Goedler. Ela me ajudou o melhor que pôde. São bem poucas as pessoas que se beneficiariam com a morte da senhorita. Para começar, Pip e Emma. Patrick e Julia Simmons têm a idade certa, mas parece que não há nada de errado com a história deles. De qualquer forma, não podemos nos concentrar apenas nos dois. Gostaria de saber uma coisa... a senhorita seria capaz de reconhecer Sonia Goedler se a visse?

– Como? Reconhecer Sonia? Mas é claro que... – ela interrompeu-se bruscamente. – Não... – admitiu ela, com cautela. – Talvez eu não a reconhecesse. Faz muito tempo que não a vejo, trinta anos... Sonia deve estar velha.

– Como era ela?

– Sonia?

A srta. Blacklock refletiu por um momento:

– Uma mulher pequena, de cabelos escuros...

– Alguma peculiaridade?

– Não, acho não. Era uma mulher alegre, muito alegre.

– Agora já não deve ser tanto – disse o inspetor. – A senhorita tem alguma foto dela?

– De Sonia? Deixe me ver... Acho que tenho uma, mas não é muito boa. Está num álbum...

– Ah! Gostaria de dar uma olhada.

– Mas é claro. Só preciso lembrar onde está.

– Diga-me, srta. Blacklock... Seria possível que a sra. Swettenham fosse Sonia Goedler?

– A sra. Swettenham? – perguntou a srta. Blacklock, arregalando os olhos. – Mas o marido dela trabalhava para o governo, primeiro na Índia, eu acho... E depois em Hong Kong.

– Isso foi o que ela mesma lhe contou. A senhorita não sabe disso por nenhuma fonte independente...

– Bem – hesitou a srta. Blacklock –, se o senhor põe as coisas nesses termos... Mas a sra. Swettenham? Não, não! Seria muito absurdo.

– Sonia Goedler nunca fez teatro? Teatro amador?

– Sim. Ela era uma ótima atriz.

– Aí está! Outro detalhe: a sra. Swettenham usa peruca. Ao menos é o que diz a sra. Harmon – corrigiu-se o inspetor.

– Sim. Suponho que seja mesmo uma peruca, com todos aqueles cachinhos prateados. Mas ainda acho a ideia absurda. É uma mulher simpática e às vezes muito engraçada.

– Temos também a srta. Hinchcliffe e a srta. Murgatroyd. É possível que uma delas seja Sonia Goedler?

– A srta. Hinchcliffe é muito alta. Ela é tão alta quanto um homem.

– E a srta. Murgatroyd?

– Como? Ah, não... não. Estou certa de que ela não poderia ser Sonia.

– A senhorita não enxerga direito.

– Sou míope, é isso que o senhor quer dizer?

– Sim. E agora gostaria de ver a foto dessa Sonia Goedler, mesmo que seja uma foto antiga. Somos treinados para reconhecer semelhanças que leigos normalmente nem percebem.

– Vou tentar encontrar o álbum.

– Agora?

– Se o senhor faz questão.

– Acho melhor.

– Muito bem. Então, deixe-me ver. Acho que vi esse álbum quando estávamos reorganizando vários livros que eu tinha guardado. Julia estava me ajudando. Lembro que ela riu por causa das roupas que vestíamos nas fotos... Colocamos os livros na prateleira da sala de estar. Mas onde foi que colocamos os álbuns e as revistas de arte? Que memória horrível é a minha. Talvez Julia se lembre. Ela está em casa.

– Vou procurá-la.

O inspetor saiu para tentar encontrar a moça. Ele não a encontrou em nenhuma das peças do andar de baixo. Quando perguntou a Mitzi onde estava a srta. Simmons, a criada respondeu que não era da conta dela.

– Fico na cozinha e me ocupo apenas da comida. E não como nada que eu mesma não tenha preparado. Nada, o senhor está me ouvindo?

O inspetor chamou a srta. Simmons da escada e, como não ouviu resposta, resolveu subir.

Ele se deparou com Julia logo que fez a volta ao chegar no patamar. Ela saía de uma porta atrás da qual se via uma pequena escada em caracol.

– Eu estava no sótão – explicou ela. – O que foi?

O inspetor Craddock disse o que procurava.

– Os velhos álbuns de fotografia? Sim, é claro que me lembro. Guardamos no armário alto do estúdio. Vou pegá-los para o senhor.

Ela passou à frente dele, desceu as escadas e abriu a porta do estúdio. Perto da janela havia um grande armário. Ela abriu as portas, deixando ver uma grande quantidade de objetos.

– Tudo lixo – disse Julia. – Essas coisas não prestam para nada, mas gente velha não joga nada fora.

O inspetor ajoelhou-se e apanhou um par de álbuns antigos que estavam na prateleira de baixo.

– São esses?

– Sim.

A srta. Blacklock juntou-se aos dois.

– Ah! Então foi aí que os coloquei. Não conseguia lembrar.

Craddock levou os álbuns até a mesa e começou a folheá-los.

Mulheres com enormes chapéus de aba larga, mulheres usando longos vestidos que roçavam o chão e deviam atrapalhar para andar. As fotos tinham belas legendas impressas na base, mas a tinta havia envelhecido e já não era possível lê-las.

– Está neste mesmo – disse a srta. Blacklock. – Na segunda ou terceira página. O outro álbum é da época em que Sonia já havia se casado e viajado para longe. Tem de estar aqui... – disse ela, virando a página.

A página tinha vários espaços vazios. Craddock inclinou-se e decifrou a escrita apagada. "Sonia... Eu... R.G." Um pouco mais adiante: "Sonia e Belle na praia." Ele virou a página: "Charlotte, Eu, Sonia, R.G."

Craddock levantou-se. Ele tinha um sorriso nos lábios.

– Alguém mexeu nessas fotos, e eu diria que não faz muito tempo.

– Não havia esses espaços em branco quando olhamos da outra vez, não é, Julia?

– Não prestei muita atenção... A não ser nos vestidos. Mas acho que não, tia Letty. Não havia mesmo esses espaços.

CAPÍTULO 18

As Cartas

I

– Desculpe me por incomodá-la de novo, sra. Haymes.

– Tudo bem – respondeu Phillipa com frieza.

– Será que podemos entrar nessa peça para conversar?

– No estúdio? Sim, se o senhor quiser. Está bem frio. Aqui não tem lareira.

– Não importa, é por pouco tempo. E aqui ninguém vai nos ouvir.

– E que importância tem isso?

– Para mim não tem nenhuma, mas para a senhora talvez tenha.

– O que o senhor quer dizer?

– A senhora me disse que seu marido morreu lutando na Itália.

– Sim?

– Não seria melhor ter dito a verdade, que ele desertou do regimento?

Ele viu o rosto dela empalidecer e as mãos se retorcerem.

Ela disse em tom de amargura:

– Vocês realmente precisam remexer em tudo?

Craddock foi seco:

– Esperamos que as pessoas nos digam a verdade sobre elas mesmas.

Ela ficou em silêncio, depois disse:

– E então?

– O que a senhora quer dizer com "e então"?

– O que o senhor pretende fazer? Contar a todo mundo? É mesmo necessário, justo, educado?

– Ninguém sabe disso?

– Aqui, não. Harry... – disse ela, e sua voz mudara de tom – meu filho não sabe. Eu não quero que ele saiba... nunca.

– Pois a senhora está assumindo um grande risco. Quando ele crescer e tiver condições de entender, é melhor que venha a saber pela senhora do que por outra pessoa. Vai ser horrível para ele descobrir a verdade depois de a senhora ter-lhe enchido a cabeça com histórias de que o pai morreu como um herói.

– Eu não faço isso. Eu não sou completamente desonesta, apenas não toco no assunto. O pai dele... foi morto durante a guerra. Para nós, de qualquer forma, é indiferente.

– Mas o seu marido ainda está vivo?

– Talvez. Como posso saber?

– Quando foi a última vez que o viu?

Phillipa respondeu rapidamente.

– Faz anos que não o vejo.

– Tem certeza? Por acaso a senhora não esteve com ele quinze dias atrás?

– Onde o senhor quer chegar?

– Eu nunca fiquei muito convencido daquela história do seu encontro com Rudi Scherz. Mas Mitzi contou a história com muita convicção. Aposto que o homem que a senhora encontrou no caramanchão aquela manhã foi o seu marido.

– Eu não encontrei ninguém no caramanchão.

– Ele estava mal de dinheiro e veio pedir ajuda, não foi isso?

– Estou lhe dizendo que não o vi. Eu não me encontrei com ninguém no caramanchão.

– Desertores estão sempre em dificuldade. Muitas vezes se envolvem em roubos, assaltos... coisas do tipo. *E eles carregam armas estrangeiras que trazem de outros países.*

– Eu não sei onde está o meu marido. Faz anos que não o vejo.

– Essa é a sua última palavra, sra. Haymes?

– Não tenho mais nada a dizer.

II

Craddock deixou o estúdio irritado. Ele não esperava por aquela reação de Phillipa.

– Teimosa como uma mula – disse ele para si mesmo.

Tinha certeza de que Phillipa estava mentindo e sentia-se frustrado por não ter sido capaz de fazer frente às negativas obstinadas da moça.

Era uma pena que o inspetor não conhecesse mais nada a respeito do ex-capitão Haymes. O que se tinha dele era uma ficha militar negativa, mas isso não significava que fosse um criminoso.

De qualquer modo, o fato de a porta ter sido lubrificada parecia apontar para o envolvimento de alguma pessoa que residia na casa ou que tinha fácil acesso a ela. Esse não era o caso de Haymes.

Craddock estava parado próximo à escada quando de repente lhe veio a curiosidade de saber o que Julia fazia no sótão. O que uma jovem melindrosa como aquela iria procurar lá em cima?

Não era um lugar para ela.

Rapidamente e sem fazer barulho, ele galgou os degraus até o primeiro andar. Não havia ninguém por ali. O inspetor abriu a porta da qual Julia havia saído e subiu pela estreita escada até o sótão.

Lá havia velhos baús e malas, móveis em mau estado, uma cadeira sem uma perna, um abajur de porcelana quebrado e parte de um serviço de jantar.

Ele virou um dos baús e abriu a tampa.

Roupas. Roupas de mulher, antigas, mas de excelente qualidade. Roupas que supostamente pertenciam à srta. Blacklock ou à sua falecida irmã.

Ele abriu outro baú.

Cortinas.

Passou para uma maleta de couro. Nela havia documentos e cartas. Cartas muito antigas, amareladas.

O inspetor leu as iniciais gravadas do lado de fora: C.L.B. A maleta devia ter pertencido à irmã de Letitia, Charlotte. Ele abriu uma das cartas e começou a ler:

> *Cara Charlotte,*
> *Ontem Belle se sentiu melhor, e saímos para um piquenique. R.G. também tirou folga. As ações da Asvogel estão com uma cotação excelente, e R.G. está muito satisfeito. As ações preferenciais agora valem um absurdo.*

Ele pulou o resto e reparou na assinatura:

> *Da sua querida irmã, Letitia*

Ele pegou outra carta.

Cara Charlotte,
Gostaria que você às vezes fizesse um esforço para conhecer mais gente. Você exagera, entende? Não é tão ruim como você pensa. As pessoas no geral não se importam com esse tipo de coisa. Você não está desfigurada da forma como imagina.

O inspetor balançou a cabeça afirmativamente. Lembrou-se de que Belle Goedler dissera que Charlotte Blacklock tinha algum tipo de deformidade. Letitia acabara abandonando o emprego para tomar conta da irmã. Essas cartas deixavam entrever a ansiedade que lhe causava o amor que ela nutria pela irmã doente, a quem escrevia longos relatos contando tudo o que havia de interessante no seu dia a dia. E Charlotte guardara as cartas. Em alguns envelopes havia também fotos.

De repente, Craddock sentiu um grande entusiasmo. Era como se estivesse prestes a descobrir uma pista importante. Aquelas cartas continham informações que Letitia há muito havia esquecido. Retratavam o passado com fidelidade e prometiam uma forma de acesso àquilo que o inspetor desconhecia. As fotografias também. Talvez houvesse ali uma fotografia de Sonia Goedler, uma fotografia ignorada pela pessoa que retirara as outras fotos do álbum.

O inspetor guardou as cartas com cuidado, fechou a maleta e começou a descer as escadas.

Letitia Blacklock, parada no patamar de baixo, olhava surpresa para ele.

– Era o senhor que estava no sótão? Ouvi um barulho. Não sabia quem...

– Srta. Blacklock, encontrei aqui umas cartas escritas para sua irmã anos atrás. Gostaria de lê-las, se me permite levá-las comigo.

Ela ficou vermelha de raiva.

– Que necessidade o senhor tem de fazer isso? Por quê? O que lhe interessam essas cartas?

– Posso descobrir coisas sobre a personalidade de Sonia Goedler, alguma foto, uma indicação, uma referência a algum acontecimento fortuito que se revele útil para a investigação.

– São cartas pessoais, inspetor.

– Eu sei.

– Imagino que vá levá-las de qualquer modo... Deve ter o direito ou vai pedir algum tipo de mandado... Então faça como quiser e leve tudo de uma vez! Mas há pouquíssima coisa aí sobre Sonia. Ela se casou e foi embora um ou dois anos depois que comecei a trabalhar para Randall Goedler.

Craddock insistiu:

– Talvez haja alguma informação. Temos de tentar de tudo. A senhorita está correndo um grande perigo, como já disse.

Ela mordeu os lábios:

– Eu sei disso muito bem. Bunny está morta porque tomou um analgésico que era para mim. O próximo pode ser Patrick, ou Julia, ou Phillipa, ou mesmo Mitzi... Uma pessoa jovem com a vida toda pela frente. Alguém que tome um copo de vinho servido pra mim, ou coma algum chocolate que me deem de presente. Está bem! Leve as cartas, leve-as daqui. E depois pode queimá-las, por favor. Elas não interessam senão a mim e Charlotte. Tudo isso pertence ao passado. Ninguém mais lembra...

Ela levou a mão à gargantilha de pérolas falsas que estava usando. Craddock reparou em como a gargantilha combinava mal com o seu casaco de tweed e a saia.

A srta. Blacklock repetiu:

– Leve as cartas.

III

Só na tarde seguinte o inspetor foi à casa paroquial.

Era um dia escuro e ventoso.

Miss Marple estava sentada ao lado do fogo, tricotando.

Bunch estava agachada no chão, cortando um molde de costura.

Ela se sentou sobre os calcanhares, puxou para trás uma mecha de cabelo que lhe caía sobre os olhos e lançou um olhar curioso para Craddock.

– Eu não sei se isso é quebra de sigilo – disse o inspetor a Miss Marple –, mas gostaria que desse uma olhada nessa carta.

Ele explicou como a tinha descoberto no sótão.

– É uma coleção de cartas muito comovente – disse ele. – A srta. Blacklock fazia tudo o que podia para animar a irmã e mantê-la com saúde e alguma vontade de viver. É possível distinguir também uma imagem subjacente do pai das duas, o dr. Blacklock. Um sujeito teimoso como uma mula, de princípios muito rígidos, que não admitia ser contrariado. Provavelmente matou uma dezena de pacientes por pura obstinação. Não era alguém que pudesse aceitar novos métodos e ideias.

– Realmente eu não sei até onde o condenaria – disse Miss Marple. – Tenho a impressão de que os médicos jovens em geral exageram na sua predisposição a experimentar coisas novas. Depois de nos arrancarem todos os dentes, nos mandarem tomar uma série de elixires esquisitos e arrancarem nossos órgãos, chegam à conclusão de que não temos mais jeito. Ainda prefiro ser tratada com velhos remédios, daqueles que costumam vir em vidros escuros de bom tamanho. E, se não fizerem bem, basta despejá-los no ralo.

Ela pegou a carta que Craddock alcançara-lhe.

– Eu quero que a senhora leia, porque acho que vai entender melhor do que eu o passado das duas. Eu tenho menos experiência a respeito de como eram as coisas naquele tempo.

Miss Marple desdobrou o frágil papel:

Cara Charlotte,

Não escrevi nos dois últimos dias porque estou enfrentando uma série de problemas domésticos. A irmã de Randall, Sonia (você se lembra dela? É aquela que pegou você de carro o outro dia. Como eu queria que você saísse mais!). Sonia anunciou que vai se casar com um homem chamado Dmitri Stamfordis. Eu o vi apenas uma vez. Muito atraente, nada confiável. R.G. não suporta o futuro cunhado, diz que ele é um vigarista e da pior espécie. Belle faz o possível para não se envolver e fica no canto dela com um meio sorriso. O temperamento terrível de Sonia, que parecia tão calma, aflorou. A reação dela não podia ser mais selvagem. Ontem achei que fosse matar o irmão!

Fiz o que pude. Conversei com Sonia e conversei com R.G. Consegui que ambos refletissem e se acalmassem, mas basta ficarem juntos um minuto e a briga começa de novo! Você não tem ideia de como essa situação é desgastante. R.G. está investigando a vida desse Stamfordis e parece que está descobrindo poucas e boas sobre ele.

Enquanto isso, o trabalho dele fica de lado. Quer dizer, em uma semana, tive minha cota anual de trabalho, o que não deixa de ser divertido, já que R.G. me dá carta branca. Ele disse ontem: "Graças a Deus que no mundo ainda existem pessoas sensatas. Não consigo imaginar você se apaixonando por um vigarista, Blackie!". Respondi que não me apaixonaria nem por vigaristas e nem por ninguém. R.G. disse: "Vamos pegar de surpresa esse pessoal da bolsa". Às vezes, ele fica mesmo endemoniado e age como um verdadeiro aproveitador. "Você continua determinada a me manter na linha, Blackie?", perguntou ele outro dia. E é claro que continuo. Não entendo como as pessoas se envolvem em esquemas desonestos sem nem perceber, mas R.G. realmente não percebe. Ele só considera desonesto o que for gritantemente contra a lei.

Belle só ri. Ela pensa que essa confusão por causa do casamento de Sonia é desnecessária. "Sonia tem o dinheiro dela", diz Belle. "O que a impede de se casar com esse homem?" Eu disse que o casamento podia ser um erro, e Belle respondeu que "nunca é um erro casar-se com o homem que se ama, mesmo que depois a gente se arrependa". E ainda acrescentou: "Imagino que, por causa do dinheiro, Sonia não vá brigar de vez com Randall. O dinheiro conta muito para ela".

Mas agora chega desse assunto. Como está papai? Não vou pedir que diga a ele que estou morrendo de saudades, mas você pode dizer se achar apropriado. Você tem conhecido pessoas novas? Querida, você tem de fazer um esforço. Ficar trancada dentro de casa é uma atitude mórbida.

Sonia manda lembranças. Ela acaba de entrar na sala e está retorcendo as mãos como um gato afia as unhas. Acho que ela e Randall devem ter brigado de novo. Sonia sabe como ser desagradável. Ela tem um olhar frio que tira qualquer um do sério.

Não desanime. Nessa vida, todos temos nossa cota de sofrimento. Você sabe que estou torcendo por você o tempo todo. Esse novo tratamento com iodo pode trazer resultados. Andei me informando a respeito, e dizem que é muito bom.

Com muito amor, da sua irmã
Letitia

Miss Marple dobrou a carta e a devolveu. Ela parecia pensativa.

– E então, o que a senhora acha? – perguntou Craddock. – Que tipo de mulher é ela?

– Sonia? É difícil ver uma pessoa através dos olhos de outra... Eu diria que ela é uma mulher muito determinada, sem dúvida. Que não quer abrir mão do melhor de dois mundos...

– "Retorcendo as mãos como um gato afia as unhas" – murmurou Craddock. – Isso me lembra de alguém...

Ele franziu o cenho.

– Ele mandou investigar a vida do futuro cunhado... – murmurou Miss Marple.

– Se tivéssemos acesso ao que ele descobriu! – exclamou Craddock.

– A carta não lhe trouxe nenhuma recordação de St. Mary Mead? – perguntou Bunch, com a boca cheia de alfinetes, numa pronúncia indistinta.

– Acho que não, querida... O sr. Blacklock é um pouco parecido com o sr. Curtiss, o nosso pastor evangélico. Não permitia que a filha usasse aparelho.

Dizia que era a vontade de Deus que ela ficasse dentuça. "Mas o senhor não faz a barba e corta o cabelo?", foi o que um dia lhe perguntei. "Pode ser que Deus prefira o senhor cabeludo", sugeri. Ele disse que era muito diferente. Resposta tipicamente masculina. Mas isso não nos ajuda em nada.

– Jamais descobrimos a origem do revólver, a senhora sabe? Não era de Rudi Scherz. Se eu soubesse quem tinha um revólver em Chipping Cleghorn...

– O coronel Easterbrook tem um – disse Bunch. – Ele deixa na gaveta dos colarinhos.

– Como a senhora sabe disso?

– A sra. Butt me contou. A nossa diarista. Bem... ela vem apenas duas vezes por semana. Ela comentou que achava natural um militar ter uma arma e que devia ser útil no caso de aparecer algum ladrão.

– Quando foi que ela lhe contou isso?

– Ah... tempos atrás! Acho que faz uns seis meses.

– Coronel Easterbrook... – murmurou Craddock consigo mesmo.

– Parece uma roleta de parque de diversões... – disse Bunch, ainda com a boca cheia de alfinetes. – Aponta cada vez para algo diferente.

– Eu que o diga! – rosnou Craddock. – O coronel Easterbrook esteve em Little Paddocks para deixar um livro. Ele poderia ter lubrificado a porta. Mas ele admitiu abertamente ter ido lá. Ao contrário da srta. Hinchcliffe...

Miss Marple deu uma tossidinha:

– O senhor precisa considerar a época em que vivemos, inspetor – disse ela.

Craddock lançou-lhe um olhar atravessado.

– Não se esqueça de que o senhor é da polícia – disse Miss Marple. – As pessoas não podem dizer tudo o que querem à polícia, podem?

– Não vejo por que não – respondeu Craddock. – A menos que sejam criminosos escondendo alguma coisa...

– Ela está se referindo à manteiga – disse Bunch, avançando energicamente ao redor da perna da mesa para segurar um pedaço de papel que ameaçava voar. – Manteiga e milho para as galinhas. Nata... um pedaço de bacon.

– Mostre a ele o bilhete da srta. Blacklock – disse Miss Marple. – São águas passadas, mas ainda soa bem misterioso.

– Onde foi que o coloquei... É esse aqui, tia Jane?

Miss Marple apanhou o pedaço de papel e deu uma olhada.

– Sim. Esse mesmo – sorriu ela.

E passou o bilhete para o inspetor, que leu o que a srta. Blacklock tinha escrito:

Andei me informando... o dia é quinta-feira. Qualquer horário depois das três. Se sobrar um pouco para mim, deixe a minha quota no lugar de sempre.

Bunch cuspiu todos os seus alfinetes e soltou uma gargalhada. Miss Marple olhava para a cara embasbacada do inspetor.

A mulher do vigário encarregou-se da explicação.

– Quinta é o dia que fazem manteiga numa das fazendas daqui. Eles sempre guardam um pouco para os amigos. Quem normalmente vai lá buscar é a srta. Hinchcliffe. Ela se dá com a maioria dos fazendeiros, acho que por causa dos porcos que ela cria. Mas tudo é feito por debaixo dos panos, se o senhor me entende, só entre pessoas conhecidas. Em troca da manteiga, você envia pepinos ou algo parecido... um pedaço de carne de porco. Às vezes, é preciso sacrificar algum animal por causa de um acidente. Ah! Acho que o senhor está me entendendo... Não é o tipo de coisa que se possa declarar abertamente à polícia. Receio que muitas dessas trocas sejam ilegais, hoje em dia as coisas são tão complicadas. Mas imagino que Hinch tenha ido a Little Paddocks com um pouco de manteiga ou algo parecido, que ela deixou *no lugar de sempre*. Quero dizer, na caixa de farinha, no guarda-louça. Ali não tem farinha.

Craddock suspirou.

– Ainda bem que vim falar com as senhoras – disse ele.

– Usávamos também uns cupons de roupa – disse Bunch. – Não eram vendidos, isso não considerávamos honesto. Nada envolvia dinheiro. Mas pessoas como a sra. Butt ou a sra. Finch ou a sra. Huggins gostam de um bom vestido de lã ou um casaco de inverno que não esteja muito velho, e elas costumavam pagar por eles com cupons em vez de pagar com dinheiro.

– É melhor que não me digam mais nada – declarou Craddock. – Tudo isso é ilegal.

– O que devia ser ilegal são essas proibições absurdas – disse Bunch, enchendo novamente a boca de alfinetes. – Não me envolvo em nada disso, porque Julian não gosta, e eu o respeito. Mas eu sei o que acontece, é claro.

O inspetor começava a ficar desanimado.

– Parece tudo tão normal e inofensivo – disse ele. – Até mesmo engraçado, ingênuo. No entanto, um homem e uma mulher já morreram. E é possível que outra mulher venha a morrer antes mesmo que eu possa agir. No momento, deixei Pip e Emma um pouco de lado. Estou me concentrando em Sonia. Gostaria de saber como ela é. Havia uma ou duas fotos junto com as cartas, mas não podiam ser dela.

– E por que diz isso? Por acaso já a viu?

– A srta. Blacklock disse que ela é morena e de baixa estatura.

– É mesmo? – disse Miss Marple. – Que interessante!

– Uma das fotos lembrou-me vagamente de alguém. Uma jovem loira e alta, com o cabelo todo preso num coque no alto da cabeça. Não sei quem ela poderia ser. Qualquer pessoa menos Sonia. A senhora acha que a sra. Swettenham pode ter sido morena quando jovem?

– Não muito – disse Bunch. – Os olhos dela são muito claros.

– Eu esperava que pudéssemos encontrar uma foto de Dmitri Stamfordis, mas seria muita sorte... Bem – disse ele, pegando de volta a carta –, é uma pena que isso não tenha lhe sugerido nada.

– Ah, mas sugeriu! – disse Miss Marple. – Sugeriu muita coisa. Acabo de lê-la de novo, em especial aquela parte que se refere ao fato de Randall Goedler ter mandado investigar o futuro cunhado.

Craddock arregalou os olhos.

O telefone tocou.

Bunch levantou-se e caminhou até o corredor onde, por respeito à tradição vitoriana, o telefone havia sido instalado e permanecia até então.

Ela retornou à sala e disse ao inspetor:

– É para o senhor.

Um pouco surpreso, Craddock foi até onde estava o aparelho, fechando a porta cuidadosamente atrás de si.

– Craddock? Aqui é Rydesdale.

– Sim, senhor.

– Andei examinando o seu relatório. Você diz que Phillipa Haymes nega expressamente ter estado com o marido desde que ele desertou do exército?

– Isso mesmo, senhor. Ela deu muita ênfase a esse ponto, mas na minha opinião estava mentindo.

– Concordo com você. Você se lembra de um caso que aconteceu cerca de dez dias atrás? Um homem atropelado por um caminhão... levado ao hospital geral de Milchester com uma concussão craniana e a bacia fraturada?

– O sujeito que praticamente tirou uma criança das rodas de um caminhão e acabou ele próprio sendo atropelado?

– Esse mesmo. O homem não trazia consigo nenhum documento, e ninguém apareceu para reconhecê-lo. Era como se fosse um foragido. Morreu na noite passada sem recobrar a consciência. Mas acaba de ser identificado. Um desertor do exército. Ronald Haymes, ex-capitão em South Loamshires.

– O marido de Phillipa?

– Ele mesmo. Devo acrescentar que em seu bolso foram encontradas uma velha passagem de ônibus de Chipping Cleghorn e uma boa quantia em dinheiro.

– Então a mulher deu mesmo dinheiro a ele? Eu tinha certeza de que ele era o homem que Mitzi viu conversando com Phillipa no jardim. Mas Phillipa negou tudo terminantemente, é claro. Mas, senhor... esse acidente envolvendo o caminhão foi antes...

Rydesdale encarregou-se ele mesmo de concluir:

– Sim, antes da noite do crime. Ronald Haymes foi levado ao hospital no dia 28, e o suposto assalto em Little Paddocks ocorreu no dia 29. Isso parece isentá-lo de qualquer ligação direta com o caso. Mas a mulher não sabia do acidente. Ela pode ter pensado que ele estava envolvido e por isso não falou nada. Bem ou mal, ele foi marido dela.

– Foi uma atitude heroica, não foi, senhor? – perguntou Craddock, pesando as palavras.

– Salvar a criança? Sim. Uma atitude bastante corajosa. Não acho que ele tenha desertado por covardia. Bem, isso é coisa do passado. Mas foi uma bela morte para um homem que tinha a reputação manchada.

– Fico contente por causa da moça – disse o inspetor. – E por causa do garoto.

– Sim. Ele não tem por que se envergonhar do pai. E agora ela vai poder se casar de novo.

Craddock disse calmamente:

– Era no que eu estava pensando, senhor... Abre algumas possibilidades.

– Aproveite que está aí e dê a notícia você mesmo.

– É o que vou fazer, senhor. Vou dar uma passada lá. Ou talvez seja melhor esperar que ela retorne a Little Paddocks. Pode ser que a notícia seja um choque para ela, e há uma outra pessoa com quem preciso conversar.

CAPÍTULO 19

Uma reconstituição do crime

I

– Vou trazer a lâmpada para cá antes de sair – disse Bunch. – Está tão escuro. Acho que virá uma tempestade.

Ela moveu a pequena lâmpada de leitura para o outro lado da mesa, onde iluminaria o tricô de Miss Marple, que estava sentada numa cadeira larga de espaldar alto.

Tiglath Pileser, o gato, pulou sobre o cabo da lâmpada, que arranhou e mordeu com violência, assim que o viu se esticar sobre a mesa.

– Não, Tiglath Pileser, pare com isso... Esse gato é tão desobediente. Olhe só, os dentes quase atravessaram o fio. Você não entende, seu bobo, que pode tomar um belo choque ao fazer isso?

– Obrigada, querida – disse Miss Marple, esticando a mão para acender a lâmpada.

– Não é aí que se liga, tia Jane. É preciso apertar aquele interruptor ridículo na metade do fio. Espere um pouco. Deixe-me afastar essas flores.

Ela empurrou para um lado o vaso de heléboros que estava sobre a mesa. Tiglath Pileser, de rabo erguido e abanando, esticou audaciosamente a pata e arranhou o braço de Bunch, que se assustou. Um pouco da água do vaso caiu bem em cima da parte desgastada do cabo da lâmpada e sobre Tiglath Pileser, que pulou para o chão com um miado indignado.

Miss Marple apertou o pequeno interruptor em formato de pera. Onde a água entrara em contato com o fio, produziu-se um lampejo e um estalido.

– Meu Deus – disse Bunch. – Deve ser o fusível. Acho que ficamos sem luz nessa parte da casa.

Ela tentou acender o interruptor da parede.

– Não funciona. É uma estupidez ligarem tudo no mesmo fusível. E a mesa ficou queimada. Tiglath Pileser, seu malcriado! É tudo culpa sua. O que foi, tia Jane? A senhora se assustou?

– Não foi nada, querida. Só uma ideia que me ocorreu, e eu já devia ter pensado nisso antes.

– Vou arrumar o fusível e trazer o abajur do escritório de Julian.

– Não, querida, deixe assim. Você vai perder o ônibus. Vou ficar aqui refletindo só mais um pouco. Está claro o suficiente.

Depois que Bunch saiu, Miss Marple aprumou-se na cadeira. O ar estava pesado, por causa da tempestade que se aproximava.

Miss Marple puxou uma folha de papel e escreveu: *lâmpada?* Depois sublinhou.

Não demorou muito e ela escreveu outra palavra.

Em seguida, o lápis começou a correr pelo papel, num traçado enigmático de breves anotações.

II

Na sala de estar em Boulders, escurecida por causa do teto rebaixado e das treliças nas janelas, a srta. Hinchcliffe e a srta. Murgatroyd discutiam.

– Você nem tenta, Murgatroyd. Esse é o seu problema – disse a srta. Hinchcliffe.

– Eu não consigo lembrar, Hinch, acredite em mim.

– Preste atenção, Murgatroyd... Vamos reconstruir a cena. Até agora nossos esforços investigativos não deram em nada. Eu estava completamente errada com relação àquela história da porta. Você não segurou a porta para o bandido. Você é inocente, Murgatroyd!

A srta. Murgatroyd mal esboçou um sorriso.

– De todas as empregadas de Chipping Cleghorn, a nossa é a única que não faz fofoca. Normalmente eu ficaria contente com isso, mas nesse caso é um azar. Todo mundo já sabia dessa história da segunda porta, menos nós, até ontem.

– Mas eu continuo sem entender como...

– Não há mistério algum. Nossas premissas estavam corretas. É impossível manter uma porta aberta, segurar uma lanterna e atirar com um revólver, tudo ao mesmo tempo. Decidimos ficar com o revólver e a lanterna e excluir a porta. Bem, foi nisso que erramos. Era o revólver que devíamos ter excluído.

– Mas ele tinha um revólver – disse a srta. Murgatroyd. – Eu vi. Estava ao lado dele no chão.

– Depois de ele estar morto, é claro. Sim, não há qualquer dúvida. Não foi ele quem atirou com o revólver.

– Mas então quem foi?

– É isso que vamos descobrir. Tem de ser a mesma pessoa que colocou comprimidos envenenados na mesinha de cabeceira do quarto de Letty Blacklock... e assim acabou eliminando a pobre Dora Bunner. E não pode ter sido Rudi Scherz, porque ele está mais morto do que a múmia do faraó. Foi alguém que estava naquela sala na noite do suposto assalto e provavelmente também na festa de aniversário. A única pessoa que podemos excluir, portanto, é a sra. Harmon.

– Você acha que foi durante a festa de aniversário que deixaram lá os comprimidos?

– E por que não?

– Mas como?

– Bem, você foi ao banheiro, não foi? – disse a srta. Hinchcliffe. – Eu mesma fui lá lavar as mãos melecadas por causa daquela torta. Por acaso não foi no quarto da srta. Blacklock que a nojenta da sra. Easterbrook foi retocar a maquiagem?

– Hinch! Você acha que ela...?

– Ainda não sei. Teria sido óbvio demais. A pessoa que colocou os comprimidos não desejaria ser vista no quarto. E oportunidades não faltaram.

– Nenhum dos homens foi ao segundo andar.

– E a escada dos fundos? Se um homem sai da sala, ninguém vai ter coragem de ir atrás conferir onde ele está indo. Seria uma grosseria! Mas pare de me contradizer, Murgatroyd. Precisamos começar refletindo sobre a primeira tentativa de assassinato. Tente se recordar de todos os fatos. Agora tudo depende de você.

A srta. Murgatroyd levou um susto.

– Ah, Hinch... você sabe o quanto essas coisas me confundem!

– Não vai ser preciso puxar pelo seu cérebro, ou seja lá pelo que for que você tenha na cabeça. Bastam os seus olhos. Quero saber o que foi que você viu.

– Mas eu não vi nada.

– Como acabei de dizer, você nem mesmo tenta. Esse é o seu problema. Olhe aqui, Murgatroyd. Preste atenção. É óbvio que quem tentou eliminar Letty Blacklock estava na sala aquela noite. Ele (estou dizendo ele só para facilitar, porque pode muito bem ter sido uma mulher, independentemente do fato de os homens serem todos uns porcos)... Bem, ele já tinha lubrificado a outra porta da sala de estar, que devia estar fechada apenas com um trinco ou algo parecido. E não me venha agora com a pergunta de quando foi que ele lubrificou, porque isso só vai nos confundir. Na verdade, é muito fácil para qualquer um de nós entrar numa casa em Chipping Cleghorn e ficar lá por meia hora fuçando nas coisas, sem ter de dar satisfações a ninguém. Basta escolher o momento adequado do dia. É só conhecer os hábitos da empregada e saber quando os moradores da casa saem, aonde vão e quando voltam. Informações que não são difíceis de conseguir. Mas continuando... Ele já tinha lubrificado a outra porta, que vai abrir sem fazer barulho. O plano é o seguinte: as luzes se apagam, e a porta normal da sala é aberta por um sujeito esquisito. O indivíduo faz um floreio com a lanterna e recita as frases do assalto. Aproveitando que estamos todos com a atenção voltada para o ridículo espetáculo, a pessoa sai silenciosamente da sala pela outra porta, coloca-se atrás do idiota do suíço e atira, primeiro na srta. Blacklock, depois no suíço. O revólver é deixado ali mesmo para que os lerdos como você achem que estava sendo disparado pelo morto. Quando alguém enfim consegue acender o isqueiro, o assassino já está de volta à sala, junto com os outros. Você entendeu?

– Sim... mas quem foi?

– Bem, se você não sabe, Murgatroyd, então ninguém mais pode saber!

– Eu? – perguntou Murgatroyd, à beira de um ataque de nervos. – Mas eu não sei de nada. Nada! Juro que não. Ah, Hinch...

– Use o cérebro, Murgatroyd. Para começar, onde é que estavam as pessoas quando as luzes se apagaram?

– Eu não sei.

– Sim, você sabe. Que coisa mais irritante, Murgatroyd. Onde é que você mesma estava? Isso você sabe, não? Ao lado da porta.

– Sim, isso mesmo. Ela bateu no meu calo quando foi aberta!

– Meu Deus! E por que você não vai a um quiropodista decente, Murgatroyd? Vamos lá, de volta ao assunto... Você está atrás da porta. Eu estou encostada no consolo da lareira, com a boca seca e ansiosa por um drinque. Letty Blacklock está apanhando os cigarros na mesa perto do arco divisório. Patrick Simmons está passando pelo arco na direção da salinha onde Letty Blacklock deixara as bebidas, correto?

– Sim, correto. Disso tudo eu me lembro.

– Muito bem. Agora, alguma outra pessoa seguiu Patrick até a salinha, ou estava a ponto de segui-lo. Um dos outros homens. O problema é que não consigo lembrar se era Easterbrook ou Edmund Swettenham. Você lembra?

– Não lembro.

– Ah, é claro que não, imagine... E há também uma outra pessoa que já tinha ido até a salinha: Phillipa Haymes. Lembro-me disso nitidamente, porque ela tem uma ótima postura, e vendo-a de costas pensei que faria uma bela figura em cima de um cavalo. Foi isso mesmo que pensei quando a vi caminhar na direção da lareira da salinha. Mas não sei o que ela queria por lá, porque as luzes logo se apagaram.

– As posições são essas – continuou a srta. Hinchcliffe. – Na salinha estão Patrick Simmons, Phillipa Haymes e... *ou* o coronel Easterbrook *ou* Edmund Swettenham. Não sabemos qual dos dois. Agora, Murgatroyd, preste atenção. O mais provável é que o assassino seja um desses três. Quem queria sair por aquela porta tomaria o cuidado de estar próximo a ela quando as luzes se apagassem. Então, como eu disse, é muito provável que o assassino seja um desses três. E nesse caso, Murgatroyd, não há nada que você possa fazer!

A srta. Murgatroyd estava visivelmente feliz.

– Por outro lado – continuou a srta. Hinchcliffe –, é possível que não tenha sido nenhum dos três. E é aí que você entra.

– Mas como assim?

– Como eu disse antes, só você pode saber.

– Eu não sei de nada! Eu não podia ver coisa alguma!

– Ah, você podia, sim. Você é a única que podia ver. Porque você estava por trás da porta. A luz da lanterna não lhe batia nos olhos, a porta estava entre ela e você. Você olhava na mesma direção em que a lanterna estava sendo focada. Ao contrário de todos nós, você é a única cuja visão não foi ofuscada.

– Bem, talvez não... Mas eu não vi nada! O facho de luz se movia para todos os lados...

– Mas de vez em quando ele parava no rosto das pessoas, não? E nas mesas e cadeiras...

– Sim, é verdade... Me lembro da srta. Bunner de boca escancarada, com os olhos esbugalhados e piscando.

– É isso! – exclamou a srta. Hinchcliffe.

Ela suspirou aliviada, depois continuou:

– O mais difícil é você pôr o cérebro para funcionar! Agora que ele ligou, continue...

– Mas não vi mais nada! Nada mesmo, é verdade.

– Você quer dizer que a sala estava vazia? Todo mundo tinha sumido?

– Não, é claro que não. A srta. Bunner de boca escancarada, a sra. Harmon sentada no braço de uma cadeira. Ela comprimia os olhos com os punhos fechados, como uma criança.

– Muito bem. Temos então a sra. Harmon e a srta. Bunner. Você não vê onde quero chegar? O problema é que não quero pôr ideias na sua cabeça. Eliminando todas as pessoas que você viu, chegamos ao que é mais importante: quem você *não* viu... Entende? Além das mesas e cadeiras, dos crisântemos e tudo mais, havia na sala algumas pessoas: Julia Simmons, a sra. Swettenham, a sra. Easterbrook... o coronel Easterbrook ou Edmund Swettenham... Dora Bunner e Bunch Harmon. Você viu Dora Bunner e Bunch Harmon. Ótimo. Podemos excluí-las. Agora pense, Murgatroyd... *pense*! Alguma dessas pessoas *não* estava lá?

A srta. Murgatroyd teve um sobressalto por causa de um galho que bateu no vidro da janela. Ela fechou os olhos e murmurou para si mesma:

– As flores... na mesa... a poltrona grande... a luz da lanterna não chegou até onde você estava, Hinch... até a sra. Harmon, sim...

O telefone tocou. A srta. Hinchcliffe foi atender.

– Alô? Como? Da estação?

A srta. Murgatroyd, concentrada, de olhos fechados, continuava obedientemente a reviver a noite do dia 29. A lanterna girando devagar pela sala... um grupo de pessoas... as janelas... o sofá... Dora Bunner... a parede... a mesinha com o abajur... o arco... o súbito disparo do revólver...

– ...mas é fantástico! – exclamou a srta. Murgatroyd.

– O quê? – rosnou o srta. Hinchcliffe ao telefone, indignada. – Chegou aí de manhã? A que horas? E só me avisam agora? Pequeno descuido uma ova! O que eu vou fazer é notificar a Sociedade Protetora dos Animais. Vocês não perdem por esperar, seus idiotas.

E bateu com força o telefone no gancho.

– É aquela cadela – ela disse. – A setter irlandês. Está na estação desde as oito horas da manhã. Sem uma gota de água! E os imbecis só me avisam agora. Estou indo lá buscá-la imediatamente.

A srta. Hinchcliffe saiu voando da sala, e atrás dela a srta. Murgatroyd, chiando esganiçada.

– Hinch, por favor, me escute... É muito estranho, não consigo entender...

Mas a srta. Hinch já tinha saído pela porta na direção do galpão que elas usavam como garagem.

– Continuamos quando eu voltar – gritou ela. – Não posso esperar por você. Para variar, está de pantufas...

A srta. Hinch ligou o carro e saiu de ré com uma única arrancada. A srta. Murgatroyd pulou para o lado.

– Mas Hinch, por favor... tenho de lhe contar!

– Eu já volto...

O carro saiu a toda velocidade na direção do portão, dando solavancos. A srta. Murgatroyd ainda repetiu em seu tom de voz exaltado, mas já sem energia:

– Mas, Hinch, *ela não estava lá*...

III

No céu, as nuvens aglomeravam-se, pesadas. E, enquanto a srta. Murgatroyd observava o carro se afastar, caíram as primeiras gotas de chuva.

Apavorada, correu até o varal em que, algumas horas antes, pusera para secar uns blusões e um conjunto de lã.

Sem fôlego, ela murmurava para si mesma:

– Muito estranho... Ah, meu Deus... não vou conseguir recolher isso a tempo, e está quase seco...

A srta. Murgatroyd lutava para soltar uma roupa que se enrolara sobre o prendedor, quando ouviu alguém se aproximando.

Virou-se para trás e abriu um sorriso de boas-vindas.

– Olá... entre ou vai se molhar!

– Deixe-me ajudá-la.

– Bem, eu agradeço... Vai ser uma pena se a roupa molhar de novo. Eu devia recolher tudo junto com a corda, mas acontece que não alcanço...

– Aqui está o seu cachecol. Deixe-me colocá-lo no seu pescoço.

– Ah, obrigada... Sim, obrigada... Se eu conseguisse pelo menos alcançar esse prendedor...

O cachecol deslizou suavemente ao redor do pescoço da srta. Murgatroyd até que, de súbito, foi apertado.

A boca da srta. Murgatroyd abriu-se, mas a voz ficou engasgada no fundo da garganta.

O cachecol foi apertado com mais força.

IV

Ao voltar da estação, a srta. Hinchcliffe parou o carro para dar uma carona a Miss Marple, que se apressava pela rua como podia a fim de escapar da chuva.

– Ei! A senhora vai se molhar toda. Entre e venha tomar um chá conosco. Vi Bunch na parada de ônibus. Vai ser mais divertido nos ajudar a reconstituir o crime do que ficar sozinha na casa paroquial. Tenho a impressão de que estamos a ponto de descobrir algo importante. Cuidado com essa cadela, ela é traiçoeira.

– Que linda!

– É uma cadela muito bonita, não é mesmo? Aqueles idiotas ficaram com ela até agora na estação sem me avisar. Mas eu os chamei de filhos da mãe, entre outras coisas! Não leve a mal o meu jeito, por favor. Durante a minha infância, na Irlanda, eu costumava passar mais tempo nos estábulos do que em qualquer outro lugar.

Com uma súbita guinada seguida de um solavanco, o pequeno automóvel entrou no pátio dos bangalôs de Boulders.

Logo que as duas desceram do carro, foram rodeadas por um bando impaciente de patos e outras aves domésticas.

– Ah, mas que coisa! Murgatroyd deve ter se esquecido de dar milho a eles.

– Vocês têm muita dificuldade em conseguir milho? – perguntou Miss Marple.

A srta. Hinchcliffe respondeu com uma piscadinha:

– Eu me dou muito bem com a maioria dos fazendeiros.

Espantando as galinhas, ela conduziu Miss Marple para dentro.

– A senhora está muito molhada?

– Não, essa capa é muito boa.

– Vou acender a lareira, se por acaso Murgatroyd ainda não tiver acendido. Mas onde foi que ela se meteu? Murgatroyd! E essa cadela, agora! Fugiu de novo?

Ouviu-se um uivo arrastado e melancólico do lado de fora.

– Mas que cadela desgraçada! – disse a srta. Hinchcliffe.

Ela foi até a porta e chamou:

– Venha cá, venha! Venha, Linda... Um nome idiota, mas ela já está acostumada. Temos de encontrar um outro... não é, minha Linda? Venha, Linda, venha!

A cadela estava cheirando alguma coisa caída no chão, debaixo da corda esticada do varal, onde as roupas se sacudiam com o vento.

– Murgatroyd não pôde sequer recolher a roupa limpa que estava para secar. Mas onde ela foi?

Mais uma vez a cadela fuçou no que parecia ser uma pilha de roupas, levantou o focinho para o alto e uivou.

– O que tem essa cadela?

A srta. Hinchcliffe atravessou o jardim com passos decididos.

E rapidamente, assustada, Miss Marple correu atrás dela. Ficaram paradas uma ao lado da outra, com os pingos de chuva a caírem sobre as duas.

Depois de um tempo, o braço da mulher mais velha colocou-se ao redor do ombro da mais jovem e sentiu os músculos dela se retesarem. De fato, a srta. Hinchcliffe parecia ter congelado enquanto observava o corpo da srta. Murgatroyd ali caído como uma coisa: a face muito azul e inchada, a língua espichada para fora.

– Eu vou matar a pessoa que fez isso – disse ela, com uma voz baixa e tranquila. – A hora em que eu colocar as minhas mãos nela...

Miss Marple perguntou:

– Nela?

A srta. Hinchcliffe virou para ela o rosto enfurecido.

– Sim. Eu sei quem foi... Sei muito bem. Quer dizer, só pode ser uma de três possibilidades.

Ela continuou ali mais um tempo, olhando para a amiga morta, e então se virou para a casa, com um tom de voz frio e seco:

– Temos de chamar a polícia. Enquanto esperamos por eles, vou lhe confessar uma coisa. Murgatroyd está ali caída por minha culpa. Estávamos brincando com fogo... Assassinato não é algo com que se brinque...

– Não, realmente não é.

– A senhora tem alguma experiência, não? – disse a srta. Hinchcliffe, enquanto ela tirava o fone do gancho e discava.

Ela descreveu rapidamente o ocorrido e desligou.

– Vão estar aqui em poucos minutos... Mas é verdade, ouvi dizer que a senhora tem alguma experiência com casos como esse... Acho que foi Edmund Swettenham quem me disse. Quer que lhe conte o que fazíamos? Eu e Murgatroyd?

Sem entrar em muitos detalhes, ela recontou a conversa de antes da sua partida para a estação.

– Ela veio atrás de mim, a senhora entende? Quando eu estava saindo para ir à estação... É por isso que sei que foi uma mulher e não um homem... Se eu tivesse esperado um pouco, se eu tivesse dado atenção a ela! A cadela não ia morrer se ficasse esperando mais meia hora...

– Não fique se culpando, querida. Isso não é bom. Não temos como prever os acontecimentos.

– Não, não temos. Lembro que alguma coisa bateu no vidro da janela. Talvez ela estivesse lá fora... sim, é claro... e deve ter entrado na casa... e ouvido tudo porque eu e Murgatroyd estávamos gritando... só pode ser isso.

– A senhorita ainda não me contou o que foi que a sua amiga disse.

– Uma única frase: *ela não estava lá.*

Ela se interrompeu.

– A senhora está entendendo? Tínhamos em mente três mulheres: a sra. Swettenham, a sra. Easterbrook, Julia Simmons. E uma dessas três... *não estava lá*... Ela não estava na sala de estar porque tinha escapulido para o corredor pela outra porta.

– Sim – disse Miss Marple. – Entendo.

– Uma dessas três. Não sei qual, mas vou descobrir!

– A senhorita me desculpe, mas... foi mesmo isso que a srta. Murgatroyd disse?

– Como assim?

– Ah, minha querida, deixe-me explicar... Estou me referindo à ênfase que ela deu às palavras: *ela não estava lá.* Ela deu a todas elas a mesma ênfase? A frase pode ser dita de várias maneiras. Por exemplo, *ela* não estava lá. Ou ainda: ela *não estava* lá. Uma coisa é diferente da outra. No primeiro caso, a sua amiga teria em mente uma pessoa; no segundo, estaria apenas confirmando uma suspeita prévia. Você parece ter dito assim: ela não estava *lá*, enfatizando o lugar...

– Ah... Bem, isso eu não sei, não consigo lembrar. Como posso saber? Mas não, não! Murgatroyd só pode ter dito "*ela* não estava lá". É o mais natural, imagino... A verdade é que não sei. Que diferença faz?

– É uma diferença bem sutil – disse Miss Marple, pensativa. – Mas acho que é importante. Sim, tenho certeza de que é importante...

CAPÍTULO 20

Miss Marple desaparece

I

Contra a própria vontade, o carteiro agora tinha de entregar cartas em Chipping Cleghorn tanto de tarde quanto de manhã.

Naquela tarde, ele entregara três cartas em Little Paddocks às 16h50.

Uma delas estava endereçada, numa letra de criança, a Phillipa Haymes. As outras duas eram para a srta. Blacklock. Ela as abriu logo que se sentou à mesa para o chá, com Phillipa, que saíra mais cedo de Dayas Hall naquele dia. A chuva torrencial não lhe permitira fazer nada além de fechar bem as estufas.

A srta. Blacklock rasgou o envelope da primeira carta: era a conta a ser paga pelo conserto do aquecedor. Ela bufou irritada.

– Os preços da Dymond são um absurdo, um absurdo! Mas acho que com as outras companhias não chega a ser muito diferente.

Abriu a segunda carta, escrita numa caligrafia que não foi capaz de reconhecer:

Cara prima Letty,
Gostaria de saber se há algum problema de eu chegar na terça-feira. Escrevi perguntando a Patrick dois dias atrás, e ele não me respondeu. Imagino então que não haja problema. Mamãe está vindo à Inglaterra no próximo mês e espera poder visitá-la.
Pego o trem que chega em Chipping Cleghorn às 16h15, está bem?
Beijo carinhoso,
Julia Simmons

Na primeira leitura, a carta pareceu-lhe assombrosa e, na segunda, sinistra. Ela olhou para Phillipa, cuja carta do filho a fazia sorrir.

– Você sabe se Julia e Patrick já voltaram?

Phillipa levantou os olhos.

– Sim, eles entraram logo depois de mim. Subiram para se trocar. Estavam molhados.

– Você se importa de chamá-los para mim?

– É claro que não. Pode deixar.

– Espere... Gostaria que lesse isso.

Ela entregou a Phillipa a carta que acabara de receber.

Phillipa franziu o cenho.

– Mas eu não entendo...

– Nem eu... Mas acho que já está na hora de eu começar a entender. Chame-os, por favor, Phillipa.

A moça foi até o pé da escada, de onde gritou:

– Patrick! Julia! A srta. Blacklock precisa falar com vocês.

Patrick desceu correndo as escadas e entrou na sala.

A srta. Blacklock pediu a Phillipa que presenciasse a conversa.

– Precisa de alguma coisa, tia Letty? – disse Patrick, solícito.

– Sim. Talvez você possa explicar isso.

Ao ler a carta, o rosto de Patrick empalideceu de tal modo que chegou a ser cômico.

– Eu ia telegrafar a ela! Mas que idiota, como pude esquecer?

– Essa carta então é de Julia, a sua irmã?

– Sim... é...

A srta. Blacklock então disse, em um tom de voz ameaçador:

– *Nesse caso, o que eu gostaria de saber é quem é essa jovem que você trouxe para dentro desta casa e me apresentou como sendo Julia Simmons, sua irmã e minha prima...*

– Bem, tia Letty... a verdade é que... eu posso explicar tudo... Sei que não devia ter feito isso, mas parecia algo sem importância... Deixe-me explicar, por favor...

– Pois estou esperando! Quem é essa moça?

– Bem, eu a encontrei numa festa logo depois que fui liberado do exército. No meio da conversa, disse a ela que estava vindo aqui e... Achamos que seria muito engraçado se eu a trouxesse comigo... A verdade é que Julia, a minha irmã mesmo, é louca por teatro... e mamãe não pode nem ouvir falar nisso... Surgiu uma oportunidade para Julia numa companhia muito boa em Perth, e ela quis tentar... Mas não podíamos contar isso a mamãe, e o plano era deixá-la pensando que a filha estava aqui comigo, estudando para ser enfermeira, como uma moça bem-comportada.

– Você ainda não me explicou *quem é* essa moça que você trouxe aqui.

Patrick virou-se e constatou, aliviado, que Julia, altiva como sempre, entrava na sala.

– Fomos descobertos – disse ele.

Julia ergueu as sobrancelhas. Sem perder a calma, aproximou-se da mesa e então se sentou.

– Está bem... É isso mesmo. Suponho que esteja furiosa... – disse ela, examinando friamente o rosto da srta. Blacklock. – Eu também ficaria.

– *Quem é você?*

Julia suspirou.

– Acho que chegou a hora de esclarecer tudo. Pois então... Sou uma das metades da dupla Pip e Emma. Para ser mais exata, fui batizada como Emma Jocelyn Stamfordis. Mas papai não usou o Stamfordis por muito tempo. Acho que o sobrenome seguinte que ele adotou foi De Courcy.

– Meu pai e minha mãe – continuou ela – se separaram três anos depois que Pip e eu nascemos. Cada um deles seguiu o próprio caminho. E eles nos dividiram. Fiquei com papai. Apesar de encantador, ele era péssimo como pai. Tenho péssimas lembranças de ser internada sem mais nem menos em colégios de freiras quando ele ficava sem dinheiro ou preparava algum dos seus golpes sórdidos. Normalmente, ele pagava adiantado todo o primeiro semestre, dando a impressão de que era muito rico, e depois desaparecia. Eu ficava nas mãos das freiras pelo período de um ano ou dois. Nos intervalos, eu e ele levávamos uma vida empolgante e glamourosa, passando a conviver com pessoas de hábitos sofisticados que haviam viajado por diversas partes do mundo. Mas a guerra acabou por nos separar de vez. Não faço a menor ideia de que fim ele levou. Eu mesma vivi algumas aventuras. Me juntei à resistência francesa. Um período muito emocionante. Encurtando a história, acabei em Londres, tendo de pensar sobre o que faria do meu futuro. Eu sabia que o irmão da minha mãe, com quem ela brigara, morrera um homem muito rico. Fui atrás do testamento para ver se ele deixara alguma coisa para mim. Não deixara nada, ao menos não diretamente. Procurei me informar sobre a viúva e fiquei sabendo que vivia apenas à custa de remédios, já completamente gagá. Para ser sincera, a senhorita parecia a minha melhor chance. Estava prestes a herdar uma imensa fortuna e, até onde eu sabia, não teria ninguém a quem deixá-la. Pensei em me aproximar amigavelmente. Era possível que gostasse de mim. Desde que meu tio morreu, tudo mudou, não é verdade? O que quero dizer é que, com os desastres da guerra, as pessoas perderam o que tinham. Pensei que a senhorita poderia se compadecer de uma órfã sozinha no mundo...

– Pensou, é? – disse a senhorita Blacklock, sem achar a menor graça.

– Sim. Bem, eu não a conhecia, é claro... Pensei em aparecer aqui desesperada e chorando... Mas então aconteceu essa incrível coincidência, de eu conhecer Patrick, seu sobrinho, primo ou seja lá o que for. Bem, era uma oportunidade que eu não podia deixar passar. Eu me insinuei para ele, que imediatamente correspondeu. A verdadeira Julia estava louca para ser atriz, e não foi difícil convencê-la a se mudar, em nome da arte, para algum alojamento em Perth, onde ensaiaria dia e noite até se tornar a nova Sarah Bernhardt.

Após um momento de silêncio, ela continuou:

– A culpa não foi de Patrick. Ele compreendeu a minha situação e pensou que seria uma ótima ideia eu vir aqui como Julia.

– E ele também aprovou o fato de você continuar mentindo, até mesmo para a polícia?

– Tenha dó, Letty. Quando aconteceu a encenação ridícula daquele assalto, ou melhor, depois que ela aconteceu, fiquei numa situação muito complicada. A verdade é que eu tinha um excelente motivo para tentar eliminá-la. E o máximo que posso fazer é dar-lhe a minha palavra de que não tentei. Tive de ficar quieta no meu canto. Até Patrick começou a desconfiar de mim. Se ele estava desconfiando de mim, imagine a polícia! Para aquele inspetor, qualquer pessoa era um criminoso em potencial. Contar a verdade seria como incriminar a mim mesma. Não. Eu precisava esperar que a confusão passasse e depois desaparecer.

– Mas como eu podia saber – continuou ela – que Julia, a verdadeira Julia, teria um ataque de nervos, brigaria com o produtor da peça e desistiria de tudo? Ela escreve a Patrick perguntando se poderia vir aqui e, em vez de ele ordenar a ela que se mantenha afastada, ele simplesmente se esquece de responder! – exclamou, lançando ao rapaz um olhar enviesado. – Bando de idiotas!

Ela suspirou.

– Pensam que tenho me divertido em Milchester? É claro que não vou ao hospital, mas não posso ficar o tempo todo zanzando à toa pela cidade. Sou obrigada a passar horas e horas no cinema, assistindo aos filmes mais ordinários, um depois do outro, e sempre os mesmos!

– Pip e Emma... – murmurou a srta. Blacklock. – Apesar da insistência do inspetor, jamais imaginei que realmente existissem.

Ela lançou a Julia um olhar inquiridor.

– Você é Emma? – disse ela. – E Pip, quem é ele?

Os olhos de Julia, limpos e inocentes, encontraram-se com os dela.

– Eu não sei – ela disse. – Não faço a menor ideia.

– Acho que você está mentindo, Julia. Quando foi que o viu pela última vez?

Teria Julia hesitado antes de responder?

Ela disse, em alto e bom som:

– Na última vez em que o vi, tínhamos três anos de idade. Foi quando minha mãe o levou. Nunca mais eu vi nenhum dos dois. Não sei onde estão.

– E é só isso que você tem a dizer?

Julia suspirou.

– Poderia dizer que lamento, mas não estaria sendo honesta. Na verdade, eu faria tudo de novo. A não ser que soubesse de antemão que esses crimes fossem ocorrer.

– Julia... – disse a srta. Blacklock. – Vou chamá-la dessa maneira, porque já estou acostumada. Você disse que se juntou à resistência francesa?

– Sim. Por dezoito meses.

– Imagino que tenha aprendido a atirar.

Mais uma vez, os olhos azuis de Julia encontraram-se com os dela.

– Eu sei muito bem como usar uma arma. E eu não atirei em você, Letitia Blacklock. Dou a minha palavra, e sei que isso não significa muito, mas posso acrescentar que, se quisesse lhe dar um tiro, eu dificilmente erraria.

II

O barulho de um carro que estacionava na frente da casa quebrou a tensão do momento.

– Quem será? – perguntou a srta. Blacklock.

A porta da sala se entreabriu, e a cabeça despenteada de Mitzi apareceu.

– É a polícia outra vez – disse ela, com os olhos arregalados. – Mas que perseguição! A paz é um direito de todos. Assim eu não aguento. Escrevo ao primeiro-ministro, ao rei...

A mão de Craddock afastou-a para o lado, gentilmente, mas com firmeza. Tinha uma expressão tão carregada que todos olharam para ele com medo. Era uma outra pessoa.

Ele disse:

– A srta. Murgatroyd acaba de ser assassinada. Foi estrangulada, não faz nem uma hora.

Os olhos do inspetor pousaram em Julia:

– E a senhorita? Onde foi que esteve o dia todo?

Julia respondeu, cautelosa:

– Em Milchester. Acabo de chegar.

– E o senhor? – perguntou ele, olhando firme nos olhos de Patrick.

– Também.

– Vocês dois voltaram juntos?

– Sim... voltamos – disse Patrick.

– Não – disse Julia. – Não adianta, Patrick. Esse é o tipo de mentira que tem perna curta. O pessoal do ônibus nos conhece muito bem. Eu vim antes, inspetor. Vim no ônibus que chega aqui às quatro.

– E o que foi que a senhorita fez então?

– Dei uma caminhada.

– Na direção de Boulders?

– Não, eu atravessei os campos.

O inspetor cravou os olhos na moça. Julia, muito pálida, com os lábios tensos, encarou-o de volta.

Antes que alguém pudesse falar, o telefone tocou.

A srta. Blacklock tirou o fone do gancho, olhando desconfiada para o inspetor.

– Sim. Quem? Ah, Bunch... O quê? Não. Não, ela não veio. Não faço a menor ideia... Sim, ele está aqui.

Ela abaixou o fone e disse:

– A sra. Harmon gostaria de falar com o senhor, inspetor. Miss Marple não retornou à casa paroquial, e estão preocupados com ela.

Craddock deu dois passos à frente e pegou o aparelho.

– Aqui é Craddock.

– Estou preocupada, inspetor – a voz de Bunch soava apreensiva. – Tia Jane não está em casa, e não sei onde ela foi. Estão dizendo que a srta. Murgatroyd foi assassinada. É verdade?

– Sim, é verdade, sra. Harmon. Miss Marple estava em Boulders com a srta. Hinchcliffe quando as duas encontraram o corpo.

– Ah! Então é lá que ela está... – concluiu Bunch, aliviada.

– Não, não. Receio que ela tenha saído de lá há cerca de, deixe-me ver... meia hora. Ela ainda não chegou em casa?

– Não, não chegou. São só dez minutos de caminhada. Onde será que ela está?

– Talvez na casa de algum vizinho?

– Mas já liguei para todos eles, e ela não está na casa de ninguém. Estou com medo inspetor...

"Eu também", pensou Craddock.

Ele disse rapidamente:

– Estou indo para aí agora mesmo.

– Venha, por favor. Ela estava escrevendo algo antes de sair e deixou aqui o papel. Não sei se significa alguma coisa. Para mim, parecem mais rabiscos sem sentido.

Craddock desligou o telefone.

A srta. Blacklock perguntou ansiosa:

– Aconteceu alguma coisa com Miss Marple? Espero que não...

– Também espero – disse o inspetor, mordendo os lábios.

– Tão velhinha, tão frágil...

– Eu sei.

Remexendo com certo nervosismo a gargantilha de pérolas que lhe enfeitava o pescoço, a srta. Blacklock disse com uma voz rouca:

– A situação está ficando cada vez pior, inspetor. A pessoa que está fazendo isso só pode ter enlouquecido.

– É possível.

A gargantilha que enfeitava o pescoço da srta. Blacklock foi rompida pela pressão dos seus dedos nervosos, e as pérolas espalharam-se pelo chão da sala.

Letitia gritou em tom angustiado:

– Minhas pérolas, minhas pérolas!

A agonia que pareceu tomar conta dela naquele momento chamou a atenção de todos. Sem tirar a mão da garganta e soluçando, ela deixou a sala.

Phillipa começou a juntar as pérolas.

– É a primeira vez que a vejo se descontrolar dessa maneira. Ela nunca tira esse colar. Será que foi presente de alguém especial? Randall Goedler, quem sabe?

– É possível – disse o inspetor, pensativo.

– Será que não são... não poderiam ser... de verdade? – perguntou Phillipa, que continuava ajoelhada juntando as pequenas esferas brancas e brilhantes.

Segurando uma delas, Craddock estava determinado a dar uma resposta negativa e desdenhosa quando subitamente se calou.

Era possível mesmo que fossem de verdade.

Eram tão grandes, lisas e brancas que sua falsidade parecia óbvia, mas Craddock lembrou-se de repente de um caso em que um colar de pérolas de verdade fora comprado por poucos xelins numa loja de penhores.

Letitia Blacklock garantira a ele que não havia joias de valor na casa. Se aquelas pérolas fossem genuínas, valeriam uma fortuna. E, se fossem um presente de Randall Goedler, poderiam valer uma soma ainda maior.

Pareciam falsas, deviam ser falsas... Mas e se fossem verdadeiras?

Por que não? Ela poderia não saber do valor. Ou talvez resolvera proteger o tesouro tratando-o como se fosse uma bijuteria qualquer e barata. Se fossem de verdade, valeriam uma soma fabulosa, o suficiente para motivar um assassinato, se alguém soubesse a respeito delas.

De repente, o inspetor caiu em si. Aquelas divagações teriam de ficar para outro momento. Miss Marple estava desaparecida. Ele tinha de ir à casa paroquial.

III

Bunch e o marido estavam esperando por ele, ambos preocupados e de cenho franzido.

– Ela não voltou – disse Bunch.

– Ela disse que estava vindo para cá quando deixou Boulders? – perguntou Julian.

– Na verdade, não – respondeu Craddock, tentando lembrar-se mais exatamente do que Miss Marple tinha dito.

Ele se lembrou da sua expressão sinistra, os olhos gelados e a boca torcida num ricto.

Ela parecia determinada a fazer algo... fazer o quê? Onde?

– A última vez em que a vi, ela conversava com o sargento Fletcher – disse ele. – Estavam ao lado do portão. Em seguida, ela saiu. Imaginei que tivesse vindo direto para a casa paroquial. Eu teria mandado o motorista trazê-la, mas havia tanto a fazer, e ela deixou a casa muito discretamente. Fletcher talvez saiba de alguma coisa! Onde ele está?

Para sua surpresa, ao ligar para Boulders, o sargento Fletcher não estava lá e não deixara nenhum recado avisando aonde iria. Achavam que ele tinha voltado a Milchester; porém, quando o inspetor ligou para a delegacia de lá, tampouco pôde encontrá-lo.

Craddock então se lembrou do que Bunch lhe dissera ao telefone.

– Onde está o papel? A senhora disse que ela deixou alguma coisa escrita num pedaço de papel.

Bunch foi buscá-lo para ele. O inspetor sentou-se à mesa para lê-lo. Bunch debruçou-se por cima do ombro dele, a fim de ajudá-lo a decifrar a caligrafia difícil:

– *Abajur.*

Em seguida estava escrito *Violetas.*

E depois de um espaço:

Onde está o frasco dos analgésicos?

O item seguinte dessa lista curiosa foi mais difícil de decifrar:

– *Delícia Mortal.* É a torta de Mitzi – explicou Bunch.

O inspetor continuou a leitura:

– *Deixe a minha quota...* Quota? Cota de quê? E isso? *Grande aflição enfrentada com bravura.* Mas que diabo! *Iodo... Pérolas...* Ah, pérolas. E depois *Lotty...* não, Letty. O "e" dela é como um "o". *Berna.* E isso? *Aposentadoria...*

Os dois entreolharam-se, espantados.

Craddock recapitulou brevemente:

– Abajur. Violetas. Onde está o frasco dos analgésicos? Delícia Mortal. Deixe a minha quota... Grande aflição enfrentada com bravura. Iodo. Pérolas. Letty. Berna. Aposentadoria.

Bunch perguntou:

– Mas isso tem algum significado? Não consigo entender.

Craddock disse pensativo:

– Tenho apenas uma vaga ideia, mas não sei. É estranho que ela tenha se referido às pérolas...

– Sim. Mas o que significa?

– A srta. Blacklock sempre usa aquela gargantilha com três voltas de pérolas?

– Sim. Às vezes, até fazemos piada com isso. Elas têm uma aparência tão fajuta, não é mesmo? Mas talvez ela as ache elegantes.

– Pode ser que haja uma outra razão.

– O senhor acha que são verdadeiras? Ah, não é possível!

– Quantas vezes a senhora já teve a oportunidade de examinar pérolas genuínas daquele tamanho?

– Mas parecem de vidro!

Craddock deu de ombros.

– Bem, de qualquer forma, isso agora não importa. Precisamos encontrar Miss Marple.

Tinham de encontrá-la antes que fosse tarde demais. E se já estivessem atrasados? As anotações mostravam que ela seguia uma pista... O que era perigoso, terrivelmente perigoso. E onde Fletcher se metera?

Craddock deixou a casa paroquial a passos largos na direção de onde deixara o carro. Ele teria de procurar. Procurar era a única coisa que ele podia fazer.

Uma voz chamou-o do meio dos loureiros, que ainda pingavam água da chuva:

– Senhor... senhor...

Era o sargento Fletcher.

CAPÍTULO 21

Três mulheres

Tinham terminado de jantar em Little Paddocks. Uma refeição silenciosa e constrangedora.

Patrick, consciente de que não estava mais agradando, reduziu ao mínimo seus comentários que, mesmo esporádicos, foram muito mal recebidos. Phillipa Haymes parecia estar com a cabeça em outro lugar. E a srta. Blacklock já não fazia qualquer esforço para ser agradável. Trocara de roupa para o jantar e usava o seu antigo colar de camafeus. As olheiras e as mãos que não paravam quietas denunciavam o medo que ela agora sentia.

Julia fora a única a conseguir manter o seu ar usual de indiferença cínica durante toda a noite.

– Desculpe-me, Letty, por não fazer as malas e ir embora. Mas acho que a polícia não permitiria. De qualquer forma, não creio que eu continue a envenenar a atmosfera dessa casa por muito tempo. O inspetor Craddock deve aparecer com um mandado e algemas a qualquer momento. Na verdade, eu não sei por que ele ainda não apareceu.

– Ele está procurando por Miss Marple – disse a srta. Blacklock.

– Será que a mataram também? – perguntou Patrick com uma curiosidade despropositada. – Mas por quê? O que ela poderia saber?

– Não sei – respondeu apaticamente a srta. Blacklock. – Talvez a srta. Murgatroyd tenha lhe dito algo.

– Se ela também foi morta – disse Patrick –, o assassino só pode ser uma pessoa.

– Quem?

– Hinchcliffe, é claro – sentenciou Patrick em tom triunfal. – A última vez em que a viram ela estava em Boulders. Meu raciocínio é o de que ela nunca saiu de lá.

– Estou com dor de cabeça – disse a srta. Blacklock, enfadada.

Ela pressionou a testa com os dedos e, em seguida, perguntou:

– Por que Hinch mataria Miss Marple? Não faz nenhum sentido.

– E se foi ela quem matou Murgatroyd antes? – insistiu Patrick.

Phillipa resolveu intervir:

– Hinch não mataria Murgatroyd.

– A menos que Murgatroyd tivesse descoberto alguma coisa provando que Hinch fosse a assassina.

– Hinch estava na estação quando Murgatroyd foi morta.

– Ela pode tê-la assassinado antes de sair.

Assustando a todos, Letitia Blacklock de repente gritou:

– Assassinato, assassinato, assassinato! É só disso que sabem falar? Estou assustada, será que não entendem? Antes eu me sentia protegida, mas agora não. O que se pode fazer contra um assassino que está só esperando, e observando, e aguardando a hora certa de atacar? Oh, Deus!

Ela deixou o rosto cair sobre as mãos. Em seguida, levantou-o e pediu desculpas.

– Desculpem-me, perdi o controle – disse ela, tensa.

– Está tudo bem, tia Letty – disse Patrick afetuosamente. – Confie em mim. Vou protegê-la.

– Você? – foi a única coisa que Letitia Blacklock conseguiu dizer, e soou de forma tão desiludida que pareceu mais uma acusação.

Aquilo ocorreu logo antes do jantar, e em seguida Mitzi mobilizou a atenção de todos ao declarar que não iria fazer a comida.

– Não faço mais nada nessa casa. Me tranco no meu quarto e só saio quando for dia. Tenho medo. Estão matando as pessoas... Aquela srta. Murgatroyd, com sua cara estúpida de inglesa. Quem teria interesse em matá-la? Só um louco! É de um louco que se trata! Alguém que sai matando qualquer um. E eu não quero morrer. Vejo coisas na cozinha, ouço barulhos... Sinto que tem alguém no pátio... aí vejo uma sombra na porta da despensa... passos. Então vou agora para o quarto, tranco a porta e talvez empurre a escrivaninha contra ela. De manhã, comunico àquele policial desalmado que estou indo embora. E, se disserem que não posso, grito, grito e grito! Sem parar, até me deixarem sair.

Todos estremeceram com a ameaça ao se lembrarem da força dos seus pulmões.

– Então eu vou para o quarto – repetiu Mitzi, mais uma vez, para que suas intenções ficassem bem claras.

Num gesto dramático, ela tirou o avental que estava vestindo e acrescentou:

– Boa noite, srta. Blacklock. Talvez a senhorita esteja morta antes de o sol nascer. Nesse caso, adeus.

Ela saiu abruptamente, e a porta, com o mesmo rangido de sempre, se fechou devagar atrás dela.

Julia levantou-se.

– Vou providenciar o jantar – disse ela, decidida. – Vai ser menos constrangedor para vocês do que eu ficar aqui sentada. Patrick, que se instituiu o seu protetor, tia Letty, pode provar cada um dos pratos primeiro. Era só o que me faltava ainda ser acusada de envenená-la.

Julia cozinhou e serviu uma refeição excelente.

Phillipa foi até a cozinha oferecer uma ajuda, que Julia recusou firmemente.

– Preciso dizer-lhe algo...

– Essa não é uma boa hora para trocar confidências – disse Julia, com dureza. – É melhor você voltar para a sala de jantar, Phillipa.

O jantar tinha terminado, e eles estavam na sala de estar, tomando café ao redor da lareira. Ninguém dizia nada. Era como se todos estivessem esperando.

Às oito e meia, o inspetor Craddock ligou.

– Em quinze minutos estarei aí – disse ele. – Vou levar comigo o coronel, a sra. Easterbrook, a sra. Swettenham e o filho dela.

– Mas, francamente, inspetor... Não estou em condições de receber ninguém esta noite...

A voz da srta. Blacklock soava como se ela estivesse à beira de um colapso nervoso.

– Sei muito bem como a senhorita se sente. Desculpe-me, mas é urgente.

– O senhor encontrou Miss Marple?

– Não – disse o inspetor, desligando.

Julia levou a bandeja até a cozinha, onde para sua surpresa encontrou Mitzi contemplando a pilha de louças na pia.

Mitzi soltou o verbo:

– Viu o que você fez na minha cozinha? Essa frigideira eu uso apenas para fazer omeletes! O que você fez com ela?

– Fritei cebolas.

– E arruinou a panela, que agora vai ter de ser lavada. Nunca lavo a frigideira onde faço omeletes, basta passar uma folha de jornal. E essa panela? É a panela do leite! Para que você usou?

– Bem, eu não sei qual é o uso de cada panela, assim como não sei o que você está fazendo aqui de volta, depois de dizer que iria para o quarto – respondeu Julia, com raiva. – Volte para lá e deixe-me lavar isso tudo em paz.

– Não vou deixá-la arruinar a minha cozinha ainda mais.

– Ah, Mitzi! Você é impossível.

Julia saiu irritada da cozinha no mesmo momento em que tocavam a campainha.

– Eu é que não vou abrir a porta – berrou Mitzi da cozinha.

Julia engoliu em seco um palavrão em francês e caminhou decidida até a porta da frente.

Era a srta. Hinchcliffe.

– Boa noite – disse ela com sua voz áspera. – Desculpe pela invasão. O inspetor ligou para avisar?

– Ele se esqueceu de dizer que a senhorita estaria vindo – disse Julia, conduzindo-a até a sala de estar.

– Ele disse que eu não precisava vir a menos que quisesse – explicou a srta. Hinchcliffe. – Mas eu quis vir.

Ninguém deu os pêsames à srta. Hinchcliffe ou mencionou a morte da srta. Murgatroyd. O rosto descomposto daquela mulher alta e vigorosa deu a entender a todos que qualquer manifestação naquele sentido seria tomada como uma impertinência.

– Acendam todas as luzes – disse a srta. Blacklock. – E ponham mais carvão na lareira. Estou morrendo de frio. Sente-se mais perto do fogo, srta. Hinchcliffe. O inspetor disse que estaria aqui em quinze minutos. Já deve estar chegando.

– Mitzi voltou – disse Julia.

– É mesmo? Às vezes eu desconfio da sanidade dela... Mas talvez todos nós sejamos meio loucos.

– Não tenho paciência alguma com essa história de que assassinos são pessoas que perderam o juízo – cortou a srta. Hinchcliffe. – Ao contrário! Eles têm uma sanidade exagerada e pervertida, isso sim!

Ouviu-se o barulho de um carro estacionando do lado de fora, e em seguida Craddock apareceu com o coronel, a sra. Easterbrook, Edmund e a sra. Swettenham.

Estavam todos curiosamente circunspectos.

O coronel Easterbrook comentou, sem muita convicção:

– Ah... Belo fogo!

A sra. Easterbrook sentou-se ao lado do marido sem tirar o casaco. O rosto dela, normalmente de uma beleza insípida, agora parecia tenso e afinado, lembrando o de uma raposa. Edmund, que estava em um dos seus dias de mau humor, exibiu a todos uma careta azeda. O esforço feito pela sra. Swettenham para quebrar o gelo soou afetado:

– É horrível, não? Quero dizer... Tudo isso. E, realmente, quanto menos se falar, melhor. Porque não sabemos quem será o próximo, é... como a peste na Idade Média. Querida srta. Blacklock, não quer um gole de brandy? Um pouquinho apenas... Para mim, não há melhor estimulante. Eu... bem, é tão constrangedor invadirmos assim a sua casa... O inspetor Craddock nos obrigou! E é realmente terrível que até agora ela não tenha sido encontrada, não é mesmo? Falo daquela pobre velhinha da casa paroquial. Bunch Harmon está desesperada. Ninguém sabe onde ela se meteu em vez de voltar para casa. Não procurou nenhum de nós. Eu nem mesmo a vi hoje. E eu saberia se ela tivesse aparecido por lá, porque eu estava na sala de estar, nos fundos, e Edmund, escrevendo no estúdio, na parte da frente. Um de nós a teria visto. Oh, espero que nada tenha acontecido com ela. Uma preciosidade, naquela idade, com tudo funcionando e tão lúcida!

– Mamãe – disse Edmund num tom de voz realmente agoniado –, será que não poderia calar a boca?

– Graças a Deus *você* não está tendo nenhuma dificuldade em ficar quieto, querido – respondeu ela, sentando-se ao lado de Julia.

O inspetor Craddock estava perto da porta. Diante dele, como se formassem uma fila, estavam três mulheres. Julia e a sra. Swettenham estavam no sofá. A sra. Easterbrook, no braço da poltrona do marido. Ele não determinara aquele arranjo, mas lhe servia bem.

A srta. Blacklock e a srta. Hinchcliffe estavam encolhidas perto da lareira. Edmund estava ao lado delas. Phillipa, mais afastada, nas sombras.

Craddock foi direto ao ponto, sem fazer nenhum preâmbulo:

– Vocês todos sabem que a srta. Murgatroyd foi assassinada. Temos razão para acreditar que a pessoa que a matou foi uma mulher. E temos outras pistas que delimitam ainda melhor a identidade do assassino. Vou perguntar a algumas das mulheres aqui presentes o que fizeram entre as quatro e as quatro e vinte da tarde de hoje. A senhorita que... se faz passar por Julia Simmons já me disse o que esteve fazendo. Vou pedir que repita. E devo fazer a ressalva de que não é obrigada a fazê-lo, caso julgue que seu depoimento possa vir a incriminá-la. Tudo o que disser será anotado pelo cabo Edwards e poderá ser usado no tribunal.

– O senhor tem mesmo de fazer essa ressalva, não é? – disse Julia.

Ela estava pálida, mas não tinha perdido a calma.

– Repito que, entre quatro e quatro e meia, eu caminhava pelo campo, na direção do riacho que corta a fazenda Compton. Voltei para a estrada por aquele lado dos três álamos. Não me lembro de ter encontrado ninguém. Não fui para o lado de Boulders.

– Sra. Swettenham?

Edmund perguntou:

– A ressalva que o senhor fez vale para todo mundo?

O inspetor voltou-se para ele.

– Não. No momento, apenas para a srta. Simmons. Não tenho razão para acreditar que as declarações dos demais possam vir a incriminá-los. Mas todos podem, é claro, exigir a presença de um advogado e se recusar a responder até que ele esteja presente.

– Ah, mas isso seria uma bobagem que só nos faria perder tempo – protestou a sra. Swettenham. – Posso lhe dizer tranquilamente o que eu estava fazendo. É isso que quer saber, não? Posso começar?

– Sim, por favor, sra. Swettenham.

– Deixe-me ver...

A sra. Swettenham fechou os olhos por um momento. Depois os abriu e disse:

– É óbvio que não tenho nada a ver com a morte da srta. Murgatroyd. Tenho certeza de que todos aqui sabem disso. Mas sou uma mulher viajada e sei que a polícia é obrigada a fazer as perguntas mais absurdas e anotar as respostas com todo o cuidado, porque elas ficam para aquilo que se chama de "atas do processo". É assim que se diz, não é, meu filho? – perguntou a sra. Swettenham ao cabo Edwards. – Não estou indo muito depressa, estou? – acrescentou ela, gentilmente.

O cabo Edwards, que era um excelente taquígrafo, mas sem nenhum traquejo social, ficou vermelho e respondeu:

– Está bem assim, madame. Bem, talvez fosse melhor um pouco mais devagar.

A sra. Swettenham retomou a palavra, fazendo pausas enfáticas a cada momento em que julgava poder inserir uma vírgula ou um ponto em seu discurso.

– Bem, é claro que é difícil dizer com precisão, porque a minha noção do tempo não é muito exata. E, desde a guerra, metade dos nossos relógios deixou de funcionar, e os que ainda funcionam estão desregulados, quando não parados porque nos esquecemos de dar corda.

A sra. Swettenham fez uma pausa para que todos pudessem assimilar bem o quadro por ela traçado e então prosseguiu:

– Pelo que me lembro, às quatro horas da tarde eu cerzia a volta do calcanhar da minha meia. E, por alguma razão, eu o costurava do lado errado. Se por acaso eu não estava costurando, então devia estar arrancando os crisântemos mortos do jardim... Mas não, isso foi mais cedo, antes da chuva.

– A chuva – disse o inspetor – começou precisamente às 16h10.

– Foi mesmo? Ah, isso ajuda muito. Então eu estava no segundo andar, colocando uma bacia na passagem do corredor onde sempre aparece uma goteira. E pingava tanto que imaginei que a calha estivesse novamente entupida. Então eu desci, vesti minha capa e calcei as galochas. Chamei Edmund, mas ele não respondeu. Imaginei que estivesse num trecho importante do seu livro e não quis incomodá-lo. Já tinha desentupido a calha outras vezes, com um cabo de vassoura amarrado no ferro de abrir janelas.

– Então a senhorita estava desentupindo a calha? – disse Craddock, observando a expressão de surpresa no rosto do seu subordinado.

– Sim. Estava atulhada de folhas. Levou um bom tempo e me molhei toda, mas, afinal, consegui limpá-la. Aí, entrei para me lavar e trocar de roupa. Folhas mortas têm um cheiro terrível, sabe? Depois fui até a cozinha pôr a chaleira para ferver. O relógio marcava 18h15.

O cabo Edwards piscava os olhos compulsivamente.

– Isso significa – completou a sra. Swettenham, triunfal – que faltavam exatamente vinte minutos para as cinco. Ou mais ou menos isso – acrescentou.

– Alguém a viu limpando a calha?

– Na verdade, não. Se houvesse alguém por perto, teria pedido uma ajuda. É uma coisa difícil de se fazer sozinha!

– Para resumir, no momento em que a chuva começou a cair, a senhora alega ter saído de capa e galochas para limpar a calha, mas não tem ninguém que possa confirmar isso?

– O senhor pode ir olhar a calha – disse a sra. Swettenham. – Está uma beleza de limpa.

– O senhor não ouviu quando a sua mãe o chamou?

– Não – respondeu Edmund. – Eu estava cochilando.

– Edmund! – disse a mãe dele, em tom de reprovação. – Achei que estivesse escrevendo...

O inspetor Craddock dirigiu-se à sra. Easterbrook:

– E a senhora?

– Estava sentada com Archie no estúdio – respondeu ela, com um olhar inocente. – Estávamos ouvindo rádio, não é verdade, Archie?

Houve um momento de silêncio. O coronel estava muito vermelho. Ele segurou a mão da esposa.

– Você não entende dessas coisas, minha criança – disse ele. – Eu... bem, tenho de dizer, inspetor, que o senhor nos assustou vindo nos procurar dessa maneira. Toda essa história abalou a minha esposa. Ela é uma mulher nervosa, muito suscetível, e diz as coisas sem pensar.

– Archie! – exclamou a sra. Easterbrook, em tom de reprovação. – Por acaso você vai dizer que não estava comigo?

– Bem, eu não estava, estava? É preciso ser fiel aos fatos, que são muito importantes nesse tipo de investigação. Eu estava falando com Lampson, o fazendeiro de Croft End, sobre telas de galinheiro. Eram quinze para as quatro. Eu só cheguei em casa depois que a chuva já tinha parado, logo antes do chá. Quinze para as cinco. Laura estava fazendo bolinhos.

– E a senhora também saiu de casa? – perguntou o inspetor à esposa do coronel.

Mais do que nunca ela parecia uma raposa de olhos assustados.

– Não, não. Fiquei em casa ouvindo o rádio. Eu não saí. Não naquele horário. Mais cedo, sim. Por volta das três e meia. Para uma rápida caminhada. Não fui longe.

Ela seguia na expectativa de continuar sendo questionada, mas Craddock disse, calmamente:

– Está bem, sra. Easterbrook.

Depois de um momento de silêncio, ele acrescentou:

– Esses depoimentos serão datilografados. Vocês podem lê-los e assiná-los se estiverem de acordo com o que for escrito.

A sra. Easterbrook lançou a ele um olhar indignado.

– Por que o senhor não pergunta aos outros onde eles estavam? À sra. Haymes, a Edmund Swettenham? Como o senhor pode ter certeza de que ele estava em casa dormindo? Ninguém o viu.

O inspetor Craddock continuava calmo:

– Antes de morrer, a srta. Murgatroyd fez uma afirmação. Na noite do assalto, uma pessoa não estava nesta sala. Uma pessoa que se esperava que estivesse aqui o tempo todo. A srta. Murgatroyd disse à amiga dela o nome de quem ela *viu*. E, por um processo de eliminação, ela acabou descobrindo uma pessoa que ela não vira.

– Mas ninguém podia ver nada – disse Julia.

– Murgatroyd podia – irrompeu de repente a srta. Hinchcliffe, com sua voz encorpada. – Ela estava do lado de lá, atrás da porta, exatamente onde o inspetor Craddock está agora. Era a única pessoa que podia ver o que acontecia.

– *Ah, isso é o que você pensa!* – disse Mitzi, fazendo uma entrada dramática e quase derrubando Craddock ao abrir a porta de supetão.

Estava fora de si.

– Você não pensa em chamar Mitzi para vir aqui junto com os outros, não é, seu policial estúpido? Mitzi, o lugar dela é na cozinha! Ela que apodreça por lá. Mas vou lhe dizer que Mitzi, tanto quanto os outros e talvez até mais do que os outros... sim, mais do que os outros, pode ver coisas. Eu vejo coisas. Vejo coisas no dia do assalto. Vejo coisas em que não posso acreditar, e fico quieta até agora. E não vou dizer o que eu vejo. Vou esperar.

– A fim de pedir uma recompensa à pessoa certa quando tudo ficar calmo? – perguntou Craddock.

Mitzi virou-se para ele como um tigre furioso.

– E o que tem isso? Por que o senhor me olha com essa cara? Se sou generosa o suficiente para ficar quieta, tenho direito a receber um pagamento. Especialmente se ganham mesmo uma fortuna, uma enorme fortuna. Ah! Ouço coisas, sei o que está acontecendo. Conheço Pipemma... Essa sociedade secreta de que *ela* – e apontou dramaticamente o dedo para Julia – faz parte. Sim, eu teria esperado para receber o dinheiro, mas agora estou com medo. Prefiro continuar viva. Vou dizer tudo o que sei para que não me matem.

– Muito bem – disse o cético inspetor. – O que você sabe?

– Vou revelar a todos – respondeu ela, com certa solenidade. – Naquela noite, eu não estou na despensa polindo a prataria. Já estou na sala de jantar quando escuto o disparo. Espio pelo buraco da fechadura. O corredor está escuro, mas a arma dispara novamente e a lanterna cai no chão. A lanterna gira e cai no chão, e eu a vejo. Eu a vejo com a arma na mão ao lado dele. Vejo a srta. Blacklock.

– Eu? – disse a srta. Blacklock, espantada. – Você só pode ter enlouquecido!

– Mas isso é impossível – gritou Edmund. – Mitzi não pode ter visto a srta. Blacklock.

Craddock interrompeu-o, e a sua voz soou corrosiva:

– *Não podia mesmo, não é sr. Swettenham? E por que não?* Porque não era a srta. Blacklock que estava lá parada com a arma. Era *o senhor*!

– Eu? Mas que diabos, é lógico que não!

– Não? Primeiro o senhor furtou o revólver do coronel Easterbrook. Depois, fez o trato com Rudi Scherz, como se tudo não passasse de uma brincadeira. No dia do assalto, o senhor seguiu Patrick Simmons até a outra peça e, quando as luzes se apagaram, escapou cuidadosamente pela porta lubrificada. Aí o senhor atirou na srta. Blacklock e matou Rudi Scherz. No momento seguinte, já estava de volta na sala de estar, acendendo o seu isqueiro.

Por um momento, Edmund parecia ter perdido a fala, mas de repente ele respondeu:

– Que coisa mais *monstruosa*. Por que eu? Que motivo eu teria?

– Se a srta. Blacklock morrer antes da sra. Goedler, duas pessoas herdam a fortuna. Pip e Emma, como sabemos. Descobrimos que Emma é Julia Simmons...

– E pensam que sou Pip? – Edmund soltou uma gargalhada. – Fantástico! O senhor tem mesmo uma imaginação bastante fértil... Eu só tenho a idade certa, nada mais. E eu posso provar, seu lunático, que sou Edmund Swettenham. Tenho certidão de nascimento, certificados escolares, diploma universitário... tudo.

– Ele não é Pip – a voz vinha das sombras, num canto.

Phillipa Haymes deu um passo à frente. Seu rosto estava muito branco.

– Eu sou Pip, inspetor.

– A senhora?

– Sim. Todos tomaram por certo que Pip era um menino. Julia sabia, é claro, que seu irmão gêmeo era uma menina. Não sei por que ela não revelou isso nesta tarde...

– Solidariedade familiar – disse Julia. – De repente, me dei conta de quem você era. Até então, eu não tinha sequer desconfiado.

– Eu agi mais ou menos como Julia agiu – disse Phillipa, com a voz um pouco trêmula. – Depois que... perdi meu marido, e a guerra acabou, fiquei sem saber o que fazer. Faz anos que minha mãe morreu. Descobri minhas ligações com a família Goedler. A sra. Goedler estava morrendo, e com a morte dela o dinheiro seria herdado pela srta. Blacklock. Descobri onde a srta. Blacklock morava e... vim até aqui. Comecei a trabalhar para a sra. Lucas. Como a srta. Blacklock era uma mulher de idade sem parentes, pensei que ela poderia se dispor a me ajudar. Me ajudar com a educação de Harry, quero dizer. Afinal de contas, o dinheiro era mesmo de Goedler, e ela não tinha nada em que pudesse gastá-lo nem ninguém para quem deixá-lo de herança.

Phillipa fez uma pausa. Depois de vencida a própria reserva, ela agora retomava a palavra em ritmo mais acelerado:

– E então aconteceu aquele assalto e comecei a ficar com medo. Eu achava que era a única pessoa que tinha um motivo para matar a srta. Blacklock. Eu não tinha a menor ideia de quem Julia era... Não éramos gêmeas idênticas, não teria como identificá-la pela aparência. Eu pensava ser a única suspeita.

Ela parou de falar e ajeitou o cabelo, que lhe caía sobre o rosto. Craddock imediatamente se deu conta de que a fotografia desbotada que ele vira na caixa de cartas devia ter sido da mãe de Phillipa. A semelhança era inegável. Ele entendia também por que a referência a mãos se retorcendo lhe parecera familiar. Phillipa sempre fazia esse gesto.

– A srta. Blacklock tem sido generosa comigo. Muito generosa... Eu não tentei assassiná-la. Nunca pensei em assassiná-la. Mas sou Pip.

Depois de uma breve pausa, ela acrescentou:

– O senhor não precisa mais suspeitar de Edmund.

– Não preciso? – protestou Craddock, e sua voz tinha ainda o mesmo timbre corrosivo. – Edmund Swettenham, um jovem com uma grande afeição por dinheiro. Um casamento com uma mulher rica estaria longe de desagradá-lo... E ela não seria rica a menos que *a srta. Blacklock morresse antes da sra. Goedler*. Porém, como era quase certo que a sra. Goedler morreria antes da srta. Blacklock, bem... Ele tinha de fazer alguma coisa a respeito, não é verdade, sr. Swettenham?

– Isso é uma mentira nojenta! – exclamou Edmund.

E então, de repente, vindo da cozinha, um grito sobrenatural de horror ecoou pelas paredes da casa.

– É Mitzi! – exclamou Julia.

– Não – disse o inspetor. – É alguém que assassinou três pessoas...

CAPÍTULO 22

A verdade

Assim que o inspetor começou a questionar Edmund Swettenham, Mitzi escapuliu silenciosamente da sala e voltou à cozinha. Ela havia aberto a torneira da pia quando a srta. Blacklock entrou.

Mitzi mal teve coragem de encará-la, sentindo-se envergonhada.

– Que bela mentirosa é você, Mitzi – disse a srta. Blacklock, sem se alterar. – Não é assim que se lava a louça. Primeiro os talheres. Deixe a pia encher até em cima. Dois centímetros de água não são suficientes.

Obediente, Mitzi abriu mais as torneiras.

– A senhorita não está brava por causa do que eu falei, está?

– Se eu fosse dar atenção a todas as mentiras que você conta, acabaria louca.

– Vou até lá dizer ao inspetor que é tudo invenção minha. A senhorita quer que eu faça isso?

– Ele já sabe.

Mitzi fechou as torneiras e, ao fazê-lo, duas mãos surgiram por trás da sua cabeça e, com um único movimento, forçaram-na para dentro da pia cheia de água.

– Só eu sabia que agora você falava a verdade! – exclamou a srta. Blacklock, em um tom de voz depravado.

Mitzi tentou se jogar para trás, mas a srta. Blacklock era forte e manteve com firmeza a cabeça da jovem debaixo da água.

Então, de algum lugar ao lado dela, a voz de Dora Bunner ecoou, lamentosa:

– *Oh, Lotty... Lotty! Não faça isso... Lotty.*

A srta. Blacklock soltou um grito, lançando as mãos para o ar. Mitzi, livre, ergueu a cabeça, tossindo e cuspindo água.

A srta. Blacklock continuava a gritar. Ela não via ninguém mais na cozinha.

– *Oh, Dora, Dora... Me desculpe. Eu fui obrigada... Obrigada...*

Confusa, ela correu na direção da porta da área de serviço, mas o corpo do sargento Fletcher barrou sua saída. No mesmo instante, Miss Marple saiu do armário de vassouras, trazendo no rosto afogueado uma expressão inequívoca de triunfo.

– Eu sempre tive jeito para fazer imitações – disse ela.

– Terá de me acompanhar, madame – disse o sargento. – Sou testemunha de que tentou afogar essa jovem. E há outras acusações. Tudo o que a senhorita disser, Letitia Blacklock...

– Charlotte Blacklock – corrigiu Miss Marple. – Esse é o nome dela. Escondida debaixo do colar, o senhor vai encontrar a cicatriz da operação.

– Operação?

– Operação de bócio.

A srta. Blacklock, agora muito calma, lançou a Miss Marple um olhar admirado.

– Desde quando sabe disso?

– Já faz algum tempo...

Charlotte Blacklock sentou-se ao lado da mesa e começou a chorar.

– A voz de Dora! Justamente a voz de Dora... Eu a amava tanto.

O inspetor Craddock e os outros tinham se aglomerado na porta.

O cabo Edwards, cujas habilidades incluíam respiração artificial e primeiros socorros, dava atenção a Mitzi.

– Eu faço tudo certo, não? Sou esperta! E corajosa! Ah, sou corajosa! Por pouco não me matam também. Mas tenho a coragem de arriscar tudo.

Desembestando do meio dos outros, a srta. Hinchcliffe voou na direção de Charlotte Blacklock, que chorava apoiada na mesa.

O sargento Fletcher teve de fazer uso de toda a sua força para contê-la.

– Calma, srta. Hinchcliffe... – disse ele. – Essa não é a hora, acalme-se, por favor...

Ela rosnava entre os dentes:

– Deixe-me pôr as mãos nela... É só isso que eu quero. Foi essa víbora que matou Amy Murgatroyd.

Charlotte Blacklock levantou o rosto e suspirou.

– Eu não queria matá-la. Eu não queria matar ninguém. Fui obrigada. Mas a morte de Dora foi a que mais me abalou. Depois que ela morreu, fiquei sem ninguém... Me sinto tão sozinha... Oh, Dora, Dora!

Mais uma vez, ela deixou a cabeça cair e chorou.

CAPÍTULO 23

Uma noite na casa paroquial

Miss Marple estava sentada na cadeira larga de espaldar alto. Bunch estava no chão, na frente da lareira, com os braços ao redor dos joelhos.

O reverendo Julian Harmon inclinava-se para a frente e, naquele momento, parecia mais um garoto de colégio curioso do que um homem precocemente envelhecido. O inspetor Craddock fumava seu cachimbo e bebia uma dose de uísque com soda, com a tranquilidade de quem estava certamente de folga. Um pouco mais afastados estavam Julia, Patrick, Edmund e Phillipa.

– Foi a senhora quem solucionou o caso, Miss Marple – disse Craddock.

– Ah, meu rapaz, não exagere. Ajudei um pouco aqui e ali, só isso. Você é que estava encarregado de tudo e sabe mais coisas do que eu.

– Bem, então, contem os dois! – disse Bunch, impacientemente. – Um pouco cada um. Mas deixe tia Jane começar, porque gosto do jeito meio atrapalhado como a cabeça dela funciona. Quando foi que a senhora se deu conta de que a coisa toda tinha sido encenada pela Blacklock?

– Bem, Bunch, querida... É difícil dizer. É claro que, logo de saída, me pareceu óbvio que a própria srta. Blacklock deveria ter organizado o assalto. Ela era meu suspeito número um, digamos assim... Ao que sabíamos, ninguém mais estivera em contato com Rudi Scherz, e é muito mais fácil organizar uma coisa daquelas quando se é o dono da casa. O aquecimento central, por exemplo. Se, em vez dele, acendessem as lareiras, a sala continuaria iluminada depois que as luzes se apagassem. Quem poderia determinar que não acendessem as lareiras senão a própria dona da casa? Porém, naquela época, não dei importância a essas considerações. Como todo mundo, eu estava inclinada a pensar que alguém realmente queria matar Letitia Blacklock, e essa hipótese acabou me confundindo.

– Sim. Mas o que foi realmente que aconteceu? É isso que eu gostaria de saber – disse Bunch. – Esse rapaz, o suíço... Ele a conhecia?

– Sim. Ele tinha trabalhado em...

Ela hesitou por um momento e olhou para Craddock.

– Na clínica do dr. Adolf Koch, em Berna – disse o inspetor. – Koch era um especialista de fama internacional em cirurgia de bócio. Charlotte Blacklock foi até lá para se operar na mesma época em que Rudi Scherz trabalhava na clínica como ajudante. Quando ele veio à Inglaterra, reconheceu no hotel a mulher que fora outrora uma paciente e, num momento de impulsividade, abordou-a. Eu diria que foi uma atitude impensada da parte dele, porque Rudi Scherz saiu daquele emprego em uma situação delicada. Mas isso, de qualquer forma, aconteceu um pouco depois de Charlotte ter passado pela clínica, e portanto ela não saberia nada a respeito.

– Então ele nunca disse nada para ela sobre Montreux, sobre o pai dele ser o dono do hotel?

– Ah, não. Ela inventou tudo isso para poder justificar o fato de ter conversado com ele.

– Deve ter sido um choque e tanto para ela – considerou Miss Marple. – Ela se sentia razoavelmente segura, até que, de repente, por azar, aparece um conhecido. Não alguém que pudesse reconhecê-la como uma das irmãs Blacklocks. Para isso ela estava preparada. Mas alguém que poderia reconhecê-la sem sombra de dúvida como Charlotte Blacklock, uma paciente que fora operada de bócio.

Ela fez uma breve pausa e depois continuou:

– Vocês querem saber de tudo desde o início, não? Bem, não sei se o inspetor Craddock concorda comigo, mas penso que tudo começou quando Charlotte Blacklock, uma garota bonita e carinhosa, começou a padecer desse crescimento desmedido da tireoide que se chama bócio. Como ela era muito sensível, a doença acabou arruinando a sua vida. Ela sempre dera uma importância muito grande à aparência física. E essa já é uma preocupação comum de muitas meninas na adolescência. Se a mãe dela fosse viva ou o pai mais razoável, o problema talvez não tivesse adquirido um caráter tão mórbido. Mas ela não tinha ninguém que pudesse fazer com que saísse da concha e conhecesse outras pessoas, levando uma vida normal, sem dar tanta atenção à doença. E, é claro, talvez em outra família a tivessem mandado se operar mais cedo.

"Mas acredito que o dr. Blacklock fosse um homem antiquado, tirânico e obstinado. Ele não acreditava nessas operações. Segundo ele, nada podia ser feito, além de uma dose diária de iodo e outras drogas. Charlotte deve ter acreditado nele, e acho que a irmã dela também depositava mais confiança do que devia nas habilidades médicas do pai.

"A devoção de Charlotte pelo dr. Blacklock não passava de sentimentalismo barato. Ela achava que, pelo simples fato de ser seu pai, ele devia estar certo. O resultado foi que começou a se isolar cada vez mais, conforme a doença se desenvolvia, e já nem recebia mais visitas. Ela era, na verdade, uma moça muito afável e emotiva.

– Que coisa mais esquisita, descrever assim uma assassina! – protestou Edmund.

– Não exatamente – insistiu Miss Marple. – Pessoas muito sensíveis são frequentemente traiçoeiras. Se elas adquirem alguma mágoa da vida, acabam por perder o senso moral.

Ela continuou:

– A personalidade de Letitia Blacklock era muito diferente, é claro. O inspetor Craddock disse-me que Belle Goedler a descreveu como uma pessoa realmente generosa. Uma mulher de grande integridade que não conseguia entender, como ela mesmo dizia, como as pessoas se deixavam envolver em atos desonestos. Por mais que a tentassem, ela jamais cometeria nenhum tipo de fraude. Além disso, Letitia era devotada à irmã, à qual escrevia longos relatos contando tudo o que lhe acontecia a fim de que ela não perdesse o interesse pela vida.

"Em suma, Letitia preocupava-se com a morbidez de Charlotte. O dr. Blacklock acabou falecendo, e ela não teve dúvidas em abandonar o trabalho para cuidar da irmã. Foi ela quem a levou à Suíça para ver se seria possível uma intervenção cirúrgica. Mesmo num caso tão tardio, a operação, como sabemos, foi um sucesso. A deformidade desapareceu, e a cicatriz pôde facilmente ser escondida atrás de uma gargantilha de pérolas. Contudo, por causa do início da guerra, as duas tiveram de permanecer na Suíça trabalhando para a Cruz Vermelha. Estou certa, inspetor?"

– Sim, Miss Marple.

– Elas recebiam notícias esporádicas da Inglaterra, dentre as quais, imagino, a de que Belle Goedler estava para morrer. É natural que as duas fizessem planos para o futuro, quando teriam uma imensa fortuna para gastar juntas. E é claro que essa perspectiva importava muito mais a Charlotte do que a Letitia. Pela primeira vez na vida, Charlotte sentia-se uma mulher normal, uma mulher a quem se olharia sem piedade ou repulsa. Ela agora podia fazer dos anos que lhe restavam o início de uma nova vida. Viajar, ter uma bela casa, roupas, joias, assistir a peças de teatro, concertos, satisfazer todos os seus caprichos... Uma espécie de conto de fadas que se tornava real.

"E então Letitia, forte e saudável, apanhou uma gripe que se transformou em pneumonia e morreu em menos de uma semana! Não foi apenas a irmã que Charlotte perdeu, mas toda uma vida de sonho que ela havia planejado. É possível que ela tenha ficado até mesmo com raiva de Letitia. Por que ela tinha de morrer justo agora? Acabavam de receber a carta informando que a vida de Belle Goedler não podia durar muito. Um mês, quem sabe, e o dinheiro seria de Letitia... e dela quando Letitia morresse...

"Foi nesse momento que a grande diferença existente entre as duas se manifestou da forma mais contundente. Charlotte jamais pensou que aquilo que ela estava prestes a fazer era errado... Errado de verdade. O dinheiro deveria ser herdado por Letitia... Ele *seria* herdado por Letitia dentro de alguns poucos meses, e Charlotte considerava que ela e a irmã eram uma única pessoa.

"Talvez a ideia nunca tenha lhe ocorrido até o momento de algum médico ou alguém lhe perguntar pelo nome de batismo da irmã. Foi aí que ela se deu conta de que eram vistas simplesmente como as duas srtas. Blacklocks, mulheres inglesas de uma certa idade que se pareciam e vestiam o mesmo tipo de roupa. E, como eu outro dia disse a Bunch, mulheres de idade são todas parecidas. O que impedia Charlotte de morrer no lugar de Letitia?

"Talvez tenha sido mais um impulso do que um plano. Letitia foi enterrada com o nome de Charlotte. 'Charlotte' estava morta, e 'Letitia' voltava à Inglaterra. Toda a capacidade de autoiniciativa e toda a energia reprimidas por anos agora emergiam com força total. Charlotte sempre fora uma coadjuvante. Ela agora assumia o papel principal e sentia-se dona da situação, como Letitia. Afinal de contas, não eram tão diferentes, intelectualmente falando, apesar de haver, acredito, uma enorme diferença em termos morais.

"Charlotte tinha de tomar algumas precauções, é claro. Comprou uma casa numa região da Inglaterra onde ninguém a conhecia. Precisava ficar longe das pessoas da sua cidade natal, Cumberland, embora já vivesse lá como uma reclusa. E precisava obviamente evitar Belle Goedler, que poderia sem dúvida desmascará-la. Discrepâncias de ortografia puderam ser explicadas com a alegação de que sofria de artrite. Na verdade, era tudo muito fácil, porque Charlotte tinha conhecido bem pouca gente."

– Mas e se ela encontrasse com alguém que conhecesse Letitia? – perguntou Bunch. – Muitas pessoas deviam conhecê-la.

– Não seria um grande problema. Provavelmente diriam: "Encontrei Letitia Blacklock outro dia. Está tão mudada que mal a reconheci". Mas não lhes passaria pela cabeça que fosse outra mulher. Em dez anos, as pessoas mudam muito. E se *ela* deixasse de reconhecê-los, seria fácil explicar por causa do seu problema de visão. Além disso, Charlotte conhecia todos os detalhes da vida de Letitia em Londres, as pessoas que a irmã encontrara, os lugares que frequentara. Podia consultar as cartas guardadas e, assim, desfazer rapidamente uma suspeita pela simples menção de um incidente ou alguma amizade em comum. Não... a única coisa que tinha a temer era ser reconhecida como *Charlotte.*

"Ela se estabeleceu em Little Paddocks, fez amizade com os vizinhos. Quando recebeu a carta com o pedido de ajuda para os primos queridos, acolheu com prazer os dois jovens que nunca tinha visto. O fato de a chamarem espontaneamente de tia Letty aumentou a sua autoconfiança. Tudo ia às mil maravilhas, até que ela cometeu um erro grave. Um erro espontaneamente causado por sua natureza afável e emotiva. Recebeu a carta de uma antiga colega de colégio, que estava passando por momentos complicados, e não hesitou em ajudá-la. Talvez porque, apesar de tudo, se sentisse muito sozinha. Seu segredo a mantinha isolada de todos. E ela nutrira uma afeição genuína por Dora Bunner, de quem se lembrava como um símbolo da sua própria infância feliz e despreocupada. Seja como for, respondeu à carta da amiga sem titubear. Não é difícil imaginar a surpresa de Dora! Escrevia para uma irmã e quem lhe respondia era a outra! Para a velha amiga, Charlotte nem cogitou em mentir. Dora fora uma das poucas pessoas que ela recebia nos seus dias infelizes de isolamento.

"Como ela sabia que Dora entenderia a situação tal como ela, contou-lhe a história toda, que a amiga aprovou de coração. Na sua cabeça atrapalhada e confusa, nada podia ser mais natural do que Lotty tentar evitar a perda da herança por causa da morte inesperada de Letty. Lotty merecia uma recompensa por todos os dias de sofrimento que ela suportara em silêncio. Seria uma grande injustiça se o dinheiro fosse parar nas mãos de algum desconhecido.

"Ela entendeu que era preciso guardar segredo de tudo. Era como a manteiga comprada no câmbio negro. Se ficassem de bico calado, estava tudo bem. Assim, Dora mudou-se para Little Paddocks, e não demorou muito para que Charlotte percebesse o erro cometido. Dora se atrapalhava, confundia as coisas e deixava tudo fora de lugar. A convivência com ela era francamente enlouquecedora, mas isso Charlotte seria capaz de suportar, porque ela realmente gostava da amiga e sabia pelo médico que Dora não viveria muito. Mas havia um outro problema, bem mais perigoso. Diferentemente das duas irmãs que se chamavam pelos nomes completos, Dora tinha o hábito de chamar todo mundo por apelidos. Para ela, as irmãs eram Letty e Lotty. E, embora ela tivesse se disciplinado para chamar a amiga sempre de Letty, o outro apelido frequentemente escapava. Escapavam também memórias do passado, e Charlotte era obrigada a prestar uma atenção constante a esses deslizes. A situação começou a ficar insuportável.

"Ainda assim, ninguém dava atenção às inconsistências de Dora. Uma ameaça real à segurança de Charlotte veio apenas, como eu disse, com o seu reconhecimento por Rudi Scherz no Royal Spa Hotel.

"Acho que o dinheiro que Rudi Scherz utilizou para repor seus desfalques anteriores no hotel deve ter vindo de Charlotte Blacklock. Mas o inspetor Craddock não acredita, e eu também não, que Rudi Scherz tenha pedido dinheiro a ela com a ideia de fazer chantagem.

– Ele não tinha a menor ideia de que sabia de algo com que poderia chantageá-la – disse o inspetor Craddock. – Era um jovem bem-apresentável, consciente de que rapazes elegantes podem obter alguma ajuda de mulheres mais velhas se contam a elas uma história triste e convincente. Mas ela deve ter visto a situação de modo diferente. Poderia se tratar de uma chantagem, ele poderia saber de algo. E se começassem a sair notícias nos jornais, depois da morte de Belle Goedler, o rapaz se daria conta da mina de ouro que ela representava.

"Charlotte já não podia voltar atrás. Tinha se estabelecido como Letitia Blacklock. Diante do banco. Diante da sra. Goedler. E agora esse mero funcionário de hotel, um sujeito em quem não se podia confiar, vinha atrapalhar tudo. A segurança dela estava em jogo... Era preciso dar um jeito de tirar o rapaz do seu caminho...

"A ideia deve ter surgido como uma simples fantasia. Durante a vida toda, Charlotte esteve carente de emoção e drama. Planejar os detalhes do assalto deve ter sido uma atividade revigorante. Teria ela realmente coragem de eliminá-lo?

"Elaborou o plano. Por fim, decidiu agir. Contou a Rudi Scherz sua ideia da farsa de um assalto no meio de uma festa. Explicou que precisava de um desconhecido para desempenhar o papel de bandido e ofereceu a ele um bom pagamento pela colaboração.

"O fato de Rudi Scherz aceitar fazer parte da 'brincadeira' sem suspeitar de nada é o que me dá certeza de que ele não tinha consciência do perigo que representava para ela. Charlotte não passava de mais uma madame excêntrica, com dinheiro para jogar fora.

"Ela lhe deu o anúncio que devia pôr no jornal e combinou com ele uma visita a Little Paddocks, a fim de lhe mostrar a casa e o lugar em que se encontrariam antes de ele fazer sua entrada na festa. Dora Bunner ignorava essas coisas, é claro. Quando chegou o dia...

O inspetor fez uma pausa. Miss Marple aproveitou a deixa para retomar a narrativa na sua voz suave e melodiosa:

– Foi provavelmente um dia muito difícil para ela. Ainda era possível desistir de tudo. Dora Bunner devia ter razão quando nos disse que Letty passou o dia assustada. Assustada com o que iria fazer, com a possibilidade de algo sair errado... Mas, mesmo assim, não desistiu.

"Furtar o revólver da gaveta do coronel Easterbrook deve ter sido emocionante: levar alguns ovos ou geleia, subir furtivamente até o segundo andar, com a casa vazia... Assim como deve ter sido divertido lubrificar a outra porta da sala de estar para que pudesse ser aberta sem barulho. Ela provavelmente achou graça em sugerir que mudassem de lugar a mesa do lado de fora, com a desculpa de valorizar o arranjo de flores de Phillipa. Até aí, tudo parecia um jogo, uma brincadeira. Mas o que aconteceria depois era sério. Ah, sim... Ela estava assustada... Dora Bunner tinha razão."

– Mas nem por isso desistiu – disse o inspetor Craddock. – E tudo seguiu conforme o planejado. Ela saiu um pouco depois das seis para "recolher os patos". Deu a Scherz a máscara, a capa, as luvas e a lanterna, deixando-o entrar na casa. E logo depois, às seis e meia, quando o relógio começou a tocar, ela estava pronta ao lado da mesa perto do arco, segurando a cigarreira. Nada mais natural. Patrick, como anfitrião, fora servir os drinques. Ela, como anfitriã, ofereceria cigarros. Como era de se esperar, a atenção de todos se voltou para o relógio assim que ele começou a bater. Apenas uma pessoa, a dedicada Dora, ficou atenta à amiga. E ela nos contou de forma exata, em seu primeiro depoimento, o que a srta. Blacklock fez: apanhou o vaso de violetas.

"Ela já havia puído o cabo do abajur, deixando-o quase sem proteção. Não precisou de mais que um segundo. A cigarreira, o vaso e o interruptor estavam todos bem próximos. Ela ergueu o vaso, derrubou água na parte desencapada do fio e ligou o interruptor. A água é um excelente condutor de eletricidade. Houve um curto-circuito."

– Exatamente como aconteceu na outra tarde – disse Bunch. – Foi o que chamou tanto a sua atenção, não é mesmo, tia Jane?

– Sim, minha querida. Eu andara refletindo sobre como as luzes teriam se apagado. Havia dois abajures, que formavam um par, e eles haviam sido trocados, provavelmente durante a noite.

– Isso mesmo – disse Craddock. – Quando Fletcher examinou o abajur, na manhã seguinte, estava em perfeito estado, assim como todas as outras lâmpadas da sala. Nenhum cabo desencapado ou instalação malfeita.

– Eu entendi perfeitamente o que Dora Bunner quis dizer com a sua história de que na noite anterior "era *a pastora*" – disse Miss Marple. – Mas caí no erro de pensar, como ela, que o responsável pela troca dos abajures fosse Patrick. Dora Bunner tinha uma característica peculiar. Ela sempre distorcia o significado das coisas que lhe diziam. Sua imaginação exagerava qualquer história na direção das suas próprias suspeitas absurdas. Contudo ela era muito precisa quando relatava algo que tinha *visto*. Ela viu Letitia pegar o vaso de violetas...

– E ela viu o que descreveu como um "clarão" e um "estampido" – acrescentou Craddock.

– E é claro que, quando minha querida Bunch derrubou a água do vaso de heléboros no cabo do abajur, eu me dei conta de que somente a srta. Blacklock poderia ter provocado o curto-circuito, porque era a única a estar perto da mesa.

– Não sei como não percebi isso! – exclamou Craddock. – Dora Bunner chegou a reclamar que a mesa estava queimada num ponto em que alguém apagara um cigarro... Mas ninguém acendeu cigarro algum. E as violetas estavam mortas porque haviam ficado sem água. Um descuido de Letitia, que devia ter enchido o vaso novamente. Mas ninguém deu importância àquilo, e a srta. Bunner imediatamente assumiu a culpa, achando que se esquecera de dar água às violetas.

Ele continuou:

– Dora Bunner era muito sugestionável, e a srta. Blacklock tirava vantagem disso o tempo todo. Acho que as suspeitas de Bunny com relação a Patrick, por exemplo, foram induzidas por ela.

– E por que logo eu? – perguntou Patrick, ultrajado.

– Não creio que o objetivo dela fosse realmente incriminá-lo, mas manter Bunny distraída e impedir que ela suspeitasse de que a própria srta. Blacklock pudesse estar por trás do suposto assalto. Bem, sabemos o que aconteceu depois. Logo que as luzes se apagaram e começou a confusão, ela escapuliu pela porta lubrificada e colocou-se atrás de Rudi Scherz, que girava entusiasmado o facho de luz pela sala, cumprindo o seu papel. Creio que ele jamais imaginou que ela estava lá, logo atrás dele, vestindo as luvas de jardinagem e segurando uma pistola. Ela espera o momento em que a luz para no local que ele devia estar mirando, a parede perto da qual todos achavam que ela estava. Então atira rapidamente duas vezes; quando ele se vira, assustado, apoia o revólver contra o corpo dele e atira de novo. Deixa o revólver cair ao lado do corpo, joga as luvas na mesa do corredor e volta pela outra porta até o lugar onde estava quando as luzes apagaram. Ela fere a orelha... Não sei exatamente como...

– Uma tesoura de unhas, imagino – disse Miss Marple. – Um talho no lóbulo da orelha faz sair muito sangue. Psicologicamente falando, funciona às mil maravilhas. O sangue correndo pela blusa branca foi o suficiente para convencer a todos de que fora vítima de um atentado que não a matara por pouco.

– Era para tudo ter dado certo – disse Craddock. – A insistência de Dora Bunner de que Scherz mirara de propósito na srta. Blacklock não deixou de ser útil. Ela se convenceu de que a amiga havia sido ferida numa tentativa de assassinato. O caso poderia ter sido encerrado como um assassinato ou morte acidental. Foi Miss Marple quem impediu que isso acontecesse.

– Ah, não, não, por favor... – protestou Miss Marple, sacudindo energicamente a cabeça. – Dei algumas sugestões, nada mais. O senhor mesmo não estava satisfeito. Foi o senhor que não deixou o caso ser encerrado.

– Eu não estava convencido – disse Craddock. – Eu sabia que alguma coisa nos escapava. Só não sabia o que, até que a senhora me mostrou. E, depois disso, a srta. Blacklock passou por uma maré de azar. Descobri que haviam mexido na outra porta. Até aquele momento, o que tínhamos eram teorias, nada mais. Mas aquela porta lubrificada era uma evidência. E eu a descobri inteiramente por acaso, por forçar a maçaneta da porta errada.

– Acho que alguma coisa *o levou* a fazer isso, inspetor. Mas minhas teorias são um pouco antiquadas – disse Miss Marple.

– Bem, a caçada recomeçou – disse Craddock. – E a diferença era que agora procurávamos alguém com um motivo para matar Letitia Blacklock.

– E havia alguém com um motivo, e a srta. Blacklock sabia – acrescentou Miss Marple. – Acho que ela reconheceu Phillipa imediatamente, porque Sonia Goedler parece ter sido uma das poucas pessoas recebidas por Charlotte. E, quando somos velhos (o senhor ainda não sabe disso, inspetor), nos lembramos muito melhor dos rostos que vimos quando éramos jovens do que daqueles que conhecemos há um ou dois anos. Phillipa devia estar com mais ou menos a mesma idade que tinha a mãe dela na lembrança de Charlotte, e ela é muito parecida com a mãe. Por estranho que pareça, acredito que Charlotte ficou contente ao reconhecer Phillipa. Ela se afeiçoou à jovem, imagino que inconscientemente, e isso ajudou a diminuir o peso que trazia na consciência. Prometeu a si mesma que, quando herdasse o dinheiro, cuidaria de Phillipa. Trataria a moça como uma filha. Phillipa e Harry viveriam com ela. Isso fazia com que se sentisse feliz e generosa. Por isso, assim que o inspetor começou a fazer perguntas sobre "Pip e Emma", Charlotte sentiu-se incomodada. Ela não queria que Phillipa se tornasse um bode expiatório. A ideia era a de que tudo parecesse um assalto, planejado por um jovem marginal que acabara acidentalmente se matando. No entanto, por causa da descoberta da porta lubrificada, a situação mudara de figura. E, tirando Phillipa, não havia ninguém que pudesse ter o menor interesse em matá-la (ela não sabia absolutamente nada sobre Julia). Charlote fez o que pôde para esconder a identidade da filha de Sonia. Ao ser perguntada pelo senhor sobre a aparência da irmã de Randall Goedler, Charlotte foi esperta o suficiente para lhe dizer que ela era baixa e morena. Charlotte também retirou fotografias do álbum para que ninguém percebesse a semelhança entre as duas, assim como retirou do álbum fotografias de Letitia.

– E eu cheguei até a pensar que a sra. Swettenham fosse Sonia Goedler – lamentou Craddock.

– Pobre da minha mãe – murmurou Edmund. – Uma mulher de reputação ilibada, ou pelo menos até onde eu sei...

– Mas é claro – continuou Miss Marple – que o verdadeiro perigo era Dora Bunner. A cada dia, ela se tornava mais esquecida e mais tagarela. Eu me lembro perfeitamente da maneira como a srta. Blacklock olhou para ela naquele dia em que fomos tomar chá em Little Paddocks. E sabem por quê? Dora acabara de chamá-la de Lotty mais uma vez. Para nós, pareceu um lapso sem importância e nada mais. Mas Charlotte ficou assustada. E, em vez de Dora se calar, continuou tagarelando. No dia em que tomamos café no Bluebird, tive a estranha impressão de que Dora falava a respeito de duas pessoas, não de uma. E é claro que era isso mesmo. Num momento ela descrevia a amiga como não muito bonita e de excelente caráter, e em seguida se referia a ela como uma bela e encantadora jovem. Ela caracterizara Letty como inteligente e bem-sucedida para depois lamentar a sua triste vida. E chegou a mencionar uma grande aflição, enfrentada com bravura, o que realmente não parecia se encaixar na vida de Letitia. Ao entrar no café, Charlotte deve ter ouvido boa parte daquela conversa. Ela certamente deve ter ouvido Dora mencionar a troca do abajur... O fato de que era a pastora e não o pastor. Foi aí que se deu conta de o quão perigosa podia ser a dedicada Dora Bunner.

"Receio que aquela conversa comigo no café tenha selado o destino de Dora, se me perdoam a expressão melodramática. Mas também acho que, de qualquer modo, era inevitável... Porque Charlotte não estaria realmente segura enquanto Dora Bunner estivesse viva. Ela amava Dora, não queria matá-la, mas não havia outro jeito. E eu imagino que ela tenha feito de tudo para se convencer de que agia por caridade (como no caso da enfermeira Ellerton, de que lhe contei o outro dia, Bunch). Pobre Bunny, sem muito tempo de vida e possivelmente com uma morte dolorosa pela frente. O mais estranho é que Charlotte fez o que pôde para que o último dia de Bunny fosse um dia feliz. A festa de aniversário... A torta...

– Delícia Mortal – disse Phillipa, estremecendo.

– Sim, sim... Invertendo um pouco as palavras, o que ela tentou dar à amiga foi uma morte deliciosa... A festa, tudo o que ela gostava de comer, e fazer com que as pessoas a tratassem com respeito. E então os comprimidos, no frasco de analgésico, na sua própria mesinha de cabeceira, à disposição de Bunny, quando ela não encontrasse aqueles que acabara de comprar. E as pessoas pensariam, como de fato pensaram, que os comprimidos eram para Letitia...

"E assim Bunny morreu dormindo, feliz, e Charlotte mais uma vez se sentiu segura. Mas ela sentia falta de Dora Bunner. Ela sentia falta da sua afeição e lealdade, de poder falar com alguém sobre os velhos tempos... Ela chorou amargamente no dia em que fui levar o recado de Julian, e a tristeza dela era genuína. Havia matado sua querida amiga...

– Que horror! – exclamou Bunch.

– Mas é humano – disse Julian Harmon. – As pessoas se esquecem que os assassinos são humanos.

– Entendo o que o senhor quer dizer – concordou Miss Marple. – Humanos e, em geral, dignos de pena. Mas também muito perigosos. Especialmente assassinos fracos e de bom coração como Charlotte Blacklock. Quando uma pessoa assim se assusta de verdade, ela fica tomada de pânico e perde completamente o controle.

– Foi o que causou a morte de Murgatroyd?

– Sim, pobre srta. Murgatroyd. Charlotte deve ter ido até o chalé e escutado as duas amigas reconstituírem o assalto. A janela estava aberta e ela ficou escutando. Até aquele momento, nunca tinha lhe ocorrido que alguma outra pessoa representasse um perigo para ela. A srta. Hinchcliffe estava insistindo para que a amiga lembrasse o que vira, e até então Charlotte não se dera conta de que alguém podia ter visto algo. Ela presumira que todos tinham voltado a atenção para Rudi Scherz. Ela deve ter prendido a respiração do lado de fora da janela e aguçado o ouvido. Descobririam algo? E então, no mesmo momento em que a srta. Hinchcliffe saía correndo para ir à estação, a srta. Murgatroyd deu provas de que havia esbarrado na verdade. Ela saiu atrás da srta. Hinchcliffe, exclamando: "Ela não estava *lá*...".

– Perguntei à srta. Hinchcliffe como Murgatroyd pronunciara a frase. Se ela tivesse dito "*ela* não estava lá", o significado teria sido outro.

– Agora a senhora está sendo sutil demais – reclamou Craddock.

Miss Marple virou para ele seu rosto afogueado pela emoção da narrativa:

– Pense no que se passava pela cabeça da srta. Murgatroyd... Às vezes, vemos coisas sem saber que as vemos. Uma vez, depois de um acidente de trem, eu me lembrava da enorme mancha de tinta na lateral de um vagão. Eu seria capaz de desenhar a mancha. E uma outra vez, quando testemunhei a queda de uma bomba em Londres, depois da explosão, com cacos de vidro por todos os lados, aquilo que mais me ficou na memória foi a figura de uma mulher de pé na minha frente, com um rasgo enorme em uma das meias, e as meias não combinavam. Algo semelhante aconteceu com a srta. Murgatroyd. Quando parou de pensar, aquilo que tinha visto emergiu espontaneamente, e ela se lembrou de muitas coisas.

"Acho que ela começou se lembrando do que acontecia nas proximidades da lareira, onde a lanterna deve ter focado primeiro. Depois o facho de luz seguiu pelas janelas, e havia pessoas entre as janelas e a srta. Murgatroyd. A sra. Harmon, com os punhos cerrados sobre os olhos, por exemplo. Ela continuou a acompanhar mentalmente o facho de luz, que passou pela srta. Bunner, de boca aberta e olhos esbugalhados, e depois por uma parede branca, uma mesa com um abajur e uma cigarreira. Vieram então os tiros, e de repente ela se deu conta de algo extraordinário. Ela acabara de ver a parede onde, mais tarde, seriam encontradas as duas marcas de bala, a parede na frente da qual devia estar Letitia quando foi ferida... E, no momento em que o revólver disparou, *Letty não estava lá.*

"O senhor entende o que é que eu queria dizer? Ela estava pensando nas três mulheres mencionadas pela srta. Hinchcliffe. Se uma delas não estivesse ali, ela teria se apegado à pessoa. Na verdade, ela teria dito algo como "Foi ela! *Ela* não estava lá". Mas aquilo que lhe chamou a atenção foi um *lugar*... O lugar em que alguém deveria estar, mas não estava. Um lugar vazio. E ela demorou um pouco para compreender. '... é fantástico', ela disse. 'Ela não estava *lá*'... Era a Letitia Blacklock que ela se referia.

– Mas a senhora já sabia disso antes, não? – perguntou Bunch. – No momento do curto-circuito. Quando anotou aquelas coisas no papel.

– Sim, querida. Naquele momento, tudo se encaixou. As várias peças antes isoladas do quebra-cabeça revelaram a sua figura.

Bunch recordou em voz baixa:

– *Abajur*? Sim. *Violetas*? Sim. *Frasco de analgésicos*. A senhora queria dizer que Bunny acabara de comprar um frasco novo e não precisava ter tomado os de Letitia?

– A menos que o seu próprio frasco tivesse sido furtado ou escondido. Tinha de parecer que a pessoa que queriam matar era Letitia Blacklock.

– Sim, entendo. E então "Delícia Mortal". A torta... Porém, mais do que uma torta. Toda a encenação da festa. Antes de morrer, Bunny teria um dia feliz. Como se faz com um cachorro que somos obrigados a sacrificar. Ah, mas que horror! É uma espécie de amabilidade espúria que me dá arrepios.

– Ela era uma mulher amável. O que ela nos confessou na cozinha é verdade: "Eu não queria matar ninguém". O que ela queria era uma enorme fortuna que não lhe pertencia! E, diante desse desejo, nada mais tinha importância. Ela ficou obcecada. O dinheiro seria uma espécie de indenização por tudo o que a vida lhe fizera sofrer. Pessoas ressentidas são sempre muito perigosas. É como se elas acreditassem que a vida ficou lhes devendo algo. Conheci muitas pessoas que sofreram bem mais do que Charlotte, tendo de enfrentar limitações muito mais drásticas, e ainda assim deram um jeito de levar uma vida feliz. É dentro das pessoas que se encontra a felicidade ou a infelicidade. Mas, ah! Receio estar me afastando demais da nossa história. Onde estávamos?

– Verificando a lista da senhora – disse Bunch. – Qual o significado de "deixe a minha quota..."?

Miss Marple, sorrindo, balançou a cabeça afirmativamente para Craddock.

– Essa o senhor deveria ter adivinhado, inspetor. Aquela carta que me mostrou de Letitia Blacklock para a irmã, tinha a palavra "cota", com "c", escrita duas vezes. Porém, no bilhete que pedi para Bunch lhe mostrar, a srta. Blacklock escrevera "quota". É muito raro que as pessoas mudem a grafia de palavras depois de adultas. Pareceu-me um indício muito peculiar.

– Sim – reconheceu Craddock. – Eu devia ter me dado conta.

Bunch seguiu em frente:

– "Grande aflição enfrentada com bravura". Isso foi o que Bunny lhe disse no café, e é claro que não podia se referir a Letitia. Depois... Iodo. Foi isso que lhe deu a pista do bócio?

– Sim, querida. A srta. Blacklock mencionou a Suíça, onde sua irmã teria morrido tísica. Mas eu me lembrei de que as maiores autoridades médicas em bócio estavam naquele país, assim como os cirurgiões mais habilidosos. E tudo se encaixava muito bem com aquela gargantilha de pérolas desproporcionais que a srta. Blacklock nunca tirava do pescoço. Não era do estilo dela, mas servia muito bem para esconder uma cicatriz.

– Agora eu entendo por que ela ficou tão nervosa quando o colar se rompeu – disse Craddock. – Parecia descontrolada.

– E a senhora escreveu *Lotty* deliberadamente, e não Letty conforme pensamos – disse Bunch.

– Sim. Então me veio à memória que o nome da irmã era Charlotte e que Dora Bunner chamara a srta. Blacklock de Lotty uma ou duas vezes, desculpando-se depois com certo exagero.

– E o que quer dizer "Berna" e "Aposentadoria"?

– Rudi Scherz trabalhou em Berna, num hospital.

– E aposentadoria?

– Comentei com você no Bluebird, embora na ocasião não tivesse ligado as duas coisas. A história da sra. Wotherspoon, que recebia, além da própria aposentadoria, a da sra. Barlett, já morta há anos. Mulheres de idade são todas meio parecidas. Sim, todos os detalhes se encaixavam, e eu resolvi dar uma volta para esfriar a cabeça e pensar numa maneira de provar a minha teoria. Foi então que a srta. Hinchcliffe me deu uma carona e encontramos a srta. Murgatroyd...

A voz de Miss Marple baixou subitamente de tom. Não estava mais animada, mas implacavelmente fria.

– Eu sabia que precisava fazer alguma coisa. E rápido! Mas eu não tinha nenhuma prova. Pensei num plano e falei com o sargento Fletcher.

– O que fez com que mais tarde ele ouvisse poucas e boas de mim! – disparou Craddock. – Ele não tinha nada que seguir os planos da senhora sem me consultar antes.

– Ah, mas ele não gostou da ideia. Eu tive de convencê-lo – ponderou Miss Marple. – Fomos até Little Paddocks, e conversei com Mitzi.

Julia soltou um suspiro e disse:

– Não sei como a senhora conseguiu convencê-la.

– Fui dobrando a moça aos poucos, querida – disse Miss Marple. – Para começar, ela pensa demais em si mesma, e seria bom para ela fazer alguma coisa pelos outros. Eu a elogiei, é claro. Disse que era uma moça corajosa, que provavelmente teria se engajado na resistência, caso tivesse ficado em seu país. E ela concordou prontamente. Aí eu acrescentei que ela tinha o temperamento perfeito para aquele tipo de trabalho. Era uma moça destemida, disposta a se arriscar, que além disso tinha o talento de uma grande atriz. Contei a ela algumas façanhas realizadas por moças dos movimentos de resistência, nem todas verdadeiras, tenho de admitir. Mas ela ficou muito impressionada!

– Fantástico! – exclamou Patrick.

– Depois disso, ela acabou concordando em desempenhar o papel. Ensaiamos até que ficasse perfeito. Eu disse então a ela que subisse para o quarto e só descesse quando o inspetor Craddock estivesse de volta. O problema dessas pessoas que se animam muito fácil é que acabam metendo a carroça na frente dos bois e agindo antes da hora.

– Mas no final ela se saiu muito bem – disse Julia.

– Eu ainda não entendi direito essa parte – disse Bunch. – Bem, é claro que eu não estava lá... – justificou-se ela.

– Foi meio complicado, minha filha. A ideia era a de que Mitzi declarasse casualmente que só não dissera a verdade porque pensava em fazer chantagem, mas que agora estava tão apavorada que achava melhor contar tudo. Ela vira, pelo buraco da fechadura, a srta. Blacklock no corredor, segurando o revólver, atrás de Rudi Scherz. O problema é que Charlotte Blacklock poderia se dar conta de que a chave estava na fechadura, o que impossibilitava a Mitzi de ver realmente alguma coisa. Decidi apostar no fato de que, confrontada inesperadamente, Charlotte não fosse se lembrar do detalhe da chave. Ela ficaria em estado de choque.

Craddock assumiu a narrativa:

– Mas o ponto essencial era que eu fingisse receber a revelação de Mitzi com total ceticismo. Ao mesmo tempo, eu deveria acusar com veemência alguém que até aquele momento parecia inteiramente fora de suspeita: Edmund.

– E eu também desempenhei bem o meu papel – disse o sr. Swettenham. – Negar tudo categoricamente. Foi tudo planejado. A única coisa fora dos planos, Phillipa, meu amor, era você entrar em cena, confessando ser Pip abertamente para todo mundo. Nem eu nem o inspetor imaginávamos que você fosse Pip. *Eu* deveria ser Pip! Ficamos sem saber como ir adiante, mas o inspetor fez uma jogada de mestre, que nos trouxe de volta ao ponto com suas insinuações nojentas a respeito do meu desejo de casar com uma mulher rica. Acusação, aliás, que deve ter se fixado no seu inconsciente e vai nos causar problemas para o resto de nossas vidas...

– E qual a necessidade disso tudo?

– Você não percebe? Era preciso que Charlotte pensasse que Mitzi era a única pessoa a saber da verdade. As suspeitas da polícia apontavam em outra direção, porque até aquele momento consideravam a estrangeira uma mentirosa. Apenas com o passar do tempo poderia ser que levassem o depoimento dela a sério. Sendo assim, aquele seria o momento de Mitzi ser silenciada.

– Mitzi saiu da sala e foi até a cozinha, exatamente conforme o combinado – disse Miss Marple. – A srta. Blacklock apareceu atrás dela logo em seguida. Aparentemente, só as duas estavam na cozinha. O sargento Fletcher escondia-se atrás da porta da área de serviço, e eu no armário das vassouras. É uma sorte eu ser tão magra.

Bunch lançou para a tia um olhar desconfiado.

– O que a senhora imaginou que fosse acontecer, tia Jane?

– Apenas duas coisas. Ou Charlotte ofereceria dinheiro para que Mitzi fechasse o bico, e o sargento Fletcher seria testemunha da oferta, ou... Ela tentaria matar Mitzi.

– Mas como ela poderia esperar se safar dessa? Suspeitariam dela de imediato.

– Ah, minha querida, naquele momento ela já estava fora de si. Era como um ratinho acuado. Pense em todas as surpresas daquele dia. A cena entre a srta. Hinchcliffe e a srta. Murgatroyd. A srta. Hinchcliffe sai às pressas para a estação, mas, assim que ela voltar, a srta. Murgatroyd vai lhe contar que Letitia Blacklock não estava na sala àquela noite. A menos que se consiga calar de vez a srta. Murgatroyd. E não há tempo para se pensar muito. Charlotte cumprimenta a pobre mulher e no minuto seguinte a estrangula. É um assassinato grotesco, depois do qual ela tem de correr para casa e se trocar para que quando os outros retornem da rua possa estar calmamente sentada ao lado da lareira, como se nunca tivesse saído de casa.

"Temos então outro susto: a descoberta da identidade de Julia. Charlotte arrebenta o colar e fica em pânico de que vejam a sua cicatriz. Logo depois, o inspetor telefona e avisa que está levando algumas pessoas até Little Paddocks. Ela não tem tempo de refletir, não tem tempo de descansar. Já matou muita gente, e não apenas velhinhas à beira da morte ou jovens indesejáveis. Ela esganou uma outra mulher com as próprias mãos. Até o momento ninguém suspeita dela, mas então Mitzi inventa de acusá-la! É preciso fazer a refugiada engolir a própria língua e de uma única vez. A srta. Blacklock está apavorada. Não age mais como um ser humano, mas como um animal selvagem.

– Mas e por que a senhora teve de se meter no armário das vassouras, tia Jane? Não podia deixar o serviço para o sargento Fletcher? – perguntou Bunch.

– Seria mais seguro se ficássemos os dois. Além disso, eu sabia que poderia imitar a voz de Dora Bunner. Isso deveria fazer cair a máscara de Charlotte Blacklock.

– E fez mesmo!

– Sim, ela desmoronou.

Houve um longo silêncio, quando a lembrança da cena voltou à mente de cada um, até que Julia, por fim, fez um comentário em tom mais ou menos humorístico a fim de aliviar a tensão do ambiente:

– E Mitzi saiu transformada. Ela me disse ontem que arranjou um emprego perto de Southampton: "Eu vou lá, e se dizem que tenho de me registrar junto à delegacia, porque sou estrangeira, respondo a eles que sim, eu me registro! A polícia me conhece muito bem. Eu ajudo a polícia! É graças a mim que prendem um bandido perigoso. Eu arrisco a minha vida porque sou corajosa, corajosa como um leão, e não tenho medo de nada. Então eles dizem: Mitzi, você é maravilhosa, uma heroína! E eu respondo... *ach*! Isso não é nada".

Julia fez uma pausa.

– E esse foi só o início da fala dela – acrescentou.

– Eu acho – ponderou Edmund – que Mitzi ainda vai ajudar a polícia em muitos outros casos!

– Ela ficou mais dócil comigo – disse Phillipa. – Na verdade, ela me deu a receita da Delícia Mortal, como uma espécie de presente de aniversário. Mas me proibiu de divulgar o segredo para Julia, porque Julia teria arruinado a sua panela de fazer omeletes.

– Outra pessoa que ficou muito mais dócil com Phillipa – disse Edmund – foi a sra. Lucas. Especialmente agora que Belle Goedler faleceu, e Phillipa e Julia herdaram a sua fortuna. Ela nos deu um pegador de aspargos de prata como presente de casamento. Mas terei um enorme prazer em *não* convidá-la para a cerimônia!

– E então viveram felizes para sempre – disse Patrick. – Edmund e Phillipa... e, quem sabe, Julia e Patrick? – acrescentou ele timidamente.

– Felizes para sempre? Comigo é que não vai ser – disse Julia. – As insinuações que o inspetor improvisou contra Edmund se aplicam muito mais propriamente a você. É você quem gostaria de uma esposa rica. Sinto muito, mas nada feito.

– Mas que ingratidão... depois de tudo o que eu fiz por você – disse Patrick, em tom jocoso.

– Sim. Por pouco não me mandou para a prisão, sob a acusação de assassinato. Foi isso que o seu descaso quase fez comigo – disse Julia. – Jamais vou me esquecer da noite em que a carta da sua irmã veio à tona. Achei que estava tudo terminado para mim. Não via nenhuma escapatória.

Depois de uma pausa, ela acrescentou, ironicamente:

– Além disso, acho que também vou ser atriz.

– O quê? Você? – rosnou Patrick.

– Sim. Vou até Perth. É possível que me aceitem no lugar de Julia. E, depois que eu aprender a atuar, vou me dedicar, quem sabe, à produção de peças... Pode ser que eu ainda encene algum drama escrito por Edmund.

– Eu achava que você escrevia romances – comentou Julian Harmon.

– Bem, eu também – respondeu Edmund. – Comecei escrevendo um romance. Parecia bom. Páginas e páginas sobre um homem barbudo, que já acordava cheirando mal, e sobre as ruas cheias de fuligem, e uma velha horrorosa que padecia de hidropisia e uma prostituta que vivia babando... Tinham conversas intermináveis sobre a situação atual do mundo e se questionavam o tempo todo a respeito de por que continuavam vivos. E eu mesmo comecei a me questionar... E uma ideia engraçada me ocorreu... Anotei-a e desenvolvi uma pequena cena, meio óbvia, mas interessante... E, antes que me desse conta, estava escrevendo uma farsa rocambolesca em três atos.

– E qual o título? – perguntou Patrick. – *Só o mordomo viu?**

– Bem, poderia ser... Mas, na verdade, a chamei de *O que os elefantes esquecem*. E o que é mais surpreendente: foi aceita e está sendo produzida!

– O que os elefantes esquecem? – murmurou Bunch. – Mas achei que eles se lembrassem de tudo.

O reverendo Julian estremeceu na cadeira.

– Meu Deus! Com essa conversa toda... acabei me esquecendo do meu sermão!

– E de novo por causa de histórias de detetive – disse Bunch. – Dessa vez, uma história de verdade.

– O senhor pode pregar sobre o *não matarás* – sugeriu Patrick.

– Não – respondeu Julian, calmamente. – Não deve ser esse o tema do meu sermão.

– Realmente, Julian – disse Bunch. – Tenho uma ideia muito melhor, mais alegre: "Eis que chega a primavera, e a voz da tartaruga é ouvida em toda parte" – citou ela, em tom cristalino. – Não sei se é bem isso, mas acho que conhecem a passagem. Só não entendo por que tartaruga! Devem ter vozes horríveis.

– Tartaruga não é uma boa tradução – explicou o reverendo Julian Harmon. – O texto na verdade se refere a um tipo de pomba, e não a um réptil. O original em hebreu é...

Bunch interrompeu-o com um abraço, dizendo:

– Uma coisa eu sei: você pensa que o Assuero da Bíblia é Artaxerxes II, mas entre você e eu existe Artaxerxes III!

Como sempre, Julian Harmon se perguntou por que a esposa achava tanta graça naquela história.

– Tiglath Pileser quer ajudá-lo com o sermão – disse Bunch. – Ele tem motivo para estar orgulhoso. Foi ele quem nos mostrou como as luzes se apagaram.

EPÍLOGO

– Precisamos encomendar alguns jornais – disse Edmund a Phillipa, no dia em que retornaram a Chipping Cleghorn, depois da lua de mel. – Vamos até a banca do sr. Totman.

* Referência à peça *What the Butler Saw*, de Joe Orton.

O sr. Totman, um homem de movimentos lentos e respiração pesada, recebeu-os com amabilidade.

– É um prazer vê-los de volta. A senhora também, madame.

– Precisamos encomendar alguns jornais.

– Certamente. E com a sua mãe vai tudo bem, espero? Ficou bem-instalada em Bournemouth?

– Ela adora o lugar – disse Edmund, sem ter a menor ideia se o que dizia era verdade ou não.

Como a maioria dos filhos, ele preferia acreditar que estava sempre tudo bem com esses entes queridos, mas geralmente irritantes: os pais.

– Eu acredito, senhor. É um lugar muito agradável. Estive lá durante um feriado no ano passado. A sra. Totman ficou encantada.

– Que bom. Com relação aos jornais...

– E ouvi dizer que estão encenando uma peça sua em Londres. Uma peça muito boa, me disseram.

– Sim, está fazendo sucesso.

– *O que os elefantes esquecem*? O senhor me desculpe, mas achei que eles sempre lembrassem.

– Sim, exatamente. Estou começando a achar que foi um erro dar esse título. As pessoas sempre comentam alguma coisa.

– É um fato de história natural, senhor. Todo mundo sabe.

– Sim. Assim como dizem que as lacraias são excelentes mães.

– São mesmo, senhor? Um fato que eu desconhecia...

– Quanto aos jornais...

– Querem o *The Times*? – perguntou o sr. Totman, com o lápis pronto para anotar o pedido.

– O *Daily Worker* – precisou Edmund, com firmeza.

– E o *Daily Telegraph* – acrescentou Phillipa.

– E o *New Statesman* – replicou Edmund.

– O *Radio Times* – disse Phillipa.

– O *Spectator* – disse Edmund.

– O *Gardener's Chronicle* – disse Phillipa.

Os dois pararam para respirar.

– Tudo anotado – confirmou o sr. Totman. – E a *Gazette*, não vão querer?

– Não – disse Edmund.

– Não – repetiu Phillipa.

– Desculpem, mas vocês querem ou não a *Gazette*?

– Não.

– Não.

– Então vocês *não querem* a *Gazette*? – perguntou pela última vez o sr. Totman, a fim de que não restassem quaisquer dúvidas.

– Não, nós não queremos a *Gazette*.

– Certamente que não.

– Vocês não querem *The North Benham News* e *The Chipping Cleghorn Gazette*...

– Exatamente.

– Posso mandá-la para vocês toda semana, sem problema.

– Não, realmente não queremos. Será que está claro agora?

– Sim, senhor.

Edmund e Phillipa saíram da loja, e o sr. Totman tamborilou no balcão.

– Mamãe, você tem um lápis? O meu está nas últimas.

– Deixe me ver, querido – respondeu a sra. Totman, pegando das mãos dele o caderno dos pedidos. – Deixe que eu anoto. O que eles querem?

– *Daily Worker*, *Daily Telegraph*, *Radio Times*, *New Statesman*, *Spectator* e... deixe me ver, o *Gardener's Chronicle*.

– *Gardener's Chronicle* – repetiu a sra. Totman, que escrevia atabalhoada. – E a *Gazette*...

– Eles não querem a *Gazette*.

– O quê?

– Não querem a *Gazette*. Foi o que disseram.

– Absurdo! – protestou a sra. Totman. – Você não ouviu direito, meu filho. É claro que querem a *Gazette*! Todo mundo recebe a *Gazette*. Como é que eles vão saber o que está acontecendo na cidade?

SOBRE A AUTORA

Agatha Christie (1890-1976) é a autora mais publicada de todos os tempos, superada apenas por Shakespeare e pela Bíblia. Em uma carreira que durou mais de cinquenta anos, escreveu 66 romances de mistério, 163 contos, dezenove peças, uma série de poemas, dois livros autobiográficos, além de seis romances sob o pseudônimo de Mary Westmacott. Dois dos personagens que criou, o engenhoso detetive belga Hercule Poirot e a irrepreensível e implacável Miss Jane Marple, tornaram-se mundialmente famosos. Os livros da autora venderam mais de dois bilhões de exemplares em inglês, e sua obra foi traduzida para mais de cinquenta línguas. Grande parte da sua produção literária foi adaptada com sucesso para o teatro, o cinema e a tevê. *A ratoeira*, de sua autoria, é a peça que mais tempo ficou em cartaz, desde sua estreia, em Londres, em 1952. A autora colecionou diversos prêmios ainda em vida, e sua obra conquistou uma imensa legião de fãs. Ela é a única escritora de mistério a alcançar também fama internacional como dramaturga e foi a primeira pessoa a ser homenageada com o Grandmaster Award, em 1954, concedido pela prestigiosa associação Mystery Writers of America. Em 1971, recebeu o título de Dama da Ordem do Império Britânico.

Agatha Mary Clarissa Miller nasceu em 15 de setembro de 1890 em Torquay, Inglaterra. Seu pai, Frederick, era um americano extrovertido que trabalhava como corretor da Bolsa, e sua mãe, Clara, era uma inglesa tímida. Agatha, a caçula de três irmãos, estudou basicamente em casa, com tutores. Também teve aulas de canto e piano, mas devido ao temperamento introvertido não seguiu carreira artística. O pai de Agatha morreu quando ela tinha onze anos, o que a aproximou da mãe, com quem fez várias viagens. A paixão por conhecer o mundo acompanharia a escritora até o final da vida.

Em 1912, Agatha conheceu Archibald Christie, seu primeiro esposo, um aviador. Eles se casaram na véspera do Natal de 1914 e tiveram uma única filha, Rosalind, em 1919. A carreira literária de Agatha – uma fã dos livros de suspense do escritor inglês Graham Greene – começou depois que sua irmã a desafiou a escrever um romance. Passaram-se alguns anos até que o primeiro livro da escritora fosse publicado. *O misterioso caso de Styles* (1920), escrito próximo ao fim da Primeira Guerra Mundial, teve uma boa acolhida da crítica. Nesse romance aconteceu a primeira aparição de Hercule Poirot, o detetive que estava destinado a se tornar o personagem mais popular da ficção policial desde Sherlock Holmes. Protagonista de 33 romances e mais de cinquenta contos da autora, o detetive belga foi o único personagem a ter o obituário publicado pelo *The New York Times*.

Em 1926, dois acontecimentos marcaram a vida de Agatha Christie: a sua mãe morreu, e Archie a deixou por outra mulher. É dessa época também um dos fatos mais nebulosos da biografia da autora: logo depois da separação, ela ficou desaparecida durante onze dias. Entre as hipóteses figuram um surto de amnésia, um choque nervoso e até uma grande jogada publicitária. Também em 1926, a autora escreveu sua obra-prima, *O assassinato de Roger Ackroyd*. Este foi seu primeiro livro a ser adaptado para o teatro – sob o nome *Álibi* – e a fazer um estrondoso sucesso nos teatros ingleses. Em 1927, Miss Marple estreou como personagem no conto "O Clube das Terças-Feiras".

Em uma de suas viagens ao Oriente Médio, Agatha conheceu o arqueólogo Max Mallowan, com quem se casou em 1930. A escritora passou a acompanhar o marido em expedições arqueológicas e nessas viagens colheu material para seus livros, muitas vezes ambientados em cenários exóticos. Após uma carreira de sucesso, Agatha Christie morreu em 12 de janeiro de 1976.